КОНСТАНТИН Ю. СМОЛЕНЦЕВ

I0560976

ХУДШИЙ ДРУГ — ЛУЧШИЙ ВРАГ

Роман о деловой жизни и не только

Эту книгу я посвящаю близким мне людям:
близким по крови и близким по духу...

Бесценна конструктивная критика первых
читателей романа — моих близких и
друзей — из разных уголков матушки-Земли:
Оттавы, Перфа, Москвы, Тюмени, Заводоуковска,
Дубны, Урус-Мартана, Парижа, Орхея, Плевена и Минска.
Моя искренняя признательность!

Великий Господь сказал:
все сложное ненужно, все нужное — просто.
Жизненный девиз М. Т. Калашникова,
знаменитого российского конструктора стрелкового оружия

Описанные в романе события
частично вымышлены.
Совпадение имен, названий и мест действия
частично случайные.

3

ЧАСТЬ 1

1

Для того чтобы были деньги, надо что-то продать. Для того чтобы что-то продать, надо что-то создать.

«И с чего бы это мое любимое перефразирование известного персонажа старого мультика с утра крутится в голове? — подумал Николай. — Я только что продал один из собственных бизнесов. И дело даже не в деньгах. Я успешно, как и задумывал, реализовал свой первый расчетливо структурированный бизнес-проект в жизни. Я добился поставленной цели. И даже не это главное. Главное — я выиграл в борьбе с самим собой. Мой формальный приз-эквивалент за победу — заслуженно полученные деньги. А голова все работает по инерции, никак не может остановиться... Не миллиарды долларов, но весьма немаленькая сумма для среднестатистического делового человека. В ежегодный список Форбс, конечно, не войду. Даже если сложить старые накопления, недвижимость, работающие активы и плюс почти сто миллионов евро наличными — это не проходная туда цифра. Да и не стояла задача исключительно обогатиться, еще и любой ценой. Правда, пока прибавилось не сто миллионов. Вчера на личный номерной счет в люксембургском банке поступило сто тридцать миллионов, из которых сорок условно не мои. Но не абсолютный размер суммы важен. Задача была совершенно в другом — начать менять свою судьбу... И я ее по большому счету решил».

С утра был звонок от Петри, директора по инвестициям авторитетного скандинавского венчурного*[1] фонда и по совместительству партнера по проданному сибирскому семенному бизнесу. С ярко выраженным скандинавским акцентом, который появлялся у него всякий раз, когда он сильно волновался, Петри сообщил, что сегодня стратегическим

---

[1] Здесь и далее знаком * помечены узкоспециальные или редко применяемые термины, расположенные в алфавитном порядке в глоссарии в конце издания.

инвестором* транзакция будет произведена. А вечером, дождавшись окончания расчетных часов в европейских банках, Николай включил лэптоп* и увидел подтверждение слов Петри.

Еще почти десять миллионов евро должны поступить от итальянцев в течение полутора лет. Если, конечно, к его бизнесу, вернее, к уже бывшему бизнесу, не будет претензий со стороны налоговых органов или третьих лиц. Николай согласился на такое условие. И убедил своих очень разных по устремлениям партнеров «АгроИнТеха» поддержать решение. Выбор был одновременно прост и непрост: либо продажа семидесяти пяти процентов акций сейчас и двадцати пяти процентов через три года с корректировкой цены по сложно выстроенной схеме в зависимости от результатов работы бизнеса, либо сто процентов сейчас, но с обременением. Умом Николай понимал, что первый вариант может быть выгоднее, ибо бизнес работает эффективно и постоянно набирает обороты, но выработанная годами привычка — лучше слегка недополучить сейчас, чем больше потерять потом — взяла свое. За принятие такого решения «голосовала» и расхожая в среде инвестбанкиров поговорка «Деньги, полученные раньше, — это бо́льшие деньги».

«Или чутье что-то подсказало? Тем более что финансовая ситуация в мире как-то не вызывает доверия… Декларируемая стабильность российской политической системы все больше и больше начинает принимать очертания закостенелости. Экономика уверенно движется в никуда по старым проржавевшим сырьевым рельсам, проложенным десятилетия назад среди болот коммунистической идеологии неисправимыми романтиками и десятками миллионов зэков. Да и прошлые советско-российские кризисы и дефолты оставили глубокие следы и в памяти, и на моих банковских счетах. Как все-таки мы стремимся страхи прошлого переносить на настоящее, — продолжал он размышлять. — Или все-таки чутье? А своему чутью я доверяю всегда. Все, хватит спать! Завтра будет новый день, завтра и буду думать о дальнейшей жизни».

2

Кофе был превосходен. Не часто в Москве удается выпить вкусный кофе. Дорогой — легко. А вот вкусный — не часто. Особенно утром. Па-ра-докс одного из самых дорогих городов мира.

«Да вы, батюшка, эстет!» — пришла на память Николаю по этому поводу фраза одной знакомой русской парижанки. Он улыбнулся приятным воспоминаниям. Как-то весной он договаривался с ней об утренней деловой встрече. Хотелось побеседовать в неформальной обстановке, поэтому встал вопрос о выборе соответствующего кафе. Одним из главных критериев для них обоих оказался вкус и аромат подаваемого кофе. Встреча прошла удачно. И его любимый эспрессо по-итальянски, крепкий и насыщенный, с густой и бархатной, но одновременно мягкой и нежной пенкой, был великолепен. Николай любил и кофе по-восточному. Но это дома, в спокойной атмосфере, колдуя и вкладывая в приготовление напитка свою ауру, свои фантазии, свою энергетику. Кухня — это место для священнодействования. Всуе туда лучше не заходить — ни удовольствия, ни пользы от пищи не получишь, в этом он был абсолютно уверен.

Сегодня ему предстояло мысленно пробежаться по всем годам своей предпринимательской деятельности и уточнить те выводы, которые он сделал на основе последних лет реализации проданного проекта. И еще определиться с планами на ближайший месяц. Точнее — на двадцать восемь дней. Задание на день самому себе.

* * *

Мысль постараться изменить судьбу, выстроить по-другому собственную жизнь пришла Николаю несколько лет назад в такой же точно ситуации. Он сидел в этом же самом кафе на своем любимом месте около окна, не торопясь смаковал жгучий эспрессо, запивая маленькими глотками холодной и вкусной воды.

В первый месяц осени природа как будто съежилась после летней теплой постели под легким прохладным душем-дождем. Впереди было короткое бабье лето — как время вкусного горячего завтрака, и долгая зима — как один большой трудовой день.

Мысли хаотично мелькали в голове, неожиданно возникая и куда-то быстро исчезая.

Николай смотрел в окно на озирающихся, деловитых, измотанных, счастливых, сосредоточенных, влюбленных, таких разных и одновременно таких одинаковых, пробегающих и медленно проходящих мимо окон кафе людей. Каждый проносил перед его глазами кусочек своей жизни, своей судьбы.

«Мои мысли — как эти люди за окном, — почему-то тогда подумалось ему. — Все разные и каждая сама по себе. А мои желания? А мои действия? Как я живу — слепо следуя за своими хаотичными действиями? Или мои действия реализовывают мои желания? Значит ли, что все то, чего я достиг, — лишь удачное стечение обстоятельств? Чего я хочу по-настоящему? Что же тогда в моих силах, что же является непосредственно моей заслугой, в чем моя миссия перед самим собой? Чего я добился к сорока годам?».

И словно в подтверждение правильности вычислений Николай посмотрел на любимые швейцарские часы на левой руке. Уже тогда этим часам было немногим меньше десяти лет. Высокотехнологичное сапфировое стекло и керамика выглядели точно так же, как в тот день, когда Николай с любимой женщиной прогуливался по Тверской и случайно зашел в небольшой магазинчик часов на Пушкинской площади столицы. Продавец (слава мастерам продаж!), взглянув на японские часы Николая, негромко заметил, что, дескать, такой импозантный молодой человек и в таких часах… И тут же достал и открыл квадратную, обтянутую кожей коробочку стального цвета.

— Вот, — добавил он, — космические материалы и передовые технологии! Не разбить, не покорябать! Точность и надежность — швейцарские!

Николай взял в руки чудо передовых швейцарских технологий и понял — это ЕГО часы. С тех пор он с ними не расставался. И хотя уже давно мог себе позволить поменять эти, по теперешним меркам не супердорогие для его положения часы на более эксклюзивные, но память о той яркой и страстной любви, а главное, ощущение какой-то родственности в этом предмете не позволяли Николаю до сегодняшнего дня сменить их. Часы и теперь выглядели стильно, элегантно и достойно. Но роль выполняли скорее ритуальную, ибо и на лэптопе, и на коммуникаторе*, которые всегда под рукой, время высвечивалось в любом формате.

Как будто убедившись по часам, что ему действительно «стукнуло» сорок, Николай осознал всю глубину проблемы. От этого стало неуютно и даже слегка передёрнуло. Чего, казалось бы?! Он — провинциал — уверенно закрепился в нынешней столице бывшей Российской империи, в которую стремятся попасть миллионы. Уютное дорогое кафе, куда «уважаемые москвичи и гости города» (брендовая фраза зазывал — туристических агентов, ее слышит каждый проходящий по Красной площади) могут позволить себе ходить только по большим праздникам (да и то не все), для него — рядовое место отдыха. Прикид и аксессуары — опять-таки недешевые. И обожаемый спортивный автомобиль, который мгновенно откликается на каждый импульс желаний владельца, словно верный боевой конь, стоит под окнами кафе. И элитная квартира в престижном районе с приличными, хотя порой и пафосными соседями — известными широким кругам футболистами и телеведущими, и авторитетными в узких кругах военачальниками и темными личностями. И время есть о себе подумать, о смысле жизни или просто расслабиться. И вроде бы все есть. Чего жалиться?! И в то же время ощущение какой-то хаотичности и неуправляемости бытия, ощущение щепки, несущейся и подчиняющейся безудержной власти бурлящего и набирающего силу от тающих сугробов весеннего ручья. Или это все-таки и есть Он — тиражируемый гламурными изданиями кризис среднего возраста?

* * *

С тех пор периодическое возвращение в первоначальное состояние стало для Николая необходимым. Это был своеобразный якорь, стартовая линия, точка отсчета его ДРУГОЙ жизни. Его НОВОЙ жизни, выстроенной так, как виделось и желалось ему. С достижением тех результатов в бизнесе и в те сроки, что определял непосредственно он. Определял сам для себя и неизменно в последние годы достигал поставленных задач. «Ничего личного, это всего лишь бизнес»

— еще одна фраза из какого-то культового классического гангстерского боевика, которая всплывала в памяти всякий раз, когда накатывала усталость, появлялось желание расслабиться или когда он чувствовал, что втягивается в работу по инерции, по старинке, ради процесса. Почему-то именно с помощью этой фразы он успокаивался и вновь концентрировался на ключевых целях.

Николай полюбил это кафе еще с тех пор, когда он — молодой энергичный провинциальный предприниматель из Сибири, прилетал ранним утром в спящую столицу, а встречающие партнеры по одному непростому с точки зрения взаимоотношений между акционерами бизнесу — вальяжный чеченец Амирхан и эмоциональный бывший спецназовец чех Милан — везли его завтракать на понтовом малиновом шестисотом «мерседесе» Амирхана в это круглосуточно работающее уютное заведение старой Москвы. Кафе было небольшим. Барная стойка располагалась в центре зала, давая возможность барменам быть в близкой зоне желаний посетителей. Посуда, неизменно подобранная со вкусом, гармонировала с оформлением столиков и доставляла эстетическое наслаждение. Кухня была европейская и весьма достойная. И только в последнее время, следуя модным тенденциям, появилось суши-меню, а вдобавок к нему молодой смуглый повар с раскосыми глазами, олицетворяющий, видимо, по замыслу хозяев кафе, азиатское начало нововведения, но не знающий ни одного слова ни на одном языке, кроме русского. Но главное — здесь всегда были и есть очень вкусные круасаны и кофе!

Вибрация коммуникатора вывела Николая из состояния задумчивости. Беспокоила из офиса его персональный помощник — директор службы поддержки оперативного управления Светлана Александровна.

— Николай Константинович, здравствуйте! Отвлеку на пару минут. Из Ванкувера пришла электронка с предложением о сотрудничестве. С моей точки зрения — стоит обратить внимание. Когда вам будет удобно взглянуть?.. И когда планируете быть в офисе, чтобы собрать совещание с топ-менеджментом?.. Да, и генеральный «АгроИнТеха» что-то хотел обсудить, уже дважды звонил.

Голос у нее был низкий и всегда ровно-спокойный, как и характер. Это сильно импонировало Николаю. Когда вокруг все бурлит и клокочет, словно проснувшийся вулкан, именно такая манера поведения ключевых сотрудников не позволяет «раскачивать лодку» его дела.

Светлана Александровна была суперпрофессионалом, и к тому же яркой красивой смуглой шатенкой с умопомрачительно выразительной фигурой, холодным рассудком, железным характером и темно-карими, почти черными глазами, которые, казалось, видят каждого насквозь. Сердца мужчин начинали неровно биться, когда они видели эту женщину. И это тоже импонировало Николаю, играло на формирование его имиджа, а значит, помогало делу. Не каждый руководитель способен подбирать и удерживать таких людей в своей команде. Да и от излишне назойливого стороннего женского обожания она его периодически спасала. Редкая претендентка на его внимание находила в себе силы конкурировать с ней даже заочно по телефону.

«Видимо, переживает генеральный „АгроИнТеха" сильно, — мелькнула догадка. — Хотя ведь знал, что момент продажи компании и смены акционеров наступит неизбежно. Я об этом ему сообщил еще на собеседовании при приеме на работу. Но кивнуть головой в надежде получить хорошее место — это одно, а принять для себя, что событие свершилось, будучи уже генеральным директором — совершенно иное».

— Завтра буду, как обычно, в восемь утра, — ответил Николай. — В восемь пятнадцать жду от вас предложения по плану на день. В восемь тридцать созвонимся с генеральным «АгроИнТеха». В девять, как и планировали, соберем совет по развитию с повесткой по технологиям дистанционного управления. Да, и не забудьте уточнить в фитнес-клубе, когда у них все-таки появится давно ангажируемый тренер по у-шу? Хотя... не стоит уточнять, уже не имеет смысла, мои планы изменились.

Он не любил долго разговаривать по телефону. Более того, длинные вымученные разговоры Николая раздражали. Его глубоким убеждением было, что максимум за три минуты всегда можно обсудить все вопросы — как делового плана, так и личного характера. Его манера телефонного общения нравилась не всем. Особенно сложно было принять ее дамам. И на почве разных телефонных ожиданий с любимыми или просто знакомыми женщинами у него неоднократно происходили размолвки. С мужчинами было проще — с ними Николай особенно не церемонился: умный — да поймет, а с дураком лучше расстаться раньше.

Светлана Александровна досконально знала привычки шефа, и поэтому телефонный разговор занял не две, а максимум одну минуту.

«Итак, вернемся к планам, — Николай отпил кофе и посмотрел в окно. — Задание на сегодня: я должен прокрутить в памяти и проанализировать весь предпринимательский период своей жизни, соотнести полученные выводы с выводами периода развития проданного семенного бизнеса и зафиксировать все отклонения от задуманного, все удачи и все просчеты. Завтра день отдам офисным заботам. В среду-четверг надо куда-нибудь улететь отдохнуть на десять дней. Кстати, с местом отдыха необходимо определиться обязательно сегодня. Два дня на акклиматизацию после отдыха и на решение бытовых проблем. Итого — пятнадцать дней. Потом пару недель на подготовку бизнеса для дистанционной работы с ним, сборы и вылет в Канаду».

Не мало ли между несколькими годами напряженной работы и неопределенностью начала жизни в другой стране?

«Нормально», — успокоил себя Николай и, не став допивать остывший эспрессо, заказал новый.

Водка должна быть ледяная, а чай и кофе — обжигающе горячими, это было еще одним стойким убеждением внешне скромного, но уверенного в правоте своего выбора российского валютного миллионера.

Николай взглянул на наручные часы: солнечные лучи

отражались от небольшого стального цвета квадратного циферблата, и разглядеть миниатюрные стрелки такого же цвета было сложно. Достал и включил лэптоп. Компьютер долго жужжал и щелкал, загружая программы и раздражая медлительностью и капризностью, потом еще так же неохотно синхронизировался с коммуникатором. Эмоционально высказав про себя пожелания технике и программному обеспечению, Николай начал неторопливо перелистывать записи последних лет. Задачи, заметки, дневник, календарь… Открыл краткий семилетний план своей бизнес-жизни, начатый на этом же месте около шести лет назад. Если выразиться точнее, краткое описание ви́дения этих лет и план своих действий, позволяющих из эмоционально возникшего желания изменить судьбу создать наступившую реальность.

Вспоминая прошлое, захотелось коньяка. Он посмотрел на барную стойку. Свой любимый «Ричард Хеннесси» увидеть, конечно, не надеялся, а вот «Хеннесси ХО» стоял в общем ряду бутылок водки, рома, виски, самбуки, каких-то ликеров и почему-то затесавшегося среди них оздоровительного сибирского бальзама. «Занятно, — мелькнуло в голове. — Не пьем, лечимся! — Николай улыбнулся крылатой фразе. — ХО так ХО, тоже очень неплохо».

Бармен уловил взгляд задумчивого посетителя и быстро, но без суеты оказался рядом.

— Сто грамм «Хеннесси ХО», пожалуйста.

— Со льдом?

— Без всего.

«Умничка, — оценил Николай бармена, — квалифицированный товарищ. Вроде и невзрачный внешне. Хотя, наверное, бармены, как и разведчики, не должны выделяться из толпы. И желания улавливает, и не суетится, и коньяк со льдом предлагает. Не часто это можно услышать от барменов. Виски со льдом — этим никого не удивишь, скорее наоборот. А вот коньяк со льдом…»

Николай не разделял мнение уважаемого им Жиля — потомка и управляющего бизнесом семьи Хеннесси, что лед мгновенно раскрывает утонченные привкусы и ароматы восхитительного напитка. Ему все равно нравился коньяк, слегка согретый в бокале ладонями. Это дитя виноградной лозы, земли и солнца как будто оживало, когда вновь ощущало тепло человеческих рук. Да и разбавлять древесные ноты и тонкий привкус корицы купажа сотни старейших коньячных спиртов тающим льдом неконтролируемого происхождения, особенно полученным из российской водопроводной воды, Николаю казалось просто кощунственным: «Экскьюзе муа, месье Жиль, не убедили».

Легкое пощипывание коньяка на языке, приятное тепло в груди. Пошло-пошло-пошло... Он посмотрел в окно. На противоположной стороне улицы, на «прикормленном» годами месте профессиональная нищенка — «калека от рождения» — бездарно отрабатывала свою роль. Народ на удивление верил, останавливался и, стыдливо отводя глаза, совал ей деньги, словно пытаясь таким образом освободиться от собственных скрытых грехов. Хотя если приглядеться, и движения больного человека аферистка воспроизводит не точно, и глаза нагло-сытые, и из-под лохмотьев проглядывает качественная брендовая одежда. Да кто ж на бегу такие нюансы разглядывать будет?! А вот замусоленная хендмейд-картонка с намалеванным цветным карандашом страшным диагнозом бросается в глаза сразу. Подавать калекам и нищим — это в крови русского народа, своеобразная дань национальным традициям. Да только нынче настоящие убогие и нищие не имеют возможности занять столь доходные «рабочие» места в центре Москвы. Суперприбыльный рынок душевного сочувствия и «чем можем» помощи профессионально организован и жестко поделен криминальными группировками. В газетах об этом постоянно пишут, по телевидению регулярно рассказывают. А внучатые потомки сына турецкого поданного Оси Бендера живут, и бессмертное дело его по сравнительно честному изыманию денег процветает. Или так современное поколение откупается от убогости собственной души?

Миллионы бегущих людей... Трудовые будни мегаполиса... Каждый выживает как может.

Странного вида мужчина с отрешенным взглядом и взъерошенными волосами вошел в кафе, быстро прошелся по залу, ни на кого не глядя, разложил на каждый столик по флаеру и, не задерживаясь, вышел на улицу. На небольшом листке бумаги типографским крупным шрифтом были напечатаны слова, принадлежащие святому апостолу Павлу: «Сокровище сие мы носим в глиняных сосудах».

Николай несколько раз медленно перечитал текст, задумчиво посмотрел вслед неожиданно появившемуся и неожиданно исчезнувшему необычному человеку и набрал на коммуникаторе номер мобильного телефона руководителя юридического департамента своего холдинга.

— Слушаю, Николай Константинович? — практически мгновенно раздался в трубке голос юриста.

— Приветствую!

— Добрый день.

— Помните, мы с вами не так давно обсуждали тему создания трастов* и благотворительных фондов?

— Да, конечно, помню.

— Давайте перейдем к стадии реализации. Начинайте прорабатывать документы по созданию одного траста и одного благотворительного фонда.

— В каких юрисдикциях, с каким капиталом и какими стратегиями?

— Траст с капиталом в сорок миллионов евро в… Швейцарии. Цели — поддержка инновационных технологий и малого бизнеса в семеноводстве. Ну и поддержка семьи Виктора Дмитриевича. Декларировать последнее, естественно, не нужно.

— Понятно.

— Благотворительный фонд с аналогичным капиталом в… Давайте в Люксембурге зарегистрируем, хорошо? Ну а цели… развитие навыков и талантов детей и молодежи, поддержка больных и пожилых людей. Сформулируйте только почетче.

— Ясно. Конечные бенефициары*, прозрачность владения трастом и фондом?

— Конечным бенефициаром в обоих случаях буду только я. С прозрачностью… Полная непрозрачность. Я понятно высказался?

— Абсолютно. Сделаем в лучшем виде. Что-то еще?

— Пожалуй, нет. Завтра подойдите ко мне после обеда с проектами.

— Обязательно.

«Н-да… Немного не дождался ты, Виктор Дмитриевич, царствие тебе небесное, — с горечью вспомнил партнера Николай. — За деньги не переживай, доля твоя на благие цели будет расходоваться и на семью твою. Равными партнерами мы входили в бизнес, равными суммами от его продажи и людям помогать будем. А вот анекдотов твоих мне порой не хватает… Что поделать, все мы смертны… Спи спокойно, партнер…»

Николай снова взглянул на коммуникатор. Мессенджер молчал — Собеседница уже спала, в Сан-Франциско наступила ночь. Он снова улыбнулся воспоминаниям их необычного знакомства в этом самом кафе как раз в тот момент, когда у него появилось желание изменить жизнь.

* * *

«Красивые глаза», — автоматически тогда подметил Николай.

Через два столика от него внимательно смотрели в его сторону красивые зеленые женские глаза. Вроде бы на него и вроде бы сквозь него. На вид хозяйке этих глаз было не более тридцати лет. Длинные и пушистые ресницы придавали взгляду интригующую загадочность и бездонную глубину. «Интересно, ресницы свои или искусственные?» — подумалось ему.

И тут же про себя развил тему: «А грудь и губы силиконовые? А ногти — наращенные? А глаза? Это естественный цвет или линзы?» Глядя в эти большие бирюзового цвета глаза, словно отражающие меняющийся цвет океанических волн вокруг знойного тропического острова, он улыбнулся своим критическим мыслям и одновременно хозяйке взгляда. Она слегка наклонила на бок голову и в ответ чуть приподняла бокал красного вина.

«Чувствует себя уверенно», — отметил он.

До того момента Николай ее в кафе не видел — такие глаза невозможно забыть. «Вряд ли из провинции, слишком уверенная и спокойная. Одета со вкусом. Из Питера? Возможно… но что-то отличает ее манеру одеваться от российской. Скорее всего, часто бывает за рубежом, — он любил разгадывать судьбы незнакомых людей, но тут же прервал свои исследования: — Сегодня мне не до вас, привлекательные глаза! Если судьба нам познакомиться, обязательно увидимся еще». Это мысленное сообщение он и послал девушке. Судя по выражению ее лица, она мысленно послала ему такое же.

* * *

Подошел официант и извиняющимся голосом негромко произнес, что в связи с неожиданной налоговой проверкой кафе закрывается, кофе и коньяк — за счет заведения в качестве компенсации за причиненные неудобства.

Николай неторопливо шел по улице, жмурясь от яркого солнца и рассматривая витрины магазинов и ресторанов. Его внимание привлек небольшой магазинчик с двойной «шлюзовой» дверью и неброской вывеской «Продажа и покупка швейцарских часов».

Внимательно изучая часы Николая, сидящий около входа в углу за маленьким столиком эксперт-скупщик довольно покачивал головой.

— Настоящие! Вот посмотрите, какой формы головки винтиков… Китайцы пока такие сделать не могут. Зачем, если не секрет, продаете такое богатство?

— Нет времени разглядывать маленькие стрелки, — неохотно пояснил Николай. — Да и летаю часто, мне удобнее иметь хронограф с разными часовыми поясами.

— Разумно, разумно, — снова покачал головой скупщик и достал из кармана деньги. — Устроит? Не для перепродажи беру, а для своего друга, он давно у меня такие просит.

— Удачи другу! — Николай взял деньги и перешел к прилавку с часами.

— Я все слышала, — продавщица улыбнулась голливудской улыбкой. — Подобрала специально для вас!

На витрине лежала открытая большая коробка-шкатулка из темного дерева с макетом яхты и хронографом с позолоченным круглым циферблатом.

— Специальный ограниченный выпуск в честь юбилейной гонки яхт на Женевском озере. Всего один экземпляр пришел, — почему-то понизив голос, добавила она.

Часы удобно сидели на руке.

— Заверните! Точнее, я не буду их снимать, давайте просто оплачу.

Довольная быстрой сделкой, продавщица, немного суетясь, быстро, пока он не передумал, упаковала коробку в фирменный пакет.

Примерно аналогичная сцена произошла чуть позже через дорогу в магазине компьютерной техники.

— Желаю поменять железо с программным обеспечением от Билла Гейтса* на…

— Комплект с программным обеспечением от Стива Джобса*! — подмигнув продолжил фразу Николая менеджер зала — молодой веселый рыжеволосый парень с густо усыпанным крупными веснушками лицом. — Я вообще удивляюсь, как вы, такой с виду продвинутый мужчина, до сих пор пользовались отстойными реликтовыми разработками. С ними же невозможно нормально работать.

— Ну и, пожалуй, последнее обновление на сегодня, а потом поеду домой заниматься анализом и выводами, — шепотом произнес Николай, протискиваясь с портфелем и тремя объемными пакетами в узкую дверь небольшой старинной церквушки. Массивная золотая сережка из левого уха с гравировкой на английском языке «Дом там, где твое сердце» звонко упала на дно ящика для пожертвований на приобретение оборудования для опекаемой приходом больницы.

ЧАСТЬ 2

1

Это произошло в год, когда в казавшейся несокрушимой коммунистической империи — Союзе Советских Социалистических Республик — робко повеяло ветром перестройки. Волею судьбы Николай оказался в первых рядах строителей капитализма. И не потому что был тайным поклонником антагонистической коммунистическим идеалам системы рыночной экономики, а потому что, имея на руках двух маленьких симпатичных дочурок — погодок-кровинушек, мотался со своей молодой семьей, словно с цыганским табором, по различным негостеприимным и безразличным к его проблемам жилищам. И надежды на свой собственный очаг, полученный от государства, в обозримой перспективе (а иного в то время просто и быть не могло) не существовало практически никакой. Точнее, надежда была. Но к этому моменту его дети должны были бы уже учиться на последнем курсе университета, что не грело абсолютно и не придавало никакого жизненного оптимизма. По образованию Николай был гидрогеологом. Окончил с отличием нефтегазовый институт. Лето проводил на полевых работах на северах. Зимой занимался камералкой*, написанием отчетов и кандидатской диссертацией. Жизнь текла предсказуемо. И от этой предсказуемости было тяжелее всего. Впереди маячили либо полная карьерная и материальная безнадега, либо неизбежные многочисленные ступеньки карьерной лестницы, которые необходимо методично пройти, а порой незаметно для части окружающих и проползти. По дороге через кого-то цинично перешагнуть, а то и столкнуть в пропасть конкурента с узкой тропинки карьерного роста, прикидываясь перед начальством преданнейшим простачком. И в итоге через много лет почувствовать определенную степень свободы и самодостаточности — если, конечно, к этому моменту еще не атрофируются чувства самоуважения и собственного достоинства. По пути необходимо измудриться написать кандидатскую и докторскую диссертации, которые нужно защитить не потому, что распирает от желания донести СВОЕ слово собратьям по науке, а потому что без этой формализации собственных и систематизации чужих мыслей всерьез воспринимать тебя как специалиста никто не будет. Хотя и быстро защититься никто не даст — перспектива появления молодого ученого и энергичного руководителя не радует большинство зрелых и престарелых оппонентов и сотрудников. Потенциальный конкурент никому не нужен. А дальше скука. Изо дня в день ритуальные чаепития и перекуры с бесконечными пустыми разговорами коллег, смирившихся с неизбежным однообразием жизни и состязающихся в своей посредственности, проблемности и несчастливости. Тоскливая предсказуемость каждого дня...

Однажды ночью Николай неожиданно проснулся и понял — в жизни надо что-то менять. Прямо сейчас. Надо начать строить жизнь своими руками. Надо, чтобы жизнь стала интересной. Надо банально заработать деньги и купить кооперативную квартиру для семьи. И все это надо начинать делать срочно.

С утра он был в приемной областного комитета второй по влиянию общественно-политической организации в СССР — Всесоюзного ленинского коммунистического союза молодежи, а сокращенно ВЛКСМ.

* * *

Они были знакомы со вторым секретарем обкома ВЛКСМ еще со студенчества. Одним из первых в городе Николай начал проводить не понятно как просачивающиеся через железный занавес и прочно закрепляющиеся на почве советской действительности дискотеки. Материальную поддержку ему под это музыкально-социальное нововведение предоставил продвинутый директор одной пригородной автобазы. Числился Николай в штате этого скопления грузовых автомобилей разных марок и предназначений автомехаником. Главной задачей диджея-автомеханика было веселить служивый люд на профессиональных и народных праздниках. А в перерывах между общественными гуляньями периодически после занятий в институте появляться в студии, расположенной над въездом в автобазу в переходе между двумя крыльями офисного здания, и поддерживать беседу с шефом на разные не относящиеся ни к музыке, ни к автомобильной сфере темы. Говорили обо всем, по принципу «приятно поговорить с умным человеком». Правда, музыкальный дискоавтомарафон продолжался недолго. Директора автобазы вскоре за что-то посадили, а новое начальство Николая сразу уволило, даже не познакомившись. Видимо, перспектива оборудования хорошей музыкальной техникой собственного дома была для них важнее музыкально-танцевально-духовно-телесного сплочения коллектива. Однако до этого неприятного события Николай успел стать известным в городе шоуменом, проводил суперпопулярные дискотеки в городском танцевальном зале, продвинутых ресторанах и барах и даже выиграл первый городской конкурс дискотек. Так вот председателем жюри на этом конкурсе как раз и был второй секретарь обкома ВЛКСМ. Там они и познакомились.

* * *

— Предлагаю создать в городе молодежное музыкальное кафе и сделать его центром культурного отдыха и воспитания хорошего музыкального вкуса! — без долгого вступления предложил второму секретарю Николай, ворвавшись в его кабинет ровно в восемь ноль-ноль утра.

— Тема интересная! — быстро среагировал второй и, на секунду задумавшись, предложил: — В центре города стоит кафе, директор очень энергичная молодая женщина, сейчас выходит из декретного отпуска и планирует заняться ремонтом заведения. Я вас познакомлю, подумайте вместе, что из вашего союза может получиться, а потом определимся.

Не успел Николай встретиться с директором кафе, как вечером того же дня раздался звонок от второго:

— Зайди завтра, есть тема для размышления.

Тема оказалась действительно весьма интересная, хотя и неожиданная.

В конце восьмидесятых годов двадцатого века в недрах молодежной идеологической структуры по наставлению «старшего партийного товарища» забродила идея о создании хозрасчетных молодежных организаций. Естественно, под эгидой и мудрым руководством комсомола. Идея зрела. Проблем с кураторами на местах не было — первыми лицами организаций по статусу были определены заведующие какими-либо отделами территориальных комитетов комсомола. А вот «что» и «как» делать дальше — никто не знал. В сей ответственный момент Николай случайно и попался на глаза второму секретарю — в нужном месте и в нужное время.

— Есть встречное предложение, — так же, как вчера Николай, безо всякого вступления выложил сходу второй. — Мы думаем о создании хозрасчетной молодежной организации, которая могла бы объединить инициативную молодежь нашей области и дать дополнительный импульс развитию ее научного и творческого потенциала. И все это — не в ущерб основной работе, а в свободное время. У молодежи появится возможность более полной самореализации. Польза и молодежи, и обществу! Что думаешь?

— Хорошее дело, — Николай быстро анализировал сказанное. — Вы хотите, чтобы наше музыкальное кафе стало частью этой организации?

Второй внимательно смотрел на Николая.

— Я хочу, чтобы ты стал заместителем руководителя этой организации, — медленно и утвердительно произнес он.

Через год в Союзе молодежных инициатив — так Николай со своим непосредственным руководителем-куратором, а по совместительству комсомольским вожаком среднего звена назвал новую организацию, работало уже несколько сотен человек. Создавались временные трудовые коллективы в самых разных сферах деятельности, привлекались талантливые молодые и не совсем молодые, но высокопрофессиональные специалисты. Почувствовав свежий ветерок перемен, в обществе начали осторожно проявляться инициативные личности, предпринимательскую энергию которых явно сковывала существующая советская действительность. На эти предпринимательские ростки Николай и сделал ставку. Не зная азов ведения бизнеса — этого в СССР практически не знал никто, не прочитав ни одной книги по теории управления — этих книг в продаже просто не было, интуитивно Николай ощутил, что объять необъятное и самому держать руку на пульсе сотен договоров нет ни возможности, ни целесообразности. И самое главное — уже прошел стартовый азарт. Гораздо интереснее стало другое — создание такой системы, которая, родившись однажды, могла бы саморазвиваться. Сотворение такого бизнес-организма, который бы рос, превращаясь из неуклюжей и неоформившейся субстанции в умное, сильное и красивое творение — дело. Его ДЕЛО.

Через два года Союз молодежных инициатив представлял собой интуитивно сформированный холдинг, объединяющий пятнадцать условно самостоятельных организаций, спектр деятельности которых ограничивался только фантазией инициаторов — от продюсерских музыкально-театральных центров и литературных студий до строительной компании и нефтяной биржи. Статьи о новом начинании не сходили с полос региональной печатной прессы. Николай стал местной телезвездой, постоянно востребованным гостем разнообразных программ. На банковских счетах организации начали аккумулироваться серьезные финансовые ресурсы, равные в эквиваленте миллионам долларов. Успешная выскочка-инициатива не могла не вызвать негативной реакции все еще отчаянно цепляющейся за свое обреченное существование партийно-номенклатурной системы.

4

Дважды Николая «раскулачивали». И оба раза на заре его трудовой предпринимательской деятельности. Эти уроки жизни многое дали Николаю для понимания выстраивания бизнеса, полученный опыт не единожды уберег его в опасных ситуациях.

Первый тревожный звонок-предупреждение от внешней среды прозвучал из местного Отдела по борьбе с хищениями социалистической собственности (ОБХСС) — карательной структуры, стоящей на защите всенародного добра от своего же народа. Кто-то из руководителей детского дома, в который Николай со своими сотрудниками по велению сердца отвез в подарок автобус игрушек и спортивных принадлежностей, частью сиротского добра поделился со своими родными детьми. Это «случайно» заметили контролирующие органы после соответствующего «постукивания» кого-то из обиженных или обделенных сотрудников детдома. Кроме руководителей детдома, претензию почему-то предъявили солидарно и дарителю, прозрачно намекая, что часть игрушек по какой-то случайности не доехала до места назначения. А одновременно с процессом задавания вопросов была проверена и вся бухгалтерская документация организации за весь период деятельности, что вызвало у Николая смутное человеческое непонимание логики происходящего. Следователь устало разъяснил бесцветным тоном:

— Встречная проверка!

С этого момента Николай на всю жизнь усвоил значение устрашающего понятия «встречная проверка», результаты которой, как он потом понял, могут интерпретироваться весьма широко (в зависимости от истинных целей карательного органа), даруя свободу или наказание, но никак не поощрение или благодарность.

Начав предпринимательскую деятельность, Николай столкнулся с полным отсутствием нормативной документации. В советском обществе еще не было подобных организационных образований, и даже самые смелые фантазеры не мечтали увидеть закон о кооперации. Поэтому для себя и для всех вокруг себя, с кем выстраивались деловые отношения, приходилось разрабатывать принципы и нормы своей, а порой и их деятельности. В этот период знакомая начальница юридического отдела горсовета познакомила Николая с подчиненным ей юристом Александром — колоритной личностью, вызывающей с первых мгновений общения самые противоречивые чувства. Бывший моряк высокого роста, широкой кости, с крупными чертами лица и многочисленными татуировками, выглядывающими даже из-под манжет, сохранивший характерную походку и привычки морской касты, он предпочитал начинать любой диалог трубным обличающим голосом, обрушивая на собеседника шквал аргументированной и эмоциональной критики по любому поводу и без него. Не каждый мог перенести такой стиль общения. Но тот, кто выдерживал первый удар грозового шторма, находил в Александре интересного интеллектуального собеседника, юриста высокой квалификации и просто романтическую личность с большим жизненным опытом. И хотя со свободолюбивым правоведом Николаю не пришлось долго проработать вместе, но на многие годы они сохранили добрые деловые и теплые дружеские отношения. Массу полезного узнал Николай от своего более старшего и опытного юридического советника.

Один из постулатов гласил — либо в организации не должно быть вообще никакой документации, подтверждающей ее экономическую деятельность и структуру управления, либо документация всегда, в любой момент должна быть в идеальном порядке. Промежуточное состояние — неизбежные неприятности и перспектива тюрьмы для руководителей.

В момент проверки ОБХСС Союза молодежных инициатив вся документация организации была в полном порядке. Но комсомольские вожаки на всякий случай во время проверки перевели все свободные денежные средства на счета комсомола, где они по умолчанию и растворились.

Второй раз предупреждение пришло, точнее прилетело, в лучших сталинских традициях поздно вечером. Вернувшись к концу рабочего дня из командировки, Николай около восьми был приглашен в кабинет областной комсомольской ревизионной комиссии. Как выяснилось уже в кабинете, для разговора с прилетевшим из Москвы контролером Центрального комитета (ЦК).

— Хороший костюмчик, — вместо приветствия произнесла бесцветная холеная личность, не намного по возрасту старше Николая, но облаченная значительной властью и в очень неплохой импортный костюм серого цвета. — Советую сознаться! Тогда меньший срок дадут.

— В чем сознаться? — внешне спокойно поинтересовался Николай. Он, сколько себя помнил, всегда умел держать удар. Видимо, качество было врожденным, никто и никогда его этому не учил, но очень часто именно оно выручало в жизни.

— На какие деньги куплен костюмчик?

— На честно заработанные.

— И секретарша твоя тоже честно зарабатывает? Больше первого секретаря обкома? Да? И чем она и ты честно зарабатываете?

— Работаем много, вот и зарабатываем хорошо, — Николай с трудом сдержался, не позволив себе резкого ответа.

— Ну-ну, — процедил москвич. — А черешню с рынка по домам ящиками развозите?

— Развозим. По ящику на семью с детьми в сезон. Не на юге ведь живем — вдоль дорог она у нас в Сибири не растет, а детям витамины нужны. Закупаем официально.

— Ну-ну.

«Склизкий и вредоносно-опасный тип», — оценил контролера Николай. Такому не объяснить, что значит зарабатывать своими руками, работать по шестнадцать — восемнадцать часов в сутки без выходных и праздников, придумывать непридуманное, решать нерешаемое, мотаться по вокзалам и аэропортам, деревням и городам, практически не видеть семью. А если объяснить — это конец моему ДЕЛУ и персональные десять лет тюрьмы с конфискацией имущества за слишком заметные трудовые достижения и помощь семьям сотрудников. Если повезет. Годиками тремя-пятью назад этим бы не отделался, можно было бы и «вышку» схлопотать как антисоциальному элементу.

* * *

Таких подленьких людишек, как сидящий напротив столичный ревизор, Николай ненавидел на генетическом уровне. Возможно, эта нелюбовь передавалась с клетками крови из поколения в поколение по линии матери: по доносу такого же подонка многодетная и трудолюбивая крестьянская семья была раскулачена и депортирована из солнечной Молдавии в тысяча девятьсот сорок первом году в Сибирь на лесозаготовки. Или по линии отца: на всех старых семейных фотографиях одна половина была отрезана. Изящно одетая, с красивой прической прабабушка осталась на них и в жизни в гордом и молчаливом одиночестве. В семье не было принято расспрашивать про прадедушку. И тем не менее все знали, что был он до революции главой сибирского университетского и промышленно развитого города, владел недвижимостью, типографией и еще чем-то значительным. Что произошло во время и после пролетарского переворота — современные поколения семьи не знали и только строили самые разные предположения, а знающие эту тайну бабушка и прабабушка унесли ее с собой в могилу, так и не поведав любознательным потомкам. Но семейные гены зафиксировали и каким-то образом передали потомкам образы бесцветных серых личностей, которые появлялись без предупреждения в домах по ночам и увозили в «воронках» в неизвестном направлении чью-то любовь. Они пытались прокуренными камерными ночами превратить человека в быдло, легко лишая жизни невиновного, а его семью будущего, ради иллюзорного стадного псевдосчастья кучки мерзавцев-убийц и толпы животных-люмпенов. Кровью и зрелищами расстрелов питалась советская власть на заре ее становления. Слепая лояльность и посредственность стали фундаментами громадной коммунистической империи. Палачи порождали новых палачей. Эффективно управлять экспроприированным добром было некому. Кровавый монстр, рожденный революцией, требовал все новых и новых жертвоприношений для выживания.

* * *

Этой же ночью из опечатанного проверяющими офиса Союза молодежных инициатив, находящегося на четвертом этаже охраняемого здания обкома комсомола, загадочным образом исчезла вся документация организации. А на краю города, среди каких-то полуразрушенных строений ярко горел, отблескивая уходящим советским прошлым, большой металлический мусорный контейнер с чековыми книжками, платежками, актами и договорами, которые методично подбрасывал в огонь теперь уже явно бывший руководитель, очевидно бывшей молодежной организации. Лицо Николая, освещенное его горящими трудами, было спокойно и сосредоточенно.

Союз молодежных инициатив перестал существовать. Сотни инициативных и наиболее талантливых людей в очередной раз были лишены агонизирующей советской номенклатурой возможности реализовывать свои таланты и достойно содержать свои семьи. Не оправдав тюремных желаний заезжего партийного функционера и брюзжащий подвывающий гнев местных его сотоварищей, Николай остался на свободе. С опытом и желанием строить новый бизнес в стране, к тому времени уже принявшей закон о кооперации. Дилемма «как жить дальше» для него перестала существовать: *глотнув воздух свободного предпринимательства, уже невозможно быть счастливым, загоняя себя в рамки бюрократических государственных организаций или неповоротливых глобальных корпораций.*

5

«Или все-таки наступил тиражируемый глянцевыми изданиями кризис среднего возраста?» — задал себе вопрос Николай.

Никакой это не средний возраст! Это средненький образ жизни. Это сопливое всхлипывание тех, кто боится чего-то нового, боится изменить привычный ход событий, обеспечивший сегодняшнее комфортное безынициативное, но одновременно и бесперспективное существование. «Трусость — самый страшный порок», — говорит Иешуа Га-Ноцри устами Булгакова в «Мастере и Маргарите». Именно по причине трусости бывшие дерзкие предприниматели начинают придумывать многочисленные оправдания своей пассивности и подозрительности. Мало ли бизнесменов, сколотивших в молодости состояние, имея хорошие офисы в центре Москвы, коттеджи на Рублевке, приезжают на работу к обеду и делают несколько ритуальных телефонных звонков только с одной целью — чтобы о них помнили? Придумывают для себя причины псевдозанятости и пытаются убедить в этом всех окружающих, и прежде всего себя. Ибо если в это никто не поверит или, что еще хуже, догадается об истинных мотивах фактического бездействия, то жить станет совсем невыносимо. А в итоге, потеряв предпринимательский нюх, вляпываются в авантюрные мыльные супердоходные псевдопроекты, теряют деньги и еще больше озлобляются на мир и себя.

«Меня это устраивает? Хочу ли я быть таким? Смогу ли я жить так?»

Он посмотрел в окно. На противоположной стороне улицы пара молодых крепких ребят в спортивных костюмах и коротких черных кожаных куртках, судя по характерным движениям пальцев рук, что-то убедительно объясняли безногому опустившемуся существу мужского пола. Видимо, правила ведения бизнеса на «их» территории. Инвалиду вряд ли было больше тридцати пяти, но синюшный от пьянства цвет обезображенного морщинами, синяками и шрамами лица придавал ему вид уродливого человекосущества. Оборванец непрерывно кивал головой и искал бегающими глазами спасительный путь к отступлению.

Под окном кафе остановилась инвалидная коляска. Красивый, подтянутый, с легкой сединой в темных волнистых волосах, хорошо одетый мужчина лет пятидесяти пяти — шестидесяти, в дорогих перчатках, внимательно посмотрел в ту же сторону, что и Николай. Словно почувствовав на себе взгляд, мужчина обернулся. Глаза Николая встретились с глазами состоявшейся в жизни и уверенной в себе личности. Через мгновение он крутанул колеса своего средства передвижения и открыл дверь расположенного рядом с кафе ресторана.

«А вот и наглядный пример выбора, — вывод сформулировался сам собой. — Все очень просто, и не надо мучительно искать аргументы „за“ или „против“. *Либо ты ложишься под жизнь, либо жизнь ложится под тебя».*

Приняв решение, Николай включил лэптоп и, почти не задумываясь, стал быстро записывать мысли.

6

< План на семь лет >

Первое. Какими ресурсами я сегодня обладаю?
Опыт.
Жизненный опыт. И богатый бизнес-опыт.
«Этого не пропить!» — отметил Николай справа на полях и нарисовал улыбающийся смайлик.
Здоровье.
Вроде, грех особо жаловаться. Возможно, даже лучше, чем в разгар бурной молодости. Но сорок лет — не двадцать, объективный ограничивающий фактор. И хотя Николай точно знал, что может дать фору многим значительно более молодым конкурентам как в спортивном зале, так и в постели, однако усилий на поддержание себя в хорошей форме приходилось тратить все больше.
Способность генерировать нестандартные идеи и видеть скрытые возможности и потребности рынка.

Что есть, то есть. Идеи реализовывал сам, дарил друзьям и недругам, клиентам, партнерам и случайным знакомым. Иногда сожалел об этом. Особенно когда обесценивали хорошую мысль. Но идеи рождались снова и снова, словно неизбежный утренний восход солнца, заставляя забывать о неблагодарных получателях бесценных подарков.

Умение предвидеть конечный результат.

Как это у него получалось, Николай не знал. Но всегда в начале запуска очередного бизнес-проекта в его воображении сама собой возникала объемная «живая» картина желаемого результата всех усилий, последних мгновений реализации проекта, словно какой-то невидимый творец наносил кистью на холст мазки красок-действий разных оттенков и энергетики. Если картинка получалась цветная, с ярким сюжетом и четкими деталями и он мог спокойно ее созерцать, любоваться, будто картиной известного художника в галерее, — значит, проект имел право на жизнь. Если картинка была неясная, смазанная и серовато-буроватых тонов, то проект вычеркивался из списка имеющих право на реализацию.

Безупречная репутация.

Николай подчеркнул уточняющее слово. В памяти всплыл один курьезный случай. Несколько лет назад на одну из его компаний был заказной «наезд» через налоговую полицию. Следователь, отрабатывающий заказ, сидел в одной комнате с другим следователем, семейные финансы которого были переданы в управление Николаю. По рассказу очевидца беседы, на вопрос «наезжающего» коллеги, не боится ли следователь-«вкладчик» за свои финансы, тот спокойно ответил: «Николай всегда возвращает деньги, в любой ситуации». *Репутация стоит дороже денег.* Именно поэтому у Николая никогда не было серьезных проблем собрать деньги под новый проект.

Команда.

За годы предпринимательской деятельности вокруг Николая сформировалась команда профессионалов, готовая идти за ним в любой бизнес. Это были совершенно непохожие друг на друга люди, разного уровня образования, возраста и вероисповедования. Но объединяло их одно — они фанатично доверяли Николаю. Их вера в тяжелые моменты открывала ему второе, третье и все последующие дыхания, даже когда от напряжения и дышать, казалось, сил нет.

Финансы.

Кое-что, конечно, имеется в резерве, но для масштабного проекта явно недостаточно.

Николай сознательно не стал разделять свои личностные возможности и деловые ресурсы, почему-то подумалось, что в данный момент они для него являются равноправными частями сложного механизма «стартового комплекса». Задача у этого «комплекса» только одна — преодолеть силу притяжения традиционного уклада его жизни и вывести судьбу на новую желанную орбиту.

Он взглянул в окно, словно сравнивая свои конкурентные преимущества с мелькающими образами незнакомцев: «Не-пло-хо. Совсем неплохо! А теперь главная задача — материализовать мои возможности и желания».

Ксения перебирала в уме результаты командировки в Россию — интенсивной работы последних трех недель. До вылета самолета оставалось несколько часов. Вещи в отеле были упакованы еще с утра. Чашечка белого чая «инь чжень» и бокал красного чилийского вина Хиллмор Аседор дель Мундос Мерло прекрасно дополняли вкусовые достоинства друг друга. Ксения рассеянно оглядывала уютное кафе, стараясь не акцентировать взгляд на посетителях.

Впереди был длинный перелет, вернее, череда длинных перелетов и переездов. Сначала на самолете из Москвы через Мюнхен до Монреаля, где запланированы две встречи с серьезными частными инвесторами. Из Монреаля на день необходимо съездить на поезде в Квебек-Сити — познакомиться с очень интересными и успешными ребятами-программистами, обсудить с ними критерии отбора IT-проектов. Далее национальный канадский авиаперевозчик обещал с комфортом доставить в Ванкувер на ежегодный форум североамериканских венчурных инвесторов. И уже из Ванкувера последний перелет в ставший родным Сан-Франциско.

Публика в кафе не представляла особого интереса, за исключением недалеко сидящего перед Ксенией мужчины. Внимание привлекали естественность и раскованность его поведения — видно было, что он не впервые здесь да и не сильно обращает внимание на окружающих, и напряженная работа мысли, которую выдавали умные проницательные глаза и решительные движения.

«Скорее всего, ему около сорока, — оценила Ксения, — хотя выглядит лет на тридцать с небольшим. Выдает легкая седина на висках. Явно не профессиональный спортсмен, но в неплохой форме. Не чиновник, это точно. Больше похож на бизнесмена. Чем-то сильно озадачен, возможно, каким-то серьезным проектом или идеей».

Словно уловив ее мысли, мужчина неожиданно взглянул на Ксению и улыбнулся ей. Слегка растерявшись, она приподняла бокал и непроизвольно улыбнулась в ответ.

«Теперь о желаниях… — Николай открыл новый лист. — **ГЛАВНАЯ ЦЕЛЬ**, — эти два слова он выделил заглавными буквами и полужирным шрифтом, — через семь лет моя жизнь должна представлять из себя…» И тут же быстро стер это правильное по сути начало описания желаемого образа своей жизни, классической технологии формирования VISION, описанной в многочисленных кейсах различных бизнес-школ. Крупными буквами в центре страницы, уверенно ударяя пальцами по клавиатуре, Николай напечатал, словно высек на скале своей судьбы:

ХОЧУ ЖИТЬ ТАК, ЧТОБЫ УХОДЯ В МИР ИНОЙ МОЕЙ ПОСЛЕДНЕЙ МЫСЛЬЮ БЫЛО: Я СДЕЛАЛ ВСЕ ВОЗМОЖНОЕ, ЧТОБЫ НАХОДИТЬСЯ В ГАРМОНИИ С САМИМ СОБОЙ.

Простота и категоричная неоспоримость этой фразы заставили Николая непроизвольно вздрогнуть. Резко отодвинувшись от лэптопа, он встал и быстро обошел вокруг столика. Двое бурно беседующих по соседству мужчин как-то разом замолчали и удивленно посмотрели на него. Он не заметил этого. Если бы сейчас кто-то попытался обратиться к нему или дотронулся до него, он бы тоже не заметил. В верхней части груди Николая что-то напряглось, похолодело и замерло. «Вот! Вот ради чего стоит жить! Ведь знал же это я всегда! Хотел этого. И даже часто советовал другим. Говорил, знал, хотел, но не принял для себя *как закон, как основную мотивацию жизни, как критерий всех своих больших и малых поступков.* Не ради того, чтобы заработать много денег. Не ради того, чтобы получить от общества признание и почитание. Не ради того, чтобы достичь высокого социального статуса. Но ради себя как такового, как Человека, живущего на Земле! Ради своих идеалов и принципов, которые сформировали мою личность к этому времени так же, как кровеносная и костная системы сформировали мое тело. Ради достижений и потерь, которые, как зарубки затворника на стене одиночной камеры, отмеряли вехи моей жизни. Ради тех людей, которых я любил и люблю, уважаю, ненавижу или считаю пустым, а то и вредным недоразумением. Ради всех своих товарищей и недругов. Ради любви. Ради смысла жизни. Ради самого себя».

Скорее механически, чем осознанно, Николай слегка прикоснулся губами к кофе, склонился над компьютером, и на экране стали проявляться желания, которые обязаны были теперь стать его реальностью.

Первое. Все мои действия — в бизнесе и в личной жизни — впредь будут максимально подчиняться реализации моих ценностей и основных задач.

К о м м е н т а р и и. Я не навязываю свой образ жизни окружающим, никто не вправе навязывать свои представления об образе жизни мне.

Второе. Ближайшие пять-семь лет я буду вести бизнес в России. Параллельно устанавливать связи с зарубежными контрагентами и искать перспективных партнеров вне России.

К о м м е н т а р и и. В мире масса возможностей. Стоит ли ограничиваться одной условной территорией? Плюс важна минимизация монострановых рисков.

Третье. В ближайшие годы я должен получить вид на жительство в одной из самых благоприятных для проживания и ведения бизнеса стран.

К о м м е н т а р и и. Дети и внуки советских и российских руководителей страны, за редким исключением, живут заграницей. Дети бывших советских лидеров — преимущественно в США, в «империи зла», с которой яростно боролись их отцы и деды. Будучи яркими представителями неяркого многомиллионного американского среднего класса и занимаясь литературной и преподавательской деятельностью, они пытаются донести до современного мира личностный взгляд на неординарные образы своих предков, зарабатывая ежедневным трудом на хлеб насущный. Российские отпрыски псевдодемократов предпочитают Англию и изредка Австрию. Из Англии и Швейцарии удобнее управлять своими засекреченными финансовыми империями, неожиданно возникшими за пределами России у бывших преподавателей физкультуры, журналистов и представителей других гуманитарных профессий, которые никогда не занимались бизнесом. Принадлежащие им де-факто кипрские компании, акционерами которых являются оффшорные компании с Британских Виргинских островов, акционеры которых в свою очередь уже не раскрываются, делают невидимыми для посторонних глаз личные многомиллиардные состояния российских подданных, имеющих вопреки законодательству еще и гражданства иных стран. Они непрерывно отсасывают из молодой России все новые и новые миллиарды долларов, фунтов стерлингов и иную конвертируемую валюту, обрекая «проголосовавший сердцем» и «кинутый» ими доверчивый электорат на бесперспективное существование. Лицемерные органы правопорядка не имеют права интересоваться происхождением капиталов потомков экс коммунистических и новодемократических предводителей по умолчанию. Вертикаль власти строго оберегает свой неприкасаемый клан, сцементированный понятием «лояльность в обмен на возможность воровать». Рядовые же граждане просто не представляют объемов воровства. Зато российские тюрьмы переполнены «колхозниками», укравшими по глупости или от безысходности мешок картошки.

Как можно строить будущее в стране, в которую не верит даже ее элита? Знать ситуацию и поддерживать результатами своего труда и налогами правящий антинародный режим, красивую зарубежную жизнь их семей и приближенных — это преступление по отношению к самому себе и своим потомкам.

Если не получается в зрелом возрасте обоюдной любви с родиной, то иногда любовь на расстоянии — не самый плохой выбор. По крайней мере — безопасно. Ориентир — не чопорная Европа с «забуревшими» соотечественниками.

Четвертое. Права на собственность и основные банковские корпоративные и личные счета пока должны находиться в одном из финансовых центров Европы. И к Азии стоит внимательнее присмотреться…

К о м м е н т а р и и. Тиха украин… российская ночь, но сало-деньги лучше перепрятать. ☺

Ниже заглавными буквами напечатал:

Я ВЕРЮ, ЧТО СДЕЛАЛ ПРАВИЛЬНЫЙ ВЫБОР.
Я ВЕРЮ В СВОЙ УСПЕХ.
Я ВЕРЮ В СЕБЯ.
ДА БУДЕТ ТАК!

«Интересная штука жизнь! Правда?» — вдруг выскочило сообщение на мессенджере от неизвестного отправителя «Собеседница». А подмигивающий смайлик указал на выходящую из кафе незнакомку с незабываемыми глазами, которая в ответ на его улыбку приветственно подняла бокал.

7

Следующим утром Николай проснулся, как обычно, ровно в пять тридцать. Проснулся с ощущением гармонии в душе, полного спокойствия и абсолютной уверенности в правильности своего выбора.

Первые лучи солнца пробивались сквозь городские джунгли в большие окна спальной комнаты, безапелляционно возвещая о продолжении светового галактического цикла — начале нового дня. Каждое утро комната с нетерпением готовилась к встрече невидимых вселенских путешественников, с радостью многократно отражая от своих стен в разные стороны посланное Светилом тепло. Никакие препятствия не мешали этой традиционной утренней забаве. Довольно большая спальня была практически свободна от вещей, кроме лежащего на полу неимоверных размеров упругого матраса с несколькими небольшими подушечками и легким одеялом. На стене висели четыре фотографии авторства хозяина комнаты с сюжетами восхода, полуденного солнца, заката и полнолуния. Более в спальной комнате ничего не было. Состояние свободного пространства особенно прекрасно ощущалось по утрам, наполняя свежей энергией просыпающиеся здесь тела, и действовало успокаивающе по вечерам, выветривая скопившиеся за день в человеческих душах отрицательные эмоции.

На семь тридцать утра Николай назначил в офисе собеседование с кандидатом на должность своего помощника. Анкету соискателя, которую ему вчера принес директор по персоналу, изучить не успел, поэтому сегодня надо было приехать на работу минут за пятнадцать до собеседования и просмотреть биографию претендентки. Предыдущая помощница не смогла понять характер шефа и принять его представление о ее обязанностях и роли. А механическое взаимодействие в рамках безликих, поэтому по определению неэффективных должностных инструкций его не устраивало. Предыдущая помощница не смогла понять главного: она — важная часть его самого, его правая рука, его фильтр от случайных посетителей, звонков, сообщений и других пустых, назойливых и вредных пожирателей времени. Она должна принимать на себя поток его текущих задач, помогать ему организовывать процесс коммуникаций с внешней средой и процесс оперативного управления бизнесом, экономя тем самым его личные ресурсы для возможности достижения стратегических целей. Не смогла понять или не захотела? А может, не сумела перебороть в себе комплекс коренной москвички, выпускницы престижного Московского государственного университета имени Ломоносова с превосходным знанием двух иностранных языков, которая занимает должность секретаря у провинциального предпринимателя, строящего бизнес зачастую не так, как все, не так, как указано в учебниках? Именно секретарем она называла себя, когда отвечала по телефону. А вот секретарь Николаю как раз и не был нужен. Поэтому через три недели сотрудничества она получила материальную компенсацию за два месяца работы и полную свободу найти свое призвание вне границ чуждого для нее бизнеса.

Столь непривычное время для интервью преследовало сразу несколько целей. Во-первых, значима была реакция соискателя на нестандартную ситуацию. Во-вторых, поведение людей в раннее время суток обычно очень хорошо показывает, насколько совместимы личности по образу жизни или хотя бы готовность подчиненного принять устои жизни своего руководителя. А в-третьих, банально нецелесообразно разрывать рабочий процесс на беседу с непредсказуемым результатом.

Свернув с Полянки в небольшой извилистый переулок в сторону Ордынки, в начале восьмого утра Николай подъехал к офису. Большой офисный комплекс, состоящий из нескольких высотных зданий, практически не был виден из-за низких двухэтажных старинных особняков ни с Полянки, ни с Ордынки. В центре холла корпуса, где располагался холдинг Николая, на возвышении стоял белый рояль. Рано утром, в обед и поздно вечером компьютерные возможности инструмента имитировали игру пианиста, клавиши нажимались сами собой, и со стороны это выглядело весьма занятно, будто концерт дает пианист-невидимка. А в рабочие часы уже самый что ни на есть настоящий живой пианист играл спокойные классические мелодии. Иногда Николай спускался из офиса в холл, часто с пришедшими на переговоры партнерами, и, слушая нетленные произведения классиков, беседовал или работал, сидя в расположенных по периметру от рояля мягких креслах. Партнеры вначале порой нервничали, отвлекаясь на музыку и снующих мимо людей, но вне зависимости от результатов переговоров уходили в более уравновешенном настроении, чем приходили. Спасибо вечной человеческой ценности — музыке.

Охранник на входе, который всегда был рад ранним появлениям Николая, оживлявшим его унылое утреннее одиночество, сразу доложил:

— К вам посетительница! Минут десять назад подошла, — и приглушенным голосом добавил, — серьезная дама.

«Так, охраннику она уже успела внушить уважение», — сделал вывод Николай, пока скоростной лифт поднимал его на самый верхний этаж.

Элегантный женский силуэт на фоне окна сразу бросился в глаза, едва открылись двери лифта. Практически одновременно фигура повернулась и представилась:

— Светлана Александровна. Доброе утро, Николай Константинович.

Тон был такой спокойно-уверенный, словно они были старыми коллегами и расстались только вчера вечером.

— Доброе утро, — Николай открыл дверь приемной и пропустил гостью первой. — Располагайтесь и заходите ко мне в семь тридцать.

Сам он прошел в кабинет и сел не за рабочий стол, как обычно, а в кресло за журнальным столиком. Почему он так поступил, Николай и сам не смог бы объяснить. Но вместо того чтобы начать изучать анкету соискательницы, он просто наблюдал за женщиной сквозь стеклянную перегородку, отделявшую его кабинет от приемной и общего зала. Зеркально затонированная перегородка показывала все, что происходило в офисе, со стороны же приемной его кабинет не просматривался.

Светлана Александровна мельком взглянула на себя в зеркало. Неторопливо окинув хозяйским взглядом приемную, уверенно поправила на столе бумаги, придирчиво осмотрела кофе-машину, вернулась к столу и нажала кнопку селекторной связи.

— Николай Константинович, может быть, вам пока сварить чай или кофе?

— Кофе, пожалуй.

— Эспрессо?

— Да, двойной.

— Сливки, сахар?

— Нет, спасибо.

— С лимоном, стаканом холодной воды?

— Если не затрудни́т.

— Нисколько. Минут через пять будет удобно?

— Замечательно.

Ровно через пять минут Светлана Александровна поставила перед Николаем кофе, блюдце с лимоном и стакан с водой.

— У вас есть ко мне вопросы? — поблагодарив, спросил Николай.

— Нет, — не колеблясь ни секунды, невозмутимо ответила она.

— У меня тоже. Мы УЖЕ начали работать. Детали уточните в течение дня у директора по персоналу. В восемь тридцать он должен ко мне подойти, заодно и познакомитесь.

— Хорошо, — ответила помощница так, будто решился один из рядовых вопросов, ответ на который каждый из них знал заранее. — Одно уточнение, если можно?

— Конечно.

— Вы какой мед предпочитаете? Высокогорный, башкирский, разнотравье, липовый, гречишный, акацию или…

— Почему вы решили, что я люблю мед?

— Заметила две пустые банки от меда. Я подберу для вас несколько сортов, если не возражаете.

«Ну вот, наконец-то появилась Хозяйка моего офиса», — глядя вслед выходящей из кабинета женщине с облегчением мысленно констатировал Николай.

8

Услышав перезвон храмовых колоколов, Николай подошел к окну и посмотрел на расположенную рядом недавно восстановленную православную церковь. В центре огромной территории, огороженной высоким кирпичным забором, явно предназначенным в прошлые века для отражения вражеских набегов, стоял еще и небольшой деревянный храм. Он особенно привлекал к себе внимание осенью, когда на фоне желтых листьев почерневшие бревна строения словно говорили, что все проходит, всему свое время, все в руках Господа.

«Какую роль играет этот бревенчатый храм в подворье?» — Николай задумался. Почему-то в голову пришло сравнение историй и предназначений этих двух храмов и его старого и нового, желаемого, образа жизни. «Логики — никакой, — заметил он сам для себя. — Аналогии тоже быть не может. А мысль возникла… Интересно».

Упал — отжался, упал — отжался… восемнадцать, девятнадцать, двадцать. Постоял в позе «собаки». Поднялся. Вопрос себе: идти на реформирование старых бизнесов или начать создавать новый? И тут же спохватился, что незаметно сворачивает на до боли знакомую и истоптанную годами тропинку старых стереотипов. «Нет! Новому образу жизни должен соответствовать и новый бизнес, выстроенный по принципиально иным правилам, нежели все предыдущие. Однозначно. Теперь все должно стать ПО-ДРУГОМУ, ибо и результат нужен четко предсказуемый, и процесс максимально целеуправляемый».

Ровно в восемь тридцать по селектору раздался уже знакомый голос Светланы Александровны:

— К вам Игорь Олегович, директор по персоналу.

«Странно, — подумал Николай, — обычно Игорь Олегович заходит минут на пять-семь раньше обозначенного времени и без предупреждения. Или… в офисе наконец заработал помощник, Мой Настоящий Помощник?».

* * *

Интересна история появления Игоря Олеговича в бизнесе Николая. Несколько лет назад одна из компаний Николая начала сотрудничать с банком «Регион-капитал». Головной офис банка располагался в Нефтеюганске, и Николаю часто приходилось летать в этот северный город на переговоры. Самолет приземлялся в аэропорту в семь ноль пять утра. Традиционно Николая встречал банковский дизельный «мицубиси-паджеро», один из неимоверного количества этих автомобилей, завезенных по бартеру на Север торговцами жидкого черного золота. Обычно ближе к восьми утра Николай заходил в приемную президента банка. В переговорной к его появлению всегда был накрыт хлебосольный стол с обязательными фирменными бутербродами с красной икрой для восстановления сил после полета. И лишь ближе к девяти, после многократных предварительных заботливых вопросов секретаря: «Отдохнули ли вы, Николай Константинович? Сыты ли вы? Может быть, еще кофе?» — в переговорной появлялось правление банка во главе с президентом Людмилой Васильевной. Правление периодически менялось, не менялся лишь гендерный состав — все ключевые должности в банке традиционно занимали женщины. За исключением должности руководителя кадрового департамента, которую бессменно с момента организации банка как раз и занимал Игорь Олегович.

Как-то перехватив в коридоре банка Николая, Игорь Олегович с тоской в голосе заговорщицки произнес: «Заберите меня из этого девичьего царства, Николай Константинович. Пожалуйста!».

Женское командование не стало возражать, в правлении банка воцарился полнейший матриархат, а в команде Николая появился хороший специалист.

Худощавый, среднего роста, из бывших военных, Игорь Олегович был высококвалифицированным юристом и кадровиком. Но у него было две слабости. Примерно раз в полгода он мог неожиданно пропасть на два-три дня, и все понимали, что это в общем-то и не классический запой, а просто отдушина — ДУША ГУЛЯЕТ! И так же достаточно регулярно, иногда по случайному или не случайному совпадению, как раз после подобных праздников Игорь Олегович разводился со старой женой и начинал строить семейную жизнь с новой спутницей. Случалось, что она и не была незнакомкой, а когда-то уже числилась в его женах. Это ему прощалось и в банке, это ему прощал и Николай, потому как Игорь Олегович и сам прекрасно осознавал свою вину да и работал после таких загулов с утроенной энергией.

* * *

О новой помощнице Игорь Олегович разговора не завел, но по его появлению в кабинете точно в назначенное время и по слегка удивленному выражению лица было видно, что знакомство произошло. «Что ж, отлично, — отметил про себя Николай, — это тоже показатель профессионализма и коммуникабельности. Первое лицо приняло решение, остальные шаги — дело линейных руководителей». Он не стал поднимать тему помощницы: если все ясно, чего зря тратить время.

— Игорь Олегович, — Николай на мгновение задумался, покручивая в руках ручку, — мы начинаем новый серьезный проект. Часть персонала переведем из наших действующих бизнесов, значительную часть будем нанимать со стороны. И к тем, и к другим требования будут иные, чем прежде.

Директор по персоналу терпеливо молчал, не задавая вопросов.

— Бизнес стартует с нуля, — продолжил Николай, — а через пять-семь лет он будет продан. Главные задачи при развитии — перспективность направления, динамика и капитализация. Н-да... Вам придется серьезно поработать над мотивацией персонала. Люди должны понимать ограничения и быть заинтересованы в реализации конечной цели. При продаже бизнеса покупателю выставим обязательное условие — сохранение команды сроком на год. Безусловно, по желанию каждого сотрудника компании.

Ваши вопросы, предложения, а также уточняющие параметры проекта обсудим в пятницу, в семнадцать часов на совете по развитию. Да, еще подумайте над кандидатурами исполнительных директоров для всех наших бизнесов и формированием управляющей компании. Через две недели я перехожу на позицию председателя совета директоров этой компании. Спасибо, вы свободны.

Так и не проронивший ни слова директор по персоналу вышел из кабинета. Николай нажал кнопку селектора:

— Светлана Александровна, в пятницу, в семнадцать часов в зале для совещаний заседание совета по развитию.

— Хорошо, Николай Константинович.

— Да, еще. До этого времени я доступен только по очень важным и срочным вопросам.

— Я поняла. Вы поедете обедать или заказать перекусить в офис?

— Спасибо, не беспокойтесь, сегодня я уже приглашен на обед.

«Она опять не переспросила, ни где находится зал для совещаний, ни кто входит в состав совета по развитию, — отметил для себя Николай. — Что же, посмотрим в пятницу на результат».

Николай открыл электронный календарь и полностью освободил ближайшие дни для формирования концепции и основных параметров нового проекта. Он прекрасно понимал, что успешный бизнес рождается из уникальной идеи и управленческого мастерства ее реализации. Также для него было совершенно определенно, что у любого бизнеса, как у социобиологической системы, существует объективная закономерность развития.

Об этом Николай сейчас задумался не случайно: развитие бизнеса должно быть предсказуемо. В данном проекте, даже точнее, на данном этапе жизненного пути, для него этот фактор представлялся наиболее важным.

* * *

Едва только организация родилась, аморфная идейная субстанция замыслов бизнеса его основателей сразу начинает приобретать зримые очертания.

Как у еще несформировавшегося маленького ребенка, движения ручек и ножек — персонала и подразделений организации — зачастую хаотичны. Бизнес узнает мир, он пробует его на силу и слабость, получая позитивную или агрессивную ответную реакцию. Вряд ли многие действия в детском возрасте разумны, системны и логичны. Зато сколько энтузиазма и желания! Ростки жизненной энергии пробивают толстый слой асфальта и умудряются закрепиться корешками на отвесных скалистых стенах многоэтажных зданий метрополий. Листочки бизнес-растения — его сотрудники — практически одновременно начинают раскрываться и вместе поворачиваются за движением рынка-солнца, помогая вырабатывать полезные вещества для стебля — организационной структуры компании. Лепестки и тычинки — продукты бизнеса, своей яркой оригинальностью привлекают пчел-клиентов. Если ранние весенние рыночные заморозки не будут губительны, то впереди солнечный летний период буйного роста и цветения. Этап зарождения и детства, по наблюдению Николая за своими и чужими бизнесами, занимает в среднем от года до полутора лет.

Юность организации, как и юность подростка, — время бурного, зачастую непропорционального роста. Бизнес постоянно увеличивает объемы выпускаемой продукции. Прирост количества сотрудников порой обгоняет возможности их учета кадровой службой. Организация активно расширяется, появляются новые направления, подразделения, офисы. Кроме физического роста, естественным образом закладываются основы нематериальных ценностей — философия бизнеса и его организационная культура. Опыт и энергия детского периода трансформируются в специализацию сотрудников и распределение ими ролевых функций. Возникают потребности в структуризации отношений отдельных лиц и подразделений, в выстраивании мотивированности и управляемости. Конкуренты слегка огрызаются, кто-то из них еще не воспринимает новичка всерьез, кто-то почивает на лаврах, даже не замечая его. Хищники-рейдеры только приглядываются, жертва пока не нагуляла жирок, чтобы тратить на нее драгоценные захватнические ресурсы. От полутора до трех лет длится юность бизнеса, прежде чем наступит период зрелости.

Время гордиться плодами своих трудов! Силы, потраченные на становление бизнеса, начинают приносить плоды-дивиденды. Общество наконец-то замечает, какое яркое и интересное дело выросло на его рыночных полях. Конкуренты с уважительной ненавистью пожимают руки на деловых раутах и светских тусовках. Реклама продукции уверенно закрепляется на главных страницах глянцевых журналов, а за самой продукцией выстраиваются очереди. Банки наперебой предлагают кредиты и особые условия обслуживания. Старые личные тесные панельные квартирки основателей бизнеса в спальных районах Москвы или на окраинах провинциальных городков канули в прошлое. Особняки на Рублевке становятся местом постоянных встреч и многочисленных тусовок с бесчисленным количеством невесть откуда появившихся родных и знакомых, приезжающих на такси и элитных марках авто и разгуливающих в китайском ширпотребе и гламурных нарядах по подстриженной травке среди японских горок и венецианских беседок. От всеобщего внимания начинают развиваться болезни роста — выпячивание собственной значимости каждым из патриархов и аборигенов организации. И если в период юности бизнеса никто не считал бессонных ночей, проведенных в офисе, в производственном цехе или экспериментальной лаборатории, командировочных километров с сумками, набитыми образцами комплектующих и продукции, то теперь появляется время оценить не только полученные дивиденды, но и то, насколько они различаются с дивидендами партнеров и коллег. В некоторых головах зарождаются несветлые мысли и вопросы: что они могли бы без меня? Бурный синергический поток энергии, который раньше помогал пробивать гранитные преграды сторожевых сооружений рынка, начинает понемногу расслаиваться на несколько более спокойных, но и, соответственно, более слабых потоков, изменяющих направление на решение личных задач и проблем, персональное позиционирование в деловой и социальной среде. Отдельные «охотники» перестают «охотиться», они начинают собирать свидетельства об удачной охоте, совсем как в философски глубоком фильме «Обыкновенное чудо». Молодая кадровая поросль пытается наскоками захватить ключевые позиции в организации, навязать свое видение миссии бизнеса. Обостряется вечная проблема «отцов» и «детей». Конкуренты и рейдеры раскапывают томагавки войны, запах сладкой крови «дойной коровы» будоражит обоняние бизнес-хищников. Лидер бизнеса, еще чувствующий нарастающие угрозы, пытается минимизировать разрушающую разнонаправленную хаотичность векторов движения. Выстраивается сложная иерархическая организационная структура, формализуются должностные обязанности и бизнес-процессы, внедряются автоматизация и фантастически дорогие многочисленные системы управления бизнесом. И на все эти изменения, как ни странно, судьбой отводится достаточно короткий срок — всего два-три года…

Проходит пять-семь лет с момента зарождения бизнеса, а дух сытости, обманчивого спокойствия и сонного царства начинает понемногу проникать во все молекулы организации. Главной задачей становится сохранение статус-кво, поддержание стабильности. В этом направлении начинают концентрироваться силы и ресурсы организации, ослабляя инновационный дух и передовые отряды маркетеров и продавцов. Рентабельность продаж перестает расти. Разбухающее бюрократическое тело требует все больше ресурсов для питания, пожирая прибыль и время акционеров с управленцами. Границы организации оголяются. Амбициозные руководители высшего и среднего звена пытаются выторговать себе более высокие материальные компенсации, а получив их, все равно уходят к конкурентам или открывают собственные бизнесы, унося ноу-хау и нагло уводя клиентов. Молодые и голодные конкуренты агрессивно и бесцеремонно отрывают куски рынка. Беспринципные рейдерские «маски-шоу» расшатывают нервную систему. Внешние пластические операции не сильно меняют внутреннее состояние здоровья организации, появляются первые признаки старения. Компания неминуемо скатывается в период старости с логическим окончанием своей бизнес-жизни в могильной яме истории.

Однако справедливости ради стоит заметить, что состояние взрослой жизни бизнеса может продолжаться бесконечно долго, часто обретая вторую молодость с новыми акционерами или амбициозными управленцами.

9

Задумавшись о закономерностях развития организации, в памяти Николая всплыл эпизод из прошлого, ярко, даже излишне выпукло демонстрирующий завершение жизненного цикла бизнеса. Каждый раз, когда он вспоминал старую историю, сердце его непроизвольно сжималось.

Середина российских девяностых. Клокочущий период больших возможностей и великого постсоветского беспредела. Мало кто понимал, что происходит в стране и куда движется общество. Растерялись от пьянящего воздуха псевдосвободы и вседозволенности все — правительство и люмпены, матерые коммунисты и многочисленные новые партии, служители культа и сотрудники правоохранительных органов. В обществе установился один закон — закон силы. Каждый сам за себя. В это время в структуре бизнеса Николая работала финансовая компания, занимавшаяся в том числе и финансированием сторонних проектов.

Один из постоянных клиентов, интеллигентный, хорошо образованный сорокалетний владелец и руководитель торговой компании, несколько лет добросовестно сотрудничал, получая от структур Николая займы на развитие своего бизнеса. Очередной его проект был интересен, понятен и перспективен. В городе не было цивилизованных остановок общественного транспорта. Народ в ожидании автобусов и троллейбусов мок под дождем и снегом, озлобляясь на все и всех. Решение напрашивалось само собой — остановочный комплекс с небольшим магазинчиком заботливо предоставлял возможность спрятаться от непогоды под крышей и заодно прикупить сигареты, конфеты, напитки и прочую мелочь. Такие комплексы и предполагалось возвести на центральных автомагистралях города. Администрация города быстро дала благословение. Еще бы, ведь головную боль по благоустройству при дефиците бюджета брала на себя коммерческая структура. Востребованность рынка тоже была очевидной — в некоторых городах такие проекты уже успешно функционировали. Проектная команда внушала доверие. Причин отказать в финансировании не было никаких. Деньги дали, руки друг другу пожали, успеха пожелали и расстались на полгода.

До возврата займа оставалась неделя.

Было самое начало зимы. Медленно падающие пушистые снежинки передавали своим неспешным воздушным танцем ощущение вечности вселенной. Природа погружалась в глубокий зимний сон.

Лицей, где училась во втором классе старшая дочка Николая, был расположен в семи минутах ходьбы от его дома. Дочка обычно самостоятельно добиралась туда по утрам, а днем после уроков возвращалась домой. В то утро Николай в семь часов уехал сразу на деловую встречу, а у офиса оказался уже около десяти.

— Доброе утро, — у проходной вежливо поздоровался с Николаем незнакомый молодой человек.

— Доброе, — не останавливаясь, ответил Николай.

— Я бы хотел переговорить с вами, Николай Константинович, об одном важном вопросе, — продолжил незнакомец. На вид ему было лет двадцать пять — двадцать восемь.

— Если можно, после обеда, я сейчас занят.

— Дело касается вашей семьи...

Николай резко остановился, повернулся и постарался ответить спокойным тоном:

— Говорите здесь.

— Дело в том... — молодой человек слегка замялся, было очевидно, что продолжать беседу, да еще и в коридоре, ему было некомфортно. Судя по всему, многократно отрепетированный диалог давался непросто: — У вас умная жена, Николай Константинович.

— Пропустите, это со мной, — предупредил охранника на вахте Николай. — И?

— Мы сегодня утром, когда вы уже уехали, хотели с ней побеседовать у вас дома, но она не открыла.

— На какую тему? — Николай шел по офисному залу в сторону своего кабинета и лихорадочно прокручивал в голове причины появления этого человека.

Незнакомец, не отставая, придерживался чуть сзади.

— На тему старшей дочери. Она в половине восьмого спустилась на лифте во двор. Кстати, у вас, Николай Константинович, очень симпатичная дочь.

— Ближе к сути, — не останавливаясь и не оборачиваясь, спокойным, но уже более жестким голосом перебил Николай.

— Так вот… Да, и красная курточка с капюшоном ей очень идет.

Николай резко остановился около приемной.

— До лицея вроде бы и недалеко, правда, Николай Константинович? Но почему-то на первый урок она не пришла. Возможно, заболталась с кем-нибудь по дороге или к подружке заглянула? — скривился в ядовитой улыбке незнакомец.

Николай знал, что дочка не разговаривает ни с кем на улице, они с женой много раз беседовали с ней на эту тему. И к подружке она утром тоже не могла уйти, девочка была ответственная. Значит, шантаж со стороны этого вежливого мерзавца — киднепинг*. Чтобы не сорваться и не ударить по ненавистному лицу, Николай, не поздоровавшись с секретаршей, зашел в кабинет и, не раздеваясь, подошел к окну. Нужно было выиграть несколько секунд паузы, чтобы успокоиться и начать принимать решения.

Утренний снег все падал и падал, словно заметая следы чистых и грязных человеческих помыслов и поступков…

«Этот урод только пешка в чьей-то игре, вывод очевиден», — стал для себя формировать картинку ситуации Николай.

— Что надо? — спросил он глухо.

— Видите ли, — голос сзади приблизился, — нас бы устроила некая сумма, чтобы мы помогли вам найти дочь.

— Сколько?

— Ну… — слегка приободрившийся голос произнес весьма приличную цифру.

— Сейчас утро, мне надо время собрать такую сумму.

— Видите ли, — слегка заволновался голос, — мы очень занятые люди… Если до часу дня вы не решите этот вопрос, то мы не сможем вам помочь… Да, и только не надо меня задерживать, если я отсюда не выйду, то и вам уже никто не поможет. А милиция… вы сами знаете, что обращаться к ним бессмысленно.

— Гарантии?

— Я буду до часа дня рядом с вами, ведь для всех мы старые друзья, не правда ли?

То, что обращаться в милицию бесполезно, Николай знал прекрасно. Верить подонкам тоже нельзя. Нужно было что-то решать самому, и решать в течение ближайших нескольких минут.

— Побудьте немного здесь, я узнаю в кассе, сколько у нас наличности и где мы можем перехватить оставшиеся.

— Я лучше пойду с вами, Николай Константинович.

— Пошли. Но со мной можно дойти только до кассы. В кассу никто, кроме меня, не имеет права заходить, это сразу вызовет подозрение, и будет объявлена тревога.

— Хорошо, я подожду вас у кассы.

Николай зашел в кассу и закрыл за собой бронированную дверь. По маленькой портативной рации, которая всегда была с ним, Николай вызвал начальника службы безопасности.

— Александр Владимирович, это я, — как можно спокойнее произнес Николай. — Сейчас я выйду из кассы и пойду с сторону приемной в сопровождении молодого человека. Как только мы войдем в кабинет, заходите в туалет и ждите меня там. Только тихо. Предупредите своего зама, чтобы он лично контролировал выход. Пока никому ни слова. Все понятно?

Возвращаясь к приемной, Николай лихорадочно прокручивал в голове варианты: кто заказчик, кто мог решиться на такое? Залетные гастролеры? Вряд ли. Слишком хорошо изучена ситуация и продумана схема, на это надо много времени, а у заезжих обычно время ограничено. Местные бандиты? Нет, слишком интеллигентно-театральный подход.

— Меня ни для кого нет, — бросил на ходу Николай секретарше.

Он взялся за ручку двери своего кабинета, и его как будто ударило током от неожиданной догадки. «Слишком… интеллигентный… Да! Деньги хочет получить тот, кто их мне должен. И быть он должен интеллигентом. Это… Исаак Львович?! Не может быть! Он же… интеллигентнейший человек! Точно, все сходится. Пару дней назад он звонил, сказал, что аккумулирует деньги для расчета, и поинтересовался, не собираюсь ли я куда-нибудь уезжать в ближайшие дни. Раньше он никогда не звонил перед возвратом, да и Николай для этой процедуры не был нужен. Сумму вымогатели требуют в два раза больше, чем необходимо вернуть. И это объяснимо, надо рассчитаться с бандитской „крышей“, которая должна прикрывать наезд, что-то оставить себе и положенную сумму вернуть мне. И тогда все будет шито-крыто!».

Определенность всегда лучше неопределенности.

Зайдя в кабинет, Николай демонстративно спокойно разделся.

— Спрашивать, как тебя зовут, предлагать тебе раздеться, присесть, поить чаем или кофе не буду, постоишь одетый у двери. Тебе же обещано за профессиональные неудобства, — глядя прямо в глаза вымогателя и обращаясь к нему на «ты», жестко произнес Николай. — Включено в расчет?

— Что же вы так… — пытался начать фразу незнакомец.

— Заткнись, — резко перебил Николай. — И пойми. Лично ты попал по полной. Я тебя знаю в лицо, ты «записался» на камеры видеонаблюдения дома и в офисе. Ты будешь со мной, пока все не закончится. И если, не дай Бог, что-то произойдет с дочкой, ты не жилец. Поэтому ты мне неинтересен. Сейчас ты просто ходячий кусок мяса, приманка.

— Но… — побледнел незнакомец, не ожидавший такой резкой смены тона.

— Нет «но», подонок! Думать надо было, свинья, когда за «капусту» на подлость шел, когда в квартиру беззащитной женщины с ребенком звонил, когда сюда заявился, — Николай подошел к нему вплотную. — Я даже не буду спрашивать, кто

49

тебя послал, урод. Ты просто будешь со мной, сам напросился, — театрально произнес он, наблюдая за реакцией вымогателя.

Николай сел за рабочий стол и внимательным изучающим взглядом окинул незнакомца: «Так и есть, он, видимо, кто-то из родственников Исаака Львовича, чем-то похож... Насмотрелись, идиоты, пиратских голливудских видеокассет и возомнили себя неприкасаемыми. Но я вам не Голливуд!».

Расстегнув пиджак, Николай неторопливо достал из наплечной кобуры «Русский Вальтер ПП» — так иностранцы называют пистолет Макарова, который он всегда носил с собой.

— Дернешься, пристрелю не задумываясь.

Бледный провинциального масштаба гангстер замер и неподвижно стоял одетый около двери напротив стола Николая.

Мысли Николая стали быстро формировать план действий. Взяв трубку телефона, набрал домашний номер.

— Привет, — ответила слегка напряженным голосом жена.

— Привет, — как можно беззаботнее сказал Николай. — Как ты?

— Нормально. Утром кто-то приходил, вежливый такой молодой человек, хотел о чем-то со мной переговорить, но я не впустила.

— Умничка, не впускай никогда, проходимцев много шляется, поди, опять какой-нибудь сверхпылесос или сверхпосуду приходил впаривать.

— Чего звонишь, Коленька?

— Да что-то дома пообедать захотелось, думаю забрать после школы дочуру из лицея да перекусить с вами. Приготовишь чего-нибудь?

— Конечно. Приезжай.

— Ну, тогда до обеда. Люблю, — и Николай положил трубку.

— Я в туалет, — Николай встал.

— Я с вами, — мгновенно отреагировал незнакомец.

— Подержать или подтереть? — съязвил Николай и вышел из кабинета.

Понимая, что что-то происходит, но, не понимая, что именно, секретарша проводила вопросительным взглядом странную неразлучную парочку.

— Покарауль у дверей, чтобы не беспокоили, — бросил с издевкой Николай и закрыл за собой дверь.

Начальник службы безопасности уже ждал.

— Что случилось, Николай Константинович?

— Похоже, украли мою старшую дочь. Тип, который ходит рядом со мной, их переговорщик. И... я думаю, это дело рук... Исаака Львовича.

— ?..

— Да, слишком все очевидно. Объясню потом. Сколько у нас сейчас машин на ходу?

— Четыре. Если с вашей.

— Сколько надо времени, чтобы собрать девятнадцать охранников, включая трех водителей?

— Минут сорок.

— Пока мы в кабинете, соберите людей, вооружите всех. Три машины пусть рассредоточатся недалеко от офиса Исаака Львовича, только на глаза пусть никому не попадаются. Вы и четыре человека поедете со мной. Условная команда по рации, чтобы машины присоединились к нам: «Подвозите деньги». Все ясно?

— Ясно. Поедем в офис Львовича?

— Да. Думаю, вряд ли около его офиса «крыша» оставила более двух машин — не рассчитывают, что мы можем подъехать. Кто-то еще явно болтается на улице у нашего офиса, ведет наблюдение. Когда въедем во двор — пусть наши машины и люди блокируют выезд и «крышевые» машины по периметру. Никому из их машин не давать выходить, если что — стрелять по автомобилям для устрашения. Я, вы, мой телохранитель и еще пара человек пойдем в офис, с ситуацией разберемся по ходу. Над деталями подумайте дополнительно. Народ собирайте и выводите через запасной выход. Никакой суеты, никто из сотрудников ничего не должен заметить. Будут вопросы — едете в банк получать наличные и к клиентам за векселями. Выезжаем через пятьдесят минут.

— Все понятно, Николай Константинович.

Николай демонстративно нажал на слив, тщательно вымыл и вытер руки и вышел в коридор.

— Николай Константинович, — уже как-то неуверенно промямлил незнакомец, — я бы тоже хотел...

— Обойдешься, терпи, через пятьдесят минут выезжаем делать обмен. Или заходи в туалет, только найдешь ли меня, когда выйдешь?

И не оглядываясь быстро зашагал в кабинет.

— Кстати, где будем производить обмен?

Представитель вымогателей молчал, пока они не оказались вдвоем. По его страдальческому лицу было видно, как нелегко ему дается роль лихого гангстера.

— На бензозаправке, в шестом микрорайоне. Вы мне передадите деньги, а мы вернем вам девочку, — впервые незнакомец вслух назвал все своими именами.

Эта фраза пришлась очень кстати, записывающую аппаратуру Николай включил сразу, когда они вошли в кабинет, и теперь у него было документальное подтверждение преступления.

Время тянулось бесконечно долго. Николай смотрел то сквозь начинающего интеллигентного мафиози, то в окно на усиливающийся снегопад и пытался снова и снова просчитать ситуацию. «Ошибки быть не должно, слишком велика может быть ее цена. Через пятьдесят минут будет половина двенадцатого, необходимо успеть закончить операцию раньше часа, нужен еще запас времени на непредвиденные моменты», — он мысленно прокрутил весь ход предстоящих событий.

Незнакомец так и стоял одетый около двери, прислонившись спиной к стене. Лицо его раскраснелось от волнения и жары, но пуховик он не расстегивал и не снимал.

«Либо не решается меня злить, — подумал Николай, — либо под пуховиком у него оружие или диктофон».

Ровно через пятьдесят минут Николай резко поднялся, накинул пальто и взял портфель.

— Пошли за деньгами.

В хранилище кассы на стремянке сидел начальник службы безопасности. На лице профессионального военного, многое повидавшего и пережившего, было сложно что-то прочитать, но сейчас на нем угадывалось волнение.

— Мы готовы, Николай Константинович, — негромко произнес он.

— Хорошо, Александр Владимирович, с Богом!

В сопровождении начальника службы безопасности и телохранителя Николай с незнакомцем пошли к выходу.

— Мне надо позвонить, — спохватился незнакомец.

— Мы заедем за второй частью денег в банк, оттуда и позвонишь, — не замедляя шага и не обращая внимания на пытавшегося остановиться вымогателя, ответил Николай.

Служебный «ниссан-патрол» стоял у крыльца. На переднем и на боковых задних раскладывающихся сиденьях уже сидели охранники с помповыми ружьями. Разместив незнакомца сзади между собой и начальником службы безопасности, Николай мысленно перекрестился. Машина, рыкнув дизелем и буксонув по свежевыпавшему снегу, резко сорвалась с места.

Николай достал пистолет и приставил к горлу незнакомца.

— А теперь медленно расстегни пуховик и покажи, что у тебя с собой есть.
Александр Владимирович, проверьте его, пожалуйста.

Во внутренних карманах пиджака оказались только автомобильные права и записная книжка, которые Николай, бегло посмотрев, забрал себе. Фамилия молодого мафиози совпадала с фамилией Исаака Львовича — Фиртель Михаил Яковлевич.

«Слава Богу, значит я прав, племянник скорее всего», — подумал Николай с облегчением.

Езды до офиса Исаака Львовича было минут пятнадцать. Здание располагалось недалеко от исторического музея и городского отделения Центрального банка. Двор одноэтажного отреставрированного старого кирпичного дома отгораживал от улицы и соседей высокий забор. Такое расположение сейчас было выгодно, возможность попасть на территорию офиса только одна — через единственные ворота.

— Куда мы едем? — минут через десять осторожно спросил теперь уже опознанный незнакомец.

— За справедливостью, — негромко проговорил, как будто сам себе, Николай.

— Александр Владимирович, дайте команду подвозить деньги прямо сейчас, мы будем минуты через две-три.

— А ты, родственничек покойника, — он повернулся к Фиртелю и передернул затвор пистолета, — будешь паинькой. Понял? Или тоже покойником.

«Ниссан» влетел во двор офиса Фиртеля-старшего практически сразу за машинами охраны. Как и прогнозировал Николай, во дворе, чуть в сторонке от крыльца стояло две «девятки» цвета мокрого асфальта. Серые «жигули» уже окружили охранники из службы безопасности с помповыми ружьями, направленными в окна машин. Между машинами, лицом в снег, с заложенными за коротко стриженные затылки руками, лежали двое парней в спортивных костюмах, рядом дымились недокуренные сигареты.

Николай выскочил из внедорожника и быстро вошел в офис. Впереди него влетел по ступенькам телохранитель. Прямым ударом левой руки в голову телохранитель — мастер спорта по боксу, сбил с ног вскочившего вахтера. Чуть отстав, Александр Владимирович тащил за шиворот бледного и онемевшего Фиртеля-младшего. Прикрывали спину два охранника.

От момента, когда машины охраны въехали во двор офиса, до момента, когда Николай пинком распахнул двери кабинета Исаака Львовича, который находился в торце коридора, прошло не более минуты. Один охранник остался около входа, второй — в пустой приемной, секретаря почему-то не было, все остальные вошли в кабинет. Николай бегом обогнул стол, схватил за волосы Фиртеля и, приставив пистолет к его виску, приказал:

— Руки медленно на стол, паскуда. Не играй со мной, я сегодня не в настроении шутить.

Исаак Львович и не думал играть или шутить. Широко открытыми, полными ужаса глазами он водил по кабинету, то на мгновение задерживая взгляд на своем родственнике, то переводя его на окна, словно ища в них поддержку или возможность сбежать. Но поддержки быть не могло, закрытые жалюзи скрывали происходящее в кабинете от посторонних глаз, а кованые железные решетки не оставляли никакой надежды на возможность совершить побег.

Николай посмотрел на часы на стене — одиннадцать пятьдесят.

— Слушай меня внимательно, — отчеканивая каждое слово, произнес он. — Я не собираюсь ни в чем разбираться. Если моей дочки не будет здесь через двадцать минут, ты труп.

— А теперь слушай ты, молокосос, — четко произнес Николай, повернув голову к едва живому Фиртелю-младшему. — После того как сдохнет этот ублюдок, у тебя будет ровно десять минут до того, как сдохнешь ты.

Сказав это, Николай нисколько не сомневался, что совершит обещанное. Его уверенность ощутили в кабинете все. Телохранителя не было видно, он стоял сбоку и чуть позади Николая. Начальник службы безопасности нервничал, это было видно по тому, как он перебирает пальцами по рукоятке своего пистолета.

Фиртель-младший не выдержал и истерично закричал:

— Исаак Львович, отдайте ему девочку, он точно убьет нас, он убьет нас обоих, он точно убьет нас!

После этих слов Фиртель-младший обмяк, опустил голову и сел прямо на пол.

— Я не успею, — забормотал Фиртель-старший, — вернее, они не успеют. Они не успеют привезти, мы договаривались на час.

Фиртель даже не думал оправдываться:

— Им сюда ехать минут тридцать, они сейчас в шестом микрорайоне.

— Звони, — Николай подал ему трубку телефона. — Но когда будешь разговаривать, помни, что ты можешь не дождаться их приезда. И ни слова о нас.

Исаак Львович дрожащей рукой набрал номер.

— Тагир, — голос Фиртеля выдавал его волнение, — везите девочку ко мне в офис. Срочно! Срочно, говорю! Потом объясню! Обмен будем делать здесь. И быстрее, я прошу тебя, быстрее! Через пятнадцать минут вы должны быть у меня! Обязательно! Слышите?! Обязательно!

Николай взял трубку из рук Фиртеля и положил на телефон.

— Мы ведь подождем, если они немного опоздают? — заискивающе спросил Исаак Львович.

— Мы подождем, — ледяным тоном ответил Николай, — но не ты.

Это фраза прозвучала как окончательный приговор.

Фиртель-младший так и сидел на полу, склонив голову и не реагируя на происходящее, только периодически вздрагивал.

В дверь постучали, потом просунулась голова одного из охранников:

— Там на улице какой-то Пал Палыч, говорит по срочному делу к вам, Николай Константинович, по теме, что мы здесь.

* * *

Пал Палыч был легендарной личностью. Немного выше среднего возраста, всегда подтянутый и элегантно одетый, приятной наружности, практически весь седой в свои достаточно молодые годы, он был непререкаемым авторитетом в бандитских кругах области. В местном ФСБ (недавнем КГБ) Пал Палыч занимал должность начальника управления по борьбе с организованной преступностью, пожалуй, единственного из оставшихся правоохранительного органа, который был способен-таки противостоять всепроникающей российской преступности. Николай был знаком с Пал Палычем давно. Они учились на одном факультете, только Пал Палыч на несколько лет раньше и на другой специальности. Да и потом они пересекались на каких-то мероприятиях в альма-матер, но никогда не были в тесных дружеских отношениях. «Каким образом он оказался сейчас здесь?!»

— Пропустить.

— День добрый всем, — невозмутимо поздоровался Пал Палыч, когда возник в дверях кабинета.

— Здравствуйте, Пал Палыч, — поставленным голосом военного человека ответил начальник службы безопасности, переложил пистолет в левую руку, а правую протянул для приветствия.

— Здравствуйте, — ответил Николай, не убирая пистолета от виска Исаака Львовича.

— Здрасьте, — невнятно прозвучало от телохранителя, не понимающего, кто это такой, отчего так неожиданно появился здесь и как себя с ним вести.

Хозяева кабинета молчали. Фиртель-младший не поднимал головы.

Пал Палыч спокойно прошел и, не раздеваясь, сел за переговорный стол.

— Могу кому-то чем-то помочь? — стряхивая снег с головы, спросил он так буднично, как будто задавал ритуальный вопрос «как вы?», ответ на который в общем-то и не требовался.

В кабинете повисла пауза.

— Каким ветром, Пал Палыч? — первым прервал паузу Николай.

— Услышал, что встречаетесь, подумалось, чего меня не позвали, забыли совсем. Вот и решил заглянуть без приглашения.

— Вы, как всегда, вовремя, можем пообедать сегодня вместе, если время есть. Я вот сейчас дочурку дождусь, и заскочим ко мне домой, жена обещала что-нибудь вкусное приготовить.

— А Исаак Львович?

— Он в любом случае не сможет составить нам компанию. У него осталось подумать над моим предложением... — Николай посмотрел на часы, — восемь, нет, уже семь минут.

— Кто-то еще должен подъехать?

— Да вот, Исаак Львович отправил своих друзей за моей дочкой, должны подвезти.

Пал Палыч внимательно посмотрел на Николая и поднялся:

— Я пойду встречу вашу дочь, Николай Константинович, а то она не знает, наверное, куда идти. И если Александр Владимирович пойдет со мной, будет очень хорошо. Наверное, мы сразу пересадим девочку в вашу машину. Вы не против?

Начальник службы безопасности вопросительно посмотрел на Николая. Тот кивнул:

— Сходите, Александр Владимирович, мы тут без вас справимся.

И мотнул головой телохранителю в сторону Фиртеля-младшего.

— Николай Константинович?

— Да, Пал Палыч.

— Мне надо пару слов сказать господам Фиртелям. Буду признателен вам лично, если они дождутся моего возвращения.

Николай промолчал. Он понимал, что сделает то, что пообещал Фиртелям и себе. И дело тут не в минутах. Дело совершенно в другом.

Если мужчина решился на что-то серьезное, то мужчина должен это сделать. Иначе себя уважать перестанет, и удача отвернется от него.

Стрелки часов отсчитывали секунды. Исаак Львович, не моргая, смотрел на них, Фиртель-младший так и сидел, сгорбившись и с опущенной головой. Николай попытался понять свое состояние, ведь эти мгновения могли кардинально изменить его жизнь. Он удивился, что не чувствует ни капли сомнения в принятом решении: состояние было абсолютно спокойным, рука тверда, сердце билось ровно. Никаких других мыслей не было, а значит, и не было повода сомневаться.

В коридоре послышались шаги, все посмотрели в ту сторону. Дверь немного приоткрылась и заглянула перепуганная секретарша.

— Заходите, — приказал Николай.

— Я только…

— Заходите, — он повысил голос.

— Я только хотела сказать, что вернулась с обеда, Исаак Львович, — почему-то протискиваясь боком в щель, но не распахивая дверь, промямлила секретарша.

— Садитесь на стул и молчите.

Дверь энергично открылась. Почти бегом в кабинет вошли Пал Палыч, начальник службы безопасности и еще какой-то смуглый мужчина лет тридцати с небольшим.

— Николай Константинович, ваша дочь уже в вашей машине, — говорил, направляясь к Николаю, Пал Палыч, — с ней все хорошо.

Николай, Фиртель-старший и Пал Палыч одновременно взглянули на часы. Сорок пять секунд подарили жизнь Исааку Львовичу и не стали менять судьбу Николая. Он глубоко набрал в грудь воздуха, на мгновение задержал, выдохнул и медленно опустил пистолет.

— Через неделю ты вернешь мне долг, как и договаривались, — утвердительно произнес он, наклоняясь к Исааку Львовичу.

Фиртель попытался что-то ответить, но стал судорожно хватать ртом воздух, еще больше побледнел, на лбу выступил пот, и он медленно завалился на бок.

Одновременно Фиртеля-младшего стало рвать. Рвотные массы извергались на его же ноги, но он даже не пытался что-то сделать.

Секретарша громко закричала и схватилась за голову.

Пал Палыч подхватил Фиртеля-старшего, положил на пол и стал расстегивать рубашку, ослабляя галстук.

— Вызывайте скорую и откройте окно!

Он быстро отдавал распоряжения секретарше.

— И отведите куда-нибудь этого, — Пал Палыч махнул рукой на Фиртеля-младшего.

Николай обвел взглядом комнату, словно хотел зафиксировать ее в своей памяти, и направился к дверям.

— Я загляну к вам в офис ближе к вечеру, — вслед ему крикнул фээсбэшник.

Около семи Пал Палыч появился у Николая.

— Завьюжило к вечеру, — произнес Николай, глядя на маленький сугробик снега на шапке гостя. — Раздевайтесь, Пал Палыч. Чай, кофе или коньяк? Коньяк молдавский «Белый Аист», пять звездочек, настоящий, мне из Тирасполя привозят.

Про себя Николай отметил, что днем в офисе Фиртеля Пал Палыч был без шапки: «Торопился, значит. Интересно, а как он все-таки узнал о нашем конфликте?»

Пал Палыч отряхнул с головного убора и дубленки снег. Прическа даже под шапкой оказалась безупречной, седые волосы не сильно отличались по цвету от сброшенного с шапки снега.

— Кофе. И коньячку можно, я не за рулем, да и рабочий день уже закончился.

Они присели на угловой диванчик. Помощница принесла коньяк, кофе, шоколад, яблоки и бутерброды с рыбой.

Пал Палыч глотнул кофе:

— Знаете, какая у вас кличка в преступной среде, Николай Константинович?

— ?..

— Кастет.

Николай улыбнулся и налил до краев в рюмки коньяк.

— Догадываетесь почему?

— Вариантов может быть много, Пал Палыч.

— Основной вариант, Николай Константинович, это то, что вы бываете очень жестким человеком.

— Но не жестоким. За встречу, Пал Палыч, — Николай поднял рюмку.

— За встречу.

Оба не закусили. Николай сразу налил по второй. Выпили молча. Закусили шоколадом. Тепло от коньяка медленно и приятно растекалось по телу. Николай расслабленно откинулся на кожаную спинку дивана. В кабинете повисла пауза. Падающий стеной снег в свете уличных фонарей на фоне черного неба делал формальную обстановку кабинета немного уютней.

— С дочкой все хорошо?

— Да, все хорошо, спасибо, напугана немного, но она сильная девочка, успокоится.

Выпили по третьей и закусили бутербродами с малосольным муксуном.

— Хороший муксун, свежий...

— Чуть позже еще строганинки попросим нам сделать. Сибирский муксун под молдавский коньяк моя слабость, — Николай улыбнулся, — хотя и под хорошую водку изумительно идет.

— Вы будете настаивать на возбуждении уголовного дела, Николай Константинович?

Николай ответил вопросом на вопрос:

— Что с Фиртелями?

— У старшего инсульт, госпитализирован.

Николай молчал.

— С младшим я только закончил беседовать, пока неформально, он до сих пор в себя прийти не может.

— Кто крышевал?

Пал Палыч снял пиджак:

— Уф, разогрелся я от вашего южного коньяка, Николай Константинович. Молодая дикая бригада, спортсмены. Делают вид, что ни под кем не сидят, вот и взялись.

— Понятно.

Николай потихоньку подливал. Выпивали не торопясь и без тостов. Снежным зимним вечером да под муксун коньяк, действительно, употреблялся хорошо.

— Не хотите спросить, как я узнал о вашей разборке?

— Вы же все равно не скажете, — Николай посмотрел на Пал Палыча.

— Не скажу, — Пал Палыч не отвел взгляда. — А яблоки полагается под коньяк?

— Студенческая привычка, — Николай улыбнулся и достал из бара вторую бутылку. — Что Фиртель-младший говорит?

— Что он может сказать? Валит все на старшего родственника. Говорит, что выдохся старик за семь лет бизнеса, нюх потерял, в последнее время был озабочен только сохранением нажитого. Что-то бизнес еще зарабатывал, что-то терял, но развития уже не стало никакого. Идея с остановками была младшего. Неплохая идея, кстати, правда? Но старший решил не рисковать, выйти из игры, иммигрировать в Израиль на заслуженный отдых, и с вашими деньгами в том числе. Бизнес договорились продать Фиртелю-младшему в рассрочку. Тот еще где-то с Тагиром снюхался, вы его сегодня в кабинете видели, почувствовал после этого себя настоящим ковбоем. Еще бы, молодой, при бизнесе, да еще и со своей бригадой. Вот и возникла у кого-то из них мысль быстрого заработка.

— Это по-другому называется, Пал Палыч.

— Согласен, Николай Константинович, но сейчас не в формулировках дело.

— Что они теперь хотят?

— Сейчас они не хотят в тюрьму, это главное. Но все зависит только от вас, Николай Константинович.

— Что посоветуете?

— Вам решать.

— Тюрьма нужна преступнику для осознания своей вины перед людьми. Не знаю, осознали ли эти типы свою вину перед моей семьей, но урок получили точно. И какая выгода мне от их тюрьмы? Я буду тратить свое время на следственные действия и на суды, а потом еще и на мои налоги их кормить будут. Неправильно это. Думаю, будет справедливо, если вместе с возвратом кредита в качестве моральной компенсации они принесут мне дарственную на все остановочные комплексы.

— Я передам им завтра ваше решение.

Второй бутылкой коньяка общение двух серьезных и уважающих друг друга мужчин в тот вечер не закончилось, им было о чем поговорить.

* * *

Один из выводов, который сделал Николай из этого конфликта, был следующим: закономерность развития бизнеса такова, что состояние организации объективно меняется через определенные периоды времени. Искусство управленца состоит в том, чтобы, понимая эту закономерность, реактивно применять адекватные принципы управления компанией на каждом этапе ее развития. Еще правильнее, если проактивно внедрять такие принципы и методы управления, при которых стадии зарождения, детства и юности бизнеса будут проходить с наименьшими ошибками и максимально эффективно, стадия старения организации отложится на неопределенно далекие времена, а продуктивное взрослое состояние компании будет продолжаться бесконечно долго.

Второй очевидный вывод напрашивался сам собой: как нельзя стать успешным юристом или врачом, будучи дилетантом в своем деле, так и нельзя стать успешным предпринимателем, не понимая и не используя объективных законов эволюции бизнеса.

10

Хорошо понимая закономерности развития бизнеса, Николай задумался о принципах финансирования нового проекта.

«Начнем с сегментации инвесторов, — Николаю понравилась собственная фраза, и он подчеркнул последние два слова. — И в первую очередь, с классических банкиров».

Большинство предпринимателей с благоговейным страхом относятся к этим финансовым вершителям судеб их бизнесов. Еще бы, ведь будущее компании находится в руках загадочного и безликого кредитного комитета, практически сталинской судебной «тройки», решающей, дать бизнесу возможность развиваться или отказать в праве на существование. И лишь незначительное количество предпринимателей прекрасно понимают, что «сила» этого исполина покоится на многочисленных организациях, вернее, подвешена на тонких нитях многих и многих компаний, различных учреждений и отдельных людей — от мультимиллионеров и президентов до студентов и пенсионеров. Заполучить хорошего и перспективного корпоративного клиента — это большое счастье для любого банка. Заполучить одновременно надежного партнера — это большая удача.

«Значит, — сделал запись Николай, — необходимо становиться нужным клиентом, то есть клиентом, во-первых, соответствующим банковским критериям перспективности и надежности и, во-вторых, помогающим банку решать его сложные или проблемные задачи».

«Чем я обладаю на данный момент? — он задумался. — Хорошие отношения с банками, в которых сегодня обслуживаются мои компании, — это прекрасно, но вряд ли имеет смысл делать на них ставку. Одно дело им работать со стабильно расширяющимся бизнесом, совсем другое — рисковать, да еще и повышенные резервы формировать под стартап*. В общем, не их это бизнес. Идти стандартным путем гарантирования существующими активами нового стартапа не получится — старым направлениям тоже необходимо дополнительное финансирование для развития. А иного ликвидного обеспечения под кредит нет. Да и откуда ему взяться?! Ведь еще и бизнес-идеи нет, то есть стадия развития моего стартапа фактически допосевная*. Однако «долину смерти»* надо как-то преодолевать... Традиционные ангельские источники 3 F* в моем случае не сработают, родственники не имеют значительных накоплений, дураков в моем окружении нет, а друзья... это что козла в огород пускать».

Николай методично перебирал варианты.

«Как вариант — необходимо какой-то банк сделать бизнес-ангелом* моего стартапа. Н-да... Задачка непростая... Выражаясь сленгом венчурных капиталистов, инвестором-ангелом прямо или опосредованно должен стать банк. Что ж, должен так должен... Посевной инвестор-ангел — банк X, — пометил Николай. — По логике следующим этапом развития...» — и он углубился в бизнес-планирование, увлекшись завораживающим процессом моделирования и формирования будущего еще не существующего бизнеса, словно скульптор, отсекая все лишнее от бесформенного камня окружающей действительности.

11

— Добрый вечер, коллеги, — как всегда стоя приветствовал Николай собравшихся представителей совета по развитию.

Он всегда начинал и заканчивал совещания стоя, выражая таким способом искреннее уважение и признательность членам своей команды. Кроме руководителей компаний холдинга, в совет по развитию входили авторитетные рядовые сотрудники и руководители среднего звена, к мнению которых прислушивались и топ-менеджеры, и коллектив. Присутствие таких людей в совете Николай считал важным еще и потому, что именно фронт-персонал чаще всего острее чувствует дыхание рынка, именно он порой более достоверно транслирует настроение коллектива и именно он составляет каркас устойчивости здания бизнеса.

Был в совете и один независимый член — бизнес-консультант Александр Анастасович, профессионал по управлению высокого класса, умнейший и порядочный человек, весьма интересная творческая личность. Часто именно его правильно и вовремя заданные вопросы позволяли структурировать обсуждение в верном направлении и в итоге выходить на нужное решение. Да и не зашоренное оперативной работой внутри бизнеса экспертное мнение специалиста, хранящего в своем профессиональном багаже опыт развития компаний из самых разных отраслей, было весьма ценно.

— У нас сегодня не обычное и не рядовое совещание, — продолжил Николай. — Я не просил вас заранее сформулировать свое мнение относительно темы встречи, потому что я ее вам не называл. Не буду ограничивать ваши выступления традиционными пятью, а наше совещание сорока минутами. Не буду настаивать, чтобы высказались обязательно все. Сегодня я хочу, чтобы вы внимательно выслушали меня. Чтобы задали все интересующие вопросы. Чтобы постарались понять мотив и основной посыл моей новой инициативы. Чтобы в ближайшее время каждый из вас определил свою позицию.

Николай не стал садиться в председательское кресло, которое, впрочем, ничем не отличалось от всех других кресел с откидными столиками, а медленно шагал по залу, внимательно вглядываясь в лица коллег, улавливая в них возникающие эмоции и мысли. Он передвигался между сидящими в креслах соратниками, словно полководец, осматривающий и воодушевляющий перед решающим сражением ряды своей доблестной, выигравшей много тяжелых баталий гвардии.

— Я принял решение начать новый бизнес. Этот бизнес не будет интегрирован в структуру нашего холдинга. Стартует совершенно отдельный, независимый проект.

Он ненадолго замолчал.

— Как традиционно мы действуем? Интенсивно развиваем наши организации с намерением сделать из них лидеров отрасли, расширяем производство, активно захватываем рыночные ниши. Мы подбираем персонал, ориентируясь на сформированные нами ценности. Транслируем разработанную нами систему управления на все подразделения. Перемещаем персонал по горизонтали, предоставляя возможность долгосрочного профессионального роста талантливым специалистам. Создаем новые направления, открывая дорогу перспективным молодым управленцам. Существующая система мотивации предполагает «семейственность» нашего дела. Мы связываем свои судьбы с судьбой нашего бизнеса с момента приема на работу и получения первой зарплаты — через выстраивание карьеры, приобретение с помощью фирмы жилья и автомобиля, гарантированное устройство в спонсируемый детский сад детей, содействие в получении образования в лучших вузах страны — до выхода на заслуженную безбедную пенсию. Это образ нашего существования. Это комфортная для нас социосистема, целенаправленно созданная нашими руками. Это наша философия. Это наша сила.

Николай внимательно следил за реакцией на его слова. Присутствующие слушали чуть напряженно, озадаченные неожиданной темой, пытаясь предугадать ход рассуждений своего лидера.

Дойдя до конца зала и повернувшись лицом в сторону председательского места, он только сейчас заметил вазу с красивым букетом цветов, стоящую на полу в противоположном углу от флипчарта* недалеко от его кресла. Рядом с букетом изящно расположилась в кресле с ноутбуком Светлана Александровна. Никогда раньше в этом зале не стояли цветы. Никогда раньше на совещаниях не было такой уютной атмосферы. Никогда раньше никто из его предыдущих помощников не присутствовал на совещаниях с лэптопом. «Обстановка изменилась к лучшему, — отметил он про себя, — я принял правильное решение в выборе помощника, это факт».

— Но в этом и наша слабость. Мир богат своим многообразием, — продолжил Николай, — и я задаю каждому вопрос: все ли сотрудники разделяют наши убеждения? Или они просто принимают их как одно из обязательных условий трудового договора? Думаю, существует категория работников, которым ближе проектный подход, в чем-то схожий с интерим-менеджментом*. Этим специалистам было бы комфортнее добиться четко поставленной задачи в обозначенные сроки и получить за это оговоренный на старте гонорар, не связывая себя с нами никакими долгосрочными обязательствами. Присутствуют такие люди в нашем коллективе?

Несколько членов совета утвердительно кивнули головой.

— Есть еще вопросы, которые я задаю себе и вам. Развиваясь эволюционным путем, «варясь», пусть и в демократичной, инновационной, но в достаточно замкнутой системе своего холдинга, не упускаем ли мы современные тенденции, аспекты управления, которые существуют в мировом бизнесе? Можем ли мы самостоятельно объективно и беспристрастно оценить собственную организацию? Полностью ли устраивает нас управляемость бизнеса и его сегодняшняя капитализация? Уверены ли мы, что ограниченность ресурсов — это плохо? Успеваем ли мы отслеживать все передовые достижения в области управления? Владеем ли мы современным арсеналом специальных знаний, методов и технологий по повышению капитализации нашего холдинга?

Николай остановился около флипчарта. Взяв фломастер, он нарисовал дом с открытыми окнами.

— Я думаю, что наступил момент, когда мы должны перейти на новую ступень своего развития. Необходимо начать здоровое закаливание нашего бизнес-организма. Нам нужен доступ к передовому опыту корпоративного управления. Нам необходимо расширить связи в мировом деловом и финансовом сообществах. Нам нужно совершенно по-иному, чем сейчас, структурировать бизнес и организовать его финансирование. Нам нужен ценный опыт, отличный от наработанного нами. Нам нужны авторитетные мнения и конструктивные принципы, отличные от наших. Только узнав лучшее из несвойственного сегодня нам и интегрировав его в принципы нашего развития, мы станем еще сильнее, еще конкурентоспособнее.

Николай замолчал и присел на подлокотник своего кресла. В зале стояла тишина, коллеги не решались торопить события. Кто-то, не выдержав напряжения, глубоко и громко вздохнул.

— Молчание — знак согласия? Раз уж так упорно молчите, что совершенно необычно на наших совещаниях, то те, кто согласен с моими рассуждениями, кивните.

Все заулыбались шутке, и настороженная атмосфера в зале немного разрядилась.

— Я слышу ваши громкие мысли о рисках... — продолжил он. — Согласен, проводить такой масштабный эксперимент на стабильно работающем бизнесе было бы неразумно. Поэтому я и принял решение о запуске нового самостоятельного проекта, ни юридически, ни фактически не связанного с нашим холдингом. Это первое.

Второе. Я хочу реализовать этот проект в классическом венчурном стиле — запустить бизнес в одной из наиболее инвестиционно привлекательных отраслей или в сегменте какой-либо традиционной отрасли. Но не в среде, где высокая конкуренция, а там, где пока еще нет подобных предложений со стороны бизнеса. И одновременно это должен быть продукт, востребованный обществом и рынком в долгосрочной перспективе.

Запустив проект, мы будем придерживаться четких стратегических ориентиров примерно в течение пяти-семи лет.

Наша инвестиционная лестница* — период от зарождения у меня идеи по созданию проекта до момента выхода из него —

будет предполагать, что стартовое развитие займет не более года.

Следующие три года мы будем обязаны очень динамично развиваться, выстраивая управление бизнесом с помощью современных технологий, например сбалансированной системы показателей*. Я предвижу ваш очередной и очень своевременный вопрос: а какие ключевые показатели эффективности* мы выберем, какие приоритеты примем за основу? Отвечаю — в первую очередь те, которые будут стимулировать нас на агрессивный захват доли рынка и на формирование уникальной модели бизнеса.

Однако сразу же, с первого дня запуска проекта мы начнем проводить работу по поиску потенциальных покупателей нашего бизнеса. Параллельно будем формировать публичную кредитную историю сначала через вексельные займы, а потом и облигационные.

К слову сказать, Александр Анастасович предлагал нам недавно новый инновационный инструмент привлечения финансирования в растущие компании — клубные облигации*, своеобразный промежуточный финансовый инструмент между синдицированным кредитом и классическими облигациями. Выпуск клубных облигаций обеспечивает комфортное финансирование эмитента и предлагает инвесторам финансовый продукт с понимаемыми ограниченными рисками и доходностью, обычно превышающей аналогичный классический продукт.

Бизнес-консультант одобрительно закивал головой.

— Никто еще в России не имеет опыта размещения облигаций такого типа, — продолжил Николай. — Почему бы нам не стать первыми? Мы должны выстроить инновационную компанию не только в технологическом плане, но и в финансовом, и в управленческом прежде всего.

С первого же дня деятельности мы приступим к привлечению в партнерство венчурных капиталистов и ближе к середине этого периода должны будем уже определиться с конкретными кандидатами. Золотых денежных гор сразу ожидать не стоит по определению. Их бизнес известен — дешевле купить, тщательно взвесив все риски, и как можно дороже и быстрее продать. Это нормально, это принцип получения дохода данным бизнесом, так что торговаться нам придется за каждую копейку, за каждое слово соглашения о партнерстве. Однако, повторяю еще раз, не только из-за денег нам необходимо это партнерство. Нам нужны не просто деньги, *нам нужны умные деньги.* Николай поставил на флипчарте большой восклицательный знак и продолжил:

— Для нас важен доступ к международному опыту корпоративного управления и к передовому зарубежному отраслевому опыту. Сегодня понятно всем, компании, имеющие в составе акционеров профессиональных инвесторов, получают своеобразный знак качества в глазах финансового, инвестиционного и отраслевого сообществ.

Что еще весьма важно и не вызывает никакого сомнения — успех нашего начинания во многом будет зависеть от благоприятных деловых отношений между инвесторами, мной как основателем и менеджерами компании, от нашей совместной командной работы. Это серьезная задача для многих из вас, сидящих в зале. Поэтому ключевыми критериями отбора персонала в данный проект будут являться не только профессиональные и этические качества, но и готовность и умение работать несколько лет в проектном режиме.

Директор по персоналу глубоко вздохнул.

— После двух-трех лет партнерства с венчурными инвесторами мы либо выведем компанию на публичный рынок акций — IPO, либо, что скорее всего, продадим сто процентов бизнеса стратегическому инвестору. В принципе, большинство этапов и усилий для реализации обоих вариантов завершения практически идентичны. Есть ко мне вопросы? — Николай отпил воды. — Неизбежность ограничений по времени и по целям должны хорошо понимать все. Обещаю, не будет в процессе реализации проекта никаких метаний, желаний оставить компанию себе, каким бы бизнес не получался «сладким». Этот деловой эксперимент должен быть максимально «чистым» и предсказуемым. Понимая поставленные задачи, перспективы и ограничения, нашим сотрудникам будет предлагаться переход в новый бизнес только по добровольному желанию. Свободные вакансии закроем сторонними специалистами, так что Игоря Олеговича в ближайшее время ожидает очень много работы.

Директор по персоналу согласно кивал.

— Допускаю, что кто-то из участников проекта — сегодняшних сотрудников — не захочет возвращаться в наш холдинг, решит остаться в компании после смены собственников через несколько лет, — Николай обвел взглядом зал. — Я предусматриваю такую возможность, поэтому обещаю, что в соглашение о продаже компании будет обязательно внесен пункт о сохранении команды на срок до одного года, чтобы люди спокойно могли определиться со своей карьерой.

Он сосредоточенно подошел к флипчарту и перевернул лист.

— Как вы заметили, в процессе моих рассуждений прозвучали три очень важные основные перспективы в развитии будущего бизнеса, которые я хочу сейчас зафиксировать на бумаге. Мы должны сформировать привлекательность бизнеса в трех основных сферах: для клиентов, для инвесторов, для сотрудников.

Хочу поставить вас в известность и об изменениях в руководстве и управлении холдингом. Я ухожу с поста генерального директора всех компаний холдинга. Оперативное руководство организациями будут осуществлять новые исполнительные директора. Конкретных лиц я представлю вам позже, после согласования с кандидатами. Я займу две позиции председателя совета директоров в формирующейся сейчас управляющей компании нашего действующего холдинга и в новом бизнесе.

Вижу в ваших глазах немой вопрос: а зачем все это надо мне — состоятельному человеку, к чему такие серьезные изменения, когда и так все хорошо, а главное, стабильно? Отвечу коротко и честно. Спираль эволюции людей и организаций предполагает постоянные изменения, новые и новые качественные витки. Бег по кругу — это дорога в никуда. Рано или поздно. Как говорили древние мудрецы, «путь жизни мудрого вверх, чтобы уклониться от преисподней внизу». Пришло время нового витка развития и для меня как бизнесмена, и как для личности. Возможно, и для многих из вас и наших коллег. Я в этом убежден.

Николай замолчал и сел в свое кресло.

— Николай Константинович? — практически сразу раздался вопрос Владимира Андреевича, рассудительного и немногословного руководителя департамента информационных технологий. — Когда можно обсудить возможность и условия перехода в новый проект?

— А вас не интересует отрасль, в которой планируется запуск проекта?

— Интересует, но не это главное в данном случае.

— Любому новому желанию, Владимир Андреевич, необходимо дать время «остыть», дать возможность для трезвой оценки ситуации. Принятие решения должно быть не импульсивным, а осознанным. Поэтому обсуждать условия и возможности участия в новом проекте с желающими я начну послезавтра. Время согласуйте, пожалуйста, со Светланой Александровной.

— Спасибо.

— Еще вопросы?

— А в какой отрасли все-таки предполагается создание бизнеса, Николай Константинович, есть какие-нибудь мысли? — поднял руку молчавший все совещание Игорь Олегович.

— Мысли у меня всегда есть, — улыбнулся Николай. — Возможно, это будет совершенно новая для нас отрасль — сельское хозяйство.

Он увидел изумленные глаза коллег.

— Уточняю — растениеводство. Сужаю еще более круг наших будущих компетенций — семеноводство.

— Не ожидал, — непроизвольно вырвалось у директора по персоналу.

— Понимаю хорошо вас, Игорь Олегович. Перед принятием решения я проанализировал много вариантов, естественно, консультировался с экспертами, общался с руководителями агропредприятий. Действительно, у всех на слуху расхожий стереотип: «Если хочешь потерять деньги — займись сельским хозяйством». Поэтому у банков так много непрофильных сельскохозяйственных активов и так мало желающих выкупить их. Я хочу напомнить вам о закономерности: там, где многие теряют деньги, многие и хорошо зарабатывают. Конкуренция в данном сегменте невысокая. Инвестиционно привлекательных бизнесов фактически нет. Инновационная семенная компания в

России — лакомый кусочек для стратегических инвесторов. Согласны?

Озадаченные подчиненные не задавали вопросов, но и не спешили расходиться, возбужденно, но негромко переговариваясь между собой.

На подлокотнике кресла завибрировал коммуникатор, показывая пришедшее на мессенджер сообщение от абонента «Собеседница»:

****

— Как дела, Мыслитель? Идеи материализуются?

****

12

Колеса самолета, казалось, неминуемо скользнут по воде, но взлетно-посадочная полоса незаметно заместила собой водную поверхность. Тяжелый самолет, слегка подпрыгнув от неожиданности при первом касании с бетоном, плавно покатился в сторону терминала аэропорта.

Ее мужа сегодня не было среди встречающих, только ближе к ночи он должен вернуться на машине из Лос-Анджелеса. В последнее время как-то регулярно получалось, что в момент ее прилета домой Сергей либо был в другом городе, либо был очень занят делами и не мог ее встретить. Она сделала попытку поговорить на эту тему, объяснить, насколько для нее важно в первые же минуты приземления знать, что он находится рядом, что ждет ее с цветами, увидеть его улыбающееся лицо, почувствовать запах его тела... Но в ответ только услышала: «Не драматизируй, солнышко. Ты же знаешь, я люблю тебя. Но дела есть дела, ты как бизнесвумен должна меня понять. Несколько часов отдохнешь после перелета — и я тут как тут». Будучи деловым человеком она могла понять его занятость, но как женщина — нет.

Пройдя паспортный контроль и получив чемодан, Ксения села в такси и сразу открыла окно — организм требовал свежего воздуха после многочасового душного перелета.

— Куда едем, леди? — на русском языке спросил водитель.

— Хороший вопрос, — задумчиво произнесла Ксения, — а действительно, куда?

Увидев в зеркале заднего вида улыбающееся лицо таксиста — характерное лицо жителя средней полосы России, она поняла, почему не удивилась, услышав русскую речь.

— Почему вы решили, что я русская?

— Ну, во-первых, нашего человека издалека в толпе видно, тем более женщин — американки не умеют со вкусом одеваться. А во-вторых, я смотрел передачу с вашим участием. Еще подумал, что такая молодая и привлекательная соотечественница, а уже ворочает миллионами и рулит серьезными проектами. Так куда едем, босс?

— Давайте сначала в кафедральный собор Пресвятой Богородицы «Всех скорбящих радости». После… что-нибудь придумаю. Ничего, если я вас ангажирую на половину дня? Уж очень не хочется сегодня садиться за руль.

— А может, мне и в понедельник к вам с утра подъехать, на работу отвезти?

— А вот этого не надо. Мы не в России, дорогой земляк. Здесь персональные водители пока не в почете. Поехали!

Ксения откинула голову на подголовник заднего сиденья и с жадностью вдохнула ворвавшийся в окно просторного американского автомобиля насыщенный смесью морской соли, запахами эвкалипта и цветов воздух Сан-Франциско.

13

Разложив дома вещи и разобрав деловые бумаги, Ксения включила спокойную музыку, зажгла свечи, насыпала в ванну купленную на Тридцать девятом пирсе соль и растворила в расслабляющих ароматах морской свежести свое утомленное в переездах и перелетах тело. Или потому что морскую соль продают на Тридцать девятом пирсе из открытых деревянных бочек, где она насыщается дыханием океана и дерева, или потому что человеческая фантазия способна придумывать любые желаемые образы, но только от этих ванн с солью Ксения получала максимальное наслаждение и расслабление. Стройные ноги в мерцаниях живого света свечей вместе с длинными намокшими светлыми волосами придавали красивому изящному телу под водой сходство со сказочной русалкой. Глаза путешественницы медленно закрылись.

Остывшая вода разбудила сознание, и сонное тело переместилось в спальную комнату.

Когда приехал Сергей, она не слышала.

Под утро Ксении приснился странный сон. Она — старшая стюардесса на борту летящего громадного межконтинентального авиалайнера. В салоне приглушенный свет, практически все пассажиры спят. Далеко внизу по редким точечкам корабельных огней и отблескам лунного света угадывается бескрайний океан. Она готовит кофе и приносит его капитану корабля. В кабине самолета только она и капитан. За стеклом кабины россыпи ярких звезд на фоне абсолютно черного неба. Капитан поворачивает лицо к Ксении, и она понимает, что это тот самый задумчивый незнакомец из московского кафе. На душе старшей стюардессы авиалайнера становится необыкновенно тепло и спокойно.

Щебетание птиц за окном разбудило девушку. Сергей еще спал. Звонко чмокнув его в щеку, Ксения побежала в душ. Стоя под струями теплой воды, вспомнился сон. «Что меня так зацепило в этом мыслителе?» — улыбаясь сну, удивленно спросила она себя.

После душа надевать какую-то одежду совсем не хотелось. «Сегодня у меня будет утро единения с природой, а одежда органичному единению противопоказана», — заявила Ксения сама себе и обнаженная пошла на кухню. Выдавливая свежий сок из пары крупных грейпфрутов, прослушала автоответчик на телефоне.

Настроение с утра было отличное. Командировка прошла продуктивно, люди встретились интересные, погода стояла чудесная. Еще и выспалась хорошо. Захотелось пошалить.

* * *

Один из новых российских знакомых Ксении, очень талантливый сибирский программист, скачал ей бета-версию своей программы, которая распознает в радиусе до ста пятидесяти метров адреса активных мессенджеров практически всех существующих типов и показывает схему расположения пользователей. Более того, программа позволяла несанкционированно подключаться и инкогнито общаться с выбранными пользователями, не фиксируя постоянного контакта. Размышляя в кафе перед отлетом из России о привлечении в свой бизнес-инкубатор перспективных стартапов, Ксения перед уходом решила протестировать изобретение «сибирского Гейтса». Первым и ближайшим по отношению к ней определился пользователь под логином «Николай Константинович». Осмотрев кафе, Ксения остановила взгляд на сидящем неподалеку мужчине, который что-то усиленно обдумывал и печатал на лэптопе. Зарегистрировавшись в системе как «Собеседница», она отправила ему первое, что пришло в голову, снабдив сообщение подмигивающим смайликом: «Интересная штука — жизнь!» Уже выходя из кафе, краем глаза Ксения получила подтверждение, скорее, почувствовала спиной, что изобретение, действительно, работает.

* * *

Ксения открыла лэптоп и включила мессенджер. В папке «История разговоров» был лишь один пользователь — «Николай Константинович». Интересно, чем сейчас, в восемнадцать часов по московскому времени, занят этот Николай Константинович? Пальцы Ксении быстро набрали: «Как дела, Мыслитель? Идеи материализуются?» Через секунду на другом конце земли, лежащий на подлокотнике кресла коммуникатор зафиксировал материализацию безобидной шалости «Собеседницы».

14

Вечерние московские автомобильные пробки. Вереницы габаритных огней, ближнего света и стоп-сигналов медленно ползут по с трудом вмещающим их транспортным артериям. Над потоком всех мыслимых средств передвижения висит невидимый, но ощущаемый всеми участниками процесса бурлящий и клокочущий смог из темной энергетики нервозности, усталости и раздражительности. Кажется, еще немного, и опасные автопротуберанцы разорвут тесные ограничения дорожного полотна. Но нет, дорога удерживает свои позиции, предлагая в качестве отступного сломанные бордюры и уничтоженные газоны. И тогда потоки отрицательных эмоций переориентируются на собратьев по несчастью. Порочному и несправедливому закону выплескивания собственных обид и неудач на ближайших сородичей человечеству пока нечего противопоставить.

«Добираться мне придется до дома не меньше часа», — подумал Николай, управляя автомобилем левой рукой, а правой переключая тюнер в поисках хорошей музыки. Зазвучала композиция Summertime в исполнении Луи Армстронга и Эллы Фитцджеральд. Салон автомобиля наполнился музыкой и голосами, резонирующими с самыми сокровенными струнами его души.

Получив удовольствие от прослушивания одного из любимейших своих музыкальных произведений, Николай просмотрел на коммуникаторе непринятые звонки и новые сообщения. Ничего важного или интересного за последние часы не пришло, за исключением сообщения от «Собеседницы». Удивительным и странным было не только то, что очередное сообщение пришло от незнакомого человека, но и то, что сообщения пришли от пользователя, которого в списках контактов Николая не было. Личные данные отправителя оказались скрыты.

****

— Кто ты, незнакомец или незнакомка? — он стал набирать ответное сообщение. — И как тебе удается общаться со мной без установления контакта? Я даже не спрашиваю, как ты узнала мой адрес.

Ответ не заставил себя долго ждать.

— Собеседница — имя женского рода. Я не знаю, кто ты. Пока не знаю. И ты не знаешь, кто я. Возможно, пока не знаешь. А разве люди всегда спрашивают разрешения, чтобы обменяться фразами или суждениями? Иногда самые откровенные беседы происходят между незнакомыми людьми в вагоне поезда... Но, если не хочешь, можешь мне не отвечать, я не буду тебя больше беспокоить.

— Мы не в одном вагоне. Почему ты выбрала меня?

— Зато мы с тобой точно на одной планете. Находиться на одной планете — это порой ближе, чем быть в одной постели.

— Как мне обращаться к тебе?

— Придумай сам. Разве важно, как меня зовут? Можешь звать меня Собеседница. Имеет значение только то, будет ли нам интересно общаться.

— Мы виделись с тобой, да?

— Возможно. Что ты сейчас делаешь?

— Стою в пробке на Кутузовском.

— Мне жаль твое потерянное время. Оно могло быть более содержательно заполнено.

— Мне тоже жаль, Собеседница. Тебе нравится композиция Summertime?

— С Луи Армстронгом и Эллой Фитцджеральд? Очень! Я обожаю ее! А почему ты меня об этом спросил?

— Я только что наслаждался прослушиванием.

— Если ты будешь звать меня Собеседницей, можно мне называть тебя Мыслитель? А то Собеседница и Николай Константинович... как-то не сочетается. Возникает граница, как между представителями разных племен. А ведь мы, возможно, с тобой одной крови — ты и я? Помнишь, как у Киплинга? Далеко тебе еще до пункта назначения?

— Въехал на стоянку.

— Рада была общению, Мыслитель. Хорошего тебе вечера!

****

Диалог прервался так же неожиданно, как и начался.

Николай выключил двигатель и устало прикрыл глаза — он не смог заставить себя выйти из автомобиля, не дослушав She Can't Let Go Сантаны.

15

На ланч Ксения с партнером и одновременно ближайшей подругой Леной пошла в свой любимый суши-ресторан в Эмбаркадеро-центр.

Эмбаркадеро-центр притягивал неповторимой энергетикой, передающей сегодняшним его посетителям историю и чаяния предыдущих поколений местных калифорнийцев. Это не просто несколько зданий в деловом центре Сан-Франциско, архитектурно предрасположенных к сосуществованию. Комплекс небоскребов, переходов, лавочек, скульптур, кустов роз, декоративных деревьев пропитывает находящиеся рядом человеческие индивидуумы духом авантюризма, свободы и предпринимательства.

В этом небольшом ресторанчике много лет назад она впервые попробовала суши и познала вкус подогретого саке из квадратных стопок, выполненных из вечнозеленого дерева криптомерии. Заведение, открытое всего несколько часов в день, было всегда заполнено. Места нужно заказывать заранее или придется стоять в живой очереди, чтобы присесть у разделочной стойки. Как-то Ксения собралась с духом и спросила шеф-повара и по совместительству владельца, почему при таком спросе ресторан столь поздно открывает и столь рано закрывает свои двери. Вежливый японец выдержал паузу и ответил встречными вопросами: «Если утром выловить в океане морепродукты и доставить их в ресторан, то этот процесс займет два-три часа. Если в ресторане продукты будут предлагаться еще более трех часов, то разве можно их считать свежими? А разве суши может быть из несвежих продуктов?»

И правда, суши в этом ресторане были исключительно вкусные. Таких она больше нигде не пробовала — ни в Штатах, ни в Канаде или Европе. Ни в одном из суши-ресторанов мира, в которых она была, в конце ланча шеф-повар не разрезал так ловко и красиво на две части вкуснейший апельсин и не угощал ее лично половинкой фрукта. По этим же самым причинам, вернее из-за их отсутствия, Ксения никогда не ходила в круглосуточно работающие суши-рестораны Москвы и других городов России. Сложно представить, сколько требуется времени, чтобы доставить, например, тунца с океанских просторов в центр материка — Барнаул или Челябинск например.

Сегодня подруги, как обычно, присели у разделочной стойки. Вот уже три года они совместно развивали бизнес и успели не только сработаться, но и сдружиться. Лена соскучилась — три с лишним недели они только переписывались с Ксенией по электронной почте и периодически созванивались. Утро в офисе было посвящено обмену деловой информацией, и только за ланчем появилось время немного посекретничать.

— Как Сергей, Ксюша?

— Скорее всего — хорошо, Лен. Он поздно приехал, я уже спала. Я рано уехала, он еще спал.

— Не переживай, подруга. После семи лет, что вы живете вместе, можно простить друг другу маленькие слабости.

— Я понимаю, но мы не виделись почти месяц. Семь лет назад для меня и два дня казались вечностью... И дело даже не в остроте отношений. Дело в том, что наш любовный союз мужчины и женщины стал напоминать какое-то хозяйственно-деловое партнерство. Немного улыбок, немного вежливого внимания, немного разговоров, немного секса, немного планирования и много собственных забот у каждого. Я не виню Сергея, в семье не бывает одного виноватого... Возможно, я сгущаю краски, сказывается усталость от командировки.

— Может, вам слетать отдохнуть на недельку куда-нибудь в теплые края?

— Не думаю, что короткий отдых кардинально что-то изменит в наших отношениях.

— Тогда в свинг-клуб сходить или любовников завести?

— Подруга! Ну ты и посоветуешь!

— А чего?! — Лена звонко засмеялась, обратив на себя внимание сосредоточенно поглощающих суши посетителей. — Ксюш, а может, все-таки вам ребеночка родить?

— Ты же знаешь, Сергей пока не хочет, считает, что рановато для наших карьерных путей.

— Знаю, знаю, подруга... С кем-то из интересных людей не по работе в России познакомилась?

— В эту поездку был сумасшедший график, в театр и то всего раз удалось вырваться. А уж на отдых и тусовки времени совсем не было. Хотя... перед самым отлетом познакомилась с одним человеком.

— И кто он? — подруга оживилась.

— Не знаю.

— Уау! Мужчина, надеюсь?

— Мужчина. Николай Константинович.

— А фамилия, лет сколько, чем занимается?

— Не знаю.

— Ксюха! Это на тебя совсем не похоже. Как могло такое произойти? Уж не на улице ли вы познакомились?

— Ленка! Ты отстала от жизни. Мы с тобой в какой отрасли работаем? То-то же. Помнишь, я рассказывала тебе сегодня утром о «сибирском Гейтсе»? Так вот, он скачал мне одну свою новую программку для тестирования.

— И ты ее испытала на незнакомце, который оказался Николаем Константиновичем?

— Угадала.

— И как, работает?

— Работает, подруга, еще как работает, — улыбнулась Ксения, вспомнив свой сон и утреннюю шалость.

16

Головной офис «Московского банка развития горно-металлургической отрасли» располагался в старинном особняке в переулке рядом с Пятницкой улицей. До момента приобретения собственной московской квартиры Николай арендовал жилье в этом пропитанном историей районе. И каждый раз, бывая в банке, он вспоминал свои первые годы завоевания столицы.

Со старшим вице-президентом банка Аленой Макаровной они познакомились в отеле Marriott на деловом завтраке с членами канадского правительства, прилетевшими в Москву с целью активизации расширения деловых контактов между странами. Как руководитель компании — спонсора завтрака, Николай выступил с короткой приветственно-рекламной речью. Его правилом было *всегда максимально использовать любые возможности для продвижения своего бизнеса и установления новых контактов.* И в тот раз итогом завтрака явились несколько полезных знакомств, в том числе с энергичной и располагающей к общению Аленой Макаровной.

Искренне обрадовавшись встрече, они тем не менее к согласию по агроактиву, находящемуся в зоне ответственности Новосибирского филиала банка, с первых раундов переговоров прийти не смогли. Главное принципиальное разногласие состояло в том, что актив был комплексный — бывший многопрофильный колхоз, перерегистрированный в общество с ограниченной ответственностью. Николая категорически такое предложение не устраивало, а разделять актив на части банк не хотел, боясь остаться с неликвидом.

Большинство советских колхозов и совхозов явно формировались по принципу «на случай войны», предполагающего наличие земель, фуражного производства, зернотоков, овощеводства, свиноводства, молочного и мясного животноводства, а еще всего того, чем только можно было заниматься автономно на данном участке земли. Из-за такого широкого «ассортимента» в каждом сельском коллективном хозяйстве было всего понемногу, а в великой стране строящегося коммунизма всего было очень немного. Вывод из анализа превалирующей модели хозяйствования очевиден — *широкая диверсификация в рамках одного предприятия в сельском хозяйстве неэффективна.* Тем не менее подавляющее большинство современных российских крестьянских хозяйств с воодушевлением продолжили советскую традицию, с завидным постоянством увеличивая количество непрофильных активов на балансах банков-кредиторов.

Сделав паузу в переговорах с Аленой Макаровной, Николай решил своими глазами взглянуть на альтернативный вариант и провести переговоры с его владельцем.

17

Утром Николай проснулся раньше обычного. Предстояло лететь в командировку в Сибирь и на Урал.

* * *

Привычку вставать рано Николай выработал еще с юности. Причин было несколько. Первая и главная — он закалял характер. Подъем в пять тридцать утра, разминка, пробежка десять километров. Утренний энергетический заряд позволял учиться на повышенную стипендию в институте, работать лаборантом на кафедре, одновременно подрабатывая еще на двух работах, играть в рок-группе, проводить дискотеки и много читать. Со временем к доброй утренней традиции добавились ежедневное обливание холодной водой, обтирание снегом и йога перед сном.

* * *

Предыдущие дни, насыщенные переговорами с различными банками, позволили вычленить два наиболее привлекательных варианта по имущественному комплексу для нового проекта.

К удивлению, не оказалось достойных предложений у банков, специализирующихся на сельском хозяйстве. И лишь два банка, не имеющие никакого отношения к аграрной отрасли, предложили интересные варианты — один московский и один уральский.

После многочисленных консультаций с экспертами требования к необходимому активу сформировались достаточно определенно. Важный совет — необходимо найти либо модернизированные зернотоки, способные сортировать и дорабатывать семенной материал до высоких кондиций, либо современный семенной завод. Второй ценный совет — ни в коем случае не соглашаться принимать на себя деревенскую инфраструктуру и многопрофильные хозяйства. Это была реальная угроза не только для рентабельности, но и для жизнеспособности всего проекта. В окружении объекта должны работать сильные фермерские хозяйства, способные потенциально заниматься производством семян. Географически желательно расположение на юге Западной Сибири, чтобы транспортное плечо до западной и восточной границ России было примерно одинаковым по причине высоких железнодорожных тарифов, и одновременно недалеко от Казахстана — одного из потенциальных стратегических потребителей продукции. И самый главный совет — найти высококлассного специалиста, способного возглавить технологическую часть бизнеса. Последний совет по значимости стоит всех предыдущих — единодушное мнение разбирающихся в семенном бизнесе экспертов.

18

Николай любил летать, но не любил экс-советские аэропорты.

Воздушные гавани больших и малых городов России являются в большинстве своем многочисленными близнецами. Построенные, очевидно, по одному и тому же типовому проекту, в котором места пассажиру, одновременно еще гордо зовущемуся Человеком, явно предусмотрено не было. В человеконенавидящее архитектурное решение по-свойски втиснулись платные вонючие туалеты с выдаваемым на входе клочком низкосортной туалетной бумаги, залы ожиданий без кресел, кондиционирования и вентиляции, выдача багажа в отдельно стоящих неотапливаемых сараях, дорогущие буфеты с просроченным пивом и засохшими бутербродами. Торжество победившей посредственности часто несет гордую приставку «международный» и повсеместно окаймляется прилипчивыми частниками-извозчиками и многочисленными темными личностями. Если судить о России по ее воздушным воротам, то поговорка «Театр начинается с вешалки» внушает глубокий пессимизм в оценке существующей действительности.

Короткое время полета, переносящего людей за тысячи километров, непроизвольно концентрировало внимание Николая на самых важных аспектах его жизни и бизнеса, регулярно подтверждая народную мудрость «Высоко сижу, далеко гляжу». Именно за эту возможность он ценил и любил воздушные путешествия.

Самолет приземлился в Тюмени ближе к пяти часам вечера. Аэропорт неофициальной нефтегазовой столицы России мало чем отличался от своих собратьев-клонов.

— Добрый день… Николай Константинович… — раздалось приветствие из толпы встречающих. — С приездом!

Навстречу, широко улыбаясь, шел невысокий человек в кожаной куртке и качественных стильных ботинках.

— Добрый день! Виктор Дмитриевич?

— Конечно, — крепко и надежно, с небольшой оттяжкой, по-крестьянски пожав руку и продолжая улыбаться, ответил встречающий. Он подхватил дорожный саквояж Николая и энергично направился в сторону стоянки автомобилей. Закинув чемодан в багажник старенького «ниссан-максима», предложил:

— Покурим?..

И не дожидаясь ответа, закурил.

— Как долетели?..

— Нормально, спасибо.

— Предлагается такой вариант: сейчас... поселим вас в гостиницу... поужинаем... отдохнете... а завтра в семь утра... двинемся в сторону завода.

— Устраивает. Вы хозяин — вам и руководить.

— Тогда... поехали, — бросив недокуренную сигарету, сел в машину известный российский семеновод.

Расположенный в центре города отель Кволити оказался приличным четырехзвездочным заведением с рестораном, баром и кафе, уютным холлом, ночным клубом, фитнес-центром, пунктом обмена валют, в общем, со всей инфраструктурой, помогающей служивому иногороднему человеку максимально потратить свои командировочные. Да еще на втором этаже скромно разместился небольшой бизнес-центр.

Распаковав вещи и умывшись, Николай спустился в кафе с традиционным для российских отелей названием «Вена», где с сигаретой в руке, на диванчике за круглым столиком Виктор Дмитриевич внимательно изучал меню. В центре зала джаз-квартет играл Rhapsody in Blue — жемчужину творчества Джорджа Гершвина, уроженца Бруклина, сына еврейских эмигрантов из России и кумира всех джазменов мира.

— Э-э-э... Что предпочитаете, Николай Константинович?..

— Я бы для начала чашечку двойного эспрессо выпил.

— А посерьезнее?..

— Вы про горячее или про водку? — отшутился Николай.

— А и про то, и про другое... — не растерялся Виктор Дмитриевич.

— Ну раз вопрос стоит конкретно, то с удовольствием бы грамм сто пятьдесят ледяной водочки закусил сосьвинской селедочкой с лучком и вареной картошечкой. Ушицы можно немного для согрева души. Да и стерлядочки в каком-нибудь виде на горячее. Если присутствует данное богатство в меню.

— Организуем… Клюквенный морс будете?..

— Не откажусь.

Пока официант принимал заказ, Николай осматривал зал. Публика в кафе была самая разная. Несколько столиков занимали иностранцы в джинсах и массивных ботинках на толстой подошве, пьющие пиво и перекрывающие громкостью своих голосов звуки оркестра. Две молодые симпатичные пары в вечерних нарядах, видимо, отмечали день рождения одной из девушек, красивой стройной татарочки-смуглянки с раскосыми глазами, широкими скулами и черными как смоль длинными распущенными волосами. За сдвинутыми столиками гулял корпоратив. Еще пара столиков была занята молодыми людьми в коротких черных кожаных куртках, стремящимися казаться явно «реальными пацанами». На диванчике в углу, неспешно смакуя японский виски «Сантори», что-то обсуждали двое крепких мужчин, среднего возраста и в дорогих костюмах.

Николай перевел взгляд на Виктора Дмитриевича. Один из московских экспертов, с которыми Николай обсуждал целесообразность открытия бизнеса в сельскохозяйственной отрасли, заслуженный ученый-семеновод еще со времен СССР, убедительно рекомендовал его как одного из немногих оставшихся в России специалистов экстра-класса в области семеноводства. В прошлом Виктор Дмитриевич был директором одного из опытно-производственных хозяйств, которые после развала Союза повторили судьбу своей страны. После не очень успешных попыток организации собственного бизнеса и громких провалившихся альянсов с местной властью он занимался агроконсультированием и в силу своей энергичной натуры был открыт для всевозможных контактов и новых проектов.

Водку принесли одновременно с кофе и хлебом.

— С приездом… и за знакомство!.. — хитровато улыбнувшись, поднял рюмку Виктор Дмитриевич.

Выпив залпом, понюхал кусок хлеба и глубоко с облегчением вздохнул.

— За приятное знакомство с успешным продолжением! — Николай слегка задержал на нёбе холодный напиток, чтобы ощутить его вкус. Местная водка, настоянная на кедровых орехах, была очень неплоха. Сделав на пару секунд паузу, с удовольствием глотнул кофе.

— Запиваете водку кофе?.. — удивился Виктор Дмитриевич.

— Да, мне нравится сочетание вкуса холодной водки и горячего кофе.

— Интересно!.. Первый раз вижу, чтобы водку запивали кофе.

— Я тоже раньше думал, что один такой... э-ээ... странный. Но как-то прочитал в журнале интервью с Шерон Стоун, где она сказала, что ее любимый коктейль — водка с кофе, и понял, что я не одинок на этой планете.

— Я тоже люблю кофе... И водку могу выпить... Но водка с кофе... Как-то... сильно! С морсом, однако, привычнее, — Виктор Дмитриевич говорил неторопливо, делая большие паузы между словами и фразами, попутно затягиваясь очередной сигаретой.

Оркестр заиграл What a Wonderful World Луи Армстронга. Красивая спокойная мелодия, уютный диванчик и водка подействовали на Николая после перелета расслабляюще. Впереди был вечер неторопливой беседы с неординарной личностью, по крайней мере так его охарактеризовали московские рекомендатели. Торопиться некуда, и это само по себе уже было замечательно.

— Вы же... не занимались раньше... сельским хозяйством, Николай Константинович?

— Я всегда хотел, выйдя на пенсию, купить себе виноградник под ласковым солнцем и построить небольшую ферму, обязательно с винным погребком. Почему не поэкспериментировать до пенсии? — Николай подмигнул собеседнику.

— Экспериментировать на свои деньги думаете, если не секрет?

Подошел официант и наполнил стопки.

— Чего-нибудь еще желаете?

— Свежевыжатого морковного сока, пожалуйста, с маслом из виноградных семечек. Есть у вас такое масло? — после мечты про виноградник Николаю захотелось чего-нибудь, ассоциирующегося с его пенсионными планами.

— Найдем, — невозмутимо ответил официант.

— Виктор Дмитриевич, я блюда заказал, не глядя в меню, их приняли к приготовлению. Масло из виноградных семечек попросил, ответили — найдут. На тюменской земле все желания исполняются?

— А как же, Николай Константинович… Это же Сибирь… Да и вы не чужой человек на этой земле, как мне рассказали, а для земляков мы всегда открыты.

— Давайте выпьем за Сибирь и ее хлебосольных жителей! — Николай поднял запотевшую от охлажденной водки стопку.

— За исполнение мечт, как у нас говорят… — Виктор Дмитриевич приподнял рюмку и хитровато посмотрел на Николая.

— Хороша рыбка!

— Да…

— Вы рыбак, Виктор Дмитриевич?

— Балуюсь… Кто настучал?.. В Москве… и про рыбалку… знают?..

Николай старался привыкнуть к манере неторопливого, с постоянными поистине театральными паузами разговора собеседника.

— Перед тем как закусить селедочкой, вы внимательно на нее посмотрели. Так оценивающе на рыбу смотрят только рыбаки. И на сосьвинскую селедку ходили?

— Нет, она ж на Севере водится, в Сосьве… я туда еще не добрался.

— А мне вот удалось ее свежей попробовать. Ребята сразу после вылова крупной солью посолили и спиртом запить предложили.

— И как?

— Вкусно-о-о, не передать. Вы-то ведь знаете, что эта рыба вовсе не селедка?

— Как это?..

— Виктор Дмитриевич! — Николая позабавило искреннее удивление рыбака-сибиряка. — Ну а что ее еще тугун, тугунок называют вы знаете?

Виктор Дмитриевич промолчал, затушил остатки сигареты и тут же закурил снова.

— Селедке эта маленькая рыбешечка совсем не родственница, ее прямые родичи — благородные лососи. В

Москве тугуна практически невозможно найти, ни за какие деньги. Да и на Севере почти не осталось, варварски извели еще в советские времена. Такой своеобразный тонкий вкус надо еще поискать среди лучших рыбных деликатесов. Слышал, что тугун водится также в Енисее и Лене, но говорят, что там он меньше и по вкусу хуже сосьвинского.

— Уели вы меня, Николай Константинович, — Виктор Дмитриевич выдохнул сигаретный дым и наполнил рюмки, — уели по полной… туземца на его родной земле…

Солистка джаз-оркестра красиво импровизировала голосом, ведя завораживающий диалог с саксофоном. Их голоса то взлетали ввысь, заставляя слушателей затаить дыхание, то низко опускались, вызывая волнующие вибрации на уровне груди.

— Вы не ответили на мой вопрос… о финансировании эксперимента, Николай Константинович, — снова перевел разговор на деловую тему семеновод.

— Я отвечу чуть позже, если не возражаете. Не могли бы вы сначала назвать мне несколько причин, по которым я должен заняться сельским хозяйством? Еще точнее — семеноводством, более точно — заняться семеноводством в Сибири, и предельно точно — заняться семеноводством в Сибири в партнерстве с вами?

— Легко!.. А вы мне после моих аргументов… объясните, зачем лично вам необходимо ввязываться в это… безнадежное предприятие.

— Договорились, Виктор Дмитриевич.

— И Винниту начал свой рассказ, — Виктор Дмитриевич смачно затянулся сигаретным дымом и улыбнулся. — Ну… жрать-то всегда народу охота… Логично? Население растет, а земли больше не становится… Еще и катаклизмы природные… всякие… регулярно происходят… Это про сельское хозяйство.

— Логично.

— В сельском хозяйстве сеять надо каждую весну, а где-то и два раза в год… ага?.. Иначе и собирать нечего будет. А чего сеять?.. Фураж, который не всходит?.. По официальной статистике, пятьдесят процентов российских семян не соответствуют ГОСТу… Или дорогущие забугорные семена, которые еще и не достать?.. Сегодня рынок семян в России серый… очень серый… Государство закрывает глаза на проблему, потому что все отечественное семеноводство загублено... К примеру, в советские времена в стране засевалось десять миллионов гектаров земли горохом, а в Канаде — один миллион... Сегодня — с точностью до наоборот... И еще попробуйте купить... хорошие семена гороха в России! Их практически нет! Согласно нормам посева, рынок семян в стране оценивается в один миллиард долларов... Даже с учетом серого рынка и низкокачественного материала... производится семян всего на четыреста миллионов долларов, то есть... меньше половины потребности! Сельскохозяйственные научные институты доживают свой век, фарцуя государственной землей... и сдавая в аренду помещения. Всех молодых селекционеров иностранцы из страны вывезли целыми отделами, остались одни старики да бездари... Селекционный материал похерен неизвестно где... Какая перспектива?.. Да никакой!.. Неконкурентоспособны мы... по определению... Иностранные селекционеры... боятся нашей страны как огня... Возьмите еще одних мировых лидеров... шведов например... Они категорически не хотят работать с Россией... Скандинавы убеждены, что не смогут защитить свои авторские права в нашем правовом в кавычках государстве... Сегодня единицам удается заполучить маленькие партии их семян... да и то полуконтрабандно через Германию... Но это же капля в море!.. И что?!

— И что? Безнадега полная?

— Смотря для кого... Для нашего сельского хозяйства — да... Мы отстали от развитых стран в селекционных разработках уже лет на двадцать... а то и на пятьдесят... А если еще и в ВТО войдем... границы откроем... субсидии колхозникам урежем — вообще швах... они-то своих ученых, фермеров и экспорт дотируют серьезно...

Собеседники, не сговариваясь, одновременно подняли и опрокинули рюмки. Виктор Дмитриевич прикурил очередную сигарету и замолчал. Николаю не хотелось его торопить.

— Ну что... не передумали заниматься сельским хозяйством, Николай Константинович?

— Вы же еще не все рассказали. Может быть, есть и светлая сторона у этой «луны»?

— Дык есть и светлая сторона... Как не быть?! Если чего мало, то и ценится-то это высоко... В среднем рентабельность при производстве семян выше в два с половиной раза, чем при товарном производстве... и может достигать трехсот процентов.

— Ого! Обнадеживает, не в каждом бизнесе найдешь такую рентабельность.

— Сибирь, однако, хочу сказать... не самое лучшее место для семеноводства, зона рискованного земледелия... Состояние семенной работы и материально-технической базы за Уралом хуже некуда... и не обеспечивает собственную потребность даже на треть... Юг Сибири при этом имеет большие преимущества из-за выгодного географического положения... находится на одной широте с основными сельскохозяйственными районами Канады... Если сформировать достаточно гибкую продуктовую линейку... заполучить эксклюзивные сорта... приобрести хорошие дорабатывающие мощности... клиентуру подтянуть алтайскую и казахскую, то...

— А почему при такой высокой эффективности производства семена в таком малом количестве производятся?

— Без всяких сомнений... семеноводство зерновых культур является самой доходной отраслью зернового рынка, хотя и имеет определенную специфику... Вроде бы все похоже: вспахал, посеял, убрал... А если знаний, опыта и ума нет — кроме фуража ничего и не получишь осенью... По-любому... Вот так... Человеческий фактор...

— Хотите сказать, что семенной бизнес по своей сложности не легче банковского?

— Однозначно! А то и сложнее... На рыночные риски накладываются еще и климатические. В нашем деле опыт, а главное, чуйку иметь надо... а чутью в университете не научишься... природу надо чувствовать, ощущать, с ней уметь общаться надо... как с женщиной... только тогда она тебя отблагодарит, — Виктор Дмитриевич хитровато прищурился. — Хотите анекдот?

— Давайте.

— ...В колхозе идет собрание... выступает председатель: «В позапрошлом году мы засеяли сто гектаров рожью. Всю ее сожрала тля. В прошлом году мы засеяли триста гектаров рожью. Ее опять всю сожрала тля. В этом году мы засеем пятьсот гектаров рожью, нехай эта тля подавится!».

Собеседники рассмеялись.

Посетители ресторана понемногу расходились, оркестр продолжал играть, но все чаще стал уходить на перекуры, за окнами стемнело, людей на улице почти не было, редкие машины подъезжали к дверям отеля.

Рассказ Виктора Дмитриевича не удивил и не расстроил Николая, лишь подтвердил выводы предыдущих экспертов о состоянии рынка и правильность его собственного выбора. Спокойствие и рассудительность Виктора Дмитриевича вызывали доверие.

— Теперь пришла очередь моих откровений?

— Ну-у…

— Причины, по которым я сейчас нахожусь здесь, вы только что назвали, повторяться не буду. Могу показать вам кусочек будущего, которое я хочу создать. Интересно?

— Если не тайна...

— Завтра мы с вами посмотрим какие-то здания и механизмы, именуемые в вашей профессиональной среде «семенным заводом» или «линией по доработке семян». У меня нет повода не доверять вам, скорее всего, там что-то более-менее дееспособное и сто́ящее. После осмотра вернемся в отель и в этом же ресторане поужинаем, и даже выпьем немного водочки. На следующее утро я выеду в Екатеринбург для встречи с руководством ЕКБ-Банка. Моя задача — убедить банк отдать нам завод в управление с последующим выкупом и профинансировать первый год работы. Не думаю, что это предложение их воодушевит, скорее всего, они будут продавливать встречный вариант продажи нам завода прямо сейчас за наличные и без всякого финансирования. Я, естественно, не соглашусь. На второй день переговоров они серьезно скинут цену. Я снова не соглашусь и улечу в Москву. По моим сведениям, президент банка и его первый заместитель через пару недель должны быть в столице. Я постараюсь, чтобы мы там увиделись и продолжили переговоры. Но и в Москве мы вряд ли придем к согласию. Все это время они, так я думаю, будут пытаться найти покупателя. Сомневаюсь, что найдут, заманчивых предложений на рынке сейчас много, а покупателей мало. Под актив банку приходится формировать стопроцентное резервирование. Будет вполне логичным действием, если вскоре Центральный банк еще ужесточит требования для коммерческих банков в плане непрофильных активов. Для того чтобы продать завод, надо будет поддерживать его работоспособность, чтобы дым из трубы шел, да здоровый шум работающих машин покупателей привлекал, иначе не только механизмы заржавеют, но и товарного вида не будет. В общем, содержание непрофильного актива будет требовать все больше и больше сил и средств. Поэтому через несколько месяцев с большой долей вероятности мы вместе с вами в Екатеринбурге подпишем соглашение о лизинге завода и финансировании первого этапа работы на компромиссных условиях. И нам выгода, и банку в конечном итоге.

— А что значит «мы с вами»?

— Я не уточнил главное. Завтра вечером мы с вами пожмем друг другу руки как партнеры. Я сделаю вам предложение, от которого вы не сможете отказаться.

— О как!

— Да, именно так. Я продолжу с вашего позволения. Моя роль в компании будет состоять в организационном развитии бизнеса и привлечении инвестиций. Ваша роль — производство и наука. Через некоторое время мы привлечем серьезные частные инвестиции, и лет через… пять-шесть-семь продадим компанию. Ваша мотивация — простор для самореализации и инноваций и несколько миллионов, а то и десятков миллионов долларов после продажи компании.

— Заманчиво, однако…

Николай откинулся на диванчике, послеполетная усталость потихоньку брала свое. В ресторане уже никого не было. Оркестр продолжал играть, и играл, получается, только для них. Подошел официант:

— Еще чего-нибудь желаете?

— В отеле продаются цветы? — задал вопрос Николай.

— Нет.

— Слушай, уважаемый. Вот тебе деньги, организуй букет цветов для солистки.

— Так уже половина третьего ночи…

— И что?

— Хорошо, сделаем.

Ужин был вкусный. Водка хорошая. Начало переговоров обнадеживающее. Несмотря на немного шумящую голову от выпитых двух бутылок водки, перелета и смены часовых поясов, Николай был доволен стартом своего турне.

На удивление быстро показался официант с большим букетом цветов, но не принес его Николаю, а сразу передал солистке.

«Козлодуев, — подумал Николай, — половину удовольствия испортил».

Солистка бросила признательный взгляд на Виктора Дмитриевича.

— Ну, вот, теперь вторая половина удовольствия улетучилась, — негромко произнес Николай и предложил: — Будем собираться, Виктор Дмитриевич, скоро уже светать начнет, а нам в семь утра выезжать.

— Да… конечно…

В номере было свежо, в открытом окне витали утренние сны жителей полумиллионного города. Экран компьютера вспыхнул и засветился голубым светом. Иконки программ на рабочем столе одна за другой информировали о готовности приступить к работе. Замигал индикатор мессенджера.

****

— Прости, если отвлекаю. Можешь не отвечать. Просто сегодня у меня очень хороший день, и мне захотелось поделиться радостью с тобой. Люди любят делиться плохими новостями, а мне кажется, что делиться надо прежде всего хорошими известиями, правда?

— И у меня сегодня был хороший день. Мне тоже приятно поделиться с тобой своей радостью.

— Как чудесно, когда люди просто так дарят друг другу кусочки своего счастья! Я рада тебе, Мыслитель.

— И я рад тебе, Собеседница.

— Ты не знаешь, почему люди удивляются, видя успешных деловых женщин?

— Хм-м… Я начинал свой бизнес, когда даже не было закона о кооперации («о как!» — так любит выражаться мой новый знакомый), пройдя все этапы развития «свободного» рынка в России. В моих компаниях работает до нескольких сотен человек в совершенно разных по превалирующим традициям и религии регионах России. И около девяноста процентов (если не больше) персонала, исключая охрану, — это женщины, в том числе почти весь топ-менеджмент. Причем женщины, которые пришли в мои бизнесы из самых разных, неделовых областей: медики, учителя, геологи… Они нацелены на быструю адаптацию и успех, поэтому активно учатся. Рыдают у меня в кабинете, первые полгода-год сидят в офисе до ночи... И кормят свои семьи, «домашних» и не «нашедших себя» в новой жизни мужчин. Много аналогичных примеров я видел в бизнесах своих знакомых. Если ситуация будет развиваться в таком же направлении и дальше, то вскоре в России впору будет удивляться не успешными деловыми женщинами, а успешными деловыми мужчинами. Не знаю, ответил ли я на твой вопрос?

— Ответил.

— Кстати, как-то на одной из московских закрытых вечеринок редактор российской газеты, ориентированной на западную публику, во время аналогичной подогретой алкоголем дискуссии попросил меня набросать статью на эту тему. Что я и сделал уже некоторое время назад. Публикация «Женщина плюс Бизнес равно Бизнес-леди?» имела шумный и продолжительный успех. Это к вопросу о вечной и повсеместной актуальности и востребованности темы.
Я даже вывел в своем бизнесе в HR-департаменте отдельное направление по работе с женщинами — сотрудниками и топ-менеджментом. Как показал последующий опыт, абсолютно оправданное было решение, своя уникальная и востребованная ниша. Женщины-руководители с женщинами-подчиненными часто в силу субъективных причин сработаться не хотят, а мужчины часто не могут.

— Значит, ты не бизнесвуменоненавистник. И данный факт меня безумно радует.

****

Индикатор мессенджера перестал мигать. Короткий диалог исчез с экрана лэптопа, как будто его и не было.

«Чудно́», — засыпая, успел подумать Николай. Для отдыха оставалось полтора часа — один из пяти необходимых средних циклов сна одной ночи одного человеческого индивидуума.

19

Старенький «ниссан» шустро бежал по узкому шоссе. Многочисленные ямы и бугры не давали сильно разогнаться, даже когда появлялась такая возможность. Несмотря на раннее время, трасса на Омск оказалась плотно забита фурами, грузовиками, автобусами, легковушками и даже изредка тракторами. Виктор Дмитриевич уверенно вел автомобиль, одновременно выкуривая сигарету за сигаретой и разговаривая с Николаем.

— Как самочувствие, Николай Константинович?

— Нормально, можно было бы и не ложиться, — Николай посмотрел на Виктора Дмитриевича. Тот выглядел свежим и отдохнувшим. — А вы как?

— Тоже нормально… нас, крестьян, нелегко сломать… Сейчас до Ялуторовска доедем, кофе выпьем — полегчает…

Равнинная местность не сильно привлекала взгляд, бросались в глаза давно неухоженные, заросшие сорняками и кое-где уже молодым леском поля.

Километрах в сорока от Тюмени, в поле около дороги на бетонном постаменте высился большой деревянный крест с надписью «Господи, спаси и сохрани Россию». У Николая сразу возник вопрос, как реагирует многочисленное коренное татарское мусульманское население региона на насильственно завоевавший их край вместе с Ермаком символ христианской веры. Но вслух Николай произнес:,

— Почему поля пустуют? Бесхозные?

— Вроде и… бесхозные, а захочешь в обработку взять, сразу становятся «хозными»… Ни себе, ни людям… Бардак короче… Дык чтобы теперь их поднять, несколько лет потратить надо и денег вложить немало — нерентабельная становится затея, — невесело констатировал Виктор Дмитриевич.

— Странно. В Европе да и во всем мире каждый клочок земли ухожен, даже склоны гор. Небольшие страны с неблагоприятным климатом половину мира кормят овощами, фруктами, сырами да молоком с вином поят. А у нас нерентабельно? Чем народ в деревнях тогда занят?

— Понятно чем — водку пьет... Наш народ уже давно разучился работать, ему и денег не надо... нормальных механизаторов днем с огнем не найти... Зато китайцы уже понаехали... теплицы строят... работают, как мураши, без перерывов и выходных...

— Н-да...

Среди большого обработанного поля высился холм с несколькими деревьями и могильными крестами.

— Старое кладбище?

— Угу, кладбище... Историческое... Говорят, раньше на этом месте деревня стояла... Только в революцию то ли красные пришли, то ли белые, но всю деревню вырезали... Была деревня — стало кладбище...

— А вы за красных или за белых? — поинтересовался Николай.

— Дык... я... за крестьян... — не поддался на провокацию Виктор Дмитриевич.

Около каждого поста ГАИ дорогу перегораживали бетонные блоки, в одном месте на обочине даже стояла БМП — боевая машина пехоты. Вереница автомобилей гусеницей медленно извивалась среди искусственных заграждений под пристальными прищуренными взглядами вооруженных автоматами безобразно пузатых милиционеров.

— Не так давно попался на глаза фантастический роман «Регион», вашего земляка — Строгова, если память не изменяет, где он описывает будущее края. Слушая вас и глядя по сторонам на ментов, БМП и заграждения, начинаешь верить, что сценарий вполне может воплотиться в жизнь, стать реальностью.

— У нас любой бред может стать реальностью.

После часа езды от Тюмени указатель на широком перекрестке извещал, что левее трассы находится старинный сибирский город Ялуторовск.

Проезжая по деревенским улочкам среди покосившихся деревянных домишек, Николай мысленно обратился к Пущину, Оболенскому, Муравьеву-Апостолу и другим декабристам, которые, находясь здесь на поселении после неудавшегося восстания, пытались нести луч света ялуторовчанам, передавая достижения мировой науки и культуры: «Господа, возможно, усилия ваши затрачены зря... Потомки вас не поддержали...» Ближе к центру города дома стали приобретать более ухоженный вид и даже появились пятиэтажные хрущевки, на торцах стен которых красовались громадные плакаты «Ялуторовск — лучший город Земли!».

Выпив в небольшом придорожном кафе невкусного растворимого кофе из пластиковых стаканов, размяв спину и ноги, тронулись по дороге, уходящей от основной трассы в сторону леса. Километров через десять петляния среди величественного сибирского хвойного бора неожиданно возник сюрреалистический комплекс серебристых зданий и сооружений из металла.

Виктор Дмитриевич остановил машину у шлагбаума и направился к проходной. Минут через пять вышел и махнул рукой Николаю:

— Выходите... Дальше — пешком!

Семенной завод произвел на Николая сильное впечатление. Громадные емкости для хранения зерна, уходящие ввысь, словно ракеты на стартовом комплексе. Сеть блестящих зернопроводов-артерий, переносящих исходный материал и готовую продукцию. Машины по сортировке семенного материала по самым разным критериям, вплоть до цветовых оттенков. Склады для хранения продукции, больше похожие размерами на стадионы. Химическая лаборатория, напоминающая современный исследовательский медицинский центр, — все эти достижения технического прогресса стояли, замерев среди вековых сосен, в напряженном ожидании решения своей судьбы.

— Почему все это великолепие не работает, Виктор Дмитриевич?

— Хозяина нет...

— А банк?

— Да какой он хозяин?! Забрал за долги, теперь продать пытается... Ржавеет все... Скоро вообще никому не нужно будет...

— Сколько стоит комплекс?

— В строительство вложено... миллионов восемь-девять баксов... Только сейчас его и за шесть лямов зеленых не продашь...

— Н-да... Сколько земли иметь надо, чтобы загрузить мощности?

— Своей? Дык тысяч пятьдесят — семьдесят...

— Немало! Солидный земельный банк! И затраты будут солидные.

— Есть мысли, как вообще обойтись без своей земли... или по минимуму...

— Ну и?

— Аутсорсинг надо развивать...

— Я не большой пока специалист в области агротехнологий, но при аутсорсинге, мне кажется, необходимо серьезно ставить консультационную технологическую службу, службу контроля качества, юридический блок, безопасность... Это совершенно другой способ ведения бизнеса. Как мне объясняли ваши именитые московские коллеги, в России не прижился аутсорсинг.

— Так его путем никто и не ставил... О крестьянине никто не думал... Тут серьезный подход нужен... а у нас ведь с кондачка пытались... Весной семена дали, а осенью за урожаем приехали... А как крестьянин все лето живет, что делает? Никому не интересно... Вот и получили в результате ноль без палочек...

— Понятно, — Николай с нескрываемым интересом разглядывал комплекс. — Ваше мнение, за какой срок можно запустить завод и бизнес?

— Смотря, сколько денег будет... Завод — месяца за три-четыре... со всеми разрешениями, максимум — за полгода... По семенному материалу сложнее — работать надо.

— Так мы и собираемся работать! — Николай сделал несколько пометок в блокноте. — Ну, представление есть, поехали, будем думать.

Километра через полтора от завода дорога резко поворачивала. Российские дороги очень извилисты, ухабисты и непредсказуемы в своих направлениях, пожалуй, как и судьба России, как отражение смешения умов и менталитетов разных народов, населяющих самую обширную по территории страну на планете.

Стрелка спидометра быстро поднималась — пятьдесят, семьдесят, сто десять, сто пятнадцать... крутой поворот. Виктор Дмитриевич резко нажал на тормоза, но машина по инерции неслась вперед, не желая больше слушаться человека. Глубокий кювет не дал автомобилю выскочить в лес на губительную встречу с корабельными соснами. Пролетев несколько метров, машина ударилась носом о землю, встала вертикально и замерла в таком состоянии, медленно покачиваясь на радиаторе с бампером. Прямо перед глазами Николая из-под хвойного ковра иголок выглядывали коричневые шапки трех белых грибов. Дым от сигареты поднимался между передними сиденьями в сторону заднего стекла.

— Как вы?.. — почему-то шепотом спросил Виктор Дмитриевич.

— Жив вроде, — также негромко ответил Николай, — но сейчас мы либо перевернемся на крышу, либо попытаемся встать на колеса. Предлагаю второе. На счет три — отклоняемся назад. Раз, два, три!

Машина покачнулась и медленно упала на колеса, крякнув несколько раз амортизаторами. Виктор Дмитриевич, не потушив сигареты, закурил дрожащими пальцами вторую.

Николай глубоко вздохнул:

— Можем выйти, подышать воздухом.

— Помощь не нужна, господа? — на трассе, рядом с двумя черными внедорожниками «тойота», перегородившими дорогу, стояли пятеро молодых спортивного телосложения мужчин. — Не ушиблись?

Николай посмотрел по сторонам, дорога на завод была тупиковая и пустая. Стало быть, стоящие поперек дороги автомобили оказались на повороте не случайно.

— Грибы хорошие. Не увлекаетесь? — как можно более равнодушно поинтересовался он.

— Мы больше «капустой» и «зеленью» увлекаемся, — за всех стоящих на дороге ответил один из них. На вид ему было около сорока, высокого роста, слегка скошенный нос, свидетельствующий о боксерском прошлом, короткая стрижка, впрочем, как и у всех, но, в отличие от других, в глазах видны зачатки интеллекта. Он и был, вероятнее всего, лидером группы. Остальная молчаливая молодежь признаками интеллекта на лицах не обладала.

— Сторож, мудила, настучал, — негромко пробурчал Виктор Дмитриевич.

— Вы знакомы? — вполголоса спросил Николай.

— Не, я же с Юрги, не местный... а эти — ялуторовские... скорее всего.

— Господа, — Николай сделал несколько шагов к группе мужчин, — всегда приятно, когда незнакомые люди помогают друг другу. Наш раритетный японский аналог «ламборджини» вряд ли сам преодолеет столь высокий кювет. Не будете ли вы так любезны помочь нам?

Николай поднялся на дорогу, подошел к мужчинам и протянул руку лидеру:

— Николай Константинович.

Никому из других стоящих Николай руки не подал. Виктор Дмитриевич поднялся вслед за Николаем, но здороваться ни с кем не стал.

— Андрей... Евгеньевич, — слегка смутившись, ответил единственный говорящий из всех незнакомцев. — Чего нет, поможем гостям, мы же гостеприимные хозяева. Перекурим только, не против?

— Не курю, но подышу свежим воздухом за компанию с удовольствием.

Из заднего открытого окна одного из внедорожников за происходящим с интересом наблюдали две молоденькие девчонки.

«Ага, с подругами приехали. Значит, сорвались к нам неожиданно. Точно — сторож настучал», — мысленно анализировал ситуацию Николай.

— По каким делам у нас?

— Любуюсь красотами сибирской природы. С людьми знакомлюсь. В путеводителе прочитал, что в тайге немцы завод построили, какой-то интересной необычной архитектуры, вот и решил взглянуть.

— Взглянуть или прикупить?

— Пока взглянуть. Не кота же в мешке покупать, завод-то неработающий, оказывается.

— Вот и я так думаю, зачем на неработающий ялуторовский завод смотреть, это же не Эйфелева башня? — Андрей Евгеньевич явно не был заинтересован в обострении ситуации, но и не был готов к открытому разговору.

— А вы тоже приехали посмотреть на завод?

— Нет, завод я уже много раз видел. Приехал посмотреть на тех любознательных, кто на завод смотрит.

— Хотите сами купить предприятие?

— Сами — нет. А вот помочь купить можем. Если партнерами станем. А если партнерами не станем, то и покупать не рекомендуем: хлопотное и опасное это дело — завод в глухой тайге восстанавливать.

— И я вот перед отъездом из Москвы тоже самое объяснял заместителю министра сельского хозяйства и заместителю президента Сельхозбанка. А они мне отвечают: «Не бойтесь вы тайги и лесных зверей, Николай Константинович, за благое дело беретесь, мы свяжемся с местным ФСБ, они помогут, если чего — с егерями да проводниками». Как считаете, помогут?

— Приятно общаться с серьезными людьми, — Андрей Евгеньевич покачал головой, протянул руку Николаю и добавил: — Жаль, времени мало, ехать надо. Если покупать надумаете, все-таки загляните ко мне, познакомимся поближе, авось найдем точки пересечения. Спросите в Ялуторовске Андрюшу Черного, знающие люди подскажут, как меня найти. Или вот через вашего знакомого — нашего земляка свяжемся.

Вся компания дружно заскочила в автомобили.

— Андрей Евгеньевич! — окликнул Николай. — А как же обещанное гостеприимство?

— Мы к вам трактор отправим, надежнее будет, мало ли, вдруг придется тащить ваш болид ниссановский до города. Покурите с часок на свежем воздухе, заодно и мое предложение получше обдумаете.

— Ну вот, познакомились мы с вами, Виктор Дмитриевич, и с местными бандитами. Ничего нового, хотя... не предполагал, что знакомство произойдёт так оперативно.

Николай неспешно ходил по лесу недалеко от автомобиля. Иконка антенны коммуникатора показывала, что мобильная связь отсутствует.

Минут через сорок раздалось характерное тарахтение дизеля и из-за поворота показался изрядно потрёпанный в неравных боях за урожай колесный трактор «Кировец» К-700. Вытащенный на дорогу «ниссан» на удивление завёлся без проблем и, чем-то недовольно похрустывая и чихая, резво побежал в сторону Тюмени. Ехали молча. Николай думал о запуске и загрузке завода. Земляк ялуторовских бандитов, он же прогрессивный отечественный семеновод, беспрерывно нервно курил.

— Да не переживайте вы так сильно! — прервал молчание Николай.

Виктор Дмитриевич в ответ только тяжело вздохнул.

— Смотрите оптимистичнее на жизнь! — подмигнул сибиряку Николай. — Радоваться надо, что не оставили нас зарытыми под ёлочками в тайге, никто и никогда бы не нашёл, там даже мобильники не работают...

20

Вчерашние диванчики в ресторане гостиницы оказались свободными, и Николай с удовольствием устроился на знакомом месте.

— Чем вы так расстроены, Виктор Дмитриевич?

— Дык... Некрасиво получилось с этими оболтусами... Да и вас чуть не покалечил...

— Повторюсь, не переживайте, не ваша же вина. Живы остались — и слава богу. Лихих лесных ребят близко к сердцу не принимайте, не они первые, желающие откусить кусок от нашего пирога, и, к сожалению, не последние. И до них аналогичные вопросы решали, и с ними решим. Лучше расскажите мне подробнее о вашем ви́дении схемы работы по аутсорсингу, это гораздо важнее.

— Чего кушать и пить будем?

— Добра от добра не ищут, предлагаю повторить проверенный выбор.

— Согласен...

Джаз-оркестра не было. На сцене дуэт аккордеонистов заканчивал исполнять зажигательную самбу и сразу, без остановки, заиграл «Токкату» Баха. Николай заслушался. Музыка эпохи барокко не звучала диссонансом в ресторанном зале сибирского отеля двадцать первого века, наоборот, классика придавала возвышенность моменту, напоминая случайной публике, что все преходяще, а музыка — вечна... Баха сменил фрагмент из оперы «Руслан и Людмила» Глинки, а его — из «Кармен» Бизе... Николай с удовольствием аплодировал, несколько человек подхватывали овации и даже кто-то пару раз крикнул «браво!». Счастливые музыканты периодически вставали, кланялись и продолжали играть для благодарной публики.

Пока ужинали, Виктор Дмитриевич подробно рассказывал, как можно организовать производство семян на основе аутсорсинга, какие ресурсы нужны, каких специалистов желательно привлечь, с какими компаниями необходимо заключить партнерские отношения, как лучше выстроить продажи. Николай слушал внимательно, пытаясь прочувствовать реализуемость проекта и логическую последовательность развития нового бизнеса, мысленно проходя по «инвестиционной лестнице».

— Худший друг — лучший враг... — в задумчивости негромко произнес Николай.

— Что вы сказали, Николай Константинович?..

— Извините, Виктор Дмитриевич, это я о своем. Вернее, об одном важном аспекте развития бизнеса. Есть тост: за здоровье, богатство и счастье!

— Ну... давайте...

— Что-то водка сегодня не пьется. Предлагаю полирнуть водочку самбукой, как смотрите? — Николаю хотелось движения, от статичного сидения за весь день уже ныли мышцы.

— Это... что?

— Уважаемый! Сэр! — Николай поднял руку и тщетно пытался привлечь внимание гарсона. Наконец официант —

молодой парень, явно недавно работающий в ресторане, оторвал глаза от пола, увидел призывы клиента и подошел. По лицу было видно, как непросто дается ему служба. — Две порции самбуки, пожалуйста!

— Э-э-э... Хорошо.

Минут через пять он вернулся и сообщил с характерным тюменским акцентом:

— Нету саммуки.

Николай рассмеялся.

— Что ж, если у вас саммуки нет, — он сделал акцент на неправильном произношении названия напитка, — то мы поедем пить самбуку в другое заведение. Счет тогда, пожалуйста.

Настроение улучшалось, захотелось немного похулиганить.

— Виктор Дмитриевич, видимо, не все чудеса случаются в одном месте. Но нас — ветеранов капиталистического труда — препятствия не останавливают, правда? Есть еще достойные заведения в городе нефтяников, газовиков и лихих людей?

— Ну... найдем, поди... — как-то растерянно ответил семеновод.

Небольшое недавно открытое кафе на втором этаже длинной новой высотки оказалось достаточно уютным.

Средних лет официантка, с выражением хронической усталости от жизни на лице и бейджем «Инна» на фирменном фартуке, принесла две водочные стопки с бесцветной жидкостью.

— Что это, Инна? — Николай удивленно посмотрел на стопки.

— Самбука, — невозмутимо ответила официантка.

— Это не самбука, Инна. Это... теплая сладкая жидкость со специфическим запахом в водочной стопке. А я просил самбуку. В классическом варианте подачи. Будь люба, сделайте с барменом как полагается. Да, Виктор Дмитриевич, небольшая загвоздка с моим тостом выходит. Как говорит один мой знакомый православный священник с Севера, «чем с большими сложностями достигается результат, тем он значимее и дело благороднее». Получается, благородное дело мы с вами затеваем.

Подошла официантка с бокалами и поставила их на стол.

— И?.. И все? — удивился Николай.

— Что-то еще желаете?

Николай заглянул в бокалы, на поверхности жидкости плавали остатки недомолотого кофе из кофе-машины.

— Инна, я желаю только одного в данный момент — выпить с товарищем, который ни разу не пробовал этого культового напитка, настоящей самбуки, как полагается, со всеми спецэффектами и символами. А это что такое плавает на поверхности?

— Кофе.

— И опять неправильный ответ, Инна, — Николай начал нервничать. — Это не кофе, это отходы из кофе-машины.

— Так все равно же разжевывать, какая разница? — раздраженно парировала официантка.

— О-о-о! Вечер перестает быть томным! Инна, я ничего лично против вас не имею, но пить это пойло придется вам вместе с барменом и за ваш счет. А мы не будем мешать получать удовольствие и оставим вас наедине. Да, и не забудьте передать привет хозяевам!

Автомобиль медленно двигался по вечерним улицам города. Из радиоприемника экспрессивно звучал в стиле романса низкий женский голос: «Ты едешь, бледная, / ты едешь, пьяная, / по тихим улочкам совсем одна...»

— Кто поет, не знаете, Виктор Дмитриевич?

— Не знаю...

— И я не знаю. Чувствую только, что у певицы большое будущее... Я всегда чувствую, есть ли будущее. Она, несомненно, талантлива.

— Не знаю, куда вести вас... Николай Константинович...

— Не беда, чай, не посреди снежного поля во время зимней вьюги находимся. А вот, кстати, притормозите, спросим у голосующих стройных симпатичных девушек.

Николай опустил стекло:

— Извините, а не подскажете, где жаждущим общения мужчинам можно выпить самбуки в вашем славном городе?

Девушки рассмеялись, им было лет по девятнадцать, блондинка и брюнетка, обе с длинными распущенными волосами, в полусапожках на шпильках, в коротких обтягивающих юбках и коротких кожаных куртках.

— Подвезете — подскажем, — игриво ответила блондинка.

— Подвезем, Виктор Дмитриевич? Садитесь! Так куда мы едем?

— Мы?! Вы нас приглашаете выпить самбуки? — театрально-удивленно поинтересовалась брюнетка.

— Девчонки! Это удар ниже пояса! С такими красавицами, как вы, да не только самбуки, я бы лимонад «Буратино» с водкой выпил, не задумываясь! — настроение у Николая было замечательное, несмотря на дневные и вечерние неурядицы. — Предлагаю встречный вариант: сегодня мы с товарищем делим несколько миллионов долларов. В этом чувствительном процессе, как понимаете, свидетели и помощники не нужны. Но если вы оставите нам номера своих телефонов, то завтра или, в крайнем случае, послезавтра мы с набитыми деньгами чемоданами захватываем вас и летим пить самбуку на Бали! Договорились?

Девушки засмеялись, блондинка порылась в сумочке, достала мятый использованный театральный билет и на обратной стороне написала номер телефона.

— Только не обманите, будем ждать! — она погрозила пальчиком. — Высадите нас, пожалуйста, у Моста влюбленных, сами потом повернете налево и справа увидите пиццерию «Максимушка». У них хорошие коктейли, наверняка есть и самбука!

Стоящий у дверей «Максимушки» пластиковый муляж повара кавказской национальности гостеприимно приглашал войти.

Невысокая слегка полная официантка, что, впрочем, нисколько ее не портило, с удивительно красивым русским лицом, серыми глазами и светлой толстой косой ниже пояса с сожалением развела руками. Все места были заняты. Виктор Дмитриевич откровенно погрустнел.

— Что, неужели гостям города не найдется даже пары мест выпить кофе и самбуки? — решил не сдаваться Николай.

— Ну, правда, нет! — с искренним огорчением ответила официантка.

106

— Два места двум приличным мужчинам? — настаивал Николай. — Какое впечатление о пиццерии «Максимушка» я привезу в Кремль? О каком гостеприимстве тюменцев я буду завтра рассказывать своим коллегам на заседаниях в Государственной думе?

— Ну, хорошо, — сдалась официантка. — Я могу предложить вам временно сесть за барный столик. Места в зале освободятся, я вас пересажу.

— Отлично! Мы согласны! — довольно потер ладонями Николай.

Барный столик, действительно, был очень маленький, рассчитанный по размеру на пару чашек кофе и пару бокалов вина. Невысокий Виктор Дмитриевич с кряхтением забрался на высокий круглый табурет.

Подошла официантка:

— Как комплимент от нашего заведения, я предлагаю вам напитки. Что предпочитаете?

— Две порции самбуки, если имеется в наличии.

— Конечно имеется, сейчас принесу.

— Везет нам сегодня на красивых девушек, Виктор Дмитриевич! А мы в делах погрязли. Правильно ли поступаем на данном жизненном отрезке?

Виктор Дмитриевич никак не отреагировал на шутку, закурил сигарету и стал глазами искать пепельницу.

Подошла официантка, поставила небольшой поднос с двумя бокалами самбуки на блюдцах, двумя пустыми бокалами, пластиковыми трубочками, салфетками и пепельницей. Зажигалкой для сигар подожгла итальянский ликер, повернула бокалы с самбукой вокруг оси и быстро перелила ликер в другие. Первые бокалы проворно перевернула и поставила на блюдца, на которые предварительно положила салфетки с вставленными пластмассовыми трубочками. — Пожалуйста, господа, ваша самбука!

Николай поднял бокал, в котором плавало три кофейных зерна:

— Я продолжу тост. Три кофейных зерна, которые мы видим, по древней итальянской мифологии символизируют здоровье, богатство и счастье. За здоровье, богатство и счастье я и предлагаю выпить! А чтобы пожелания сбылись, кофейные зерна необходимо разжевать и съесть. Пусть будет!

Виктор Дмитриевич осторожно попробовал напиток, посмотрел, как Николай, глотнув самбуки, вдохнул пары из перевернутого бокала через трубочку и повторил все действия. Понюхал ликер:

— Крепкая, однако! И анисом пахнет!

— По крепости, как водка, — Николай с нескрываемым удовольствием жевал кофейное зерно. — Я не буду ходить вокруг да около, Виктор Дмитриевич. Вчера мы с вами начали обсуждать вопросы сотрудничества. По нашим ролям в бизнесе все понятно, детали уточним и распределим в рабочей обстановке при следующих встречах. Мое принципиальное предложение — мы с вами идем в бизнес равными партнерами на равные доли. И хотя пятьдесят на пятьдесят — самый непростой вариант партнерства, который я сам никому никогда не советую, но с вами предлагаю именно такое распределение. Я не хочу вас обижать недоверием и объяснять юридические тонкости принятия решений. Через год-два наши доли размоются венчурным инвестором, и естественное напряжение ослабнет, а до этого срока мы не успеем с вами рассориться, слишком много будет работы и мало поводов для дележа. Когда мы будем продавать компанию (а лет через несколько мы обязательно будем ее продавать, и вы должны быть готовы к такому выходу из проекта), то при продаже, к примеру, за один миллиард рублей — мне бы хотелось видеть на чеке именно такую сумму — вы получите ориентировочно двести пятьдесят миллионов, как и я. Оговорюсь, это если к тому моменту в акционерах компании нас окажется четверо. Если же нас будет больше, то сумма будет пропорционально меньше. Если я продам бизнес дороже, а я приложу максимум усилий, чтобы продать его дороже миллиарда рублей, уверяю вас, восемьдесят процентов от суммы, превышающей озвученные ориентиры, будут моими, а двадцать — вашими. Предупреждаю — я получу гораздо, несравненно больше вас. Хотите торговаться, торгуйтесь прямо сейчас. После того как мы сегодня пожмем друг другу руки, я не буду возвращаться к вопросу распределения. Максимум, на что вы сейчас можете меня сдвинуть аргументами или эмоциями, — это к распределению сверхприбыли в соотношении двадцать пять на семьдесят пять. Итак, какое ваше положительное решение?

— Но-о-о-р-р-р-мально, — медленно выговорил Виктор Дмитриевич.

— Зря не торговались, — произнес Николай, я бы вам отдал и тридцать процентов.

— Да мне и этого хватит, — довольно улыбнулся Виктор Дмитриевич и протянул для рукопожатия руку. — Хотите анекдот про нашу жизнь?

Николай улыбнулся заранее и анекдоту, и резкой смене темы разговора Виктором Дмитриевичем, к манере ведения беседы которого он стал уже привыкать.

— Конечно хочу.

— Колхоз, расположенный недалеко от аэродрома… Годовое собрание в клубе… Выступает председатель: «Ну, что сказать про прошедший год?.. Стадо свиней от какой-то заразы почти все повымерло… посевы овса сожрал хомяк». Вдруг раздается грохот, и, проломив крышу клуба, прямо на стол падает парашютист. Председатель: «И еще эти парашютисты — задолбали, задолбали, задолбали!»

21

На машине Николай решил не ехать в Екатеринбург, трасса тяжелая, да и хотелось спокойно поработать, подготовиться к встрече.

Попросив в железнодорожной кассе место в мягком вагоне проходящего поезда или, в крайнем случае, в купейном на нижней полке, Николай осознал в очередной раз, как еще далеки от взаимопонимания люди, протискиваясь в утренних потемках среди торчащих ног и голов в проходе вагона плацкартного класса. Место оказалось в конце вагона рядом с туалетом. На нижней полке Николая сидели два соседа с верхних полок и болтали с лежащим напротив демобилизованным солдатом. Электрической розетки не оказалось, поэтому через пару часов работы лэптоп пришлось закрыть. Что остается делать в вагоне, когда нечего читать и не на чем работать, а спать не хочется? Конечно! Пить чай!

Проводница неопределенного возраста (от бессонных ночей и ругани с пассажирами) яростно терла шваброй проход, периодически раздраженно сдувая падающую на глаза челку.

— Можно заказать у вас чай? — поинтересовался Николай.

— Ща-ас! Все бросила и дала! — не поднимая головы, ответила проводница.

— Я готов немного подождать, — он тактично парировал резкость судя по всему еще молодой женщины.

Проводница разогнулась и удивленно взглянула на Николая. Очевидно, вежливый ответ в сочетании с белой рубашкой и красивым галстуком несколько озадачил хозяйку «бюджетного» вагона.

— Сейчас домою и принесу, — последовало уже более миролюбивое продолжение.

— Я в конце вагона.

— Найду, в таком виде в моем вагоне не потеряетесь, — она удивленно покачала головой.

Попивая чай из граненого стакана, Николай предался размышлениям о том, как сформировать инвестиционную привлекательность своей будущей компании и каким притягательным и перспективным необходимо сделать бизнес, чтобы нивелировать для стратегического инвестора все инфраструктурные сложности, рыночные и страновые российские риски.

22

Пробки, пробки, пробки... Кажется, автомобильные пробки решили заполучить все дороги России. Начав со столицы, блицзахватом подмяв под себя большие города, щупальца безжалостного чудовища постепенно проникли во все средние и малые поселения, практически не оставляя надежды на право свободного передвижения. Не обошла сия участь и Екатеринбург, что сразу стало видно с высокой железнодорожной насыпи еще при въезде.

Город в «советской рабочей спецовке» в последние годы стал заметно «обуржуазиваться». Как грибы после дождя вдруг появились многочисленные банки, торговые центры, стеклянные высотные здания и... местные олигархи. Изрядно расширились и кладбища за счет не нашедших себя в иной реальности граждан уже новой страны и многочисленной молодежи, кровью писавшей историю передела народной собственности Урала.

Перед входом в центральный офис ЕКБ-Банка на постаменте возвышалась гордость местного ирбитского машиностроения — мотоцикл «Волк», обещая подарить себя самому везучему вкладчику банка.

Как и предполагал Николай, первая встреча с представительной делегацией банка в составе председателя правления, его первого заместителя, начальника кредитного управления, начальника управления по работе с непрофильными активами, начальника управления по взысканию корпоративной задолженности и еще двух кураторов проекта прошла нервозно и безрезультативно. Вложив в стоимость семенного завода все свои прямые и косвенные затраты, а также недополученную прибыль, банк предложил выкупить актив за живые деньги по цене на двадцать процентов выше его сметной стоимости, что фактически в четыре-пять раз превышало реальную рыночную цену на данный момент. Желания услышать встречные предложения не возникло. Ситуация была прогнозируемой, поэтому, не сильно затягивая встречу, по инициативе Николая решили продолжить переговоры на следующий день.

Предусмотрительная Светлана Александровна заказала номер в новом современном отеле, расположенном недалеко от офиса банка. Ее выбор оказался весьма удачным — центр Екатеринбурга, прекрасный вид из окна, удобный номер, неплохой интернет, несколько круглосуточно работающих ресторанов и кафе.

После душного вагона и сложных переговоров Николаю захотелось принять ванну и спокойно осмыслить сложившуюся ситуацию.

* * *

Вода! Что мы без воды? Из нее на семьдесят — восемьдесят процентов состоит организм взрослого человека. Вода нас питает. Вода оздоравливает. Вода приносит удовольствие. И наконец, в воде Николая посещали порой самые оригинальные решения и интересные мысли. Сказать, что активизация работы его мозга происходила исключительно вследствие расслабляющего воздействия воды только при принятии ванны, Николай не мог. И в ванне, и под душем, и во время плавания в бассейне или в море смелые и неожиданные решения осеняли его голову в одинаковой степени. Для него являлось несомненной реальностью, что фильтром, очищающим мозг от сорных мыслей, и импульсом, задающим и генерирующим ценные идеи, была именно вода. Факт был очевиден. Поэтому в сложных ситуациях водный ресурс задействовался целенаправленно.

* * *

Николай лежал в ванне и анализировал прошедшие переговоры: «Для первой встречи банк выставил слишком большую команду. Почему нельзя было ограничиться парой-тройкой человек? Большая стоимость актива? Или соблюдение прозрачности сделки? Или желание придавить массой аргументов и физическим преимуществом? Хотя, возможно, просто собрали всех, кто причастен и информирован об активе. Скорее всего, завтра переговорная делегация банка будет меньше, ибо люди они занятые, да и аргументировать свое отсутствие начальству будут тем, что уже озвучили необходимую информацию. Озвучили… Именно, просто озвучили… Установки и желания слушать не было. И привычки, похоже, нет. Позиция «сильного». Глубокое заблуждение вследствие недостаточного управленческого мастерства, помноженное на ментальность наемного рабочего. Умения вести переговорный процесс квалифицированно менеджеры в первый день тоже не показали. Руководители больше молчали, предоставив возможность высказаться подчиненным, наблюдая с высоты своего положения за битвой передовых отрядов… Подводя итоги первого дня переговоров — прогнозируемый стартовый стандартный вариант. Спасибо, что хоть без неожиданностей…»

Николай погрузился в воду с головой и открыл глаза. Из-под воды не только потолок и стены ванной комнаты, но и окружающая действительность выглядела совершенно иначе. «Интересно, какой видели наши далекие предки Землю, решившись перебраться из морских пучин на твердую поверхность, согласно теории эволюции. Явно более притягательной, чем глубины океана…

Какими аргументами и приемами сделать предложение более привлекательным для банка, чем существующий у них корпоративный стандартизированный подход? Как возбудить желание у лиц, принимающих решение, выйти из привычных «морских банковских глубин» и перейти на «твердую предпринимательскую поверхность»? Задача… Решаемая задача. Завтра я — как независимый эксперт — должен буду аргументированно показать, что реализовать завышенные желания банка невозможно, оценить исходящие для банка риски, разобрать альтернативные варианты и продемонстрировать очевидную выгодность нашего сотрудничества. Именно нашего. Короче, завтра ваш выход, Николай Константинович!».

Он прикрыл глаза и представил себя лежащим на морских волнах под теплым ласковым солнцем. Приятное тепло разлилось по расслабленному телу…

Почувствовав себя отдохнувшим и бодрым, Николай захватил лэптоп и спустился поужинать в… кафе «Венское», о чем гласила вывеска на двери. Николай прочитал это и заулыбался: «Вена», «Венское» — чуть ли не одно из самых популярных названий мест общепита в России, пора австрийцам запатентовать бренд и получать роялти, неплохой будет заработок. На удивление кухня оказалась, действительно, австро-венгерская. Заказав бокал любимого светлого голландского пива, Николай открыл лэптоп и стал просматривать информацию корпоративного интранета, попутно оставляя комментарии.

Светлана Александровна лаконично перечисляла и одновременно анализировала последние новости, интересовалась пожеланиями, предлагала предварительный график встреч на следующую неделю. «Умничка! — мысленно похвалил он свою помощницу. — Ничего лишнего, никакой „воды“, и в то же время полное представление о состоянии бизнеса». Ответно поблагодарил за содержательный анализ и скорректировал расписание встреч.

Финансовый директор прислал свои объяснения к данным управленческого учета. Внес предложения по улучшению управлением активами и денежными потоками.
— Неплохо! Разумно, разумно… — послал свое короткое мнение Николай.

Директор правового управления сообщал, что проработал варианты организационной структуризации семенного бизнеса, и интересовался, изложить письменно или дождаться возвращения и объяснить устно?
— Не горящий вопрос, скоро увидимся, обсудим.

Директор по развитию предложил отказаться от двух ключевых показателей эффективности и один добавить, но не объединенный, а совершенно новый.
— Упрощать систему критериев, безусловно, необходимо. По конкретному предложению… Давайте обсудим на совете по развитию, обкатаем на «мозговом штурме», заодно члены совета станут впоследствии активными проводниками нововведения.

Руководитель службы безопасности констатировал всплеск информационного интереса к холдингу и к личности первого лица, то есть Николая.
— Объяснимо, два банка-переговорщика активизировались сами, а заодно пробивают через своих партнеров для подстраховки. Все нормально, ситуация очевидная.

Директор по персоналу кратко излагал свое ви́дение по ключевым кандидатурам на вакантные позиции.
— Не торопимся, необходимо более четко сформулировать наши требования.

Пиар-директор предлагала серьезно заняться продвижением во Всемирной паутине. Прогнозы по влиянию на покупателей, клиентов и общественность через интернет на ближайшие годы весьма оптимистичны.

— Сомнений нет, сфера важная, перспективы хорошие, готовьте конкретные предложения.

Принесли громадный «винер шницель», из-под которого не было видно тарелки. Николай выжал на мясо четвертинку лимона и отрезал кусок телятины. Шеф-повар не обманул ожиданий, рекомендуя в столице Урала гастрономическую визитную карточку Вены. Оправданно смело!

Ненадолго замигала иконка мессенджера.

****

— Что для тебя глобализация, Мыслитель? В данный момент?

— Хм. В данный момент все очень просто, Собеседница. Московская прописка, сибирский завод, уральские партнеры, австрийский «винер шницель», голландское пиво, японский лэптоп с американским программным обеспечением, тайваньский коммуникатор, швейцарские часы, немецкая перьевая ручка, итальянские туфли и костюм, Всемирная паутина и виртуальная ТЫ.

— И виртуальная Я… Никогда еще не была виртуальной… Меня — физическую, растворила глобализация… Любопытно и грустно одновременно. Мне интересно с тобой общаться, ты сразу и сложный, и простой. Оставайся таким, Мыслитель, береги себя в себе в глобализированном мире!

****

Желание выспаться пересилило желание прогуляться по городу, тем более что между переговорами в банке и авиарейсом на Москву будет еще несколько часов свободного времени.

После напряженного дня и вкусного ужина сон сморил мгновенно. Снилась Глобализация — громадная и непрерывно изменяющаяся, как облако, летающая над Землей, безжалостно поглощающая здания, растения, людей — и Он — в кольчуге, шлеме, со щитом и мечом, яростно сражающийся с бестелесным чудищем…

23

— Предлагаю продолжить вчерашнее обсуждение, — слегка картавя, произнес крепкого сибирского телосложения молодой для своей ответственной должности первый заместитель председателя правления ЕКБ-Банка Александр Александрович и посмотрел на стоящие у него на столе часы, вмонтированные в малахит. Концентрические кольца неправильной формы зеленого камня красиво обыгрывали круглый, слегка тонированный циферблат. Подождав, пока секретарь подала желающим чай и кофе, Александр Александрович уверенным тоном, не предполагающим иного мнения, предоставил слово Николаю.

Уменьшенный состав делегации банка несколько упрощал процесс общения. Два руководителя управлений и первый заместитель председателя правления выглядели сегодня значительно более расслаблено.

«Вчера сковывало присутствие первого лица или они просто уверены в своей легкой победе?» — оценивал ситуацию Николай, дегустируя и вдыхая аромат элитного китайского улуна.

— Что ж, готов на правах гостя высказаться первым, — поставив чашку, решительно произнес он. — Позволю себе комплимент: у вас прекрасный чай! И если уж я начал свое выступление с китайской темы, хочу отметить, что, как правильно считают китайские мудрецы, *раз я пришел в ваш дом, я и должен первым изложить свою информацию. Право хозяев — промолчать, ответить сразу или взять время для обдумывания ответа. В этой позиции выражается преимущество в ведении переговоров на своей территории.* Не возражаете, если я встану, мне так удобнее обращаться к вам?

Не ожидая ответа, Николай поднялся. Спокойно обойдя стол, встал за спиной Александра Александровича около большой, во всю стену карты Российской Федерации. Особой нужды что-то показывать на карте не было, но важно было изменить привычную атмосферу переговоров, вывести хозяев из равновесного состояния и привлечь к себе внимание. Прием удался. Александр Александрович несколько раз пытался повернуться, чтобы видеть Николая, но сидеть спиной к столу и своим подчиненным ему явно было неудобно, и он пересел за переговорный стол на место Николая. Этого Николай и добивался. Психологически теперь гость воспринимался как хозяин кабинета, а руководитель банка и разделенные с ним столом подчиненные — как две переговорные стороны.

— Давайте посмотрим, где находится объект наших переговоров? — показывая авторучкой вместо указки на юг Западной Сибири, продолжил Николай. — Это зона рискованного земледелия, то есть хороший урожай бывает далеко не каждый год. Комфортно ли такое расположение для семеноводов? Для овощных культур еще более-менее, а вот для зернобобовых — нет. К примеру, экономически перспективная соя вообще не даст урожая. Я не задаю вопроса, кто и с какой целью поставил в тайге мощный центр по доработке семян. Видимо, владелец осознавал, что делает. Но что мы видим сегодня вокруг завода? В районе практически нет крупных производителей сырья. Достаточно ли середняков, крепких фермеров, чтобы обеспечить загрузку завода? Отвечу вопросом: достаточно каких и для чего? Рядом, буквально в нескольких километрах стоит крупный ялуторовский элеватор. И даже он полностью не загружен! Какой резон консервативному крестьянину менять традиционное место хранения своего зерна? Никакого! Ну, если только не развернуть широкую рекламную компанию и не предлагать демпинговые цены. Много ли производится семенного материала в зоне доступности завода? Мизер! А у многих из тех, кто производит, есть еще и свои зернотока.

Николай поправил галстук и посмотрел на карту.

— Теперь о логистике. Единственная трасса Омск — Ишим — Тюмень, связывающая завод с крупными транспортными узлами, узкая и загружена транспортом. Железнодорожный тупик, подходящий к заводу, требует восстановления. Но сначала надо получить одобрение руководства железной дорогой, а это не один месяц согласований, работы и дополнительные большие финансовые вложения. — Николай облокотился на спинку кресла владельца кабинета и негромко произнес: — Кто сегодня в состоянии купить в тайге недоделанный имущественный комплекс завода по стоимости, в два раза превосходящей работающие аналоги в Европе? Какой мотив должен быть у этого предпринимателя? Возможно, на завод претендуют многочисленные местные олигархи? Я имел неожиданное счастье уже пообщаться в тайге с тамошними желающими стать совладельцами завода. Они явно не персонажи спасения из русской народной сказки «Морозко». Вряд ли они вообще слышали что-нибудь о специфике семеноводства... Кто тогда покупатель и за какую сумму? Интересен ли потенциально актив для федеральных игроков рынка? Без земельного банка и соответствующей инфраструктуры — нет! И снова возникает вопрос, кто потенциальный покупатель. Сложно предположить. Как посоветовал мне один эксперт, единственный вариант продать завод — это, простите за сленг, за откат впарить его какой-либо государственной структуре. Все бы ничего, да только с чиновником придется взяткой делиться, а сегодня она может составлять от сорока до пятидесяти процентов стоимости актива, а потом еще и с замиранием сердца ждать прихода правоохранительных органов. Достойный вариант? Не думаю... Остается одна возможность — не торгуясь, продать первому обратившемуся за бросовую цену и списать убытки. Или создать дочернее предприятие и неопределенно долгое время нести всю головную боль, риски и проблемы на своих плечах.

Александр Александрович отрицательно закачал головой:

— Мы не будем влазить в сельскохозяйственный бизнес, мы не будем развивать непрофильные активы, это вне сферы планов развития нашего банка.

— Какие же тогда могут быть варианты развития ситуации? — обратился к присутствующим Николай. — Возможно, я сгущаю краски или чего-то не знаю? Допускаю. И в этом случае, кроме трех экспертов по семеноводству, с которыми я предварительно консультировался, мне придется обратиться

118

еще к нескольким. Или специалисты Национального зернового союза и Института аграрного рынка тоже излишне пессимистичны в своих оценках?

Начальники управлений, растерявшись от неожиданно изменившегося сценария развития переговорного процесса, не поднимали глаз от стола. Руководитель банка задумчиво постукивал карандашом по бумаге:

— Сколько, Николай Константинович, вы предлагаете за завод?

Николай внимательно посмотрел на банкира:

— Я предлагаю, Александр Александрович, не продавать завод, это невыгодная для вас сделка. Если, конечно, ликвидность банка не требует наличности любой ценой. Подумайте над нашим предложением, возможно, оно одно из самых оптимальных для банка: передайте нам завод в лизинг с обязательством выкупа. Профинансируйте первый год нашей работы — ибо ни один другой банк, кроме вашего, не даст оборотные средства под арендованное имущество, а без оборотных средств бизнес не запустить.

— Для чего нам дополнительные затраты?

— Чтобы из затрат в итоге получить хорошие доходы. Мы не альтруисты. У нас есть реальный план развития бизнеса. Я не сомневаюсь, что через два-три года мы сможем сделать компанию инвестиционно привлекательной для венчурных капиталистов. Лет через пять-семь мы выгодно продадим бизнес зарубежному стратегическому инвестору.

— Что в итоге получит банк?

— Во время вчерашней встречи вы произнесли одну очень интересную фразу, Александр Александрович, я даже записал ее себе: «Доллар выданного банком кредита никогда не возвращается обратно. Для банка важны постоянные клиенты». Мы будем вашими постоянными клиентами. Это ведь для банка главное? В реализации финансовых программ мы будем привлекать банк к партнерству, и таким образом дополнительно совместно зарабатывать прибыль. Через нашего венчурного инвестора у банка будут расширяться связи с международными финансовыми институтами. Для прозрачности наших взаимоотношений мы готовы пригласить в совет директоров компании представителя банка. Через несколько лет мы полностью выкупим у вас завод. И наконец, мы готовы поделиться частью премии после выгодной продажи бизнеса.

Николай замолчал. Молчали и банкиры.

Николай выпрямился и твердо произнес:

— Сравните варианты. Или не больше четверти цены актива в непредсказуемое (сомнительно, что в относительно ближайшее время, а скорее всего, что нет), или хороший заработок в течение ориентировочно семи лет и дополнительная премия при выгодной продаже.

— Подумайте и вы над нашим первоначальным предложением, Николай Константинович, — не сдавался опытный банкир.

— Безусловно, Александр Александрович. Мы очень внимательно проанализируем аргументы банка, не сомневаюсь, что они весьма обоснованы.

Нельзя было дать «потерять лицо» руководителю перед подчиненными. Николай смягчил тон голоса, улыбнулся и слегка развернул кресло:

— Простите великодушно, Александр Александрович, что доставил вам неудобство, присаживайтесь на свое место.

Последняя фраза вновь смешала роли хозяина и гостя на встрече.

Бесчисленные рекламные плакаты и растяжки на улицах Екатеринбурга рассказывали, призывали, акцентировали, привлекали, приглашали, убеждали... Первые этажи серых многоэтажных домов чередовались витринами бутиков с пестрящими надписями Sale! и скромными вывесками «Столовая» или «Шаурма». Дорогие иномарки ожесточенно соревновались между собой и одновременно с потрепанными экземплярами отечественного машиностроения за право припарковаться на непродолжительный отдых вдоль загруженных магистралей. Город работал, торговал, двигался, развлекался, задыхался трубами заводов, ослеплял роскошью и удручал преступностью. Среди всего этого пестрого многообразия возвышались и блестели золотом купола восстановленных православных церквей, пытаясь напомнить суетящемуся внизу люду о десяти ветхозаветных заповедях.

Николай не спеша прогуливался по улице Малышева в надежде найти магазин сувениров из уральских камней. На экране зазвонившего коммуникатора высветилось имя абонента: «Виктор Дмитриевич».

— Добрый день, Николай Константинович… Как вы… можете говорить?

— Добрый, добрый, Виктор Дмитриевич. Да, могу. Гуляю по городу, любуюсь красотами Екатеринбурга.

— Понятно… Как прошла встреча в банке, если не секрет?..

— Не секрет, конечно. Нормально, как я и предсказывал. Выслушали друг друга и дали возможность спокойно обдумать встречные предложения.

— Понятно… Вы сегодня в Москву?

— В первопрестольную.

— Ну… удачного полета!

— Спасибо! Буду держать вас в курсе. Уверен, скоро будем работать вместе.

24

Разбирая утром почту с пометкой Светланы Александровны «Интересное и важное», Николай увидел приглашение из Канадской ассоциации делового сотрудничества со странами СНГ принять участие в Канадо-российском деловом форуме. К трем дням форума, проводимого в новогодние праздники в столице Канады — Оттаве, предлагались дополнительные деловые возможности. Одна из них заинтересовала Николая — участие в одном из крупнейших сельскохозяйственных шоу в Северной Америке, проводимом в Манитобе. Знакомство с Канадой входило в планы Николая. Совместить приятное с полезным, тем более в неоправданно длинные и поэтому бестолковые российские новогодние выходные, было удачным стечением обстоятельств.

— Светлана Александровна, — обратился Николай к своей помощнице, нажав кнопку внутренней связи, — пожалуйста, уточните в Канадской ассоциации условия участия в форуме. Из дополнительных опций меня интересует агрошоу в Манитобе.

— Хорошо, Николай Константинович, постараюсь сегодня все выяснить. К вам Юрий Леонидович, примете? Вам воду, чай, кофе? Юрий Леонидович уже заказал кофе по-турецки.

С появлением в компании Светланы Александровны приемная благоухала живыми цветами, ароматами дорогих духов, качественного кофе и разнообразного чая со всех концов света. Кроме кофе-машины, появилась миниатюрная изящная плитка с песком и небольшие красивые джезвы для приготовления кофе по-турецки.

Юрий Леонидович, руководитель службы безопасности, бывший ответственный сотрудник ФСБ, курировавший в прошлую бытность нефтегазовый комплекс, обладал очень хорошими аналитическими способностями.

— Хочу напомнить, Николай Константинович, что уже пару недель наблюдаю к деятельности компании и лично вашей персоне повышенный интерес из-за рубежа. Вроде бы ничего серьезного. Настораживает регулярность и неопределенность, — произнес он с озабоченным выражением лица.

— То есть?

— В том-то и дело, что ничего сказать не могу. Такое ощущение, что кому-то просто интересно, кто мы и чем занимаемся. Изучают все бизнесы. Изучают команду. Особенно дотошно смотрят информацию о вас на всех ресурсах.

— Откуда?

— На основании косвенных данных можно предположить, что из США, Сан-Франциско. У нас не было каких-либо конфликтов с той стороной или планов по сотрудничеству?

— Планов — пока точно нет. Сотрудничество в прошлом было. В годы перестройки мы формировали инвестиционный портфель и управляли активами одного частного американского инвестиционного фонда из Сан-Франциско. Все прошло весьма удачно, и расстались хорошими друзьями. Возможно, это они снова вспомнили о нас? Что конкретно настораживает?

— Настораживает то, что адресата определить невозможно. Я пообщался со своими бывшими коллегами из «конторы», попросил помочь. Их мнение — работают очень грамотные, компьютерно подкованные ребята. Все запросы — через третьи серверы в других странах.

— Думаете, спецслужбы?

— Необязательно. Даже вряд ли, слишком явный интерес. Скорее всего, просто квалифицированные специалисты — башковитой молодежи сейчас достаточно.

— Ваши версии?

— Судя по разбросанности запросов, создается впечатление, что кому-то чисто по-человечески интересно. Мне только непонятен мотив. Именно это и настораживает.

— Спасибо, Юрий Леонидович, продолжайте отслеживать.

Николай задумчиво посмотрел на экран лэптопа. Мессенджер уже пару недель молчал, загадочная Собеседница на связь не выходила, и в веренице загруженных работой дней Николай стал понемногу забывать о неожиданных сообщениях.

25

Русские деловые газеты и журналы, а также записанный на магнитофон текст приветствия на русском языке от авиакомпании Lufthansa были единственными комплиментами в адрес не говорящих по-английски пассажиров авиалайнера. Стюардессы абсолютно не были знакомы с языком Пушкина и Достоевского, поэтому, не ожидая ответа от замешкавшихся пассажиров, раздавали еду по своему усмотрению. Не спрашивая о предпочтениях, стюардесса поставила и на столик Николая поднос с едой.

— Извините, — вежливо обратился он к ней на английском языке, — я заказывал специальное меню — с морепродуктами.

Стюардесса попыталась пройти дальше, но Николай настойчиво повторил просьбу. О чем-то взволнованно переговорив с коллегой по-немецки, стюардесса ответила, что в это время года в Москве нет возможности найти сифуд.

— Конечно! — проворчал сидевший напротив Николая тучный мужчина. — С фантазией у немок явно проблемы, придумали бы что-нибудь другое, если уже кому-то по ошибке отдали наши обеды или сожрали сами. В Москве в любое время года можно купить абсолютно все, а не только три замороженные креветки или кусок рыбы.

Рядом занимали места симпатичные молодая мама с дочкой. Белокурая девочка лет пяти беспрерывно ерзала на сиденье и размахивала небольшим российским флажком. Желая привлечь к себе внимание окружающих, она вставала на кресло и громко рассказывала историю своей семьи. К концу полета все пассажиры знали, что ее бабушка с дедушкой живут в Москве, что летят они с мамой в Швейцарию, где их ждет папа на большой черной машине. И поедут они в красивый дом с большой лужайкой около озера. И еще мама обещала купить собаку. А летом они опять будут кататься на своей яхте по морю. Молодая ухоженная стройная мама совершенно спокойно относилась к детским откровениям. Выбрав момент, когда дочка ненадолго присела, она обратилась к Николаю:

— Не сильно вам мешает?

— Нет, все хорошо, ребенок же.

— Меня зовут Лиля, а дочку Ниночка.

— Очень приятно, Николай Константинович.

— Как вы уже слышали, мы транзитом летим в Швейцарию. К папе. А вы?

— Я в Канаду. По делам.

— Надолго?

— На пару недель.

— Никогда не была в Канаде. Мне подруга — она в Калгари живет — рассказывала, что там великолепные горнолыжные курорты. Мы могли бы подлететь к вам через недельку и вместе покататься на лыжах. Конечно, если у вас нет других планов. Я оставлю вам наши телефоны, вы позвоните нам обязательно, и мы обо всем договоримся.

— Идея отличная, хоть и неожиданная, скажу откровенно.

— Ой, не обижайтесь на меня, я такая болтушка! — женщина негромко рассмеялась и, положив свою ладонь на запястье Николая, слегка пожала его руку. — И дочка вся в меня. Муж занимается финансами, вкладывает деньги в разные компании, а потом через несколько лет продает свою долю. Я не очень понимаю в этом бизнесе, но ему нравится. А чем вы занимаетесь?

— Готовлю запуск нового бизнеса, потом собираюсь привлечь в него коллег вашего мужа, а через несколько лет выгодно продать.

— Уау! Как интересно! Тогда вам просто необходимо познакомиться с моим мужем, вы найдете много общих тем. Мне кажется, Николай Константинович, вы хороший человек, у вас глаза спокойные и добрые. Я бы очень хотела с вами дружить.

Самолет остановился далеко от терминалов международного аэропорта Франкфурта-на-Майне. Двадцать минут на автобусе от самолета до здания Рейн-Майнского аэропорта позволяют оценить масштабы одного из крупнейших транспортных хабов Европы. Среди множества стоящих самолетов традиционно выделялся самолет израильских авиалиний El Al, обнесенный разделительной лентой и с двумя бронетранспортерами охраны. Безопасность своих интересов Израиль контролирует даже в центре дружественной матушки-Европы.

На входе в аэропорт русскоговорящая сотрудница помогала вновь прилетевшим сориентироваться в многочисленных залах и переходах нескольких терминалов — молодцы немцы, и людям помощь, и эксцессов меньше.

Николай включил коммуникатор и посмотрел на висящие на стене часы. Девять часов утра по местному времени. Рейс на Торонто в тринадцать сорок пять. На десять часов Светлана Александровна назначила встречу в бизнес-зале Lufthansa с директором английского венчурного фонда, летящего из Франкфурта в Силиконовую долину. Рейс на Сан-Франциско у англичанина в два часа дня, так что они должны успеть спокойно побеседовать. В инвестиционной декларации этого венчурного фонда вложения в сельскохозяйственный бизнес обозначены как одни из приоритетных. А тут выдалась такая возможность познакомиться лично и обсудить критерии вхождения фонда в бизнес.

На стойке около бизнес-зала Lufthansa лежала свежая пресса — Financial News, Financial Times и The Wall Street Journal. Николай взял газеты, но решил не заходить сразу в зал отдыха, а немного прогуляться по аэропорту, размяться после трех часов полета.

Европейские международные аэропорты напоминают Ноев ковчег, предоставляя свое гостеприимство представителям всех рас, религий и народов Земли. Лежащие и сидящие на полу и в креслах, с лэптопами и музыкальными инструментами, с дорогими портфелями и дешевыми рваными рюкзаками, большими семьями и в одиночку, богатые и бедные, старики и младенцы, бегущие на посадку и медитирующие около громадных панорамных окон, точнее — стеклянных прозрачных стен, всех их связывает одно — в данный момент они временные жители автономного государства «Аэропорт».

Прогулка заняла чуть более получаса. Купив себе в Duty Free любимый парфюм Gucci Home (в Москве он стал редкостью, ходили слухи, что скоро его перестанут выпускать), Николай поднялся в бизнес-зал Lufthansa.

— Мистер Николай? — окликнул его невысокий, слегка полноватый, с редкими рыжими волосами и многочисленными веснушками на белесом лице, в очках, джинсах, рубашке в крупную клетку, ветровке и ботинках на толстой подошве мужчина лет пятидесяти пяти — шестидесяти, сидящий на диванчике около окна.

Брюса Уилсона Николай узнал не сразу. На фотографии, размещенной на корпоративном сайте, в коричневом костюме и розовом галстуке с мелкими клюшками для гольфа директор авторитетного европейского венчурного фонда выглядел импозантно, полностью соответствуя имиджу преуспевающего английского капиталиста. В аэропорту же перед Николаем сидел уставший от перелетов и забот, путешествующий среднестатистический евро-американский мужчина.

— Привет, Брюс. Как дела?

— Привет, Николай. Хорошо, спасибо. Как твои?

— Отлично, спасибо.

Николай неоднократно задумывался над ритуалом англоязычных людей задавать при встрече вопрос о делах, заранее зная, что ответ может быть только позитивным. Однако объяснения не нашел и принял для себя, что надо просто принимать чужую культуру такой, какая она есть. В любом случае даже формальная забота о человеке и такой же формальный ответ, что все хорошо, гораздо лучше, чем полное пренебрежение к личности собеседника или ответные бесконечные стенания, как все плохо. Этим-то как раз грешат русские, боясь в силу приобретенного в сталинские времена генетического страха оказаться успешными и, как следствие, быть в очередной раз куда-нибудь надолго сосланными. История оставляет свои следы не только в архитектуре, но прежде всего в душах и сознании людей…

Брюс уже пил пиво с сэндвичем. Николай заказал себе двойной по объему эспрессо, круасан с сыром и фруктами и бокал красного французского вина.

— Как живет Москва, Николай? Я люблю Москву, но только летом. В остальное время там слишком грязно и холодно.

— Москва активно строится. Приезжим новостройки нравятся, а коренные москвичи вздыхают, считая, что теряется дух старой Москвы. Недавно был у старого доброго знакомого в его картинной галерее на Полянке. Не были там? Выставлялся московский художник с серией картин «Москва уходящая». Тягостное впечатление от художественной подачи темы. Позже, кстати, на аукционе Christie's в Лондоне часть картин была успешно продана по хорошим ценам. Скорбь души компенсировалась твердыми денежными знаками, — Николай улыбнулся.

— Так устроен мир, Николай. Несчастья зачастую приносят приличную прибыль. Вы в Канаду по делам?

— На бизнес-форум.

— Хорошая страна. Канадцы смогли удачно выстроить экономику, совмещая экспорт природных ресурсов и инновационное развитие. Не помешало бы, правда, активнее работать с Европой и Азией, но, видимо, им Соединенных Штатов Америки и Африки пока хватает. Мое персональное мнение, что вот тут как раз могут и слегка промахнуться, основными драйверами роста мировой экономики в ближайшие годы будут именно страны БРИК и Азия. А какая природа в Канаде! — без перехода добавил Брюс. — Будет возможность, слетайте на выходные в Альберту, покатайтесь на горных лыжах, рекомендую.

— Вы второй человек за последние несколько часов, который рекомендует мне покататься на лыжах в Альберте.

— Значит, стоит прислушаться. А я вот лечу в Силиконовую долину. В биотехнологическом центре при одном из университетов молодежь экспериментирует над созданием генно-модифицированных сельскохозяйственных культур. Хотим вложить часть денег в их разработки. Население планеты растет, дефицит продуктов будет ощущаться все сильнее. Мы стараемся прогнозировать не только благоприятные, но и негативные тренды, проявляющиеся в мировой экономике в депрессивные периоды. После регулярных глобальных финансово-экономических кризисов обычно обостряется тенденция, увеличивающая спекулятивную составляющую в цене продовольственных товаров. И эта тенденция с каждым новым кризисом усиливается. Напуганные инвесторы традиционно хотят меньше рисковать и стараются перекладываться в надежные активы. А что может быть надежнее и стабильнее, чем земля и продовольствие? Поверьте мне, миру в скором будущем грозит продовольственный кризис. Поэтому одним из наших стратегических приоритетов и является сельское хозяйство. А за генно-модифицированными продуктами будущее, нравится нам это или нет. Как считаете?

— Лично я предпочитаю продукцию без ГМО.

— Ну да, ну да… У вас в России много земли, вы можете себе позволить выращивать и кушать то, что хотите. Только не стройте иллюзий. Если я не ошибаюсь, около половины продовольствия Россия импортирует. Вы должны понимать, что, покупая колбасу, сделанную практически на сто процентов из недорогих импортных составляющих, или дешевых американских кур, выращенных на генно-модифицированных культурах, россияне уже питаются ГМО и финансово поддерживают развитие спорных технологий.

— К большому сожалению, это так. Как и каждая медаль, данная проблема имеет две стороны. На протяжении всего существования человечества сельским хозяйством занималось девяносто пять процентов населения. Сколько сегодня? В США меньше трех процентов, в Англии меньше двух, во Франции чуть больше четырех, в Новой Зеландии — крупнейшем экспортере молока в мире — почти девять. В Аргентине, которая поставляет всему миру мясо, сегодня обрабатывается всего восемь процентов земель. Про Россию я вообще молчу.

В благоприятном африканском климате плодородные территории переоборудуют под гольф-поля или оставляют заброшенными. Выгоднее обслуживать туристов! Местные дельцы, вместо того чтобы возделывать землю под благодатным солнцем, заняты «распиливанием» фондов ООН. И все думающие люди прекрасно понимают, что, дотируя африканские режимы, мировые правители еще больше погружают черный континент в коррупцию, нищету и голод. О каком продовольственном кризисе может идти речь? Речь может идти о недооценке стоимости продовольствия и труда крестьянина. Когда выращивать сахарный тростник станет выгоднее, чем проводить экскурсии, то жители некоторых южных государств возродят заброшенные сахарные плантации. Поэтому игра в ГМО, с моей точки зрения, очень опасная авантюра ряда нечистоплотных бизнесменов, ученых и политиков.

— Лично вы, Николай, ничего не можете изменить, это игра политиков и крупных корпораций, на кону большие деньги, — с сожалением покачал головой англичанин.

— А вы, Брюс, не можете или не хотите ничего менять?

— Сложный вопрос… Не думаю, что проблема генно-модифицированных продуктов заставила вас искать встречи со мной. Есть проблема, которая вас волнует сильнее в данный момент. Может быть, из-за недостатка времени лучше обсудим ее?

— К счастью, это не проблема. Я хотел бы коротко рассказать вам о моем новом проекте, который через год-два может представлять интерес для вашего фонда. Вы правильно подметили, что в России много земли. Я уточню, в России громадные пространства заброшенной земли, которые рано или поздно начнут обрабатываться. Одновременно очень мало качественных семян, их катастрофически не хватает даже для освоенных земель. После развала СССР семенных компаний практически не осталось. Временные объективные и субъективные барьеры для вхождения зарубежных семеноводов на российский рынок дают нам фору в развитии лет на пять-десять, скорее всего, до момента вхождения России в ВТО. Моя цель — создать в стране до вхождения в ВТО лидирующую инновационную семенную компанию и через несколько лет продать ее зарубежному стратегическому инвестору. Я хочу не только хорошо заработать, но прежде всего внести свой посильный вклад в возрождение и развитие российской аграрной промышленности и науки. Кстати, ваш офис в Лондоне находится на каком этаже?

— На пятнадцатом, а что?

— Если мы представим, что поднимаемся в ваш офис, то я еще до момента остановки лифта успел закончить свою презентацию — Elevator Pitch*, — Николай привстал и учтиво поклонился.

— О-о-о… — лицо Брюса расплылось в улыбке. Вы правы, я заинтригован. Вы хороший оратор, умеете убеждать. Теперь представьте, что мы вышли из лифта, зашли в наш офис, сейчас я угощу приятного гостя десертом на правах хозяина, а вы мне подробнее расскажете о своем проекте.

26

Ослепительно-белые заснеженные острые пики гор Гренландии, прорезающие сугробы пушистых облаков… Восьмичасовой перелет от Германии до Канады. В это время можно себе позволить спокойно читать, не думая больше ни о чем. И убеждаться снова и снова: книга — это та несравнимая глубина переживаний, чувств, размышлений, которая не может быть получена никаким иным способом. Литература — духовная жемчужина человечества…

Общественные места и кладбища зеркально отражают образ жизни, устои и менталитет нации. Именно поэтому, бывая в разных странах, Николай стремился посетить места погребения и места скопления людей. Кладбища громко говорят о том, что подчас умалчивают экскурсоводы. Корреляция между организацией покоя покинувших бренный мир и организацией общественного устройства еще живущих потомков всегда самая прямая и говорит о многом.

Два часа стыковки в аэропорту Торонто позволили уточнить сравнение европейских и североамериканских аэропортов. Последние отличаются простотой конфигурации, объемными пространствами, многочисленными просторными туалетами и бесплатными фонтанчиками с питьевой водой через каждые тридцать-пятьдесят метров. Именно на всех перечисленных удобствах европейцы и стараются сэкономить.

Оттава встретила Николая морозцем, ярким зимним солнцем и режущим глаза своей белизной снегом. Историческое здание отеля Fairmont Château Laurier с пугающими постояльцев призраками маленького мальчика и взрослого мужчины, утонувшего на печально известном «Титанике» и по этой причине не попавшего на открытие отеля, расположено рядом с парламентом — в самом центре столицы Канады. Прямо под окнами, в нескольких шагах от отеля, берет свое начало самый длинный естественный каток в мире, залитый в русле канала Ридо и проходящий через центральную часть города. Семь километров восемьсот метров льда с многочисленными ресторанчиками и раздевалками — это целых девятьсот хоккейных полей!

Вездесущие фиксаторы мгновений — японцы, обвешанные фотоаппаратами и видеокамерами, большой группой вышли из отеля и направились на замерзший канал. После длинного перелета тело требовало активных движений. Решив не отставать от азиатских туристов, Николай оставил в номере не распакованный багаж и спустился к каналу. Взяв на прокат на два часа за десять долларов настоящие канадские хоккейные коньки — мечту детства, замешкался: все оставляли зимнюю обувь прямо под лавками в общественных вагончиках-раздевалках. Поступил, как все, деваться-то некуда. Не кататься же с зимними ботинками в руках?! Последний раз на катке Николай был лет двадцать пять назад. Но тело вспомнило детские баталии на хоккейном корте, сооруженном с друзьями во дворе из ворованных на стройках социализма досок и бревен.

— Вы из России, не на форум ли? — практически сразу после выхода на лед Николай услышал за спиной вопрос на хорошем русском.

Оглянулся:

— Да.

Перед ним стоял мужчина невысокого роста, крепкого телосложения, с глубоко посаженными умными карими глазами, одетый так же непритязательно, как и большинство катающихся на катке канадцев.

— Том Нельсон, президент Канадской ассоциации делового сотрудничества со странами СНГ, — протягивая руку, представился мужчина. — Не удивляйтесь, я видел вас, когда вы входили в отель. Не думал, что через двадцать минут вы уже будете на катке.

— Николай Константинович, очень приятно, — Николай пожал крепкую ладонь. — После перелета захотелось свежего воздуха и первых впечатлений от города и страны в гуще народных масс, а они, как известно, во многом самые показательные.

— О! Тогда я прямо сейчас вас угощу местной достопримечательностью — «хвостом бобра».

— Чем?! — удивленно переспросил Николай.

— «Хвостом бобра», так переводится на русский язык название местного культового блюда BeaverTails. Это жаренная в рапсовом масле горячая лепешка, похожая по форме на хвост бобра. По вашему выбору сверху ее можно намазать кленовым маслом, корицей с сахаром, шоколадным ореховым кремом или карамелью с кусочками яблок, бананов, конфет, шоколада и другими добавками. Вряд ли полезная для здоровья пища. Но попробовать вы обязаны, тем более что только с самолета, явно еще не ужинали. Зато будете рассказывать в России, как на двадцатиградусном морозе при свете прожекторов героически пытались осилить пятнадцать километров льда, жуя по дороге легендарное кондитерское изделие. Кстати, президенты многих стран пробуют эту лепешку, специально останавливаясь недалеко отсюда у первого киоска, с которого и началось развитие компании. Неужели вы отстанете от президентов? Поехали! — Том засмеялся и энергично заскользил по льду в сторону вагончика-ресторана с одноименным названием.

— Давно в последний раз стояли на коньках? — поеживаясь от пятнадцатиминутного ожидания в очереди на морозе, Том с удовольствием жевал горячую сладкую лепешку.

— Давненько.

— А хорошо у вас получается, лучше, чем у большинства.

— Коньки хорошие и лед. Мы о таких «канадах» в детстве только мечтали, они сами катятся.

Канадцы катались семьями. Совсем пожилое поколение и младенцев везли перед собой мужчины в специальных санях, стилизованных под маленькие старинные кареты. Молодое поколение, которое еще не твердо держится на земле, опиралось ручонками для равновесия на специальную изогнутую трубку-ходунок. Среднее поколение от трех до семидесяти с лишним лет лихо носилось вдоль и поперек канала. Туристы из Азии, держась за руки, медленно и неуклюже передвигались группами вдоль стен.

— Знаете, сколько катков в восьмисоттысячной Оттаве? — задал вопрос Том и сам же ответил: — Двести! Лед, клюшка и шайба для канадцев — культ! При слове «Канада» во всем мире первая ассоциация — «хоккей». Правда? Почти полмиллиона человек серьезно занимаются в стране этим видом спорта. К примеру, в России — чуть больше пятидесяти тысяч, в десять раз меньше. Пусть попробует любая страна конкурировать с кленовой машиной по массовому воспроизводству хоккеистов!

— Соглашусь… — Николай с интересом разглядывал стоящие на льду ресторанчики со столиками и лавочками, рождественские елочки, выставки фотографий и картин, чум с атрибутами индейской жизни, рекламные палатки спонсоров, плакаты со схемой катка, контролирующих ситуацию полицейских и санитаров на квадроциклах и коньках.

— Как вам «хвост бобра»?

— Как жареная горячая сладкая лепешка.

— Вы избалованный высокой кухней европеец, — иронично поставил диагноз Том, — привыкайте к тому, что почти во всей Канаде все несколько упрощенное — еда, одежда, вкусы.

— Если «почти», то значит, не во всей.

— Британская Колумбия с Квебеком явно выбиваются в лучшую сторону в этом смысле, хотя и они — не Европа.

— Вы не канадец, судя по всему? Вы рассуждаете о Канаде отвлеченно — как наблюдатель. И у вас прекрасный русский. Такое знание языка достигается только изучением в разведшколе или под одеялом и на подушке.

— Вы очень догадливы, Николай, — Том рассмеялся. — Я родился, вырос и учился в Америке. Изучал русскую культуру и политику, а заодно и язык. Работу получил в российском представительстве канадской компании. Женился на русской женщине и живу с семьей в Москве. Не устали еще?

— Русские не сдаются!

— Не только русские, Николай, не только. Французские легионеры тоже не сдаются, как и многие другие. Храбрость не имеет национальности… Но не будем о серьезном. О делах у нас будет время поговорить в дни форума, а сейчас, если вы хотите, я могу рассказать вам что-нибудь об Оттаве, мне очень нравится этот уютный городок.

— С удовольствием!

— Черт! — Том споткнулся и чуть не упал. — Сорри! Итак. На алгонкинском языке индейцев Оттава означает «место встреч». В символичном месте мы встретились с вами, не так ли? Сейчас мы едем по более чем двухсоткилометровому старейшему и постоянно действующему каналу в Северной Америке. Его открыли в первой половине девятнадцатого века, и это один из первых каналов в мире, построенных в расчете на паровые суда. Вы, наверное, знаете, что Канада собиралась в то время воевать с США? Ближайшие современные союзники строили свои взаимоотношения изначально не совсем миролюбиво. Так вот, цель строительства данного канала — оперативная переброска грузов и войск в случае начала боевых действий.

Говорят, что американцы мало знают о Европе. Это сущая правда. Но много ли знают европейцы о Северной Америке? Советую — узнайте больше о прошлом и настоящем Северной Америки, забудьте о стереотипах «холодной войны», и вы полюбите далекий от России континент, который обогатил мир многочисленными нобелевскими лауреатами, поэтами, актерами и инженерами.

Территория Канады по размерам уступает только России, так что есть где развернуться широкой русской душе. А если вы летом будете ехать по центральной или восточной Канаде на машине, то не увидите никаких отличий природы вашей родины от местной — та же трава, те же березы.

— Над Канадой небо сине, / Меж берез дожди косые. / Хоть похоже на Россию, / Только все же не Россия, — продекламировал Николай и уточнил: — Городницкий.

— Ну-ну, вечно что-то ищущая русская душа... — усмехнулся Том.

— Том, какие планы у вас на сегодня?

— Определенных не было, подготовку к форуму завершили, так что до утра я абсолютно свободен.

— А что если мы возьмем бутылочку вина, сыра, винограда, еще чего-нибудь, и я приглашу вас к себе в номер на легкий фуршет? После сытного «хвоста бобра» в ресторан идти уже не хочется. У меня из окна открывается красивейший вид на город, мы могли бы продолжить беседу.

— Договорились! Только сначала я вам покажу знаменитый местный фестиваль ледовых скульптур — Winterlude. Не возражаете? Это не займет много времени, а удовольствие получите.

— Конечно. Как можно отказаться от такой возможности?!

— Ну вот, мы проехали половину дистанции, теперь хочешь не хочешь, а придется проехать еще почти восемь километров, чтобы вернуться к отелю, — вздохнул Том и оценивающе посмотрел на слегка уставшего с непривычки Николая.

Сдав коньки и найдя свои ботинки под скамейкой в целости и сохранности, Николай и Том поднялись по лестнице и буквально через пять минут оказались в центре ледовых скульптур — в парке Конфедерации. В расставленных по периметру парка высоких армейских палатках работали над своими ледяными творениями мастера из самых разных стран.

— Сюрприз! — Николай искренне удивился, рассматривая стенд мексиканских мастеров. — Не думал, что в жаркой Мексике распространено искусство резки по льду.

— А вот и ваши земляки, — позвал Николая Том.

Перед прозрачной стеной из блоков замерзшей воды высотой метров пяти стояли и о чем-то совещались представители Якутии и Красноярска. Судя по эскизу, работа предстояла грандиозная, но в то же время ювелирная.

Фестиваль только что открылся, поэтому оценить и полюбоваться можно было пока только небольшими фигурками, стоящими в центре парка вокруг фонтана.

— Через пару дней на этом месте будет фантастическое незабываемое великолепие! Что ж, а мы пока займемся шопингом, — обратился Том к Николаю.

Мышцы с непривычки гудели, ноги пытались повторять скользящие движения по асфальту. Зашли в винный магазин, Николай купил на пробу бутылку красного канадского вина, произведенного в винодельне долины Ниагарского водопада. В небольшом сырном магазинчике выбрали несколько сортов сыра из Квебека и Онтарио. Канадского винограда в продаже не было, из мексиканского и чилийского предпочли последний, и вернулись в отель.

— Николай! Я переоденусь и минут через сорок-пятьдесят буду у вас. Не быстро?

— Отлично, Том.

Николай поднялся в номер и решил открыть вино, чтобы оно согрелось после улицы и «подышало», избавившись от неприятных запахов, которые могли быть в месте его хранения, или запаха пробки. Сняв декоративную упаковку с горлышка, Николай с удивлением увидел, что пробки в горлышке не было. Взяв бутылку, вернулся в магазин. Менеджер винного бутика с удивлением повертел бутылку и… поздравил Николая. По его словам, такое бывает в одном случае из миллиона! Николай задумался: «Я — счастливчик? Или это знак, что знакомство с Канадой будет для меня удачным?»

Предварительно позвонив, ровно через сорок минут пришел Том. Мужчины расположились в креслах перед окном, наблюдая за вечерней столичной жизнью.

Том приподнял бокал, посмотрел сквозь вино на свет и слегка пригубил.

— Николай, мне как руководителю в одном лице и бизнеса, и ассоциации очень интересно ваше мнение о ближайшем будущем России. Как будет развиваться страна, что можно прогнозировать в экономической и политической сферах?

— Знаете, что интересно, Том? — Николай засмеялся. — Я в своей жизни ни разу во время бесед с мужчинами не обсуждал женщин. Ни ра-зу! Ни в трезвом виде, ни в пьяном, ни во время бесед один на один, как сейчас, ни во время больших застолий. Ни ра-зу! Видимо, сегодняшний вечер не станет исключением.

— Значит, уважаемый, таких собеседников и такие компании выбираете для общения. Вообще-то с вами мне и в голову не пришло бы обсуждать женщин.

— Это комплимент или…

— Это констатация факта, Николай. Вы такой, какой вы есть. Я с удовольствием согласился продолжить нашу беседу, но у меня даже предположений не было, что с вами можно начать сплетничать. К тому же просто нет времени на пустую болтовню. Надеюсь, мое откровение не расстроило вас? — Том внимательно посмотрел на Николая.

— Отнюдь. Вы правы, мне не интересны сплетни. Умные собеседники — вот моя слабость, — Николай пригубил вино, которое медленно, словно масло, стекало по стенкам бокала. — Неплохо. К своему стыду, я даже не знал, что в Канаде производятся вина. Вы задали непростой вопрос, Том. Думая о своей жизни, я всегда ассоциирую какие-то ее этапы с теми значимыми для меня людьми, которые оставили след в моей памяти, дали импульс развитию моей личности.

Много лет назад, во время учебы в институте, судьба свела меня со светилом советской философской науки Федором Андреевичем Селивановым. За что я судьбе весьма благодарен. Глубокоуважаемый мною профессор произнес как-то на лекции примерно такую фразу: «Сначала люди (или государственные личности — не помню точно) совершают действия, а потом философы их оправдывают». Много лет я отдал сфере бизнеса и финансов, но, глядя на аналитиков инвестиционных банков, у меня почти всегда возникало такое ощущение, что сначала что-то происходит на рынке, а потом аналитики пытаются это объяснить.

Том громко рассмеялся.

— Не в обиду аналитикам. Просто мир так устроен. Поэтому гадать, особенно на политиков, — дело неблагодарное. Я могу посмотреть на действия руководителей страны, оценить эти действия как эксперт по управлению и сделать определенные выводы. Каждое событие или состояние является логическим следствием какого-либо действия, обусловленного соответствующими мотивами. Они, в свою очередь, имеют логическое продолжение, — Николай ненадолго замолчал и снова продолжил: — Все лидеры во все времена мечтали об идеальной управляемости, как желаемом и необходимом условии получения запланированного результата. Разница в том, кто и какими средствами пытался этого добиться.

В прессе промелькнула аналогия, что первое лицо нашей страны управляет ею, как корпорацией. Вы знаете, лично я не вижу ничего обидного в данном сравнении. В каждой корпорации работают люди, каждая корпорация имеет свою структуру, моральные и материальные ценности, цели, планы развития. Каждая корпорация ограничена какими-то рамками в своей деятельности, может вести бизнес в разных регионах по разным направлениям и обязана защищать свои интересы. Корпорация как коммерческая организация обязана зарабатывать деньги. Общепринятый постулат — в успешной корпорации обязательно должна быть ответственная социальная политика. Существуют великие страны и малый бизнес, карликовые страны и транснациональные корпорации. Отличие между страной и корпорацией только в объектах и субъектах взаимоотношений, в социальной миссии. Разницы же в управлении нет никакой — и в корпорации, и в государстве необходимо управлять людьми. И только людьми, Том. Иная точка зрения — глубокое и опасное своими последствиями заблуждение технократического общества. Управление финансовыми потоками, материальными и нематериальными активами и прочими статьями бюджета, чему учат в бизнес-школах, осуществляется только через управление людьми. Ни одна система, даже, к примеру, автоматизированная система управления, не работает сама по себе, качество генерируемых решений зависит от обработки и ввода первичной информации, правильно настроенного алгоритма, «железа» и всей остальной цепочки бизнес-процесса, основывающегося на че-ло-ве-че-ском профессиональном мастерстве. Выдерните шнур компьютера из розетки — и система выключится. Воткните снова — она заработает. Увольте хорошего генерального директора — корпорация какое-то время по инерции будет двигаться вперед. Наймите на эту должность непрофессионала — и процветающий бизнес начнет деградировать. Эволюция не признает слова «стагнация», существует либо развитие, либо деградация, — Николай пригубил вино. — Ответьте теперь мне на несколько вопросов, Том. Вы в свою компанию стремитесь набирать лучших профессионалов?

— Конечно, моя HR-служба* нацелена на лучших специалистов.

— Сотрудники подбираются стихийно, по принципу лояльности или для решения конкретных задач?

— Безусловно, под конкретные задачи с учетом перспектив нашего развития.

— Как вы мотивируете работников?

— По-разному, но в целом чем больше зарабатывает корпорация и чем весомее вклад каждого сотрудника, тем больше он получает.

— Много ли в корпорации ваших родственников, одноклассников, членов скаутского клуба, то есть людей, связанных лично с вами?

— Ни одного. Я не отрицаю такой возможности в принципе, но прежде всего для нас важны деловые качества. В любом случае совпадение может быть разовым, но не системным.

— Как вы стремитесь выстраивать систему управления, жестко централизованно или предпочитаете делегирование?

— Конечно, делегирование, ни один человек не может быть компетентен во всем, да и возможности любой личности ограничены. Не говоря уже о том, что никто лучше конкретного специалиста не знает его блок работ. К примеру, никто лучше фронт-менеджеров не знает клиента, никто так не чувствует «дыхание» рынка, как они.

— Вы копируете в системе управления армейские принципы вертикали власти?

— Что вы, это же начало конца бизнеса! С точностью до наоборот, мы стремимся к проектной, матричной системе управления. Жесткое подчинение гасит инициативу. Только акцент на конечном результате и максимальном раскрытии возможностей каждой личности производят синергетический эффект.

— Но ваши люди несут персональную ответственность за результаты своих действий?

— Безусловно, иначе просто не может быть! Свобода предполагает ответственность.

— Если ваш сотрудник тратит больше, чем зарабатывает, у вас возникает вопрос, где он берет деньги? Вы совершенствуете в данном случае систему контроля?

— Ворует у нашего бизнеса, где же еще. Мы стараемся создать такую систему управления, где выгоднее зарабатывать, а не воровать.

— Может ли начальник вашей службы безопасности заниматься параллельно своим бизнесом?

— Исключено, сразу возникает конфликт интересов.

— Являются ли итоги деятельности ваших конкурентов определенными ориентирами при оценке итогов работы вашей корпорации?

— Несомненно, конкурентоспособность бизнеса — одно из важнейших условий успешного развития.

— Последний вопрос, Том. У вашего бизнеса есть будущее?

— Я работаю для этого, Николай. Надо мной стоят акционеры. Если я не буду развивать бизнес, меня просто уволят.

— Теперь попытайтесь ответить на те же вопросы, но по отношению к моей родине. В стране внедряются принципы современного управления или выстраивается армейская вертикаль власти? На ключевые позиции привлекаются самые талантливые из ста сорока миллионов или самые временно лояльные, или, что еще печальнее, случайные соседи по месту жительства и учебы? Как выстроена мотивация чиновничьего аппарата? Кто из чиновников несет персональную ответственность за результаты своей деятельности, какую и перед кем? Является ли народ де-факто акционером корпорации «Российская Федерация»? Или произошла сознательная подмена функций законодательного и исполнительного органов управления, и мажоритарным акционером стало чиновничество? Повысилась ли. за последние годы управляемость в государстве и, как следствие, его конкурентоспособность? Как развивается в последнее время Россия по сравнению с ее ближайшими соперниками за мировые инвестиции — Бразилией, Индией, Китаем? Теперь главные вопросы: кто целенаправленно создает существующую систему управления государством? Есть ли веские причины у этого лица (группы лиц) что-либо менять, если доходы текут в страну сами по себе, благодаря распродаже природных ресурсов? Способна ли многомиллионная армия чиновников от Сахалина до Калининграда за короткий срок изменить принципы и методы своей работы? Готова ли вся управленческая команда снизу доверху добровольно освободить свои места для новой команды ради будущего страны?

Вы умный человек, Том. Обобщите ответы, сформируйте целостную картину устройства государственного управления и ответьте на свой вопрос о перспективах развития России на ближайшее время при существующей безальтернативной системе управления корпорацией «Россия»...

Том ушел ближе к полуночи. Спать не хотелось, в Москве уже было утро, и организм, еще не перестроившись, больше верил своим биологическим часам, чем местному поясному времени. Николай включил компьютер, проверил почту.

Мессенджер показывал наличие сообщения от Собеседницы. Послания от нее приходили непредсказуемо — как по времени, так и по темам. Иногда она могла пропасть на несколько недель, иногда в течение дня не прерывала диалог. Иногда здоровалась и прощалась, а иногда просто транслировала через IP-адрес* Николая во Вселенную свои размышления, не ожидая ответной реакции. Но именно к такому стилю общения Николай стал постепенно привыкать и периодически ловил себя на мысли, что ждет очередного короткого сообщения. Он не знал, кто такая Собеседница и откуда она. Да и не стремился пока узнать. Потребность друг в друге выражалась не в представлении физического совершенства и красоты каждого, а в какой-то ниточке, незримо связывающей их нуждающиеся во взаимном общении души.

****

— Вернулась из командировки. Казалось бы, без разницы, в каком месте земного шарика находиться. Лишь бы было комфортно. Ан нет. Въезжаешь (входишь, влетаешь, вплываешь) в какой-нибудь островок цивилизации и сразу ощущаешь особую атмосферу этого места. Иногда нейтральную. Иногда доброжелательную. Иногда враждебную. И зачастую невозможно определить, чем это вызвано, людьми ли, зданиями или вообще чем-то неосязаемым. От виноградников, к примеру, идет какая-то волнующая вибрация... А иногда попадаешь в какое-нибудь место, как в гости к друзьям: тебя всегда ждут и тебе всегда рады. В Санкт-Петербурге и Праге я так себя чувствую. Редко бывает — как к себе домой, где все понятно и знакомо, тепло и уютно. Так я себя ощущаю в Париже.

141

— А у тебя, Собеседница, никогда не возникало ощущения, что какой-то большой или важный пласт твоей прошлой жизни связан с каким-либо местом?

— Возникало, Мыслитель. Париж опять-таки… А у тебя?

— И у меня Париж — как к себе домой. Мы с тобой когда-то были соседями?! Сан-Франциско и Неаполь волнуют кровь, что-то значительное связывает меня с ними. Может, я морской пират?

— Интересно, а мы встречались в прошлой жизни? Хотя вряд ли… А в этой встретимся? Или уже только в будущей?

— Бросим монету?

— Может, просто подождем?

— Подождем, согласен. Умение ждать — великое умение, доступное немногим, правда, Собеседница?

— Правда твоя, Мыслитель.

****

27

Из традиционного командировочного послания Николая по электронной почте членам совета по развитию: «Ставлю канадцам оценку „отлично“ за представительный, продуктивный и четко организованный Канадо-российский деловой форум. В отличие от многих других форумов, общие дискуссии и заседания отраслевых рабочих групп были сфокусированы на практических вопросах сотрудничества деловых кругов России и Канады. Вижу ясные перспективы бизнес-сотрудничества с Канадой. Предлагаю каждому члену совета по развитию проанализировать возможность кооперации с канадскими компаниями. Первое заседание совета после моего возвращения посвятим обсуждению данного вопроса».

Николай был убежден, как большой музыкант может виртуозно сыграть на любом инструменте, так и настоящий менеджер должен управлять своим бизнесом всегда и отовсюду, вне зависимости от сильной загруженности другими проектами или географической удаленности. Последний фактор в современном информационном пространстве потерял свою значимость полностью. Правильно выстроенная и настроенная система управления требует только точечной корректировки и стратегической ориентации. Зависимость бизнеса от физического присутствия руководителя в офисе говорит только об одном — полной недееспособности управленческой команды и, как следствие, о неуправляемости бизнеса.

На сельскохозяйственную выставку в небольшой городок Брендон Николай полетел из Оттавы через Виннипег, решив сначала взглянуть на столицу провинции Манитоба. Опустив удобную спинку сиденья в самолете местного производства, полистал журнал авиакомпании. С удивлением узнал, что канадский авиапроизводитель является третьим игроком на рынке гражданских самолетов в мире после американского и европейского авиационных гигантов. Где же ты, былая слава конструкторских бюро и заводов Туполева, Антонова и Ильюшина? Очередной риторический вопрос каждого думающего россиянина...

Заказав стюардессе томатный сок и красное вино, Николай погрузился в просмотр недавно нашумевшего в Америке и Европе фильма «Потерянные и безумные» Леа Пул, выбрав его из многочисленных предложений раздела «Канадское кино».

Ежегодное сельскохозяйственное шоу Канады и США оглушило крепкими шумными ковбоями в широкополых кожаных шляпах, стройными независимыми фермершами на громадных пикапах, обилием выставочных стендов мировых лидеров отрасли и мелких фермеров, а также круглосуточно заполненными ресторанами, в которых хитами были три продукта — мясо, пиво и виски. Бурлящая атмосфера всеобщего профессионального праздника заряжала позитивной энергией, оптимизмом и желанием присоединиться к касте ЛЮДЕЙ ЗЕМЛИ.

На стойке регистрации в отеле Николая уже ждало приглашение от губернатора провинции на торжественный ужин в честь важных зарубежных участников выставки.

Неизвестно откуда узнавшая о российском госте телевизионная компания отсняла интервью с Николаем прямо в крытом переходе из отеля в выставочный комплекс, порекомендовав вечером смотреть новостные выпуски исключительно их канала.

Немного расстроил на выставке американский журналист, рассказывающий на одной из дискуссионных площадок о своем путешествии в Россию и Монголию и демонстрирующий фотокадры пьяной российской глубинки… Зато весьма информативным и интересным оказался семинар по провинциальной программе иммиграции Манитобы, упрощающей возможность получения канадского гражданства для фермеров.

Два дня на шоу пролетели незаметно.

Большое количество интересных и полезных встреч убедили Николая в правильности решения о начале аграрного проекта и перспективности работы с канадскими компаниями.

Впечатления от Канады заставили серьезно задуматься о получении вида на жительство именно в этой стране.

В горах Алберте не прекращались затяжные снегопады, метеослужбы рекомендовали воздержаться от катания на лыжах. Расстроенная канадской непогодой новая знакомая Николая по авиаперелету Лиля дважды звонила ему из Швейцарии и приглашала в гости, но он решил возвращаться в Россию.

28

Ксения вышла из душа и… остановилась возле зеркала. Со слегка вьющихся, почти до пояса, густых волос песочного цвета капли воды стекали на стройные бедра и быстро сбегали по длинным ногам вниз до маленьких ступней. Она осталась довольна своим внешним видом, намотала на мокрые волосы полотенце и растерла тело смесью оливкового и эфирных масел, купленных летом на Крите. Ванная комната наполнилась ароматом молодого женского тела и благовониями душистых трав.

Накинув на себя лишь короткий шелковый халат, Ксения присела за туалетный столик. На улице моросил частый гость Сан-Франциско — дождь, напоминая о близости его прародителя океана. Январь выдался теплее обычного, температура воздуха уже несколько дней устойчиво держалась на отметке плюс тринадцать-пятнадцать градусов, заставляя забыть, что на календаре вторая половина предпоследнего зимнего месяца.

Муж сидел в кресле с лэптопом на коленях, вытянув ноги к камину с потрескивающими поленьями, и готовил презентацию своего выступления перед очередным клиентом.

За окном стемнело, но спать, несмотря на поздний час, еще не хотелось. Ксения негромко включила альбом Noche de cuatro lunas Хулио Иглесиаса, легла на ковер перед камином и стала наблюдать, как пламя уверенно превращает холодные твердые поленья в мельчайший тлеющий пепел. Одна субстанция вещества с помощью второй переходит в третью. Так и человек, встречая на своем жизненном пути разных людей, со временем трансформируется в личность, порой очень непохожую на его детские фотографии. Или она заблуждается в своих рассуждениях? Ксения поискала глазами свой лэптоп, захотелось задать этот вопрос Мыслителю. И тут же поймала себя на мысли, что у нее возникло желание спросить об этом Мыслителя, а не мужа, который находится в полутора метрах от нее. Почему? Нет желания дергать самого близкого, но занятого в данный момент человека по пустякам? Тогда что такое пустяки: ее вопрос о трансформации личности или его презентация для клиента? Или и то и другое, но смотря для кого? А может, причина в чем-то другом? Тогда в чем?

Языки пламени весело прыгали над дровами, исполняя танец смерти и перерождения. Едва уловимые запахи дерева и дыма возбуждали воображение. Глаза молодой женщины медленно закрылись, ее душа незаметно переместилась в иную реальность — в мир сна, воплотившись в образ булгаковской обнаженной Маргариты, стоящей на берегу лесного озера у костра с танцующими соблазнительными русалками и лесной нечистью.

29

Николай внимательно посмотрел на каждого из членов совета по развитию:

— Мы создаем инновационный бизнес не только по технологиям производства, но *прежде всего по технологиям управления*, именно это является ключевым фактором успеха.

После заинтересованного и весьма продуктивного обсуждения итогов поездки в Канаду руководитель департамента информационных технологий поднял вопрос об управляемости и мотивации работников его службы.

— Вы, Владимир Андреевич, как непосредственный руководитель лучше меня понимаете менталитет своих IT-специалистов, — продолжил заданную подчиненным тему Николай. — Поставить в жесткие рамки насильственным способом думающего или талантливого человека невозможно и нецелесообразно. Это иллюзия, от которой стоит отказаться сразу, чтобы не получить отрицательный результат и обманутые ожидания. Однако именно эта категория людей представляет для нас наибольшую ценность. Правда, и вечно ждать «озарения» от отдельных личностей мы тоже не можем, поставленные задачи требуют решения. Ваш вопрос «что делать?» абсолютно обоснован и актуален. А что если повернуть ситуацию в иную плоскость? Не ставить подчиненным задачу, пошагово объясняя алгоритм решения и контролируя каждый этап реализации, а обозначить конечный результат, который должен быть получен в согласованные с исполнителями сроки. При этом помощь осуществлять сугубо консультационную. Если так попробовать? Специалист, предварительно оценивший свои возможности и добровольно принявший обязательства, совершенно по-другому отнесется к выполнению задачи. *Одну и ту же работу один и тот же человек может делать с разной эффективностью, формально находясь в рамках должностных обязанностей.* Мы как профессиональные управленцы должны добиться того, чтобы сотрудники работали с максимальной отдачей. Но не по принуждению или из-за боязни репрессивных последствий, а заинтересованно и с полным пониманием ответственности. Давайте изменим управленческие подходы и приведем в соответствие наши финансовые, социальные и карьерные мотивационные программы. Раз для вас, Владимир Андреевич, эта проблема наиболее актуальна, то предлагаю начать пилотный проект на базе вашего подразделения. Подключайте службу персонала и, как обычно, всех заинтересованных лиц. Задача непростая, поэтому я тоже войду в вашу рабочую группу.

И еще один весьма важный аспект, на который хочу обратить внимание всех присутствующих... Правильно заданный вопрос открывает возможности для верного направления движения мысли. Работать с персоналом необходимо вопросами! Это один из самых эффективных приемов управления.

Николай вернулся в кабинет, наполненный светлым и прозрачным перезвоном церковных колоколов, заслонившим нервный шум города и освятившим вечерний усталый сумрак. Из кресла было хорошо видно, как Светлана Александровна заваривала кофе по-турецки. Вместе с открывшейся дверью в кабинет проник аромат душистого напитка. Маленькая фарфоровая чашечка подарила сладкий вкус горечи. Сладость горечи... Он задумался над непроизвольно пришедшей на ум ассоциацией. Вот и сегодня на совете, казалось бы, стоило насторожиться, что управляемость в департаменте информационных технологий хромает. Но внушило радость то, что руководитель вовремя уловил негативную тенденцию, не стал ее скрывать, а серьезно задумался и занялся исправлением ситуации. Значит, не зря потрачено время и силы на работу с персоналом, не ушли впустую многолетние усилия по формированию деловой культуры. Проблема — естественная горечь. Решение — заслуженная сладость. Николай мысленно удовлетворенно поздравил себя с важной победой.

30

Как и предполагал Николай, приезд руководителей ЕКБ-Банка в Москву не сильно сблизил позиции договаривающихся сторон. Встреча больше походила на ритуал вежливости — рады друг друга видеть, но не готовы пока друг друга слышать.

Время работало и на Николая, и против него. Эпизодические и бессистемные, а поэтому и безуспешные попытки банка найти покупателя на семенной завод явно ослабляли его переговорную позицию. Однако близилась весна — время закладки не только урожая, но и финансового успеха года. Частые телефонные беседы с Виктором Дмитриевичем позволяли уточнять стратегию развития и проектировать модели бизнеса. Нет худа без добра. Рассматривая пессимистические варианты развития событий, когда включение завода в структуру бизнеса затягивается, пришли к выводу, что отсутствие активов — это серьезный повод для совершенствования технологии аутсорсинга.

Вот и сегодня после обеда раздался звонок от Виктора Дмитриевича:

—Добрый день… можете говорить?..

— Добрый! — Николай был искренне рад звонку, отвлекшему его от анализа финансовой управленческой отчетности холдинга.

— Я что тут подумал… — без перехода продолжил Виктор Дмитриевич, — мы с вами говорили об акценте на высокие репродукции…

— Ну? — не дождавшись окончания затянувшейся паузы, поторопил Николай.

— Ну вот… А кто рынок-то поддерживать будет?..

— То есть?

— Ну… смотрите… Мы занимаемся питомниками и элитой… Наши главные клиенты-партнеры сидят в основном на элите… ну и на первой репродукции… Ага?..

— Ну да, — Николай пытался понять, куда клонит Виктор Дмитриевич.

— А колхозникам и фермерам… мы и они сбагриваем первую и вторую репродукции…

— Предполагается — так.

— И что они осенью с урожаем-то делать будут?..

— Хотите сказать, что у них будут проблемы со сбытом?

— Так они всегда были… и всегда будут… Колхозники-то в массе своей не коммерсанты… И если они урожай не продадут… то его же и сеять будут на следующий год…

— Другими словами?

— Другими словами… если мы не поможем им продать урожай осенью… то они не купят у нас и наших основных клиентов-партнеров семена весной… А если не будет продаж у наших партнеров, то… и те, соответственно, не купят у нас

148

питомники и элиту… а будут сеять свою элиту и первую репродукцию…

— Цикл продаж? Точнее, сквозная цепочка?

— Дык… конечно... Государство-то не думает о поддержке сельхозпроизводителей… поэтому нам придется думать о поддержании всей цепочки продаж… если мы хотим обеспечить устойчивые продажи своего продукта.

— Озадачили вы меня… Работать мы еще не начали, а задачи, требующие решения, появляются одна за другой.

— Ага, — чувствовалось, что Виктор Дмитриевич остался доволен произведенным эффектом. — Ну и напоследок анекдот… Идет в колхозе собрание… Решают, как повысить производительность труда у косарей… Председатель спрашивает, какие будут предложения. Встает мужик и говорит, что у трактористов есть предложение косарям сзади прицепить плуг, они заодно и вспашут поле… Председатель командует выписать премию за рацпредложение… Тут народ оживился… Встает доярка и тоже предлагает: сзади косарям еще и борону прицепить. Пусть они заодно и боронят… Замечательно, премию... Встает агроном: еще и сеялку можно, пусть и засеют… Молодец, премию... Встает косарь: «Ага, давайте еще прожектор повесим, я и ночью хренячить буду».

Николай искренне и громко рассмеялся. Но, положив трубку, посерьезнел. Когда задумывался проект, то качественные и недорогие активы представлялись ключевым фактором успеха. Чем глубже разрабатывалась тема, тем все отчетливее вырисовывалась значимость человеческого фактора. Теперь стало очевидно, что семеноводство — это высшая ступень, вершина в иерархии растениеводства, и главную ценность представляют селекционеры и профессионалы-семеноводы. Селекционер и семеновод — это дирижер и солист-виртуоз в большом оркестре растениеводов. Может не быть уникального агропромышленного актива, такого, как, например, скрипка Страдивари в оркестре, но если не будет выдающихся семеновода и селекционера, то не будет и уникального исполнения слаженного оркестра семеноводческого хозяйства, не будет хорошей музыки — качественных семян, и постоянных поклонников — клиентов. И как никакие старинные инструменты в оркестре, так и одни только современные механизмы в семеноводстве задачу не решат. Поэтому и борьба с банком за завод уже не представлялась столь критично-актуальной. Наличие завода в структуре бизнеса может стать одним из полезных и привлекательных элементов, но его отсутствие не скажется столь значимо на результатах бизнеса. Другое дело, наличие или отсутствие ключевых специалистов. Выходит, что *семеноводство — это прежде всего интеллектуальный бизнес...*

31

Новый проект все больше и больше увлекал Николая. И чем сильнее он углублялся в тему семеноводства, чем больше общался с людьми, занимающимися сельским хозяйством, тем очевиднее сквозь айсберг холодного расчета первоначального выбора непростой и неоднозначной отрасли экономики стал пробиваться теплый росток душевности аграрного бизнеса. Адекватных людей среди потенциальных партнеров попадалось больше, чем в истории обычной деловой практики Николая. На удивление, когда сотрудники его холдинга узнали о профиле будущего проекта, то изрядное их количество изъявило желание участвовать в нем. Не было отбоя и от резюме сторонних специалистов. Игорь Олегович, отнесшийся сначала к проекту с легкой степенью скептицизма, стал одним из самых убежденных сторонников и проводников идеи. Начальник службы безопасности нашел в профильном министерстве несколько бывших коллег, которые на почве сопричастности нового места службы к земле занялись в свободное время огородничеством и взахлеб рассказывали ему о своих дачных успехах, пытаясь и его убедить присоединиться к ним. Сотрудники департамента информационных технологий по вечерам изучали отраслевые сельскохозяйственные решения к программному обеспечению. Финансовый директор уже легко оперировал цифрами и схемами дотаций и компенсаций. В общем, формально проекта еще не было, а костяк команды и варианты моделей бизнеса были практически готовы. Оставалось определиться со стартовыми активами и бизнес-моделью.

В этот раз в Екатеринбург договорились с Виктором Дмитриевичем ехать из Тюмени на машине. Уже знакомый маршрут аэропорт Внуково — аэропорт Рощино — отель — ресторан — короткий отдых — старенький «ниссан» делали поездку такой же привычной, как и московский путь от квартиры до офиса.

Выехали из Тюмени в семь утра. Первые лучи солнца еще только поднимались над краем горизонта, озаряя оставшийся позади большой деревянный христианский крест на бетонном пьедестале. Широкая ровная трасса сузилась, и машину затрясло на ямах и кочках.

— Чувствуете... по дороге, что пересекли границу Тюменской и Свердловской областей?.. — приоткрыв окно, чтобы закурить, поинтересовался Виктор Дмитриевич. — Была бы вся трасса такая же, как на тюменском участке... часа за четыре максимум доехали бы... А так... часов шесть пилить будем... И так-то не разгонишься... еще и гаишники за каждым кустом сидят...

— Не страшно, времени до встречи в банке у нас достаточно, зато не торопясь посмотрим на уральские пейзажи и населенные пункты.

— Смотрите... коль че увидите...

Какое-то время ехали молча, каждый думал о своем. Первым прервал молчание Николай:

— Раз есть время, не могли бы вы мне подробнее объяснить, почему в России проблемы с импортными семенами. Вот с импортными коровами проблем нет, в разных регионах и канадские, и французские буренки. Теплицы почти повсеместно голландские. А семена зернобобовых культур преимущественно российские. Хотя мне иностранные специалисты очень доходчиво объяснили преимущества канадских семян.

Виктор Дмитриевич ответил не сразу.

— Дык... Нельзя, конечно, обойтись без истории... В восьмидесятые годы селекция в Советском Союзе была на пике своего развития... и лет на двадцать пять — тридцать опережала селекцию развитых капстран... в том числе и Канаду, это общепризнанный факт… Сегодня ситуация обратная… Советская селекция отдает концы, почти ушло то поколение селекционеров… из «белых одежд», а их приемникам тоже уже далеко за шестьдесят… Российская селекция, ко всеобщему сожалению, так и не родилась… более того… так и не была зачата… Сельхозотрасль живет старым советским потенциалом… и на тех же сортах… по сути, меняются только названия…

Канадская же селекция достаточно молода для такого дела… и начала себя проявлять только к концу прошлого столетия… но активная позиция государства делает свое дело… Я могу судить, скорее, только визуально… на основании того, что я видел собственными глазами, но для моих выводов этого достаточно…

Машину подбросило, и пепел с сигареты упал на брюки Виктора Дмитриевича. Стряхнув его, он продолжил:

— Несомненно, в свою селекцию Канада направила очень серьезные и достаточные средства… В начале настоящего века канадская селекция вышла на уровень лучше советской, грамотно объединив мировой опыт… Дальнейшее движение сельскохозяйственной Канады достаточно энергично и эффективно… у них нет совковой болезни «работа на корзину»… что, естественно, отнимает много средств, а главное, времени… Путем тотальной фитотронизации процессы по выведению сортов ускорили очень существенно… В Советах было десять — пятнадцать лет… Сейчас три — пять! Но… в Канаде… Можно еще до фига продолжать, но и этого уже хватит, чтобы спроецировать дальнейший полет… Вывод: природа не допустит пустоты, и сорта иностранных селекций заполнят экс-советское пространство в ближайшие десять — пятнадцать лет… и это без вариантов… Вероятнее всего, они будут шведские и канадские… Этому сопротивляться уже бесполезно, наше отечество все необходимое сделало и продолжает в том же духе… остается расслабиться и… получать удовольствие, — Виктор Дмитриевич грустно засмеялся.

Николай смотрел в окно, за которым проплывали бескрайние, еще заснеженные поля, изредка разбавленные березовыми и смешанными перелесками. Редкие хвойные оазисы жались к дороге, словно прося защиты у проносящихся автомобилей. Периодически неожиданно возникали и так же быстро исчезали небольшие деревни и городки. На окраине одного из таких Виктор Дмитриевич остановился около придорожного кафе и предложил немного размяться. Мужчины вышли из автомобиля, холодный ветер заставил обоих поежиться и надеть пальто.

— Зайдем, выпьем по чашечке кофе? — предложил Николай.

Виктор Дмитриевич закурил, молча открыл багажник и достал термос.

— Вот! Этот настой лучше любого кофе… Я сам лично его с утра заварил. Ягоды рябины, облепихи, немного нашей сибирской вишни и пара ложек меда… Никакого сахара! Сплошные витамины и о-фи-генная польза!

— Ну, от такого предложения невозможно отказаться, — Николай попробовал обжигающий и действительно очень вкусный оздоровительный напиток.

Виктор Дмитриевич поочередно смачно причмокивал чай и глубоко затягивался сигаретой.

— Че-то увидели интересное по дороге, Николай Константинович?

— Знаете, ловлю себя на ощущении, что разные чувства и мысли возникают, когда еду по России вдали от крупных городов. Сейчас вот мы на Урале — зажиточный край конца девятнадцатого — начала двадцатого века. Вдоль дороги стоят сохранившиеся до наших дней остатки мощных заводов и большие общественные здания, столетние избы с первым кирпичным этажом, которые и по сегодняшним меркам выглядят достойно.

— И одновременно разрушенные… с заштукатуренными фресками на стенах и… накорябанными надписями типа «Киса + Ося = 19.. г.» на куполах, — подхватил мысль Виктор Дмитриевич.

— …величественных в своей вековой правоте православных храмах, — продолжил фразу Николай. — Глядя на эти островки истории, хочется около каждого поставить табличку *Память для человечества*.

— А рядом с покосившимися избушками… заросшими бурьяном парками перед советскими учреждениями, но с

153

обязательными памятниками Ленину и сохранившимися названиями улиц в его честь... тоже что-то хочется поставить?..

— Безусловно... — теперь уже Николай сделал паузу. — И здесь тоже хочется поставить табличку, но другую — *«Покаяние для человечества»*.

— Да уж-ж-ж...

Пустые кружки и потухший окурок сигареты намекнули на необходимость продолжения поездки. «Ниссан» выскочил на трассу, втиснувшись между двумя большими американскими фурами с питерскими номерами.

— Вы спрашиваете, почему нет канадских сортов в России? — продолжил прерванную тему Виктор Дмитриевич. — При сложившемся раскладе вроде невероятно... Но... Конечно, есть существенные причины, и они объективны... Во-первых, сорта из Канады, которые имеют явное превосходство над советскими, достаточно новые, и, естественно, канадцы не спешат с ними расстаться... Еще, конечно, это и канадский менталитет... и их неспешность в характере... длительность принятия решений... Вдобавок боязнь России и отсутствие достаточной информации о состоянии законодательной базы по защите селекционных достижений... Вот тут у них большой пробел, и это один из самых высоких барьеров... В этом плане дела-то в России обстоят гораздо лучше, чем представляют канадцы... кроме того, все очень быстро улучшается... Во всяком случае вполне сопоставимо с Канадой... Конечно, есть нерешенные проблемы... но и в Канаде, я извиняюсь, их хватает, — Виктор Дмитриевич засмеялся уже не так грустно.

— Плюс физическая транспортировка сорта... Здесь имеется в виду большой объем перевозок... если сорт все же районирован... Это десятки тысяч тонн... Потому что импортируется, как правило, только первая репродукция... Себестоимость таких семян очень высокая и не может конкурировать... даже с худшими по характеристикам российскими... Что еще?.. Не простой зональный подбор сортов... Сорт подбирают, конечно, под конкретную зону предположительного использования. Но методики оценки сортов в Канаде и России существенно отличаются... И чисто бумажной информации о сорте недостаточно... чтобы даже предположить зону использования... Значит, требуются широкие зональные испытания... И это, конечно, очень все усложняет... И по времени, и по деньгам... Региональные испытания — это два года... плюс размножение сорта... Еще пару лет минимум, то есть длительность входа сорта на территорию... И это тоже серьезный барьер... Разогрев рынка и раскрутка под конкретный сорт тоже занимает много времени... Можно еще долго продолжать тему существующих барьеров... Думаю, достаточно... Вывод: да, проблемы есть... не будь их, то и базара бы не было... Но есть и варианты решения, которые максимально сократят время выхода канадских сортов на российский рынок — до двух-трех лет. И это очень реально...

— Какие же варианты?

— Необходим материал... то есть семена... и не много... Специалисты, кстати, не высокого класса... Финансовый ресурс... небольшой, на уровне двухсот — трехсот тысяч долларов в год... и канадско-российское взаимопонимание, — Виктор Дмитриевич глубоко вздохнул и выразительно посмотрел на Николая.

Узость, извилистость и плохое состояние трассы в совокупности со старенькими мостиками через речушки, ремонтными бригадами, латающими крупные ямы, и вследствие этого повсеместным ограничением скорости движения от шестидесяти до тридцати километров в час образовали длинную медленную автомобильную вереницу, вырваться из которой не было никакой возможности.

Большие, из красного кирпича, полуразвалившиеся церкви изумленно «смотрели» через разбитую дорогу на разрушенные купола друг друга.

«Надо бы на обратном пути заехать в какую-нибудь», — отметил для себя Николай.

Какая-то местная радиостанция крутила всепроникающий шансон и попсу восьмидесятых.

Николай думал о предстоящих переговорах с банком. Словно читая его мысли, Виктор Дмитриевич неожиданно предложил:

— А что... если нам не выкупать сейчас завод?

От неожиданности Николай даже привстал на сиденье:

— То есть? Вы же сами меня убеждали, что его наличие — это большой плюс для бизнеса.

— Дык... говорил... Я и не отрицаю... Мне ночью чего-то подумалось... мысль еще не оформилась, но... смотрите... Банкиры пару недель назад пригнали на завод своего смотрящего... Якобы за сохранностью следить... Он тут подъезжал ко мне, все выпытывал, где можно партии первичного материала для обработки прикупить... кто да что... Я ему, конечно, рассказал, объяснил подробно, но... непонятливый он... Спрашиваю его: «Ты че... в тему входить собираешься?» Отвечает: «Ну...» Вопрос: если банк хочет избавиться от актива, зачем он своего соглядатая прислал?

— Скорее всего, банк еще не определился, что и как сделать с заводом, вот и решил перед принятием решения активнее прозондировать ситуацию?

— Ну так вот... стал ентот товарисч частенько ко мне заглядывать... все выпытывает, откуда да по чем... Я ему и говорю на днях: «Если ты хочешь в тему войти, так сначала философией овладей». «Как это?» — спрашивает. «А ты мультик про попугая Кешу посмотри... все и поймешь», — отвечаю...

Николай засмеялся:

— И как, понял?

— Не-а, — Виктор Дмитриевич расплылся в довольной улыбке. — Так вот... А пусть они помандякуются с заводом малехо... А мы поглядим...

— И конечно же, поможем? — Николай пытался ухватить идею.

— Помогать можно по-разному... Сами-то они все равно материал для переработки не найдут.

— Но материал гарантированно можем поставлять для переработки мы?

— Точно... можем... Если оборотки будет достаточно.

— Оборотку мы найдем.

— И наступит для завода счастье... Свои триста-четыреста рублей с тонны за переработку они иметь будут...

— Без вариантов. От одного поставщика. То есть... только от нас?

— Ухватываете мысль?

156

— Еще бы. На содержание завода денег хватит, но на достойный возврат инвестиций — нет. И полная зависимость от одного поставщика. Фактически — добровольная петля на шее.

— И с песнью, да в полынью… Так добровольно же!..

— А через год-два, когда они это осознают, сами придут с предложением выкупить завод.

— Точно!

— Только стоить к тому времени он будет значительно меньше. А у нас аргументов для разговора будет значительно больше.

— …

— И в период старта у нас не будет чрезмерно высокой долговой нагрузки, сможем меньшими ресурсами более гибко оперировать. Виктор Дмитриевич, вы знаете, как этот прием в бизнесе называется?

— Да как хочешь назови!.. Они же сами не телятся… мышкуют втихушку… Мы и подсобим им в этом…

Движение остановилось, и, насколько хватало взгляда, никакого шевеления автомобильного потока не наблюдалось.

— Изабелла! — Виктор Дмитриевич вышел из машины и закурил.

— Что вы сказали?

— Изабелла, говорю… Анекдот не знаете?

— Расскажете? — Николай заранее заулыбался.

Виктор Дмитриевич театрально кашлянул:

— Того… Подъезжает роскошное авто к многоэтажному дому… Вылазит с заднего сиденья мужик в хорошем костюме… с красивым букетом… и, глядя на окна, громко кричит: «За-е-…-ла! За-е-…-ла!» Его шофер выглядывает и тихо поправляет: «Изабелла, Абрам Давидович, Изабелла».

В Екатеринбург въехали позже, чем планировали, но на два часа раньше намеченной встречи, и решили перекусить. Втиснув машину между перекрестком и автокраном, устанавливающим кондиционеры над козырьком магазина, пошли искать заведение общественного питания. Через дорогу, над боковым входом в деловой центр красовалась вывеска с японскими иероглифами. Судя по дизайну, это был вход в суши-бар.

— Как к японской кухне относитесь, Виктор Дмитриевич?

— Мясца бы…

— А крем-супчик и копченый угорь не прельщают?

— Ну, если куревый крем-суп и мясо…

— Найдут, думаю, и мясо, пойдемте.

Углубления в черных стенах с японскими куклами и перегородки из светящегося бамбука разбивали пространство кафе на небольшие уютные зоны, создавая доверительную атмосферу.

— Мне нравится ваше предложение, Виктор Дмитриевич, — Николай находил все больше аргументов «за» в предложении партнера. — Давайте согласуем нашу задачу. Мы не будем сегодня добавлять банк и торопить их с продажей завода. Но, как первый шаг к сотрудничеству, попытаемся склонить в сторону подписания долгосрочного соглашения с нами о поставке семенного материала. А дальше будем спокойно отслеживать ситуацию.

— Нормально… Главное — втянуться в бой…

Принесли счет и кассовый чек с номером 000 007.

— Это нам так повезло, что у вас кассовый аппарат до нас почти не работал? — поинтересовался Николай у приятной и предупредительной официантки средних лет, отсчитывая чаевые.

— Нет, мы просто только сегодня открылись, три часа назад, вы одни из первых посетителей.

— Вот это да! Было вкусно и приятно, спасибо! — Николай положил двойную норму чаевых. — С починов вас, успехов и держите планку, тогда мы будем к вам заезжать!

С Александром Александровичем они столкнулись в коридоре четвертого этажа банка, недалеко от его общей приемной с председателем правления. Молодой руководитель энергично пожал им руки и вежливо первыми пропустил в приемную. За переговорным столом уже сидели ключевые сотрудники банка, негромко переговариваясь.

Появление в кабинете гостей не вызвало у присутствующих никаких эмоций. Александр Александрович, единственный, кто, кажется, по-человечески был рад их приезду, поинтересовался:

— Как доехали?

— Нормально, — ответил Виктор Дмитриевич.

— Это хорошо, — Александр Александрович не стал развивать тему учтивости, — тогда начинайте.

Сотрудники банка смотрели на Николая, ожидая от него по традиции яркой речи. Но и Николай, и Виктор Дмитриевич молчали. Каждый из них держал паузу по своей причине. Не торопиться высказываться было естественным стилем общения Виктора Дмитриевича. Николай же увлеченно рассматривал рядком стоящие на столе руководителя спичечные коробки со стилизованной под ранний советский период рекламой банка.

— Предлагайте, господа, — повторил, не выдержав, хозяин кабинета.

— Интересный подход к рекламе банка, — произнес Николай.

— Да, я увлекаюсь коллекционированием спичечных этикеток, вот рекламный отдел и сподхалимничал, так сказать.

— Подарите три коробка?

— Да хоть все берите!

Николай не торопясь стал выбирать картинки и остановился на наиболее занятных с рекламами сберегательного вклада, автокредита и ипотеки. Все это время за процедурой выбора внимательно наблюдали все присутствующие, перестав даже перешептываться между собой. Взяв выбранные коробки и не отрывая от них глаз, Николай негромко произнес:

— Мы готовы заключить с банком договор на гарантированную поставку семенного материала в размере восьмидесяти процентов от необходимого объема для загрузки завода.

— А причем тут поставки семян? — мгновенно сорвалась начальница отдела по работе с проблемными активами.

— Подождите, — перебил подчиненную Александр Александрович, — имейте терпение, дайте высказаться Николаю Константиновичу.

— Да, в общем-то, я все сказал, — спокойно ответил Николай, любуясь спичечными коробками.

В кабинете повисла пауза. Руководитель банка в отличие от подчиненных сразу понял, что ситуация не случайно вышла из предсказуемого банком русла, и попытался одновременно понять причину смены предполагаемой темы переговоров и ввести переговоры в понимаемый всеми формат.

— На какой период вы предлагаете заключить договор?

Николай слегка повернулся к своему коллеге.

— Дык... лет на пять, — вступил в беседу Виктор Дмитриевич.

— Почему на пять? — снова не выдержала начальница кредитного отдела. — Мы кредиты сегодня более чем на три года не рассматриваем!

По лицу Александра Александровича было видно, что он сильно раздосадован не столько неожиданной сменой темы переговоров, сколько тем, что подчиненные не уловили самого главного. Не сумев перестроиться, они явно показывали свою слабость как переговорщики.

— А мы и не просим кредит, — обезоруживающе улыбнулся ей Николай, — мы предлагаем на сугубо контрактной основе помочь вам с запуском завода и его устойчивым функционированием. Я думаю, Виктор Дмитриевич более компетентно обоснует целесообразность долгосрочного договора, — кивнув головой в сторону партнера, добавил он.

— Ну... понятно ведь, что заводу нужен семенной материал... А где его взять столько? Вся округа столько не производит... да и зернотока с элеваторами пустые не стоят... Значит, надо вводить дополнительные площади под выращивание семян... Надо?

— Возможно, — Александр Александрович внимательно слушал компетентного семеновода.

— Дык... тут не возможно, а просто без вариантов... А где под это дело взять сотни, а то и тысячи гектаров подготовленной земли? Доброй-то не найти... А чтобы подготовить землю до нужной кондиции — выровнять, сорняки убрать, химсостав почвы сбалансировать... этак и до четырех лет легко уйдет...

— Другими словами, — добавил Николай, — если мы принимаем на себя серьезные затраты по длительному подготовительному периоду, то мы хотим быть уверены в долгосрочности наших контрактных отношений с заводом. Вот и вся подоплека. Выгода для завода очевидна — многолетняя гарантия загрузки мощностей. Точнее, для завода это ключевой фактор стабильной работы.

Чувствуя, как опытный банкир и умный человек, что во внешне весьма выгодном предложении может быть скрыт какой-то подвох, Александр Александрович решил подстраховаться:

— Мы обсудим на правлении ваше предложение, я ничего обещать не могу, но вряд ли правление одобрит уровень поставок восемьдесят процентов, реальнее говорить не более чем о пятидесяти.

— Хорошо, давайте вернемся к конкретному обсуждению параметров сделки после решения правления банка. Если к нам нет вопросов, то мы не смеем занимать ваше драгоценное время, господа, — не дав развиться обсуждению или смене темы, подытожил Николай.

— По чашечке кофе? — спускаясь в лифте, предложил он Виктору Дмитриевичу.

— Отчего же и нет? — вытаскивая из кармана зажигалку, довольным голосом ответил компаньон.

В воздухе «Венского кафе» знакомого отеля витал сигаретный дым, сквозь который упорно пробивался запах свежемолотого кофе.

— Шесть часов поездки и двенадцать минут переговоров. Мы не сильно затянули встречу для первого раза? — с серьезным видом, но улыбаясь глазами, обратился к Виктору Дмитриевичу Николай.

— Нормально…

— Сегодняшним разговором мы можем спровоцировать банк к более активной продаже завода. Мы пошли ва-банк, уважаемый партнер. Теперь нам самим необходимо оперативно переформировать модель бизнеса.

— Сделаем…

— Сделаем. Лишь бы сгоряча банк завод не скинул по дешевке кому-нибудь.

— А кому он скинет?.. Даже если и скинет, новому хозяину по любому завод загружать надо будет…

— Это точно! — словно поставил точку Николай и негромко, обращаясь к себе, добавил: — А что бы сказал по этому поводу наш худший друг — лучший враг?

— Что вы сказали, Николай Константинович?

— Да так, ничего, размышления вслух.

— Анекдот на дорожку?

— Давайте! Как же без анекдота на дорожку-то? Только тематический, пожалуйста, про дорогу!

— Легко! …Колхозники с превеликим трудом обменяли на картошку несколько листов фанеры… и обсуждают, что с ними сделать… Завхоз говорит: «Починим клуб». «Подлатаем хранилище для овощей», — предлагает агроном. Слово взял старый дед: «А давайте сделаем из ентой фанеры ероплан… и улетим на ём к е...й матери!»

Посмеявшись, в хорошем расположении духа мужчины направились к автомобилю. Когда выехали из города, Николай спросил:

— Как вы, Виктор Дмитриевич, оцениваете сложившуюся ситуацию?

— А вы?

— Вопросом на вопрос? Хорошо, отвечу. Только сначала процитирую вас: «Нельзя, конечно, обойтись без истории».

— Запомнили, значит?

— А как же! Важные моменты всегда запоминаются. И часто наталкивают на новые размышления…Так вот, к истории… Как-то давненько в Калифорнии, петляя на «лексусе» по извилистой дороге между красивейшими, покрытыми лесами горами и лазурным океаном, я впервые услышал Хулио Хосе Иглесиаса де ла Куэву. Его голос … это что-то… невероятное… — теперь уже Николай делал паузы, вспоминая, прикрыв глаза, тот момент. — Позже я специально летал на его концерт в Мадрид. Зрелище было восхитительное! Один раз мы даже столкнулись с ним на каком-то благотворительном вечере, по-моему, в Лас-Вегасе. За годы творчества гениальный испанец продал несколько сот миллионов своих пластинок и стал самым коммерчески успешным испаноязычным исполнителем за всю историю… А ведь мир мог бы никогда и не узнать певца Хулио Иглесиаса, не случись с ним беды…

— Какой беды? — нетерпеливо спросил всегда выдержанный собеседник.

— Вот вы занимались спортом?

— Занимался… Боксом, когда учился в сельхозакадемии.

— Травмы были?

— Ну, небольшие были, конечно… А как без этого?

— Тогда вы очень хорошо поймете ситуацию. Иглесиас с шестнадцати лет играл в футбол голкипером за клуб «Реал Мадрид».

— Серьезно?!

— Более чем. А после школы планировал стать юристом. Но за день до своего двадцатилетия попал в автокатастрофу. Хулио лежал в больнице три года. Он был парализован, свободно работали только руки. Возвращение в спорт, как вы лучше меня понимаете, было заказано. Доктора разрешили ему играть на гитаре. Прикованный к постели Хулио начал сочинять. Сегодня он здоров, отец многочисленных детей, богат и знаменит.

Виктор Дмитриевич выкинул в приоткрытое окно окурок и тут же закурил снова.

— Возвращаясь к нашей с вами действительности, — продолжил неторопливо Николай. — Взяв сегодня завод в лизинг или выкупив его на кредитные деньги того же банка, мы бы с вами кинулись скупать на рынке семена, покупать и арендовать землю — или, как модно сейчас говорить, формировать земельный банк, принимать на работу большое количество людей, набрали бы в тот же лизинг техники. Всем бы этим занимались одновременно и круглосуточно. Безусловно, в данной модели развития есть свои инвестиционно привлекательные моменты — земельный банк, основные фонды, завод, в конце концов. Как в джентльменском наборе. Но были бы у нас в этом случае серьезные причины, время и возможности предметно заниматься совершенствованием технологий? Я имею в виду технологий бизнеса?

— А-а-а… понял... Как говорил один преподаватель-маркетолог, на лекциях которого я присутствовал, компания должна отличаться.

— Маркетолог… А вот один мой знакомый специалист из этой отрасли называет себя маркетером. Это различные понятия?

— Ну… наверное… возможно.

— Возможно. А возможно, и нет. Это они себя так позиционируют, точнее, называют. А вам не все равно, как они себя называют?

— Да мне… без разницы.

— Так же, как маркЕтинг или мАркетинг?

— Абсолютно фиолетово.

— И?

— И?..

— В том-то и дело. Не отличаться надо, Виктор Дмитриевич. Само это пожелание предопределяет поиск клиентами отличий вашего бизнеса от многочисленных конкурентов. А как показывает жизнь, заниматься поиском отличий ни у кого нет ни времени, ни желания…

— Не томите, Николай Константинович!

— Хочешь быть по-настоящему успешным, будь УНИКАЛЬНЫМ! Создавай уникальный продукт, разрабатывай уникальные технологии, собирай в команду уникальных людей. Отличия можно нивелировать или скопировать. Уникальность невозможно повторить! Судьба предоставляет нам шанс создать уникальный бизнес, дорогой вы мой. Теперь мы с вами просто вынуждены разработать уникальные аграрные и управленческие технологии, которых еще не было как минимум в России. И в этом наша большая удача и наш шанс! Мы благодарить должны банк до конца жизни за его неуступчивость! *Как говорит еще один мой знакомый гуру управления из Прибалтики: «Радость неудачи!»*

— О как!

— А то!

Под впечатлением сказанного собеседники замолчали.

Почти в каждом населенном пункте, попадающемся по дороге, и даже возле придорожного кафе вместо памятников стояли списанные танки, военные самолеты и ракеты, напоминая, что победа во Второй мировой войне ковалась в тылу, а кузницей тыла был Урал.

Начинало темнеть. Не желающая сдавать позиции зима огрызалась снежной поземкой и заковала березы в иней, придавая пейзажу вдоль дороги сюрреалистичные очертания.

— Вы не против остановиться у той большой неоштукатуренной церкви по дороге? — прервал молчание Николай, показывая на однокупольный полуразрушенный храм, замеченный им утром.

— Остановимся, чего ж нет… перекурим заодно, — Виктор Дмитриевич притормозил возле покосившегося и местами поломанного темного деревянного забора.

— Пойдете?

— Я покурю, постою… воздухом подышу…

Главный вход в храм был закрыт. По церковному двору в сторону дороги шел мужчина. Николай направился к нему:

— Не подскажете, храм открыт?

— А что вы хотели?

— Хотел зайти.

— Пойдемте, я вам боковую дверь открою, — мужчина повернулся и направился вглубь двора.

Николай за ним. Мужчина достал связку ключей, открыл боковой вход и включил свет. Стены большого храма были покрыты масляной краской то ли грязно-серого, то ли выцветшего синего цвета. На полу лежали кирпичи и мешки с цементом, прикрытые целлофаном. Николай поднял глаза к куполу. Как и предсказал утром Виктор Дмитриевич, на обшарпанной стене купола было выцарапано крупными корявыми буквами: *Миша + Таня = любовь 1974 г.* В углу стоял покрытый тканью письменный стол, на котором кучкой около фанерного ящика для пожертвований лежали свечи и стояла небольшая икона Николая Чудотворца современного изготовления. Николай положил в ящик деньги, взял несколько свечей и поставил их в небольшой металлический поддон с песком перед иконой.

— Вам дать зажигалку? — издалека раздался голос человека, открывшего храм.

— Если можно.

Мужчина подошел, подал зажигалку и снова отошел к главному входу. Подождав некоторое время, спросил:

— Рассказать вам о храме?

— Конечно!

— Храм носит имя Николая Чудотворца.

— И меня зовут Николай, — негромко сказал Николай.

— Вы знали, что наш храм носит это имя?

— Нет, не знал. Но почему-то еще утром, когда проезжал мимо, очень захотелось зайти сюда.

— Значит, так надо, — тоже негромко сказал мужчина и, подождав, продолжил: — Как вы заметили, наверное, церковь построена в псевдорусском стиле в начале двадцатого века. Однокупольная конструкция с шатровой колокольней. В октябре две тысячи одиннадцатого года столетие справлять будем. Коммунисты закрыли церковь для богослужений в тридцать шестом году. Пытались взорвать, но храм устоял, были уничтожены только колокольня и купол, да венчания разрушены. Потом традиционная советская судьба — использование под школу и овощехранилище. Вот только недавно освободили церковь, теперь начинаем восстанавливать… Система отопления в стенах уникальная сделана, до сих пор работает!

Николай представил, как в светлом святом большом помещении хранятся овощи, пьют водку, играют в карты, курят и матерятся мужики и бабы, трахаются на мешках с картошкой, и потрогал толстый слой краски на стене.

— Краски на стены не пожалели, однако.

— Да уж, все пытались лики святых закрасить…

— Получилось?

— Не везде, слава богу!

— Боялись, значит. Пользовали и боялись… А в честь какого события был заложен храм?

— В честь и память героев Русско-японской войны. Еще его называют «Морской».

— Да вы что?! На Урале и Морской храм? Интересно как!

— Первое пожертвование на церковную стройку сделал не кто иной, как святой праведный Иоанн Кронштадтский.

— Вот это да!

— Как закончим восстанавливать колокольню, хотим мощи Николая Чудотворца привезти, братья из Италии обещали помочь.

— Бог в помощь! — Николай перекрестился, тепло поблагодарил незнакомца, положил еще пожертвования и вышел во двор.

Едва выехали на трассу, как Николай спросил:

— Вы верите в то, что мы сотворим успешный проект?

— В смысле? — Виктор Дмитриевич удивленно посмотрел на Николая.

— В самом прямом. Вы КАК в успех верите?

— Дык… — видно было, что неиссякаемый источник анекдотов слегка растерялся.

— Смотрите. Коммунисты электростанции и дороги строили, горные породы миллионами тонн от Дальнего Востока до южных морей взрывали. А церковь взорвать не смогли.

— Может, динамиту не хватило?

— Это на промышленном-то Урале динамиту не хватило? Нет, уважаемый партнер. Я думаю, взорвать не смогли, потому что кто-то очень сильно верил, что церковь устоит. Смотрел издалека, молился и очень сильно верил. И таких «кто-то» был не один человек, иначе бы точно взорвали. Вот в чем секрет. Если сильно веришь — все сбывается! Вера — вот основа и залог успеха! Жизнь доказала неоднократно, что вера в Бога, вера в себя, в свои силы, в свою правоту делает настоящие чудеса! Так верите, Виктор Дмитриевич, что мы сделаем успешный бизнес?

— Ну верю.

— Сильно верите?

— Ну… верю… верю.

— Верьте, уважаемый, сильно верьте, и тогда у нас все получится, я обещаю!

Когда подъезжали к Тюмени, было уже темно. Виктор Дмитриевич обогнал медленно движущуюся по неосвещенной скользкой дороге длинную нагруженную фуру. Не успел он перестроиться в правый ряд, как с противоположной стороны дороги из темноты раздался усиленный громкоговорителем резкий голос: «Сдать вправо и остановиться! Сдать вправо и остановиться!». И «ниссан», и фура выехали на обочину и остановились. Из темноты вынырнул гаишник, помахал фуре, чтобы та проезжала, и подошел к легковому автомобилю. Не представившись, агрессивно произнес: «Нарушаете! Пройдемте к нам в машину».

— С вами пойти? — предложил Николай.

— Не надо, сам справлюсь, поди…

Николай все же вышел из автомобиля и поежился от пронизывающего ветра. Минут через пять вернулся Виктор Дмитриевич и нервно закурил.

— За что остановили?

— Менты поганые! — зло проговорил всегда сдержанный сибиряк. — Бухие, сволочи… Дуру гнать пытались, что сплошную пересек и скорость превысил… А здесь ни сплошной, ни прибора у них нет.

— И? Чем отделались?

— А ничем… Полаялись, да отпустили… доказательств-то нет, просто на бабки окучить хотели, вот и все… Хорошо, что двое нас, был бы один, без свидетеля, на «капусту» по-любому бы развели…

Одновременно посмотрев на летящую в кювет недокуренную сигарету, мужчины сели в автомобиль.

— Анекдот рассказать? — не вставляя ключ в замок зажигания, спросил Виктор Дмитриевич.

— Расскажите.

— Новости из Мексики: мафия расстреляла мэрию, суд и полицию. Новости из России: мафия возглавила мэрию, суд и милицию.

Смеяться почему-то обоим не хотелось…

33

В самолете Николай размышлял об инвестиционной привлекательности новой модели семенного бизнеса, формулируя аргументы «за» и контраргументы мнению «против». Смещение приоритетов развития кардинально изменяло принципы привлекательности для потенциальных инвесторов, а следовательно, необходимо было корректировать акценты в процессе коммуникаций с ними. Вместо отличающихся от устаревших зернотоков и элеваторов современных основных фондов и соответствующих им бизнес-процессов теперь акцент необходимо делать на уникальные инновационные технологии.

Начав с момента зарождения бизнес-идеи системную работу с инвесторами-ангелами и венчурными фондами, Николай, периодически общаясь с ними по какому-либо поводу по телефону или встречаясь на профессиональных тусовках, обязательно старался упомянуть об успешной динамике этапа запуска аграрного проекта.

Так устроен человек: чтобы оценить какое-либо явление, ему необходимо время. Чтобы принять ответственное решение, ему опять-таки необходимо время. Время — один из важнейших факторов в инвестиционном процессе, который многие предприниматели или не учитывают вообще, или серьезно недоучитывают. Обращаясь за финансированием к венчурным капиталистам в момент, когда уже «прижимает», инициаторы инвестиций попадают в собственную ловушку нехватки времени. «Горящую» ситуацию выгодно используют управляющие венчурными финансами, торг происходит в сфере их интересов, аргумент времени играет на их стороне, заставляя предпринимателей соглашаться на диктуемые жесткие, а порой и не очень выгодные условия. Поэтому, если есть желание в спокойном режиме и выгодных условиях получить инвестиции, необходимо заниматься их привлечением одновременно с развитием бизнеса с самых первых моментов его организации, задолго до начала формальных контактов с инвесторами.

Хотя фактическая реализация аграрного проекта на земле еще не началась, но информированность инвестиционного сообщества о нем уже была достаточно полная.

Входя в проект, инвесторы пытаются предугадать будущее компании, вычислить, на сколько вырастут их вложения в бизнес в обозримом будущем. Но способов точного определения будущего еще никто не придумал. Высокая доля рынка, отстающие последователи и конкурентоспособный продукт, безусловно, важны. А какими расчетами оценить решающий фактор, благодаря которому, и только благодаря которому, может быть достигнут успех? Этот ключевой фактор — *команда*. Человеческий фактор. Со всеми присущими людям особенностями, проще выражаясь — сильными сторонами и слабостями. Пока инвесторы доверяют только одному критерию оценки команд — как в прошлом сработала команда. Существует ли гарантия того, что и в будущем команда сработает успешно? Но кто может предложить что-то иное? Разве только игру «веришь-не-веришь» с результатом «угадал-не-угадал»?

Управляющая команда была гордостью и основным активом предпринимателя Николая. Знакомство и партнерство с Виктором Дмитриевичем дополнило ее управленческие возможности высоким профессионализмом в аграрной сфере. «С формированием сильной команды для агропроекта я практически справился, — мысленно похвалил себя Николай. — Теперь будем решать задачу по семеноводческим технологиям, бизнес-процессам и уточнению модели бизнеса».

Самолет пошел на посадку, и уши стало закладывать. Николай закрыл глаза и расслабился. Частые перелеты довели до автоматизма его действия, помогающие организму переносить перепады давлений и смену часовых поясов.

34

Краем глаза Николай увидел, как возбужденные директор по персоналу и руководитель департамента информационных технологий пытаются прорваться к нему в кабинет. Внешне абсолютно невозмутимая Светлана Александровна, сидя за столом, не закрывала своим телом дверь в кабинет руководителя, но мужчины, о чем-то переговариваясь между собой на высоких тонах, тем не менее не решались войти. Периодически они обращались к ней, пытаясь что-то доказать. Она что-то спокойно отвечала, потом налила им по чашке чая и, взяв обоих под руки, вывела из кабинета, как маленьких повздоривших детей. Не сопротивляясь, мужчины покорно следовали за женщиной. Вернувшись в приемную, Светлана Александровна глубоко вздохнула и обратилась по селектору к Николаю:

— Хотите кофе, чая или воды, Николай Константинович?

— Чая белого, пожалуй, с медом.

Когда помощница вошла в кабинет, Николай поинтересовался:

— У коллег какая-то проблема?

— Не думаю, просто сегодня они какие-то чересчур эмоциональные, возможно, связано с личными проблемами или с полнолунием… Вопрос чисто коммуникативный, уверена, они самостоятельно придут к согласию.

В Светлане Александровне Николаю нравилось то, что она никогда не жаловалась, не обсуждала и не осуждала людей.

— Посоветоваться с вами хочу.

— Слушаю, Николай Константинович.

— Как думаете, место для офиса нашего нового проекта лучше совместить с существующим или целесообразнее территориально разделить?

— Насколько срочно надо дать ответ или решить задачу?

— Ответ терпит до завтра, а решение — до послезавтра.

— Тогда я постараюсь завтра к вечеру сформулировать свое мнение, хорошо?

— Договорились. Светлана Александровна, вы очень хорошо справляетесь со своими деловыми обязанностями, за что я вам признателен. Я давно хочу спросить: комфортно ли для вас название вашей должности и достаточен ли уровень полномочий?

Светлана Николаевна непроизвольным движением руки поправила безукоризненную прическу:

— Владелец комплекса наших зданий шутливо обращается ко мне при встрече так: «К нам пожаловала директор службы поддержки оперативного управления!»

— Кстати, хорошая формулировка должности, вполне отражает реальность. Это правдивая шутка.

— В каждой шутке есть доля шутки…

— Светлана Александровна, сейчас мы активно развиваем старый бизнес и запускаем новый. Работы у вас прибавляется, уровня ответственности тоже. Думаю, пришла пора более точно сформулировать определение вашей должности. Директор службы поддержки оперативного управления — достаточно адекватно отражает ваши функции, тем более что в ваше непосредственное подчинение мы уже подбираем кадры. Как считаете?

— Можно мне подумать до завтра о функциональном расширении моих обязанностей и тогда уже определиться с названием должности?

— Безусловно, обсудите еще с Игорем Олеговичем, я уже беседовал с ним на эту тему.

Ближе к семи вечера Светлана Александровна зашла в кабинет Николая. «Конец дня, а выглядит безупречно. Впрочем, как всегда, как всегда...» — в очередной раз мысленно сделал ей комплимент Николай.

— Не возражаете, если я отлучусь на переговоры с владельцем нашего комплекса по поводу помещения?

— Конечно. И сразу идите домой, не возвращайтесь, срочного ничего нет, я просто посижу, подумаю в тишине.

— Хорошего вам вечера, Николай Константинович!

— А вам — успешной встречи!

Николай вышел в офисный зал. Привить культуру уходить вовремя с работы стоило большого многолетнего труда. Авральные советские привычки оказались уж очень живучи, как и неумение организовывать рабочее время... Пустые места демонстрировали победу настойчивости. Они тоже умели говорить, каждое из них отражало характер и настроение владельца: многочисленные приклеенные разноцветные заметки на мониторах компьютеров айтишников или абсолютно пустой и идеально чистый стол начальника службы безопасности. «Кстати, где он сегодня? Ах да, улетел утром в Сибирь подбирать на работу местных подчиненных», — Николай обернулся на звук открывающейся двери.

Двое мужчин, один постарше и с портфелем, а второй помоложе, входили в офис.

— Добрый вечер, Николай Константинович.

— Добрый, господа. Что привело вас к нам в нерабочее время?

— Мы из Федеральной службы безопасности, к вам лично.

— Можно взглянуть на удостоверения?

— Конечно, — старший по возрасту первым показал свой документ.

— Ну, тогда пройдемте в кабинет, — Николай жестом указал в сторону приемной. — Вы верны традициям — любите навещать граждан по вечерам.

Гости чувствовали себя достаточно уверенно. Только у более молодого бегали глаза и был излишне довольный вид. Николай внимательно изучил свидетельства о принадлежности и демонстративно тщательно переписал имена и должности посетителей.

— Чем обязан столь занятым людям во внерабочее время?

— У нас ненормированный рабочий день, Николай Константинович, — полковник и начальник отдела Финчуков, слегка полнеющий, но еще крепкого телосложения мужчина, как и полагается старшему по должности и званию, начал говорить первым. — К нам поступили оперативные данные, которые мы хотели бы обсудить с вами.

Николай достал еще чистой бумаги и не стал убирать авторучку.

— Почему не пригласили меня официально на допрос?

— Зачем вы сразу так, к чему обострять ситуацию, возможно, для начала будет достаточно и данной беседы, — фээсбэшник внимательно следил за реакцией Николая.

— Не возражаете, если я пошлю сообщение домой, что задержусь, разговор, возможно, не будет коротким?

— Конечно.

Николай достал коммуникатор и послал эсэмэску начальнику службы безопасности: «Срочно возвращайтесь в Москву, созвонимся позже».

— Слушаю вас внимательно.

— К нам поступили данные, что на ваше имя в зарубежных банках открыты личные счета, — полковник пристально смотрел на Николая.

Николай молчал и делал пометки на бумаге.

— Кроме того, — продолжил вежливым тоном незваный гость, — есть определенная информация о ваших знакомых чеченцах и иностранных контактах. Все это несколько настораживает нас. Возникло мнение, не отмываются ли деньги и не финансируются ли незаконные вооруженные формирования на Кавказе с вашей помощью или через вас? Это пока не обвинение. Возможно, вас даже не ставят в известность, используют втемную. Можете что-то сказать по данному поводу?

— Это только ваши гипотетические предположения или можете предъявить доказательства? — Николай отложил авторучку.

— Считайте, что пока гипотетические, поэтому мы и пришли сами, а не вызвали вас к себе. Так вы можете пояснить нам информацию по счетам?

— А по знакомым вас не интересует информация?

— Конечно интересует.

— Может быть, чаю, кофе или покрепче? — Николай почувствовал, что разговор стал обостряться и необходима пауза. «Надо успокоиться и попытаться понять источник и причину наезда», — дал он себе мысленную установку.

— Чаю, мы на работе, — ответил полковник.

— А мне кофе с сахаром и сливками, — добавил оперуполномоченный капитан Малкин, значительно моложе Николая, но уже лысеющий и с бесцветными глазами.

На мониторе компьютера замигал мессенджер, и высветилось сообщение.

****

Привет тебе, Мыслитель! Надеюсь, что не отвлекаю. Прости, если ошибаюсь. Ведь женщину можно простить за случайную нетактичность? Вопрос, скорее, философский, но озадачивает меня. Одна из моих старых знакомых, умная молодая женщина, не так давно сменила вероисповедование. Хотя и еврейка по матери, она всегда считала себя православной. В роду ее были даже православные священники. После некоторых семейных катаклизмов моя знакомая стала изучать иудаизм и увлеклась своим историческим началом. В этом нет ничего необычного, но меня удивило, как быстро она изменилась по-человечески. Стала более... демонстративно агрессивная и нетерпимая что ли... Именно демонстративно... Сегодня при мне на безобидное высказывание одного человека бросила обличающую реплику: «По-настоящему христианская этика. Скучно». Словно печать поставила. Есть ли в нас, высших мыслящих земных существах

174

единое большое человеческое начало, на которое лишь накладываются религиозные условности, ограничения и мудрость? Или фанатичная приверженность какой-либо вере ограничивает и делает более примитивной и нетерпимой нашу человеческую сущность? Н-да… Если женщина философствует, то… ☺

****

Мельком взглянув на сообщение, Николай вышел в приемную, оставив дверь открытой, чтобы было видно визитеров. Включив чайник, стал не спеша доставать кружки и одновременно анализировать ситуацию: «Нежданные гости предъявили два очевидных факта — зарубежные счета и чеченцы. Помнится, примерно недели полторы назад ко мне в офис, часов в семь вечера, неожиданно пришел Олег Робертович, давнишний экс-партнер — пытались как-то делать бизнес лет семь-восемь назад. Раньше в провинции это был уверенный в себе молодой обеспеченный бизнесмен. Ко мне он заявился в потрепанной одежде и без двух передних зубов. Москва — это большой рекламный пылесос, обещает много возможностей, но деньги высасывает жестко. Судя по внешнему виду, не вписался он со своим самолюбованием и завышенной самооценкой в суровые реалии столичной жизни, нашелся на него еще кто-то более наглый и беспринципный. И потребовал этот неудачный новый москвич с меня восемьдесят тысяч баксов за давнее знакомство с его партнером, бизнес с которым, впрочем, не сложился в то время. Причем сказал, что может получить деньги безналом за границей… Я его послал, но, видимо, он приходил не случайно, пробивал ситуацию, осматривался. И в те стародавние времена контактов с ним у меня как раз шел проект с Амирханом в Москве, чего я и не скрывал. Проясняется ситуация, однако, примитивная многоходовка. Даже не многоходовка… И глаза у капитана бегают, явно в доле, определенно шакалит».

Поставив на стол три чашки чая, Николай сразу предупредил:

— Сахара не держим, извиняйте.

Капитан как-то неуверенно попытался напомнить про кофе, но Николай сделал вид, что не услышал вопроса.

Держа в руках горячую чашку и глядя в окно, Николай задумчиво произнес:

— Недавно узнал, что, по статистике, из всего количества российских бизнесменов начала девяностых в живых сегодня осталось не больше пятнадцати процентов... В отечественных тюрьмах и на зонах сидит треть миллиона бывших предпринимателей. Сколько в заключении умерло бизнесменов — статистики нет, но я лично случаи такие знаю. Когда-нибудь подобные прецеденты все же станут достоянием гласности. В стране, где так много и давно говорят о стимулах для малого бизнеса, под судом побывал каждый шестой бизнесмен. Уверен, нет ни одного бизнеса в стране, который прямо или косвенно не подвергался рэкету.

— И что? — явно недовольный чаем без сахара вместо кофе и отвлечением от темы, вставил реплику капитан.

— И ничего. Никому ничего, в том-то и дело. Стране ничего, что у нее нет будущего на десятилетия вперед, как после очередной гражданской войны или очередного нэпа конца двадцатого — начала двадцать первого века, ибо основную массу по-настоящему инициативных и предприимчивых людей в очередной раз уничтожили, посадили и выдавили за рубеж. По эмвэдэшным недавним опросам в школах, процентов шестьдесят мальчиков хотят стать «ворами в законе», а более сорока процентов девочек — путанами, почти все нормальные остальные — уехать из России. И это будущее страны, ее генофонд! Обществу ничего, что дети без отцов и кормильцев растут. Промышленности ничего, что инженеров и рабочей силы не хватает. Науке ничего, в очередной раз потерявшей интеллектуальный и организационный потенциал. Элита наших специалистов и ученых, эмигрировавшая из страны, строит мосты и самолеты, лечит и делает уникальные операции, учит и развивает Запад. И вам ничего — как защитникам отечества и граждан. Вот и день у вас ненормированный, и на сто тысяч населения в России приходится четыре тысячи сотрудников правоохранительных органов, еще больше работает в таможне, прокуратуре, различных инспекциях... Это самый большой показатель в мире. А если и частных охранников посчитать, то половина взрослого мужского населения страны кого-то охраняет. А живыми, счастливыми и на свободе энергичным людям, как говорил незабвенный Остап Бендер, на которых держатся все «ничего», остаться в нашей стране до сих пор сложно…

Поэтому те, кто что-то производит, пытаются уйти в серую зону, накопить денег и свалить за границу. Скоро в стране останетесь вы, уголовники, торгаши, которые приняли коррупционные правила игры, чиновники и сотрудники крупных государственных корпораций.

Вдумайтесь в официальную статистику: более половины населения нашего — люди предпенсионного и пенсионного возраста. Свыше ста миллионов человек, то есть четыре пятых населения России, ничего не производят и существуют за счет бюджета и платежеспособной части населения, на которую приходится одна пятая граждан страны или чуть более двадцати миллионов человек. Но и в эту одну пятую входят еще и малолетние дети, школьники, студенты, домохозяйки, беспризорные и прочий люд. Так сколько людей производят продукт, который кормит всех остальных? Угадайте с трех раз, отчего ВВП России сопоставим с экономическим продуктом некоторых штатов США и меньше капитала некоторых корпораций? А отдельные россияне упорно пытаются пилить сук, на котором сидят… Вот вы, например, кто вам зарплату платит?

— Управление, то есть государство, — недоуменно ответил капитан.

— Ответ неверный, товарищ капитан. Хотя, какой вы мне товарищ?! Это я вам плачу зарплату, лично я. В год персонально я как физическое лицо и мои компании перечисляем бюджету несколько миллионов долларов налогов. И вот из этих, заработанных мною, денег вы получаете зарплату, строите себе квартиры, оплачиваете путевки в санатории и детские сады своим детям, вставляете себе и своей жене зубы... — Николай глубоко вздохнул. — Не будет меня, не будет таких, как я, не будет и вас всех. Отберете все у меня, лишите меня свободы — обречете себя на нищету. Вы ведь ничего сами производить не в состоянии. Не тем путем идете, граждане, вам бы — государству в лице чиновников, пример с церкви брать, она ведь налогов обязательных не устанавливает, а успешно и богато существует многие века. Люди сами в храм

177

идут, добровольно пожертвования приносят, потому что священники как проводники веры помогают прихожанам, причем каждому конкретно. Внося посильные пожертвования, верующие получают определенное удовлетворение своих потребностей, решение своих проблем. А вы? Вы появляетесь без приглашения под покровом ночи с репрессиями и конфискацией. Какую и чью потребность удовлетворяете вы? Зло рождает зло. Репрессии провоцируют ненависть и сопротивление. Конфискации рождают скрытный образ накопления и психологию временщика. История человечества не знает процветания общества, основанного только на насилии...

— Николай Константинович, мы не на исторические темы пришли беседовать, — попытался сменить тему полковник.

Николай его перебил:

— Что же касается бизнесменов, те динозавры, которые еще живы, практически все знают друг друга, вот к чему я веду... И скелеты в шкафу, и методы работы друг друга нам хорошо известны.

Теперь уже Николай внимательно следил за реакцией капитана. Капитан что-то хотел возразить, но он, не дав ему и это сделать, продолжил:

— У меня много друзей и партнеров украинцев, якутов, чеченцев, евреев, молдаван... Никогда не делил людей по национальному признаку или по вере. Делил только по двум критериям — плохой человек или хороший, деловой или нет. Меня так научила жизнь, и я благодарен ей за это. Скажите в лицо известнейшему режиссеру — грузину Георгию Данелии, что он одной национальности с большинством российских воров в законе и этим уже провинился перед вами.

— Чем провинился?

— Тем, что вы не можете справиться с ворами грузинской национальности, впрочем, как и с ворами других национальностей тоже. Кто сегодня любимый композитор миллионов россиян Евгений Дога — высмеиваемый по телевизору пошлыми и недалекими гламурными мальчиками молдаванин-гастарбайтер? Возвращаясь к чеченцам. А вы знаете, что русский поэт Андрей Вознесенский назвал Великим Чеченцем мировую звезду танца Махмуда Эсамбаева? Разве в сегодняшнем демократическом российском обществе необходимо быть осмотрительным по национальному признаку? Снова вводим советскую пятую графу в паспорт?

— Осмотрительным надо быть всегда и во всем, — хмуро парировал полковник. — Сотрудничество с нами — это тоже осмотрительность, точнее предусмотрительность.

— Сотрудничество в чем? Счета и пароли в банках?

— И в этом тоже.

— А вы не думаете, что после такого сотрудничества я уже никому не буду нужен, и вам в первую очередь?

— На что вы намекаете?

— Я не намекаю ни на что, я просто ги-по-те-ти-че-ски рассуждаю.

— Давайте вернемся к теме нашей встречи. Мы могли бы получить информацию о ваших зарубежных счетах?

— А как вы сами думаете? Конечно, могли бы. Если бы они у меня были. С радостью, с превеликим удовольствием помог бы вашему наиважнейшему делу, отечественной наисправедливейшей налоговой полиции и самому гуманному в мире суду. Но, увы, нет счетов, поэтому я и бессилен оправдать ваши надежды.

— Ну что ж, — вставая сказал полковник, — жаль, что мы не поняли друг друга.

— Отчего же? Лично я многое понял.

— Зато мы нет.

— Чем могу… — открывая дверь и обращаясь к капитану, Николай добавил, — привет Олегу Робертовичу.

Полковник удивленно взглянул на подчиненного, тот съежился от неожиданности и быстро вышел первым.

Николай налил бокал красного вина, включил тюнер и подошел к окну: «Я был прав в своих оценках страновых рисков. В начале девяностых с интервалом в два часа кто-то появлялся в моем офисе в спортивном костюме и вымогал деньги, предлагая „крышу". Никогда и никому я не платил просто так. Платил только за конкретную работу. И за это меня уважали и „спортсмены", и „синие", и менты, и собратья-бизнесмены. Уличную шпану сегодня вытеснила шантрапа в погонах. Она опасней, обладает властью, неприкосновенна и бесконтрольна. Государство все больше и больше концентрируется на обслуживании не всех своих граждан, а кучки приближенных лиц, вернее, безликих особей-трутней. Я прав в своей стратегии. Я был прав в своем решении открыть счета в зарубежных банках. Все сделал и делаю правильно и вовремя... Или раньше надо было начать перестраиваться? Поздно уловил ренессанс репрессивных тенденций в обществе? Или поздно поверил, что деградация России всерьез и надолго? Возможно... Иначе не вылез бы «левак», старые обанкротившиеся и затаившие зависть партнеры не сошлись бы так легко с продажными выродками из правоохранительных органов в рейдерском экстазе и не решились бы на наезд. Не почувствуй возможность серьезной поддержки, сами бы никогда не отважились... Да... Государственный бандитизм и коррупция ширятся и надолго укоренились в отечестве».

Из акустических колонок негромко, неспешно и отрывисто напевали «БИ-2»:
Волки уходят в небеса,
Горят холодные глаза,
Приказа верить в чудеса
Не поступало...
И каждый день другая цель:
То стены гор, то горы стен,
И ждет отчаянных гостей
Чужая стая...

«Приказа верить в чудеса не поступало... чужая стая... но сколько волка не корми — ему все мало...» — подпевая Шуре и Леве, Николай сел в кресло и набрал номер мобильного телефона начальника службы безопасности. Юрий Леонидович, не задавая лишних вопросов, уже поменял билеты на ночной рейс. Договорились встретиться в офисе в восемь тридцать утра.

На мониторе компьютера так и висело открытым сообщение от Собеседницы. Подняв руку, чтобы закрыть мессенджер, Николай немного помедлил и все же решил ответить.

****

180

— Привет тебе, Собеседница! Сегодня у меня вечер размышлений. И ты философствуешь. Один мудрый молдаванин сказал, держа бокал с вином в руке: «Это чаша для беседы…» Сейчас у меня в руке чаша для беседы.

Не успел Николай отправить сообщение, как тут же пришел ответ:

— Какое совпадение! Я сижу в ресторане и тоже держу в руке бокал вина. У меня было предчувствие, что ты мне сегодня не ответишь... От этой мысли стало грустно, как будто важный для меня человек прошел мимо и не заметил меня, не оглянулся… И поэтому я вдвойне рада тебе!

— У нас обоих чаши для беседы… Сложную тему ты подняла. Может быть, в данном случае переплелось и налажилось много составляющих, в том числе личностных? Я не большой специалист в вопросах веры, скорее всего, твоя знакомая значительно более подкована в вопросах религии. Вспомнилась фраза Иисуса: «И будете ненавидимы всеми за имя Мое». Все мы люди… И если рассматривать ситуацию с человеческой позиции, то многое становится очевидным.

Иисус Христос всегда был небезразличен ортодоксальным иудеям. И одно это уже говорит о многом. Сегодня палестинцы представляют угрозу еврейскому государству. Так считают евреи. И всеми возможными способами они борются с арабами. И если иудейские старейшины так яростно преследовали Иисуса, значит он представлял для них серьезную угрозу? Может быть, потому что он пошел дальше канонов иудаизма? «Если плюют тебе в спину, значит ты идешь впереди!» — верная поговорка. Сам Иисус сказал: «Вас мир не может ненавидеть, а Меня ненавидит, потому что Я свидетельствую о нем, что дела его злы». Он знал, а как настоящий лидер был убежден, что прав в своих оценках, в своих взглядах и суждениях, в своей вере, в своих действиях. Получается, что и иудеи знали, что он прав. Иначе, зачем его лишать жизни? Иисус стал опасным конкурентом в борьбе за самый ценный ресурс — власть над умами. Проводя аналогии с некоторыми изуверскими современными методами работы с конкурентами — старейшины и первосвященники Иерусалимского храма и зависимые судьи Синедриона вынесли Иисусу сфабрикованный смертный приговор, то есть «заказали» его. Киллер Иуда за гонорар в тридцать серебряных монет сделал свое черное дело. На лицо преступное сращение чиновничества и криминала. Орудием убийства были выбраны «быки» — солдаты прокуратора Иудеи Понтия Пилата. Пытками они хотели морально сломить очевидного нового лидера, чтобы таким образом возвыситься над собственными страхами, — традиционный садистский прием, отражающий слабость позиции. Место убийства — безлюдные окраины. Прием запугивания живых сочувствующих — крест на Голгофе. Время было выбрано тоже не случайно: власти предержащие сделали Иисуса Христа своего рода жертвоприношением и одновременно устрашением народу перед праздником Пасхи. Лидером этнической организованной преступной группировки являлся первосвященник Киафа, который организовал это величайшее в истории цивилизации преступление. Классика заказного «убийственного» жанра. Не имея возможности победить интеллектуально, то есть цивилизованно, лидеры иудеев устранили конкурента физически, варварски, показав таким образом свою идеологическую несостоятельность. Ошибочное, недальновидное и непрофессиональное управленческое решение. Это была большая стратегическая ошибка правителей еврейского народа, последствия которой сегодня легко прослеживаются: еще локально, в закрытом от враждебного окружения социуме, сохранился иудаизм и глобально распространилось христианство.

Так что, возвращаясь к сегодняшнему миру в целом, и к миру бизнеса в частности, — ничто не ново под луной.

— А тебя «заказывали»?

— Точно не знаю, только могу догадываться.

— А ты «заказывал»?

— Конкурентов — нет. Врагов... есть грех и на моей душе, только уберег Бог врага моего, этим и меня уберег от греха большого.

— А сам... убивал?

— Был готов несколько раз... Однажды, не буду скрывать, узнал, кто заказал одного из моих близких друзей, и решил сам посмотреть в глаза шакалу, когда он будет извиваться перед смертью.

— Посмотрел?

— Знаешь... неожиданный получился результат. Тем утром я выехал пораньше, чтобы не суетиться и действовать наверняка. Еду, а вдоль дороги идет священник. Вдруг он поворачивается и голосует. Время было совсем раннее, кроме меня никого и не было на трассе, я остановился. Подъехали к монастырю, который как раз по пути стоял, а батюшка меня вдруг пригласил к нему зайти, выпить по чашечке чая. Согласился.

— И?

— Из кельи его я вышел уже только следующим утром, сутки проговорили за жизнь. И в глаза подлые смотреть я уже не поехал. Уберег меня от греха большого и спас в тот момент никчемную жизнь подонку Всевышний. Воистину, не бывает случайностей в этом мире...

— Мне страшно за наш мир...

— Поправь, если мои рассуждения не кажутся тебе логичными, или останови, если говорю слишком много.

— Я слушаю тебя.

— Ты читаешь меня.

— Я слушаю тебя...

— Что же касается твоей знакомой... Когда я бываю в разных городах и странах, всегда захожу в книжные магазины. Будучи недавно в Канаде, я остался верен своей привычке. Что интересно, на глаза попалась книга на русском языке бывшего нашего соотечественника, а сегодня канадского раввина и ученого Реувена Булки. Он перевел на русский и снабдил комментариями шедевр классической еврейской письменности, один из наиболее известных и почитаемых трактатов Талмуда, который включает в себя важнейший свод морально-этических максимов иудаизма — «Пиркей Авот». Переводится как «Поучение отцов». Запомнилась мне фраза: «Кого уважают люди? Того, кто уважает других». Возможно, твоя знакомая случайно пропустила это место или еще не дошла до него?

— Подскажу ей обязательно, если будет повод.

— Кстати, сколько ей лет?

— Около тридцати, Мудрейший. А что?

— О, многое проясняется! По моим наблюдениям, у женщин в период с двадцати восьми до тридцати двух лет наступает кризис среднего возраста. Тяжелое для самой женщины и для окружающих время, когда прошлые пристрастия, достижения и установки обесцениваются, а новые еще не найдены. От старого есть желание откреститься и как можно быстрее окунуться в омут новой жизни. Поэтому, вероятно, все гораздо проще. Может быть, у нее какие-то личностные проблемы в семье или с самой собой, и она через религию пытается найти ответы? Или ей просто плохо как женщине? Может быть, она одинока? Отсюда и объяснимая агрессия неудовлетворенной самки или нереализованной личности.

— Все может быть, Наблюдательнейший.

— О чем ты задумалась?

— О себе…

— Тогда я оставлю тебя наедине с тобой, если не возражаешь.

— Пожалуй. А я закажу себе еще вина, мне есть о чем с собой побеседовать.

****

35

— А-а-а!.. К нам пожаловала САМА директор службы поддержки оперативного управления, очаровательнейшая Светлана Александровна! — расплылся в улыбке, с кряхтением поднимаясь из кресла, высокий и сильно располневший владелец кабинета с многочисленными подарочными сувенирами от арендаторов в шкафах и на тумбочках. На вид мужчине было не больше пятидесяти пяти, явно бывший спортсмен, судя по характерной полноте бросившего заниматься регулярной физической нагрузкой человека.

Маленькая ладонь женщины утонула в громадных ручищах.

— Ничего, что я в конце рабочего дня к вам?

— Да что вы! — масленый взгляд откровенно раздевал посетительницу. — Вам я рад в любое время суток! Как раз собрался поехать поужинать, предлагаю свою компанию, заодно и о делах поговорим.

— Я уверена, что есть кому составить вам компанию за ужином, — с лучезарной улыбкой ответила Светлана

Александровна, прекрасно понимая, какое впечатление она производит на собеседника,.

— Безусловно! Я буду честен перед вами! Я женат, и у меня две молодые любовницы. Но ради вас я готов бросить все!

— Всё или всех? — элегантно присаживаясь в услужливо отодвинутое кресло, игриво поинтересовалась посетительница.

— Ну…

— А вдруг увлечетесь мной и всё и всех позабудете? Что тогда? — она явно провоцировала его.

— Эх, да ради такой женщины не страшно и голову потерять… — голос мужчины, кажется, звучал искренне.

— Тогда, пока голова еще при вас, давайте обсудим один деловой вопрос, — негромко, но с явным удовольствием рассмеявшись, предложила собеседница. — Мы открываем новый бизнес. Для того чтобы деятельность компании находилась в зоне оперативного контроля первого акционера, было бы очень желательно иметь дополнительный офис недалеко от нашей основной штаб-квартиры. Вот я и подумала, вдруг в нашем корпусе освобождаются площади. Не хотелось бы нам ради нескольких дополнительных кабинетов покидать такого уважаемого арендодателя. Как вы считаете?

— Задачку вы мне под вечер задали, — почувствовав себя в привычной роли, оживился единоличный владелец офисного комплекса.

— Необходимо время подумать?

— Не надо… Что только не сделаешь ради вас, уважаемая Светлана Александровна?! В течение месяца мы сделаем перекомпоновку как раз под вашим этажом, постараемся перевести несколько небольших компаний в ремонтируемое сейчас крыло корпуса «С». М-м-м… Это будет непросто, конечно, заботы и затраты лишние… — глаза говорившего нагло и требовательно смотрели на собеседницу.

— Конечно, мы понимаем ваши неудобства, — выдержав паузу, продолжила она своим низким грудным голосом, который парализовывал мужскую волю, — поэтому и отказываемся переезжать в новый деловой центр неподалеку, сладкими предложениями от которого нас просто забрасывают каждый день ваши конкуренты.

— Эх... — снова вздохнул бывший спортсмен, генерал и милицейский начальник, — мне бы такого директора службы поддержки оперативного управления, и можно было бы на работе вообще не показываться.

— Не сомневалась, что мы договоримся, — потеплевшим голосом произнесла Светлана Александровна и грациозно протянула руку. — Кстати, я признательна за ваши точные формулировки и поражена вашим даром предвидения, моя должность теперь официально называется директор службы поддержки оперативного управления.

«Какая баба!» — думал экс-генерал, с тоской глядя на красивую походку красивых ног выходящей из кабинета женщины своей мечты.

«Какие они все одинаковые! Хотя есть и исключения... Шеф никогда не позволяет себе распускать в офисе слюни и руки, уважаю... как делового человека и как мужчину», — размышляла неотразимая бизнесвумен, вливаясь в суетливый поток вечно куда-то спешащих москвичей.

36

Через три дня начальник службы безопасности полностью подтвердил правильность догадок Николая относительно Олега Робертовича.

Вернувшись в пятницу вечером из командировки, Николай, не заезжая домой, сразу из аэропорта поехал отдохнуть к старому другу семьи в Переделкино — уютный тихий оазис посреди шумной Москвы. Их жены и дети сейчас вместе отдыхали на Гавайях и должны были через день вернуться в Москву. Николай любил небольшой уютный домик друга, купленный у потомков какой-то советской эстрадной звезды и бережно отреставрированный. Расположенный на лужайке рядом с домом длинный деревянный стол с лавками под крышей и кирпичным мангалом часто собирал интересных людей и «согревал» их прохладными вечерами. Не только благодаря газовым горелкам, установленным рядом с ним, но прежде всего теплотой душевности и спокойствия. Большая и свободная от построек территория с вековыми соснами создавала иллюзию ухоженного сказочного леса, в котором живут духи обитавших в поселке великих советских литераторов.

В воскресенье с утра Николай с другом заскочил домой переодеться, чтобы потом поехать встречать прилетающих с отдыха жен и детей. В квартиру Николай поднялся один. Буквально через несколько минут в дверь позвонили. «Наверное, соседи», — подумал он. При визитах посторонних людей консьерж всегда звонил и спрашивал разрешения впустить гостей. В дверях стояли три милиционера, высокий худой старший лейтенант и два крепких рядовых в бронежилетах с автоматами.

— Николай Константинович?

— Да, а что?

— Можно ваш паспорт?

Николай достал из борсетки документ и подал офицеру.

Старший лейтенант развернул вчетверо сложенный лист, внимательно сравнил данные удостоверения личности с каким-то текстом и, не возвращая паспорт, показал Николаю листок:

— Вы задержаны, так как находитесь в федеральном розыске.

Николай взглянул на лист бумаги — это было постановление об объявлении его в федеральный розыск.

Проходя по холлу первого этажа, Николай выразительно посмотрел на спрятавшего глаза консьержа. Старый товарищ в ожидании Николая сидел в своем автомобиле около подъезда. Николай повернулся к милиционеру:

— Можно оставить соседу ключи от квартиры и ценные вещи?

— Да, пожалуйста.

Николай подошел к удивленно смотрящему на вышедшую процессию другу и, передавая ключи, бумажник и часы, тихо сказал:

— Езжай за нами и сообщи моему начальнику службы безопасности, где я.

На удивление, Николая посадили в автомобиле не в отгороженный сеткой отсек, а на заднее сиденье между милиционерами. Районное отделение находилось минутах в двадцати езды от его дома. Дежурный офицер проверил содержимое карманов и вежливо предложил пройти в камеру. Корректность обращения, а также полное отсутствие каких-либо бумажных формальностей озадачили Николая. В абсолютно пустой бетонной камере без окон, размером не больше десяти квадратных метров были лишь две небольшие лавки в виде выступов из стен. Примерно через полчаса дверь открылась, и в камеру впустили молодого, лет не больше двадцати, невысокого суетливого парня.

— Тимур, — присев на свободную скамью, представился он.

— Николай Константинович.

— За что вас закрыли? — поинтересовался парень.

— Точно не знаю, могу только догадываться.

— Пока я на оформлении стоял, они про вас беседовали. Серьезный вы человек! — подобострастно произнес Тимур.

Николай ничего не ответил, подошел к двери и потребовал проводить к старшему офицеру.

Кабинет дежурного офицера ничем не отличался от массы других кабинетов казенных домов. Старые столы, обшарпанный металлический сейф, карты города и района на стене.

— Я бы хотел узнать, почему меня не оформляют, как положено? Меня не зафиксировали ни в каком журнале, не взяли отпечатки пальцев...

Уставший от жизни дежурный офицер тяжело вздохнул:

— Вот зачем мне лишние проблемы? Они в своем районе выписали на вас ордер, вот они пусть и разбираются. Поехали!

Офицер пошел вперед, даже не оглядываясь. Открыв заднюю дверцу уже знакомого Николаю уазика, сам он сел на переднее сиденье. Никто из охраны, кроме водителя, в сопровождении не поехал. Воскресные московские дороги были пустынны, поэтому вскоре они остановились у другого районного отделения милиции. Создавалось впечатление, что Николай не задержанный преступник, а просто случайно оказавшийся в чужой компании человек. Дежурный офицер местного районного отдела внутренних дел категорически отказывался принять Николая, сбивчиво и неуверенно аргументируя свое решение, что раз не они его задержали, то и не они должны содержать под стражей. Первый офицер возбужденно настаивал, что раз отделение второго офицера выступило инициатором задержания, вот пусть сами им и занимаются. Все это время Николай спокойно разгуливал по пустому коридору милиции, прислушиваясь к громкой перебранке. Когда все доводы по третьему разу были исчерпаны, раздался телефонный звонок. Как ни прислушивался Николай, но сути телефонного разговора уловить не смог. Вскоре оба милиционера вышли в коридор. Первый, не глядя на Николая, вышел из отделения милиции. Местный майор, подойдя к Николаю, сообщил, что он может быть свободен.

— А мой паспорт? — поинтересовался Николай.

— Я не брал у вас никакого паспорта, — последовал ответ, — идите, вас никто не задерживает.

Николай вышел на улицу. Возле широкой лестницы у двух своих машин стояли его товарищ и начальник службы безопасности.

— Рад видеть вас, — пожимая руки мужчинам, искренне обрадовался Николай, — давайте попьем где-нибудь чаю и обсудим произошедшее, у нас есть немного времени до встречи семей.

— Все очень просто, Николай Константинович, — разливая облепиховый чай по кружкам, объяснял Юрий Леонидович. — В четверг, когда вы были в командировке, по заявлению Олега Робертовича возбудили уголовное дело по факту незаконного предпринимательства и легализации преступно нажитых доходов. В нем вы фигурируете как подозреваемый. В пятницу утром заместитель прокурора района, в котором мы сейчас находимся, инициировал объявление вас в федеральный розыск. В пятницу после обеда нами данное решение было опротестовано, а вы переведены в статус свидетеля, но... ориентировку на вас перед выходными «случайно» забыли снять. На это они и рассчитывали, что дома вы будете один и до понедельника никто вам не сможет помочь. Психологическое давление, а может и физическое хотели применить. Хорошо, что случайно вы оказались в момент задержания не один. Без сомнения, заместитель прокурора района в доле с рэкетирами.

Серьезно закрутили дело бывшие ваши знакомые... За возбуждение против вас уголовного дела заплачено пятьдесят тысяч долларов. Олег Робертович лишь мелкая сошка. За ним стоит более крупная фигура — тот, кто финансирует наезд...

Задача конкретная — забрать бизнес. Прокуратуре за крышевание обещано десять процентов от бизнеса. Вот такие последние новости.

— Что ж, — задумчиво произнес Николай, — определенность всегда лучше неопределенности. Завтра с утра мы с вами еще раз проработаем ситуацию, а сейчас нам надо успеть в Шереметьево.

На большой внедорожник друга «шевроле-тахо», в котором легко размещались две семьи с поклажей, был оформлен пропуск, разрешающий проезд на летное поле. Стоя недалеко от трапа приземлившегося самолета, Николай представил себе картину, как прилетевшая жена и дети, вступив на родную землю, узнали бы, что он в тюрьме… А вероятность такая была. Накатила волна злости и желания расправиться с недругами. «Что ж, война так война, не я ее начал…»

Подъезжая к дому, Николай увидел, что с парковки исчез его БМВ. Оставив дома семейство распаковывать чемодан, он спустился в холл.

— Машина моя где? — подойдя вплотную к консьержу, спросил Николай.

— Подъехали два омоновца с гражданским, с лысиной такой, сказали, что вы вернетесь теперь лет через десять и что они реквизируют вещественное доказательство. Они ее вскрыли и уехали, — промямлил испуганный консьерж.

— А ты бумагу у них попросил?

— Ну… они…

— Урод ты! — Николай едва сдержался, чтобы не ударить по трусливому лицу. — Чтобы я тебя больше в нашем доме не видел. Спущусь через полчаса, обнаружу тебя здесь — будешь жалеть до конца жизни! Когда надо будет давать показания, мы сами тебя найдем.

В восемь утра в понедельник Николай зашел в районное отделение внутренних дел, куда его привезли из дома в воскресенье и где располагалась районная прокуратура. Поднимаясь по лестнице, услышал разговор идущих впереди него на службу двух мужчин. Один в гражданской одежде, с залысиной на затылке среди редких сальных волос злорадно рассказывал молодому лейтенанту: «Закрыли мы Коленьку в воскресенье, теперь он никуда не денется, все подпишет». На четвертом этаже, где находился кабинет заместителя районного прокурора, разглядывал на серой стене какой-то тематический предупреждающий плакат Олег Робертович. Увидев Николая, от неожиданности он только и смог произнести: «Доброе утро». В кабинете прокурора, кроме хозяина, сидели знакомый по вечернему визиту оперуполномоченный ФСБ капитан Малкин и дежуривший вчера офицер милиции. На столе лежал паспорт Николая.

Не здороваясь, Николай произнес:

— Паспорт верните.

— Какой паспорт? — ехидно улыбаясь и явно не ожидая визита Николая, спросил заместитель прокурора, с опухшим, явно от вчерашней пьянки, лицом.

— Вот этот, — Николай взял паспорт и проверил все страницы. — И машину верните прямо сейчас либо я подам заявление об угоне.

— Какую машину? — прокурорский работник суетливо пригладил рукой волосы, он явно чувствовал себя неуютно в сложившейся ситуации. Фээсбэшник угрюмо молчал, постукивая пальцами по столу. Дежурный милиционер нервно закурил сигарету.

— Если у вас угнан автомобиль, то его будут искать, очевидно, объявят план-перехват…

— Совещайтесь дальше, вам теперь есть о чем подумать, — Николай вышел, не дожидаясь окончания фразы.

В конце коридора испуганно жался к стене Олег Робертович. Николай подошел к нему и оглянулся, коридор был пуст, свидетелей не было.

— Слушай внимательно, шестерка, конкретно ты попал, очень конкретно, — негромко и с угрозой произнес Николай. — Ты хочешь сделать плохо мне, сделать больно моей семье и думаешь, что тебе ничего за это не будет?

— Чего вы, чего? — только и смог испуганно пробормотать беззубый вышибала второсортного ночного столичного клуба, а когда-то самонадеянный и преуспевающий провинциальный бизнесмен.

37

На утреннее совещание были приглашены финансовый директор, начальники юридического департамента и службы безопасности.

— Доложите, пожалуйста, о выполнении плана компенсаторных мероприятий по безопасности бизнеса, который мы приняли осенью, — обратился Николай к присутствующим.

Начальник юридического департамента кашлянул в кулак:

— Сегодня в учредителях компаний нашего холдинга отсутствуют российские физические и юридические лица. Полностью контролируют бизнес ряд компаний с Британских Виргинских Островов, акционерами которых в свою очередь являются сейшельские юридические лица. Наемные номинальные директора — не граждане России, на основании доверенностей подписывают все необходимые документы. Определить конечных бенефициаров практически невозможно, даже при официальных обращениях в юрисдикции последних. Поэтому, даже если вас попытаются заставить что-то подписать, Николай Константинович, напрямую бумаги не будут иметь никакой силы. А для того чтобы ваши указания были выполнены зарубежными корпоративными адвокатами, те потребуют вашей прямой авторизации либо по телефону, либо личным присутствием.

— У меня пожелание в связи с последними событиями — держите на постоянном контроле регистрационную палату, чтобы по поддельным документам нельзя было произвести перерегистрацию прав собственности, — добавил Николай.

— Хорошо, обязательно сделаем,— юрист глубоко вздохнул и добавил: — Еще меня беспокоит, что моя бывшая заместитель Ирина Игоревна после недавнего увольнения от нас сразу открыла юридическую фирму и арендовала хороший офис.

— И что в этом подозрительного?

— Она хороший юрист, но не бизнесмен. И если решилась на такой шаг, значит у нее есть серьезный клиент. Кроме того, она знает о нашем бизнесе практически все. Как бы ее быстрое оперение не было связано с сегодняшней ситуацией.

— Займитесь серьезно этой версией, Юрий Леонидович, — Николай обратился к начальнику службы безопасности, — и доложите результаты.

— Ко всем стандартным мерам в случае угрозы мы дополнительно усилили информационную безопасность и ограничили сотрудникам доступ к данным в интранете. Несомненно, что противоборствующая сторона попытается использовать наших работников. На какое-то время вам, Николай Константинович, и вашей семье придется смириться с присутствием телохранителей. Не возражаете? Мало ли какие провокации…

— Если надо, значит надо.

— Машину вашу объявили в розыск, но не хочу обнадеживать. Скорее всего, ее уже перегнали в другой регион или разобрали на запчасти.

— Хорошая была машина…

— По людям, задействованным в наезде на вас, ведем персональную разработку, буду держать в курсе. Какие еще пожелания?

— Узнать конечного заказчика.

— Безусловно, над этим работаем.

— Что у вас? — спросил Николай финансового директора.

— Аудит по итогам года положительный. Инициированные нами выездные проверки налоговой инспекции также прошли удачно еще в феврале. Найти повод, чтобы предъявить нам претензии через налоговые органы, не так-то просто. Тем не менее в офисе находится только та документация, которая требуется по закону, остальная — в корпоративном архиве. Где — даже я не знаю, знаете только вы.

— Давайте знаете что сделаем, коллеги… — задумчиво произнес Николай, — давайте еще перестрахуемся и создадим искусственную задолженность перед своими же структурами. Проще говоря, давайте откроем две-три финансовые компании в разных зарубежных юрисдикциях и закредитуемся перед ними своими же деньгами, либо напрямую, либо через ценные бумаги. В общем, прогоним финансы по кругу. В этом случае, даже если бизнес по каким-то причинам удастся у нас отобрать, то по нашим искам в арбитражные суды все активы будут арестованы и после положительного судебного решения возвращены нам.

Присутствующие одобрительно закивали.

— Хочу всех поблагодарить, — немного взволнованным голосом, поднявшись, подытожил Николай. — Мы подошли к конфликту максимально подготовленными. Не радует, что он в принципе возник, но радует, что мы его предвидели. Сейчас время работает на нас, мы четко представляем, что необходимо делать, и сохранили активы, которые позволяют нам бороться. У заказчика ситуация осложнилась: фактор неожиданности утерян, многие персоналии проявились. Менты и чиновники не любят и не умеют долго воевать, за это им как наемникам надо очень много и регулярно платить, а это значит, что кому-то нужно доставать из кармана личные деньги при тающей каждый день надежде их окупить. Мы же сконцентрированы, спокойны и уверены в своей победе, потому что за нами правда.

Встречаться на совещаниях по данному вопросу будем каждый день в восемнадцать часов. Я временно постараюсь не отлучаться из Москвы.

Через две недели одному из банков, искавших Олега Робертовича и уже потерявших надежду взыскать просроченные задолженности по кредитам, хорошие люди помогли установить его местонахождение. За подделку документов и умышленный обман ряда банковских структур и физических лиц органами внутренних дел было возбуждено уголовное дело о мошенничестве в особо крупных размерах. Олег Робертович был арестован и приговорен к десяти годам тюремного заключения с отбыванием наказания в исправительно-трудовой колонии строгого режима.

Автомобиль Николая так и не нашли.

Через три месяца оперуполномоченный ФСБ капитан Малкин был отстранен от службы с мотивировкой «Несоответствие...» по предоставлению службы внутренней безопасности, установившей факты его связи с нечистоплотными личностями и участие в преступном сговоре.

Юридическая фирма Ирины Игоревны не смогла привлечь ни одного нового клиента и была самоликвидирована. Ирина Игоревна переехала жить в другой город.

Начальник отдела ФСБ, полковник Финчуков, получил выговор, но сохранил должность. Он лично извинился перед Николаем Константиновичем за не подтвердившиеся подозрения.

Уголовное дело, по которому Николай проходил свидетелем, было закрыто с формулировкой «Отсутствие состава преступления и причинения ущерба».

Лысоватый сотрудник милиции, руководивший угоном автомобиля Николая и участвующий в рейдерском захвате, через два года был убит ножом сожительницей во время совместного распития спиртных напитков.

Заместитель прокурора района через полгода пошел на повышение и был назначен прокурором вместо ушедшего на пенсию непосредственного начальника.

Заказчиком несостоявшегося корпоративного захвата оказался некто Алексей Ливерант, знакомый коммерсант Олега Робертовича. Через год Ливерант потерял свой бизнес, так как ряд неизвестных компаний скупили его личные долги перед физическими лицами и долги его бизнеса перед банками, а потом одновременно предъявили их к оплате. Разорившийся бизнесмен вынужден был скрываться от кредиторов и покинул Россию, предположительно уехав в США. В отношении Ливеранта также возбудили уголовное дело по фактам рейдерских захватов бизнесов и легализации денежных средств, полученных незаконным путем. По линии Интерпола Ливерант объявлен в международный розыск.

38

Ксения сидела на песчаном берегу залива Сан-Франциско и смотрела на заходящее солнце. Песок еще хранил тепло уплывающего светила. Лучи — отголоски прощающегося дня — периодически пытались бежать от наступающей ночи, отражаясь от редких стеклянных поверхностей серых бетонных строений хмурого Алькатраса. Остров-тюрьма или тюрьма-остров, откуда человеку практически невозможно сбежать. Не удалось совершить побег и ярким отголоскам света. Надзиратель-темнота неотвратимо ловила их и возвращала в свое мрачное заточение. Многочисленные воздушные змеи самых разных форм и цветов, отчаянно отталкиваясь от потоков воздуха, пытались догнать уходящий день. Большие и маленькие руки разного цвета кожи умело манипулировали свободолюбивыми искусственными птицами. Почитатели четвероногого мира вывели на вечерний променад своих разношерстных кумиров, жадно воспринимающих ноздрями волнующие истории, принесенные вездесущим рассказчиком-ветром. Натруженные паруса торопились доставить свои тела-лодки к причалу берега-сна.

Прямо напротив Ксении красивый большой парусник обгонял небольшую изящную лодку. Все пространство пролива Золотые Ворота было заполнено парусниками. Ту же картину, очевидно, можно было наблюдать и сто, и двести лет назад. Вспомнилась фраза Мыслителя из недавней переписки: «Путешествуй по времени. Это доступно всем, стоит только захотеть».

Ксения опустила взгляд: короткая футболка и обтягивающие джинсы постепенно превращались в испанский женский костюм эпохи Возрождения, очень похожий на одежду современной танцовщицы фламенко. Она уже не сидела на песке недалеко от воды, она — знатная испанская аристократка — стояла на корме торгового судна и с ужасом наблюдала, как им наперерез быстро приближается фрегат с развевающимся черным пиратским флагом. «Веселый Роджер» издалека нагло слал предупреждение: «ваше время утекает». Бой был коротким, взятое на абордаж купеческое судно не смогло оказать достойного сопротивления, и морские разбойники уже перебрасывали на свой борт тюки и ящики с товарами. Ее муж, как и вся команда, стоял привязанный к мачте. Вдруг предводитель пиратов поднял голову, и его взгляд встретился с взглядом Ксении. И показался ей до боли знакомым… Быстрым шагом он приблизился к молодой женщине. В главаре безжалостных корсаров она узнала Мыслителя. Порванный в нескольких местах и запачканный кровью костюм, очень похожий на костюм тореадора, необыкновенно ему шел, подчеркивая широкие плечи и крепкие стройные ноги. Мгновение они молча смотрели друг на друга, потом Мыслитель резко поднял ее на руки и понес в свою капитанскую каюту на пиратский корабль. Она пыталась вырваться, но поняла, что не способна да и не хочет, чтобы он ее отпускал. Какое-то время Ксения сидела в каюте одна, переживая ощущения от бесцеремонного прикосновения крепких рук и запаха его кожи — запаха пороха, пота, адреналина, морского ветра и свободы. Снаружи были слышны радостные крики победителей и шум дележа добычи. Вскоре дверь открылась, и вошел Он… Сердце молодой испанки усиленно забилось. Она встала. Корсар-Мыслитель подошел к ней, решительным движением хозяина обнял за талию и поцеловал в губы…

Ксения вздрогнула от чьего-то теплого шершавого прикосновения к своим губам и открыла глаза. Прямо на нее смотрела веселыми карими глазами рыжая бородатая морда эрдельтерьера с высунутым языком.

Парусник обогнал лодку и уже едва был виден на фоне озаренного заходящим солнцем элегантного моста Золотые Ворота.

39

Несмотря на выматывающую борьбу с криминально-правоохранительными рейдерами, аграрному проекту Николай уделял почти все свободное время. Ощущение драйва — уже несколько подзабытое состояние, которое придавало смысл любому делу в начале бизнес-карьеры, вот что давал ему этот проект. В верхней части груди теперь жило нечто возбуждающее, лихое. Иногда Николаю казалось, что это состояние очень схоже с состоянием опытного волка — вожака стаи, который ведет своих соратников на охоту.

Идеей создания уникального семенного бизнеса удалось «заразить» хорошего знакомого, коренного москвича, интересного собеседника и самодостаточного бизнесмена Михаила Александровича. Банк, в котором тот был основным совладельцем и председателем совета директоров, обслуживал и принадлежащий ему же крупнейший в России автомобильный дилерский холдинг, и еще многие другие компании его разнообразной и обширной, но не афишируемой бизнесимперии. Будучи одним из инициаторов ангельского инвестиционного движения в России и активным проводником идей венчурного финансирования, Михаил Александрович всегда с интересом присматривался к новым возможностям приращения капитала. Как и многие люди старой закалки, он вставал рано, и обычно до девяти утра они с Николаем уже успевали обменяться новостями по телефону или выпить по чашечке чая-кофе в каком-нибудь уютном заведении.

Вот и в этот раз Николай, набирая телефонный номер, взглянул на часы — восемь сорок семь утра. Сонный голос Михаила Александровича, тем не менее, не был недовольным:

— Рад слышать вас, Николай Константинович. Вы в Москве? А я в Вене, у меня еще очень рано, поэтому и позволяю себе немного поваляться в кровати. Когда в Россию? Планирую завтра. Агропроект? Проинвестировать? Интересненько. Давайте пообедаем в пятницу. Как у вас со временем? Устраивает? Ну тогда в моем любимом «Неблизком Востоке», часиков в двенадцать. Принимается? Океюшки. До встречи!

Массивная деревянная дверь «Неблизкого Востока» олицетворяла собой все модное и популярное, что есть в самых известных ресторанах мира. По-японски практичное, одновременно теплое и стильное оформление ресторана позволяло из любого места видеть, как на расположенной в центре зала ниже уровня пола открытой кухне колдует над дарами полей, морей и океанов разноязыкая команда четырех шеф-поваров со своими помощниками.

— Что-то после сытной мясной Европы хочется кашки, — Михаил Александрович достал из футляра модные складные очки. — Пожалуй, я возьму пшенную с чилийским сибасом... и... окрошку с камчатским крабом.

— С удовольствием составлю вам компанию, — Николай не лукавил, он действительно любил каши. — Я буду гречневую с утиной ножкой и... утиный бульон с пельменями. Уже успел проголодаться.

— Что пить будете? — поинтересовалась официантка.

— Рюмка водки на столе... — негромко пропел Николай, разглядывая винный лист.

— Водку хотите? — удивился Михаил Александрович.

— Просто песня в голове крутится…

— Рюмочка говорите… — произнес Михаил Александрович, и оба рассмеялись. — Чего уж сопротивляться, очередной привет старине Фрейду, несите нам водочки грамм триста и два свежевыжатых томатных сока. Только водку замороженную, хорошо?

— И мне сразу чашечку эспрессо.

— Со сливками?

— С лимоном, рижским черным бальзамом и холодной водой.

Николай вдохнул пары кофе и с удовольствием пригубил горячий напиток.

Водка медленно, словно нехотя, вытекала из горлышка обледеневшего графина.

— За встречу! — Михаил Александрович выпил первым и тут же запил водку томатным соком.

— За встречу! — густая ледяная жидкость, обжигая холодом, пилась легко. Николай не стал ее ничем запивать, пытаясь прочувствовать почти неуловимые оттенки зернового послевкусия.

— Так что у вас за новый проектик? — откинувшись на спинку дивана, без долгого вступления перешел к делу потенциальный инвестор.

Николай всегда получал удовольствие, общаясь с ним. Изящность и конкретность построения разговора, легкая уменьшительность речи, эрудированность и интеллигентность располагали к открытому общению, добавляя каждой встрече обязательную доброжелательную соревновательность. Возможно, именно этот соревновательный азарт достойных соперников и заставлял двух деловых и занятых мужчин периодически встречаться друг с другом не только по делам, но и для интересных бесед на самые разнообразные темы — от путешествий до технических характеристик мотоциклов.

— Есть реальная возможность удовлетворить потребность российского крестьянства в качественных семенах, заняв в течение пяти лет от пяти до девяти процентов национального рынка.

— О-го-го! Серьезненькая задачка! Впрочем, на мелочи вы никогда не размениваетесь. Я после вашего звонка проконсультировался у своего старого знакомого — академика сельхознаук, бывшего директора одного НИИ. Сейчас он на пенсии, но владеет, кстати, хорошими сельскохозяйственными угодьями в Подмосковье, это так, к слову. Так вот он сказал, что проблема существует и проблема действительно серьезная. После распада Союза мы растеряли практически весь научный и производственный семенной потенциал. Рынок объективно пуст и готов поглощать неограниченные объемы качественной продукции. Настораживает, что вложения в бизнес, по его мнению, потребуются очень серьезные. И с кадрами будет большая проблема.

— Если идти традиционным путем, то да, — Николай сделал небольшой глоток кофе.

— Есть иные пути? Вы придумали что-то интересненькое? — Михаил Александрович очень внимательно слушал Николая, было очевидно, что тема встречи его сильно заинтересовала. — Вы супчика покушайте, пока он горяченький. Ах, чудненькая окрошечка! Кстати, вы хорошо выглядите, Николай Константинович, загорели… Где-то отдыхали?

— Когда много дел, нельзя выглядеть плохо, — вспомнив о баталиях последних недель, посерьезнел Николай, — к тому же я люблю ходить пешком... Мы разработали несколько вариантов развития бизнеса, одна модель уникальна и достойна реализации.

— Что за модель?

— Модель аутсорсинга. Тема вроде та же, что и при классическом подходе, а организация, задачи, действия да и возможности — ничего общего, принципиально иной бизнес. Главные факторы успеха — уникальность бизнеса и человеческие ресурсы. Поэтому требования к технологиям и персоналу на порядок выше.

— Сложные составляющие…

— Согласен, непростые. Но благодарные. Потому что аналогов в России нет, да и в мире — единицы. При относительно небольших вложениях результаты сопоставимы с результатами работы крупных аграрных компаний, имеющих серьезные земельные банки и перерабатывающие мощности.

Классический вариант семеноводства весьма фондоемок, ваш эксперт-академик абсолютно прав. Мы предлагаем пойти иным путем — переложить практически всю составляющую по производству на средние крепкие крестьянские хозяйства, взяв на себя технологическое консультирование, снабжение и сбыт, то есть те аспекты аграрного бизнеса, которые наиболее болезненны для крестьянина. Задача производителя — из нашего семенного материала вырастить качественный продукт и получить за свою работу достойную, заранее оговоренную оплату. Наша задача — обеспечить производителя семенами, обучить, быть рядом, то есть сопровождать процесс производства, помочь ресурсами для приобретения горючего, удобрений и средств защиты. Зато при такой схеме работы сверхприбыль от реализации семян, а также небольшую маржу от поставок химии в итоге получаем мы. Все стороны довольны: крестьянин обеспечен гарантированным заказом и оплатой, мы — высокой рентабельностью, которую вообще сложно найти в любом другом бизнесе.

— Какую рентабельность?

— От шестидесяти до трехсот и более процентов.

— Серьезненько! А риски?

— Риски, безусловно, присутствуют, бизнес подразумевает риски, прежде всего — климатические и технологические. Мы разработали ряд компенсаторных мероприятий, нивелирующих потенциальные негативные угрозы, поэтому вероятность отрицательного результата сведена практически до среднестатистической величины… Водка, к слову сказать, очень даже хороша.

— Изумительная водочка… Специалистов откуда брать планируете?

— Ключевой профессионал у нас есть — один из лучших семеноводов России. Мы равные партнеры в этом бизнесе. Технологическую команду формирует он. Управленческий, юридический, финансовый и другие блоки мы берем на себя. Как каша, Михаил Александрович?

— Делишес, как говорят англичане! Душа просто поет! Умеют, все-таки умеют экспаты готовить! Каждое блюдо или бокал вина стоят, конечно, как крыло от «боинга», но наслаждение зато получаешь просто непередаваемое… Какая стратегия «выхода» предлагается?

— Предпочтительный ориентир — стратегический зарубежный инвестор.

— Разумно… Как ваша кашка, Николай Константинович?

— Очень вкусно, очень! Спасибо.

— Так что от меня требуется?

— «Посевные» инвестиции. На первом этапе вложения необходимы только в отработку технологии и в оборотный капитал. Это относительно небольшая сумма — в районе ста пятидесяти — двухсот миллионов рублей. И безусловно, активное участие в развитии как члена совета директоров, нам требуются только «умные» деньги.

— «Посевные» инвестиции в сельское хозяйство — хороший каламбурчик, — засмеялся Михаил Александрович. — Наверное, венчурный капиталист, придумавший этот термин, был крестьянином по происхождению или его первые инвестиции были в сельское хозяйство. Что взамен?

— Если не размывать вашу долю при венчурном раунде финансирования, то десять процентов.

— Вы давно были в Австрии? — глядя в окно на старый московский бульвар, поинтересовался Михаил Александрович. — Там тихо и спокойно. Вы, вероятно, догадываетесь, о чем я сейчас думаю?

— Скорее всего, о сорока девяти процентах?

— Угадали.

— Фактически вы их и получаете. Мы с партнером имеем равные доли. Именно свои доли мы и предлагаем размывать, не трогая вашу.

— Все равно арифметика не получается… Не хочется доставать калькулятор, но, думаю, при размывании у меня бы осталось не менее тридцати пяти процентов…

— Кстати, как ваш «харлей» поживает?

— Отлично, души в нем не чаю! Заезжайте как-нибудь ко мне на дачу, покатаемся, я второй для супруги недавно купил, вам она не откажет. Ваши проницательные зеленые глаза действуют на женщин просто гипнотически.

— Мне кажется, для вас выгоднее было бы взять себе двадцать пять не размываемых процентов при первом венчурном раунде финансирования за сто пятьдесят миллионов, чем тридцать пять за двести, но с размыванием.

— Есть резон в ваших размышлениях, есть… А что с основными фондами — совсем не нужны?

— Есть интересные мысли, в частности по использованию и последующему возможному приобретению семенного завода. Но, откровенно говоря, основные фонды — не главный фактор инвестиционной привлекательности. С моей точки зрения, ключевые аргументы для стратегических инвесторов — уникальность и эффективность бизнеса. И доля рынка.

— Ключевые показатели эффективности и бюджет на год уже, безусловно, прикидывали. Я не спрашиваю, я уверен в этом. Тогда определите мне тридцать три целых и тридцать три сотых процента за сто семьдесят пять миллионов, но с условием, что если в конце года плановые параметры выдерживаете, то моя доля снижается до двадцати пяти процентов. Если не угадали — остаемся при первоначальном распределении. На десерт что будете?

— Договорились. Пирожок с капустой и медом, пожалуй.

— Отличный выбор! А я возьму пирожок с картошечкой и черничным вареньем. Они здесь сами его варят, вкуснотища! Ну что, по пятьдесят егермейстера для улучшения пищеварения и за успех нашего нового предприятия?

— Если для улучшения пищеварения, то как можно отказаться от такого полезного предложения не только авторитетного инвестора, но и партнера?!

Опытные переговорщики, теперь уже не просто интересные друг другу собеседники, довольные итогами встречи и вкусной пищей подняли бокалы. Их взгляды встретились и на пару мгновений задержались, окончательно скрепив отношения и открыв новую главу совместной деловой истории.

— Поздравляю, Николай Константинович, фандрайзинг* вам сегодня удался.

А погода в Австрии стояла просто фантастическая!

— Давненько я не ел такой вкусной каши!

— Вот и ладушки.

ЧАСТЬ 3

1

Осенний ветер подгонял Николая. Он то затихал и внимательно наблюдал за развитием проекта, давая возможность сосредоточиться, то налетал с ураганной силой, придавая импульс и заставляя быстро принимать ответственные решения. Кудрявые тучи, словно стадо овец, покорно подчинялись властному и могучему пастуху-ветру. Они периодически посылали влагу готовящимся к суровой зиме полям, расстраивая промокших городских жителей и застрявших в лужах и грязи автовладельцев. Яркое, но уже отдыхающее от напряженной летней работы солнце спокойно наблюдало за буйством природы, периодически подбадривая сквозь тучи всегда чем-то недовольных горожан и подмигивая понятливым и благодарным крестьянам.

Период сбора урожая совпал с периодом закладки основ семенного бизнеса. Провидение как будто специально распорядилось вести отсчет финансового периода не с первого дня календарного года, а с момента первых серьезных вложений в производственный процесс.

К началу зимы бизнес был окончательно юридически оформлен. Девяносто девятью процентами российского закрытого акционерного общества «Аграрные инновационные технологии» («АгроИнТех») владело английское партнерство First Russian Agrarian Company. Им, в свою очередь, владели три компании с Британских Виргинских островов с ничем не примечательными названиями, придуманными корпоративным юристом — старым партнером Николая — за чашкой кофе при перелистывании Оксфордского словаря английского языка. Официально одним процентом владел Николай, он же выступал по доверенности от имени номинального директора английского партнерства, который проживал на Сейшельских островах.

Управление финансовыми потоками было реализовано через один из крупнейших кипрских банков — аргументами выступили европейский статус островного финансового института, благоприятный инвестиционный и теплый морской климат, а также географическая и ментальная близость к России. В этом банке обслуживались компании приближенных к руководству России олигархов и чиновников, поэтому можно было прогнозировать, что в случае форс-мажорных обстоятельств российское государство не даст утонуть ни банку, ни небольшой дружественной стране по самой простой причине — дабы не потерять личные состояния особо доверенных лиц.

Для аудита бизнеса предполагалось привлекать кого-либо из «большой кучки» — так в предпринимательской среде с юмором называли аудиторские компании из группы наиболее крупных мировых игроков.

Выстраивая такую схему владения, Николай убивал сразу несколько зайцев.

Во-первых, в случае возможного рейдерского захвата агрессорам придется иметь дело не с фактически беззащитными российскими гражданами, а с иностранными юридическими лицами, что чревато международными судами, привлечением общественного внимания (никому и никогда в таких операциях не нужного), наймом рейдерами дорогостоящих высокопрофессиональных юристов и в итоге большими финансовыми затратами при высоких рисках. Во-вторых, потенциальные зарубежные венчурные и стратегический инвесторы, не доверяя российской законодательной и судебной системам, все равно потребуют структуризации прав собственности в понимаемой и предсказуемой юрисдикции. В-третьих, подобная организационная схема бизнеса оставляет открытыми возможности для публичного выпуска акций на Торонтовской, Гонконгской или других серьезных биржевых площадках, если рыночная конъюнктура будет благоприятна для такого развития событий.

Всегда стоит иметь в запасе сценарные варианты развития бизнеса, невозможно на сто процентов предугадать все возможности и ограничения.

2

Ближе к десяти часам утра дверь кабинета распахнулась, и, широко улыбаясь, вошел Виктор Дмитриевич. Кабинет сразу наполнился энергетикой сибиряка — особой породы российского человека.

В последние годы чиновники от статистики были озадачены тем, что многие россияне, проживающие за Уралом, обозначали свою национальность как «сибиряк». Ладно бы только статистики, политикам такая тенденция, вероятно, тоже была далеко небезразлична, ибо удаленность от центра, наследственное свободолюбие вольных людей и богатые природные ресурсы могли при разном развитии событий проявить себя совершенно неожиданно. Слишком свежи были воспоминания, когда в период распада советской империи на карте чуть было не появилась Уральская Республика.

Практически одновременно с гостем появилась Светлана Александровна, неся эспрессо с лимоном, мед и холодную воду для Николая, а пепельницу, сигареты, зажигалку, американо и заменитель сахара — для Виктора Дмитриевича.

Никому не позволялось курить не только в кабинете Николая, но и во всем офисе. И только для партнера Николай сделал исключение, понимая, что курение для него больше эмоционально-психологическая зависимость, нежели физическая потребность.

— Можно?.. — заранее зная ответ, Виктор Дмитриевич взял со стола пачку с сигаретами и привычным движением разорвал упаковку.

— А как сами считаете? — Николай хитровато и с укоризной прищурился.

— Ну… наверное, можно… раз принесли, — не растерялся семеновод.

— По пятьдесят с дороги не откажетесь? Пива вашего любимого не предлагаю, попьем кофе и поедем вас кормить, а вот немного коньяка с кофе для восстановления ауры не повредит. Согласны?

— А… у меня есть выбор?.. — парировал, пытаясь перехватить инициативу, партнер. — Хотите анекдот… на енту тему? Летит самолет Аэрофлота… Стюардесса спрашивает пассажира: «Кушать будете?» Он: «А какой выбор?» Она: «Да или нет!»

— Вот видите, варианты всегда есть, уважаемый вы мой, всегда, — засмеявшись, Николай достал рюмки и коньяк. — Вещи оставили в отеле при аэропорте?

— Дык… Светлана Александровна… его ж забронировала...

— Ну она же всегда с вами советуется.

— Чего от добра-то добра искать?.. Завтра утром лететь обратно… удобно, однако… пять минут, и в аэропорту… — глубоко затягиваясь сигаретным дымом, Виктор Дмитриевич сосредоточенно отсчитывал таблетки сахарозаменителя.

— С приездом! — Николай ощутил приятное пощипывание на языке любимого коньяка и с удовольствием вдохнул аромат кофе. — Искренне рад вас видеть.

Мексиканский ресторан на Арбате еще не успел наполниться золотой московской молодежью, озабоченно-напыщенно-деловитыми «белыми воротничками», звонким шумогамом, трелями и переливами рингтонов современных ручных соловьев — мобильных телефонов, и плотным сизовато-удушливым табачным дымом. Выбрав на втором этаже столик у окна, на границе курящей и некурящей зоны, мужчины заказали жареные луковые кольца, жареный сыр моцарелла, стейк для Виктора Дмитриевича, фахиту с курицей для Николая и кувшин нефильтрованного пива.

— Пиво сразу принести… или с закусками? — поинтересовалась, скорее, утвердительно, чем вопросительно, присев и игриво положив подбородок на сложенные на столе руки, приветливая молоденькая официантка Аннушка в ярком скоморошьем колпаке с бубенцами на голове, весело глядя на мужчин.

— Сразу, — одновременно ответили оба, и все трое засмеялись.

Николай проводил взглядом медленно ползущий по Арбату плотный поток автомобилей с безуспешно пытающимся раздвинуть его черным представительским «мерседесом» со знаками боярского отличия — мерцающей синей мигалкой на крыше и противно квакающим сигналом, которые, очевидно, должны были внушать плебеям страх и преклонение.

— Как рыбалка, Виктор Дмитриевич?

— На рыбалке… две недели уже не был… и это плохо.

— Чего так?

— Дык… боюсь точку некомпетентности проскочить…

— О как! Это серьезно, — разливая пиво, удивился Николай.

— И Виннету начал свой рассказ... — Виктор Дмитриевич задумчиво усмехнулся и пригубил холодное пиво. — Мое мнение по развитию... Честно скажу... мне сложно сегодня... Я занят по сути срочными и неотложными делами... и конечно, я погружен в них... и чтобы чего-то сообразить о близких и далеких перспективах... нужно хотя бы выйти из этого повседневного транса, а оно не отпускает... В этом по сути вся и проблема... Конечно, есть понимание... точнее уже ви́дение основного бизнеса... и вполне понятно, это совсем другое, не то, что было в прошлой жизни... по сути, тема только осталась... точнее, отрасль... И понятно, что тема гораздо круче, чем мои предыдущие... и интересней... Но времени на формирование бизнеса нужно много... Особенно персонал... Тут его значение гораздо выше, так как речь идет о «худой» компании... Но и возможности роста — геометрические, хотя в этом я вижу и большую опасность... как бы не проскочить уровень некомпетентности... Вот вкратце... А в остальном... все прекрасно...

Николай не торопил с расспросами коллегу, давая возможность ему спокойно сформулировать проблему. Раз Виктор Дмитриевич прилетел на день в Москву только для встречи с ним, значит ситуация действительно перезревшая. Несколько человек из команды Николая постоянно работали в «поле» — в офисе компании в Ялуторовске, сменяя друг друга, помогая Виктору Дмитриевичу выстраивать и настраивать формирующийся бизнес.

— Вот прикиньте... Срез ситуации в компании сегодня: затраты постоянные есть, три направления бизнеса есть, стратегия развития — думаем, квалифицированных исполнителей меньше, чем хотелось бы, автоматизацию и управленческий учет только настраиваем, функциональные обязанности размыты, мотивация понятно где... Короче, ежики в тумане... Хотя народ в конторе хороший, покладистый... — вторая сигарета была раскурена еще до того, как затушен первый окурок. — Самое противное, что все это видишь...

— Ребята мои достаточно помогают? — поинтересовался Николай.

— Нормально... К ним вопросов нет... Но... тут мне самому надо во многом разобраться... В общем, мысли такие: сейчас анализ заканчиваем, материал для расчетов почти весь есть… необходима цель, через расчеты выйдем на конкретное понимание цели, отсюда попробуем и разобраться, что нам нужно и как распорядится нашими возможностями… Вот такие пироги с котятами…

Николай внимательно, не перебивая, слушал своего делового товарища, прихлебывая маленькими глотками холодное пиво и закусывая жареным сыром. На телевизионных экранах, подвешенных в разных концах зала под потолком, мелькали спортивные сюжеты. Из колонок все громче и громче звучала зарубежная попса, пытаясь заглушить нарастающий с увеличением числа посетителей ресторанный гвалт.

— Это вот… — после паузы в несколько минут продолжил Виктор Дмитриевич, глубоко затягиваясь сигаретой, — вы у нас бываете редко, даже и поговорить-то не с кем, тоска зеленая… Помните, анекдот старый? Ночной звонок в квартиру. Абрам подходит к двери и спрашивает: «Кто там?» Отвечают: «Милиция». «Что вам надо?» — «Поговорить». — «А сколько вас?» — «Трое». — «Вот и поговорите друг с другом!» Вот и я прилетел поговорить, себя показать да народ посмотреть… Антересные люди всегда вокруг вас крутятся, Николай Константинович… как в той старой песенке… такие люди разные, что нет проблем, — сибиряк негромко засмеялся. — А коли на сурьезе, вопросов, конечно, много накопилось… Самый главный — не сформировано окончательно у меня в голове понятие цели… Банально — ка-ко-ва наша цель?..

Не дожидаясь реакции Николая, Виктор Дмитриевич начал рассказывать анекдот.

— Паспортно-таможенный контроль на границе с одной из прибалтийских республик… К машине, следующей из России, подходит местный полицейский: «Э-э-э… Чай… Кофе… Ка-ка-ва… Какова цель вашего визита?» Так и я себя спрашиваю, в который уже раз: какова цель нашего бизнеса? И от ентого всяка хрень в голову лезет… короче… там анархия… Конечно, ребята ваши грамотные, все правильно говорят, но… не все с ними обсудить могу… Конечно, хотелось бы сформироваться, роли закрепить, обозначиться… да и вперед с пролетарской ненавистью… Под енто и коллектив, и все остальное формировать… Перестраиваться — дело неблагодарное… да и хлопотно это… А время не ждет… Как у Филатова: «Ни одной сурьезной птицы, все сплошная дребедень…»

Начав не так давно плотно общаться в крестьянских кругах, Николая поразила начитанность руководителей аграрного бизнеса, причем из самых разных уголков России. Многие из них могли запросто цитировать Есенина, Толстого и других писателей и поэтов, и не короткие фразы, а целые произведения. Ни в одном профессиональном сообществе такого массового литературного отличия не замечалось. Вот Виктор Дмитриевич, например, постоянно вставлял в разговор фразы из произведений Леонида Филатова.

— Каждый по-своему, конечно, видит все… и со своей колокольни… Пора сформировать одно ви́дение… Короче, вы, конечно, все понимаете…

Николай молчал.

Подали горячее.

Виктор Дмитриевич сосредоточенно разрезал стейк на небольшие куски.

— Беспокоюсь-то из очень простых побуждений… Я для себя просто планку поставил — этот месяц… Видимо, сработало, во всяком случае в голове… такая мини-стратегия… Ентот месяц-то к концу идет, и мне неуютно… Видать, коллективу это тоже передалось, он же формируется потихоньку… короче, все чего-то ждут в этом месяце, а он проходит, и ничего кардинального не случается… Ситуация перезревает, коллектив ерзает… Понимаете?.. Много путей есть в развитии, возможностей… много прекрасных вариантов выстраивания, но надо один и желательно лучший… У сегодняшней ситуации огромные преимущества, мы ничем не обременены, и в этом плане свобода выбора уникальная… Мы знаем тему, огромный опыт и тэ дэ, и тэ пэ… Как сказал недавно наш общий знакомый, руководитель аналитического центра: «Виктор, это не мало!» Реально выстроить то, что хотим. Только надо конкретизировать… И все, по большому счету, зависит только от меня и от вас.

На улице завыла милицейская сирена, и грубый голос, усиленный громкоговорителем, несколько раз прорычал: «Вправо! Вправо уйти! Кому говорю?! Вправо уйти!»

— Весело тут у вас, — съехидничал Виктор Дмитриевич.

— Да уж, расслабиться не дадут, это точно, — задумчиво произнес Николай.

— Может быть, мы несколько упростим задачу, абстрагируемся слегка, уважаемый коллега? Сколько у вас лет руководящего стажа?

— Дык… шибко много уже, однако…

— И по развитию решения принимали всегда сами, сколько садить, что разводить… или…

— Да нет… какое там… Генеральную линию, понятно, определяли партийные и советские органы… ну… ученые советы давали само собой… Остальное — вроде как сами… А что?

— То есть вы были свободны только в рамках оперативного принятия решения?

— Ну-у-у… — Виктор Дмитриевич пытался ухватить мысль Николая.

— А чем сейчас ситуация отличается? — Николай намеренно сделал паузу. — Ученых не будем трогать — это священные коровы. Да?

— Священные… точно…

Дым от сигареты медленно поднимался к потолку, сливаясь там с десятками таких же извивающихся бестелесных змеек в пасмурное голубовато-сизое облако.

— А место партийных и советских органов еще свободно или кто-то занял?

— На что намекаете, Николай Константинович?

— Я не намекаю, а рассуждаю вслух… Присоединяйтесь к рассуждениям, не стесняйтесь.

— Рынок… что ли?

— Безусловно, рынок — это объективная среда нашего обитания, согласен. А если поближе к телу? Вы были членом партии?

— Коммунистической?

— А разве были другие?

— Обязательно должен был быть… А как же… руководил же…

— А я вот не был и не рвался, да и не звали как-то. Так что совместно с вами мы на партийные органы явно не тянем.

— А… на кого тянем? — не выдержал Виктор Дмитриевич.

— Как акционеры — на советские органы мы тянем, в данном конкретном случае, уважаемый партнер. А вот стратегический инвестор и есть наше мудрое и единственно верное партийное руководство.

— Э-э-э… хорошо… А с моими-то вопросами, как определимся?..

— А вот попросим Аннушку еще кувшин пива принести, он и поможет нам определиться, — Николай подмигнул собеседнику и искренне рассмеялся озабоченному виду своего серьезного товарища. — У вас сегодня есть еще какие-нибудь дела, Виктор Дмитриевич?

— Надо в гостиницу «Союзная»… алтайцам вечером только документы завести… не к спеху…

— Прекрасно. Не торопимся, значит, — Николай резко посерьезнел. — Очень важные вопросы подняли, уважаемый мой товарищ. Безусловно, без определения и фиксирования четкого понимания стратегии развития бизнеса все движения будут хаотичными и мало результативными, а то и ошибочными. Не выбрав и не сконцентрировавшись на наиболее важных направлениях, невозможно выстроить эффективное оперативное управление, кадровую политику, мотивацию… Только определившись в главном, можно более-менее уверенно говорить о прочих желаемых параметрах, например о бюджете развития или условиях привлечения заемных средств, и быть уверенным в их возврате. Все это — важная и большая работа. Без нее у компании нет будущего, какие бы сладкие варианты случайных сделок не возникали. Это закон развития.

За столом повисла пауза, не заглушаемая даже разноязычным шумом ресторана.

— Хочу только уточнить ваши мысли, Николай Константинович… — четко проговаривая каждое слово, произнес Виктор Дмитриевич. — Конец первого предложения «…а то и ошибочными» надо заменить на новую редакцию

«…неминуемо ошибочными». Всё, можно печатать транспарант и вывешивать в актовом зале конторы.

Мужчины дружно и громко рассмеялись, образно представив описанную картину.

— Например, вопрос бюджета, — продолжил Николай. — У вас часто компьютер глючит, да?

— Ну… бывает…

— Нет устойчивой связи. И сбои происходят именно в тот момент, когда разница во времени позволяет нам спокойно обсуждать важные задачи. Каким числом выражается в деньгах, в стоимости бизнеса наше с вами общение в момент становления и развития компании? Много налетаетесь в Москву по каждому вопросу? В ремонт нового офиса вложены серьезные ресурсы, и деньги заморожены. Почему встал процесс? Подрядчик другой объект заканчивает, а мы как тактичные интеллигентные люди входим в его положение за счет уменьшения своих оборотных средств и за счет расходов на оплату аренды. Так? А ведь офис — это не только стены и столы, это и элемент управляемости бизнесом, а в российской действительности особенно значимый. Спасая чужой бизнес, мы теряем собственную ликвидность и управляемость. Так выходит? Структурирование бизнеса и сделок требует определенных средств — это минимизация рисков. Плюс… плюс… плюс… Мелочи? Каждый аспект и каждая статья расходов сами по себе небольшие?

— Ну… каждые… да…

— Каждые по отдельности — да. А вместе? Это лишь малая часть затратной части бюджета. Но принципиально обязательная. Не считая производственной и организационной… Значит, надо определять приоритеты, этапность, выдерживать политику платежей, выстраивать бездефицитность, серьезно работать над политикой привлечения и распределения финансов и еще много чего другого делать. И тут мы снова возвращаемся к началу рассуждений: *что, для кого, для чего, сколько, когда, как, кем и на каких условиях?*

Виктор Дмитриевич тяжело вздохнул и залпом выпил кружку пива.

— Теперь о принципах построения бизнеса, — продолжил Николай. — Рассуждая не так давно с вами о стратегии, мы

213

договорились и, мне показалось, приняли как руководство к действию, что *бизнес должен быть инвестиционно привлекательным в любой момент,* с первых шагов становления компании выстраиваться под потенциального стратегического инвестора. Отсюда логически вытекают все остальные следствия — от продуктовой линейки до кадровой политики. Такая постановка задачи уже автоматически дает ответы на многие вопросы.

Следующее. Любой бизнес создается ради учредителей и только ради них. Это аксиома. Важнейшая аксиома. В противном случае понятие бизнеса теряет смысл, и действо переходит в рамки некоммерческой организации или хобби. Что планируем строить мы? На этот вопрос мы должны ответить сами себе, причем однозначно.

Если мы будем выстраивать бизнес, помня о вышеперечисленных краеугольных постулатах, у бизнеса есть будущее, и все вокруг — мы сами, наши семьи, сотрудники, клиенты, государство — будут счастливы. Если мы не заложим именно такой фундамент под возводимое здание компании, то я не возьму на себя ответственность кого-либо из нас подталкивать в бизнес или даже просто поддерживать. Это было бы неправильно, нечестно, непрофессионально.
Ваше мнение?

— Да уж-ж-ж, добавить вроде-то и нечего… Полностью солидарен, — выдохнул Виктор Дмитриевич.

— Если у нас такое единодушие, что и спорить не о чем, то давайте тогда возьмем бумагу и начнем конкретизировать и детализировать наши рассуждения и выводы с учетом существующих ограничений.

Аннушка подошла к столу с немой мольбой в глазах. В два часа ночи в ресторане оставались только два увлеченных беседой посетителя — Николай и Виктор Дмитриевич.

3

До культовой советской гостиницы «Союзная» на Ленинградке домчались на такси по пустынным улицам минут за двадцать пять с одной короткой остановкой для доверительной беседы и обмена денежными купюрами на пожелание «Счастливого пути!» с бодрствующими и в такое позднее время гаишниками.

Пока таксист, по виду и разговору явно родом из Средней Азии, улаживал по взаимному согласию вопрос о превышении скорости со стражами порядка, у Виктора Дмитриевича мгновенно нашелся анекдот на соответствующую тему. Открыв окно и театрально затянувшись сигаретой, он философски продекларировал:

— Умер гаишник… предстал перед Богом… Всевышний ему предоставил выбор: налево — ад, направо — рай… Гаишник не задумываясь: «А можно на перекресточке постоять?»

Виктор Дмитриевич разговаривал со своим алтайским коллегой, а Николай внимательно рассматривал былое пафосное величие советской правительственной резиденции. Портрет Ленина на стене, мраморные колонны и лестницы, покрытые красными дорожками, хрустальные люстры, позолоченная лепнина под потолком, тяжелые малиновые портьеры в проходах и на окнах — казалось, все это еще надежно хранит несокрушимую коммунистическую веру в собственное могущество и вечное существование. По слухам, в гостинице даже сохранился кабинет Сталина.

В голове у Николая пульсировала тупая головная боль от переизбытка табачного дыма, которым он надышался за несколько часов в ресторане. Николай подошел к мужчинам:

— Может быть, где-нибудь выпьем кофе? А то стоим посреди холла, даже присесть негде, да и взбодриться не помешало бы. Кстати, а где сейчас можно выпить кофейку?

— Думаю, сейчас только в ночном клубе, — взглянув на часы, отозвался алтайский коллега.

— Ну в ночном, так в ночном, лишь бы кофе варили.

Мраморные ступени уткнулись в тяжелую деревянную дверь, за которой в полумраке играла громкая музыка и на небольшой сцене около шеста танцевала топлес юная невысокая хрупкая крашеная блондинка.

Мужчины устроились на кожаном диване, заказав барменше в демонстративно короткой юбке и чулках с подвязками по двойному эспрессо и хеннесси. Барменша принесла кофе и коньяк и, наклонившись к уху Николая, негромко томно произнесла:

— Может быть, девушку желаете, пока ваши коллеги беседуют?

Николай слегка отстранился от слишком близкого контакта с женским телом:

— Вы очень гостеприимны, но... огорчу вас... А вот головная боль мучает, от таблетки я бы не отказался.

— Мы скоро закрываемся, оставайтесь, у нас есть номер, я вам массаж сделаю, и таблетку принимать не придется, — настаивала барменша.

Разнокалиберные молоденькие стриптизерши сменяли друг друга на сцене, не особо умело и без энтузиазма двигаясь вокруг шеста. После своего номера танцовщицы сразу спускались в зал и присоединялись к небольшой группе на соседнем диване. В расслабленном и облепленном девушками молодом мужчине Николай узнал солиста популярной молодежной мальчуковой группы. Девчонки вились вокруг своего кумира, сидели у него на коленях, пытаясь привлечь к себе внимание и дотронуться какой-нибудь частью практически полностью обнаженного тела до желанного поп-идола.

Николай взглянул на часы — стрелки приближались к пяти утра.

— Уважаемые коллеги, я, пожалуй, оставлю вас. Проводите меня, пожалуйста, до холла, Виктор Дмитриевич.

У выхода Николай остановился:

— Удачно вам долететь. Спать, видимо, уже не придется, но зато, думаю, время мы с вами потратили с пользой, не зря. Как считаете?

— Эт точно!.. Мозги на место встали, но самое главное... это, конечно, уверенность появилась... продавим мы енту тему... пусть с пролетарской ненавистью, но продавим... эт точно...

Словно в подтверждение сказанных слов, с висящего на стене портрета мудрым одобрительным взглядом смотрел на прощающихся партнеров вождь революции.

Отказавшись от предложений стоящих около гостиницы частных извозчиков, Николай медленно пошел по подмерзшему асфальту в сторону метро, с наслаждением вдыхая свежий морозный воздух и любуясь первыми уверенными движениями просыпающегося мегаполиса.

4

Секс с мужем завершился, оставив ощущение пустоты. И вроде бы физиологическая разрядка получилась, но ощущения полета в душе не было, не было горячего прерывистого дыхания, не было искры — порыва соединения двух тел и душ в одно целое. Были разнообразные и многократно апробированные позы и выверенные ритмичные физические движения. Она дала ему то, что он ожидал, — свое тело, но не больше. Он получил сам и доставил ей физическое удовольствие, но не эмоции.

Ксения приняла душ, закуталась в махровый халат и, усевшись в кресло в гостиной, сначала закурила, а потом налила бокал обожаемого ею красного вина Pinot Noir Russian River Valley, недавно собственноручно привезенного из поездки в долину реки Русская. Курила она очень редко, в исключительных случаях, и исключительно Treasurer. В спальню идти не хотелось, да и было необязательно, судя по характерным щелчкам клавиш, муж уже успел включить лэптоп. Ксения пыталась вспомнить его глаза во время секса и поняла, что она так и не смогла поймать этот взгляд. Получалось, что муж ни разу не посмотрел ей в глаза. Ксения затянулась сигаретой.

«Это не было актом любви, — неожиданно призналась она сама себе, — это был сеанс спаривания».

5

Дух торговой улицы навсегда укоренился на Пятницкой. Менялись эпохи и правители, но Пятницкая изменения реагировала только одним образом —количеством ресторанов и магазинчиков, да еще появлением и исчезновением различных контор и организаций, отражающих особенности текущей эпохи. Не были исключением и последние годы, не так давно один из старинных купеческих особняков купил для своего представительского офиса «Московский банк развития горно-металлургической промышленности».

Алена Макаровна выглядела уставшей. Вчера поздно вечером она вернулась из Чехии, где проводила непростые переговоры в интересах учредителей банка. С утра у нее уже была запланирована встреча с Николаем. Она очень хотела увидеться с ним, поэтому не стала просить о переносе. Взглянув на себя в зеркало, женщина разозлилась: перелеты и усталость последних дней отразились на ее лице синяками под глазами и предательски проявившимися морщинками.

В самолете она размышляла о том, что заставляет ее — еще достаточно молодую, говорят, симпатичную, удачно вышедшую замуж за известного политика и бизнесмена, состоявшуюся и суперзанятую деловую женщину, доктора экономических наук, профессора, встречи с которой пытаются добиться серьезные и уважаемые люди, — самой звонить этому Николаю Константиновичу и предлагать увидеться. Да кто он такой?! Бизнесмен, которых в Москве тысячи? Интересный собеседник? И что из того? Красавец-мужчина? Симпатичный, хотя и невысокого роста. Тогда почему? Почему тянет к нему как магнитом?!

Алена Макаровна пристально посмотрела на себя в зеркало и представила лицо Николая. Глаза! Его серовато-зеленые глаза гипнотизировали, они смотрели не на нее, они смотрели внутрь нее. Никогда она еще не встречала такого взгляда. Этот взгляд не оценивал ее внешность, не раздевал беззастенчиво как женщину, не давил как на делового партнера, не выражал притворное восхищение ею как ученым. Взгляд этого человека проникал в нее, постигая и рассекречивая ее сущность. Он делал то, что никто и никогда не делал с ней, — раскрывал ее настоящую, а не показную сущность. Он легко и непринужденно, но в то же время весьма бережно и тактично разгадывал потаенные лабиринты ее души. И все происходило за короткие минуты их редких встреч.

— Черт возьми! — банкирша громко выругалась. — Я иду на сеанс к психотерапевту или у меня деловая встреча?

— К вам Николай Константинович, — по селектору предупредила секретарша.

— Выглядите, как всегда, безукоризненно, — оглядывая гостя с ног до головы, не смогла сдержать комплимента Алена Макаровна. И продолжая злиться, неожиданно резко для себя произнесла: — К сожалению, у меня сегодня мало времени, поэтому давайте перейдем сразу к делу.

— И кофе не предложите? — озорные искорки в глазах мужчины говорили, что он понял причину раздраженного тона и пытается разрядить обстановку. — Не поверю, что такая гостеприимная хозяйка, как вы, может оставить томимого жаждой утреннего путника без глотка живительной влаги!

— Оставишь вас, скромного, — голос Алены Макаровны постепенно теплел.

— Судя по запаху, секретарь уже вовсю заваривает для вас кофейную живительную влагу.

В подтверждение этих слов дверь открылась, и уже немолодая секретарша внесла поднос с кофе, воду и восточные сладости.

— Любят вас пожилые женщины, Николай Константинович, — уколола хозяйка кабинета, когда дверь в приемную закрылась. — Специально ведь для вас она турецкие сладости-то прикупила, никого больше так не угощает.

— Просто опытный человек сразу видит хорошего человека, — благодушно парировал Николай. — Как ваша командировка? Могла быть легче?

— Могла быть… Давайте лучше о вас. Как ваш новый агробизнес? Не надумали еще наши активы приобрести?

— Видите ли, Алена Макаровна, — голос Николая звучал негромко и распевно, словно успокаивая собеседницу. — Дело не в стоимости и даже не в активах как таковых. Дело в том, что на данном этапе развития компании мы еще в поиске, апробируем свою уникальную бизнес-модель, отрабатываем базовые бизнес-процессы, формируем команду, работаем с объективными и субъективными ограничениями, изучаем интересы потенциальных стратегических инвесторов и возможности клиентов. Не хочется совершать импульсивные поступки. Согласитесь, любое решение всегда имеет свои последствия, близкие и далекие, положительные и отрицательные. Как раз негативных последствий наших решений мы и пытаемся избежать. В частности, весьма осторожно работаем с финансовой нагрузкой, ликвидность компании должна быть обеспечена в любой момент. А при сезонности аграрного бизнеса над этим аспектом приходится серьезно задумываться.

— Понятно, — бизнесвумен встала и подошла к висящей на стене карте мира, разглядывая район Урала и Сибири. — А что если мы предложим внести наши активы в уставной капитал вашей компании? Как смотрите на такое партнерство?

Николай предвидел, рано или поздно такое предложение от банка поступит, ибо заниматься непрофильными активами никто из банкиров не любит, да и накладно это во всех смыслах.

— Вы лучше многих понимаете, Алена Макаровна, что партнерство будет успешным только тогда, когда все учредители вкладывают в общее дело не только материальные ценности, но прежде всего свои знания, связи, умения, опыт. И время в обязательном порядке, а это главный дефицитный ресурс у любого делового человека. Учредители вашего банка специализируются на другой отрасли и не имеют желания, насколько я знаю, менять профиль бизнеса, диверсифицироваться. Металл везде в мире сейчас дорожает, эта тенденция, скорее всего, долгосрочная с учетом бурного развития «Четырех азиатских тигров»*, Бразилии, Индии и Китая, поэтому вряд ли они примут решение идти в новую незнакомую отрасль, да еще и в сельское хозяйство — вечную головную боль любой экономики. А просто скинуть активы и потом требовать возврата на инвестиции… Партнерство ли это?

Николай тоже подошел к карте, встав за спиной у женщины.

— Мы же, гипотетически рассуждая, если согласимся на ваше предложение, потребуем еще и гарантированного долгосрочного оборотного финансирования, чтобы активы привести в порядок, загрузить мощности, заставить их работать. Готовы ли вы к дополнительному инвестированию под обеспечение своих же активов? Мне продолжить задавать вопросы?

Ощущая спиной ауру и энергетику Николая, Алене Макаровне вдруг расхотелось спорить и убеждать его в том, в чем она была сама не уверена. Захотелось просто поболтать с этим человеком на отвлеченные темы — об искусстве, литературе, путешествиях. Но она быстро взяла себя в руки.

— Не стоит, Николай Константинович, вопросы вы умеете задавать. Что ж, будем думать дальше. Надеюсь, если и у вас появится к нам предложение, то не постесняетесь прийти.

— Не постесняюсь, — Николай обезоруживающе улыбнулся. — С кем, как не с вами, можно откровенно и спокойно обсудить любой вопрос.

— И не расстаться врагами? — съязвила хозяйка кабинета, намекая на окончание встречи.

— И расстаться друзьями, — закончил разговор на позитивной ноте Николай.

6

С утра раздался звонок от Алены Макаровны.

— Давненько не слышались, Николай Константинович, — энергичность тона говорила о том, что владелица голоса отдохнула и находится в боевой форме.

— Не ожидал, но рад слышать, — Николай несколько удивился оперативности продолжения вчерашнего разговора.

— Значит, не ожидали? — голос в телефонной трубке был явно рад произведенному эффекту.

— Не ожидал, не буду скрывать.

— А я вот решила облегчить ваши размышления о нашем вчерашнем разговоре. Помните фразу из кинофильма «Москва слезам не верит» о том, что «есть встречное предложение — дружить семьями»? Только не пугайтесь, у меня муж достаточно консервативный во взглядах мужчина, к тому же очень ревнивый, поэтому я не предлагаю вам проводить все выходные у нас на даче.

— Вы просто убрали камень с моей души, — Николай рассмеялся удачной шутке собеседницы.

— Я заинтриговала вас?

— Откровенно? Да.

— Ну ладно, 1 : 1, а то накинулись вчера на уставшую женщину.

— Мы начали вести счет победам и поражениям? А я думал, что мы друзья.

— Вы верите в дружбу между мужчиной и женщиной?

— Вы хотите поговорить на эту тему?

— Почему нет? Только не по телефону. Молчите? Застеснялись или не знаете, как отказать? Пока определяетесь, у меня есть к вам деловое предложение. Когда надумаете привлекать дополнительные частные инвестиции, не забывайте про меня как инвестора-ангела, я скоро вывожу свои личные финансы из одного проекта и готова рассматривать новые предложения.

— Интересная вводная.

— Безусловно. Договорились?

— Разве можно вам отказать?!

— Не лицемерьте! Вы только вчера совершенно спокойно это сделали без всякой скидки на то, что я женщина. Но я не злопамятная, сейчас моя роль — ангел… инвестор-ангел, — в телефонной трубке на несколько мгновений установилась тишина. — Судя по голосу, ваша секретарша не сильно пожилая женщина.

— Я вызываю доверие не только у женщин преклонного возраста, — Николай находил забавным этот неожиданный диалог.

— Вот в этом я нисколько не сомневаюсь, — подытожила Алена Макаровна. — Что ж, успехов в аграрном бизнесе! Буду ждать нашей новой встречи.

7

Около двенадцати часов в кабинет вошла Светлана Александровна:

— Обедать вы, Николай Константинович, сегодня вообще не собираетесь? Могу заказать для вас что-нибудь в ресторане.

— В ресторане? — Николай удивленно посмотрел на часы. — А какое блюдо дня у сотрудников, которые тоже не пошли на обед?

— У всех по-разному. Пожалуй, преобладает пицца.

— Пицца… Что ж… тогда и я буду пиццу. С морепродуктами, если можно. Или вегетарианскую.

— Уточню, скорее всего, обе присутствуют в меню.

— Вопрос на свободную тему можно в обеденный перерыв, Светлана Александровна?

— Безусловно, Николай Константинович.

— Чем обычно наши люди занимаются, когда не ходят на обед?

— Те, кто ест пиццу, или вообще все? — пошутила помощница.

— Да все, чего уж, мы не шовинисты какие-нибудь, не станем делить на пиццеедов и прочих, — поддержал шутку Николай.

— Не знаю, удивитесь вы или нет, — его помощница как-то сразу посерьезнела, — наверное, не удивитесь. Когда я начала у вас работать, то была не просто удивлена, а была шокирована и восхищена, если данное определение применимо в этом случае. Ваши сотрудники не играют в компьютерные игры и не сплетничают в рабочем помещении, как во всех организациях, которые я видела и знаю. Это очень необычно. Во время обеда они обсуждают деловые вопросы. Ваши люди сами, без всякого принуждения, генерируют идеи и ищут решения… И получают от процесса удовольствие, что, как мне кажется, самое интересное и ценное.

— Спасибо, Светлана Александровна.

— Это вам спасибо, Николай Константинович, — всегда выдержанная помощница заметно разволновалась. — Многие коллеги гордятся, что работают у вас. И я вхожу в их число.

Немного помедлив, она добавила:

— Можно и мне задать вам пару вопросов?

— Откровения в обмен на откровения.

— В коллективе никто не может утверждать, что слышал от вас лично такую установку, но все точно знают о ее существовании: в случае какого-то эмоционального конфликта или склоки будут уволены обе стороны, вне зависимости от того, кто инициатор. Это правда?

— Инициатор — за провокацию, а вторая сторона — за то, что повелась, не смогла удержать ситуацию в рамках деловой этики. Разве не справедливо?

— Разумно. Данное правило где-то прописано? Я спрашиваю, потому что никогда не встречала о нем упоминания.

— А разве людям надо напоминать в письменном виде, что утром восходит солнце? Если оно было вчера, значит обязательно взойдет и сегодня.

— Значит ли это, что кто-то когда-то пострадал от конфликта?

— А как иначе сотрудники бы узнали о данном правиле? Экс-водитель после ссоры с женой не сдержал эмоций по отношению к ее любовнику — экс вице-президенту. У правила нет исключений, поэтому в коллективе такой корректный стиль поведения.

Светлана Александровна удивленно подняла бровь:

— И второй вопрос. Вы часто приходите в офис в субботу, и многие работники также добровольно и регулярно субботничают. Вы ходите по залу, каждый может с вами запросто пообщаться, вы помогаете перетаскивать мебель, можете выпить водки с начальником службы безопасности, не скрывая этого.

— Ну разве только с сальцем, черным хлебом и солеными огурчиками или грибочками, — засмеялся Николай.

Помощница оставалась серьезной.

— Это специальный управленческий прием командообразования?

— Честно?

— Если возможно.

— Просто я получаю удовольствие от неформального общения со своими людьми. Я душевно отдыхаю в такие субботние часы, Светлана Александровна. Я ловлю «волну» и сканирую реакцию сотрудников на управленческие решения. Я заряжаюсь энергией коллектива.

— Я была права в своих догадках, — помощница благодарно кивнула головой.

8

Положив трубку, Николай взглянул на компьютер, он почему-то был уверен, что получит от своей знакомой незнакомки сообщение. Предчувствие его практически никогда не обманывало, однако окно мессенджера не подавало никаких признаков общения.

Сегодня особенно хотелось поболтать с Собеседницей. Настроение «а поговорить?» — поставил он сам себе диагноз.

Светлана Александровна занесла почту. Среди разобранных и сгруппированных посланий лежало одно тактично невскрытое письмо. В графе «Получатель» были указаны только его имя и фамилия без должности. В разделе обратного адреса лаконично указано: Pier 4, Restaurant, Toronto, Canada. Аккуратный красивый почерк выдавал принадлежность отправителя к женскому полу. Николай вскрыл конверт и, прежде чем достать письмо, поднес его к носу. Едва уловимый тонкий аромат духов с привкусом мускат и древесных оттенков не могли заглушить даже запахи почты и всех перевозчиков, доставивших послание за тысячи километров через континенты и океан.

****

Наверное, ты удивился, увидев мое письмо. Не удосужилась спросить даже, свободен ли ты в данный момент или очень занят. С другой стороны, а чтобы изменилось, если бы я спросила, ты уже все равно отвлекся от своих дел и читаешь мое письмо. Я бесцеремонная, правда? Привет тебе в любом случае!

Ты любишь смотреть на воду? Я обожаю! Закончила дела в этом городе (по почтовому штемпелю ты бы все равно догадался, что я сейчас в Торонто), до вылета домой еще есть время, сейчас сижу в ресторанчике у окна, пью кофе по-парижски и смотрю на плывущий мимо пароходик. Слева от меня — вода, справа — вода, и прямо передо мной смело разрезает очередную высокую волну острый носик небольшого суденышка. Интересно, откуда и куда оно идет? Катает туристов или перевозит пассажиров, прилетевших в городской аэропорт? Хотя… какая разница. Кто-то передвигается из одной точки земного шара в другую в поисках новых ощущений, кто-то едет делать деньги, кто-то ищет известности, а кто-то просто меняет свою жизнь, убегая от прошлого, от назойливых друзей, надоевших проблем и бывших любимых. Но большинство, скорее всего, стремится к своему счастью, надеется, что ЗДЕСЬ и СЕГОДНЯ будет лучше, чем ТАМ и ВЧЕРА. У тебя не возникает такое чувство, когда ты путешествуешь по миру? Почему-то я только сейчас задумалась на эту тему. Или это горький апельсиновый вкус ликера Grand Marnier, усиленный коньяком в сочетании с кофе, навевает такие мысли? Раньше я

225

не задумывалась об этом… В путешествиях у меня всегда появляется азарт, и не важно, еду ли я отдыхать или по делам. Азарт и только азарт двигал мною всегда. А сейчас я задумалась…

Заказала кофе и открыла лэптоп, чтобы пообщаться с тобой. Я уже привыкла, что компьютер — это ниточка, связывающая нас. По крайней мере — меня с тобой. Самонадеянно? Я тебя смутила? Ты снова удивишься, но эту виртуальную ниточку совершенно случайно создал один компьютерный гений из Сибири. Когда-нибудь, если захочешь, я расскажу тебе историю нашего знакомства. Случайный человек в моей жизни случайным образом в случайном месте познакомил нас. Три случайности — это уже закономерность?

Включила компьютер, но вдруг захотелось написать тебе письмо на бумаге, своей рукой. Старомодно? Удивлена сама себе. Даже не вспомню, когда последний раз по старинке писала письма. Современные технологии — это замечательно. Но только бумага, мне кажется, способна сохранить ауру того человека, который пишет письмо. Я могу ошибаться, но… Не понюхал ли ты бумагу, которую сейчас держишь в руке? Что ты ощутил? Разве можно почувствовать запах электронного письма? Как тебе мой почерк?

На carte-illustre, вложенной в письмо, вид того ресторана, где я сейчас сижу. Крайнее окно справа — за ним я. Узнал? Какой ты меня представляешь? Жуть как интересно об этом тебя спросить! И абсолютно не хочу услышать ответ. Если угадаешь — я буду безмерно рада, а если нет, то разочарована. Наверное, лучше остаться в нашем воображении такими, какими мы друг друга представляем. Лукавлю? Немного. Я видела тебя и запомнила, мне проще. Я нашла о тебе информацию в интернете и даже могу позволить себе отправить письмо на твой служебный почтовый адрес. И ты видел меня. Запомнил ли, обратил ли внимание — не уверена… Что важнее, знать друг друга внешне или понимать суть друг друга? Я достаточно много знаю о тебе, но не всегда могу понять мотивы твоих действий или ход мыслей. Ты не знаешь меня, но иногда мне кажется, что разбираешься во мне гораздо лучше, чем многие близкие люди.

Кто мы друг для друга? Случайные попутчики на коротком отрезке пути от рождения до смерти? Или друзья? Ты веришь в дружбу между мужчиной и женщиной? Я раньше не верила…

Не буду более отвлекать тебя. Сегодня я особенно рада нашему общению. Ты умеешь слушать, это редкое и очень ценное качество. И сейчас ты снова выслушал меня. Я благодарна тебе за то время, которое ты уделяешь мне, за твое внимание.

Поцеловать тебя как друга я почему-то сейчас бы не осмелилась, поэтому по-товарищески жму руку.

Хорошего тебе дня! И не отвлекайся больше на письма незнакомых девушек. Шутка! Уверена, ты сам решаешь, на что и когда тебе отвлекаться.

Твоя случайная постоянная Собеседница.

****

9

Призраки воинов татарской орды в виде бесчисленных серых облаков быстро неслись над своими историческими землями, пытаясь догнать и повернуть вспять несправедливое время под властью Российской империи. Провокатор-ветер нашептывал не нашедшим успокоения от поражения душам всадников: «Успеете! Успеете! Еще немного, еще чуть быстрее, и вы настигнете и повернете вспять свою великую историю!»

Машина притормозила на перекрестке и повернула в сторону города. От трассы до нового офиса «АгроИнТеха» было не более десяти-двенадцати минут езды.

Когда-то выстроенная с перспективой развития база местного «Автодора» так и не дождалась своего звездного часа. Новый глава региона сконцентрировал все заказы по строительству и ремонту дорог в своей подконтрольной бизнес-структуре, и владельцу бывшего дорожного ремонтно-строительного управления ничего не оставалось, как уволить годами выпестованные кадры, распродать по дешевке современную технику да сдавать в аренду конторские и технические помещения. Дети экс-дорожника не проявляли энтузиазма заниматься бизнесом, предпочитая регулярное получение наличных дотаций от родителя. Сам же родитель, отчаявшись реанимировать бизнес, решил просто ждать покупателя на свою базу, понимая, что в свои шестьдесят с небольшим лет активно бороться за место под солнцем, не имея административного ресурса, становится практически невозможно.

Было видно еще на подъезде к зданию, что третий этаж конторы капитально перестраивается. Новые окна и кабели линий связи недвусмысленно указывали, где будет находиться офис инновационной агропромышленной компании.

Виктор Дмитриевич энергично ходил по бетонной стяжке, вычерчивая ногой по строительной пыли, где должны быть поставлены перегородки. Его визави армянской национальности пытался что-то доказывать, но делал это неуверенно, скорее, не желая показывать свою неправоту.

Николай постоял немного у входа и рискнул прервать строительную планерку.

— О как! Вы уже здесь! — немного сконфузившись, произнес Виктор Дмитриевич и тут же раскурил новую сигарету, хотя старая догорела еще только до середины. — А я… ждал вас не раньше чем через час.

— Кто рано встает…

— Того и тапочки! — весело добавил семеновод. —Чаааай, ко-фэ с дороги?

— Прямо на строительной площадке?

— Отчего ж?.. На первом этаже узбеки кафе держат… простенько, но чистенько… там и попьем, а потом уже двинемся в старый офис.

— Красивые места тут. Прямо на краю города начинается дикий лес, — Николай поднял горячую пиалу с зеленым чаем. Фарфор приятно согревал руки, настраивая на спокойную неторопливую беседу. — Андрей Евгеньевич, то бишь наш старый дорожный знакомый Андрюша Черный, больше не показывался?

— Не-ет… После того как приезжал ваш начальник службы безопасности… и посидел с ним и его ребятами вечерком в ресторане… никто из этой когорты лихих людей больше не показывался…

— Вот и хорошо, значит, сразу поняли. Хотя это такой народ, с которым ухо надо всегда держать востро, расслабляться нельзя.

— Эт точно!..

— Что с бюджетами?

— Нормально…

— Замечательно. А на следующий период? Когда собираетесь закончить их формирование?

— Ну… я народ озадачил, занимаются.

— А вы установки свои дали, основные параметры определили?

— Дык… Проблема тут… Все никак не можем с продуктовой линейкой определиться…

— Ясно. А кроме производственной программы, со всеми остальными статьями определились?

— А чего там, остальное-то… копейки…

— Копейки? Тогда давайте загибать пальцы. Средства на доводку помещения до рабочего состояния нужны?

— Ну… нужны...

— Офисную технику, программное обеспечение, компьютеры закупать надо?

— Надо…

— Мобильная и стационарная связь на уровне?

— Делать надо…

— Автотехника?

— Требуется… однозначно…

— Сайт компании. Если мы говорим об узнаваемости как об одном из значимых аспектов продаж, то в современном мире без сайта существовать невозможно.

— Да ничего… У народа еще и компьютеров-то нет…

— Компьютеры народ быстро купит, когда пользу поймет. Будем ли мы готовы оперативно среагировать на такие изменения? Точнее, создадим ли мы моду на пользование компьютерами в группах наших целевых клиентов? Автоматизированную систему управления, даже относительно простую, например на базе бухгалтерской программы, внедрять надо?

— Не знаю…

— Отвечаю: надо. Управляемость бизнеса — важнейшая составляющая успеха.

— Рекламой заниматься надо?

— Однозначно…

— А на конференции летать, по командировкам ездить, в отраслевые ассоциации вступать? Сколько уже копеек собралось?

— Э-эх… — Виктор Дмитриевич тяжело вздохнул, но ничего не возразил.

— Молчите? Анекдот про молчание рассказать?

— Ну…

— Идут Винни-Пух с Пятачком по лесу… молчат... Час идут, два идут, три идут... Молчат. Вдруг Винни разворачивается и… ка-а-к даст Пятачку промеж глаз... Пятачок удивленно, вставая с земли и держась за лоб: «Винни! За что?!» А

Винни-Пух обиженно: «А что ты идешь, молчишь, херню про меня всякую думаешь...»

Виктор Дмитриевич усмехнулся.

— Наверное, вы думаете, чего я так прикопался к экономике, цифрам, бюджету? — Николай был серьезен. — Помните, в романе «Мастер и Маргарита» Михаила Афанасьевича Булгакова слова буфетчика Андрея Фокича Сокова? Он оправдывается перед Воландом, выговаривающим ему за испорченную осетрину, которую «иностранному магу» довелось попробовать в буфете. «Осетрину прислали второй свежести», — сообщил буфетчик. «Голубчик, это вздор!» — «Чего вздор?» — «Вторая свежесть — вот что вздор! Свежесть бывает только одна — первая, она же и последняя. А если осетрина второй свежести, то это означает, что она тухлая!» Так, мне кажется, и с цифрами: если они есть, максимально точные и в полном объеме, то все будет выполняться. Если цифр нет, то стихийное их возникновение (а как оно по-иному возникнет?!) к позитиву и желаемому результату вряд ли приведет... Согласны?

— Это… объективная реальность… типа… как нельзя быть беременной наполовину?..

— Типа того. Чай мы допили, поехали теперь заниматься бюджетированием. Жить необходимо по средствам, но достойно! Согласны? А за то время, пока я здесь, надо ранжировать и распределить статьи бюджета по значимости и срокам, утвердить штатное расписание, распределить ответственных за развитие основных «точек роста», рассчитать пессимистический, реалистический и оптимистический варианты рентабельности бизнеса. Кроме того, уточнить объем и сроки привлечения необходимых оборотных финансовых ресурсов и долгосрочных финансовых вложений, начать коррекцию рабочего плана развития… Короче — дел много, а времени мало! Поехали в офис!

10

Двое нетрезвых мужчин в форме сотрудников авиакомпании UTA вели, точнее тащили, перед Николаем абсолютно пьяного коллегу на паспортный контроль перед посадкой на утренний рейс Тюмень — Москва. Сотрудница службы безопасности аэропорта укоризненно посмотрела на «уставшую» троицу и, негромко прокомментировав: «Господи, в стельку!», поставила штампы на посадочные талоны. Через рамку металлоискателя лётная троица также проходила гуськом, держа посередине своего товарища.

Николай подождал, пока все пассажиры поднимутся по трапу, и вошел последним в заслуженный во всех смыслах, изрядно потрепанный годами и воздушными километрами ТУ-154. Ряды в хвостовой части самолета были свободны, посадка закончена, поэтому он занял сразу три узких сиденья в предпоследнем ряду. Спинка кресла была сломана, никак не хотела фиксироваться и повторяла все движения тела.

Сидящий напротив через проход располневший товарищ весьма серьезного вида с красным лицом, в темно-сером в крупную полоску костюме из дешевой и лоснящейся от многочисленных глажений ткани, искоса поглядывал за попытками Николая.

— Классический пример — просто бальзам для школ консультантов по управлению, — громко ворчал Николай. — Пятна кофе на пассажирском столике говорят о небрежности сервисного обслуживания. Данный факт может свидетельствовать в целом о слабой системе контроля за самолетом, включая и жизненно важные механизмы. Тогда о чем говорят сломанные спинки кресел и выключатели индивидуального освещения или верхнее багажное отделение, прикрепленное на скорую руку проволокой к потолку, чтобы не отвалилось?

Сосед испуганно посмотрел на верхнее багажное отделение, действительно примотанное проволокой к потолку, и судорожно нажал на выключатель индивидуального освещения. Кнопка не работала.

Предстояло почти три часа полета, можно было расслабиться и поспать. Пока стюардессы объясняли правила безопасности, Николай стал перелистывать бортовой журнал авиакомпании с многообещающим названием «Удобное небо». Одна из первых статей сразу привлекла его внимание заголовком «Почему происходят крушения на авиационном транспорте». Автор со знанием дела рассказывал о развале гражданской авиации после распада СССР, о советских самолетах, давно выработавших лётный ресурс, о покупке в третьих странах списанной авиатехники по ценам новых современных авиалайнеров, о слабой подготовке пилотов, об отсутствии мотивации для профессионалов, о «черных» и «серых» схемах ремонта, о практически полном отсутствии контроля за состоянием пилотов перед полетами, о приемах обмана летчиками предполетного контроля и прочих «корпоративных секретах»… У пассажира после ознакомления с этой статьей могло возникнуть только одно желание — как можно быстрее покинуть воздушное судно, и больше никогда не летать самолетами любых российских авиакомпаний. «И кому в голову пришла „мудрая“ мысль опубликовать такую антирекламную статью в бортовом журнале? Вот уж разгул так разгул свободы редакционной политики. Или конкуренты за три копейки купили кого-то из журналистов?» — подумал с иронией Николай, слушая громкий храп трех пьяных представителей авиакомпании, сидящих перед ним и подтверждающих своим состоянием постулаты статьи.

Самолет разогнался, оторвался от земли и стал медленно набирать высоту, делая полукруг над старинным сибирским городом, вытянувшимся вдоль реки. Со стороны кабины к спящим авиаторам подошла озабоченная чем-то стюардесса.

Безуспешно пытаясь разбудить самого пьяного летчика, она шепотом советовалась с его проснувшимся коллегой:

— Как думаете, он сможет прийти в себя до Москвы?

— А зачем? — в полудреме спросил сидящий с краю пилот.

— У нас бортинженер умер, сердце не выдержало на взлете. Он сможет заменить? — тихим голосом объясняла стюардесса.

— Вряд ли… ему бы до завтра в себя прийти, нам ведь с утра в Сочи лететь.

Когда стюардесса, поняв бесперспективность своих попыток, повернулась, чтобы уйти, Николай ее подозвал:

— Извините, у нас несчастье на борту?

— Да, бортинженер умер, — внешне спокойно ответила она.

— А впереди это кто сидит?

— Сменный экипаж в Москву летит. Но бортинженер не в состоянии занять место в кабине.

— Это очевидно, ночь у него явно была зажигательная с фигурами высшего алкопилотажа… А как же мы теперь долетим до Москвы без бортинженера?

— Не переживайте, ничего страшного. Мы вчера в Сургут летели, так он вообще на рейс не пришел, и ничего — долетели.

Закрыв журнал, Николай вспомнил анекдот про авиакомпанию с вопросом пассажира: «А у меня есть выбор?». Повернувшись к побледневшему соседу, он произнес:

— Выбор в жизни всегда есть. В данном случае — русская рулетка — лететь или не лететь. Традиционная забава народа, к которому мы принадлежим.

Откинувшись на болтающуюся спинку кресла, расслабившись и закрыв глаза, Николай проснулся только от толчка при соприкосновении самолета с посадочной полосой. В серой утренней мгле иллюминатора проплывали бесконечно знакомые очертания столичного аэропорта. Фортуна и в этот раз была на стороне Николая: со всеми проблемами российской авиации и не вовремя умершим бортинженером они долетели и удачно приземлились в Москве.

11

Захотелось прогуляться по утреннему городу, времени до начала приема документов было еще более чем достаточно. От

Арбата до посольства Канады минут пятнадцать неторопливого пути. Небольшая старинная церквушка неожиданно возникла в переулке, едва Николай свернул с Гоголевского бульвара. Немного приоткрытая, потемневшая от времени обычная деревянная дверь в храм, выходящая прямо на тротуар, не бросалась в глаза своей монументальностью, изысканностью архитектуры или позолоченными инкрустациями, но гостеприимно, по-соседски, приглашала зайти. Маленький козырек над входом и одновременно над тротуаром защищал проходящих путников от непогоды, давая возможность остановиться и принять решение — идти дальше или заглянуть в церковь.

Масштабные культовые сооружения предназначены для восхищения, но не Всевышним — ибо ему ничего не надо по определению, а людьми, которые смогли за большие деньги реализовать амбициозные архитектурные проекты. Гордыня ли это и грех соответственно? Кто судья?.. Небольшие же скромные церкви созданы для приватной беседы с Господом. Неприметная дверь вела в намоленные покои именно для приватной беседы.

Состояние полного спокойствия и защищенности окутало Николая с первых шагов по храму. Немногочисленные прихожане, присутствующие на службе, которую вел рыжеволосый батюшка лет сорока пяти, не создавали суеты и не мешали друг другу общаться с собой и Богом. Состояние глубокой погруженности в веру исходило от священнослужителя. Николай положил пожертвования, взял свечи и не спеша стал осматривать церковь, одновременно слушая слова проповеди. Лики святых на фресках и старинных иконах в отблесках многочисленных свечей внимательно наблюдали за каждым прихожанином. Вот пожилая женщина с трудом опускается на колени и преклоняет голову. Вот мужчина лет тридцати обходит по очереди все иконы, касаясь их одновременно двумя руками, крестясь и целуя образы. Вот маленькая светловолосая девочка лет четырех в розовом платьице, словно ангелочек, ходит между молящимися, всматриваясь в сосредоточенные лица взрослых.

Слова батюшки проникали в сознание, как будто дверь души для их восприятия была специально приоткрыта, как была приоткрыта дверь в храм. «Если бы я когда-нибудь решился исповедоваться, то этому батюшке доверил бы передать свои грехи Всевышнему и испросить для себя прощения и советов, — подумал Николай и прикрыл глаза. — Грехов только много, за один раз и не передашь». Николай поставил свечи. «Может быть, от того, что грехов у каждого много, в церквях люди и смотрят вниз, и выглядят печально? Но разве Иисус не призывал к прощению, любви и радости от того, что с нами Бог? Разве Он не дает надежду? И если лики святых смотрят на нас со стен, желая нам что-то сказать, передать от Всевышнего, то почему мы прячем глаза, опуская их в пол?» — Николай расправил плечи, глубоко облегченно вздохнул и поднял взгляд к куполу. Доброжелательный взгляд смотрящего сверху Иисуса успокаивал.

Он вышел из храма и минут через десять уже был во дворе канадского посольства.

Приветливая женщина славянской внешности дважды тщательно проверила документы на оформление постоянного места жительства и на хорошем русском попросила заплатить пошлину, объяснив, что уведомление с номером файла придет на домашний адрес.

— Лед тронулся, господа присяжные заседатели! — весело произнес мужчина, заплативший пошлину в кассе перед Николаем.

— Лед тронулся! — словно пароль повторил Николай и почему-то посмотрел на часы.

12

Из остановившегося неподалеку черного угловатого внедорожника «мерседес» раздался веселый знакомый голос:

— Уважаемый Николай Константинович, вы ли это? Пешком и без охраны?

Бросив посреди переулка машину с работающим двигателем и открытой дверью и не обращая никакого внимания на мгновенно образовавшуюся, истерично гудящую на все лады автомобильную пробку, навстречу Николаю с распростертыми руками и улыбкой на лице быстро шел Амирхан:

— Здравствуй, дорогой!

Мужчины крепко обнялись и трижды коснулись щеками друг друга.

— Какими судьбами в моем районе? — Амирхан явно не тревожился за истрепанные нервы столичных автомобилистов.

Николай был рад встрече. С годами как-то незаметно их дороги разошлись, но теплые воспоминания о бурном и порой рискованном для жизни начале московского предпринимательского периода в душе сохранились.

— Ты уже выкупил весь центральный район или пока только Арбат? — в унисон тону Амирхана парировал Николай. — Хочешь меня накормить завтраком в нашем кафе, как в старые добрые времена?

— А-ай! Зачем мне так много Москвы? Я скромный человек! Конечно хочу!

«Мерседес» быстро набрал скорость, уверенно лавируя на грани фола по узкой улочке между припаркованными и встречными автомобилями. Нужно было иметь железные нервы и непоколебимую веру в своего ангела-хранителя, чтобы ездить с—Амирханом. Как настоящий горец он считал машину не просто средством передвижения, а железным конем. Медленно и осторожно на хорошем коне ездить невозможно, иначе зачем такой конь нужен? Это было стойким убеждением и стилем вождения старого товарища Николая.

«Их» столик в кафе оказался свободен, и мужчины радостно присели на привычные места. Было явно видно, что они оба искренне рады неожиданной встрече.

— Как обычно? — широко улыбаясь спросил знакомый еще с тех лет официант.

— Конечно, дорогой! — чувствовалось, что Амирхан наслаждается знакомой атмосферой.

— Ну как ты, все в своем независимом бизнесе? — несмотря на еще сильнее проявившуюся с годами вальяжность, голос бывшего партнера ничуть не изменился.

— Ты же знаешь, я свободу люблю больше всего.

— Знаю, знаю... и за это уважал тебя всегда. А я вот на государеву службу устроился.

— Ты?! На государеву?! — неподдельно удивился Николай.

— Да, я. Меняются времена, старею для резких движений, да и возможностей заработать сегодня там больше. Курирую в одном министерстве строительный блок, езжу в командировки по стране. Кстати, могу конфискат с таможни организовать. Не знаешь, кому надо? Обувь, бытовая техника, одежда… — тон Амирхана сразу стал деловым.

— Амирхан, дорогой, брось о делах говорить, ты же знаешь, что я разовыми операциями не занимаюсь. Давай лучше о себе расскажи. Слышал, царапины получил?

Глаза Амирхана стали жесткими, что происходило всегда, когда дело касалось разборок. Николай неоднократно видел это выражение глаз в годы их сотрудничества.

— А, ерунда. Сыну «джип» на день рождения подарил, а его с автостоянки в тот же вечер угнали, без номеров еще был. Мы отвезли сторожей на дачу, объяснили, что нехорошо так поступать с подарками, надо бы вернуть. Так «крыша» нервная попалась, испортила из «калашникова» моего «мерина» прямо у подъезда, вот колени немного и зацепило. Машина хоть дырявая вся была, а вытащила меня, спасла. Лучше мерса нет автомобиля — всегда говорил, а после этого случая о другой модели даже и слышать не хочу. Ноги склеили-зашили, машину сменил, сына, правда, почти на год в Эмираты пришлось отправить, пока с братвой отношения выясняли, но теперь все в порядке. Чего улыбаешься, дорогой?

— Во-первых, рад, что ты жив-здоров. А во-вторых, вспомнил, как мы на твоей даче конфликт с америкосами — бывшими нашими эмигрантами — гасили. Помнишь?

— А-а-а… Это те, что еще в семидесятые из Союза свалили, а вернувшись, с ментами и омоновцами скорешились? Конечно помню. Они еще чеха нашего по утрам гадостными звонками будили.

— А ты, горец, с годами не меняешься.

— Почему так решил?

— Помнишь, когда на дачу ехали на твоей машине, ты ее на Ленинградке в пробке бросил и спокойно подсел знакомиться в авто к какой-то молодой женщине? И сегодня так же поступил, когда меня увидел.

— Так ты же тогда рядом со мной сидел, я ж тебе доверяю как самому себе, чего мне за «мерина» было переживать, — довольно заулыбался Амирхан.

— А когда твои ребята на глазах у холеных беспредельщиков, которые забыли о правилах приличия и не считали своих бывших соотечественников людьми, барашку горло перерезали и предложили новоявленным америкосам Аркаше с Вадиком горячей крови выпить, это был экспромт или ты подсказал?

— Зачем подсказал? Мой племянник — вежливый, тогда у них на глазах выпил стакан крови. И им предложил. Так ты же помнишь, америкосы после этого со страха нажрались как свиньи, до полной отключки, разговора никакого не получилось, зря только время потратили, лучше бы я к той девахе поехал.

— Помню, помню... Потрошка на сковородке получились та-а-акие вкусные, не-за-бы-ва-е-мые! Помню и другое, кстати, что та деваха из пробки поздно вечером приехала на дачу к тебе.

— Да? — Амирхан довольно заулыбался. — Точно, приезжала! Да ладно, что мы на воспоминания про этих недоносков время свое сейчас тратим, надо было с ними жестче решать, хотя... они все равно тогда из России почти сразу свалили. Лучше расскажи, чем сейчас занимаешься. Может, что-нибудь вместе сообразим?

— Давай, дорогой мой друг, сначала позавтракаем, а то я что-то проголодался не на шутку...

13

Ксения заканчивала беседу с коллегой, своим старым знакомым Филиппом Брайаном, директором по инвестициям сан-францисского инвестиционного фонда Alcatraz Venture Capital Group, когда Генри, его партнер, отвечающий за развивающиеся рынки, заглянул в переговорную комнату фонда:

— Филипп, очень извиняюсь, что прерываю, я с моим гостем, который прилетел из России, убегаем на ланч. Мало что понимаю в сельском хозяйстве, но тема, кажется, весьма перспективная. Я оставил тебе пару срочных вопросов, когда освободишься — взгляни и перезвони мне, это очень важно.

Узкий зал элитарного банковского клуба был зажат между винным хранилищем, занимающим все пространство стены с одной стороны, и прозрачной стеклянной стеной, благодаря которой открывался потрясающий панорамный вид на город и залив с высоты птичьего полета. Бесчисленные горлышки и днища горизонтально лежащих бутылок материализовались в шесть толстых томов винной карты, больше похожих на многотомную энциклопедию в массивном кожаном переплете, по сравнению с которой тонкое меню без указания стоимости блюд смотрелось просто короткой студенческой шпаргалкой.

— Что пить будем? — вежливо поинтересовался Генри, пододвигая к Николаю стопку томов винной карты.

— На ваше усмотрение, желательно что-то калифорнийское.

— Всегда во время путешествий предпочитаете местное производство?

— Быть в Калифорнии и не продегустировать калифорнийское вино — правильно ли это?

— Согласен. Тем более что нам есть чем удивить любого гурмана.

— Тогда удивляйте, — Николаю был интересен не сам выбор инвестиционного банкира, а КАК он сделает этот выбор .

— Окей. Что-нибудь близкое вам… Вы вина из долины реки Русская пробовали?

— Не приходилось.

— Вот и отлично, один вопрос решен!

— Комплимент в сторону Калифорнии и косвенно России? — поинтересовался Николай.

— Объективно оправданный выбор, — не поддавшись на легкую провокацию, парировал американец. — Как относитесь к стейку из мраморной говядины? Кстати, вы знаете, что первым советским человеком, который оценил вкус мраморной говядины, был Никита Хрущев, во время визита к нам в Соединенные Штаты? Необычное нежное блюдо настолько понравилось вашему лидеру, что по возвращении в СССР он попросил приготовить себе говядину по тому же рецепту. Но, увы, его личный повар не смог повторить вкус американского стейка. Потому что основной секрет мраморной говядины заключается не в технологии ее приготовления, а в особом сорте мяса. Уверяю вас, американская мраморная говядина — лучшая в мире!

— Даже лучше австралийской?

— О, безусловно! Даже не пытайтесь сравнивать, я вам как мясоед со стажем говорю! Вы впервые в Америке?

Отличие в манере вести беседу у Генри было в быстрой смене совершенно разных вопросов, чередующих общий интерес и сугубо профессиональный, словно теннисные подачи в разные углы площадки.

— Не в первый раз. Но доверюсь вам и в выборе блюд, — Николай скопировал манеру визави.

— Больше нравится восточное или западное побережье? Как вам средняя Америка?

— Мне ближе Запад. А вот проехаться по малоэтажной Америке собираюсь давно, но чуть позже реализую, подбираю для этого путешествия единомышленников.

— Давайте-давайте. Ничего интересного в малоэтажной Америке нет, с моей точки зрения, но... для полноты восприятия страны... А вот природа просто шикарная! Так что — рекомендую!

Официант разлил по бокалам вино и поставил на стол сырную тарелку.

— За знакомство! — не чокаясь, Генри быстро выпил половину бокала вина. Он все делал быстро — быстро пил, быстро ел, быстро задавал вопросы, быстро принимал решения.

Николай немного пригубил из бокала и решил дать вину «подышать».

— Я внимательно изучил резюме проекта. Не все мне понятно по содержательной части бизнеса, впрочем, это не столь важно, — цепкий взгляд Генри беспрерывно бегал по собеседнику, словно пытаясь из отдельных кусков восприятия составить целостную картину. — С командой вашей вопросов нет, внушает доверие. С продуктом надо будет немного войти в тему. С клиентами тоже все ясно. Много ли конкурентов у компании в России и мире? Кто основные? Костюм на вас итальянский? В России, я слышал, можно купить уже все, включая даже такие эксклюзивы, которые в Сан-Франциско и не найти. Это правда?

— В Москве можно купить все. Хотя в большинстве случаев придется выложить тройную цену по сравнению с Европой или США.

— За удовольствие надо платить.

— Безусловно, главное, разумные границы не переступать. Удовольствие тоже можно получать по-разному. У нас в России конкурентов нет. Наша бизнес-модель предусматривает не конкуренцию, а взаимовыгодное сотрудничество и с селекционерами, и с производителями семян.

— Подробнее, пожалуйста, — Генри достал органайзер.

— Забытым страной ученым компания помогает выводить на рынок творения их мысли и рук, поэтому мы долгожданные и дорогие гости у всех селекционеров.

— Окей, — банкир быстрыми отрывистыми движениями стал делать заметки.

— Производителям помогаем исходным материалом, сопутствующими материалами, технологиями, взяв на себя заботы по доработке произведенной продукции до продажной кондиции и последующей реализации. Предприятиям по хранению и доработке семян и зерна мы обеспечиваем загрузку мощностей.

Поэтому у нас нет конкурентов, но много самых разных партнеров, и в этом уникальность нашего бизнеса.

— Отличное решение! Сами придумали или есть мировые аналоги? Пробуйте мясо, пробуйте, пока горячее.

— Мясо, действительно, изумительное, — попробовав стейк BBQ Ribeye, искренне сделал комплимент Николай. — Есть, конечно, аналоги в Европе. В Италии, например, работает очень интересная компания. Может быть, отличаемся в нюансах, но в целом у нас одинаковый подход. Аналогичные компании — вообще редкое явление в деловом мире. Интеллектуальная составляющая — вот основная ценность нашего бизнеса, а это очень сложно повторить, практически невозможно. В России такую модель смогли реализовать только мы. Хотя попытки были.

— Тогда вы вступаете в прямую и серьезную конкуренцию с европейскими компаниями, с той же итальянской. Они явно отслеживают ситуацию на рынке стран экс-СССР, и сразу видят вас. Но у них сил и опыта больше. Не боитесь проиграть?

— Исключено. Уточню — на ближайшие годы проигрыш исключен. Слишком высокие барьеры выхода на рынок для иностранных игроков. Россия еще не вошла в ВТО, что останавливает семеноводов многих стран в экспансии. Рынок семян не консолидирован, бессистемен и слишком «серый». Не только у аналитических компаний, но и даже в министерстве сельского хозяйства нет данных, где, что и в каком количестве производится и потребляется. Иностранные семена во многом превосходят российские аналоги, но значительно дороже, а у наших крестьян всегда катастрофически нет денег. Ну и не забывайте о российской специфике возврата долгов — отдельная тема. В чем вы правы, так это в том, что мы уже попали в поле зрения потенциальных конкурентов, представитель тех же итальянцев приезжал к нам в гости знакомиться.

— Вот видите! Хотя ваши аргументы не оставляют шансов для зарубежных конкурентов. Но не слишком ли самонадеянно? Можно купить ваших специалистов и просто задушить вас деньгами. Не вы первый пытаетесь бороться с мировыми монстрами. Еще вина?

— С удовольствием. Возможно, я несколько неточно выразился, Генри. И с зарубежными конкурентами мы также соревноваться не собираемся.

Американец удивленно поднял левую бровь.

Николай откинулся на спинку кресла и медленно, смакуя, допил вино.

— Вино, действительно, просто великолепное, браво Калифорнии, виноделам долины Русской речки и вам за выбор!

Генри удовлетворенно заулыбался, раскурил кубинскую сигару Cohiba и заказал два коньяка Chateau de Montifaud XO Fine Petit Champagne.

— На что вы намекаете?

Стало понятно, что венчурный инвестор заинтригован, теперь не нужно торопиться, самый тяжелый первый раунд установления доверия и пробуждения заинтересованности удалось выиграть.

Николай улыбнулся:

— Мой партнер по бизнесу знает несметное количество анекдотов на все случаи жизни. Буквально перед полетом в Америку он рассказал мне анекдот на тему намеков. Приходит муж после работы домой, а в кровати у жены любовник. Муж, молча, берет любовника за шиворот и выкидывает в окно со второго этажа. На следующий день муж возвращается с работы, а тот же мужик, правда нога в гипсе, снова в кровати с женой. Муж снова, молча, хватает любовника и выкидывает в окно. На третий день — та же картина, только у любовника еще и рука в гипсе. Муж снова, молча, выкидывает соперника в окно. На четвертый день все повторяется, только любовник уже почти весь в гипсе. Муж хватает его с кровати, трясет и спрашивает: «Тебе что, мужик, не понятно, что сюда ходить нельзя?! Любовник: «Так бы сразу и сказал, а то все намеками, намеками…»

Генри так звонко и громко рассмеялся, что многие посетители ресторана удивленно повернулись в их сторону. Слезы выступили у него на глазах, конвульсии сотрясали тело, но Генри никак не мог остановиться.

— Что, знакомая ситуация? — с улыбкой поинтересовался Николай.

— Анекдот… смешной, — вытирая салфеткой слезы и качая головой, ответил банкир. Но это не главное. Первый раз мне рассказывают анекдот во время презентации инвестиционного проекта. Я представил разбор нашей ситуации в виде кейса в престижной бизнес-школе, которую закончил, и как наяву увидел растерянное лицо моего любимого и всегда абсолютно уверенного в себе профессора.

— Мы не собираемся грудью бросаться на амбразуру противника, понимая, что жизнь у нашего бизнеса одна, а амбразур много, — подождав, пока Генри окончательно успокоится, продолжил Николай. — Мы собираемся стать провайдерами интересов зарубежных семеноводческих компаний в СНГ. Не конкурировать, а снова — сотрудничать. Сегодня мы только вышли из стадии развития early growth*. Мы еще маленькие и неокрепшие. Но стараемся быстро умнеть. С момента рождения стратегически выстраиваем нашу компанию в русле равноправного сотрудничества и партнерства с ключевыми потенциальными зарубежными и отечественными конкурентами. Надеемся, что этими структурами руководят разумные люди, которые понимают, что проще сделать нам предложение, от которого невозможно будет отказаться, чем тратить ресурсы на борьбу с нами.

— То есть... просто купить вас?

— Наши потенциальные конкуренты — они же наши потенциальные стратегические инвесторы.

— Смысл для них?

— Да хотя бы экономия времени. Наш бизнес отличается длинными технологическими циклами. Сократить срок выхода на рынок — значит, иметь возможность снять сливки. А емкость рынка семян исчисляется цифрами в долларах с очень большим количеством нулей.

— Окей, — глаза Генри загорелись. — IPO рассматриваете? В России?

— Это второй вариант стратегического развития, к которому мы также изначально готовимся. Только не в России, а в Канаде, скорее всего.

— В Канаде? — удивленно переспросил Генри. — Почему в Канаде? А не в США или в Лондоне? Или в России?

— Россию не стоит серьезно пока рассматривать — небольшой объем фондового рынка и мало квалифицированных инвесторов, разбирающихся в сельском хозяйстве. А США... Обратная ситуация — слишком большой рынок акций и слишком спекулятивный. Канада — золотая середина. Канадские инвесторы хорошо разбираются в сельском хозяйстве и вкладываются на долгосрочную перспективу в аграрный бизнес, что усиливает стабильность компании. К тому же канадские селекционеры и семеноводы — наши основные потенциальные партнеры. А это сочетание уже обладает синергетическим эффектом, правда?

— Один из последних вопросов: какую долю рынка планируете занять в ближайшие три-пять лет?

Николай задумался.

— Вряд ли сегодня мы сможем с высокой точностью предсказать долю рынка, в частности по тем причинам, о которых мы говорили в начале нашей беседы. Рассчитываем на пять-семь процентов, но будем стремиться к девяти.

— О! Амбициозно! Более чем серьезно! — отметил Генри и без перехода добавил: — Какой пакет акций вы нам предлагаете и на каких условиях?

— Генри! Вы слишком забегаете вперед, прямо берете меня за горло. Мне приятно знакомство с вами. Но, увы, сегодня я пока не могу предложить ни вам, ни другим венчурным инвесторам акции своей компании. Еще рано подписывать терм-шит*, слишком неравным получится партнерство. — Николай вдохнул запах коньяка и с удовольствием сделал глоток изумительного по вкусу напитка. — Вы — опытные и большие, мы — растущие и неопытные. Я встретился с вами, чтобы познакомиться и заложить основу для возможного будущего сотрудничества. Теперь вы имеете представление о бизнесе, можете оценивать динамику нашего развития — мы прозрачны для инвесторов. И как только почувствуем, что «созрели» для равноправного партнерства, сами предложим вам сесть за стол переговоров. На ближайшее время мы планируем получить дополнительное финансирование только от инвесторов-ангелов.

— Гуд, — было видно, что Генри слегка расстроился. — Только давайте договоримся: держите нас в курсе событий, и мы будем в числе первых, кому вы сделаете предложение. Окей?

— Вас не пугает географическая удаленность? Россия, Урал… В инвестиционной декларации вашего фонда нет упоминания о приоритетности региональных проектов на развивающихся рынках.

— Но нет и отрицания. Я занимаю должность директора по развивающимся рынкам, значит, обязан владеть информацией не только по столицам и крупным центрам. Отличие России в том, что это большая страна, ее сложно познать и тем более охватить издалека. В таких случаях мы стремимся присутствовать опосредованно, через другие венчурные фонды, в Европе — через европейские, в Азии — через азиатские. Они географически ближе к инициаторам проектов, лучше понимают ментальность, более оперативно получают информацию. За спокойствие надо платить, правда? Поэтому мы размещаемся через партнеров и делимся прибылью. Точнее, они делятся прибылью с нами. Так что и вы должны быть готовы к тому, что мы можем войти к вам через какого-нибудь нашего европейского партнера.

— Генри! У нас много общего!

— Опять намеки? — американец заранее взял салфетку.

— Говорю прямо, без всяких намеков. В вашей стратегии также предусмотрено не конкурирование с коллегами, а сотрудничество.

— Абсолютно! Так договорились, Николай? — банкир протянул для пожатия руку.

— Договорились, Генри, — Николай ответил крепким рукопожатием.

— Какие планы на сегодня?

— Поброжу по городу, пожалуй. Завтра утром улетаю, времени на что-то иное просто не остается.

— Тогда хорошей прогулки и до встречи! Приятно было познакомиться!

— И мне приятно было наше знакомство. Будем на связи, Генри.

— Береги себя, Ни-ко-лай, — по слогам произнес имя русского гостя американец.

14

Заходящее солнце слепило глаза, и Ксения надела темные очки. По случайно выбранной радиостанции передавали композицию Smoke On The Water с живого концерта Deep Purple. Ритмичная и в то же время мелодичная композиция, с переливами соло-гитары и дружно подпевающей публикой хорошо восстанавливала немного ослабевший к вечеру энергетический тонус завершающегося рабочего дня. На перекрестке улиц Кеарни и Пайн Стрит пришлось притормозить, пропуская переходящих дорогу людей. Один из пешеходов повернул в сторону машины голову, и на мгновение их взгляды встретились. Ксения непроизвольно вздрогнула, но проезд освободился, и женщина уверенно повернула направо. Непонятное волнение охватило ее: «Что со мной? Что произошло? Взгляд мужчины? Я его знаю?!» Она резко затормозила, визг покрышек слился с раздавшимся продолжительным гудком, и из объезжающей машины показали средний палец. Ксения непроизвольно включила аварийную сигнализацию.

«Не может быть! Не может быть! — она пыталась сосредоточиться. — Мыслитель в Сан-Франциско?! Да, он недавно мельком упоминал, что собирается ненадолго покинуть Москву, но…» Мозг быстро выстраивал логическую цепочку: деловая командировка за пределы Москвы — гость из России — инвестиционный фонд Alcatraz Venture Capital Group… «Боже мой! — Ксения откинулась на спинку сиденья. — Какая же я дура! Мы были в одном офисе, в соседних кабинетах, могли встретиться в лифте или коридоре, а пересеклись случайно на улице!»

Выключив аварийку, она резко нажала на педаль газа в надежде, что его можно попытаться догнать. Практически сразу сзади раздался звук сирены, и Ксении пришлось снова остановиться. К открытому окну не спеша подошел офицер полиции:

— Добрый день! Как дела? Можно ваше водительское удостоверение, мэм? — внимательно изучив документ, служитель порядка осмотрел через окно салон автомобиля и вежливо поинтересовался: — У вас все хорошо?

Ксения с досадой глубоко вздохнула:

— Теперь не знаю…

— Вам нужна помощь?

— Боюсь, что вы мне не поможете.

— Проблема?

— Проблема в том, что я увидела на перекрестке человека, которого давно не видела и очень хочу увидеть, а теперь не знаю, смогу ли его найти…

— Будьте внимательны на дороге, мэм, — полицейский отдал ей права и вернулся в свой автомобиль.

Знакомого лица уже не было ни на перекрестке, ни на ближайших улицах. Почти час прокатавшись безрезультатно по району, расстроенная Ксения позвонила Филиппу:

— Прости, что поздно беспокою. Случайно не знаешь, тот русский, что сегодня был у вас, еще в городе?

Филипп осторожно поинтересовался:

— У тебя все нормально?

— Да, — стараясь скрыть волнение, ответила она.

— Я не в курсе, Генри с ним ведет переговоры.

— Понятно. А у Генри можно поинтересоваться?

— Можно, но только он сегодня на приеме у одного китайского миллионера, поэтому мобильник должен быть отключен. Скорее всего, только завтра утром снова включит.

Ксения потерла рукой лоб.

— Филипп, буду признательна, если ты прямо с утра спросишь у Генри и сразу перезвонишь мне, хорошо?

— Нет проблем. А зачем тебе этот русский, если не секрет?

Не ожидая простого логичного вопроса, Ксения растерялась, но быстро нашлась:

— Мне надо бумаги в Россию передать, с ним будет быстрее и надежнее, чем по почте.

— Окей, — Филипп громко дышал. — Прости, я в тренажерном зале сейчас, не могу долго разговаривать.

— Да, конечно, извини, что отвлекла.

Не успела Ксения выключить мобильник, как он зазвонил. Это была подруга.

— Да, Лена?

— Привет, подружка! Ты уже дома?

— Нет, Лен... в даунтауне еще.

— Встречалась с кем?

— Хотелось бы, да не получилось...

— Ксюш! А чего голос такой расстроенный? Пили ко мне, выпьем, поболтаем за жизнь.

— Лен...

— Никаких возражений! Серега все равно в командировке, чего тебе в пустом доме делать?

— Не знаю...

— Отставить капризы! Жду! Я пошла закуски готовить... и включаю джакузи, погреемся-расслабимся.

Взглянув на часы, Ксения направила машину в сторону дома подруги.

Не раздеваясь, Ксения упала на диван и закрыла глаза.

— Что с тобой, подруженька, не заболела, чай? — Лена была уже в банном коротком розовом махровом халате и заканчивала нарезать фруктовый салат.

Ксения молчала.

248

— Понятно, она еще и обет молчания дала. С Серегой что-ли поругалась?

— Он же в командировке, как я могла с ним поругаться? — ответила Ксения, не открывая глаз.

— Поругаться можно и по телефону, было бы желание.

— Ленка, я произвожу впечатление скандальной женщины?

— Не то чтобы…Тогда чего?

Ксения глубоко вздохнула и села:

— Кто-то обещал джакузи и выпить?

— И этот кто-то не бросает слов на ветер! Джакузи бурлит, фрукты, лед, водка и мартини готовы к употреблению, так что сбрасывай с себя пыльные наряды и ныряй вслед за мной.

Девушки разделись и, взяв фрукты и бокалы, вышли обнаженными в закрытый внутренний дворик. Извилистая дорожка из камней между клумб с цветами вела к большому квадратному джакузи, спрятавшемуся от посторонних глаз среди кустов роз. Ксения невольно залюбовалась фигурой идущей впереди Лены. Темно-каштановые волнистые волосы практически прикрывали тонкую талию. Немного большеватый по меркам современной моды низ фигуры плавно покачивался вслед за красивыми стройными ногами.

— Ленка, а у тебя не было родственников из Персии? — не удержалась Ксения.

— Вроде нет, хотя… я мало что знаю про свои корни, ходили в семье слухи о смешении украинских и армянских кровей.

— Ты знаешь, что получился весьма удачный микс?

Лена повернулась и улыбаясь сказала:

— Догадываюсь. К тому же мне об этом всегда говорят мужчины.

Теплая вода действовала расслабляюще, бурлящие упругие подводные фонтанчики заботливо массировали молодые женские тела.

Лена сделала коктейли и, подав бокал подруге, предложила тост: «За наше женское счастье!»

Ксения пригубила напиток:

— А можно просто водки?

— Вот это по-нашему! — довольная хозяйка быстро налила в рюмки холодную «Столичную». — Ну, за нас, девочек!

Ксения залпом выпила. Пар от теплой воды медленно поднимался вверх и в свете уличных фонариков создавал уютную атмосферу, насыщенную запахами цветов и свежескошенной травы. Откинув назад голову и расслабив тело, она подняла глаза к небу. Не хотелось ничего говорить, не хотелось даже думать, хотелось стать такой же невесомой и вездесущей, как испаряющаяся вода, и медленно раствориться в воздухе города, сверху осмотреть улицы и найти среди тысяч людей одного — Мыслителя.

Молчание прервала нетерпеливая подруга:

— Ксюш, что с тобой происходит?

— Мы сегодня были рядом и не встретились...

— С кем ты должна была встретиться? — Лена стала раздражаться от того, что никак не могла понять причину состояния подруги.

— С Мыс-ли-те-лем, — по слогам произнесла Ксения.

— Стоп! Ты же говорила, он живет в Москве?

— Живет в Москве. Но сегодня был в Сан-Франциско.

— Кое-что проясняется. Вы договорились увидеться и разминулись, да?

— Нет. Мы не договаривались. Он даже не знает, что я живу в этом городе. Но мы должны были увидеться, — голос Ксении дрогнул. — Я видела его, а он меня нет. Точнее, тоже видел, но вряд ли узнал, даже если бы и вспомнил, как я выгляжу. Я была в автомобиле и в темных очках, поворачивала на перекрестке, а он переходил дорогу.

— А ты не могла перепутать? Вдруг это не он?

— Он, точно он, я не могу перепутать.

— Знаешь, подруга, — хозяйка налила в рюмки водку, — а ты не находишь, что это уже не нормально?

— Что ты имеешь в виду?

— Ты случайно видела человека один раз в жизни, тот ли это человек, которого ты видела и о ком думаешь, — еще вопрос. С кем-то ты иногда переписываешься по интернету на отвлеченные темы. С кем — тоже вопрос. Кого-то ты случайно увидела на перекрестке — кого именно неизвестно. Не много ли вопросов? Не плод ли это твоей буйной девичьей неудовлетворенной фантазии?

— Отстань!

— Ты не хочешь мне отвечать, подружка дорогая, или самой себе?

— Я просто вообще не хочу ни говорить, ни возражать, ни обсуждать, вот и все.

— Ты больная. Тебя нужно либо еще больше загрузить работой, либо тебе нужно завести сразу двух любовников. А лучше одновременно и то и другое.

— Кто из нас больной — это еще вопрос, — Ксения вяло отбивалась от расспросов и советов настойчивой подруги.

— Давай так, чтобы не мучить себя, набери гостиницу, поговори с ним и все прояснится.

— Умно, — Ксения вздохнула, — только в какую звонить… мне их на два дня обзванивать хватит.

— Умно, это когда ты свяжешься с ним по мессенджеру, а потом перезвонишь по телефону.

— Ленка, ты не больная, ты самая здоровая на свете женщина! — Ксения резко поднялась. — Что ж ты раньше молчала?!

— А кто пытался тебя разговорить? — подруга была явно довольна, что дала дельный совет. — Ты еще больше бы в небо глядела и глаза закатывала!

Ксения уже не слышала этих слов. На ходу вытираясь полотенцем, она торопилась домой к своему компьютеру.

Побродив по парку Пресидио, Николай вышел к мосту Золотые Ворота. Скинув туфли и сняв носки, с наслаждением медленно шел босиком по песку вдоль воды, любуясь на алое свечение в лучах заходящего солнца одного из самых знаменитых мостов в мире.

Вернувшись в гостиницу, включил лэптоп. От Виктора Дмитриевича было короткое письмо: интересовался, как прошло знакомство с инвестиционным фондом. Заканчивалось письмо советом сильно поздно по городским улицам не гулять, чтобы не получилось, как в анекдоте, который он тут же и изложил.

Советский турист (Т) заблудился в Сан-Франциско и под вечер забрел в квартал розовых фонарей. К нему обращается сутенер (С):

C: What do you want?

Т: Сорри, май инглиш соу бед. Ай вонт...

С: A girl?

Т: Ай вонт...

С: A boy?

Т: Ай вонт... (*долго смотрит в словарик*) Ай вонт совиет консул.

С: О-о-о, it's possible. But very expensive...

Почему-то сегодня Николай не ожидал разговора с Собеседницей и даже слегка вздрогнул, когда заморгал сигнал вызова мессенджера.

****

— Привет тебе, Мыслитель!

— Привет и тебе, Собеседница!

— Как день? Надеюсь, с пользой?

— Хороший день, и приятный, и полезный. Как все хорошее, он слишком быстро закончился.

— Слишком...

— Ты сегодня немногословна. Расстроена чем-то?

— Да так... Ты не в Москве?

— Нет, в командировке.

— Надолго?

— Через несколько часов улетаю.

— Так быстро?

— Да, как-то быстро в этот раз.

Мессенджер на какое-то время замер.

— Счастливого полета, Мыслитель! И... возвращайся.

****

Иконка мессенджера погасла.

Какое-то странное ощущение осталось у Николая после этой переписки. В течение дня он часто вспоминал разговоры с Собеседницей, то в офисе венчурного фонда во время переговоров, то во время прогулки по городу, то глядя на красный мост в золотистых лучах вечернего солнца.

Собеседница вспоминалась, а вот беседы с ней он никак не ожидал. И последняя фраза из диалога не очень понятна — «…возвращайся». Вроде бы и так утром перелет в Москву. Н-да… Николай посмотрел на время — спать оставалось не более четырех часов.

Ксения нажала на кнопку отключения компьютера, положила голову на подлокотник дивана, закрыла глаза и мгновенно уснула прямо в одежде. Снилось ей, что она в вечернем платье сидит на берегу океана рядом с Мыслителем. Они молчат и смотрят на лунный след на поверхности воды. Веет ночной прохладой. Он заботливо накрывает ее пледом, она благодарно прячет свою ладонь в его руке, и чувство полнейшего спокойствия и беспричинной радости овладевает ею…

15

Очередное заседание совета по развитию подходило к концу. Светлана Александровна попросила слова:

— Коллеги, мне кажется, что в наших коммуникациях с «АгроИнТехом» случаются сбои, и сбои системные. Может быть, я ошибаюсь? Ваше мнение, Игорь Олегович?

Директор по персоналу не торопился отвечать.

Вместо него слово взял Александр Анастасович:

— Мне как независимому члену совета многие вещи видны более явно, так сказать, многое лучше видится издалека. Так вот, я полностью согласен с нашей уважаемой Светланой Александровной — очевидны именно системные нестыковки как в коммуникациях с нами, так и, судя по обратной связи от клиентов, и с ними тоже.

Игорь Олегович утвердительно покачал головой.

— Проблема объективно существует, согласен, — Николай посмотрел на коллег. — Предложения?

— Я могу выехать на пару дней, — сказала Светлана Александровна, — провести тренинг по базовым аспектам организации коммуникационных связей. Заодно и с Антониной, секретарем Виктора Дмитриевича, поработаю. Ребята многие неплохие и трудятся с желанием, но уровень квалификации, безусловно, необходимо повышать.

— Договорились, принимается, — Николаю было приятно, что его менеджеры не просто замечают проблемы, но и анализируют их, находят закономерности и сами предлагают решения. — Согласуйте, пожалуйста, с руководителями время вашего отсутствия, Светлана Александровна. Заодно уточните, какие еще задачи можно попутно решить во время командировки.

Приезд доверенного лица и правой руки столичного совладельца вызвал в сибирском офисе неподдельный интерес, легкий ажиотаж и самые разные ожидания. Но никто, включая Виктора Дмитриевича, не предполагал, что, прилетев в Тюмень в половине первого ночи, в семь сорок утра безупречно выглядящая эффектная москвичка будет уже в офисе почти в ста километрах от областного центра.

— О как! Как долетели, устроились? — Виктор Дмитриевич слегка смутился, не ожидая так рано увидеть в приемной помощницу московского партнера. — Проходите ко мне в кабинет… Чаай, ко-фэ?.. В Москве ведь еще и шести утра-то нет…

— Спасибо, долетела и устроилась хорошо, — Светлана Александровна с интересом оглядывала кабинет руководителя.

Ночное проветривание не могло удалить сильный табачный запах, намертво въевшийся в стены кабинета и находящиеся там предметы. Большой рабочий стол был завален документами. В самом центре среди стопок бумаг еле виднелась одинокая маленькая фигурка гордого надменного Наполеона. С десяток стульев были хаотично расставлены по кабинету. Рядом с креслом руководителя на стене висели многочисленные награды сельскохозяйственных выставок и бейджи участника разнообразных мероприятий. Книжный шкаф предназначался в основном для специальной литературы и деловых подарков. На нем сиротливо лежал большой муляж сигареты с надписью «Курение вредит вашему здоровью» — очевидно, чей-то подарок с намеком.

— Кто рано встает…

— Того и тапочки, — продолжил фразу Виктор Дмитриевич. — Все-таки кофе или чай?

— Горячую воду.

— О как!.. — снова удивился хозяин кабинета. — Ну это легче всего… Сейчас вскипятим… А я кофе с утра предпочитаю…

— Я сейчас все организую, — Светлана Александровна уверенно направилась в приемную.

Виктор Дмитриевич пытался робко возразить:

— Вы же гостья… — но настаивать не стал.

Когда без двух минут восемь на работе появилась Антонина, в приемной уже вкусно пахло свежезаваренным кофе, а в кабинете шефа шло обсуждение вопросов организации графика работы на ближайшие два дня.

Антонина выглядела расстроенной:

— Как же так, вы приехали к нам в гости, а я пришла на работу последняя.

— Не расстраивайтесь, Тоня, — столичная коллега слегка улыбнулась. — Лучше ответьте на два вопроса: первый — какой сегодня день недели?

— Понедельник. А что?

— И второй: вы не замечали, что в понедельник все, особенно руководители, приходят на работу чуть раньше?

— Ну…

— В восемь тридцать у Виктора Дмитриевича планерка со своими людьми, а в десять тридцать — селекторное совещание с московскими руководителями и специалистами.

— Да, я в курсе, — с легким вызовом сказала Антонина.

— Еще и я прилетела к вам на два дня. Какие прогнозы можно было сделать?

Тоня молчала.

— Прогнозы очень простые, дорогая коллега. Сегодня Виктор Дмитриевич как минимум минут за пятнадцать-двадцать до начала рабочего дня должен был прийти, чтобы успеть подготовиться к совещаниям. Он и пришел в семь сорок три. Как опытный и ответственный руководитель, Виктор Дмитриевич не мог поступить иначе. И предвидеть именно такое развитие событий ты должна была еще в пятницу утром. Ты не просто симпатичная куколка модельной внешности с длинными ногами, ты сердце оперативного управления компанией. И вот эту простую истину ты должна повторять как

255

молитву минимум четыре раза в день — с утра, перед обедом, после обеда и в конце рабочего дня, повторять до тех пор, пока этот постулат не станет твоей привычкой, убеждением, рабочей сущностью, не впитается в твою деловую кровь. Теперь все понятно?

— Понятно…

— Из тебя может получиться неплохой помощник руководителя, если ты будешь не столько расстраиваться, сколько учиться на промахах.

— Постараюсь…

— Выше носик, Тоня! Некогда грустить, у нас много дел и не так много времени. До обеда мы плотно поработаем с тобой, разберем все накопившиеся проблемы, а в четырнадцать тридцать проведем совещание с менеджментом компании. И ты будешь мне ассистировать. Готова?

— Я…

— Понятно, будем готовиться.

На стенах в актовом зале висели большие яркие полотна, написанные маслом явно в семидесятые годы прошлого века и рисующие радостные трудовые будни советского колхозника и колхозницы.

Светлана Александровна попросила поставить флипчарт не на сцене, а перед сценой и стоящими полукругом стульями. От трибуны она отказалась, уж слишком та несла на себе отпечаток партийно-советского прошлого. Менеджеры расселись группами, задние ряды заняли финансисты и бухгалтеры, трейдеры сгруппировались в центре, а семеноводам достались места впереди. Около сорока человек откровенно разглядывали москвичку, спокойно готовящуюся к выступлению.

— Добрый день, — Светлана Александровна вышла к первым рядам. — Многие меня знают, тем не менее представлюсь. Я помощник одного из основных акционеров компании, Николая Константиновича. Официально моя должность звучит так: директор службы оперативного управления московского холдинга.

Сегодня мы поработаем над повышением эффективности коммуникаций.

Буду благодарна, если каждый из вас назовет свое имя и должность, так нам будет легче общаться. Давайте начнем с первого ряда, слева направо. А чтобы вы поверили, что я запомню имя и должность каждого без всяких записей, любой из вас после представления может попросить меня повторить его имя и должность. Договорились?

Зал оживился и знакомство началось. Едва последний человек представился, как один из трейдеров встал и провокационно улыбаясь задал вопрос: «Как меня зовут?».

Прыщавый худосочный парень лет тридцати еще не успел присесть, как Светлана Александровна не задумываясь ответила:

— В торговом департаменте вы, Алексей Тукмаков, занимаете должность трейдера.

Мало кто в зале верил, что столичная гостья действительно способна запомнить имя и должность каждого присутствующего, поэтому мгновенно наступила уважительная тишина.

— И я попрошу вас, Алексей, вместе с вашим коллегой и соседом справа Петром Пероговым помочь мне повесить на стенд плакаты. Справитесь?

Недоверчивый трейдер густо покраснел и передернул плечом:

— Конечно, че тут сложного? — и вместе со своим соседом пошел вешать привезенные из Москвы листы ватмана с заголовками «ЭЛЕКТРОННЫЕ ПОЧТОВЫЕ ЯЩИКИ», «СКАЙП» и «МОБИЛЬНАЯ СВЯЗЬ».

Светлана Александровна же медленно произнесла своим магическим низким бархатистым голосом, доходящим до каждой клеточки сознания слушающих ее:

— Уважаемые коллеги, *качество управления бизнесом во многом зависит от правильно построенной системы коммуникаций*. Создать эффективную систему коммуникаций — задача не простая и не дешевая. В момент формирования бизнеса при лимите финансовых и временных ресурсов целесообразно использовать бесплатные или льготные системы, имеющие потенциалы развития и последующего интегрирования в создаваемую корпоративную систему управления. Постараюсь упростить свою мысль и разделить на составляющие.

Светлана Александровна подошла к одному из плакатов и лазерной указкой подчеркнула заголовок «ЭЛЕКТРОННЫЕ ПОЧТОВЫЕ ЯЩИКИ».

— Первым шагом целесообразно создать для каждого работника, кроме тех, кто находится исключительно на производстве и никогда не будет присутствовать в офисной среде, например подсобные рабочие, электронные почтовые ящики на единой платформе. Это можно сделать, к примеру, на портале активно развивающейся международной поисковой системы. Даже если у кого-то из вас уже есть какой-либо электронный адрес, обязательно нужно создать корпоративный ящик. Этим централизованно займется Антонина. Адреса и пароли будут переданы сотрудникам, база адресов и паролей должна быть надежно сохранена в максимально защищенном месте — на отдельном внешнем носителе либо на защищенной директории сервера. При аргументированной необходимости смены пароля сотрудник должен в обязательном порядке сообщить его ответственному лицу. База данных адресов и паролей необходима для контроля работы сотрудников и обеспечения безопасности бизнеса.

Молодая сотрудница бухгалтерии недовольно сморщила лицо, но ничего не сказала.

— Хочу предупредить сразу — в своей деятельности сотрудники обязаны пользоваться только утвержденными электронными адресами. Это не пожелание, а требование. Электронные адреса должны быть однотипны. Это удобно для пользователей и во внешней среде формирует имидж серьезной компании. Вопросы, коллеги, есть?

Зал молчал, кто-то записывал информацию в блокноты и ежедневники, кто-то просто внимательно смотрел на Светлану Александровну, кто-то тоскливо пялился в окно.

Она продолжила:

— В деловой практике адрес обычно формируется из первой буквы имени и полностью написанной фамилии без точек и пробелов. Например: Алексей Тукмаков atukmakov@... .com или Петр Перогов pperogov@... .com. Для общения с внешней средой создается корпоративный адрес с названием компании:

ЗАО «АгроИнТех» agrointech@... .com, — выступающая записывала примеры на флипчарте. — При этом у секретаря существует и персональный ящик для внутренних коммуникаций.

Электронные почтовые ящики являются собственностью компании и при увольнении сотрудников в обязательном порядке блокируются после передачи всех контактов дублирующему работнику.

Очень важно уйти от привычных личных предпочтений и выбрать тот почтовый сервис, который, кроме электронной почты, предоставляет специальные бесплатные деловые сервисы, расширяющие возможности по управлению бизнесом. Это должны быть простые, мощные коммуникации и средства совместной работы для любой компании, где все организовано с целью упростить инструментарий, свести к минимуму техническое обслуживание и снизить затраты на IT-сферу. Мы оценивали перспективы развития различных почтовых порталов, и, с нашей точки зрения, один из них в ближайшие годы станет лидером в своей отрасли. А ставку надо делать именно на лидера.

Электронная почта и сервисы имеют возможность подключения к мобильным телефонам и мобильным корпоративным системам коммуникаций, так что за пределами офиса в случае разъездов контакт теряться не должен. Я знаю, многие из вас работают на полях или в офисах клиентов, и данный аспект, безусловно, актуален.

— Ага, не спрячешься даже на своем огороде, — пошутил агроном.

Светлана Александровна не стала реагировать на шутку:

— Перед раздачей адресов Антонина проведет короткие собрания в подразделениях, объясняя целесообразность и выгоду использования однотипных адресов, а также принципы работы почты и ее возможностей.

Она обвела взглядом аудиторию:

— Если есть вопросы, задавайте.

Алексей поднял руку:

— Это... Все мои клиенты уже знают мой адрес... и че теперь, все менять?

— Сколько, господин Тукмаков, у вас клиентов?

— Ну много…

— А конкретнее?

— Ну десятка полтора-два…

— То есть тридцати-сорока минут будет достаточно, чтобы уведомить всех клиентов?

Трейдер снова стал алого цвета и сел.

— Если вопросов по почте больше нет, то продолжим, — Светлана Александровна подошла ко второму плакату и лазерной указкой подчеркнула заголовок «СКАЙП». — Это следующий обязательный для всех шаг. Еще одно удобное средство связи. Данная программа позволяет не только отправлять сообщения, но общаться с помощью видеосвязи. Согласитесь, часто необходимо не только слышать, но и видеть друг друга.

— Жучков-паучков начальству показывать? — из-за спин товарищей съязвил кто-то из зала.

— Почему бы и нет, если квалификация не позволяет самостоятельно определить вредителя? — парировала Светлана Александровна.

Бухгалтеры одобрительно засмеялись.

— Понимаю, что лучше один раз увидеть, чем даже от меня услышать, поэтому Антонина в каждом подразделении проведет обучение по работе в Скайпе. Теперь осталось выбрать единого оператора мобильной связи. Этим вопросом займется служба безопасности вместе с IT-подразделением. Возможно, Алексей сейчас думает, что делать с существующим номером мобильного телефона, который знают его клиенты, — улыбаясь, Светлана Александровна смотрела на трейдера. Он, насупившись, молчал, его коллеги, негромко посмеиваясь, ехидно подшучивали над ним. — Ответ будет аналогичен предыдущему по корпоративным почтовым ящикам. Коллеги, думаю, общий подход понятен, если мы создадим простую, удобную и защищенную систему коммуникаций, то нам всем будет технически проще находить общий язык между собой, и клиентам упростим жизнь, а значит, повысим управляемость и эффективность бизнеса.

Теперь от слов к делу! Все возникающие вопросы будем разрешать в рабочем порядке, именно для этого Антонина вместе с вами и техническими специалистами будет работать с каждым подразделением.

Благодарю вас за внимание, мы уложились в двадцать минут, я не отняла много вашего времени и уверена, что польза от нашего общения по данному вопросу окупится неоднократно. Спасибо!

— Спа-си-бо, — распевчиво и негромко ответила за всех, вставая, главный бухгалтер. Следом за ней стали подниматься и остальные сотрудники.

К плакатам подошел Алексей Тукмаков и, не глядя на москвичку, заставившую его несколько раз покраснеть, поинтересовался:

— Вам того... плакаты помочь снять?

— Буду благодарна, Алексей, за помощь. И спасибо за ваши вопросы, думаю, они волновали всех, но только вы решились их задать. Вот моя визитная карточка, будут еще вопросы, не стесняйтесь задавать.

— Да ладно... — не ожидая такого поворота разговора, немного растерялся и в очередной раз смутился трейдер.

16

Голова раскалывалась. Глаза не открывались, и открывать их категорически не хотелось. Николай с трудом повернулся на бок, тяжело глубоко вздохнул и медленно сполз с кровати на пол. За окном было темно. «Надо ж было так нажраться! Профессиональные издержки, мать их! А мне ведь лететь... И почему, чтобы пожать друг другу руки и вместе заработать деньги, обязательно жрать ведрами водку?! Кто придумал эту дурацкую традицию?! Во всех народных преданиях ели пуд соли, но никто не жрал кадушками медовуху...» — мысли собирались с трудом. Побрившись и приняв ледяной душ, немного взбодрился. Слегка покачиваясь, спустился из номера в ресторан, расположенный на первом этаже гостиницы. Несмотря на то что часы на стене показывали половину шестого утра, человек двадцать постояльцев уже завтракали.

— Ушицы? — официантка Нина участливо смотрела на Николая.

— Какая? — зачем-то тупо спросил он.

261

— Тройная, с муксуном, стерлядью и осетриной, — не удивившись вопросу, спокойно ответила Нина.

— Ага, — только и смог выговорить Николай.

— Может быть, сто грамм водки и закуски? Водка есть московская и нашего розлива. Рекомендую нашу, качественная.

— Давайте... вашу... — он благодарно посмотрел на опытную сотрудницу ресторана, мгновенно оценившую состояние его организма. — Еще свежего грейпфрутового сока — пол-литра, и эспрессо двойной... прямо сейчас, если возможно.

После кофе и первых пятидесяти грамм водки голове немного полегчало. Маринованные грузди со сметаной были как нельзя кстати. Вторые пятьдесят под горячую уху вернули более-менее оптимистическое отношение к жизни.

Внедорожник руководителя окружного негосударственного пенсионного фонда уже стоял возле крыльца. Водитель забрал из рук гостя чемодан и положил в багажник автомобиля.

Николай стоял около машины, глубоко вдыхая свежий зимний воздух. Ветра не было совсем, и вековые сосны в шапках и рукавицах из снега, окружающие со всех сторон отель, напоминали сказочных исполинов.

— Сколько у нас времени до самолета? — в глубоком похмельном состоянии категорически не хотелось садиться в тесный, холодный и одновременно душный АН-24.

— До окончания регистрации еще почти два часа.

— А доедем мы до аэропорта минут за пятнадцать?

— Не больше, дороги расчищены, машин мало, — сонный водитель явно был бы рад побыстрее забросить Николая в аэропорт и поехать домой досыпать.

— Поехали к мамонтам. Только не гони сильно, меня сегодня нельзя кантовать.

Тяжелый вздох водителя был красноречивее любых слов.

Красиво и со вкусом подсвеченный город, стоящий на живописных холмах, говорил своей интересной и самобытной архитектурой, что Ханты-Мансийском правит Хозяин.

«И нам есть чем поделиться с миром, есть чем гордиться», — думал Николай, рассматривая из окна автомобиля современные здания, построенные в стиле коренных народов Севера.

Минут через десять остановились около древнего капища, выполненного в бронзе. Редкие снежинки падали на голову, но шапку надевать не хотелось, холодный воздух действовал болеутоляюще для все еще тяжелой головы. Время вокруг Николая остановилось, а вместе с ним замерли высвеченные лучами прожекторов пещерные люди в окружении первобытного бизона, шерстистых носорогов, стаи волков и пещерного медведя. Он стоял среди цветников с группами растений юрского периода и смотрел на выходящую из леса на высокую террасу семью мамонтов. Малыш мамонтенок, ростом около трех метров, очень трогательно смотрелся на фоне старейшей, идущей впереди мамонтихи, сопоставимой по размеру с трехэтажным домом.

— Красивая гора, — раздался негромкий женский голос.

Николай повернул голову, рядом стояла так же, как и он, без шапки, в брюках и пушистой меховой жилетке молодая смуглая девушка.

— Это не гора, — пояснил Николай.

— А что?

— Это останец, горная порода, принесенная и сцементированная ледником в доисторическую эру.

— Наверное, это было очень давно… А откуда вы знаете?

— У меня первое образование геологическое, вот и прорываются иногда остатки знаний ранними утрами.

— А что еще вы знаете об этом ос-тан-це? — незнакомка по слогам произнесла последнее слово.

— На вершине останца сохранился уникальный Самаров городок, названный так по имени правившего здесь князя Самара, погибшего в шестнадцатом веке во время завоевания Сибири войском Ермака Тимофеевича. В честь князя останец и назвали Самаровским.

— Интересно как! — поеживаясь, произнесла девушка. — У нас в Молдове тоже красивые холмы, но по-другому красивые.

— Вы из Молдовы? — поинтересовался Николай.

— Мои родители из Молдовы, есть там такой город Бельцы. Папа уже давно живет и работает здесь. А мы с мамой живем в Канаде, в Оттаве. Там тоже длинная холодная зима и много снега. Вот прилетела повидаться с отцом, и не спится, разница в часовых поясах... А вы почему так рано здесь, если не секрет?

— А я улетаю. Есть немного времени перед регистрацией на рейс, а это место мне очень нравится.

Они молча стояли и любовались гармоничным сочетанием красоты природы и красоты творения человеческих рук.

— Вас кто-то провожает? — неожиданно поинтересовалась девушка.

— Нет, — коротко ответил он.

— А давайте я вас провожу? Это так здорово, когда тебя провожают и встречают! И так грустно, когда некому это делать. Я абсолютно свободна, а вы мне еще что-нибудь интересное расскажете. Как?

— Принимается! — Николай только сейчас заметил, что около их автомобиля стоял черный внедорожник «порше».

— Тогда перегружайте свои вещи ко мне в машину и отпускайте человека, — указала рукой на хмуро курившего водителя девушка.

— Повезло ему все-таки, — улыбнулся неожиданному счастью водителя Николай.

До посадки оставалось еще полчаса, и два случайно встретившихся ранним утром на Югорской земле человека пили ароматный итальянский кофе в небольшом уютном кафе северного российского аэропорта.

Николай рассказывал историю Ханты-Мансийска и завоевания Сибири. Девушка внимательно слушала, периодически задавая самые неожиданные вопросы: «А жен казаки привозили с собой или находили здесь? А если возвращались домой, местных жен брали с собой или оставляли?»

Многие вопросы ставили его в тупик, он никогда не задумывался над житейскими или семейными проблемами тех времен.

— Мне пора, — Николай поднялся. — А мы ведь даже не познакомились. Меня зовут Николай Константинович.

— Мне очень приятно, — девушка подала руку. — А меня зовут просто Виктория.

Она достала небольшой черный кожаный органайзер из сумочки и записала миниатюрной чернильной ручкой адрес своей электронной почты и два номера телефона, вырвала листок и подала ему со словами:

— Напишите или позвоните мне. Обязательно! Хорошо? Удачного вам полета! — и неожиданно поцеловав Николая в щеку, быстро пошла к выходу.

Полет до Тюмени уже не казался таким тяжелым, каким представлялся ранним утром.

17

В тюменском аэропорту Николая встречал Виктор Дмитриевич.

— Доброе утро! — крепкое рукопожатие и хитровато-ироничный взгляд... — Или в России утро не бывает добрым?

— Утро-то доброе, да непростое.

— Понятно... Сначала, как обычно, к нам, а вечером в гостиницу?

— Сегодня изменим нашим традициям. Предлагаю побеседовать где-нибудь в уютном месте, потом я в гостиницу и в баню на релаксацию, а завтра, свеженький, уже прямиком к вам.

— Хорошо... Как вы относитесь к хорошему шашлыку под пиво?

— Отличная идея! А главное, своевременная очень.

— Что ж мы... не понимаем души командировочного человека? — Виктора Дмитриевича явно забавляло состояние Николая. — Я тут знаю одну кафешку придорожную... рядом с кладбищем стоит... шашлыки там ну очень вкусные!

— Хорошее начало про кладбище, многообещающее, Виктор Дмитриевич. Вы это серьезно?

— Еще как... потом спасибо скажете...

— Смотрите, под вашу ответственность, сейчас я согласен на все.

Кафе, представляющее собой достаточно большой деревянный сарай, действительно стояло прямо на трассе, примыкая к городскому действующему кладбищу. Простые столы, покрытые клеенкой, и пластиковые стулья дисгармонировали с многочисленными яркими грузинскими пейзажами на стенах, написанными маслом на больших холстах.

— Холодное пиво и горячие хачапури — просто бальзам на мою измученную нарзаном душу. Я сейчас ситуацию крупными мазками обрисую, — Николай посмотрел на висящую перед глазами картину горного ущелья, — документы передам, а завтра обсудим детали и соберем финансовую группу. Хорошо?

— Э... Анекдот хотите на тему документов и соседнего заведения? — Виктор Дмитриевич мотнул головой в сторону окна, в котором виднелась кладбищенская ограда.

— Ну если только аппетит не испортится.

— Нормально будет. Короче... Полночь на кладбище... Из могилы раздаются жуткие звуки... Отряхиваясь, наружу вылезает скелет и стучится в соседнюю могилу: «Гоги, слюший, выхады, пайдем па Тумэни пагуляем... шашлик покушаем... вина випьем, да?» ...Из второй могилы выкарабкивается скелет Гоги, и они вразвалочку направляются к выходу... Вдруг Гоги стучит себя костяшками по черепу, бежит к могиле и взваливает на спину могильную плиту. «Вах, дарагой, зачем плита тащишь?» — «Э-э-э... нэльзя нам по Тумэни бэз дакумэнтов!»

Шашлыки оказались очень вкусные — крупные куски молодой телятины были сочные и нежные.

— Ну... не томите... рассказывайте, — Виктор Дмитриевич закурил сигарету.

— После такого царского угощения, как не рассказать! — Николай, довольный вкусной едой, а главное, тем что тяжелое утреннее состояние организма понемногу проходило, начал объяснять процесс организации финансирования.

— Давайте порассуждаем логически, Виктор Дмитриевич. Деньги оборотные нам нужны?

— Нужны, — в этот раз без паузы ответил сибиряк.

— А где их взять? В банке? Исходя из наличия залогов, мы уже получили кредиты. Другого залога-то у нас нет.

— Нет, — подтвердил Виктор Дмитриевич.

— Поэтому что?

— Что?! — собеседник стал терять терпение.

— Поэтому надо разрабатывать финансовую схему, позволяющую для заимодавца минимизировать риски выдачи

266

нам займа. Проще говоря, надо найти такой предлог, повод для нашего предложения, от которого сложно отказаться. Понятно?

— Не очень пока…

— Все просто на самом деле, это я с утра сложно изъясняюсь, — Николай рассмеялся, достал и передал коллеге папку с документами. — Смотрите бумаги, давайте начнем с самого начала. А нет, начнем для ясности с конца. У нашего бизнеса длинный финансовый цикл — год, а по некоторым позициям в продуктовой линейке — полтора-два. Я прав?

— Ну… Может, по соточке? Чтоб понятнее было, а то… пиво без водки — деньги на ветер, — предложил Виктор Дмитриевич.

— Не-ет! — Николай аж вздрогнул от такого предложения. — Лучше пиво повторим. Так вот, банки, на какой срок кредиты дают? Декларируют, что на три, а фактически больше, чем на год, не допросишься, да еще первоклассные залоги требуют, коих у нас в достаточном количестве нет по определению. У частных лиц занять можно, но это и проценты большие, и сроки опять-таки короткие. Существует такой финансовый институт — негосударственные пенсионные фонды. У них как раз длинные деньги, то что нам надо.

— А-а-а… ясно теперь.

— Нет, дорогой мой друг, не все так просто, — Николай отхлебнул холодного вкусного разливного нефильтрованного пива. — Это ж надо, настоящее голландское пиво, его не везде в Европе можно найти, а тут в Сибири, в сарае около кладбища! Продолжу… постараюсь сильно не отвлекаться. Вся загвоздка в том, что деятельность этих самых пенсионных фондов жестко регламентирована, и выдать нам заём они не имеют права, иначе их могут лишить лицензии и закрыть.

— Ступор, — Виктор Дмитриевич сдул пивную пену.

— Отчасти, — согласился Николай. — Но мы получили от них финансирование на три года. Правда, не напрямую, а через посредников.

— Это как? — удивился коллега. — За откаты?

— Что вы?! Закон надо чтить, как говорил гениальный сын турецкого подданного. Все законно и полностью в соответствии со всеми нормативами. Пенсионный фонд купил у одной сургутской финансово-инвестиционной компании с обязательством обратного выкупа через три года пакет акций, разрешенных регламентами к приобретению.

Виктор Дмитриевич молчал, не решаясь задать новые вопросы.

— Думаю, вам интересно, какой смысл был сургутянам проворачивать данную операцию? Ответ очевиден — маржа. На деньги пенсионеров они купили наши трехгодичные векселя. Разница в два процента годовых — их доход.

— И что, мы три года проценты отдавать не будем?

— Будем, но раз в год, а не каждый месяц, как банку. Поэтому если рассчитать эффективную процентную ставку заимствования, так мы от средних банковских ставок почти и не переплачиваем.

— И чего… они за два процента ввязались в эту схему?.. Не верится что-то…

— Знаете анекдот про два процента? — теперь пришла очередь Николая. — Рассказываю. Встречаются два восточных человека — старых друга. Один спрашивает: «Как твой бызнэс, дарагой, сколка працэнтов прыбыли получаешь?» Второй отвечает: «Да… два працэнта… гдэ-та так». «Вах! И как ты жывешь на эты дэнги?» — «Сматри! Пакупаю апэльсин на юге за рубл, а прадаю на сэвэре за три. Вот на эти два працэнта и живу».

Мужчины рассмеялись.

— У финансовой компании примерно такой же расчет. Они выкупают обратно свои акции по фиксированной цене, это устраивает пенсионный фонд, который страхуется таким образом от убытков. Но! Вот тут-то и начинается, Виктор Дмитриевич, самое интересное. Финансисты уверены, что акции за три года вырастут на десятки, а то и сотни процентов. И это еще не весь резон. Наши векселя они заложат в другой финансовой компании и возьмут под них деньги.

— А риски финансистов?.. Если мы не оплатим… предъявленные к выкупу векселя?..

— Оплатим, уважаемый партнер, обязательно оплатим. Мы ведь в обеспечение векселей заложили часть наших с вами акций компании.

— Да? Мрак… замутили вы, Николай Константинович, концов не найти.

— Найти, найти! Мы ведь тоже не лыком шиты, не только одну цель преследуем.

— А какую… еще? — с опаской поинтересовался Виктор Дмитриевич.

— Мы начинаем формировать нашу публичную кредитную историю, дорогой вы мой руководитель. А это дорогого стоит! Через полгодика мы выпустим на рынок новую партию наших векселей, только уже необеспеченных и на более выгодных для нас условиях. Часть денег пустим на развитие, а часть — на выкуп собственных обеспеченных векселей.

— И… кому они будут нужны, эти необеспеченные векселя?

— Они? Да почти всем, и тем же банкам в первую очередь, поверьте мне! Я уже не говорю о финансовых компаниях. В России практически нет финансовых инструментов для вложения. А мы — растущая компания, с публичной кредитной историей. Мы — находка для рынка, его новогодний подарок! Правда, через полгода. Да те же сургутяне и их партнеры, которым они заложат наши векселя, первыми начнут нас раскручивать без всякой нашей просьбы, будут активно поддерживать вторичный рынок наших векселей.

— А им это зачем?.. — уже совсем поникшим от непонимания всей схемы голосом робко поинтересовался коллега.

— А затем… Чем больше будет спрос на наши векселя, тем дороже и ликвиднее они будут.

— То есть… их легче будет сбросить в случае чего? — уже более уверенно уточнил партнер.

— Абсолютно!

— Дошло! Один работает, а десять вокруг прибыль получают.

— Что поделать, так сегодня устроен фондовый рынок. Несправедливо, согласен, но это существующая реальность.

— Вот за эту существующую реальность… я все-таки выпью сто грамм водки, — Виктор Дмитриевич позвал официантку. — Иначе мне просто не разобраться… За наше безнадежное мероприятие!

— За наше надежное предприятие, — поправил его Николай. — И напоследок, на посошок, так сказать: компания с хорошей публичной историей при продаже стоит дороже, это один из факторов, повышающих капитализацию.

Виктор Дмитриевич залпом выпил стопку водки:

— И последний вопрос… Мы не захлебнемся в деньгах, которые к нам повалятся?

— Мы будем брать только столько, тогда и на таких условиях, сколько сможем реально обработать. И для этого, как вы любите говорить, «надо следить за приборами». Поэтому мы завтра с вами и собираем финансовую группу. А через три дня летим в Москву на совет по развитию, не забыли?

18

«Деньги — барометр общественной добродетели. Когда вы видите, что торговля ведется не по согласию, а по принуждению, когда для того, чтобы производить, вы должны получать разрешение от тех людей, кто ничего не производит, когда деньги уплывают к дельцам не за товары, а за преимущества, когда вы видите, что люди становятся богаче за взятку или по протекции, а не за работу, и ваши законы защищают не вас от них, а их от вас, когда коррупция приносит доход, а честность становится самопожертвованием, знайте, что ваше общество обречено…» — Николай закончил читать текст на экране лэптопа и поднял глаза на членов совета по развитию.

— Мы сегодня договорились обсуждать риски. Я задал вектор обсуждения, теперь хотелось бы услышать ваше мнение. Кто хочет высказаться первый? Что скажет служба безопасности?

— Это ваша цитата или выводы аналитического агентства? — задал встречный вопрос Юрий Леонидович.

— А что?

— Тенденция данная объективно существует и нарастает, вы правы, Николай Константинович, поэтому и интересно, чьи это выводы.

— Эти выводы сделала писатель и философ Алиса Зиновьевна Розенбаум. И самое интересное, что наша соотечественница, которую весь мир знает под именем Айн Рэнд, сделала эти выводы почти полвека назад.

— Так тогда же был Советский Союз…

— Был, только она уже к тому времени сбежала из него в США. Разве сегодня для нас важно, когда и где был сделан данный вывод? — Николай подошел к окну. — Важно, актуален ли он в настоящее время в настоящей стране. Судя по вашей реакции — да, актуален. Простите, что забегаю вперед, но лично я сегодня хочу прояснить как минимум три вопроса: в каком направлении развивается Россия? Какова наша гражданская позиция? Какие у нашего бизнеса перспективы в русле формирующейся тенденции и выбранной гражданской позиции? Как только мы сами себе ответим на эти вопросы, необходимо скорректировать планы нашего развития, серьезно проработав компенсаторные мероприятия.

Александр Анастасович попросил слова:

— Вы подняли очень серьезные вопросы, Николай Константинович. Боюсь, что большинство из нас, готовясь к сегодняшней встрече, в первую очередь думали о рыночных и технологических рисках. Вы же задали вектор оценки страновых рисков, которые во многом коррелируются с рисками и трендами развития мировой экономики. В этой связи хочу отметить, что, судя по всему, мировая экономика находится в стадии уверенного подъема. Для таких стадий характерен нарастающий спрос на энергоресурсы и, соответственно, рост цен на них, тон в котором традиционно задает США, а теперь еще и Китай. Для нашей страны — это сладкое время, приток валюты за экспорт нефти и газа формирует профицитный бюджет. Нефтегазовые компании получают высокие доходы, поэтому и рынок их акций поддерживается за счет иностранных инвестиций. Таким образом, не предпринимая абсолютно никаких усилий, наше правительство имеет хорошую денежную подушку.

— Значит, все будет хорошо, и страновых рисков практически нет? — не выдержал Юрий Леонидович.

— Наоборот, все очень плохо! — грустно вздохнув, ответил консультант.

Виктор Дмитриевич вдруг неожиданно рассмеялся и тут же извинился:

271

— Простите, анекдот вспомнил про вопрос и ответ.

— Ну расскажите всем, а то заинтриговали, — Николай уже привык к беспрерывно генерирующимся анекдотам своего сибирского партнера по любому поводу, но для остальных членов совета по развитию такие вставки пока были непривычными, и они не знали, как на них реагировать.

Виктор Дмитриевич не заставил себя уговаривать:

— Это… Пришел муж домой, открывает шифоньер, а там мужик голый стоит. «А ты че здесь делаешь?» — «Трамвай жду». — «Ну ты сказал!» — «Ну ты спросил!»

Коллеги дружно и громко рассмеялись.

— Так вот, — продолжил Александр Анастасович, когда смех прекратился, — в истории практически не было исключений, чтобы правители разумно использовали на благо своей страны случайно появившиеся доходы. Думаю, и наша страна не будет, к сожалению, исключением.

— Почему вы так считаете? — теперь уже серьезным тоном поинтересовался Виктор Дмитриевич.

— Почему? Стоит только посмотреть даже на официальную статистику, проанализировать принимаемые руководством страны решения, и все сразу становится понятным. Задача на всех уровнях власти только одна — не возродить экономику, а перераспределить текущие в страну доходы. Ответный вопрос к вам, наш новый коллега, какие кадры нужны для дележа денег, талантливые и самостоятельные или серые и послушные?

— Никакие….

— Вот-вот, абсолютно «никакие»! И только в этом случае вышестоящий чиновник будет спокоен, что нижестоящий «никакой» не хапнет больше, чем он. Теперь подумайте, когда по всей стране на всех уровнях управления стоят повсеместно «никакие», то какое качество управления может быть? Ни-ка-кое. Отсюда и все последствия. А ведь эти «никакие» уже начали формироваться как класс, вот что страшно и для страны, и для бизнеса. Согласны?

— Ну… — лаконично вставил Виктор Дмитриевич, — застой, однако, предвидится…

— Есть другие прогнозы? — обратился к совету Николай.

Все дружно отрицательно покачали головами.

— Тогда давайте постараемся ответить на оставшиеся вопросы, которые я поставил в начале нашей встречи.

Светлана Александровна подошла к флипчарту, взяла фломастер и приготовилась записывать.

— Итак, наша гражданская позиция?

— Всегда! — пошутил Виктор Дмитриевич.

Но никто из присутствующих даже не улыбнулся.

Николай встал рядом со Светланой Александровной:

— Как владельцу бизнеса, наверное, стоит начать мне отвечать на столь непростой вопрос. Мы не политическая партия, мы деловая организация, мы — бизнесмены. Поэтому вопрос, наверное, несколько конкретизируется и упрощается. Не секрет, что и мы не безгрешны, иногда, чтобы не бороться с ветряными мельницами, мы «стимулируем» решение вопросов с чиновниками. Проще говоря, даем взятки. Поэтому мы сами отчасти виноваты в том, что происходит в стране. Решая сиюминутные задачи более легким путем, как нам кажется, мы сами затягиваем петлю на шее своего бизнеса. Будем ли мы и далее так же поступать, с учетом того что размеры взяток и частота поборов явно растут, или найдем в себе силы сказать «стоп!»?

— Я не специалист по стратегическим вопросам и не политолог, я просто айтишник, — произнес Владимир Андреевич, — но если все в стране дают, то реально ли вообще не давать и чем нам это будет грозить?

— Нам это будет грозить бесконечными согласованиями всего, что только можно, и такими же бесконечными проверками по любому поводу, — ответил Юрий Леонидович.

— А мы выживем, мы готовы к такой ситуации?

— При принятии данного решения нам надо будет усиливать и мою службу безопасности, и юридическую службу. А это серьезная дополнительная нагрузка на бизнес.

— Не легче ли оставить все как есть? — чувствовалось, что руководитель департамента информационных технологий волнуется.

— Так вопрос же идет не только о деньгах, вопрос Николай Константинович задал нам по гражданской позиции. Только вот, как говорил кто-то из классиков, жить в обществе и быть свободным от общества нельзя, — тяжело вздохнул Игорь Олегович.

— Каждый народ достоин своего правителя, — констатировал руководитель юридического департамента.

— Как-то России не везет на правителей… это что значит — диагноз для нашего народа? — возмутился Виктор Дмитриевич.

— Коллеги, эмоции понятны и объяснимы, — остудила дискуссию Светлана Александровна, — необходимо определяться с позицией.

Николай взял фломастер из руки помощницы и написал крупными буквами на флипчарте: «СТОП!». Положив фломастер, обратился к членам совета:

— Уважаемые члены совета! Я заканчиваю дискуссию. Большое спасибо за ваши мнения, тревоги, переживания, предложения. Если мы хотим уважать себя, если мы хотим, чтобы нас не считали за быдло, если мы хотим, чтобы наши дети жили в нормальном обществе, мы должны прекратить поддерживать преступные проявления и тенденции. Потому что они — преступные, и этим все сказано. Чем нам это грозит? Сегодня все уже было озвучено, повторяться не хочу.

Какие у нас перспективы и что необходимо сделать? На поверхности три рецепта: уйти в другие спокойные и благоприятные для ведения бизнеса страны, уйти в максимально не коррупционные сферы бизнеса и усилить систему безопасности. С первыми двумя не так все просто, за один день бизнес не перестроишь и не перевезешь со всеми людьми. Поэтому будем усиливать безопасность. И компенсировать непредвиденные расходы повышением эффективности бизнеса. Поэтому прошу всех в течение недели сформулировать свои предложения, и на следующей нашей встрече мы уже предметно обсудим комплекс компенсаторных мероприятий.

Николай выдержал паузу.

— Коллеги, у всех есть неделя, чтобы определить свою личную позицию. Если она по каким-то причинам не совпадает с той, что мы сегодня приняли, я пойму и не стану задерживать. На этом — всё. Еще раз спасибо.

19

Элегантный женский силуэт на фоне окна сразу бросился в глаза, едва открылись двери лифта. Практически одновременно фигура повернулась и произнесла низким бархатистым голосом:

— Доброе утро, Николай Константинович.

— Доброе утро, Светлана Александровна, доброе, — он подошел к помощнице. — Рад вас видеть. Вот точно так же мы встретились, когда вы пришли устраиваться на работу. Помните?

— Конечно, Николай Константинович. Вы тогда немного удивились, увидев меня, правда?

— Меня, конечно, предупредила охрана внизу, что вы уже ждете, но не буду лукавить, удивился немного вашему обращению ко мне. А если бы это был не я?

— Я поняла бы сразу. Вы шли как хозяин в свой дом, эту ауру нельзя скопировать и подделать, так что ошибиться было невозможно.

— Возможно, возможно… — Николай улыбнулся, — но не вам. Комплимент за комплимент. Меня уже кто-то ждет?

— Служба безопасности.

— Понятно. Что ж, пойдемте выпьем кофе и начнем рабочий день.

Юрий Леонидович уже пил в приемной крепкий черный чай из своей персональной большой кружки.

Николай разделся и вышел в приемную.

— Коллеги, есть предложение. А почему бы нам всем троим не взять свои чашки и не спуститься пить бодрящие утренние напитки в холл? Музыку послушаем в неформальной обстановке. Кофе-чай в хорошей компании, да под классические мелодии. Можно ли желать лучшего начала рабочего дня?

Невидимый пианист без устали нажимал на клавиши белого рояля, наполняя пустынный холл звуками известных классических композиций. Положив лэптоп на столик, Николай пододвинул мягкое кресло Светлане Александровне. Комфортная обстановка, запах кофе и музыка создавали в центре большого офисного пространства уютный островок, в котором сидели три человека, три единомышленника, понимающие друг друга с полуслова.

— Хотите предупредить, чтобы я был осторожнее? — спокойно произнес Николай, обращаясь к Юрию Леонидовичу.

— Да вы и сами это знаете. У нас ведь в стране как принято? В первую очередь пытаются выбить из игры главное — ключевое — звено.

— Даже если не за что придраться? — спросила помощница.

— Эх... Был бы человек, а статья всегда найдется... К сожалению, Светлана Александровна, мы все еще живем во времена, когда данная поговорка актуальна. Даже если вы в младенческом возрасте в детском садике разбили горшочек с цветочком... — начальник службы безопасности говорил негромким голосом, словно боялся, что их разговор кто-нибудь подслушивает.

— За меня не стоит сильно переживать, — Николай с интересом смотрел на управляемую невидимыми руками клавиатуру рояля, — уже столько раз через разборки проходил, что сложно придумать что-нибудь новенькое. Таких компаний по размеру, как наша, в Москве множество, поэтому мы не сильно бросаемся в глаза, да и противовесы в большом городе всегда легче найти. И вы рядом, а это дорогого стоит.

Я вот за нашу агрокомпанию переживаю — компания молодая, растущая, в регионе у всех на виду. В небольших удельных княжествах сложнее бороться, все друг друга знают, либо повязаны, либо запуганы. Да и опыта борьбы у новой команды еще нет. Самые уязвимые они в нашей цепочке, самое слабое звено... Прошу вас, коллеги, плотнее работайте с сибирскими коллегами, уделяйте им больше времени. Чувствую, именно оттуда нам ждать неприятностей, а предчувствие меня никогда не обманывает...

Холл понемногу стал заполняться спешащим на службу народом, суета рабочего дня неумолимо вытесняла утреннее спокойное равновесие.

Автоматические стеклянные двери отворились, впустив очередную партию офисных служащих. Среди идущих на службу, сгорбившись и глядя себе под ноги, двигался руководитель департамента информационных технологий. Решив пройти к лифту не по окружности вдоль стены, а через холл напрямик, он оказался прямо перед своими коллегами и от неожиданности остановился.

— Доброе утро, Владимир Андреевич! — Николай поднялся с кресла и протянул для рукопожатия руку.

— Доброе… утро, — растерянно ответил подчиненный.

— Что-то случилось?

— Нет… То есть… да… Я не боец, Николай Константинович… я просто программист…. У меня ребенок недавно родился… Поэтому…

— Поэтому вы увольняетесь, — облегчил сбивчивое признание Николай.

— Да… Я… — пытался что-то дополнить «просто программист».

— Не переживайте, Владимир Андреевич. Проблема выбора — она поэтому и называется «проблема». Обид нет и быть не может. У вас два часа, чтобы разобраться с формальностями, получить расчет и собрать личные вещи. Вы помните, что по нашим правилам вы уже не имеете права доступа к компьютерам и служебной документации. — Николай повернулся к своим собеседникам и сказал: — Спасибо за приятное утро. Пойдемте трудиться. Дел у нас прибавляется.

20

Стрелки часов показывали без четверти одиннадцать вечера — время, когда жизнь в Москве только начинается. Вереницы автомобилей с включенными обычными и ксеноновыми фарами дружно разрезали темноту, направлялись в центр мегаполиса, чтобы оставить своих хозяев в ночных клубах, ресторанах и барах, а потом снова, но уже уставших, нетрезвых и сонных, развезти по домам под утро, чтобы успеть за пару часов остудить мотор и доставить помятых и не выспавшихся героев ночной жизни на их дневные места заработка для ночных трат.

Ехать домой Николаю категорически не хотелось. Пустая квартира без детских голосов и женской улыбки не притягивала, а в последнее время даже тяготила. Звонить дочкам в Европу было уже поздно, они должны были укладываться спать. «В выходные обязательно полечу к детям, уже почти месяц не виделись, соскучился неимоверно», — решил он.

Двенадцатый музыкальный трек сменился тринадцатым. Речитативом Outside The Wall группа Pink Floyd заканчивала второй диск своего знаменитого альбома The Wall. Николай взял пульт и вернул трек Run Like Hell.

You better run like hell... ритмичные звуки подняли его с кресла, музыкальная тема вовлекла мужчину в танец, незримо управляя нитями нот движениями тела-марионетки. Николай не сопротивлялся, отдаваясь ритму музыки и ритму данным Богом мгновениям жизни...

Почти все программы на лэптопе уже были закрыты, когда дружелюбно замигал мессенджер.

****

— Добрый вечер, Мыслитель! Вечер, если ты, конечно, в Москве.

— Я в Москве. Добрый вечер и тебе! Если у тебя тоже вечер, Собеседница.

— Если ты не уверен, то почему не пожелаешь мне просто доброго времени суток?

— Я не люблю эту фразу. Мне она кажется какой-то... скользкой, подхалимской, стыдливо прячущейся от реальности. Поэтому — добрый вечер! Или не вечер?

— Ты решил спровоцировать меня на откровение? Разве нам не хорошо от того, что ты не знаешь, кто я, где живу и чем занимаюсь? Наша взаимная откровенность держится на незнании, правда?

— С той лишь оговоркой, что ты знаешь, кто я, где живу и чем занимаюсь.

— О! Считай этот момент несущественным. Мы, блондинки, так быстро все забываем!

— Значит, ты блондинка?

— Возможно. Тебе нравятся блондинки?

— И блондинки тоже. И брюнетки. И рыжие.

— Ты так неразборчив в связях?

— Разве я это сказал?

— Разве нет?

— Я только обозначил, что цвет волос женщины не определяет степень моего влечения к ней.

— А что привлекает тебя в женщине — фигура, грудь, ноги, глаза? Прости, даже не отвечай, я перешла на какие-то глупые темы из пошлых журналов, не хочу тратить на пустые рассуждения наше с тобой время. Лучше постарайся услышать мои ощущения, я сейчас наслаждаюсь саксофоном, Дик Пэрри так классно солирует в песне Money! А сейчас уже и в Us And Them...

— Ты слушаешь Pink Floyd?!

— Да, я их обожаю, особенно Dark Side Of The Moon. А почему столько эмоций?

— Потому что я только что слушал их же, только другой альбом.

— Хм... интересно! Хотя... закономерно. Когда люди настроены на одну волну, то слушают одну и ту же музыку, смотрят одни те же фильмы, читают одни те же книги.

— А наоборот бывает?

— Реже, почти не бывает, здесь уже логическое следствие не работает.

— Значит, мы с тобой сегодня на одной волне?

— Мы часто бываем на одной волне, ты не заметил?

— Тебе это нравится?

— И да и нет. Нравится то, что я могу с тобой говорить откровенно на самые разные темы, даже на те, которые не могу обсуждать с ближайшей подругой. Не нравится то, что я могу с тобой говорить откровенно на самые разные темы, даже на те, которые не могу обсуждать с ближайшей подругой. А когда одно и то же и нравится, и не нравится, но отказаться от этого уже невозможно, то данное явление в медицине называется психологической зависимостью, навязчивой потребностью, ощущаемой мною и подвигающей меня к общению с тобой. Мне кажется, что я нахожусь в состоянии классической аддикции, я так привязалась к нашим беседам, что самостоятельно уже не способна их прекратить...

…Молчишь? Только не смущайся, мое откровение тебя ни к чему не обязывает. Легким движением руки ты можешь прервать наш разговор или вообще удалить мессенджер.

Что-то я сегодня разоткровенничалась… На этой оптимистической ноте предлагаю закончить нашу беседу. Не возражай, хорошо? Приятных тебе сновидений!

…И постарайся представить меня во сне. Расскажешь потом, если захочешь. Вдруг что-то совпадет…

****

21

Зазвонил телефон. Резкая трель старого гостиничного аппарата раздалась одновременно с моментом, когда Николай проснулся. Он потянулся в кровати и, не вставая, поднял трубку.

Бодрый голос Виктора Дмитриевича дружелюбно отчеканил:

— С добрым утром… Николай Константинович!

— С добрым! — еще не проснувшийся голос слегка хрипел после вчерашнего застолья с владельцами пищевого комбината.

— Чего… простыли?

— К счастью, здоров. Просто голосовые связки еще не проснулись, вы первый, с кем я сегодня разговариваю.

— А-а-а!.. Извиняюсь! Я пришел на работу, дай, думаю, позвоню, пока суета не закрутила… Забыл, что у нас разница во времени два часа. Позвонить позже?

— Нормально, не переживайте. Уже половина шестого, я как раз проснулся одновременно с вашим звонком, так что все хорошо. Как у вас дела?

— Как на двадцатой странице «Приключения Буратино»: «Солнце еще не взошло, а в Стране Дураков уже вовсю кипела работа…» — по голосу чувствовалось, что сибиряк довольно улыбается. — А как ваши?

— Соответственно моему возрасту.

— То есть?

— Не знаете отличия трех стадий возраста?

— Не-а, — по интонациям было понятно, что настроение у Виктора Дмитриевича с утра хорошее.

— Молодость. Всю ночь пьешь — мешаешь вино, пиво, водку, куришь, танцуешь до упаду, занимаешься сексом до изнеможения, а утром свеженький, как будто прекрасно выспался.

Зрелость. Всю ночь пьешь — мешаешь вино, пиво, водку, куришь, танцуешь до упаду, занимаешься сексом до изнеможения, а утром состояние, как будто всю ночь пил — мешал вино, пиво, водку, курил, танцевал до упаду, занимался сексом до изнеможения.

Старость. Всю ночь спокойно спишь в кровати, а утром состояние, как будто всю ночь пил — мешал вино, пиво, водку, курил, танцевал до упаду, занимался сексом до изнеможения.

Непрекращающийся смех перешел в истерический кашель.

— Ух… и развеселили вы меня с утра… И?

— Что «и»? Вы хотите меня обидеть?

— Понял… старость не наступит никогда! — Виктор Дмитриевич никак не мог остановить приступ смеха.

— Вот это другое дело! А то — «и»?! Такое сказать с утра! С утра надо говорить только приятные и хорошие слова. У меня вот в молодости была знакомая, так она разошлась с мужем только из-за того, что тот каждое утро просыпался в плохом настроении.

— А вы… просыпаетесь в хорошем настроении?

— Всегда! Это мое жизненное кредо.

— К вам… что ли ушла? — хитровато произнес далекий телефонный собеседник.

— Догадливый вы, уважаемый товарищ. Только у каждого свои сложные черты характера, я вот слишком категоричный и требовательный, особенно черты неуживчивости проявлялись в молодости, сейчас уже знаю большинство грехов за собой, стараюсь управлять ими. Непросто женщине с таким человеком, как я, долгое время быть рядом. Ну ладно, хватит рассуждать на отвлеченные темы, переходим к деловым новостям, — Николай с удовольствием выдержал паузу. — Овса у нас питерцы будут забирать столько, сколько сможем насобирать и отправить к ним сюда на комбинат. Объемы и сроки не ограничены. Предоплата сто процентов.

Виктор Дмитриевич молчал.

— Чего молчите, уважаемый?

— А че говорить?.. Трясти теперь надо, вот и соображаю, чего и как...

— Ну, пока вы думаете, я пойду душ холодный приму. Не против?

— Святое дело! Я покумекаю немного, переварю информацию и после обеда позвоню, посоветуемся... Хорошо?

— Договорились. Не прощаемся.

22

Кто сказал, что питерское солнце ласкает редко? Николай не спеша шел по «теневой» — нечетной стороне Невского проспекта, щурясь от ярких утренних лучей. Рано просыпающиеся туристы со всех концов света с фотоаппаратами на груди, в одиночку, по двое и целыми группами во главе с экскурсоводами, держащими над головой яркие зонтики-маяки, беспорядочно двигались во всех направлениях, неожиданно останавливаясь и так же неожиданно срываясь в совершенно противоположную сторону...

— Броуновское движение какое-то! — раздался рядом недовольный голос грузной пожилой женщины, с трудом передвигающейся с хозяйственной сумкой-коляской в разнонаправленном потоке людей. — Эх, понаехали... До метро не добраться...

— Могу я вам помочь? — неожиданно для себя Николай обратился к женщине.

— Ага, взять мою сумку и пропасть вместе с ней, — услышал он в ответ ворчание.

— Да куда мне с вашей поклажей, с ней далеко не убежишь, меня ж через три метра схватят, — Николай доброжелательно улыбнулся. — Вам далеко?

— Помоложе никого нет познакомиться? — недовольный голос немного смягчился.

— Вам далеко, спрашиваю?

— Ну до Парка Победы, а что?

Николай подошел к стоящему в метре от них частному извозчику, курившему около своего потрепанного фольксвагена, достал бумажник и, не спрашивая, отсчитал купюры:

— Вот что, дорогой, довезешь тещу до дома и поможешь подняться до квартиры. И смотри, я через полчаса перезвоню ей, проверю, все ли хорошо, а номер твой запишу на всякий случай.

— Надо мне... — безразлично пробурчал таксист, открывая багажник и укладывая в него сумку-коляску.

— А-а-а... не... что вы... — робко пыталась сопротивляться растерявшаяся петербурженка. И уже с трудом усаживаясь на заднее сиденье, с горестью причитала: — Вот так, надо было отработать всю жизнь, чтобы на старости лет жить на подачки...

Лавочки в парке возле Казанского кафедрального собора почти все были заняты молодежью — читающей, слушающей музыку, курящей, пьющей пиво, щелкающей семечки, плюющей на тротуар, болтающей и громко смеющейся по любому поводу. Не успел Николай найти свободную скамейку, как зазвонил коммуникатор:

— И где мне вас найти на площади? — слегка напряженный тон Алены Макаровны передавал ее состояние.

— Я машу вам рукой, немного повернитесь направо... вот и я!

— Ну и придумали вы, прямо конспиративная встреча какая-то, — протягивая руку Николаю, выговаривала банкирша.

— Алена Макаровна, а давно вас приглашали посидеть на лавочке? Только честно? Вы и я, Санкт-Петербург, прекрасная погода. Что еще надо для хорошего настроения?

— Удивили, не скрою, удивили. Впрочем, вы мастер удивлять. Да, на лавочке в городе я уже и не помню, когда сидела. У нас романтическое свидание? — скороговоркой произнесла деловая женщина.

— Как можно?! У вас же муж ревнивый, вы меня предупреждали.

— Вас бы это остановило? Не поверю. Я, кстати, ему призналась, что вы меня пригласили встретиться на лавочке.

— И какая реакция?

— Пусть это останется семейной тайной, — потеплевшим голосом ответила бизнесвумен. — Не буду скрывать, удивилась вчера, увидев вас в кабинете владельца пищевого комбината. И честно скажу, разозлилась, когда вы увели его куда-то прямо у меня из-под носа.

— Не обижайтесь, у меня не было выбора, зато он сегодня в прекрасном настроении и будет полностью ваш. А в знак моего извинения и в счет компенсации обсудите с ним возможность факторинга. Насколько я выяснил, они еще ни с кем по данному финансовому инструменту не работают. А в список поставщиков можете записать под номером один нашу компанию.

— И тут вы уже успели наследить, — было видно, что женщина капризничает уже притворно. — Так ради чего вы меня пригласили на утреннее рандеву? Чтобы дать совет по работе с клиентом? Или посидеть среди молодой неформальной тусовки?

— Да что вы! Вам, профессионалу, давать советы — это только показывать свою некомпетентность, — Николай, прищурившись, любовался расположенным напротив Домом компании «Зингер». — А если уж давать серьезный совет, пользуясь случаем… Представьте, что среди этой молодежной тусы сейчас находится будущий гений или просто ловкий парень, способный создать из ничего компанию, которая будет стоить десятки, сотни, а то и миллиарды долларов. Потом он арендует в этом престижнейшем здании верхние этажи и, попивая витаминный чай, будет смотреть с купола успеха в свои двадцать с небольшим лет на этот парк, вспоминая годы, когда не хватало денег даже на простенький компьютер… Так что рекомендую каждому из этих ребят прямо сейчас раздать визитки и рекламу банка. Глядишь, будущий долларовый мультимиллионер через несколько лет опустит руку в карман своих любимых истертых джинсов, вытащит вашу измятую визитку, вспомнит странную москвичку и в благодарность за то, что она поверила в него, переведет часть платежей своей компании в ваш банк.

— Да, сейчас все бросила и кинулась раздавать местным неформалам свои визитки.

— Не настаиваю, не настаиваю, просто прогнозирую… Возможно, только ради этой возможности вам стоило в этот раз и приезжать в Питер… К тому же совет не бесплатный. Если я окажусь прав, хочу долю прибыли от доходов банка по операциям ценного клиента.

— Ну вы и!.. — возмущение собеседницы было искренним.

— Бизнес, Алена Макаровна, только бизнес, ничего личного. Просто очень часто в своих прогнозах я оказываюсь прав. Это можно называть интуицией, провидением, жизненным опытом — как угодно. Впрочем, важен результат, — Николай внимательно рассматривал молодежь, словно пытаясь определить будущего делового кумира северной столицы. — Так вот, встретились мы, конечно, не для того чтобы я вам давал советы. Вы обмолвились как-то, что заинтересованы войти персональными финансами в наш проект. Желание еще в силе?

— Причин менять свое решение у меня пока нет, Николай Константинович. Какой пакет предлагаете и за сколько?

— Пока мы не делаем официального предложения. Мы рассматриваем возможность продажи осенью чуть более восьми процентов акций.

— Не очень комфортный пакет. Меня больше бы устроили пять или десять процентов.

— Я понимаю. Десять — нет, а пять — потенциально не исключено, вопрос в цене.

— Что хотите? Судя по имеющейся у меня информации, у вас неплохо идут дела, — Алена Макаровна поймала взгляд Николая. — Миллион долларов кешем устроит?

Николай посмотрел на голубое прозрачное небо и усмехнулся.

— Это из серии, сколько мне нужно денег для полного счастья? Я похож на Шуру Балаганова?

— Вы мне больше напоминаете Остапа Бендера, не обижайтесь только, поэтому сразу и предлагаю миллион.

Николай засмеялся.

— Что вы! Сравнение с Остапом — это комплимент для меня. С одной оговоркой. Мое предложение стоит не миллион. Однозначно больше. Точнее смогу сказать ближе к осени. И все будет официально, я не собираюсь хранить деньги в чемодане в камере хранения, они востребованы для развития бизнеса.

— Разумно, разумно… Тогда вернемся к разговору ближе к осени?

— На этой же лавочке и в тот же час? — пошутил Николай.

— Ну уж нет, окружающее нас общество будущих миллионеров меня не очень вдохновляет, я, знаете ли, земная женщина, ценю комфорт. Давайте лучше в Москве на нейтральной территории. Только не на лавочке, хорошо? И за понимание я готова удвоить сумму.

— А я вот неисправимый романтик... Но отказать вам не могу, поэтому заранее приглашаю вас в ресторан. Только и два миллиона — эта не та сумма, которую мы с вами будем обсуждать.

— Будьте джентльменом, уж не откажите хоть в такой малости! — Алена Макаровна поднялась. — Мне надо идти. Рада была вас видеть. Осень уже не за горами, так что до скорой встречи... Остаетесь наблюдать за будущими миллионерами?

23

С утра Виктор Дмитриевич без предупреждения заехал в соседнюю деревню в офис к своему старому другу Семену, руководителю и владельцу компании «КРАММ». Товарищи закурили и, не сговариваясь, одновременно посмотрели на темнеющее от наступающих дождевых туч небо.

— Ну вот... а я на рыбалку завтра с утра собрался, — огорченно сказал Виктор Дмитриевич.

— Разгонит до утра, не переживай.

— Дык... я и не переживаю.

— Ну как, питомники нам осенью выделишь? — задавая вопрос, Семен заранее знал ответ.

— Не-а...

— А чего так?

— Да вы ж волки́... вам покажи палец, вы всю руку откусите... А что, элита не устраивает?

— Питомники лучше.

— Да кто б спорил?.. Только я тогда чем буду заниматься?

— Да всем рынка хватит, — философски заметил Семен.

— А вам что, овощного семеноводства мало... Чего на зерновые-то потянуло?

— Да кто его знает... Все занимаются... Да и рисков меньше, когда с разными культурами работаешь. Вот в этом году урожай капусты будет просто наипрекраснейший, а ни одного договора на продажу заключить не можем. Такое чувство, что осенью придется просто перепахивать капустные поля вместе с урожаем… Зато магазины забиты польской капустой. И это что, скажи мне, поддержка отечественного производителя? Бабло с нас снимают регулярно и за все подряд, а толку?

— Семен, ты ж не хуже меня знаешь, — смачно отхлебывая растворимый кофе из большой кружки, произнес Виктор Дмитриевич. — Ну откатил ты разово какому-нибудь чинуше из администрации… И что?.. А так потоки выстроены грамотно… бюджеты плавно перетекают зарубеж… И у сетевых магазинов та же причина не работать с тобой… То ли с маржой на твой товар работать… налоги с нее платить, то ли самим себе маржу устанавливать, и всю прибыль через Польшу в Швейцарию и Монако угонять?

— Чего же декларируют тогда про отечественного производителя? Молчали бы лучше, глядишь, народ бы меньше расстраивался.

— Сема, запомни раз и навсегда! Российское крестьянство живо не благодаря правительству, а вопреки ему!

— Н-да, согласен… Не ту страну назвали Гондурасом, это точно! Ну ладно, давай о наших «котлетах». Что насчет суперэлиты?

— Только элиту… Зато могу предложить новые сорта… И без риска, если боишься… реализацию можем взять на себя.

— Ладно, договоримся, не чужие. Лучше посоветуй, как мне из этой задницы выбраться. Еще недавно мы были в пятерке крупнейших производителей картофеля в России, а теперь уже десятку замыкаем. И деньги вроде есть, а долгов еще больше. Чего-то не так в этой жизни… Что поменять посоветуешь? Ты теперь в столице часто бываешь.

— А ты, как в ентом анекдоте… ежиком прикинься.

— В смысле?

— Сидит зайчик на пеньке среди леса, горюет — обижают его все… Решил к сове сходить, совета спросить… Прибегает к сове и говорит: «Сова, сова! Почему меня все обижают? Медведь идет — наступить на меня норовит… Волк пробегает — укусить хочет… Лиса увидит — сразу за мной гонится… Ты такая мудрая, скажи, что мне делать?» Подумала сова и отвечает: «А ты ежиком прикинься, его никто не трогает, он

287

колючий». «Вот спасибо!» — обрадовался зайчик и побежал обратно в лес. Бежит и думает: «А как же я ежиком-то стану?» Решил вернуться и снова спросить совета у совы. Та подумала-подумала и отвечает: «Я тебе совет дала, кем ты должен стать, а уж как это сделать — сам определяйся».

Этот анекдот мне в нашей московской конторе один консультант рассказал, когда планы развития обсуждали...

— Понятно, посоветовал, обнадежил, — Семен раскрыл новую пачку сигарет. — А сами-то, чем думаете заниматься?

— Решаем... Партнер мой московский за чистый аутсорсинг голосует... А я вот думаю... земельку надо брать, хотя бы для питомников, чтобы риски минимизировать... С заводом разбираемся... Короче, хватает мыслей... Ну, это... поехал я, однако, пока не полило... Угости сигареткой, свои закончились, а то неохота мокнуть, из машины под дождь выскакивать...

24

В приемной «АгроИнТеха» было прохладно, кондиционер добросовестно охлаждал жаркий воздух, свободно проникающий с улицы сквозь большие щели старых деревянных окон, заодно рассеивая упорно просачивающийся из кабинета руководителя табачный запах. На стуле, лениво перелистывая «Журнал Агронома», периодически вытирая пот со лба и вздыхая, сидел располневший среднего возраста мужчина, в густо покрытой зерновой пылью одежде и обуви. Увидев входящего Виктора Дмитриевича, он тяжело поднялся и издалека первый протянул для пожатия руку:

— Здравствуйте, можно в гости?

— А куда ж вас теперь... не под дождь же выпроваживать?

— Да ничего, я на машине, — извиняющимся тоном ответил посетитель.

— Давно ждете?

— Минут сорок.

— Ну ладно, заходите, раз приехали... Чай, кофе?

— Да я уж попил, спасибо.

— Что привело? — Виктор Дмитриевич бегло проглядывал лежащую на столе пачку платежек.

— Да по заводу поговорить.

— Говорите… — по манере разговора можно было сделать вывод, что тема мало интересует владельца кабинета. — Кстати, анекдот про «поговорить» знаете? Старенький, правда.

— Знаю, знаю, — лицо гостя скривилось в подобие улыбки. — Намек понял. Я как раз вчера был в Екатеринбурге, на кредитном комитете в банке обсуждали, что делать с семенным заводом. Вспомнили о вашем предложении.

Виктор Дмитриевич, щурясь от едкого табачного дыма, сосредоточенно подписывал платежные ведомости.

— Меня как временного управляющего заводом уполномочили уточнить ситуацию.

Хозяин кабинета никак не реагировал на речь посетителя. В кабинете повисла напряженная пауза.

Первым не выдержал гость:

— И как, ваше настроение не изменилось?

— Смотря, что предлагаете… — Виктор Дмитриевич пытался в горе окурков на пепельнице найти свободное место, чтобы затушить остатки сигареты. — Мы делали несколько предложений.

— Мы готовы по балансовой стоимости продать в рассрочку на три года.

— Вы… хоть… затраты на поддержание завода… окупаете?.. — поинтересовался руководитель «АгроИнТеха».

— Мы же в основном на ваших объемах работаем, только-только хватает на поддержание.

— Финансируйте поставки, мы увеличим объемы, будете прибыль получать… Или решились дать гарантию приобретения сырья… в объеме восьмидесяти процентов от объема загрузки на пять лет?

— Банк не готов выделять дополнительное финансирование и давать гарантии.

— Ну тогда… чего от нас надо? — безразличным тоном задал вопрос Виктор Дмитриевич.

— Так вы готовы выкупить завод?

— Готовы… — зажигалка никак не загоралась и была выброшена огорченным хозяином в мусорное ведро. — По реальной рыночной стоимости… с рассрочкой на семь лет и беззалоговым оборотным финансированием... И то еще подумаем.

— Я не уполномочен обсуждать другие условия.

— Ну тогда кочевряжьтесь дальше, зрейте... У нас в планах на следующий год поставить собственную сортировальную машину, поэтому даже сегодняшние объемы я вам не могу гарантировать.

— Может, подумаете все-таки? — собеседник пытался получить хоть какую-нибудь надежду.

— А чего думать?.. Тут и думать нечего, — Виктор Дмитриевич наконец нашел в ящиках стола новую зажигалку и закурил. — Это вам думать надо, а мне че думать, у меня и так все нормально. Только вот дождь пошел, а я на рыбалку завтра собрался... Может, в Курганскую область рвануть? Там вроде бы осадков не обещали... Как считаете? — и с надеждой посмотрел в окно.

25

— Эх-х! Эх-х! — Николай громко кряхтел и хлестал себя веником. Березовый с эвкалиптом веник обжигал тело горячим воздухом и покалывал тонкими окончаниями веток. Капли воды вместе с листьями отлетали от веника и, попадая на раскаленные камни печки, весело шипели, наполняя баню ароматом леса и здоровья. Выскочив из парилки, с разбегу упал в сугроб. Лежа в облаке пара, исходящего от тела, у Николая непроизвольно вырвалось:

— Господи! Хорошо-то как!

— Пивка холодненького? — немного приоткрыв дверь из комнаты отдыха, выглянул обмотанный в простынь Михаил Александрович.

—Не-ет! Только воды! Во-ды!

—А я пивка!

— Позже, позже, еще пару заходов, а потом уже можно будет и немного пивка или водочки.

— Не проблема, есть и то и другое.

— Вот только этого не надо! — Николай рассмеялся. — И то и другое — это уже явный перебор. Не по-божески портить банальной пьянкой очищающий тело и душу ритуал.

Вернувшись в комнату отдыха и накинув на себя простынь, прилег на кушетку, глубоко и расслабленно вздохнул:

— Ну чем можно заменить веник и русскую баню?! Особенно зимой?! Разве от пассивного присутствия в сауне можно получить такое удовольствие?! Не-льзя! — ответил сам себе и, в блаженстве закрыв глаза, неожиданно продекламировал: — Сейчас бы водочки, потом — селедочки, да с гарной дивчиной на сеновал!

— Есенин? — поинтересовался Михаил Александрович.

— Мое. Экспромт, — не открывая глаз, ответил Николай.

— А-а-а... Только современных гарных дивчин на сеновал не заманишь, — поддержал тему собеседник. — Колется сено, говорят, неудобно сексом заниматься. Хотя, я думаю, не в сене дело — просто избалованные пошли русские женщины. Кровать должна быть удобная и желательно в отдельной квартире в доме повышенной комфортности или коттедже. Белье гладить — подвиг, еду готовить — не царское дело, посуду вымыть — так это вообще насилие над женской личностью. А вот термином «мужчина должен» в совершенстве овладели в многократном приложении. Так что, стоит ли тащить на сеновал, чтобы не оказаться потом вечным батраком и должником?

— Разные есть мнения по этому вопросу, — задумчиво произнес Николай. — Один мой знакомый с юности принял для себя установку, что близкие отношения могут быть только продолжительностью не более часа и только с проституткой. Так проще, честнее и дешевле.

— И как?

— Живет хорошо, купил себе в Сан-Франциско девять и девяносто девять сотых процента акций городского банка, дом с видом на залив за несколько миллионов долларов, несколько дорогих машин само собой, занимается спортом, путешествует по миру, в промежутках между получением удовольствий занимается бизнесом. И никаких женских истерик! Ни-ка-ких ис-те-рик! В общем — жизнь удалась.

— Н-да... — протянул партнер, отхлебывая пиво из запотевшего стакана. — Я вот недавно пошел покупать себе новую машину — летний вариант, а вернулся домой с «харлеем». Давно мечтал о новой модели, а тут взял и купил. Супружница и говорит: «Ты на старости лет с ума сошел?! Бес в

291

ребро?» Получается, от своей законной жены и за собственные заработанные деньги получил комплимент… Может, и прав ваш знакомый? Кстати, вы раньше, насколько я помню, предпочитали немецкие автомобили, а сейчас перешли на простеньких япошек. Если не секрет, почему?

— Секрета нет, — Николай налил из запотевшего графина стакан холодной воды. — История в чем-то похожа на вашу. Наши доблестные правоохранительные органы во время одного заказного наезда, пользуясь случаем, реквизировали мой автомобиль, да так профессионально, что и сами следов его найти не могут. Пришлось идти покупать себе новую машину. Выбрал любимую модель любимого цвета, естественно эмку БМВ. Присел в ожидании, пока машину со склада пригонят на осмотр и тест-драйф. Сижу, кофе пью, смотрю в окно. А на улице малышня беспризорная автомобили моет, с ведрами носится. Деловые такие, не по годам, а годиков-то, наверное, самому старшему не больше восьми-девяти будет. Чего-то не по себе мне стало, неуютно как-то…

Рядом с центром «БМВ» стоит центр «Хонда». Уважаю бренды, которым основатели не боятся давать свои имена, — это ведь дорогого стоит, репутацию свою, судьбу на людской суд представляют… Не то что какой-нибудь купленный у юристов «Эпицентр Маркет Плюс 2000», который уже в момент своего рождения обречен стать отмывочной и почившей насильственной смертью компанией. Так вот: зашел, увидел и купил, — Николай улыбнулся. — Попроще, конечно, марка, зато надежная и московских переживаний меньше по поводу угона или зимней соли. Да и по динамике не кардинально от «бумки» отличается. И по стоимости — меньше половины эмки. В общем, боевая машина предпринимателя российского, то что надо.

— А вторую половину БМВ беспризорникам кешем отдали? Николай ответил не сразу.

— Не напрямую, конечно. Разделил на несколько частей — и отправил по разным адресам, в фонды и в детские дома, тем, в кого поверил, что не украдут у детворы.

— И как?

— Что как?

— Как ездится на экономклассе?

— А-а-а… Я думал, вы про детвору… Ну, это не эконом, скорее — бизнес-класс, я бы сказал. Нормально ездится. Мне — нормально, — утончил Николай. — С моим образом жизни не всегда есть время на нюансы комфорта обращать внимание, да и автобанов немецких, где можно разогнаться, в Москве нет. А главное, с учетом моих сегодняшних приоритетов, меня пока вполне устраивает «хонда». Дальше — время покажет. Правда, не все знакомые приняли мою новую тачку, сделали вывод, что дела у меня пошли не очень… И это — тоже очень хорошо, сразу меньше пустых людишек стало рядом. Что-то заболтался я совсем, — Николай встал, — скоро баня остынет, а мы еще и по второму заходу в парилку не сделали. Вас попарить?

— О нет! Я не фанат, да и сердечко — того. Я несколько позже еще разочек, и — все, с вашего позволения! А за баню не переживайте, топить будем столько, сколько надо, поэтому не ограничивайте себя.

— Спасибо за гостеприимство, я точно еще пару заходов сделаю!

Николай зашел в парную, плеснул водой на раскаленные камни, они одобряюще зашипели и заполнили помещение горячим паром. Он присел, подождал, пока жар немного уляжется, облил холодной водой полку, покрутил мокрым веником, наполняя воздух целебным запахом эвкалипта, и лег на еще не успевшие нагреться доски. Приятное тепло быстро разлилось по телу, проступая капельками пота и пощипывая за пальцы ног и колени. Толстые бревна стен бани надежно отделяли суету прошедшего дня от мгновений покоя и блаженства. Николай взял веник, потряс им над телом, начиная со ступней, и с удовольствием стал себя хлестать.

Шофер Михаила Александровича, в одетом на спортивный костюм белом переднике, поставил на стол дымящуюся вареную картошку, посыпанную мелко нарезанной зеленью, малосольные огурчики, маринованные грибы, селедку, хрен, сало, свежие овощи, графин с водкой и запотевший кувшин с пивом.

— Спасибо, —поблагодарил Николай.

— Не за что, — немного удивленно ответил тот и вышел.

— За что вы его благодарите, Николай Константинович? — хозяин тоже несколько удивился. — Это же его работа.

— Пионер обязан быть вежливым! — весело ответил Николай.

— То есть?

— Вы же были в детстве членом этой организации. Не помните заповеди пионерии?

— Припоминаю... — неуверенно произнес Михаил Александрович.

— Не напрягайте память, вообще-то эта фраза из анекдота нашего семеновода, — Николай повязал на пояс простынь. — Заходит бабушка в автобус. Тут же встает пионер и предлагает ей присесть. Бабушка садится и чихает. «Будьте здоровы!» говорит пионер. «Спасибо», — отвечает она. Через некоторое время бабушка снова чихает. «Будьте здоровы!» — желает ей он. И так повторяется несколько раз подряд. Старушка не выдерживает и тихонько обращается к пионеру: «Милок, я не просто так чихаю, я табачок нюхаю». Пионер ей так же негромко: «А мне начихать, что вы нюхаете, пионер обязан быть вежливым!»

— А-а-а! — собеседник рассмеялся. — Ну тогда ладно. Пивка холодненького?

— Спасибо! Но я бы лучше сразу немного водки.

Партнеры выпили по стопке тягучей ледяной прозрачной жидкости, которая из-за своей консистенции даже не действовала на вкусовые рецепторы, и только спустя некоторое время появлялся легкий приятный зерновой привкус. Хозяин дома пододвинул к Николаю грибочки:

— Попробуйте, я сам собирал, а супруга мариновала.

Грибочки действительно были великолепны. Водка, впрочем, тоже весьма недурственна. Николай расслабленно откинулся на мягкую спинку удобного кожаного кресла. Не очень хотелось говорить о делах, но он понимал, что партнер уже давно ждет от него предложения и сегодняшний повод попариться у него в бане — явный предлог к обсуждению назревшего вопроса.

— Мы с вами оба оказались правы, Михаил Александрович, — Николай начал издалека.

— В чем? — партнер изобразил легкое удивление.

— Вы — в том, что решились стать акционером нашего бизнеса. Я — в прогнозе тех показателей, которых мы достигли.

Оба собеседника явно не торопили обсуждение, пытаясь предугадать домашние зарисовки своего визави.

— Все показатели достигнуты в полном объеме? — первым прервал паузу инвестор.

— Более чем, я же регулярно высылаю вам отчетность.

— Что же, я очень рад, — Михаил Александрович налил еще по стопке водки и себе дополнительно кружку пива. — Может, все-таки пивка?

— Спасибо, я бы от чистой воды не отказался. И не жалко даже уменьшения вашей доли в бизнесе? — Николай решил больше не тянуть и обострить разговор.

— Какое уменьшение? — несколько наигранно удивился хозяин.

— С трети до четверти бизнеса, как мы и договаривались.

— А-а-а… Вы об этом, уважаемый партнер. Нет, по этому поводу я не переживаю, лучше иметь четверть от большого бизнеса, чем треть от малого. Тем более что опцион на довыкуп дополнительных акций у меня остается.

— Разве? — водка действовала расслабляюще на тело Николая, но многолетнюю привычку не расслаблять внимание ни при каких обстоятельствах алкоголь перебороть не мог. — А по-моему, опцион не предполагает обязательность, разве не так? Да и затрагивали эту тему мы с вами вскользь, не конкретизируя деталей. И что, есть желание увеличить свой пакет? — Николай подцепил на вилку небольшой груздь.

Собеседник отпил пива и как можно безразличнее произнес:

— Почему нет?

Николай не торопился с ответом, с удовольствием похрустывая грибами.

— Не скрою, сейчас компании было бы очень кстати привлечь новое финансирование. И достаточно комфортно, предложив взамен ту долю, на которую уменьшился ваш пакет.

— То есть восемь и тридцать три сотых процента?

— Абсолютно верно. Вы никогда не пьянеете! — Николай произнес знаменитую фразу из культовой советской новогодней кинокомедии, но собеседник даже не улыбнулся.

— И сколько вы хотите за восстановление моей доли, Николай Константинович?

— Вопрос не во мне, Михаил Александрович, не во мне... Вопрос в справедливой оценке сегодняшней стоимости компании и в той отдаче и для бизнеса, и для вас как инвестора от вложенной суммы. Уверен, что ваши специалисты уже сделали анализ и выдали вам свои рекомендации. Теперь вопрос в том, совпадают или нет наши с вами ожидания.

— Согласен с подходом, — партнер встал и приоткрыл окно. — Свежего воздуха немного запустим, хорошо? У меня, действительно, есть собственная оценка. Так каковы же ваши ожидания?

— Мои ожидания находятся на уровне ста пяти миллионов, — после небольшой паузы произнес Николай.

— Это что же, я за двадцать пять процентов акций отдал сто семьдесят пять миллионов рублей, а примерно за треть этого пакета вы предлагаете выложить почти две трети суммы прошлого транша?

— Абсолютно верно. И в этом ваша выгода. Вы, повторюсь, не просчитались со своим первоначальным финансированием. Поверьте мне, не просчитаетесь и со второй инвестицией.

Партнер подошел к холодильнику и достал из морозильной камеры новый графин с водкой:

— Ай, даже пальцы прилипают, как на морозе к металлу.

— Так водка-то, поди, с очисткой серебром? — пошутил Николай.

— Не знаю, как серебром можно очистить сивушные масла, разве только углем, — ответил партнер, не поворачиваясь и держа графин в руках. — Девяносто пять миллионов — это моя окончательная цена.

— Понятно.

— И?

— Я подумаю.

— Сколько времени необходимо вам на размышление? В среду я улетаю в Австрию и пробуду в Европе месяц-полтора.

— А что если мы с вами встретимся во вторник, пообедаем и поставим точку в этом вопросе?

Михаил Александрович открыл лежащий на журнальном столике ежедневник, достал из компактного футляра складные очки:

— Океюшки, во вторник так во вторник.

26

— Доброе утро, Николай Константинович!

— Доброе, доброе, Светлана Александровна!

Приводя себя в порядок в приемной, помощница взглянула на часы — семь тридцать восемь утра. Судя по всему, шеф на работе уже давно. По задумчивому выражению его лица и несколько рассеянной интонации она сразу поняла, что тревожить его в ближайшее время нельзя. Зайдя через несколько минут в кабинет с кофе, как бы мимоходом поинтересовалась:

— Может быть, нам стоит перенести утреннее совещание на вторую половину дня?

— Да, пожалуй, — стоя у окна, не повернувшись, ответил Николай.

Не притронувшись к кофе, он открыл в адресной книге коммуникатора группу «Московский банк развития горно-металлургической промышленности», нажал на контакт «Старший вице-президент банка», выбрал опцию «Отправить сообщение» и написал: «Доброе утро, Алена Макаровна! Вы завтракали?»

Ответное сообщение пришло практически мгновенно: «Опоздали, Николай Константинович. Уже сижу в самолете, ожидаем взлета. Решили вместо ужина удивить меня завтраком? Итак, в какую сумму инвестиций в ваш агробизнес и за какую долю вы предполагали оценить нашу утреннюю трапезу?»

«Сто пять за восемь и тридцать три сотых процента».

«Сто миллионов и ни копейки больше, даже не пытайтесь торговаться. И только потому, что верю в ваш профессионализм и удачу. Вынуждена отключиться, взлетаем. Надумаете — звоните часов через пять».

«Удачной посадки!» — пожелал Николай.

Ответного сообщения не поступило, как и не поступило уведомления, что эсэмэска доставлена. Николай отошел от окна и сел в кресло. Кофе уже остыл. Отпил воды. Взял лист бумаги, разделил его на две части: на левой половине написал «Михаил Александрович», на правой — «Алена Макаровна». Снизу под именами добавил: слева — 95, справа — 100.

Светлана Александровна неслышно вошла и поменяла остывший кофе на горячий.

— Присядьте на минутку, пожалуйста, — Николай остановил помощницу. — Пока вы работаете у меня, кто-нибудь пытался переманить вас к себе? Точнее, уверен, что пытались. Но я не об этом. Представьте, что вам сейчас Мистер X делает предложение с компенсацией на пять процентов больше, чем вы получаете у меня. А у вас как раз есть планы по ремонту квартиры, отдыху и чему-то еще прочему. Не то что позарез нужны деньги, но… вовремя как раз. Вы согласитесь? Только честно! Уверяю вас, на наших дальнейших отношениях ваш ответ не скажется никоим образом.

— Нет.

— Обоснуйте, если не секрет.

— Потому что мне нравится с вами работать и меня устраивают условия.

— А пять процентов лишних финансов не прельщают? Неужели будут лишними, когда они сами плывут в руки, да так вовремя?

— Лишних денег не бывает, вы правы, Николай Константинович, — Светлана Александровна на мгновение замолчала. — Если хотите подробного ответа, то менять сложившиеся отношения и удовлетворенность от сотрудничества на дополнительные пять процентов и фактор неопределенности, риски «притирки» друг к другу и комфортности работы с новым руководителем — это абсолютно неравноценный обмен. А с кем я заработаю в итоге больше и на сколько — это вопрос глубоко дискуссионный. Я в вас верю. Тем более что и вы поверили в меня, взяв на работу. Я это ценю — поступок дорогого стоит. Поэтому однозначно дам искусителю Мистеру X отрицательный ответ.

— Спасибо, Светлана Александровна, вы сегодня очень вовремя пришли. И спасибо на добром слове, — Николай благодарно кивнул головой. — Еще вот что… Закажите, пожалуйста, на завтра в ресторане столик на двоих, мы с

Михаилом Александровичем договорились пообедать, заодно отметим нашу сделку.

Николай перечеркнул правую половину листа и пустил бумагу в шредер, мгновенно превративший проблему выбора в груду измельченной целлюлозы.

27

«Начальник! Червонец давай! Керосинка покупать буду!» — Виктор Дмитриевич хитровато смотрел на Николая.

— А надо? — Николай не торопил неожиданно появившегося в офисе партнера, хотя времени до выезда в аэропорт оставалось не так и много.

— Надо!

— И?..

— Я тут покумекал… пока рыбу ловил в выходные… Замерз, застряли на озере — буран, восемь часов с мужиками пробивались обратно… двести метров до трассы… занесло конкретно… Только эмчеэсовцы и вытащили в итоге всех нас… Дык… пока рыбачил… да пока тягали друг друга… понял, что по любому надо иметь свои дорабатывающие мощности… Завод качество не может обеспечить, ловить нечего.

— А стабильное качество — наше конкурентное преимущество, — Николай и сам понимал, что за последние месяцы семенной бизнес так и не смог сделать кардинальных успехов в обеспечении одного из своих конкурентных преимуществ — качества продукции. Пришлось даже нанимать бригаду женщин и вручную дорабатывать материал, получаемый с завода и других фирм по доработке семян. — Не поздновато ли сейчас ставить линию, весна уже на носу?

— Ну… ставить-то надо по любому… — повторил неопровержимый аргумент партнер и закурил.

— Поставить — дело нехитрое. А как весенне-летний простой окупать будем, может, летом начнем ставить, чтобы к урожаю подойти с перерезанием ленточки и финансы не замораживать?

— Проблема… Сейчас она нужна… и мертвый летний сезон впереди…

— Постановка проблемы никак не правильная, — Николай закрыл портфель и поднялся. — Мертвого сезона у нас по определению быть не должно, не может быть, чтобы не было решения. Я лечу на несколько дней в теплые края с инвесторами в неформальной обстановке общаться.

— С фокусами только будьте осторожны, Николай Константинович, не увлекайтесь там экскурсиями разными...

— Какими фокусами? — не понял Николай.

— Да как, например, на одном круизном лайнере... был случай... Проводилась развлекательная программа для пассажиров... Иллюзионист показывает номер: достал два яйца, бьет их друг о друга... Тут раздается мощнейший взрыв, корабль начинает тонуть... Два спасшихся туриста держатся за обломок мачты, один говорит: «Как тебе понравилась эта хохма с яйцами?»

Довольный своей шуткой и произведенным эффектом, Виктор Дмитриевич затушил недокуренную сигарету, допил кофе и тоже встал.

— Пожалуй, полечу и я домой, думать... на морозце на озере хорошие мысли в голову приходят.

28

Несмотря на раннее утро, песок уже раскалился настолько, что прикасаться к нему было практически невозможно. Легкий бриз, редкие небольшие облака и всевозможные кремы не могли защитить отдыхающую публику от неминуемых солнечных ожогов. Океан негромко посмеивался еле заметными волнами, с иронией наблюдая, как быстро и неумолимо поджариваются человеческие тела, чтобы потом болеть, мазаться лечебными суспензиями, а после выздоровления снова стремиться вернуться под испепеляющее светило — история никогда и ничему человечество не учила.

Николай дремал в тени большой пальмы, думать не хотелось ни о чем, тело требовало отдыха, ультрафиолета и паузы в излишне активной мозговой деятельности.

Кто-то шумно упал рядом. Николай открыл глаза, прямо перед ним сидела симпатичная белокурая девочка лет восьми и пристально на него смотрела. Он улыбнулся. Девочка никак не отреагировала, серьезное личико внимательно изучало, точнее, сканировало Николая. Рядом остановилась женщина с двумя такими же белокурыми, словно куколки, девочками на вид трех и пяти лет.

— Линда, идем! — на английском языке позвала неожиданную гостью Николая женщина, но та на призыв никак не отреагировала.

— Хай! — улыбаясь, поздоровался Николай.

— Повторяй за мной, — девочка приблизила свое лицо практически вплотную к лицу Николая. — Повторяй за мной! — уже громче произнесла девочка и оперлась на руки.

— Что повторять? — поняв, что перед ним «другой» ребенок, уже серьезно спросил Николай.

— Раз, два, три! — девочка быстро вскочила, подбежала к своей семье и с разгону упала на песок так же, как она упала пару минут назад перед Николаем. Не обращая никакого внимания на окружающих, она повторяющимися движениями гладила руками песок, жмурясь, смотрела на солнце и о чем-то негромко разговаривала сама с собой.

Николай закрыл глаза, но дрема прошла: «Почему она присела именно ко мне? Что она прочитала в моих глазах? Интересно, каким она видит и ощущает мир? Наверное, он совсем иной, чем представляют его большинство людей. А если таких, как она, немного, то, возможно, они и есть те самые избранные, которым доступна некая особая истина?» Он поднялся и пошел к воде. Теплый океан гостеприимно приглашал погрузиться и ощутить себя в первозданной колыбели Жизни, ведь именно он, по мнению ученых, зародил все то, что сегодня плавает, летает и ходит по планете Земля, в том числе и Николая.

Николай набрал полную грудь воздуха и только собрался нырнуть, как кто-то крепко схватил его за руку.

— Ноу! — те же серьезные «другие» глаза и категоричный тон.

Попытки освободиться ни к чему не привели, две детские ручонки цепко сжимали его запястье.

— Ноу! — настойчиво повторила она и потащила Николая за руку из воды. Но лишь только они оказались на берегу, девочка отпустила его, подбежав к сестренкам, упала на песок и, подняв лицо к небу, потеряла всякий интерес к персоне Николая.

Он снова вернулся к кромке воды. Бескрайняя, практически неподвижная зеленовато-голубоватая гладь океана магически звала: «Иди же ко мне, иди в мое лоно...» Николай сделал шаг... и вдруг увидел прямо перед собой недалеко от берега разрезающий воду небольшой черный треугольник, который быстро приближался к купающимся. Через мгновение раздался громкий душераздирающий крик, вода около одного из мужчин вспенилась и окрасилась алым цветом. Истошно кричащий человек лихорадочно бил руками по воде, пятясь к берегу. Три группы спасателей бежали на помощь, лавируя между обезумевшими от страха, в панике выскакивающими из воды и кричащими «акула!» людьми. Николай инстинктивно сделал шаг назад и натолкнулся на чей-то взгляд, заставивший его обернуться. Глаза «другого» ребенка смотрели прямо на него. Он вздрогнул. Не ожидая развязки драмы, взял одежду и быстрым шагом направился в отель.

29

Стефан и Бред быстро захмелели от виски и расслабляющей атмосферы всеобщего отдыха, не сильно омраченного даже утренним появлением акулы-людоеда. Руководство отеля и пляжа всячески успокаивало людей, подробно и регулярно объясняя отдыхающим принятые меры защиты, но теплый виски в тандеме с жарким воздухом действовали более эффективно. Две подсевшие к американцам изрядно подвыпившие девушки-азиатки, судя по всему — проститутки, привлекали внимание венчурных инвесторов значительно сильнее, чем перспективы удачного финансового вложения. Николаю и самому сегодня не хотелось думать и говорить о делах, тем более с пьяными янки, поэтому он добровольно передал инициативу в руки, точнее — в разгоряченные и продажные женские тела. Николай подозвал бармена и попросил повторить для себя вина — виски он не жаловал, поэтому не торопясь потягивал прохладное белое сухое чилийское. Бред неуклюже повернулся на стуле, едва не упав, и, схватившись рукой за рубашку Николая, произнес: «Ты… это… давай… и нам еще виски закажи… и девкам тоже».

Николай убрал потную руку Бреда и ничего не ответил. Бред икнул и громко позвал: «Стеф! Стеф! Этот… Ник не хочет покупать нам виски. Мы ему тогда не дадим инвестиции… Ты согласен?». Азиатки нагло таращились на Николая и громко беспричинно смеялись. Стефан, посадив одну проститутку к себе на колени, заплетающимся зыком пробурчал: «Русский… Давай виски! Все вы русские — бандиты!.. Бандиты… Неси нам виски, бандит!».

Николай спокойно смотрел на лица пьяных мужчин, которых до этого он видел вежливыми и корректными. Вот уж, действительно, что у трезвого на уме, то у пьяного на языке. И есть, получается, правда в традициях русского народа: хочешь узнать человека — выпей с ним водки. Или виски на тропической жаре. Он подошел к Стефану, взял его крепко одной рукой за шею ниже затылка, и, наклонившись к его лицу, негромко произнес, глядя прямо в глаза: «Засунь свои инвестиции, знаешь куда?! Если не знаешь — спроси у своей шлюхи, она расскажет и покажет. А если не вспомнишь мой совет, я тебе его завтра на трезвую голову еще раз продиктую под запись, понял? И не забудь утром передо мной извиниться». Похлопав Бреда по щеке со словами: «Пока, засранцы!» и оставив оторопевшую от такого поворота событий пьяную компанию, Николай медленно пошел к океану, по дороге кивнув бармену и указав на оставленный столик: «Они за все расплатятся».

Пустынный берег с набегающими из темноты волнами подыгрывал настроению Николая, успокаивая и настраивая на философское отношение к произошедшему. Дорожка лунного света на воде подмигивала многочисленными искорками отражений больших и малых звезд, комет, планет и галактик: «Все отлично, держи хвост пистолетом!» Прибой шептал: «Все пройдет, пройдет и это. Ты потерял инвесторов, поверь, это пустяк на твоем жизненном пути, но задумайся, что ценного нашел ты для себя сегодня».

Николай присел на иссушенное до глубоких трещин и насквозь просоленное океаническим воздухом дерево, лежащее на пляже около спасательной вышки. Захотелось ответить себе на вопрос прибоя: «Про несостоявшихся инвесторов даже не стоит переживать, наоборот, очень хорошо, что все точки расставлены до подписания каких-либо документов или, того хуже, внесения денег в уставной капитал: вероятность нахлебаться проблем по полной программе с такими акционерами равна ста процентам. Они не только не видят в тебе партнера, но и заранее считают непорядочным человеком — скорее всего, пытаясь таким образом оправдать собственную непорядочность. А что вообще за понятие «бандит», которым янки бросили в лицо, явно что-то вытащив со своей службой безопасности, какой-то скелет из шкафов истории… Защищать себя, свою семью и свой бизнес всеми доступными средствами в государстве, где нет правосудия, — это бандитизм? А выпускать ничем не обеспеченные зеленые бумажные фантики с Дядей Сэмом — это не мировое мошенничество? Да еще и в составе организованной преступной группы — частного синдиката Федеральной резервной системы. В этом мире прав тот, у кого больше прав, то есть денег… Можно покупать яхты размером с футбольное поле или футбольные зарубежные клубы в качестве игрушечки для великовозрастного дядечки и числиться при этом в России чиновником, имеющим статус неприкосновенности, а можно случайно пройти мимо опьяневших от безнаказанности «стражей порядка» и сесть в тюрьму только за то, что им необходимо выполнить план — «заработать палку» по выявлению правонарушений. И хорошо бы живым при этом остаться, а то справедливое сопротивление сотрудникам правоохранительных органов может обернуться еще и потерей здоровья. Мировой порядок несправедлив по определению и, видимо, не будет справедлив никогда — такова сущность человеческая. Вопрос только в границах допустимого конкретных сообществ или государств. Получается, что отказ от сотрудничества с данными инвесторами — это благо. Предложение провести переговоры не в их офисе или на российской площадке, что было бы логичнее и правильнее, а в курортном месте насторожило с самого начала — ребята явно озабочены прожиганием жизни за чужой счет. Это однозначно не партнеры. Что еще ценного принес сегодняшний день?».

Чтобы занять чем-то руки, Николай крутил в руках коммуникатор.

«Девочка! Девочка, которая, возможно, подарила мне сегодня вторую жизнь. Именно мне. Почему именно мне? С какой целью? Она знает что-то такое, что пока не знаю я? «Другая» среди «нормальных» людей… Или просто «нормальная» девочка среди «других» людей, к которым принадлежу и я?.. А может быть, она чей-то посланник?»

Николай проводил взглядом быстро пролетевшую перед ним летучую мышь. «Кто бы дал ответ на этот вопрос?»

Экран коммуникатора мигнул ярким светом и иконкой мессенджера в темноте тропической ночи.

****

— Приветствую тебя, Мыслитель! Не отвлекаю от мыслей важных или дел срочных?

— Мысли важные заботят меня сейчас, Собеседница, ты абсолютно права. Но ты нисколько меня не отвлекаешь. Привет и тебе!

— Могу чем-то помочь? Например, помолчать? — озорной подмигивающий смайлик завершал фразу.

— Можешь. Если объяснишь мне, что движет людьми на земле. Почему мы разные? Почему одни выбирают других?

— О-о-о! Может, стоит просто напиться? Ибо ответ на твой вопрос безуспешно ищут человеческие умы со времен Адама и Евы. Что озадачило тебя сегодня так сильно?

— Мне сегодня одна девочка, возможно, подарила жизнь. Именно мне. Почему?

— Просто взяла и подарила?

— Да, просто взяла и просто подарила. Без-воз-мез-дно. Девочка, не похожая на обычных детей, — «другая» девочка.

— Что значит «другая»?

— У нее аутизм, хотя могу и ошибаться, я не сильно разбираюсь в медицине.

— Интересно! И она выбрала тебя?

— Она предупредила меня. И благодаря ей, я могу сейчас с тобой общаться.

— Низкий поклон «другой» и тому, кто предупредил тебя через нее! У меня сегодня весь день щемило сердце, никак не могла понять почему. И очень хотелось тебя услышать, просто до невыносимости. Теперь понятно.

— А мне не очень понятно…

— Безвозмездно ничего не бывает. Ты должник. Вопрос только в том, чем или как ты должен рассчитаться.

— Вот об этом я и думаю…

— Предназначение. У тебя какое-то предназначение, Мыслитель. Ты отмеченный, это сразу видно по твоим глазам. И тебе дали знак. Думай, хорошо думай. А я не буду тебя отвлекать. Теперь я спокойна.

****

30

Линию по доработке семян, согласно неистребимой советско-российской традиции, смонтировали за полтора месяца вместо обещанных трех недель. И еще две недели проводили наладку и обучали персонал. В общем, к посевной линия заработать не успела, омертвив до осени затраченный на ее приобретение капитал. К тому же выяснилось, что для полноценной работы необходимо приобрести дополнительные агрегаты, а также утеплить ангар, что требует часть линии размонтировать, а потом смонтировать заново. Виктор Дмитриевич ходил по этому поводу хмурый и старался не показываться на глаза Николаю. Деньги на покупку линии были взяты им в банке под личную гарантию и пакет его акций. Но даже это не успокоило Николая — кредит получен под личную гарантию, но расплачиваться за опрометчивое решение приходится компании. Если бы эти финансовые ресурсы работали в трейде, то, закупив линию к началу уборочной, и заработать бы успели, и линию удешевили бы за счет собственных средств от полученной прибыли. Явный просчет, действие «на авось», непродуманное решение по получению дохода в «мертвый» летний период говорили о многом. Еще и секретарь из сибирского офиса периодически стала присылать письма с личного почтового ящика. Для профессионального управленца это сигналы — не всё, знать, хорошо в королевстве аграрном. За решением финансовых и технологических задач упустили вопросы управляемости, что сразу сказалось и на финансах, и на технологиях. Н-да… Большинство российских предпринимателей умом понимают значимость менеджмента в бизнесе, но на деле действуют по советской старинке, главное — знакомства, административный ресурс и неистребимое авось…

Николай перебирал в руках подаренные женой и дочками янтарные православные четки и рисовал карандашом схему принятия решений, существующую в «АгроИнТехе», пытаясь понять мотив поступка своего партнера: это была простая поспешность или желание что-то доказать, самоутвердиться? Вопрос важный, от ответа на него зависит не только выстраивание отношений между ними как партнерами, но и успешная реализация проекта в целом. «Н-да… есть о чем подумать».

Николай позвонил помощнице:

— Светлана Александровна, чему посвящено следующее заседание совета по развитию?

— Были обозначены две темы, но вы предлагали подумать и окончательно определиться сегодня.

— Давайте сформулируем тему так: «Как сезонно-работающие активы сделать источником устойчивого дохода (на примере семенной линии)».

— Хорошо, Николай Константинович.

— И еще. Во время перерыва давайте продегустируем органический кофе онтарийской обжарки и органический мед из Альберты, которые нам подарила на прошлой неделе делегация канадских бизнесменов на конференции по проблемам Севера в Ханты-Мансийске.

— Обязательно. Будут еще пожелания?

— Пока всё. Нам надо будет на совете хорошо поработать головами, поэтому подумайте, что еще сможет помочь в этом процессе.

— Хорошо. К вам подъехала Алла Дмитриевна.

— О! Конечно. Проводите.

Практически одновременно с ответом Николая в кабинет, глубоко дыша, вошла его хорошая знакомая еще со времен распада Советского Союза и лихой эпохи кооперативного движения. Алла Дмитриевна представляла собой классическую российскую женщину-предпринимателя, которая волею судьбы «и коня остановит, и в горящую избу войдет»: полная, ухоженная дама лет пятидесяти, всегда с хорошей прической, еврейка по крови, глубоко верующая православная по вероисповедованию, очень мягкая и корректная внешне, мать двоих взрослых, присосавшихся к ее бизнесу оболтусов, жена не нашедшего себя в новых реалиях российской жизни советского инженера. Роль Всеобщей Матери Алла Дмитриевна перенесла из семьи на бизнес, осознанно или бессознательно культивируя в компании абсолютный матриархат, покровительствуя каждому члену своей бизнес-семьи, защищая большой грудью и стальным характером семейные и деловые интересы от непредсказуемого государства, жестких конкурентов и отмороженных бандитов. С Николаем их связывали дружеские отношения, не обремененные совместными делами. Просто они симпатизировали друг другу. За гостьей следовала ее «тень» — немолодая, невысокая, неприметная заместитель по любым вопросам, неся в руках огромную корзину с бутылкой шампанского, цветами, фруктами и конфетами.

— Алла Дмитриевна! — Николай искренне обрадовался неожиданному визиту. Он обнял гостью и слегка наклонил голову в сторону ее доверенного заместителя. — Вы опять меня балуете! К чему подарки? Я и так рад вас всегда видеть!

Польщенная искренним порывом Николая и тем, что он оценил ее жест, гостья слегка порозовела:

— И я вам всегда рада, Николай Константинович, здравствуйте! Не думала, что сможем увидеться. Вчера мы должны были сделать исключительно пересадку в Москве, но… пришлось задержаться… и теперь вылетаем в Чехию только завтра. Вот и решила навестить вас. Правда, без предупреждения, ничего страшного?

— Дорогая вы моя, конечно! Вам — всегда. А что случилось, могу чем-то помочь?

— Ничего страшного. К сожалению, уже никто ничем не может помочь. Вылетели вчера вечерним рейсом авиакомпании С7 из Тюмени в Москву. Должны были сразу сделать пересадку в Домодедово на Прагу, на стыковку отводилось два часа. Вполне достаточно, правда? Недавно в Тюмени разбился самолет местной авиакомпании, поэтому и решили проверить сервис и надежность другого сибирского воздушного перевозчика. Регистрация на рейс очень сильно затянулась — не работали компьютеры. Наконец, прошли паспортный контроль и личный досмотр. До окончания посадки оставалось минут пять, когда в соседнем зале ожидания стал слышен оживленный разговор на повышенных томах. Проходящая мимо пассажирка посоветовала нам подойти прислушаться. Оказалось, что в окружении нескольких пассажиров стоит представитель авиакомпании в сопровождении сотрудницы милиции. Видимо, уже не в первый раз он монотонно негромко сообщал, что авиакомпании «надо закинуть пару техников в Нижний Новгород», поэтому рейс летит не в Москву, а в Нижний Новгород. А уже оттуда позже полетит в Москву. На возмущение пассажиров было отвечено: «Так нам объявлять посадку или мы летим без вас?». Милиционерша быстро остудила накал, сообщив, что в правовом государстве все имеют право подать в суд, а вот права возмущаться не имеют, поэтому к тому, кто особенно преуспеет в данном изъявлении чувств, будут приняты соответствующие меры. На все аргументы пассажиров, что у кого-то больное сердце и лишний взлет и посадка противопоказаны, у нас стыковка на другой рейс, деловые переговоры за рубежом, заказан отель, у кого-то пересадка на железнодорожный транспорт, у кого-то еще что-то, была совершенно спокойная реакция: «Мы все равно полетим в Нижний, кому не нравится — может уйти, но стоимость билета не возвращается». На требование выдать официальный документ об изменении маршрута ответили категорическим отказом. С нами летела большая группа казаков, думала, хоть они возьмут инициативу в свои мужские руки. Где там, кроме пустого шума и надувания щек никакой пользы от них. В общем, рейс полетел с задержкой из-за препирательств и последующего снятия багажа пассажиров, решивших не лететь. В Москву мы попали с большим опозданием. По совету стюардессы, я сразу позвонила в авиакомпанию. Надо отдать должное, сегодня мне оперативно перезвонил руководитель группы по работе с клиентами, извинился и сообщил, что при правильном оформлении претензии и предоставлении подтверждающих документов я могу рассчитывать на компенсацию в размере не более двухсот рублей. Но в самом начале своей речи он уточнил, что «у перевозчика есть право изменять маршрут в случае производственной необходимости».

И у меня возник вопрос: данная авиакомпания существует на средства своих клиентов-пассажиров или на средства «производственной необходимости», попутно, «пользуясь случаем», возмездно подсаживая пассажиров? Судя по инциденту, часть российского делового сообщества еще только на пути к постулату развитого рыночного общества «Клиент всегда прав!», и ваш излюбленный вопрос, Николай Константинович, «кто клиент вашего бизнеса?» для данной авиакомпании пока, к сожалению, не актуален. Или это частный «счастливый» случай? — Алла Дмитриевна вытерла платочком лоб, хотя пота на нем не было. Когда она волновалась, всегда непроизвольно имитировала это движение.

— Вы сами ответили на вопрос: в России это не «счастливый» случай, а несчастливая система, — Николай достал из бара кальвадос, любимое спиртное гостьи. — Не откажетесь за встречу, а заодно и нервы успокоить?

— Вы балуете меня! Ну как я могу отказаться от кальвадоса? Да еще от напитка с апеласьона Кальвадос Пэй д'Ож! — женщина осторожно взяла бутылку в руки, посмотрела на этикетку прищуренным взглядом близорукого человека и воскликнула: — Боже, какой редкий экземпляр, да она же стоит сумасшедших денег!

Светлана Александровна поставила на журнальный столик сырную тарелку и лед.

— Вы помните, как у Ремарка в «Триумфальной арке» герой говорит, что «после этого кальвадоса я уже не смогу пить другой...»

— Конечно, помню, Алла Дмитриевна. «Ничего, сможете», — процитировал в ответ Николай и приветственно поднял рюмку.

— «Но всегда буду мечтать об этом».

— С последним утверждением не буду спорить. Не предлагаю вам тоник, знаю, что предпочитаете со льдом.

Гостья рассмеялась:

— Все обо мне помните, сколько лет мы знакомы, а вы каждый раз меня удивляете! Если не секрет, что за музыка у вас сейчас звучит?

— Нравится?

— Очень, какая потрясающая экспрессия!

— Это знаменитый канадский пианист Гленн Гульд, «Гольдберг-вариации» Баха.

— Не слышала, к своему стыду. Второй раз за несколько минут вы меня приятно удивляете. Впрочем, чему удивляться — вы мастер генерации постоянных удивлений. Каламбур получился.

Все в кабинете рассмеялись.

— Он подпевает себе или мне кажется?

— Нет, не кажется, подпевает. Это его фирменное.

— Удивительное и очень оригинальное исполнение. Виртуозно! Прекрасная музыка, изумительный кальвадос, приятное общество — все-таки Бог знает, что делает. А мы люди порой удачу принимаем за неудачу — это я про свое скомканное начало путешествия. Как хорошо, что я опоздала на рейс в Чехию! Но не буду злоупотреблять гостеприимством, понимаю, как дорого ваше время, откланяюсь. Меня тактично предупредили, что у вас какое-то совещание скоро начинается, — обняв Николая и традиционно глубоко вздохнув, Алла Дмитриевна в сопровождении своей так и не проронившей ни одного слова «тени» покинула кабинет, оставив запах дорогих французских духов и шлейф воспоминаний об идеалистическом и безбашенном кооперативном прошлом.

31

Виктор Дмитриевич был молчаливее обычного и, что случалось не часто, спросил разрешения закурить. До начала заседания совета по развитию оставалось около получаса. Николай просматривал в интернете информацию о зарубежном опыте работы предприятий по доработке семян. Так и не начав беседы, партнеры пошли в зал совещаний, встретив в коридоре Михаила Александровича.

— Сегодня день нежданных, но дорогих гостей! — Николай подал руку инвестору-ангелу.

— Что, неужели ангелы слетаются? — улыбаясь, партнер крепко пожал протянутую руку.

— Хорошие люди сегодня в прямом смысле слетаются. К чему бы это? — взяв Михаила Александровича под руку, произнес Николай. — Есть пару часов? Могу предложить провести их с пользой для нашего бизнеса.

— Если с выгодой, то я всегда «за».

— Вот про выгоду как раз и собираемся думать, искать решение, так что — каждая голова в таком процессе на вес золота, пойдемте, не пожалеете.

Обмениваясь репликами, группа мужчин в сопровождении Светланы Александровны вошла в зал.

— Что-то вы не веселы сегодня, коллега, — пожимая всем руки, подметил настроение семеновода Александр Анастасович.

— Не выспался, позавчера в Екатеринбург ездил… встал в четыре утра… вчера рейс из Тюмени задержали — поздно лег, спать хочется, короче.

— Ясно, была черная полоса жизни. Анекдот про полосы знаете?

— Смотря какой, — угрюмо ответил Виктор Дмитриевич.

— Специально для вас — как знатока и ценителя анекдотов. Абрам встречает Мойшу и жалуется: «Не жизнь, а кошмар какой-то, с работы уволили, жена ушла, сына посадили...» «Ничего, ничего, — успокаивает его Мойша, — жизнь, она, как зебра, полоса черная, полоса белая, полоса черная, полоса белая. Так что не расстраивайся». Через месяц они встречаются снова, и Абрам говорит: «Послушай, ты, когда говорил про зебру, был прав. Тогда у меня белая полоса была».

Рассказчик звонко рассмеялся, а сибиряк лишь ухмыльнулся.

— В Нижнем Новгороде техников высаживали? — поинтересовался Николай.

— Вы откуда знаете? — удивился Виктор Дмитриевич.

— Москва слухами полнится.

— Сон — дело поправимое, — консультант похлопал семеновода по плечу, — сейчас нас кофием угостят, обещали какой-то особый, канадцы презентовали. Еще и с медом канадским. И все — экологически чистое, для здорового образа жизни.

— Ну-ну, — Виктор Дмитриевич зевнул, — только я сладкое не ем, диабет открылся.

— Перебор конфет в жизни был?

— Перебор нервных потрясений.

— А-а-а… Понятно. А как же курение тогда?

— Нормально.

— Понял, больше не лезу в душу.

Светлана Александровна пригласила всех угощаться кофе и закусками.

— Как вам, Николай Константинович, органический кофе онтариевской обжарки? — помощница внимательно наблюдала, как руководитель нюхает и пробует горький напиток.

— Не умеют в Северной Америке обжаривать зерна, не их это конек, — констатировал Николай, а попробовав мед, добавил: — Вот мед весьма неплох, хотя и не суперароматен.

— А кофе какой обжарки вам нравится? — Александр Анастасович сегодня явно жаждал общения.

— Итальянский. И французская обжарка неплохая, но только во Франции, за пределами почему-то вкус теряется.

— А хлеб какой страны предпочитаете?

— Хлеб обожаю французский, можно есть как отдельное блюдо без всего, настолько вкусно.

— Вино?

— У нас сегодня совет на тему моих пристрастий?

— Мы же еще не начали. А всё же?

— Французское и чилийское.

— Сыры?

— Итальянские и французские.

— Да вы латентный французоман! У вас предков по французской линии не было?

— Предлагаю, коллеги, все же с моей скромной персоны переключиться не тему сегодняшней встречи, — Николай подошел к флипчарту и написал дату и тему. — Чтобы мы не ушли в теоретические рассуждения, хотя тема важна практически для каждого направления нашего бизнеса, предлагаю начать с аграрного блока, где сезонность имеет ярко выраженный и объективный характер. Виктор Дмитриевич введет нас в тему, чтобы мы могли более компетентно рассуждать.

Семеновод кашлянул, подошел к флипчарту и задумался. Пауза стала затягиваться, когда он наконец произнес:

— Короче… все понятно… Качество исходного материала в России невысокое, иногда отвратительное просто… Берем фураж или семена низкого качества, дорабатываем и получаем более высокую репродукцию… Для этого линию и поставили.

— Когда пик ее загрузки? — не выдержал неторопливой речи Михаил Александрович.

— Когда семенной материал есть.

— А когда он есть?

— Ну… после уборочной… Перед посевной есть потребность… И зимой немного.

— А в остальное время либо слабая загрузка, либо простой?

— Почему простой? Профилактикой оборудования тоже надо заниматься.

— Ну не все же лето и не часть зимы? — уточнил инвестор-ангел.

— Ну… нет, конечно.

Светлана Александровна привстала:

— Во время посевной весь семенной материал расходуется? Или на рынке остаются запасы?

— Остаются… конечно… Или денег у фермера не хватает для посадки, или… ну, в общем, остаются, — было видно, что Виктору Дмитриевичу непросто дается сегодняшнее выступление.

— Сколько лет могут храниться семена?

— И год… и два…

— И пару столетий, — вставил Александр Анастасович, — археологи в египетских гробницах семена находят, так они и сегодня прорастают без проблем.

— Ну… если хранить нормально.

— Я закончу свою мысль, — Светлана Александровна повернулась к Николаю, — а что мешает скупать на рынке остатки семян зимой в мертвый период или летом после посевной, когда наверняка цена на них падает, дорабатывать, упаковывать, заключать фьючерсные контракты и продавать в периоды максимальной востребованности?

— Устами женщины глаголет истина! Гениально! — консультант хлопнул в ладоши, встал и направился в сторону кофе-машины. — Эту идею надо серьезно пообкатать, и мне требуется дополнительная доза кофеина.

— Ваше мнение, Виктор Дмитриевич? — Николай обратился к выступающему.

— Ну… надо подумать…

— Давайте думать, для этого мы и собрались. Что необходимо для реализации идеи нашей уважаемой Светланы Александровны?

— Оборотку и… склады соответственно… — на первый вскид… Ну и… все-таки утеплить линию получше… само собой.

— Коллеги! — Николай обратился к присутствующим. — Есть еще предложения? Если пока нет, то пусть каждый выскажется по данному варианту, желательно с точки зрения двух позиций — экспертной, со стороны своего направления, и в более широком обозрении. И сразу предложения по реализации. Светлана Александровна, а вас как автора идеи я попрошу модерировать дискуссию и фиксировать все на бумаге. Хорошо?

Четыре часа проработки предложения пролетели незаметно.

— Можно я возьму с собой все записи? — Виктор Дмитриевич поглядывал на часы, времени до вылета самолета оставалось впритирку, как раз чтобы успеть доехать до аэропорта и зарегистрироваться.

— Всё для вас, — Николай снял с флипчарта второй исписанный сменный блок листов, — и для развития бизнеса.

— Это… — семеновод подошел к Светлане Александровне, — с меня кабак…

И, вытащив слегка дрожащими пальцами из пачки сигарету, быстрым шагом направился к выходу.

Вернувшись в кабинет Николая, Михаил Александрович позволил себе эмоции:

— Уф! Еще никогда не присутствовал на совещаниях такого формата.

— А это и не традиционное совещание, — ответил Николай, просматривая эсэмэски на коммуникаторе. — Это было заседание совета по развитию.

— И в чем разница? — нетерпеливо уточнил партнер.

— Большая разница, уважаемый акционер, — Николаю было забавно видеть возбужденным своего, как правило, флегматично-уравновешенного товарища. — Обычное совещание, даже хорошо подготовленное и правильно проведенное, что само по себе редкость, — рядовое событие, посвященное одному или нескольким текущим вопросам. А совещание совета по развитию — это кульминация, верхняя часть айсберга емкой работы весьма важного в нашем бизнесе органа — ЦАРа. Стратегического, прорывного, если хотите, органа, который работает постоянно в таком же режиме, как и все остальные штатные службы и подразделения.

— Какого «царя»? Я что-то неправильно понял? — удивленно уточнил Михаил Александрович.

— Центра активного развития, коротко ЦАР. Это инновационный, мобилизующий орган, призванный повышать нашу конкурентоспособность и одновременно мотивировать на активную, заинтересованную в развитии бизнеса позицию сотрудников. А для меня как руководителя — это еще и кадровый полигон, инструмент формирования управленческого и профессионального резерва.

Михаил Александрович задумался.

— Сколько времени и сил требуется, чтобы создать такую систему? — наконец произнес он.

— Создать и запустить — можно и в три месяца уложиться. А сделать составной частью культуры организации — и года будет маловато. Сотрудники должны настолько к этому привыкнуть, чтобы забыть, вычеркнуть из своей памяти прошлую жизнь без ЦАРа и совета по развитию. Чтобы не было желания вернуться в прежнюю реальность. А самое главное, огонь не имеет права угаснуть — возвращение назад страшнее, чем отсутствие начала. Надо, чтобы дрова в печку кто-то регулярно подбрасывал, иначе потеря управляемости может привести к катастрофическим последствиям. Поэтому вопрос прежде всего к вам — вам зачем это надо?

316

— Хороший вопрос... — собеседник крутил в руках авторучку. — Наступает время, когда понимаешь, что жить по-старому уже не только неправильно и чревато застоем, но и неинтересно. В общем, что-то из иерархии человеческих потребностей по Маслоу в сочетании с эстетикой борьбы — хочется выигрывать и выигрывать красиво.

— Я могу принять этот комплимент в свой адрес? — Николай попытался серьезный тон перевести в шутку.

— Безусловно, — партнер оставался серьезным, — безусловно. Я восхищаюсь тем, что увидел и узнал. Я верю в потенциал. Возьметесь внедрить аналогичную систему в моей группе компаний? Не безвозмездно, конечно.

— Я с удовольствием займусь консалтингом, но только чуть позже в своей жизни, а пока могу порекомендовать Александра Анастасовича, это его профессия. Вряд ли кто-то сегодня может сделать такую работу лучше, чем он. А я буду за чашкой чая или не только чая делиться с вами своими ошибками и достижениями. Принимается такой вариант?

— Принимается, — Михаил Александрович положил авторучку и достал из кармана визитницу. — Собственно, вот зачем я направлялся к вам. Вчера вечером у меня была неформальная встреча с руководителем данного дальневосточного региона, — доставая и кладя визитку перед Николаем, продолжил он. — Я помню ваше замечание про «умные» инвестиции, когда мы обсуждали целесообразность увеличения капитала компании, так что приходится соответствовать высокой планке «умного» инвестора. Правда, опытом делитесь пока вы со мной, но и мой багаж возможностей почти не распакован. Так вот, данный товарищ — мой старый хороший знакомый, мы зарабатывали с ним еще тогда, когда он и не мечтал о государевой службе. Волчара он, конечно, опытный, осторожный и хитрый. Но совесть свою окончательно в политическом болоте не утопил, поэтому, если видит реальную пользу не только для себя лично, но и для региона, действует жестко и решительно. Он ждет вас на следующей неделе к себе в гости. Судя по всему, перспективы работы в регионе могут быть очень хорошие. Слетайте, пообщайтесь. Все бытовые условия пусть ваша помощница утрясет с его помощником. Если будут проблемы — звоните

317

сразу мне. А сейчас я вынужден откланяться, не рассчитывал так долго задержаться у вас, — и пожимая на прощание руку Николая, напомнил: — Александру Анастасовичу не забудьте дать мой телефон, пусть обязательно свяжется со мной в ближайшее время. Ладушки?

32

Самолет вынырнул из туч и, почти задевая вершины гор со стоящими на склонах многочисленными домиками, приземлился. Небольшой международный аэропорт Келоуна в одноименном канадском городе, расположенном на восточном берегу озера Оканаган, встретил пассажиров ярким жарким солнцем.

Ожидающую рядом с Ксенией багаж женщину примерно семидесяти пяти лет, славянской внешности, одетую в строгий светлый костюм и элегантную шляпку, встречала, вероятно, дочь (уж очень они были похожи) лет пятидесяти. Женщины разговаривали между собой на очень чистом, сегодня уже несколько забытом русском языке, периодически переходя на литературный английский, но снова возвращаясь к русскому.

План путешествия Ксенией был задуман просто как подарок на собственный день рождения: конференция со стандартным названием «Северная Америка и развивающиеся рынки», но весьма представительным составом участников, фермы с органическими продуктами, винодельни, горы, водопады, купание в горных озерах и горячих источниках и, конечно, ожидаемое и желаемое уже давно — посещение столицы канадских духоборов, города Гранд-Форкс.

Багаж был получен быстро. Подобрать автомобиль не составило труда — выбор в фирмах по аренде автомобилей оказался весьма представительным, не в каждом крупном городе, и даже в столицах развитых государств, предлагаются практически все модели основных мировых производителей, включая элитные марки. Десять минут оформления, пара минут охлаждения салона кондиционером, и она уверенно направила автомобиль в сторону отеля, периодически сверяясь с заранее приобретенной картой.

Встречающиеся по пути в городе пританцовывающие смуглые девушки в расстегнутых коротких шортах и купальных бюстгальтерах окончательно расставили все акценты — в Британской Колумбии наступил сезон отдыха.

Бассейн и джакузи сняли напряжение от перелета, а знаменитейшая местная булочная просто изумила необыкновенно вкусным чизкейком «Пина колада» и неплохим двойным эспрессо. Бокал красного сухого вина из долины Оканаган со свежайшими местными фруктами — и Ксения уснула крепким сном уставшей путешественницы.

****

— Мы сейчас с тобой общаемся, а за соседним столиком сидит женщина и так на меня смотрит, что я чувствую себя абсолютно голой.

— У тебя был секс с женщиной? — Николай и сам не понял, почему неожиданно для самого себя задал такой дурацкий вопрос.

Иконка мессенджера какое-то время горела не мигая.

— Был. А почему ты меня об этом спросил?

— Сам не знаю, Собеседница. Вдруг вырвалось.

В переписке снова возникла пауза.

— Ты хочешь меня спросить про впечатления?

— Хочу, но не уверен, что это тактичный вопрос.

— Это не мое. Продолжения не будет. Хотя от первой и единственной своей партнерши я регулярно получаю букеты цветов ко всем праздникам. Ума не приложу, как она раздобыла мой адрес?.. Что ты еще хочешь обо мне узнать?

— Ну, например, какие мужские качества ты считаешь наиболее сексуально привлекательными?

— Интеллект!

— А еще?

— Интеллект, Мыслитель, и еще раз интеллект!

— Хорошо. А второстепенные?

— Мужчина не должен быть жадным, и от него должно хорошо пахнуть. Вопросы?

— Самые необычные места, где ты занималась сексом?

— Ты правда хочешь это знать?

319

Николай задумался.

— И да и нет.

— Тогда я не буду тебе говорить. К тому же мне надо уже бежать на конференцию.

— Последние два вопроса: тема конференции и место ее проведения?

— А вот этого я тебе не скажу, Хитрый Мужчина. Ты неисправимый провокатор.

Береги себя!

****

Иконка Собеседницы исчезла с поля мессенджера. Николай снова открыл список контактов, но ни Собеседницы, ни истории разговоров с ней не обнаружил: «Просто полтергейст какой-то, она приходит из ниоткуда, когда хочет и уходит в никуда…»

Ксения закрыла компьютер, рассчиталась за завтрак и почти бегом направилась в Зеленый зал отеля, где ей предстояло через пятнадцать минут выступать с докладом «Перспективы работы венчурных фондов на рынках Восточной Европы и России». Полемика обещала быть бурной, поэтому нужно было успеть собраться с мыслями и перестроиться с волнительной беседы на сексуальные темы с Мыслителем на сухие профессиональные инвестиционные дебаты. Но даже уже выходя на сцену, она никак не могла отогнать от себя мысль: «А решилась бы я задать ему аналогичные вопросы?»

Презентация прошла успешно, хотя бывшая посол Канады в какой-то из среднеазиатских стран СНГ, в кулуарах неплохо говорящая по-русски, взяв слово в дебатах первой, огульно обвинила Ксению в поверхностном понимании экономических и политических процессов, происходящих на постсоветском пространстве, и попутно подвергла обструкции ее рекомендации вкладываться в интернет-технологии, мобильную связь и сельское хозяйство. Однако на ее неконструктивное выступление почти никто не обратил внимания, а Ксения отнесла характер речи посла больше на сферу женской конкуренции и желания привлечь к себе интерес зала. Профессор и директор центра изучения России одного из столичных канадских университетов, постоянно общающийся с российской политической элитой, наоборот, активно выступил в поддержку выводов Ксении. Практичные американцы расспрашивали ее об историях успеха и доходности инвестиционного капитала. Неторопливые канадцы рассуждали о потере конкурентоспособности своих финансовых институтов на мировом рынке и о необходимости международной экспансии, правда, без постановки вопросов «когда?» и «куда?». Предметные европейцы уточняли конкретные параметры рекомендаций по инвестированию: куда, сколько, когда и каким образом? Молчаливые японцы конспектировали ее выступление на лэптопах, не ввязываясь в дискуссию. В перерывах конференции и во время торжественного ужина Ксения, окруженная многочисленными представителями мирового финансового бизнеса мужского пола, сумела получить заверения от двух директоров американских венчурных фондов и одного японского о желании совместного инвестирования в Россию.

«Очень неплохой результат для пятнадцатиминутного выступления!» — такой была первая и предпоследняя мысль умной, очаровательной и довольной собой венчурной капиталистки, перед тем как она мгновенно уснула, едва добравшись до гостиничного номера практически уже перед самым восходом солнца. Последняя мелькнувшая мысль: «Я ни с кем и никогда не разговаривала на сокровенные интимные темы. Почему именно Мыслитель?» — не успела найти продолжения, утонув в большой и мягкой подушке.

33

Солнце настойчиво будило девушку, высоко зависнув над горной цепью, опоясывающей большое древнее ледниковое озеро. Ксения взглянула на часы: «Боже, уже почти одиннадцать утра! Ну что ж, с деловой программой я справилась успешно, приступаю к культурно-познавательно-отдыхательной части». Она сладко потянулась и посмотрела на свое обнаженное тело. Снова вспомнился вчерашний разговор с Мыслителем. Ксения закрыла глаза и медленно провела рукой по шее, почувствовала грудь, низ живота… Дыхание девушки стало прерывистым. Она открыла глаза и резко села на кровати: «Что это было? Я просто захотела мужчину или я захотела конкретного мужчину? Только не ври! Я захотела Мыслителя? Мрак! Подруга права, наши с ним отношения нельзя считать нормальными, это уже не простое любопытство, я стала привыкать к нему, у меня появилась потребность общаться с ним. И вот — я его захотела! Всё! Надо прекращать контактировать. Это решение принимаю я и только я, он не может выйти со мной на связь, я знаю все его телефоны и адреса, он ничего обо мне не знает».

Она встала с кровати и зашла в душ. Нежные обволакивающие прикосновения теплой воды не только не ослабили желание близости с Мыслителем, а лишь усилили его. Ксения переключила кран на холодную воду. Острые ледяные струи обожгли расслабленное сном тело. Усилием воли она заставила себя несколько секунд постоять под отрезвляющим холодным искусственным дождем: «А теперь срочно в дорогу! Кофе домашнего приготовления хочу пить на какой-нибудь ферме».

Органические фермы и фермерские рынки вызывали у Ксении неподдельный интерес. Представители органического земледелия из Британской Колумбии по отзывам уважаемых ею экспертов находятся впереди планеты всей. Так ли на самом деле? Это она и решила выяснить.

Буквально через десять минут езды от центра Келоуны Ксения уже стояла около органической фермы, расположенной прямо в черте города. Череп горного козла над въездом, наверное, что-то символизировал. Что? От обильной и вкуснейшей дегустации фруктов и безалкогольного яблочного сидра она забыла уточнить. Хозяин фермы, узнав, что гостья издалека, еще и в дорогу дал ей пакет черешни. Сертификат органического соответствия — на стене шоу-рум. Весь выложенный для продажи товар растет прямо здесь — можно походить, посмотреть, попробовать. Вкусно-о-о! Но проснувшемуся организму хочется кофе, а впереди еще несколько ферм — надо двигаться.

Следующая ферма встретила долгожданными запахами кофе и свежей выпечки, компанией пожилых людей, беседующих за столиком под фруктовыми деревьями, и бесплатным музеем на втором этаже ресторана. Кроме фруктов и овощей, гостеприимная хозяйка предложила Ксении позавтракать блюдами из своих продуктов. Оговорилась, правда, сразу, что мед, варенье и другие вкусности не ее производства, но это тоже органические сертифицированные продукты от ее друзей и партнеров-фермеров. Ксения села за плетеный столик под большой раскидистой яблоней. Сильный запах свежескошенной травы перебивал все другие, а растущие вдоль забора фруктовые деревья практически полностью гасили звуки небольшого города. Кофе по-восточному оказался хорош, а главное, вовремя. Вкусно позавтракав, словно в молдавском селе у своей бабушки, Ксения не удержалась и поднялась в частный музей экспонатов истории освоения Канады. «И как детки помещались в такие маленькие парты?» — размышляла она, втискиваясь между учебным столом и скамейкой. — А кассовые аппараты чем-то напоминают первые ЭВМ, забавно. Весы девятнадцатого века тоже не сильно отличаются от весов второй половины двадцатого. Да... не так уж и сильно меняется техника, как нам кажется... Может, и космические корабли раньше были... ведь куда-то же исчезли целые народы и цивилизации...»

Очередная ферма удивила сочетанием на своей территории общественного парка с прудами и фонтанами, парка детских развлечений, зоопарка и крестьянского рынка. Куры и петухи безбоязненно ходили на парковке между припаркованными автомобилями. Их собратья мирно сосуществовали в расположенных вокруг вольерах с козами, баранами, свиньями, кроликами и другой живностью. Покупатели на расставленных на улице телегах и витринах выбирали фрукты, овощи и другие продукты, а потом шли расплачиваться в кассы, расположенные в небольшом помещении. Камер видеонаблюдения Ксения так и не смогла обнаружить. Покупки на доверии! Доверие обязывает или культура общества предполагает? Получается, что в физической действительности люди доверяют друг другу больше, чем во Всемирной паутине. О схожести и различии двух миров она размышляла уже давно, как только стала предметно заниматься проектами в области интернет-технологий.

Поздно вечером в номере отеля раздался телефонный звонок. Никогда раньше муж не звонил Ксении во время ее командировок или отдыха.

— Ну как конференция?

— Удачно, дорогой, все хорошо, спасибо. С чем связан твой неожиданный интерес?

— Да вот случайно встретились в городе с твоей подругой, сидим в кафе, говорим о тебе, решили позвонить.

— Теперь понятно. А обсуждать меня за глаза прилично? — почему-то Ксении стало не очень приятно, что ее подруга и муж встретились, хотя и случайно, и сидят ужинают в ресторане вдвоем без нее.

В телефоне стал слышен голос Лены:

— Да мы только хорошее про тебя и говорим, какая ты талантливая и обворожительная!

— Ну ладно тогда, говорите, — Ксения заставила себя рассмеяться. — Только уж сильно не сходитесь во мнении, а то на почве совпадения интересов и до грехопадения недалеко!

— Подруга! Мы же как родные уже стали, не переживай! Расскажи лучше о своих впечатлениях. Что сегодня видела?

— Фермы я сегодня видела, подруженька.

— Н-да... Красивая молодая инвестиционная банкирша осматривает фермы? Или присматривает для себя ферму с молодым горячим ковбоем?

— Шутишь? Ну-ну, чувствую, что вы не только ужинаете, но и выпиваете. Да?

— Бокал вина теперь называется пьянством? — в разговор вмешался муж.

— Ну что, возвращаясь к впечатлениям, если обобщить и без многочисленных деталей, то двух одинаковых ферм увидеть мне не удалось. Объединяет их только разнообразие выбора, высокое качество продукции и цены значительно ниже магазинных. И в этом прелесть малого и среднего предпринимательства. Слава настоящей конкуренции — двигателю общественного развития, и фермерам, все еще находящим силы выстаивать в неравной борьбе с большими корпорациями!

— Господи! Ты прямо глашатай-агитатор за светлое капиталистическое будущее!

— Удивлен?

— Не перестаю тобой удивляться все годы нашей совместной жизни. А как там местные мужчины, настоящие мачо? Говорят, в Британской Колумбии живут самые красивые канадские мужчины.

— Знаешь, дорогой, я сегодня думаю только об одном мужчине, — непроизвольно вырвалось у Ксении.

— Надеюсь, обо мне? — беззаботный голос мужа не предполагал иного ответа.

Ксении почему-то не захотелось продолжать бессодержательный разговор. Пожелав хорошего вечера и передав привет подруге, она повесила трубку.

34

Погода стояла хорошая, и следующий день Ксения решила посвятить осмотру виноделен. Несколько лет назад она себе даже не представляла, что Канада способна производить вино. Ассоциации со страной были совершенно иные. Оказалось, что не только производит, но и довольно много, и очень разнообразно. Возможно, пока не такого высокого качества, как вина Старого Света или ее родной Калифорнии, зато канадские лозы выдерживают до минус тридцати градусов мороза. Может быть, поэтому Ледяное вино является визитной карточкой Канады наряду с кленовым сиропом.

Многочисленные большие и маленькие винодельни начались сразу после выезда из Келоуны. Дорога вилась вдоль озера, огибая справа и слева небольшие городки, втиснувшиеся между водой и горами. Ксения сначала останавливалась у более-менее крупных производителей, но их оказалось так много, что она выбрала другую тактику — останавливаться у виноделен, имеющих разные этнические корни в названиях. Канада — страна эмигрантов. Эта особенность проявляется во всех аспектах жизни общества. Виноделие оказалось не исключением. Как она выяснила из бесед во время дегустаций, почти все виноградари чаще всего используют североамериканскую лозу как наиболее устойчивую к местным заболеваниям, а вот прививают к ней европейские сорта. Причем, французы везут из Франции, итальянцы — из Италии, немцы — из Германии. Из какой страны приехали предки или сами виноградари, оттуда и везут сорта солнечной ягоды. И везут не только сорта, но и технологии производства вина. Поэтому рядом мирно соседствуют винодельни с характерным вкусом вина самых разных стран — вся винная Европа в одной долине.

А вот чего она не увидела, так это аналогов знаменитых молдавских винных подвалов — в наземных хранилищах все более технологизированное и автоматизированное. Не так романтично, но… это уже из области эмоций.

А вот что увидела впервые, так это хранилище для вина, сделанное в виде пирамиды. Хозяева утверждали, что свойства пирамиды придают вину особые качества. Возможно… Как проверить только? Однако маркетинговый ход имеет результаты, и автобусы с туристами буквально заполонили винодельню. Коммерческая цель достигнута, пирамида увеличивает продажи — это факт! А запахи цветущих вокруг дегустационного зала и вдоль виноградника розы и лаванды не только отпугивают вредителей, но и привлекают клиентов — знатоки-то это хорошо понимают, а маркетологи подмечают.

Уже ближе к вечеру, немного заплутав, Ксения случайно заехала в одну винодельню, стоящую на склоне горы. Из посетителей оказалась только она одна. Разговорились, владелец был потомком немецких эмигрантов со всеми вытекающими для производства вина последствиями. Будучи не большой любительницей немецких и австрийских вин, Ксения даже дегустировать их не захотела. Для поддержания разговора с приятным эрудированным человеком (как потом оказалось — доктором наук) спросила, есть ли у них какое-либо вино, имеющее особенную историю, легенду.

— Да, — гордо ответил Вальтер. — Одно красное вино носит имя друга моего дедушки из Германии. Это не просто дань памяти, мой дед вложил в его производство свою душу.

Достав бутылку вина, о котором шла речь, он предложил попробовать, уточнив, что денег за дегустацию не возьмет. Запах у вина был слегка сладковатый, что не характерно для сухих вин, а вот вкус — характерный, с оттенком ореха и дуба. Послевкусие — слегка напоминало десертные вина. Очень необычное сочетание, встреченное Ксенией впервые.

Естественно, ее домашняя коллекция вин пополнилась парой новых бутылок.

Встреча в немецкой винодельне с Вальтером заставила ее задуматься: «Ничего не бывает в жизни случайного, судьба каждый раз нам дает шанс для чего-то… Вот только для чего, как сразу понять?» И она опять вернулась к своим размышлениям о ее случайном и странном знакомстве с Мыслителем.

35

Интересуясь историей России, Ксения много читала о судьбе российских духоборов или духоборцев, как они себя называют, — русской христианской общины, возникшей во второй половине семнадцатого века. Если судить по факту расставания с исторической родиной — Россией, то судьба их оказалась трагичной. Если судить о том, как сложилась жизнь духоборов в Канаде, то у Ксении создалось неоднозначное впечатление. Поэтому ей очень хотелось составить собственное мнение о факте российской истории, связанной с отколовшейся от официальной церкви православной группой. Считая себя борцами «за дух», духоборы отрицали обрядность православной церкви и ее догмы («Иже духом Богу служим»). Она читала, что мировоззрение духоборов изложено в устной «животной книге». Одним из главных догматов своей веры духоборы провозгласили принцип «не убий», что послужило для них основанием к отказу от несения воинской повинности. Официальные власти подвергали духоборцев гонениям и физическому преследованию. Представители интеллигенции того времени сравнивали гонения на духоборцев с гонениями на первых христиан. И только заступничество представителей общественности, в том числе Льва Николаевича Толстого, спасло духоборцев от уничтожения. Толстой не только передал гонорары от публикации своих произведений и театральных постановок в фонд помощи духоборцам, но и принял самое активное участие в спасении этой этноконфессиональной группы русских, с его непосредственной помощью они были переселены в Канаду.

После скитаний по новой родине одна из самых многочисленных общин духоборцев осела в городке Гранд-Форкс, расположенном в долине между гор на границе с США примерно в двухстах пятидесяти километрах от Келоуны. По отличнейшей дороге да на хорошем автомобиле — пара часов езды (если не сильно превышать разрешенную скорость). Но как могла Ксения нестись по дороге и не останавливаться!? Она желала разглядывать высокие, густо покрытые хвойными лесами горы, трогать прозрачнейшую воду горной реки вдоль дороги, заглядывать в глубочайшие ущелья и прикасаться к остаткам инженерных сооружений прошлых веков. В итоге почти три часа пролетели мгновенно.

Свежий воздух возбудил у путешественницы аппетит. Стены ресторанов и кафе Гранд-Форкса изобиловали рекламными объявлениями на русском и английском языках: борщ, вареники, блины, пирожки… Вошедший в ресторан вслед за ней турист-афроамериканец из США, судя по номеру автомобиля, с порога попросил борщ — приучили-таки американцев духоборцы к нормальной пище. В центре ресторана несколько пожилых женщин вели за обедом неторопливую беседу, постоянно переходя с английского на русский и наоборот. Увидев Ксению, одна из женщин подошла к ней и представилась: «Малаша. Вы русская? Всех русских выдают глаза. Можно с вами погутарить?» Разговорились. Слух ласкал старорусский язык со словами, встречающимися уже только в художественной литературе. Расстались на предложении с ее стороны: «Приезжайте к нам жить — нам русские нужны!»

Для Ксении очень необычно было видеть большое количество красивых людей славянской внешности на североамериканской земле. А уж многие русоволосые девушки своим баскетбольным ростом просто ее поразили! Вот что делает здоровый климат и образ жизни с людьми!

По дороге на вывесках в названиях местных компаний регулярно встречались русские фамилии. Здешний музей порадовал не только неплохой экспозицией, но и рассказом молодой служительницы-волонтерши, духоборки лет восемнадцати, о современной жизни ее единоверцев, которые бережно сохраняют свою культуру, народные традиции и промыслы, особенно бондарное дело. В государственных школах здесь изучают русский язык. А ведь в начале двадцатого века канадские власти пытались силой заставить иммигрировавший народ забыть родной язык и родную историю. К счастью, не получилось.

Безусловно, не все сладко в канадской истории духоборцев, были и экономические, и социальные притеснения. Но не было физического насилия, угрозы физического уничтожения, участи, которая неизбежно ожидала их на родине.

К сожалению для России, сбылось одно из многих пророчеств старейшин духоборской общины: «Если царь отпустит духоборцев из своей страны, то он потеряет свой престол, потому что Бог уйдет с духоборцами».

Уезжала Ксения из Гранд-Форкс с ощущением спокойствия в душе. Еще один фрагмент истории занял свое место в мозаике ее восприятия и понимания Российской империи и российского народа.

36

Небольшой самолетик летел так низко над цепочками гор, что казалось, открой иллюминатор — и можно рукой достать горсть снега с ближайшей вершины.

Впереди ждал Ванкувер и работа с компанией Boozland, занимающейся ребрендингом и созданием новой версии сайта венчурного фонда Ксении. Команда интернет-компании была интернациональная, собрав в стенах своего офиса талантливых представителей Эстонии, Румынии, России, Канады, Франции, Великобритании, Чехии и Германии.

Утром Сергей, владелец и генеральный директор Boozland, приятный мужчина средних лет и спортивного телосложения, эмигрировавший много лет назад из Краснодара, заехал на большом белом внедорожнике за Ксенией в отель. По дороге в офис предложил: «А хотите посмотреть буддийский монастырь?» Автомобиль свернул с дороги и въехал в большие ворота типичной китайской архитектуры. Ксения и Сергей вышли из машины и одновременно остановились. Высокий кирпичный забор разъединил на два несоприкасающихся мира суету рабочего дня делового и портового города и умиротворенную сосредоточенность монастыря, принадлежащего Всемирному буддийскому обществу. Журчание фонтанов, пение птиц, цветы, фигурки животных на газонах, беседки, мостики через искусственные ручьи, тишина и спокойствие... Тело Ксении физически ощущало вибрацию сильнейшей энергетики. Прошли по территории. Остановились перед беседкой, в которой в окружении цветов расположилась фигура женщины с азиатскими чертами лица, но удивительно похожая на христианскую Богоматерь. Зашли в храм, построенный в традиционном китайском имперском стиле, практически не останавливаясь прошли по его периметру и вернулись к автомобилю.

— Как думаете, сколько времени занял у нас осмотр? — задал вопрос Сергей.

По ее ощущениям минут двенадцать-пятнадцать, но для страховки ответила:

— Минут двадцать.

Посмотрели на часы — сорок минут!

— Время останавливается здесь, — констатировал партнер, садясь в машину. — Сам удивляюсь каждый раз, когда здесь бываю. Прямой вопрос, коллега: ваш деловой визит к нам предполагает или хотя бы не отрицает элементы отдыха?

Ксения рассмеялась:

— Говоря откровенно, основная цель — работа. И если честно — хочется получить новые впечатления. В общем, как это часто случается у людей, занимающихся бизнесом, — совместить приятное с полезным.

— Отлично! — Сергей обрадовался. — Значит, выходные никто не отменяет. Как относитесь к максимально оздоровительному уклону развлекательной программы?

— Позитивно. А если детальнее?

— Детальнее? Что может быть оздоровительнее свежего воздуха, воды и бани? Не буду интриговать, к вечеру представлю на ваш суд программу выходных дней.

Ровно в девять утра в субботу Сергей позвонил Ксении в номер.

— Я около входа, жду.

День обещал быть неоднозначным. На фоне яркого, но не жаркого солнца отдельные хмурые тучи прорывались сквозь естественные горные преграды, прижимающие город к океану.

— Предлагаю, чтобы задать душевный настрой выходным, начать с осмотра водопада. Нет возражений? Кстати, я для вас капучино в дорогу взял, угощайтесь, — Сергей показал на бумажный стакан кофе местной сети кофеен, закрыл окна и включил кондиционер.

— Спасибо за беспокойство, Сергей, — Ксении было приятно неназойливое внимание делового партнера, не переходящее в панибратство и без всяческого намека на приставание.

Примерно в часе езды от Ванкувера припарковались буквально в пятидесяти метрах от хайвея. Сразу от стоянки начинался настоящий тропический лес — солнечный свет почти не проникал сквозь покрытые зеленым мхом причудливые ветви неизвестных Ксении пород деревьев. Петляя между папоротниками, туристическая тропа метров через сто вывела к водопаду.

— Красотища! — непроизвольно вырвалось у Ксении. — Необыкновенный какой-то — легкий, светлый, ажурный…

Прочитала название на предусмотрительно установленном информационном стенде: Водопад Фата Невесты. Четвертый по высоте в Канаде.

— Прекрасный водопад, красивое название, очень романтическое место, — были первые слова, негромко произнесенные Сергеем в лесу, словно он боялся разрушить сказочное творение природы.

Еще с полчаса пути по долине Фрейзер и, проехав через небольшой курортный городок Харрисон-Хот-Спрингс, они увидели озеро Харрисон, зажатое со всех сторон горными хребтами. Стали собираться тучи и подул ветер.

— Не беда, что небо затянуло, а даже очень замечательно, — Сергей пытался приободрить расстроившуюся из-за погоды Ксению. — Не в озере, так в горячих натуральных источниках искупаемся, в общем-то, ради них мы сюда и ехали. Сейчас устроимся в отеле, и в нашем распоряжении будут сауна и четыре бассейна под открытым небом: в первый, предупреждаю, надо осторожно опускаться, настолько горячая подземная вода, второй — чуть прохладнее, третий — еще прохладнее, а в четвертом уже можно спокойно полежать — посмотреть на горы, облака, подумать о вечном... Любите философствовать?

Было бы солнце — было бы жарковато. А так, прохладный воздух и горячая вода — полнейшее расслабление! Жаль, что времени мало, нам вечером возвращаться. Поверьте на слово, денька бы три вам в этом горном водном раю и, как в русской сказке, возвратились бы в деловой мир совершенно другим человеком! Но ничего, в качестве компенсации наших быстрых передвижений на воскресенье анонсирую в Ванкувере джимджильбангу.

— Что, извините?

— Корейскую баню, — пояснил Сергей. — Обещаю очищающий массаж сразу двумя корейскими массажистками и необычные процедуры. Кстати, у вас в Сан-Франциско тоже есть аналогичная, не бывали?

— Не приходилось.

— Вот и будет повод познакомиться с корейскими традициями.

День пролетел мгновенно. Сергей оказался прав, отсутствие солнца явилось удачным подарком природы, ибо принимать горячие ванны под палящим солнцем было бы невыносимо. Чередование бассейнов с разной температурой воды так расслабило Ксению, что под вечер она незаметно для себя уснула на лежанке, проснувшись от наступившей вечерней прохлады лишь для того, чтобы поужинать в ресторане и снова уснуть на мягком сиденье внедорожника по дороге в Ванкувер.

Бродяга ветер, наигравшись вдоволь с тучами, утихомирился, предоставив воскресному солнцу радовать отдыхающих горожан светом и теплом.

На входе в корейскую баню с загадочным названием YY Spa Plus, отдавая дань национальным традициям владельцев, пришлось снять обувь. На корейском и русском языках объявление в холле гласило, что после использования в парной веника посетителей просят убирать за собой опавшие листья. Рядом лежала пресса опять-таки на двух языках — корейском и русском. Просто корейско-русский анклав в англоязычной среде, громко заявляющий об этнической принадлежности своей клиентуры!

Практически не говорящая и не понимающая по-английски кореянка, выдавала на входе женщинам розовые шорты и футболки, а мужчинам — голубые.

— Зачем? — не имея возможности спросить у нее, Ксения обратилась к Сергею.

— Берите-берите, поясню по ходу дела. По корейским правилам сначала требуется хорошо вымыться, затем подготовить тело и душу в бассейнах с разной температурой воды и травами, а уже только потом греться в сауне или парной. После этого надевайте выданный наряд и выходите в общий зал, я буду вас там ждать.

Первой, кого увидела Ксения войдя в предбанник, была полная женщина славянской внешности, с короткой стрижкой и в банной шапке с надписью по-русски «Баня — это хорошо!». Сидя в кресле она читала русскую газету и отмачивала ноги в тазике с водой.

— Здравствуйте, — первой поздоровалась она по-русски, либо нисколько не сомневаясь в происхождении Ксении, либо будучи уверенной, что если вошла девушка не азиатской наружности, то это обязательно должна быть русская, ибо других национальностей в данном месте по определению быть не может.

По совету Сергея, Ксения приняла душ, посидела в двух бассейнах — запах трав и плавающие лепестки роз действовали расслабляюще на тело и сознание. Традиционная сауна и парная баня, в промежутках между которыми с громким оханьем она прыгала в бассейн с ледяной водой, вернули бодрое состояние. На джакузи время тратить не захотелось, одной сидеть в бурлящей горячей воде было скучно.

Заинтригованная обещанной экзотикой, Ксения надела шорты, футболку и вышла в общий зал. В большом холле на циновках и на положенных горизонтально по периметру стволах деревьев сидела корейская молодежь, дружно и шумно реагируя на ток-шоу на корейском языке, которое показывали на огромном плазменном экране. Сергей пил воду в кресле немного в стороне от видеозала, где несколько мужчин за небольшими столиками играли в шахматы и го, сидели в интернете за компьютерами.

— Водички после бани?

— С удовольствием, — для Ксении было занятно находиться в столь необычном очаге корейской культуры.

— Хорошо попарились?

— Замечательно!

— Отлично! Тогда можем начать нетрадиционные процедуры?

— Готова. Хотя я уже начала, бассейны с травами — это изумительно!

— Тогда вперед, в соляной зал.

Из длинного узкого коридора в обе стороны расходились двери с прикрепленными перед ними табличками, на которых было написано о волшебной пользе процедуры в этом зале для настроения и здоровья, а также даны рекомендации относительно того, каким образом и сколько нужно ее принимать.

В первом зале пол был покрыт толстым слоем крупной природной соли. Теперь стало понятно, для чего нужны шорты и футболка. Запах каменной соли, медленное прогревание, ощущение — как в горячей соляной пещере. Ксению начало клонить в сон.

Перешли в другой зал со стенами из древесного угля, идеально подходящий для отдыха. Температура чуть выше комнатной, циновки на полу, тишина, сон с передачей полномочий углю вытягивать из организма все вредные вещества и токсины. Ксения открыла глаза, только когда Сергей тактично потрогал ее за руку.

Следующим был глинобитный зал. Пол, стены и потолок обмазаны глиной. Ксения почувствовала себя сказочным джином в кувшине.

Сергей наклонился к уху девушки и негромко произнес:

— Вы знали, что в древности корейцы мылись в больших глиняных чанах? В семнадцатом веке придворный врач Хео Джан советовал избавляться от усталости, болезней и душевного напряжения с помощью соли, глины, горячих камней и золота. Залы со всеми перечисленными составляющими до сих пор существуют в корейских банях.

Ледяная сауна с трубами, покрытыми льдом, температурой плюс пять градусов (такую поддерживают в холодильных камерах) и деревянными пеньками, на которых можно отдохнуть, быстро охладила разогретое тело.

Стены золотого зала были покрыты листами позолоченного металла.

— Как ощущение? — Сергей внимательно смотрел за реакцией Ксении.

— Чувствую себя Шамаханской царицей.

Снова угольный зал, соляной, ледяной, глинобитный, золотой.

— Пора на массаж, — Сергей указал на арку без двери, закрытую лишь пластиковой шторой.

Две обнаженные молодые кореянки предложили снять банный наряд и лечь на массажный стол. Четыре нежные женские руки стали одновременно массировать тело Ксении, поочередно используя движения кистей рук, запястьев, предплечий и жесткие движения в шершавых варежках, снимающие хороший слой эпителия. Девушки наносили на женское тело какие-то мази, потом мыло, а после смывали все с помощью душевых кранов, подведенных прямо к столу.

Массируя внутреннюю поверхность бедер, одна из кореянок спросила на ломаном русском:

— Как назвать русские эту часть тела?

Ксения растерялась. Длинное название массажистка вряд ли сможет запомнить и произнести, поэтому ответила коротко:

— Я называю «щечки».

— Счеч-ч-ки, счеч-ч-ки, — повторили по очереди кореянки и до конца массажа не проронили ни слова.

Сергей сидел в том же кресле, только что-то смотрел в лэптопе по интернету:

— Проголодались?

— Нисколько, да и рано еще, наверное.

— Думаете, рано? Мы с вами пришли сюда в десять утра, а уже почти шесть вечера. Самое время встретить закат в каком-нибудь уютном ресторанчике на пристани. Заодно прогуляемся с экскурсией по пирсу. А то, что чувство голода не наступило, не беда, на берегу океана проснется аппетит, поверьте мне!

Теплый воздух обволакивал тело Ксении, проникая через каждую прочищенную в джимджильбанге целительными солями клеточку. Заходящее солнце лениво подмигивало многочисленным пришвартованным суденышкам, продающим прямо с палубы свои океанические трофеи — только что выловленную рыбу, креветок, крабов и всяческую другую морскую живность. Цены на товар представляли собой чисто символические величины. Около каждого продукта были указаны координаты и глубина отлова — для особо сомневающихся в экологической чистоте предлагаемого товара. Глядя на такой выбор, невозможно было не почувствовать себя голодным. Сергей в очередной раз оказался прав.

Ксения взяла под руку своего добровольного гида:

— Срочно перемещаемся в ресторан, сроч-но!

37

Губернатор Тюменской области, проявляя внимание и заботу к жизни «непрофильного актива» — аграрного сектора экономики вверенной ему нефтегазовой житницы России, запланировал поездку по югу области, о чем руководство «АгроИнТеха» заблаговременно и официально предупредила пресс-служба губернатора, предположив с большой вероятностью, что высокий гость посетит их и к сему знаменательному событию неплохо было бы хорошо подготовиться.

Виктор Дмитриевич озадачился достойной презентацией компании. Так и не решив, на чем стоит сделать акцент, чтобы выгодно себя показать, и о чем стоит умолчать, чтобы не сильно выпячиваться перед вечно голодными до чужого добра местными чиновниками, позвонил Николаю.

— Доброе утро!.. Как вы там, без нас? — что для знающих его людей означало: «Есть тема, надо посоветоваться».

— Доброе, доброе! — Николай уже по тону коллеги догадался, что его гложат какие-то размышления. — А у вас-то доброе?

— Дык... по-разному, — в телефонной трубке стало слышно, как традиционно щелкает зажигалка и заядлый курильщик глубоко затягивается сигаретой.

Николай включил громкую связь и подошел к окну. На отливе сидела синица и любопытно крутила головой, периодически постукивая клювом по стеклу. «Что же держит тебя в загазованном городе? — подумал Николай. — Что мешает улететь в экологически чистое Подмосковье или хотя бы в городской парк? Ни рабочего графика у тебя нет, ни работодателя. Привычка? А я? Что меня держит в душных каменных джунглях?»

— Гости к нам… однако, едут, — прервал его размышления партнер.

— И? — настроения угадывать чужие мысли у Николая сегодня не было.

— Губернатор приезжает.

— И?

— Встречать надо…

— И? — Николай смотрел вслед улетающей птице.

— Это… а может, вам тоже к нам в гости приехать?.. Повод повстречаться с руководителем региона, — наконец выложил цель своего звонка Виктор Дмитриевич.

— Принимается, — Николай посмотрел на компьютере в электронный календарь. — Когда планируется визит? Я прилечу на день раньше, согласуйте со Светланой Александровной, что или кого еще попутно надо с собой привезти. Хорошо?

Когда Николай зашел в зал ожидания аэропорта, очереди на посадку уже практически не было. Поставив портфель и доставая из внутреннего кармана пиджака посадочный талон, оглянулся. В сторону выхода к самолету на Тюмень бежала стройная красивая женщина лет тридцати или немногим больше. Нисколько не запыхавшись, она спросила у него:

— Извините, это посадка на тюменский рейс?

— Да, проходите, — Николай уступил свое место.

— Спасибо! Я уж за вами. Без меня самолет теперь не улетит, правда? Я — Людмила, — и она протянула Николаю изящную руку с длинными красивыми пальцами.

— Николай Константинович, — немного удивленный неожиданному знакомству, пожал он ее руку.

Места у них, как это ни странно, оказались рядом.

— Хотите жвачку? — молодая женщина протянула Николаю, словно старому знакомому, пачку жевательной резинки. — Вы в наш город по делам?

— А почему вы решили, что я не тюменец?

— Не знаю, это очевидно, как и то, что большинство женатых мужчин не отвечают определенно на вопрос о своей семейной жизни.

— Я могу ответить определенно, если спросите, — Николаю стал интересен разговор с новой знакомой.

— Вас я не буду спрашивать.

— Потому что некоторые женщины при знакомстве с некоторыми мужчинами не хотят знать правду? — поддержал откровенно-шутливый тон беседы Николай.

— Ваши проницательные глаза вас не обманывают, — девушка взяла с подноса у стюардессы два стакана с красным вином, себе и Николаю.

— А если я не пью вино? — задал он провокационный вопрос.

— Пьете, не сомневаюсь. Из принципа, конечно, сейчас можете отказаться, но не делайте этого, я не хочу вас ни обидеть, ни заставлять делать то, чего вы не хотите, но мне было бы приятно выпить с вами. Хотя, знаете, мне пить совсем нельзя, я становлюсь излишне импульсивной и откровенной. Вас это не пугает?

— Меня пугает только серость и посредственность, а вы, судя по первому впечатлению, явно не из этой категории людей.

— Тогда за нас! — чокнувшись пластиковыми стаканами, девушка внимательно взглянула на Николая и, пригубив вино, спросила: — Вас не боятся за ваш взгляд?

— А как вы считаете?

— Уверена, боятся. У вас образ, в котором одновременно совмещаются два типа личности: священника и бандита, простите за откровенность. Я ведь предупреждала, что мне пить нельзя. Такое сочетание пугает людей, это как смотреть в глаза волку — дитя природы и одновременно безжалостный убийца.

Такое откровение озадачило Николая. Людмила как ни в чем не бывало стала листать журнал авиакомпании.

— А я работаю патологоанатомом, — не отрываясь от журнала, произнесла она.

— Я должен как-то отреагировать на эту новость? — Николай с интересом следил за попутчицей.

— Просто предупреждаю, потому что, узнав об этом, мужчины быстро испаряются. А вам испариться в течение ближайших двух часов все равно не удастся, — она негромко засмеялась. — И мне моя работа нравится.

— Рад за вас. И мне моя работа нравится. За это предлагаю выпить!

— Я уже пьяная, так что, не обессудьте за излишнюю болтливость, — девушка отпила вина и игриво взглянула на Николая. — А еще я люблю бодибилдинг. Это заметно по моей фигуре?

— Откровенно говоря — нет, — Николай не лукавил. — По вашей хорошей физической форме очевидно, что вы занимаетесь спортом, но про бодибилдинг я никак бы не подумал.

— А вы ожидали увидеть полуженщину-полумужчину? Сознайтесь! Я обожаю бодибилдинг и даже с работы умудряюсь убегать на тренировку. А как вы относитесь к бодибилдингу?

— Я? — Николай засмеялся. — Я организовывал первый еще в Советском Союзе открытый чемпионат Европы по бодибилдингу, был такой факт в моей биографии. И даже пару раз пытался приобщиться к этому виду спорта у своего соседа — родоначальника советско-российского бодибилдинга, но…

— А чем вы занимаетесь? — резко сменила тему Людмила.

— Со стороны кажется, что борьбой за денежные знаки.

— А на самом деле?

— Вас будут встречать? — теперь сменил тему Николай.

— Нет, а вас бы это остановило?

— Остановило от чего? — не понял Николай.

— От того, чтобы пригласить меня в ресторан.

— Вообще-то я хотел предложить довести вас до дома. Но мысль с рестораном мне тоже нравится.

— Я согласна, — девушка допила вино. — Мне больше не наливать. Можно я прислонюсь к вам? — не дождавшись ответа, она положила голову на плечо Николая, закрыла глаза и задремала.

38

— Помните старинный анекдот, Олег Вениаминович? Октябрь семнадцатого. Россия. Питер. Невский проспект. Вооруженные люди бегут к Зимнему дворцу. Внучка декабриста останавливает одного из матросов: «Скажите, пожалуйста, чего хотят все эти люди?» Матрос отвечает: «Чтобы больше не было богатых, бабуля!»

Пожилая женщина пожимает плечами и говорит: «Странно, а вот мой дед боролся за то, чтобы не было бедных», — Николай усмехнулся и посмотрел на нервно закуривающего сигарету чиновника.

Губернатор натяжно засмеялся, дежурно-покровительственно похлопав по плечу молодого худощавого высокого мужчину — заместителя руководителя департамента сельского хозяйства области, на вопрос которого ответил анекдотом Николай.

— А можно все-таки поконкретнее, в чем заинтересованность вашего бизнеса: чтобы у фермеров от сотрудничества с вами была фактически гарантированная высокая прибыль? Может быть, мы ваш опыт применим на всей территории области? — не унимался сотрудник областной администрации.

Продолжать дискуссию и повторять в третий раз свои доводы Николай не посчитал необходимым уже только потому, что стало понятно: чиновнику нужна не истина, а возможность проявить себя перед руководством крысиным способом — «опустив» своего визави. Предложив губернатору ознакомиться с трейдерским залом, где молодые ребята, словно брокеры на бирже, торговали своей и чужой продукцией, он обронил в сторону свиты главы области:

— Виктор Дмитриевич подробно ответит на все вопросы в индивидуальном порядке, а я расскажу о работе нашей системы управления продукцией — СУПе, как мы ее между собой называем, и о международном аграрном форуме, который намереваемся провести следующим летом в вашей области.

Делегация пробыла в офисе «АгроИнТеха» вместо запланированных сорока минут почти три часа. Губернатор уговаривал Николая выступить с обменом опытом перед областной думой или хотя бы перед ассоциацией сельхозпроизводителей области. Поохав от удивления и изобразив задумчивость на лицах, слуги народа расселись в иномарки, и длинный кортеж в сопровождении милицейского элитного внедорожника отбыл в Тюмень.

Виктор Дмитриевич, провожая взглядом колонну машин, предложил, доставая зажигалку:

— Постоим… покурим?..

— Подышим свежим воздухом, — согласился Николай.

— Чего вы его… так обрезали?

— Кого? — Николай сделал вид, что не понял, о ком речь.

— Олега Вениаминовича… Его пророчат в замы губернатора и… руководителем департамента сельского хозяйства… Кстати, вы его не помните?

— Нет. А нас уже знакомили?

— Да ведь он работал у вас… в коммерческом отделе агентом.

— Да вы что?! — Николай искренне удивился.

— Ага… месяца три… а потом перебрался из Москвы в местную администрацию… кто-то его пихает из центра.

— Не помню, — напрягая память, произнес Николай. — Я обычно всех сотрудников помню, а его не припоминаю. Бывает, что если меня нет в Москве, то народ на рядовые позиции принимают без моего собеседования. Возможно, он так и попал к нам. И так же, очевидно, уволился. Тихо и незаметно, это в стиле резерва вертикали власти. А вы откуда знаете?

— Да он приезжал вчера вечером ко мне… предлагал за половину нашей фирмы протекцию в коридорах власти… Обсудим?

— Что обсудим? — снова не понял Николай. — Что приезжал или его предложение?

— Предложение, — партнер был необычно серьезен.

— Вот как… — Николай посмотрел на вибрирующий коммуникатор и выключил его. — Излагайте тогда его версию нашего сотрудничества.

— Ну… половину фирмы мы оформляем на его жену… а взамен будем получать по графику… это… ну… все полагающиеся субсидии из бюджета.

Николай подошел к своему водителю:

— Езжай обедай, возвращайся через сорок минут, — и, обращаясь уже к Виктору Дмитриевичу, задал вопрос: — А что, есть проблемы с получением субсидий?

— Да нет… побегать, правда, приходится.

— И чтобы не бегать, вы готовы отдать половину бизнеса?

— Ну… он еще предлагал.

— Что конкретно?

— Ну… по кредитам посодействовать.

— Господи! — Николай не знал, то ли злиться на чиновника, то ли огорчаться за своего коллегу. — И вы всерьез обо всем этом думаете?

— Ну… а че?..

— Да он же даже воровать профессионально не умеет — фирму предлагает оформить на жену. Это же все шито белыми нитками! Мелкий жулик он! — Николай повысил тон. — Нашу компанию, которая уже стоит миллионы долларов, и часть нашей с вами жизни этот чинуша решил присвоить за право просто в срок и без проволочек выполнять свои обязанности. И как вы предлагаете преподнести эту гениальную идею нашим акционерам и инвесторам — как подарок судьбы?

Виктор Дмитриевич угрюмо молчал.

— Никогда я не ложился ни под бандитов, ни под чиновников. И уж не собираюсь это делать под такое ничтожество, поэтому вопрос не обсуждаем, уважаемый коллега. Что-то еще хотите спросить?

— Это … как мне ему отказать-то?.. Он сегодня вечером обещался опять приехать…

У Николая было желание немедленно закончить неприятный разговор, словно отряхнуться от налипшей пыли, но он сдержал себя.

— Вы же знаете сегодняшнюю примерную стоимость нашей компании?

— Вы говорили, что… под тридцатник лямов зеленых тянем…

— И что, он имеет возможность внести в бизнес тридцать миллионов долларов? Или в такую сумму оценивает по отношению к нам свое кресло?

Виктор Дмитриевич нервно затянулся сигаретой и ничего не ответил.

— Попросите у него схему и письменные гарантии на внесение обозначенной стоимости. Поверьте мне, больше он к вам не приедет.

Улетал Николай в Москву с неприятным осадком в душе, история с наглым предложением чиновника не давала покоя.

— Эта подлая категория людишек способна на всяческую гадость, — давал он поручение своему начальнику службы безопасности по телефону перед посадкой в самолет. — Возьмите на контроль ситуацию и на всякий случай начинайте работать по этому стыдливому воришке из администрации. Я сегодня прилечу, а завтра с утра хочу услышать вашу оценку ситуации. И не забывайте, что он работал у нас, — это я о возможной утечке информации.

ЧАСТЬ 4

1

Сгущающиеся за окном кабинета сумерки действовали, на удивление, успокаивающе, отодвигая дневные текущие заботы и освобождая пространство для размышлений. Льющиеся из музыкального центра звуки соло электрогитары в хардроковой композиции напоминали классическую скрипку. Тени от деревьев на стене соседнего здания двигались в такт музыке, причудливо переплетаясь в танце света и ветра.

Николай увеличил громкость.
— Не возражаете? Вы ведь тоже в прошлом гитарист?
— Было… по молодости…
— Извините, Виктор Дмитриевич, что перебил.
— Конечно, это так… но всегда стоит вопрос, что первично или важнее… Может, я и ошибаюсь, но искренне считаю… первое — это люди, которые продают, второе — планирование и экономика… или наоборот… но все равно, мое убеждение — это основа… Может, подумать, как по-другому?
— Бизнес — такая штука… Как организм, который хочет одновременно и есть, и пить, и... Что для него важнее? И

уговорить его делать что-то по очереди пытаться можно... Только... реально ли?

— Плана детального пока, к сожалению, нет... Так как нет и окончательных данных по уборке... нет цены закупа... нет качественных показателей... нет плановых посевов следующего года... и так далее... Поэтому говорить о плане, как товарищ Саахов выразился: «Валюттаризм какой-то, па-анимаете!» Есть несколько вариантов для формирования экономической модели сезона продаж этого и следующего года... Последний вариант вчера был сделан... Я не знаю пока детально экономики настоящего бизнеса, мы ведь всю жизнь работали по-другому... вот и выясняю потихоньку... Там это все, наверное, в годовой таблице, которая тоже не в самой лучшей готовности... Не работал я еще с ней сурьезно... Ентим всем, по сути, и занимаюсь четвертый месяц.

В кабинете повисла пауза. Виктор Дмитриевич посмотрел на пустую пачку сигарет:

— Я сейчас... это... спущусь за сигаретами...

— Это, конечно, неправильно, но для вас у Светланы Александровны всегда лежит неприкосновенный запас, сейчас она принесет.

Партнер вздохнул:

— Ну работает же у нас сайт... Простенький, старенький, но того... жужжит же... Может, потерпим пока?

Николай подошел к окну и открыл створку. Запахи и звуки вечернего города мгновенно заполнили пространство кабинета.

— Я даже не буду обсуждать, насколько старая версия сайта уже не только не отражает реалий нашего бизнеса, но и абсолютно оторвана от всей системы управления и продаж. Это плохо, согласитесь? Не менее важно иное. Мы с вами много говорили об управляемости и мотивации. *Начинать и бросать любой проект — это самое страшное с точки зрения управляемости и один из главных факторов демотивации коллектива.* Раз решение было принято, давайте доведем его до результата, хорошо? Тем более что бюджет выделен, тендер на разработку новой версии сайта проведен, техническое задание составлено. Что еще нужно?

— Не могу по сайту ничего конкретно сказать, — было заметно, как семеновод нервничает... — Надо погружаться, пока для меня это нереально... Предложите, как видите вы?

— Может быть, тогда активнее делегировать и доверять тому, кто может ответить за результаты? Ибо не объять необъятное одному.

— Сами же говорите, что сайт... — важный элемент презентации и продаж... Как же без меня?

— Что делать, если не хватает времени? Запустим, через год-полтора все равно планируем заниматься ребрендингом, вот и возглавите движение: займетесь плотнее фирменным стилем и функционалом сайта. Повторюсь, дилемма момента чисто управленческая: сайт с вашим минимальным участием или реальная потеря управляемости. Сделать выбор даже не предлагаю.

— Настаиваете?

— Убеждаю. Настойчиво.

— Без вариантов?

— Варианты всегда есть. Как и аргументы. Посмотрите на логическую смерть бесчисленного числа советских промышленных предприятий. Многие из них выпускали неплохую продукцию. Но не занимались ни продвижением, ни упаковкой, ни сервисом. Пока не время, считали они. Где сейчас эти предприятия? Кому повезло, сдали в аренду свои цеха под торговые площади. Кому и это было лениво сделать, просто разорились. Аргумент?

— Дык...

— Теперь о финансах. Как инвесторы, которые оперируют нашими векселями будут получать информацию о нас, динамике нашего развития, наших успехах? Каким образом мы собираемся информационно поддерживать вторичный рынок наших ценных бумаг, повышать моральный тонус фондовых спекулянтов? В какую упаковку мы будем завернуты, как мы будем сладко выглядеть, такими ручьями и будут течь денежные слюни у финансистов. Еще привести аргументы?

— Ну...

— О продажах будем развивать тему? Как планируете стучаться в каждые фермерские ворота по всей нашей необъятной стране?

— Ладно... Ваша взяла... Хотя... не лежит у меня душа заниматься сайтом... сейчас конкретно.

— Дорогой мой коллега, — Николай закрыл окно, — в бизнес, безусловно, необходимо вкладывать душу. Но не заигрываться с душевностью, мы не советский НИИ и не кружок любителей семян, иначе можно все потерять. Есть такие слова «надо» и «целесообразно». Слышали о них? И больше оптимизма, дорогой мой партнер, больше драйва!

2

— Слышал, встречались с губернатором? — вместо приветствия поинтересовался Михаил Александрович, всем своим обликом излучая энергетику состоявшегося в жизни индивидуума.

— Что-то зачастили вы к нам, уважаемый партнер? — Николай ощутил крепкое рукопожатие протянутой руки.

— Так ведь мы лучшие друзья! — гость явно был в приподнятом настроении.

— Дружба, основанная на деньгах, — самая крепкая? Прочитали наш аналитический отчет по рынку и коррекции к плану развития?

— Прочитал, прочитал. Недурственно, скажу я вам, весьма недурственно. Есть вопросики, безусловно. Есть и предложения соответственно.

— Озвучивайте.

— Я все в рассуждениях о себе, любимом, — гость огляделся и, остановив выбор на глубоком кресле рядом с журнальным столиком, с явным удовольствием расположился в нем. — Прикидываю варианты по выходу из проекта, об этом и хотел посоветоваться. Может быть, нам стоит активизировать работу со стратегическими инвесторами? Мало ли что с рынком, сегодня — прет, завтра — падает... Жадность — вещь такая, всех денег не заработаешь...

— Торопите? — причина визита партнера Николаю стала понятна. — Осторожничаете?

— Береженого Бог бережет, вы же знаете.

— Но вы же видели наши предложения и по пессимистическому варианту развития рынка, мы все равно выходим с прибылью.

— Нервишки, Николай Константинович, нервишки. Я недавно потерял два миллиона долларов — заигрался один товарищ. Не хочется рисковать и сейчас. Обжегшись на молоке, дуют на пепси-колу. Кстати, а кофе с молоком можно попросить?

— Как же отказать лучшему другу?! — съязвил Николай. — Какой сорт кофе или какую страну происхождения предпочитаете?

— Колумбийский имеется?

— Чем вызваны такие предпочтения?

— Говорят, он один из лучших в мире.

— Это так. Но я слышал, что политика правительства Колумбии сильно подорвала доверие среди знатоков к этому продукту. Весь урожай государством скупается по фиксированной цене, вне зависимости от качества. Следствие понятно?

— Вы намекаете, что у крестьян нет интереса следить за качеством, поэтому они могут сдавать государству все подряд?

— Абсолютно. Поэтому, покупая колумбийский кофе, который я, кстати, тоже люблю, надо быть очень острожным и работать только с проверенными поставщиками.

— Н-да, озадачили вы меня. А вы какой кофе предпочитаете?

— Из сортов — арабику. Из мест ее выращивания — желательно, чтобы плантации были на высоте более тысячи метров. Из обжарки — очень индивидуально, хотя чаще всего предпочитаю итальянскую. Мне кажется, я уже открывал вам свои предпочтения.

— Про обжарку помню, а вот про остальное запамятовал. Что ж, спасибо за предупреждение. Ну тогда доверюсь вашему вкусу. Только с молочком, хорошо? Что-то захотелось сегодня с молочком. Прошу прощения, я прервал вас своими прихотями…

— Что вы? Я просто хотел уточнить, — Николай сел в кресло напротив партнера, — вы разочарованы своим вложением в наших конкурентов?

— Нет, что вы?! Как вы могли подумать? История совершенно из другой отрасли. Инвестировал я не так давно в одного интернет-разработчика. И когда продукт уже был почти готов к запуску, мой компьютерный гений придумал новую идею, полностью потеряв интерес к старой. Мои доводы и методы воздействия оказались, увы, безуспешными. И к слову, вы подали здравую мысль! Этакое венчурное хеджирование рисков при вложениях в конкурирующие компании. Да победит сильнейший, окупив вложения в себя и в того парня! Надо будет спокойно поразмышлять на досуге.

— И вы себя еще называете лучшим другом, Михаил Александрович! Вы же худший враг! Знаете наш бизнес изнутри и, не стесняясь, размышляете о вложениях в конкурирующие фирмы?

— Ну, во-первых, это была ваша мысль, уважаемый коллега. А во-вторых, вы же сами говорили, что у вас нет конкурентов.

— Хотите поймать на слове? Прямых конкурентов у нас нет, но конкуренты на долю рынка, безусловно, есть, так что… Кстати, вы меня тоже натолкнули на мысль: надо будет в устав компании внести пункт, что акционеры не имеют права быть одновременно владельцами конкурирующих бизнесов. Не будете голосовать против?

— Да ради нашей общей пользы — я завсегда «за»! — партнер широко заулыбался. — Только я не худший ваш враг. Я ваш лучший враг. Я открыто предупреждаю вас о рисках, заставляю думать, шевелиться, искать более эффективные варианты развития. Поэтому я друг и враг в одном лице.

— Лучший враг? — Николай глубоко вздохнул. — И друг одновременно?

— Лучший враг и лучший друг в одном лице! — взгляд гостя стал немного настороженным.

— Многоликий вы мой! — пошутил Николай. — Тогда уж, если быть максимально точным, то вы — худший друг и лучший враг. Друг — это искренне и надолго, а вы за деньги и на короткий период.

— Зато я честный человек. Не льщу ни вас, ни себя надеждами бесконечного сотрудничества, передачей дел детям и внукам, почетными пенсиями, благоговейными речами на моих юбилеях и другими атрибутами заслуженных ударников капиталистического труда. Да, я критикую и напрягаю, точнее — тонизирую, но с благими целями, чтобы не расслаблялись.

Плотоядные в природе так же важны, как и травоядные. Поэтому я, если и враг, то лучший из их стана. Выйдем с выгодой из семенного проекта, снова станем друзьями без обязательств, правда? А разве вы сами не по аналогичной причине в данном проекте?

— И да и нет, — Николай не хотел кривить душой ни перед собой, ни перед партнером. — Прибыль мы должны заработать обязательно, иначе не имеем права называться бизнесом. Только прибыль можно зарабатывать разными способами. Можно идти традиционными путями, повторяя успехи предшественников и стараясь не делать их ошибок, — эволюционный такой путь. Вариант?

— Вариант. И неплохой для инвестора, — Михаил Александрович кашлянул в кулак, пытаясь понять направление размышления визави.

— Можно украсть чью-то идею, чаще всего зарубежную, быстро скопировать ее и впарить проект за большие деньги обратно изобретателям идеи, чтобы добровольно-принудительно уйти с конкурентного рынка. Бандитский, но вариант?

— Тоже вариант.

— Что говорят по последнему варианту в кулуарах венчурного движения?

Собеседник не торопился отвечать.

— Так что все-таки думают акулы финансового рынка? — повторил вопрос Николай.

— Акулы призывают: «Инвестируйте в того, кто украл идею». Вы это от меня хотели услышать?

— Абсолютно. И как?

— Что как?

— Ваше мнение?

— Предприниматель, способный украсть идею, обладает острым умом и способен цинично и рационально оценивать ситуацию. Эти качества инвесторы уважают. Ничего личного, только бизнес!

— Помню я хорошо эту фразу, прекрасно помню. Однако и она имеет множество контекстов и трактуется совершенно по-разному разными людьми в разных ситуациях. Я не святой и не ханжа, — Николай смотрел прямо в глаза старому товарищу. —

Если цель — денежные знаки, то цель оправдывает средства. Только стоит ли восхищаться ворами и ставить их в пример, как заведено сегодня в нашем обществе? И не стоит подменять понятия: развивать идею и воровать идею. Грань тонкая, разница принципиальная.

— Соглашусь с вами. Как говорит одна моя знакомая, если говорить о «развитии идеи», то грань действительно тонкая. Иногда чуть заметная. Кстати, обмен идеями — это замечательно, с ее точки зрения. Ты делишься знаниями или идеями — делятся с тобой. Все в выигрыше! Обмен ресурсами — информацией в данном случае — приводит к их умножению у каждого! Если кто-то отдает вам свою идею, а вы ему — свою, то у вас будет уже по две идеи. А вопросы экологичности своей жизни каждый ставит и решает для себя сам. Не думаю, что происходит что-то катастрофическое с точки зрения христианской морали. А даже если и так... Ну, такова реальность. Думаю, ее приходится принимать во внимание как существующий факт.

— Я далек от обсуждения или осуждения мнения вашей знакомой, Михаил Александрович. Мне интересно и важно другое. Мораль не бывает отделена от общества и наоборот. Христианство это или иудаизм — не критично в данном случае. «Не укради!» — заповедь не религиозная, заповедь общечеловеческая. Степень зрелости общества определяется во многом его идеалами. Все общества несовершенны. А принимать или не принимать конкретную реальность — это, действительно, выбор каждого индивидуума. Я уверен, вы завалены инвестиционными предложениями по финансированию клонов западных успешных проектов. Так?

— Не скрою, да.

— И ваше мнение по ним?

— Ну что можно сказать… Многие стартаперы не только не развивают хорошие зарубежные идеи, они их даже не адаптируют к нашей стране. Делается единственное усилие — успеть скорее запустить стартап до выхода материнского проекта на широкие просторы России и впарить ему местный клон. Особенно айтишники этим грешат.

— А профессиональное инвестиционное сообщество и средства массовой информации пиарят этот подход, приводя его в пример. Выгодно, согласен. Но скучно, нет драйва. Мое личное мнение и выбор.

— У всех свой способ почувствовать драйв, Николай Константинович. Клептомания тоже приносит массу адреналина... то есть, простите, драйва!

— Не соглашусь с вами. Не драйва, не поправляйтесь, а адреналина, вы дали в первом утверждении более точную оценку.

— Да не мое это высказывание, я лишь цитирую мысли моей знакомой, — махнул рукой Михаил Александрович. — Дискутирую, так сказать, с вами ее доводами. И потом, она считает, в России кража — это часть национального самосознания, часть культуры, если хотите. Воруют не только чиновники и не только материальные ресурсы. Вам не кажется, что пиар «данного подхода» — это просто выбор привычного способа действия? Кстати, «украсть» и «развить», а тем более «украсть» и «вдохновиться» — это разные понятия. Ей больше нравятся «вдохновение» и «развитие». Но это ей. Осуждать никто никого не вправе. Потому что все относительно. Относительно ценностей, которые у всех разные, — если не все, то определяющие.

— Рад, что наша дискуссия течет не в русле осуждения кого-либо, а в русле обсуждения наших личных моральных ценностей, — Николай решил перевести разговор в более нейтральную область, хотя дискуссия о том, кем для предпринимателя является инвестор, была как нельзя вовремя, но требовала спокойного и взвешенного подхода и времени для осмысления. — Вот вы сейчас прикрылись мнением своей знакомой. Прием распространенный и имеющий право на жизнь. Вы полностью с ней солидарны? И часто вы с ней или другими знакомыми женщинами обсуждаете вопросы из финансовой сферы?

— Это больше вопросы не финансовые, а вопросы выбора, Николай Константинович. С ней — теперь очень редко, хотя раньше бывало и почаще. А с другими женщинами еще реже. Женщина рассуждает на серьезные темы в двух случаях, либо когда ЕЩЕ не состоит в отношениях с мужчиной-собеседником, либо когда она УЖЕ не состоит в отношениях с ним, и в том и в другом случае пытаясь его заинтриговать своим интеллектом.

— Точно подмеченная закономерность, браво! Каков диагноз вашего случая, если не секрет?

— УЖЕ.

3

— Игорь Олегович, Александр Анастасович! — Николай жестом предложил присесть коллегам в кресла, где недавно беседовал с инвестором-ангелом. — Нам с вами предстоит найти решение непростой задачи. Даже, возможно, весьма сложной.

— Слушаю вас, — директор по персоналу открыл блокнот.

— Наш бизнес постепенно и неотвратимо растет, задачи усложняются… Понимаете, куда я клоню?

— Не совсем.

— Тогда обозначу без длинного вступления тему обсуждения: нам нужен генеральный директор.

— Так вы же генеральный директор нашего холдинга, — недоуменно возразил Игорь Олегович.

— В том-то и дело, что я. Но, возможно, нам нужен новый. Давайте подискутируем. Согласны?

— Давайте попробуем, — наконец произнес бизнес-консультант.

— Александр Анастасович! Вы как специалист, повидавший много бизнесов, что можете сказать об этапах их роста, акционерах, совмещающих функции исполнительных руководителей, о конфликтах интересов и по всему остальному, сопутствующему данной теме?

Консультант глубоко вздохнул и потер рукой лоб.

— Непростую тему вы подняли, шибко непростую. Без бутылки и не разобраться. Шутка. От дел, насколько я понимаю, вы отходить не собираетесь?

— Вы правильно понимаете, — Николай посмотрел на экран коммуникатора и выключил девайс.

— Следовательно, исходя из нашей реальности, стоит вопрос перераспределения полномочий между вами и наемным генеральным директором. Я не ухожу далеко от темы? — он внимательно смотрел на собеседников.

— Все правильно, продолжайте, — подбодрил его хозяин кабинета.

— Тема поставлена даже глубже, чем просто перераспределение… Мне так кажется. Еще один вопрос: созрел ли наш бизнес для наемного руководства? И весьма деликатный нюанс… — он нерешительно замолчал.

— Продолжайте, мы должны откровенно обсудить все ограничения и возможности, — Николай внимательно следил за ходом размышления уважаемого им эксперта по развитию.

— Так вот, деликатный нюанс — это вы сами, Николай Константинович. Отдаете ли вы себе отчет, что уровень ваших полномочий существенно изменится? Готовы ли вы к принятию чужого мнения, разделению зон ответственности, моратории на определенные сферы компетенций?

Николай не перебивал говорящего.

Александр Анастасович снова глубоко вздохнул:

— В своей консультационной практике я часто сталкивался с подобными случаями. Девяносто процентов из них были продиктованы модой или желанием уйти от текучки и одновременным полнейшим нежеланием выпускать из поля своего контроля принятие любых решений, включая закуп канцелярских товаров и уборку территории. Поэтому все рано или поздно заканчивалось «ручным управлением», разборками, взаимными претензиями, потерей финансов, ослаблением управляемости. Вот такая безрадостная картина российского наемного управления. Нет традиций.

— Насчет традиций вы не совсем правы, — возразил Игорь Олегович. — Древние русичи приглашали к себе на правления варягов, порой очень успешно. Знаменитый Рюрик, к примеру, был скандинавом по происхождению.

— Спорный вопрос по Рюрику, коллега. Мнения историков разнятся, большинство источников убеждает нас в том, что Рюрик Новгородский был славянином и по отцу, и по матери. В любом случае извиняюсь за категоричность. Если вы и правы, то значит, традиции просто утеряны. Неопровержимой же реальностью настоящего отрезка истории является факт отсутствия деловых традиций в российском менеджменте.

— И? Резюмируйте применительно к нашему бизнесу, — предложил Николай.

— Применительно к любому бизнесу, в том числе и к нашему, — дело всегда только в первом лице, то есть в вас, Николай Константинович. Если вы морально готовы к столь серьезному шагу, то остальное — дело техники. Если сомневаетесь, то я бы не рекомендовал.

— Что мы все время сидим по кабинетам? — Николай решил разрядить излишне серьезную атмосферу обсуждения. — А не пойти ли нам прогуляться по набережной, пока погода хорошая? Заодно и мысли свежие на свежем воздухе легче генерироваться будут. А? Пошли!

По Старомонетному переулку и Кадашевской набережной мужчины шли молча. Николай размышлял над словами Александра Анастасовича, а его собеседники не решались инициировать разговор первыми. На Лужковом мосту Николай остановился.

— Судя по тому, что вопрос обращен персонально ко мне, я могу сделать вывод, что наш бизнес безотносительно ко мне созрел для наемного директора. Да? — прервал он молчание, смотря на воду.

— Я считаю — да, — уверенно произнес бизнес-консультант.

— Ваше мнение, Игорь Олегович? — Николай повернулся к кадровику.

— Не могу обещать, что для коллектива эта новость будет приятной.

— Что так?

— Вы же не номинальное лицо, — по тону голоса директора по персоналу ощущалось, что ему непросто даются слова. — Вы — это наше все!

Мужчины заулыбались сравнению, процитированному из какого-то фильма.

— Вы создали культуру организации, отражающую ваши моральные и деловые ценности, — продолжил он. — Вы задали ритм движения, в котором весь коллектив дружно и организованно перемещается из разного индивидуального прошлого каждого в общее будущее. Вы пропитали наши офисы и души атмосферой инноваций и оптимизма. И теперь кто-то займет ваше место. Двух одинаковых людей не бывает… Я бы мог сейчас заверить вас и попытаться убедить себя, что моя служба постарается сделать все возможное и невозможное, чтобы смена лидера прошла для коллектива и дела максимально незаметно. Но я не хочу никого обманывать. Потрясения неизбежно будут.

Собеседники снова замолчали.

— Почему только дети жертвы пороков взрослых? — как будто сам себе задал вопрос Николай, глядя на знаменитую скульптурную композицию Михаила Шемякина, символизирующую борьбу со злом и пороками. — А пожилые — разве не жертвы? А сами взрослые?

— Дети не способны осознанно сопротивляться навязываемому взрослыми образу жизни, порочным ценностям, они — жертвы бессознательного выбора. А остальные категории общества, перечисленные вами, — тоже жертвы, только уже своего осознанного выбора. Поэтому автор предлагает нам задуматься. Пока не поздно.

— Пока не поздно... — Николай негромко повторил последние слова Александра Анастасовича и уже уверенным тоном провозгласил: — Коллеги! Я благодарен за ценные советы и предупреждения. Я без иллюзий оцениваю сложность работы, которую нам вместе придется сделать, чтобы избежать негативных последствий изменения стиля и структуры управления. Я отдаю себе отчет, что принимаю всю полноту ответственности за принятое решение на себя, — Николай выдержал паузу. — Нам нужны двое новых молодых, энергичных, профессиональных генеральных директора, один — для холдинга, второй — для семенного бизнеса. Ситуация объективно созрела. Двигаясь дальше по старинке, мы заведомо снижаем темпы развития. Да... Надеюсь на вашу помощь. С Виктором Дмитриевичем я побеседую сам, на следующей неделе у нас с ним запланирована встреча. Торопиться не будем, все изменения подготовим тщательно и в спокойном режиме. Но начинать подготовительную работу необходимо прямо сегодня. С Богом!

Свадебный фотограф энергично расставлял на мосту большую группу участников бракосочетания двух юных и очень симпатичных сердец.

— Встретить свадьбу — это к удаче! — с явным облегчением произнес Игорь Олегович.

4

Задумавшись, Николай резко затормозил на переключающийся красный сигнал светофора. Ведущий радиостанции поздравил всех слушателей с наступлением нового дня и пожелал спокойной ночи укладывающимся спать, а тем, кто будет продолжать его слушать, — приятной компании. Николай взглянул в зеркало заднего вида. На пустынной улице стоял только он и сзади, далековато от него, черная «тойота». «Странно, — подумал он, — обычно в Москве все друг к другу максимально прижимаются, а этот товарищ прямо пионерскую дистанцию выдерживает».

Захотелось немного отдохнуть и сбросить с себя натруженную энергетику прошедшего дня. Николай свернул на бульвар, развернулся и остановился возле книжного магазина. Светящиеся витрины, ряды книжных полок, небольшое количество посетителей, скорее даже ценителей книг, и запах кофе создавали особенную, таинственную атмосферу познания, которая притягивала к себе любознательные и бодрствующие по разным причинам в ночи души. Сразу на входе привлекла внимание полка с бестселлерами. Николай взял в руки роман неизвестного ему румынского писателя. Рассеянно прочитал аннотацию и поставил обратно. Раздел деловой литературы ничем не заинтриговал. Николай заказал в кафетерии чашечку черного чая с чабрецом и присел в свободное кресло. Напротив него известный телеведущий и историк в домашнем халате, тапочках и с взъерошенными волосами, обложившись стопками книг, что-то печатал двумя пальцами на ноутбуке.

Миниатюрная курносая зеленоглазая дама лет тридцати пяти, в короткой юбке, легкой кофточке, ниспадающей с одного плеча и демонстрирующей бретельку бюстгальтера, босоножках на высоких шпильках, с рыжей копной крашеных волос, неимоверно пушистыми искусственными ресницами, выпирающей силиконовой грудью и длинными накладными ногтями расположилась напротив телезнаменитости, уделяя больше времени наблюдению за ним, чем чтению объемного Талмуда, который лежал у нее на коленях.

Молодая и очень уставшая сотрудница кафетерия — студентка, судя по разложенным за барной стойкой конспектам, негромко известила, что чай готов. Николай поднялся за чайничком и на обратном пути снова увидел на полке зарубежной литературы тот роман, на который он обратил внимание при входе в магазин. «Давненько я не читал романы», — еле слышно пробормотал он, взяв в руки книгу. Первые страницы удивительным образом совпали с его вечерним настроением. Чай уже остыл, когда Николай с удивлением заметил, что прочитал почти пятьдесят страниц. Расплатившись за книгу, вышел на улицу. Возле магазина стоял только его автомобиль. Открывая дверцу, Николай непроизвольно посмотрел назад. Метрах в пятнадцати машина темного цвета включила фары и завела мотор.

Арбат был практически свободен, отдыхая от многочасовых пробок и лениво очищаясь с помощью гастарбайтеров от дневного мусора. Вспомнив, что хотел купить домой травяные чаи, Николай резко свернул вправо к тротуару и притормозил около аптеки. Такой же резкий маневр сделала идущая сзади «тойота». Николай посмотрел в боковое зеркало. Из остановившегося автомобиля никто не выходил. «Это непрофессиональная слежка, демонстративное предупреждение или плод моего уставшего воображения?» — подумал он, выходя из машины и внимательно посмотрев в сторону припаркованного за ним авто. Возле входа в аптеку нагнулся, сделав вид, что завязывает шнурок, и незаметно посмотрел в отражение витрины — на стоянке была только его «хонда». «Глюки, дорогой мой заработавшийся. Надо больше отдыхать!» — прочитал нравоучение самому себе и купил, кроме чая, любимый с детства гематоген.

5

— Не дождетесь! — в ответ на приветствие Николая произнес свою дежурную на все случаи жизни фразу Виктор Дмитриевич.

— Ну что, традиционным маршрутом: ресторан — гостиница — офис? Или изменим последовательность? — Николай глубоко и с удовольствием дышал свежим воздухом после душного самолета.

— Чего нет?.. Можно ко мне в баньку... Потом поужинаем дома... и вместо тюменской гостиницы в нашу... ялуторовскую?..

— Уау! В Ялуторовске появилась гостиница? Государева или частная?

— Предприниматель один местный построил... Посмотрите, не понравится — в Тюмень вернемся.

— Хозяин-барин, тем паче что жизнь состоит из перемен, а уж за баньку я завсегда голосую, знаете мое слабое место.

— Тогда перекурим и... поедем.

— А эту традицию менять не будем?

— Какую? — сделав вид, что не понимает, переспросил сибиряк.

— С курением?

— Не-а, — с довольным видом ответил Виктор Дмитриевич.

— Каждый хозяин строит баню под себя... А я ее строил лет пять... по вечерам.... после работы... каждую досочку подгонял... Ну как, нравится? — поинтересовался партнер, выставляя на столик в предбаннике холодное пиво из холодильника.

— Интересное решение. Решили совместить парную с помоечной? Не жалко лишний пар нагонять?

— А че жалеть-то?.. Баня на газу... включил... пусть греется... Вода всегда есть, централизованная холодная и горячая... из дому проведена... Прогрелись нормально?

— Изумительно! А с дороги особенно душевно, — Николай с блаженным видом откинулся на спинку деревянной скамейки.

— У меня традиция такая: прихожу с работы... включаю баньку... попарюсь, выпью пивка... потом поужинаю... и снова... как новенький... Вы пиво из стакана... или из бутылки пить предпочитаете?

— А я что-то стаканов не вижу...

— А их и нет, — улыбаясь и открывая запотевшие бутылки с чешским пивом, ответил хозяин.

— Чего тогда спрашиваете?

— Ну... для приличия... Могу сходить за стаканами, если че.

— Не стоит, в хорошей компании из горлышка даже как-то приятнее. Да и лишних глаз нет, никто не осудит.

— Ну… давайте… за здоровье!

Мужчины чокнулись бутылками.

— Неплохое пиво… ага?.. — Виктор Дмитриевич порылся в кармане висящих на вешалке брюк и открыл крышку звеневшего мобильного телефона. — Я поговорю? — и не ожидая согласия гостя, вышел во двор, прихватив с собой сигареты и зажигалку.

Николай прилег на скамейку и включил коммуникатор. Мессенджер показывал пришедшее почти двадцать минут назад сообщение от Собеседницы.

****

— Пишу тебе, а сама думаю, какую бы тему обсудить. Не подскажешь?

— И тебе привет. Тему могу предложить сходу — здоровый образ жизни.

— О! Наконец-то ты нашелся! Думала, что уже не ответишь, занят или настроения нет со мной общаться. Чего вдруг такая тема?

— Тебе она не интересна?

— Скучная какая-то, заезженная.

— А я сейчас в бане парюсь с пивком, поэтому и возник такой экспромт.

— Вот! Это уже более интересная мысль. Хотя если с пивом, то это уже не совсем здоровая тема. Да, скорее всего, и не в одиночку паришься.

— Догадливая.

— Могу предположить, что если речь пошла о здоровье, то оздоравливаешься вместе с противоположным полом?

— Не решаешься назвать своим именем? Ты имела в виду женщин?

— И их много?

— Персона одна. Временно отсутствующая на противоположной скамейке. Но, разочарую тебя, персона мужского пола.

— Отчего же ты думал, что разочаруешь меня? Где-то даже обрадовал, будет время и желание со мной пообщаться. Ты сейчас обнаженный… или уже оделся?

— Сижу обмотанный полотенцем. Коллега принимает на свежем воздухе во дворе никотиновую ванну в сочетании с радиооблучением.

— Хорошее оздоравливание! Ты не куришь?

— Зато пью.

— Я почему-то так и думала.

— А ты куришь?

— Бывает, под настроение…

— Ну, раз куришь, значит — пьешь?

— Угадал.

— Если куришь и пьешь, значит, занимаешься сексом?

— Могу не отвечать?

— Твое право. А любовью занимаешься?

— В чем разница между любовью и сексом?

— Ну ты спросила! Гроомаадная! Принципиальная! Объяснить или сама догадаешься?

— Я подумаю на досуге, если не догадаюсь, то у тебя спрошу.

— Ты сейчас обнаженная или одетая?

— Такое чувство, что ты пристаешь ко мне. Если считать накинутый на меня халатик, то одетая. Если учесть, что под ним ничего нет, — то обнаженная. Тебе хочется сегодня острых ощущений? Следи внимательно. Я медленно снимаю халатик, а ты снимай с себя полотенце. Вещи мешают нам быть свободными, правда? Они ширма, витрина нашего «я». Ими легко прикрыть свою сущность. Без вещей мы становимся естественнее. Но беззащитнее. Как состояние?

— У нас с тобой почти что секс по телефону, только по мессенджеру?

— Так что ты сейчас ощущаешь?

— Непривычно… Тебя долго не было… Ты не общалась со мной уже…

— Не считай… долго. Я вообще не хотела с тобой больше общаться. Когда я приближаюсь к тебе, мне хочется расстаться с тобой, когда я отдаляюсь от тебя, мне хочется вернуться к тебе… И надо же было сегодня застать тебя расслабленным и обнаженным, да еще и поддаться на провокацию. Кстати, коллега твой еще не вернулся?

— Судя по кашлю, возвращается.

— Ну что ж, не буду вам мешать. Здорового вечера и с легким паром!

****

Экран коммуникатора погас одновременно с открывающейся дверью.

— Это… новый глава одного района звонил… Я говорил вам… мы знакомы с тех времен, когда еще… опытно-производственное хозяйство было… Он сначала в райкоме партии… при отце еще работал… Потом в область забрали… Сейчас переизбрался… Предлагает приехать, обсудить… Земля есть.

— Понятно, — Николай снова повязал полотенце. — Где сейчас в России земли нет? Везде есть. Только что с ней делать? И надо ли при таком раскладе ее, как хомут, на себя вешать?

— Риски уменьшаем…

— Риски чего? Я понимаю, когда большой агрохолдинг минимизирует риски за счет собственного земледелия — есть финансы, службы, ресурсы. А брать землю фермерам в России — шанс выжить такой же, как при закрытии своим телом вражеской амбразуры во время войны, геройства много, шансов мало. Возможно, я преувеличиваю, многое зависит от конкретных условий. Мне ближе минимизация рисков при помощи технологических и управленческих решений. Выстраиваемая нами система управления в компании, реально минимизирует риски. Аутсорсинг, который мы с вами отрабатываем, снимает большинство угроз сельскохозяйственного бизнеса. Решения более сложные, чем традиционная прямая обработка земли. Зато и более благодарные. И повторить сложно, что очень важно. Вот на это силы тратить надо. Семенной бизнес — яркий пример по-настоящему интеллектуального бизнеса, и не стоит его упрощать и опускать до уровня натурального хозяйства. Не считаете так?

— Дык… одно другому не мешает…

— Не мешает? — Николай приоткрыл дверь. — Душно, не возражаете немного свежего воздуха запустить?

— Запускайте…

— Вот вы время потратите на поездку к вашему главе района. Сколько до него километров ехать?

— Около ста, — Виктор Дмитриевич подошел к открытой двери и закурил. —Всего час туда… и час обратно.

— И там еще минимум пару часов. Еще и землю поедете смотреть. Короче, минимум половина дня проскочит. А смысл? Вы не успеваете сайтом заниматься, продажами, что в данный момент для нас значительно актуальнее.

Виктор Дмитриевич угрюмо молчал.

— Не обижайтесь, коллега. — Николай встал и потянулся. — *Время — наш самый ценный и невосполнимый ресурс.* Давайте уберем эмоции и порассуждаем трезво. Селекционерами заниматься надо?

— Надо…

— А они по всей стране раскиданы, и большинство из них в силу возраста и отсутствия финансов нетранспортабельны. Главами администраций заниматься надо? Можете не отвечать, только что обсуждали. На конференции и презентации ездить надо?

— Ну… по-хорошему — обязательно…

— Где на все время взять?

— К чему клоните?

— К тому, что не объять необъятное. Я, например, принял для себя решение сконцентрироваться на стратегических вопросах, а оперативку передать наемному директору.

— Уволились?!

— Почему уволился? Сконцентрировался как председатель совета директоров на решении стратегических и ключевых задач развития. Последовать моему примеру призываю и вас.

— Снимаете… что ли?

— Повышаю, а главное, развязываю вам руки.

— Ну-ну… — намокшая сигарета быстро потухла, Виктор Дмитриевич раскурил новую и минуты через три произнес: — Херово работаю?

Теперь не торопился отвечать Николай.

— Футбол любите?

— Это… к чему?

— Представьте, вы — лидер, капитан команды, ее нападающий. Где должен быть нападающий?

— Это че... как Василий Иванович... на картошках показывать будете?

— Почему нет? — Николай рассмеялся удачному сравнению. — Главное, чтобы понятно было. Так вот, на картошках... ваша позиция впереди, правда?

Собеседник выжидающе молчал.

— А вы пытаетесь полузащиту собой заменить, заодно защиту своей широкой грудью подменить, да еще и на воротах успеть постоять. А голы кто забивать будет, вратарь-бухгалтер? Вот и решайте, удаляют вас с поля или дают возможность выиграть?

— И кого на мое место метите?

— Из существующих сотрудников — некого, что даже и хорошо. Будем искать на стороне и вместе решать.

— Не знаю... — Виктор Дмитриевич не смотрел в глаза Николаю, — фигня какая-то...

— Хотите прямее? — голос Николая стал жестче. — Я не мальчик и вы не девочка. Уговаривать за любовь — не собираюсь. Если мы серьезные люди, то и мыслить должны серьезными категориями. А серьезные люди не используют бизнес как игрушечку или клуб по интересам. Любите рыбалку за сам процесс ловли рыбы и обмена впечатлениями и фотографиями с друзьями? Отлично, для персонального самоутверждения и существуют выходные дни со своими ритуалами и болельщиками. Деловое время — другая часть жизни с собственными идеалами, прагматичными целями, бизнес-партнерами, со своими объективными законами и безжалостными конкурентами. Важно — не путать одно с другим, иначе точно херня и фигня получится.

Виктор Дмитриевич затушил окурок и стал вытираться полотенцем.

— Остыла уже баня, пора домой перебираться... пока и ужин не остыл... Пойдемте... нынче мы свободные люди, уже фактически не при должности, по этому поводу и выпить покрепче чего можно...

6

Ксения вышла во двор дома и улеглась в шезлонг. Прямо над ней ярко блестел металлическим отражением света бесчисленных звезд неподвижный спутник, днем и ночью неустанно трудящийся в холодном черном пространстве по заданию жителей планеты Земля. Быстро плывущие по небу редкие облака то закрывали от глаз наблюдательницы искусственное космическое тело, то снова его показывали, создавая обманчивый эффект перемещения спутника, который вроде бы быстро двигался и в то же время неподвижно стоял. Влажный юго-западный ветер Чинук с Тихого океана быстро нагонял вечерний холодный туман. Ксения поежилась и вернулась в дом.

Николай открыл глаза и с удовольствием потянулся. Каждая клетка отдохнувшего тела благодарила за вчерашнюю оздоровительную банную процедуру. Желтые пластиковые набалдашники на спинке розовой железной кровати ярко выделялись на фоне синей стены. Круглые серые настенные часы показывали пять тридцать утра.

Проснувшийся организм требовал физической нагрузки. Пятнадцать минут энергичных упражнений сопровождались обличительным репортажем «Вкусы и быт провинциального купечества» регионального телеканала, который был посвящен порочному образу жизни нарождающейся капиталистической прослойки местного общества. Контрастный душ опроверг стенания косноязычного тележурналиста, придав уверенность в неизбежной победе капитализма — самой совершенной из всех несовершенных общественно-экономических формаций, придуманных человеческим разумом.

Николай включил лэптоп. Через несколько секунд, словно специально дождавшись окончания утреннего туалета, замигал мессенджер.

****

— Доброе утро, Мыслитель?
— Доброе, Собеседница!
— Головка не бо-бо?

— Надо думать о людях хорошо, уважаемая. Пара маленьких бутылок с качественным пивом за весь вечер да под хорошую закуску разве может подорвать здоровье молодого крепкого организма?

— Да вы кремень, уважаемый, слов на ветер не бросаете, ратуя за здоровый образ жизни.

— А как же? Рашен мужчина — облико морале!

— Значит, организм абсолютно здоров? Почки, печень, сердце, желудок в порядке?

— Абсолютно!

— Странно, с таким здоровьем и на свободе! — подмигивающий смайлик провоцировал на шутливый тон.

— Сплюнь, дорогая. Моя задача, чтобы такие шутки не стали былью.

— Сплюнула три раза. Еще и свечку за тебя поставлю в храме — уже серьезно говорю. Если тебя не будет, кто наберется терпения общаться с такою ветреною мной?

— Кокетничаешь! Я уверен, в желающих отбоя не будет. Правда, твоя эгоистичная деспотичная власть односторонней связи, поддерживающая состояние полнейшей неопределенности, действительно, требует особого терпения.

— А мне массовка и не нужна, я ценительница хоть и сложных, но редких и самобытных, а главное — умных и мудрых мужских индивидуумов.

— Это все я! — улыбающийся смайлик принял эстафету доброго юмора.

— Ты особый, не похожий на других, это правда. Скажи, сегодняшний день приблизит тебя к твоей Большой Цели? У тебя есть Большая Жизненная Цель?

— Ну и резкие переходы у тебя.

— Не хочешь говорить?

— Чего вдруг тебя потянуло на серьезные философские темы? Или яркие вечерние звезды навеяли мысли о космической вечности и человеческой суетности?

— Молодец, 1 : 1! Выкрутился. Чувствую, не расположен ты сегодня делиться сокровенным. Значит, мы еще не достигли абсолютной доверительности в нашем общении... Хотя… Я тоже тебе не ответила про звезды. А свечку в церкви за тебя обязательно поставлю. И помолюсь. Желаю тебе провести сегодняшний день так, чтобы он принес удовлетворение. И не забудь хоть раз вспомнить обо мне, хорошо? Даешь слово? Почему-то сегодня мне очень необходимо, чтобы среди миллиардов людей кто-то один подумал обо мне...

****

Не успел Николай ответить, как с экрана лэптопа исчезла вся его утренняя переписка с Собеседницей.

Виктор Дмитриевич курил не переставая. Коктейль из пива с водкой на фоне бессонной переживательной ночи напоминал о себе тупой тяжестью в голове и противной сухостью во рту.

Руководители и ключевые сотрудники компании нерешительно входили в зал для собраний, опасливо поглядывая на хмурого шефа и стараясь занять места в последних рядах.

— Это... собрались продуктовую линейку обсуждать... Надо к чему-то приходить, хватит уже мандякаться... — не глядя на присутствующих, пробормотал Виктор Дмитриевич, вернулся в свое кресло в первом ряду и кивнул головой в сторону флипчарта заместителю по производству.

Заместитель, широко улыбаясь, быстро нарисовал на листе бумаги перечень сортов и репродукций культур с предполагаемыми размерами посевных площадей.

— Всё, — бодро подытожил он и оглядел зал. — Вопросы? Вопросов нет, — резюмировал заместитель и уже хотел направиться к своему месту, но Николай поднял руку.

— В мой прошлый приезд мы подробно разбирали клиентскую базу, сегментировали и ранжировали ее, районировали территории по степени привлекательности для нашей продукции. И выводы должны были лечь в обоснование продуктовой линейки. Это произошло?

— Конечно, — по неуверенному ответу было заметно, что докладчику не очень комфортно отвечать на вопрос.

— Можно тогда в нескольких словах с точки зрения наших потенциальных клиентов обосновать предлагаемую структуру продуктовой линейки? Сразу наводящий вопрос, который я задавал и в прошлый раз: почему при ажиотажном спросе на горох в структуре посевных площадей он занимает у нас только около десяти процентов? А пшеница, с реализацией которой постоянные проблемы у всей страны и у нас, превалирует? И на каких репродукциях акцент сделаем? Ответа на прошлом совещании я так и не получил, возможно, сейчас ситуация для меня прояснится.

— Так это… — зам посмотрел на Виктора Дмитриевича, но не обнаружил поддержки. — Клиент должен иметь выбор.

— Значит, вы за клиента так сильно переживаете? Скорее всего, обоснованно. Тогда можно к каждой позиции подписать количество полученных предварительных заявок на покупку?

— У меня нет с собой точных данных…

— Хотя бы примерно, в процентах.

Выступающий вернулся к флипчарту и, почесав затылок, неуверенно поставил цифры напротив обозначенных позиций.

Николай встал, подошел к нему, обращаясь к залу и показывая рукой на цифры, произнес:

— Горох и другие бобовые — сто процентов, зерновые — в среднем пятнадцать процентов. Расклад понятен. Только ответа на свой вопрос я опять не вижу. При готовности клиентов покупать по предоплате весь объем гороха мы планируем его сеять фактически как непрофильную культуру. К тому же позиционируем себя как одного из главных экспертов по бобовым на территории бывшего СССР. Нелогично. Или я чего-то все-таки не понимаю?

В зале никто не опровергал, но и не поддерживал Николая.

Он присел на край стоящего около флипчарта стола:

— Я не в плане критики, коллеги. Я по-настоящему горжусь тем, что нам вместе удалось сделать за короткий период существования компании. Спасибо всем и каждому из вас в отдельности. Но мы растем и из детсадовского возраста переходим в школу. Пришло время осваивать новые знания, изучать более сложные предметы. И чем лучше мы освоим программу школы нашего взросления, тем успешнее станем. Причем я говорю не только о компании. Может случиться, что кто-то из вас создаст собственный бизнес или перейдет на другую работу. Тот опыт, который вы получаете у нас, останется с вами навсегда, повысив ценность вашего личного бренда.

Мы с Виктором Дмитриевичем и топ-менеджментом много времени уделяем поиску путей развития компании, поиску собственного уникального образа. И во время сего увлекательного процесса просто обязаны помнить, что *у любого бизнеса только один критерий правильного выбора — это реакция рынка, и только один судья — клиент.* Мы можем рассчитывать показатели, спорить, в какой зоне и для каких культур целесообразен No-Till…

— Что целесообразно? — неожиданно перебила его главный бухгалтер.

— …система нулевой обработки почвы, — пояснил Николай, — при такой обработке земли грунт не вспахивают.

Так вот, мы можем моделировать, стоит ли нам заниматься чистым аутсорсингом или прикупить немного земли для минимизации рисков, или сделать образцово-показательный полигон. А может быть, нам сконцентрироваться на органическом семенном земледелии? Или на агроконсалтинге? Заманчиво каждое из направлений? Очень! Самодостаточное? Абсолютно! Но за всеми этими изысками и поисками мы в первую очередь должны определиться в главном: *кто наш клиент и что он у нас покупает?* Решим однозначно эту наиглавнейшую задачу, решение остальных — дело техники, поверьте мне. Итак, какие мнения, господа-товарищи?

Главный бухгалтер снова не выдержала первой:

— Понятно, что у нас покупают семена.

— Я бы не торопился отвечать. Приведу пример из жизни: в совет директоров нашего холдинга на правах независимого члена входит замечательный специалист по управлению — профессиональный бизнес-консультант. Так вот, на вопрос, за что ему платят клиенты, он традиционно отвечает: «За собственное спокойствие». Неожиданно? Зато очень точно, — Николай перевернул лист на флипчарте. — Начнем с чистого листа?

7

— Лихо вы загнули про покупку спокойствия… никто ниче-го не понял, но впечатлило… А потом еще про чистый лист… Ну прям, как в анекдоте… Знаете? — уже ближе к вечеру и после нескольких чашек кофе Виктору Дмитриевичу заметно полегчало.

— Рассказывайте, — рассеянно ответил Николай, размышляя о результатах совещания, пытаясь проанализировать, доходчиво ли он донес до каждого участника понимание фундаментальных принципов организации рыночной экономики и через это понимание то, как должен быть выстроен их инновационный семенной бизнес.

— Ну… короче… В университете… по окончании письменного экзамена один студент говорит другому: «Ты представляешь, я сдал чистый лист!» А тот ему: «Я тоже». «А ты-то на кой? Теперь препод подумает, что ты у меня списал!» — возмущенно произнес первый. Это… не в кассу, видать, как говорит молодежь… но смешно, ага?

— Смешно, — даже не улыбнувшись, произнес Николай. — Я знаете, что думаю? Нам обязательно нужно СОБЫТИЕ. И для привлечения внимания клиентов, и для встряски коллектива. Сегодня трогать не будем, но давайте в ближайшее время непременно вернемся к теме международного семенного форума. Договорились?

8

Типичная историческая питерская улочка имени известного советского композитора с плотно сомкнутыми старинными зданиями и многочисленными мемориальными досками на облупившихся фасадах, забитая с двух сторон беспорядочно припаркованными автомобилями, наполнилась выходящими после представления зрителями.

Ксения вышла из театра. Теплый влажный воздух нежно обнял ее за плечи. Идти в отель совсем не хотелось. Всего два дня в любимом городе — как же это мало! Только вчера вечером прилетела из Европы, а завтра уже улетать домой в Сан-Франциско.

Из приоткрытой двери чайной, уютно занявшей крохотное для заведения общественного питания пространство буквально в нескольких десятках метров от театра, проникал на улицу магический ритм-энд-блюз Fever в исполнении великого слепого Рея Чарльза и Натали Коул. Тростниковые занавесочки дружелюбно приветствовали Ксению. Словно ждав ее, юноша за стойкой улыбнулся посетительнице и, не отвлекаясь от приготовления чая, показал рукой на свободный маленький плетеный столик. За несколькими такими же весело болтали, пили чай и курили кальян компании молодых ребят.

— Пока смотрите меню, выпейте с дороги иван-чая, — мягко произнесла приятная напарница хозяина заведения, поставив перед Ксенией чайничек с чашкой и тарелку с орехами и сухофруктами. — Это комплимент. Примерно через полчаса будет живая музыка. Может быть, что-то сразу принести?

— Кальян, пожалуйста. И… что-нибудь сладкое.

— Кальян на воде, соке или вине?

— На вине, пожалуй.

— Хорошо. Я лично люблю наши восточные сладости, — поделилась девушка. — Но и другие тоже очень вкусные, — быстро добавила она.

— Доверяю вашему вкусу, давайте продегустирую восточные сладости, — Ксении очень импонировал приятельский стиль общения хозяев заведения.

Аромат среднерусского иван-чая удивительно гармонировал со вкусом южных орехов, изюма и кураги. Плотно спрессованная у каждого столика молодежь весело и шумно болтала, периодически поглядывая на единственный столик с одиноко сидящей Ксенией.

— Ну вот и ваш заказ. Вам раскурить? — ставя кальян на пол, юноша вопросительно посмотрел на Ксению. — Давно курили?

— Давно. Даже очень.

— Ну что ж, думаю, наш вам понравится. Вы уже закусили немного, а то не рекомендую на голодный желудок.

Ксения затянулась, приятная расслабляющая истома волной прошлась по телу. Откинувшись на спинку кресла, она закрыла глаза и сразу вспомнила сон, в котором они с Мыслителем сидят у ночного океана.

— Можно у вас кресло взять? — молодой черноволосый парень со скрипкой дотронулся до ее руки. — Тут так мало кресел, а нам выступать. Не возражаете?

Его партнер сосредоточенно расчехлял гитару.

— Конечно, — Ксения с неохотой открыла глаза. — Так значит, это вы — живая музыка?

— Это мы, живые и долгожданные, — музыкант явно с ней заигрывал. — Мы будем недолго выступать, минут сорок, и я верну вам кресло. Если потребуется раньше, просто покажите рукой, я могу и стоя играть.

— Не переживайте, не отвлекайтесь на бытовые проблемы, лучше радуйте нас своим творчеством, — ей было приятно, что парень значительно моложе ее открыто проявляет интерес.

Пока музыканты готовились к выступлению, Ксения достала недавно приобретенный вместо старого ультрасовременный коммуникатор. Покупая модный девайс, она не хотела сознаться даже себе, что нуждается в нем не для деловой переписки, а чтобы иметь больше возможностей общения с Мыслителем.

От подруги и партнера Лены пришло сообщение, что работа в фонде идет по плану. Вроде бы намечается выход из биотехнологического проекта, в котором они несколько увязли и уже были готовы пересмотреть стратегию своего участия, но неожиданно получили ответ из Канады от одного из производителей лекарств, желающего выкупить бизнес.

Предварительные переговоры с канадцами начали вести около года назад, но последние месяцев шесть от них не было никаких известий. Старшие опытные товарищи предупреждали Ксению, что длительные паузы в переговорах с канадцами — это совершенно нормальное явление, и если есть желание с ними работать, то надо набраться терпения. Спокойный и сытый, как считают американцы, провинциальный образ жизни северного соседа наложил отпечаток и на стиль ведения бизнеса. Срочно ехать к ним сейчас не надо, а вот ближе к Новому году, если все пойдет по плану, вероятно, посетить Торонто придется.

Ксения выключила коммуникатор, думать о работе никак не хотелось. Голова плыла от разницы во времени между Америкой и Россией и от дурманящего действия табака, тело стало ленивым и тяжелым.

Проникновенно, цепляя каждую клеточку души, зазвучали звуки скрипки. Красивые ажурные узоры вокруг мелодии повела гитара. К действительности Ксению вернул знакомый голос:

— Возвращаю кресло в целости и сохранности. Как спалось? Я играл сегодня для вас, но вы, как мне кажется, сладко спали под мои признания.

— Длинные черные кудрявые волосы и карие глаза... Ты цыган? — в полудреме спросила Ксения.

— По маме. Отец русский, я с ним живу. Мама ушла от нас, когда я был маленький, так что совсем ее не помню.

— Напиши в передачу «Жди меня» и, возможно, встретишься с ней.

— Спасибо за совет, обязательно последую.

— Хочешь затянуться?

— Хочу, — быстро ответил музыкант.

— Тогда возьми еще один мундштук у бармена. И закажи себе что-нибудь покушать за мой счет.

— Ты всех мужчин угощаешь? — глаза цыгана блеснули.

— Только молодых голодных музыкантов, — Ксения рассмеялась. — Зовут-то как?

— Бес.

— Как?

— Бесник полностью. Но все зовут Бес.

— Что значит имя твое, полукровка?

— Преданный.

— Серьезные у тебя родители, раз дали такое имя. Ладно, разговором сыт не будешь, — Ксения с наслаждением затянулась.

Суп и жареная рыба с гарниром исчезли за считаные секунды. Бесник тоже с жадностью затянулся и громко с чувством выдохнул:

— А-а-а!

— Ну ладно, наслаждайся — кури, а я пошла, — Ксения с трудом подняла расслабленное тело с плетеного кресла.

— Я провожу тебя! — музыкант мгновенно вскочил и поддержал ее за руку.

— Как хочешь, — у Ксении не было желания в одиночестве идти по улицам, где уже начинала бурлить суматошная, возбужденная и непредсказуемая ночная жизнь. — Только надежд никаких не строй, понял? Мы с тобой в разных возрастных категориях.

Едва вышли на Невский, Бесник попросил:

— Я на секунду к киоску, сигареты купить.

Ксения пошла следом. В маленьком домике с миниатюрным окошечком уместился почти весь ассортимент товаров для ночных жителей — сигареты, пиво, презервативы, чипсы, дешевые китайские часы, авторучки, глянцевые журналы, кроссворды и еще множество других нужных и абсолютно бесполезных вещей.

— Ой! Только тихо! — обращаясь к ней, громко произнес молодой мужчина в костюме, белой рубашке и галстуке, поднимая с тротуара свернутую пополам и перетянутую резинкой толстую пачку долларов.

Ксения удивленно посмотрела на него.

— Только тихо! — опять громко повторил мужчина. — Раз мы нашли вместе, давайте отойдем и поделим поровну.

Ксения интуитивно сделала шаг назад. Вдруг к ним подбежал возбужденный мужчина, тоже в строгом костюме:

— Вы не видели деньги? Я где-то здесь потерял пачку долларов!

Нашедший быстро положил доллары себе в карман пиджака.

Потерявший обратился к Ксении:

— Вы не находили деньги?

Ксения от неожиданности не знала, что ответить.

— Я вас спрашиваю, вы находили мои деньги? — повышенным тоном снова обратился к ней мужчина. — Покажите свою сумку, иначе я вызову милицию!

Нашедший деньги стал медленно отходить в сторону.

Потерявший уже настойчивее повторил:

— Покажите свою сумку! — и попытался выхватить ее у растерявшейся Ксении.

— Стоп, дорогой! — покупавший сигареты Бесник обернулся на шум и крепко схватил мужчину за руку. — Не хорошо так грубо поступать с женщиной.

Мужчина выдернул руку. Вместе с нашедшим деньги они побежали к стоящей недалеко иномарке.

— Чуть не развели вас на сумочку, — Бесник взял под руку остолбеневшую и не произнесшую ни слова Ксению. — Ну, теперь точно придется вас провожать до самой двери дома.

— Что это было? — наконец смогла произнести она.

— Обыкновенный кидок, ничего особенного. А вы ни разу не слышали, как честной народ разводят?

— Не слышала, — медленно ответила Ксения и оперлась на сильную руку юного спасителя.

— Вы не местная?

— Нет, — еле слышно ответила она.

— И куда вас тогда вести?

— Отель «Европа», здесь недалеко.

— О! Да вы серьезный человек! Только серьезные люди останавливаются в этом отеле. Я там как-то играл на одном корпоративе, забашляли по полной, еще и жрачка халявная была без ограничений.

Через несколько минут, не проронив больше ни слова, они подошли к отелю.

— Сыграть тебе в номере? — нерешительно спросил молодой музыкант.

— Спасибо тебе, — Ксения погладила рукой его щеку. — Но есть другой мужчина, которого я бы хотела видеть в своем номере. Ты молодой и талантливый. Не растрачивай себя по мелочам. И придет к тебе тогда слава, и будут тогда у тебя деньги, и полюбит тебя твоя единственная и неповторимая.

— Не за что. Спасибо, что накормила. И не расслабляйся на улицах, — натужно улыбаясь, произнес Бесник.

— Да, ты прав, в России расслабляться нельзя, даже на улицах. Береги себя! — она поцеловала его в лоб и быстро направилась в холл отеля.

9

Командир корабля уведомил, что авиалайнер набрал расчетную высоту. Ксения открыла глаза и зажмурилась от яркого света, проникающего через иллюминатор. Самолет летел над сплошным покрывалом белоснежных облаков, создающих полную иллюзию снежных бескрайних полей, громадных сугробов, ледяных гор и гигантских айсбергов.

— Как красиво! — громко по-русски сказала сидящая рядом женщина и тихо добавила: — Жаль, что ОН этого не видит.

— Кто? — непроизвольно спросила Ксения.

— Мой муж. Инфаркт. Он занимался бизнесом, но у него было не слишком защищенное для такой деятельности сердце, — пояснила соседка.

— Сочувствую.

— Я ему говорила, чтобы он не доверял своему заму, а он меня не слушал, — словно самой себе продолжала рассказывать попутчица. — Он ведь всю жизнь проработал в геофизических экспедициях и очень доверял людям. В поле без этого нельзя, иначе смерть. А когда занялся бизнесом, помните, производственники оказались не востребованы в начале девяностых, так и не смог перестроиться. Потом рейдерский захват. Выяснилось, что помогал рейдерам именно его доверенный любимый заместитель. Этой новости его сердце и не выдержало... — собеседница залпом выпила предложенное стюардессой вино и вытерла краем салфетки влажные глаза.

— Сочувствую, — повторила Ксения.

— Мне проще, — продолжала женщина. — Я торгашка, всю жизнь проработала в торговле, а это знаете... такая школа жизни — все друг друга подозревают, подсиживают, подставляют, никто никому не верит. У меня в бизнесе либо все в наличку переводилось, либо в офшоры угонялось. Мы и вид на жительство в США выиграли в лотерею, и деньги туда уже перевели... А радоваться придется мне одной, — соседка попросила проходящую мимо стюардессу принести еще вина.

— Никогда никому верить нельзя! Особенно вторым лицам, они самые опасные! Откуда Царь Тьмы, Князь Ада и Великий Искуситель — Дьявол — взялся? Да ведь был он приближенным к Богу ангелом, но не захотел быть Вторым и стал Первым воплощением Зла — пример номер один! Второй пример. Кто предал Иисуса? Не за тридцать же сребренников Иуда Искариот продал душу, а за то, что не мог быть Вторым. Думаете, Иисус, который предвидел свою судьбу, не знал, кого избрал своим двенадцатым апостолом, дав ему не только силу исцелять больных, изгонять бесов и воскрешать мертвых, но и возможность быть в числе ИЗБРАННЫХ? Иисус не ему шанс дал, а нам знак, если хотите, чтобы сделать выводы. Апостол не устоял! А что уж от простых смертных требовать... А люди-человеки так и не делают выводов, вот и муж мой... Чем вы занимаетесь? — неожиданно обратилась она к Ксении.

375

— Бизнесом.

— И кто вы по должности?

— Президент.

— Такая молодая и уже президент? — удивленно подняла бровь попутчица. — И партнеры есть, и заместители?

— Конечно.

— Бойтесь их, не верьте никому! — с трудно скрываемой ненавистью сказала женщина. — Вы замужем?

— Уже несколько лет.

— И близкие подруги есть?

— Одна, — ответила Ксения, и в груди у нее нехорошо похолодело.

— И ее бойтесь, женщина женщине не может быть подругой, каждой самке нужны самцы, и за похоть свою она не только подруге, но и сестре родной глотку перегрызет. Когда муж умер, я узнала, что моя главный бухгалтер соблазнила его на нашем новогоднем корпоративе, в то время как я слегка перебрала и уснула. А ведь племянницей мне, стерва, приходится! И даже не стеснялась плакать на его могиле при мне. Мерзавка!

Ксения залпом выпила стакан вина. Почему-то сразу вспомнилась Лена, случайность их встречи с Сергеем и вечерний звонок из ресторана, сегодняшняя утренняя эсэмэска от нее, что они вместе будут встречать Ксению в аэропорту. Это значит, что Ленка созвонилась с мужем или снова «случайно» встретились? Приступ тревоги и ревности противно сжал грудь.

— Я еще закажу вина, на вас взять? — раздался голос соседки.

— Пожалуй, — не задумываясь ответила Ксения.

10

Дни пролетали с космической скоростью: офис — встречи — переговоры — перелеты — переезды — гостиницы — снова переговоры — новые люди — новые города... Все больше и больше Николай переходил на общение с внешним миром по электронной почте. И хотя большинству партнеров и коллег такой способ общения был не очень комфортен, зато он высвобождал для Николая массу времени, фильтруя словесную шелуху — в письменном виде мысли формулировались точнее, а главное, ни у кого не было желания писать просто ради писанины. Это только по телефону можно звонить ради того, чтобы занять от безделья чем-то время. А вот написать даже одно предложение — усилие сделать надо, смысл в послание вложить, что, как оказалось, по способностям и силам далеко не каждому. Да еще и постоянные командировки со сменами номеров телефонов и периодическими, по своей и не по своей воле, отключениями мобильника сделали электронку незаменимым средством коммуникаций. Понемногу и Виктор Дмитриевич стал привыкать к письменному общению, стараясь звонить только в исключительных случаях. И хотя начитанный семеновод легко на память цитировал Филатова и других поэтов и прозаиков, но грамотно писать письма отказывался принципиально. Отсутствие знаков препинания, заглавных букв и игнорирование других правил русского языка указывало получателю писем, что письменное обращение к нему уже подвиг, а герой не обязан придерживаться общепринятых условностей.

Офис опустел, стрелки часов приближались к восьми вечера. Николай поблагодарил за хорошую работу Светлану Александровну и настоял, чтобы она тоже закончила трудовой день.

Помощница принесла для Николая чашку горячего китайского белого чая бай хао инь чжень и розетку с медом. Поставив на стол, сообщила:

— Мед мальтийский, который вы любите, сегодня по заказу привезли. Очень ароматный, я уже попробовала, — она улыбнулась. — И почему он всегда такой пахучий? Говорят, еще и полезный, особенно для астматиков. Это правда?

— Потому что на Мальте много яркого солнца и мало воды. А еще на острове сохранился двадцать один вид растений, которые больше нигде на Земле не встречаются. Название средиземноморского государства Мальта переводится с греческого как «страна меда». Говоря откровенно, кроме меда, у меня от отдыха на Мальте не осталось каких-либо ярких впечатлений. Сидел около бассейна и читал книги, что мог делать и у мамы на даче, да еще в русской баньке с веником бы парился.

— Ну что ж, тогда не только получайте удовольствие, но и оздоравливайтесь, — пожелала Светлана Александровна. — Только не задерживайтесь долго, Николай Константинович, ведь всю ночь летели с Алтая, и сразу с самолета в офис, — заботливо произнесла она. — Вам больше отдыхать надо, а то, между нами говоря, у вас уже седые волосы появились. Конечно, седина украшает мужчину, но…

— Хорошо, обещаю долго не задерживаться, только почту просмотрю, — Николай засмеялся. — А седые волосы появились потому, что я чай этот люблю, — он показал глазами на кружку.

— Если бы так. Хоть чай и называется «Беловолосые серебряные иглы», но вряд ли причинно-следственная связь состоит именно в этом, — покачала головой помощница.

Николай открыл в электронном почтовом ящике папку «Форум», а в ней переписку с Виктором Дмитриевичем.

****

Н. К.: Приветствую, Виктор Дмитриевич!
Продолжим обсуждение темы организации агрофорума. Статус международного надо сразу застолбить — мое глубокое убеждение, что уровень задавать необходимо изначально. Как я понимаю, не только семенных форумов, но даже и семенных секций в рамках аграрных форумов в России и СНГ не проводится?
С уважением, Н. К.

В. Д.: Здравствуйте Николай Константинович.
Дело, конечно, хорошее, вопросов нет. Насколько это сейчас для нас актуально? Тут, честно, затрудняюсь ответить. Точнее, полезность-то на лицо. Фаза развития бизнеса не совсем соответствует, мне кажется. Но и с доступностью иностранцев тоже вопросы пока не ясны. Если честно, то не знаю, что и сказать, просто, видимо, оперативка забивает мозги, надо пообщаться на енту тему.

Я полезных перспектив
Никогда не супротив!
Я готов хоть к пчелам в улей,
Лишь бы только в колефтив! :))
Гениальный Филатов!
С уважением В. Д.

Н. К.: Добрый день, Виктор Дмитриевич!

Хорошие вопросы, правильные, которые я себе тоже задаю. Впереди почти год. Не много. Но и не мало. Есть объективная рыночная ниша. Есть заинтересованные партнеры.

Никогда не знаешь, что станет драйвером движения вперед: повторение старого, хоть и успешного опыта, или переход на новое, инновационное... Любимая фраза моего экс финансового директора, а ныне нефтяника, с которым я вас знакомил: «Лучший способ отремонтировать старое — это купить новое».

Мое представление свежей струи, самоокупаемой, прибыльной и выводящей «классический» бизнес на устойчивую инновационную основу: корпоративная интернет-экосистема + зарубежные партнеры + агрофорум.

Каждый проект полезен, самоокупаем и прибылен сам по себе. Вместе — мотивационный импульс, повышение управляемости, прямое и косвенное продвижение, узнаваемость, авторитет, диверсификация (но в ключе стратегического развития), синергия, то есть то, что вы сами всегда считали основными компонентами успеха семенного бизнеса.

Давайте обсуждать! В конструктивном обсуждении рождается истина. За «енто» я всегда «за».

С уважением, Н. К.

В. Д.: Утро доброе.

Я-то не против полета, я завсегда «за», но если ероплан хреновенький, убиться можно, а такой цели-то нет ведь.

Чтоб чужую бабу скрась,
надо пыл иметь и страсть!
А твоя сейчас задача —
на кладбище не попасть.
Гениальный Филатов!

В настоящее время полным ходом идет подбор кадров. Я думал, что мы в завершающей фазе по ентому вопросу, оказалось — в начальной. Четырех мужиков уволил на прошлой неделе. Зато на этой в производство и в трейд придут три новые девочки. Че-то на баб потянуло...

Более-менее с управленческим учетом и автоматизацией налаживается, хотя как до Москвы еще тоже.

Помните «Ширли-Мырли»: «Мама, капустка, конечно, хорошо, но в доме желательно иметь и мясные закуски...» ☺

Да, про сайт. Еще девочка на неделе придет, думаю, она вполне сайт потянет, хотя по специальности бухгалтер-экономист, но коммуникабельность налицо и энергии хватает.

По связи — завтра вроде в Тавде могу быть. Обычно в семь вечера я часто на месте.

С уважением В. Д.

Н. К.: Добрый вечер, Виктор Дмитриевич.

Увольнения — вещь серьезная. Иногда очистительная, поэтому позитивная.

Что, на мой взгляд, можно было бы от лица «АгроИнТеха» продвигать на агрофоруме?

Свои сорта и их испытания за рубежом.

Испытания иностранных сортов в России и на наших полях.

Наш опыт аутсорсинга.

Ожидания от международного сотрудничества (партнерства) в семенной сфере...

Немало уже набирается...

Про девочку-бухгалтера. Это только у революционеров-коммунистов каждый может управлять государством. Тогда уж на нее и селекционную тему с производством подцепить можно?! Сразу вспоминается булгаковский Шариков... Каждый должен заниматься своим делом. Когда бухгалтер ведет пиар-работу, можно предположить, что будет и с пиаром, и с бухгалтерией. Не говоря уже о головной боли руководителей по выстраиванию мотивации для нее...

С уважением, Н. К.

В. Д.: День добрый Николай Константинович.

Согласен по девочке. Да только, где их брать-то — специалистов-то в нашей деревне?
Кабы здесь толпился полк —
В пререканьях был бы толк,
Ну а нет — хватай любого,
Будь он даже брянский волк!..

По форуму, я думаю, надо обсудить по скайпу или телефону, вопрос не простой. Берегите себя, летайте реже.
Ты чавой-то не в себе!
Вон и прыщик на губе!
Ой, растратишь ты здоровье
В политической борьбе!..

Спробуй заячий помет!
Он — ядреный! Он проймет!
И куды целебней меду,
 Хоть по вкусу и не мед.

Он на вкус хотя и крут,
И с него, бывает, мрут,
Но какие выживают —
Те до старости живут!..
С уважением В. Д.

Н. К.: Здравствуйте, уважаемый Виктор Дмитриевич.
Чем брать плохих специалистов или нагружать несвойственными задачами существующих, лучше вообще не делать движений. Не возникает же ни у кого желания, к примеру, нагружать ученого-селекционера задачей сдачи бухгалтерского и налогового учетов компании? Никакой разницы, полная аналогия... Только в России все разбираются, как играть в футбол и управлять бизнесом, хотя во всем мире учат управленцев, специалисты пишут диссертации о лидерстве, создаются специализированные магистратуры и докторантуры по рекламе и пиару. А в России (не критикую родину, лишь грустно констатирую) все функции, кроме бухгалтерских, обычно сбрасываются на девочку-секретаря со средним образованием или на бухгалтера — «профсоюзного активиста». Вот и получается в итоге то качество бизнеса, какое

запрограммировано ошибочными управленческими решениями... Повторюсь — не критика, лишь констатация. Только с сильными кадрами можно выстроить успешную компанию — это глубокое мое убеждение, подтвержденное опытом. Слабые кадры лишь вытягивают энергию, сжигают время, тратят деньги — чем раньше с такими расставаться, тем меньше потерь и больше стимула искать ценных людей.

Грамотное современное продвижение продукции, дополняющее классические приемы, — это сайт, социальные сети, блоги, статьи, пресс-релизы, мероприятия, профессиональные сообщества, то есть создание узнаваемости, управляемого информационного поля. Всю нашу деятельность необходимо уметь убедительно описать, красиво подать, а потом еще не просто технически публиковать, но и знать, как доносить до потенциального клиента. Фактически, это профессиональные дистанционные продажи — заинтересованному клиенту остается только набрать номер телефона компании.

По форуму, конечно, давайте обсуждать, вопрос важный. Его, как, впрочем, и все остальное, надо делать качественно и с высокой отдачей на инвестиции (временные, финансовые). Вопрос даже глубже стоит — успеваем мы застолбить российскую (эсэнгэшную) нишу семенной темы или ее займут другие ушлые товарищи, застолбим мы хоть часть сектора перспективного международного сотрудничества или сдадим имеющиеся многолетние наработки...

В ближайшие дни я в командировке. Увидите меня в сети до понедельника — не стесняйтесь, набирайте, конструктивному обсуждению я всегда рад.

P.S.1. Все пиар-составляющие я конкретно рассматриваю только с точки зрения увеличения продаж, а не из любви к процессу. Будут клиенты — все остальное выстроим. *Клиенты — главное*. А клиенты — это продажи, доход, финансовая устойчивость, инвестиционная привлекательность (в том числе, да и в первую очередь, для нас с вами).

P.S.2. Филатов — умница, респект ему!

С уважением, Н. К.

Ответа на последнее письмо от Виктора Дмитриевича не было. Николай закрыл крышку лэптопа, зевнул, потянулся, встал и прошелся по кабинету: «Все — завтра, все дела — завтра. А сейчас ехать ужинать и спать!»

11

Таможенник нудно допытывался, каким рейсом она прилетела, с какой целью покидала США, везет ли с собой подарки, сигареты, спиртное или колбасу. Липкие масленые глазки мерзко ощупывали ее тело, проникая как рентгеновские лучи сквозь одежду. Повторный вопрос про колбасу перевесил чашу терпения. Ксении надоело откровенное то ли приставание, то ли издевательство, и она грубо осадила контролера. Отместкой стало требование пройти в отдельный зал для более тщательного досмотра. Настроение было окончательно испорчено. Лишние полчаса стояния в очереди, повторная проверка документов и багажа наконец открыли дверь в солнечную Калифорнию.

Подругу Ксения увидела первой, она о чем-то весело болтала с Сергеем, не сильно вглядываясь в выходящих из зала прилета.

— Не помешаю? — Ксения тронула мужа за руку.

— О! — Лена кинулась на шею, звонко чмокнула Ксению в щеку и вручила букет цветов. — Ну как ты, чего так долго? Мы заждались, переживать уже начали!

— Я видела, как вы сильно переживали, что даже от переживаний меня не заметили, — Ксения никак не могла совладать с собой и скрыть дурное настроение.

— Не капризничай, солнышко, привет, — муж тоже поцеловал ее в щеку и, взяв портфель, первым направился на стоянку автомобилей.

Лена, с каким-то несвойственным ей возбуждением, без умолку болтала, выдавая вперемежку деловые новости, свои впечатления от посещения выставки ее любимого импрессиониста Моне, прогноз погоды на ближайшее время, проблемы с ее новым инструктором по фитнесу и еще не понятно о чем и к чему в данный момент, как будто они расстались не четыре дня назад, а минимум четыре недели, а то и четыре месяца.

Ксения ее перебила:

— Что ты сказала о мастер-классе?

— А?.. — подруга никак не могла остановиться. — Ты о мастер-классе для стартаперов? Ну как мы с тобой и планировали, обсуждали тему ПСЗ.

— Чего? — повернувшись, удивленно переспросил муж.

— ПСЗ — Подними Свою Задницу, — захихикав, уточнила Лена. — Это главная заповедь стартапера. Не всем она нравится, особенно ученым мужам и интеллектуалам, но без нее никак, успеха не видать как собственных ушей.

— Я тебе уже об этом рассказывала, — раздраженно заметила мужу Ксения, увидев его наигранное удивление.

— Смысл в следующем, — не дослушав реплики подруги, эмоционально продолжила Лена, — для того чтобы добиться успеха, нельзя сидеть на месте, надо быть активным, продвигать свою идею и продукцию, развивать продажи, общаться с инвесторами, искать партнеров, в общем — устанавливать социальные связи, как сейчас модно говорить. Короче, пока нет устойчивых продаж и дохода, не трать время на бумаги, а действуй, шевелись — Подними Свою Задницу!

— Понятно, — безразлично протянул Сергей, — кто о чем, а женщины о бизнесе. В каком ресторане отметим твой приезд? — обратился он к Ксении, открывая багажник автомобиля и укладывая вещи.

Упоминание о ресторане неприятно резануло слух.

— И давно мы возобновили традицию отмечать мои приезды в ресторанах?

— Женушка не в духе, — ворчал Сергей, садясь в автомобиль. — Перелеты и разреженный воздух действуют на тебя явно отрицательно. Ну что ж, тогда домой!

Дома Ксении пронзительно захотелось, чтобы кто-то ее сейчас встретил искренне, не потому что так полагается, а по велению сердца.

— Хочу собаку! — отчетливо произнесла она.

— Что? — удивленно переспросил муж.

— Хочу собаку, — повторила Ксения.

— Начинаются капризы, — обреченно произнес он и повернувшись к Лене сказал: — Поможешь на стол накрыть, пока моя ненаглядная себя в порядок приводит?

— Я что, плохо выгляжу? — Ксения начала заводиться.

— Супер, подруженька, ты всегда выглядишь отлично! — Лена схватила Ксению за руки. — Не скандаль, пошли пошепчемся или лучше сначала прими душ с дороги, а мы пока ужин приготовим.

— Ты чего такая взъерошенная? — первым делом спросила она, едва подруги оказались наедине. — Встретила что ли кого в командировке? Не с Мыслителем ли согрешила?

— Отстань! — Ксении совсем не хотелось продолжать заданную тему.

— Ладно, не буду приставать. Бука! — Лена повернулась и вышла.

— Девочки, так как ужин дома не планировался, а магазины уже закрылись, то из напитков предлагается только водка, — Сергей достал из холодильника бутылку «Столичной».

— Отлично! — непроизвольно вырвалось у Ксении. После первого глотка она поморщилась, но не стала закусывать. — Повтори! — подала она рюмку мужу.

— Ого! Чувствую, жизнь налаживается, между первой и второй… — Лена протянула Сергею и свою рюмку.

Бутылка водки закончилась быстро. Сергей удивленно потер пальцем по виску и полез в холодильник за второй.

Когда была откупорена третья бутылка, Ксения встала и, пошатнувшись, едва удержалась за край стола.

— А теперь — спать, — дойдя нетвердой походкой до спальни и скинув одежду прямо на пол, она упала на кровать. Рядом на место мужа упала абсолютно обнаженная подруга.

Последнее, что слышала Ксения, перед тем как забыться, был голос мужа:

— А мне куда прикажете ложиться?

Проснулась Ксения от чьего-то тяжелого дыхания и от того, что что-то ритмично толкало ее в бедро. С трудом открыв глаза, она прямо перед своим лицом увидела неплотно прикрытые глаза подруги и ее полуоткрытый рот. Изображение качалось в такт негромких стонов Лены. Ксения приподняла голову. Сергей лежал сверху на подруге, а ее согнутое колено и толкало методично Ксению в такт движений мужа. Опьяненное водкой сознание не сразу смогло понять, что это ее муж и ее ближайшая подруга занимаются сексом не просто в их кровати, а прямо при ней и лежа рядом с ней. Муж громко застонал, Лена выгнулась, несколько раз вздрогнула, откинула руку и больно поцарапала Ксению.

— Что?! Вы?! — только и вырвалось у Ксении.

Муж слез с подруги, откинулся на спину и ничего не говорил, а только тяжело дышал. Лена открыла глаза.

— Подруга, — с трудом произнесла она заплетающимся языком. — Ну что такого? Мы же… уже сколько лет… как одна семья: ты… и я… и он. Чего? Все нормально, — и тут же закрыв глаза, мгновенно сонно засопела.

Ксении стало плохо, чувство тошноты подступило к самому горлу, и она еле успела добежать до туалета. Организм выворачивало наизнанку, голова трещала, руки противно дрожали. С трудом поднявшись с колен от унитаза, она села на край ванны и попыталась сообразить: сцена секса ее мужа с подругой ей приснилась или действительно имела место? Сомнений не было, измена произошла прямо у нее на глазах. Странно, но ни чувства гнева, ни желания ворваться в комнату и устроить скандал не возникло. На душе было ощущение пустоты и брезгливости. Накинув халат, Ксения подошла к плите и заварила крепкий кофе. На пороге комнаты показался муж. Он молча смотрел на нее несколько мгновений, а потом спокойно прошел в туалет. Ксения накинула на себя шерстяную павлопосадскую шаль, купленную в Питере, взяла кофе и вышла во двор. В голове пульсировала тупая боль. Свежий ночной воздух подействовал благотворно. Присев на ступеньки, прислонилась к спасительной прохладной стене дома. Мысли хаотично возникали и тут же исчезали. И только яркие звезды на абсолютно чистом небе были также неподвижны и спокойны, как и ее эмоции. Переживаний не было никаких. Ксения сама удивилась своему спокойствию. Она поймала себя на мысли, что ей было абсолютно безразлично то, что только что произошло в спальне. Крепкий кофе постепенно возвращал организм к жизни. Ксения поежилась, вернулась в дом, легла на диван в гостиной и заснула, свернувшись калачиком и укрывшись шалью.

Проснулась она снова от возни и скрипов. Не торопясь накинула халат и открыла дверь в комнату. Ленка стояла на коленях, прогнув спину. Ее руки были вытянуты вперед, сжимая простыню. На повернутом в сторону Ксении лице отражалось животное похотливое удовольствие. Стоя на коленях сзади подруги и держа ее за бедра, муж громко пыхтел и сосредоточенно смотрел в одну точку. Услышав звук открывающейся двери, оба одновременно посмотрели на Ксению.

— Присоединяйся, — глухо произнесла подруга.

Муж не прекращал своих движений.

— Думаю, вы справитесь и без меня, — спокойно ответила Ксения и закрыла дверь.

Горячая ванна с солью с ароматом зеленого яблока практически сняла похмельный синдром. Обмотав полотенцем волосы, Ксения вышла в гостиную. Судя по открытому замку на дверях, муж уже уехал на работу. На диване, подогнув под себя ноги и укутавшись в ее шаль, пила горячий шоколад Лена.

Ксения села напротив в кресло.

— Поговорим, подруженька?

— Поговорим, — внешне Лена казалась абсолютно спокойной.

— Ну и как мой муж трахается?

— Неплохо, — Лена сосредоточенно дула на горячий напиток.

— Я рада за вас, — и вот в этот момент у Ксении возникло желание ударить подругу по лицу, но она сдержалась.

— Что ты переживаешь? Это только секс, я не собираюсь отбивать у тебя Серегу. Мы столько лет знакомы, что, считай, родственники. Просто сняли напряжение. Вот ты, например, уже сколько времени переписываешься по интернету, страдаешь по какому-то незнакомцу из Москвы. А измена в голове, ты ведь знаешь, это еще хуже, чем измена в реальности. Да и вообще, если бы не прилетела такая взвинченная, ничего бы и не было. Напились водки почти без закуси... Я была в полном неадеквате. Так что… Давай относиться к этому как современные люди.

— А утром ты снова была в неадеквате? — психология поступка подруги Ксению даже немного заинтересовала. — Или все пороки тянутся из нашего детства?

Лена не оправдывалась, но и не выглядела расстроенной.

— Я помню, ты мне рассказывала, что в последних классах школы у тебя была подруга, которая чем-то болела, и ей нельзя было принимать противозачаточные средства. Но она постоянно трахалась со всеми родственниками подруг и беспрерывно делала аборты. А ее дед, когда тебе было пятнадцать лет, стал твоим первым мужчиной.

— Стал, — кивнув головой, негромко подтвердила Лена.

— И теперь ты будешь по примеру своей школьной подруги трахаться со всеми мужьями и родственниками своих знакомых, оправдывая свои поступки юношеской психологической травмой или неадекватным состоянием? И была ли вообще травма или ты точно такая же похотливая сучка, как и она?

— Отстань, — резко ответила Лена.

— Слушай меня внимательно, пока ЕЩЕ мой партнер и УЖЕ бывшая моя подруга, — Ксения подошла к дивану и взяла Лену за подбородок. — Первое. Бизнес есть бизнес, поэтому наши личные проблемы не должны влиять на дело. Второе. Будешь ли ты продолжать трахаться с Сергеем, мне все равно, но только не у меня в доме. И третье. Сболтнешь в трезвом или пьяном виде ему что-нибудь про Мыслителя — пожалеешь по-настоящему, я тебя заранее предупреждаю. А ты знаешь, что я слово свое держу. Все поняла?

Лена молча моргнула глазами.

— А теперь допивай быстро какао и исчезни из моего дома, рабочий день в разгаре, — резко сдернув с подруги шаль, Ксения пошла сушить волосы.

Уже ближе к вечеру на экране лэптопа Николая возникло короткое и загадочное сообщение от Собеседницы.

****

И в самолетах встречаются пророки…

Всегда остерегайся второго, самого приближенного к тебе человека.

****

Повисев несколько секунд, сообщение исчезло.

12

Кредитка выскользнула из кошелька и упала под стол. Николай наклонился за пластиковой картой. Что-то щекотнуло шею, он потрогал рукой кожу и ощутил между пальцами тонкую проволоку. Дернув за нее, поднялся — в ладони лежал небольшой плоский предмет, запаянный в черный пластик с торчащей проволочкой. Николай снова заглянул под стол, на внутренней стороне столешницы что-то белело, сковырнув, понял — жевательная резинка. Брезгливо выкинув жвачку в мусорное ведро, внимательно осмотрел найденный предмет. Сомнений не было, перед глазами была не случайно оставленная запасная часть после сборки стола рабочими. Не став звать Светлану Александровну, осторожно положил прибор в ящик стола и сходил за руководителем службы безопасности.

— Юрий Леонидович, — вернувшись в кабинет, Николай старался говорить как можно беззаботнее, — слышал, были в выходные на рыбалке? И как?

— Да не особо. Выскочили с ребятами экспромтом, поэтому без прикорма, клевало так себе, немного. Да и выезжали недалеко, километров за сто в сторону Твери, так рыбаков на озере было, по-моему, больше, чем рыбы.

— Понятно, — Николай достал прибор и аккуратно положил его на стол. — А когда в отпуск собираетесь? — задал вопрос, показывая глазами на прибор.

Опытный фээсбэшник сразу понял причину вызова. Взяв предмет и осторожно осматривая его со всех сторон, продолжал поддерживать разговор на отвлеченную тему:

— Планов точных не строил, но если работы особой нет, то могу и в ближайшее время, поохочусь, порыбалю с друзьями да грибы пособираю.

— Хорошее дело! — одобрил Николай. — Ну что ж, может, и отпустим вас. Вы пока созвонитесь с друзьями, согласуйте планы поточнее, — произнес он, показывая рукой, что найденный прибор безопасник может забрать. — Как определитесь с графиком, зайдите сразу ко мне, обсудим тему конкретнее, договорились?

— Конечно, Николай Константинович. Это… моя вина, забыл вас предупредить, что сегодня после обеда в офисе и в вашем кабинете будет химическая обработка от разных насекомых. Не могли бы вы во второй половине дня поработать вне кабинета, пока все обработают и проветрят?

— Гоните с глаз долой? — пошутил Николай, поняв намек, что ему надо освободить кабинет для осмотра специалистами по прослушиванию. — Хорошо, как раз планировал пообедать со старым знакомым, да и спортзал заждался. Так что увидимся завтра прямо с утра?

— Безусловно, с утра у меня уже будет полная ясность по всем вопросам.

Уютное кафе в подвальном помещении бизнес-центра, расположенного прямо напротив Кремля, привлекало своей круглосуточной работой самый разный контингент. Экспаты, работающие в компаниях с солидными иностранными названиями, которые арендовали целые этажи бизнес-центра, предпочитали кафе за удобство расположения. Золотая столичная молодежь — за круглосуточный доступ, кальян, лото и другие игры, предоставляемые посетителям, да за барменов с острова Свободы с настоящими кубинскими коктейлями. Молодые леди — за возможность себя показать да достойных мужчин присмотреть. Деловые гости города — за возможность во время обеда взять в аренду на часок ноутбук и полазить в интернете. Николай — за вкусный плов, не понятно по какой причине втиснутый в европейско-японское меню.

Денис Львович Лысов, среднего роста, с тонкой костью, как иногда говорят про таких людей, являющийся генеральным директором небольшой компании, которая занималась вопросами финансового развития, уже ждал Николая, сидя на диванчике, покрытом тканым ковром с восточным узором, и что-то рисовал карандашом на листе бумаги, заменяющем на столе скатерть.

— Бандитская пуля? — пожимая тонкую, но сильную ладонь, пошутил Николай, намекая на синяк на лбу старого знакомого.

— Айкидо. Хожу раз в неделю по субботам, тут недалеко спортзал в подвале около Арбата с хорошим тренером, выбиваю всю недельную плохую энергетику, но иногда… не удается увернуться, — дотрагиваясь до синяка, несколько огорченно разъяснил финансовый консультант. — А Александр Анастасович не с вами?

— Нет, мы разными маршрутами. Он не звонил?

— Здесь мобильник плохо ловит — подвал.

— Ну ничего, пока обсудим общие вопросы, а потом в полном составе перейдем к конкретике. Устраивает? Однако, я чай с чабрецом с дороги выпью. Вы что будете?

— Спасибо, я уже заказал латте.

Сидящая за соседним столиком эффектная блондинка лет двадцати пяти в белой полупрозрачной блузке и короткой белой вязаной юбке оторвалась от своего белого ноутбука и оценивающе оглядела мужчин.

— Не тяжело будет работать в такой атмосфере? — пошутил Николай, глазами указав на соседку.

— А кому сегодня легко? — поддержал шутливый тон собеседник.

— Чувствую, не скучаете без меня! — раздался рядом бодрый голос Александра Анастасовича.

— Раз все в сборе, то не будем отвлекаться и сразу перейдем к делу, — Николай достал и открыл лэптоп. — Вашу статью в интернете, Денис Львович, я и другие акционеры прочли. Еще раз, пожалуйста, коротко о сути предложения, плюсы-минусы и ближайшие шаги.

Денис Львович сосредоточенно положил в кофе три ложечки сахара:

— Окей, начну. Согласитесь, для активно развивающегося среднего бизнеса задача привлечения капиталов является одной из наиболее актуальных? Эта задача напрямую связана с формированием широкого поля институциональных инвесторов, что в свою очередь зависит от спектра предлагаемых фондовым рынком финансовых инструментов. Одним из способов долгового финансирования является выпуск облигаций. Сегодня на российском финансовом рынке обращаются крупные выпуски облигаций, объемом обычно не менее миллиарда рублей. Такой размер эмиссий обусловлен и высокой стоимостью организации выпуска, и сложившимися приоритетами основных инвесторов в рублевые облигации.

— Однако для средних компаний «слепое» следование политике «голубых фишек»* зачастую экономически нецелесообразно, а то и противопоказано, — возразил Александр Анастасович.

— Безусловно, — согласился финансист. — Непредсказуемость трендов фондового рынка, наличие оферт*, превышение фактических инвестиционных потребностей, не обеспеченное безопасным уровнем денежных потоков и прибылью компании, — это только основные риски заемщика.

— Каким образом можно нивелировать данные риски, какие решения могут стать для средних компаний альтернативными? — поинтересовался Николай.

— Решением данной задачи является выпуск клубных облигаций, своеобразного промежуточного финансового инструмента между синдицированным кредитом* и классическими облигациями, — пояснил консультант.

— О параметрах подробнее, пожалуйста, — делая пометки, попросил Николай.

— Прежде всего объем выпуска облигаций должен соответствовать реальным инвестиционным потребностям компании-эмитента и находиться в пределах от пятидесяти до пятисот миллионов рублей. Тогда и заемщику, и инвестору четко понятно целевое обоснованное использование ресурсов. Это уже серьезные гарантии успешной реализуемости планов стратегического развития и возврата инвестиций с оговоренной доходностью.

— Разумно, принимается.

— Второе. Так как привлеченные средства используются на развитие бизнеса, то и инвестору, и заемщику важно, чтобы не было непредсказуемых финансовых форс-мажоров или кассовых разрывов, не зависящих от плановой деятельности заемщика.

— Другими словами, традиционный принцип использования оферт, то есть возможностей предъявить облигации к досрочному погашению по желанию кредитора, явно неблагоприятен для среднего бизнеса: быстро «перехватить» деньги на рынке не удастся — закредитованность обычно уже полная, перенаправить финансовые потоки из других бизнесов не получится — по разным причинам, финансовое же состояние акционеров не позволяет покрыть данные риски собственными средствами, — снова пояснил Александр Анастасович.

— Что предлагается? — Николай обратился к собеседникам.

Денис Львович пока так и не сделал ни глотка кофе, но машинально помешивал ложечкой в кружке.

— Обычный срок обращения облигаций два-три года. В мировой практике широко используется понятие ковенанта, то есть обязательство эмитента соответствовать определенным ограничениям в области финансовых показателей и отдельных аспектов деятельности, при нарушении которых у кредиторов возникает право требования досрочного исполнения обязательств. Заметьте, только при таких условиях и ни при каких других. Для каждого эмитента ковенанты подбираются индивидуально. В наших условиях целесообразно рассчитывать ковенанты на основе квартальной бухгалтерской отчетности эмитента и его поручителей. Это исключает неоднозначность в трактовке расчетов показателей. Например, можно рекомендовать принять такие ковенанты, как отношение чистого долга к чистым активам или чистого ссудного долга к EBIT*.

— Сопутствующим положительным эффектом использования механизма ковенантов является повышение качества финансового управления компании-эмитента, вот что еще очень важно, — добавил консультант.

— Третье, — продолжил финансист. — Для того чтобы механизм ковенантов реально работал, должна быть обеспечена информационная открытость, то есть добровольно принятое на себя обязательство компанией-эмитентом регулярно, например раз в квартал, публиковать информацию в средствах массовой информации о своей деятельности и ее финансовых результатах. Это позволяет поддерживать эффективную обратную связь эмитента с инвесторами в течение всего периода обращения облигаций.

— Для нас это не представляет сложностей, мы сами стремимся к максимальной прозрачности, — Николай встретился глазами с пытливым взглядом блондинки. — Что по затратам можете сказать?

— Стоимость организации выпуска облигаций и обращения будет для вашего бизнеса менее дорогая, чем при обычных «классических» размещениях.

— За счет чего?

— За счет прямой «закрытой» подписки среди ограниченного круга инвесторов, своеобразным «клубным» размещением облигаций.

— Помните, мы на совете по развитию обсуждали ценность публичной кредитной истории? Так вот, инвесторам важно поддержание вторичного рынка, что совпадает и с нашими интересами по формированию публичной кредитной истории, — оживленно жестикулируя, поддержал коллегу-консультанта Александр Анастасович.

— Как вторичный рынок планируется организовывать? — Николаю из разных понятийных элементов было важно создать для себя целостную картинку проекта.

— Вторичный рынок может поддерживаться средствами фондовой биржи, например, по принципу «клубной площадки».

— Можно прямой вопрос? — Денис Львович вспомнил о своем кофе, но, так и не попробовав, отодвинул кружку и, делая пометки на листе-скатерти, продолжил: — Говоря о вашей аграрной компании как об эмитенте клубных облигаций, мы подразумеваем, что она имеет устойчивое финансовое положение, бизнес прибыльный, структура собственности понятна, корпоративные риски умеренные, масштаб бизнеса желателен от двухсот пятидесяти миллионов рублей в год с устойчивой тенденцией к росту. Все соответствует?

— Абсолютно, — Николай допил чай.

— Таким образом, — подытожил Александр Анастасович, — выпуск клубных облигаций не только обеспечивает наше комфортное финансирование, но и предлагает инвесторам финансовый продукт с понимаемыми ограниченными рисками и доходностью, не намного, но превышающей аналогичный классический продукт, и, что немаловажно, диверсифицирующий скудные фондовые портфели российских инвесторов.

— Вопрос в гарантиях, — наконец-то добрался до своего кофе финансист.

— Мне как человеку, профессионально занимающемуся консультированием, понятны желания и страхи и эмитента, и инвестора, — разгорячился бизнес-консультант. — Знаете, с кем у меня ассоциируются инвесторы? Со страдающим от жажды человечеством, которого уже не удовлетворяют традиционные источники питьевой воды и у которого присутствует навязчивая идея по транспортировке ледяного арктического айсберга как гигантского источника пресноводных ресурсов к себе в жаркие страны. И для этого они нанимают корабль (обычно фондовую биржу), определяются с капитаном (финансовым консультантом) и... Начинают с него требовать гарантии! Гарантии, что до айсберга они дойдут и нежелательные риски столкновения с ним их минуют. Но для того чтобы не напороться на подводную часть айсберга, надо как минимум иметь ее карту и эхолот. Согласны? Однако в стандартах работы капитана это не заложено! А природа, то есть айсберг, не прощает дилетантства... К чему это я? К тому, что стандартная привлекательность финансовых инструментов основана на данных, приведенных в инвестиционных меморандумах при размещении. На данных, показанных нам «сегодня». Но с информацией за «вчера»! Следовательно, требуемые гарантии инвесторов — это лишь прошлый опыт работы эмитента. Чем ситуация может обернуться? На быстрорастущих рынках, коим является и российский, мы очень часто сталкиваемся с одной из наиболее типичных причин потери рыночных позиций многих корпораций, которая связана с «разрывом» между производственным и организационным развитием. Возможности, предоставляемые рынком по увеличению рыночной доли, географической экспансии, поглощению конкурентов, отводят на второй план аспекты организационного строительства. В итоге вчерашний лидер рынка становится аутсайдером или его бизнес вообще перестает существовать. Примеров множество, не буду даже тратить на них ваше время.

Николай снял с руки часы и положил на стол.

— Данные инвестиционного меморандума — это «вчерашние» гарантии, абсолютно согласен. А что будет «завтра»? Когда несколько лет назад я покупал себе новые наручные часы, то купил швейцарские, хотя тотальной рекламы данного продукта еще не было. Престиж? Отчасти, возможно. Главным мотивом все-таки была надежность — я знал, что механизмы швейцарских часов работают долго и надежно. И не ошибся. Я прогнозировал будущее на основании понимания «внутренней» надежности. К чему это я, господа? Коррелируя свой бытовой пример с финансовым рынком, термин «гарантии» в обиходе инвесторов я предлагаю заменить на «спокойствие». «Спокойствие» — это УВЕРЕННОСТЬ в «завтра», основанная на знании внутреннего механизма работы нашего бизнеса — его организационной составляющей.

С моей точки зрения, такая уверенность в отношении нашей компании как эмитента достигается за счет активной поддержки акционерами (я имею полномочия говорить от их лица) и процесса организационного совершенствования. Наш топ-менеджмент понимает значимость данной задачи и активно будет участвовать в процессе ее реализации. У нас профессиональная и сплоченная команда. Мы разрабатываем и внедряем современные технологии управления. Александр Анастасович как свидетель и соучастник данного процесса может подтвердить мои выводы.

Коллега кивнул и начал подтверждать.

— Каким бы харизматическим ни был лидер, не обижайтесь, Николай Константинович, устойчивость бизнеса невозможна без внедрения в оперативную деятельность современных технологий управления. И счастье для компании, что вы сей значимый момент очень хорошо понимаете. Это только в художественном произведении Мастер подковал блоху, показав, таким образом, свои неординарные способности. А если бы он должен был каждый день подковывать определенное число микроскопических животных? Смог бы он делать это без соответствующих условий, инструментов и механизмов? Понятно, что нет. Как понятно и то, что на определенном этапе развития бизнеса лидерские качества руководителя должны надежно подкрепляться соответствующими технологиями управления. Только в таком случае эмитент минимизирует риски в достижении плановых показателей, что означает достижение требуемой доходности бизнеса и выполнение инвестиционных обязательств. И здесь у нас тоже все в порядке, могу заверить.

— Рынок клубных облигаций в России только зарождается. Пилотным проектом может стать выпуск клубных облигаций вашего семенного бизнеса. Мне кажется, сегодня вы — удачный пример встречного движения новаций фондового рынка и среднего бизнеса, — констатировал Денис Львович.

— В отношении нас как эмитента — это не случайность, а закономерность, — увлеченно продолжал Александр Анастасович. — Почти вся новейшая история формирования бизнеса прошла не просто у меня перед глазами, но и при моем непосредственном участии. Конечная цель, которая была передо мною поставлена, — консультационное сопровождение формирования публичного, крупного (по мировым масштабам), известного инновационного семенного агрохолдинга. Что было сделано собственниками и топ-менеджментом компании с моей скромной помощью за прошедшее время? Или правильнее поставить вопрос так: какие промежуточные этапы и действия были реализованы для достижения конечной цели? Динамика вызывает уважение! Внедрялись и совершенствовались передовые технологии производства, был разработан план перспективного развития и внедрено стратегическое управление бизнесом. Группа компаний выходит на международный рынок. Грамотно структурирована кредиторская задолженность — заметьте, при ярко выраженной сезонности бизнеса, а соответственно, и пиков выплат по займам. Последовательно ведется работа по формированию инвестиционной привлекательности бизнеса. В итоге уже второй год успешно реализуются вексельные заимствования. Активно и эффективно внедряются современные технологии управления. Великолепные результаты показала запущенная год назад «Программа качества». Успешно реализуется комплексная программа минимизации рисков, а также сбалансированная система показателей не только на уровне компании, но и с каскадированием до каждого подразделения и сотрудника. Вводится автоматизированная система управления бизнесом, включая IT-поддержку технологии BSC*. Реализуется мотивационно-развивающий подход в управлении персоналом.

Отсюда и ответ на важнейший вопрос: что эти достижения дают нам — эмитенту и инвестору? Так вот. Мы обеспечиваем соответствие организационной составляющей бизнеса своему производственному уровню, то есть повышаем устойчивость бизнеса. Это и есть реализация принципа активного сбалансированного развития. Инвестору такой подход дает то самое «спокойствие», о котором сказал Николай Константинович, и, соответственно, уверенность в осуществлении разработанных планов, в успешном «завтра» своих инвестиций.

— Для «АгроИнТеха» ближайший этап — выпуск клубных облигаций, — Николай поддержал коллегу, глядя на несколько удивленное от услышанного выражение лица финансиста. — Впереди — классические облигации. Сработаемся с вами на клубном этапе — продолжим сотрудничество. Следующий шаг — привлечение стратегического инвестора, публичный выпуск акций, достижение статуса семенного агрохолдинга №1 в России, вхождение в тройку-пятерку крупнейших семеноводческих компаний мира.

Фантазии? Реальность. Уверенность!

А знаете почему? Потому что есть желание, рынок предоставляет возможности, технологии достижения успеха понятны и реализуются. Очень мне импонирует высказывание нашего генерального директора Виктора Дмитриевича: «Конечно, не все просто, но есть цели и понятные действия, а главное, полная уверенность в правильности нашего выбора». Это — о «завтра»! — Николай замолчал.

Молчали и собеседники.

— Ну что, раз нет иных мнений, жду от вас, уважаемые, конкретные предложения по срокам и другим параметрам проекта. Считайте, что принципиальное решение принято. Берегите себя! — откланиваясь, пожелал Николай Денису Львовичу, а для Александра Анастасовича добавил: — Благодарю за ценное сотрудничество. Искренне. Впереди нас ждет еще более интересная работа, это я вам обещаю!

Возвращаясь вечером домой из спортивного клуба, Николай внимательно смотрел, нет ли за ним несанкционированного сопровождения, в быту называемого слежкой: не торопился двигаться на светофоре после загорания зеленого сигнала или, наоборот, после притормаживания проскакивал на красный, резко менял полосы и маршрут движения, но никакой активности за собой не заметил.

— А не выпить ли нам по чашечке кофе или чая? Наш-то кофейный аппарат в приемной сегодня на техническом обслуживании, — в семь утра по телефону Николай задал этот вопрос своему руководителю службы безопасности.

— С большим удовольствием, как раз намеревался позавтракать. Кстати, я с товарищами все вопросы рыбной ловли обсудил, могу изложить при встрече выводы.

— Вот и чудно, встречаемся через час в кофейне, где мы были с вами в последний раз.

— Что скажете? — Николай подъехал первым и уже успел сделать заказ и на себя, и на коллегу, хорошо изучив его вкусы за годы совместной работы.

Юрий Леонидович поблагодарил за любимый крепкий черный чай.

— Могу подтвердить, вы обнаружили в своем кабинете прослушивающее устройство. Не самое простое, но и не ахти какое совершенное. Радиус действия и передачи сигнала относительно небольшие, это значит, что приемник располагается недалеко. Ваш кабинет и приемную специалисты осмотрели, других жучков не найдено. В офисе со вчерашнего дня включены глушители сигналов — не очень удобно для мобильной связи, но… надеюсь, временное решение, пока не найдем передатчик. В выходные тщательно осмотрим весь офис и прилегающие технические помещения.

Вопрос: кто и когда установил жучок? У наших сотрудников нет доступа на вашу территорию. Вероятнее всего, кто-то под видом сотрудника клининговой компании, обслуживающей бизнес-центр. Чтобы ситуация не повторилась, в ваше отсутствие будем включать запись камер видеонаблюдения в приемной и кабинете. Основное — все.

— Ваше мнение: работали профессионалы или любители?

— Судя по технике и почерку — любители. — У меня вопрос к вам, Николай Константинович. Вы за собой слежку в последнее время не замечали?

Николай долил себе в кружку облепихового чая.

— Вчера — точно нет. А вот недавно, мне показалось, была слежка. И даже уж как-то слишком все демонстративно подано или очень по-дилетантски…

— Понятно, — произнес Юрий Леонидович, — скорее всего, война, как мы и предполагали.

— Война, говорите? — Николай задумался. — Если сопоставить факты участившихся многочисленных налоговых проверок «АгроИнТеха», прослушку, слежку, еще некоторые странные факты за последнее время, то… война. Ну что ж, — добавил он твердым голосом, — война так война, не мы ее начали, но наша задача ее выиграть, выбора нет. Сегодня прямо с утра вводите в действие наш план мероприятий при рейдерских угрозах — переходим на военное положение.

13

Легкие сумерки, крадучись, заполняли улицы Сан-Франциско.

Ксения сидела в кресле во дворе своего дома и меланхолично перебирала пальцами лежащие в вазе орехи и сухофрукты, иногда что-то из них кладя себе в рот и медленно жуя. На столике рядом с ней стоял бокал и открытая, уже наполовину пустая бутылка красного вина.

Девушка смотрела в сторону уходящего солнца, посылающего на прощание багровые отблески на спешащих за светилом облаках.

Замерзнув, она зашла в дом, взяла свечу, лэптоп и шаль. Подержав шаль в руках, брезгливо бросила ее и надела белый вязаный свитер.

Лена, появившись с утра в офисе, оформила неделю отпуска и, не попрощавшись, ушла. В последнее время она вообще старалась меньше показываться Ксении на глаза. Муж позвонил и оставил на автоответчике сообщение, что срочно уезжает на три дня в командировку. Куда — не уточнил. В другое время или для другой женщины совпадение отсутствия мужа и бывшей подруги было бы подозрительно после той памятной ночи, но Ксения даже не расстроилась. Ее никак не отпускали размышления о своей судьбе, о замужестве, о мотивах своих поступков, о жизненных идеалах и ценностях, которые были у нее несколько лет назад и которые владели ею сейчас.

Уже несколько дней Ксения не общалась с Мыслителем, сначала хотелось разобраться с собой, но сегодня состояние тоскливого одиночества стало совсем невыносимо. Привычным движением запустив мессенджер, она задумалась. Свет от свечи отблескивал на экране компьютера, иногда нервно вздрагивая от слабых дуновений ветра.

Ксения поднесла к пламени очищенный грецкий орех. Буквально через мгновение орех вспыхнул. Девушка с удивлением смотрела на горящий в ее руках плод. Едва не обжегшись, она бросила его на землю, взяла новый и снова подожгла. Два огонька — от свечи и от ореха — освещали с двух сторон экран лэптопа. Дождавшись, когда догорит орех, Ксения нажала на иконку вызова Мыслителя.

****

— Ты знал, что грецкий орех горит, как свеча?

— Ты хочешь, чтобы я с тобой поговорил?

— Очень. Мне очень сегодня хочется, чтобы ты со мной пообщался. Let's talk?

— Канэшна хачу! ☺

— Тебе смешно? У меня глупая просьба?

— Просто я рад тебе, и от этого хорошее настроение. Я не знал, что грецкий орех горит. Если, конечно, ты имеешь в виду плод, а не само дерево.

— Да, я именно об очищенном плоде говорила.

— У тебя растет в саду грецкий орех?

— Нет, к сожалению, у меня нет ребенка.

— А какое отношение ребенок имеет к дереву?

— В Молдове и на Кавказе есть традиция: когда рождается ребенок, ему в приданое во дворе садят грецкий орех.

— Что мешает тебе посадить дерево у себя во дворе?

— Муж, который не считает, что пришло время садить дерево. Теперь ты знаешь, что я замужем и у меня нет детей.

— А еще, что ты достаточно молода, если думаешь о рождении детей.

— Да, пока еще достаточно молода...

— Что-то не так в отношениях с супругом?

— Что-то не так... Он изменил мне с моей ближайшей подругой. Прямо у меня на глазах. Возможно, они и сейчас где-то вместе. Хотя мне уже почти безразлично.

— Тебе больно?

— Очень. Он был моим первым мужчиной. Она была моей ближайшей подругой.

— Ты поэтому недавно прислала мне немного странное, точнее неожиданное, сообщение?

— Прости, что нагружаю тебя своими проблемами. Наверное, после сегодняшней беседы ты больше не захочешь со мной общаться. Мужчины не любят истеричек. Я и сама их ненавижу. И вот — уподобилась, жалуюсь одному мужчине на другого. Противно. Никогда даже предположить не могла, что со мной такое произойдет. Прости... Если хочешь, давай закончим разговор.

— У тебя есть выпить?

— Этим сейчас и злоупотребляю.

— Тогда подожди минуту, я себе тоже чего-нибудь налью за компанию. Ты что пьешь?

— Красное.

— Чье производство?

— Итальянское. Недавно узнала, что в Италии строгие законы в отношении винограда, поэтому и вино полезное. А американцы грешат и удобрениями, и опрыскиваниями, и генетикой... Раньше предпочитала калифорнийское, сейчас перешла на итальянское.

— Отлично! У меня тоже есть бутылка итальянского. Почти как рояль в кустах. Уже налил. Чокнемся через мессенджер?

— Будем! Прости еще раз. И... я не обижусь, если ты со мной больше не будешь общаться, все пойму.

— По второй?

— Согласна! За что пьем?

— За случайности, которые привносят в нашу жизнь позитив.

— Да! За счастливые случайности! Ты сейчас, наверное, уже на работе?

— Угадала.

— А я тебя мало того, что отвлекаю, так еще и спаиваю на рабочем месте с утра. Прости меня за сегодняшнее, да и вообще за все прости.

— Все хорошо. Я рад тебе.

— И я рада… что ты есть у меня. Не буду больше утомлять. Твое здоровье! И… спасибо тебе!

****

Догоревшая свеча вспыхнула в последний раз и затухла одновременно с экраном.

Ксения резко встала, слегка пошатнулась и нетвердой походкой вошла в дом. Ложиться в кровать, которая хранила в своей ауре предательское совокупление подруги и мужа, категорически не хотелось. Горячая ванна стала в последнее время для Ксении спасением, словно она пыталась смыть с себя что-то такое, что мешало ей жить, отягощало существование.

Бурлящая струя мягкой калифорнийской воды быстро взбила густую ароматную пену. Ксения легла в ванну. Пышная пена сразу скрыла истосковавшееся и жаждущее любви тело. Горящие свечи отражались на стенках бокала с вином, создавая эффект зеркал. «Мир снаружи — лишь отражение моего внутреннего мира, — пронеслась в голове мысль. — Меня злит в других людях то, что я не могу позволить себе, принять в себе. Восприятие внешнего мира — это зеркало моего внутреннего состояния. Могу ли я противиться эффекту зеркала? И зачем? В мире не существует никого, кроме Меня». Сознание медленно покидало затуманенную алкоголем голову. Вдруг в воображении возникло видение: то же кафе, где она впервые увидела Мыслителя, тот же он в тот же момент, когда впервые встретились их взгляды. Только она абсолютно обнаженная, не торопится на самолет, а не обращая ни на кого внимания, подходит к нему и целует в губы.

Рука Ксении медленно двигалась по внутренней стороне бедра, поднимаясь все выше и выше… Пальцы гладили губы, касаясь языка и заставляя дыхание становиться все чаще... Тело молодой женщины на мгновение замерло, и дрожь пробежала по каждой жаждущей страсти клеточке организма, словно волна от брошенного в воду камушка достигла… его берега. Ксения вскрикнула и прикусила губу. Теплая истома наполнила тело. Она закрыла глаза и растворилась в блаженном мечтательном сне…

14

В папке «Входящие» появилось новое электронное письмо от Виктора Дмитриевича, которое, как и все остальные, было написано на его личном русском языке.

****

Здравствуйте Николай Константинович.

Думал над вашим предложением нанять вместо меня генерального директора. Да… не просто мое состояние передать, скорее невозможно. Бизнес сегодня как таковой? Если можно назвать это так, представляет собой сгусток разноуровневых проблем и задач, просто клубок. И вот с ентим и мандякаюсь. Где времени взять на принципиальные моменты? Честно, аж придумать не могу. Мне все ясно. Вот самая большая проблема здесь — это я сам. Потому, коли все ясно, уж и внутренне готов перейти в совет директоров.

Нешто я да не пойму
При моем-то при уму?..
Чай, не лаптем щи хлебаю,
Соображаю, что к чему.

Получается, на мне
Вся политика в стране.
Гениальный Филатов!
С уважением В. Д.

****

15

— Кто? — Николай прогуливался с Юрием Леонидовичем по внутреннему дворику бизнес-центра.

— На сто процентов утверждать сложно, но на девяносто процентов я уверен, что это Олег Вениаминович из тюменской администрации. Мы начали по нему работать, согласно вашему указанию, сразу после того, как он сделал предложение Виктору Дмитриевичу о вхождении в состав акционеров. Потом подконтрольные ему компании покупали у нас небольшие партии семян — очевидно, изучали наши возможности. Позже пошла волна налоговых проверок, явно кем-то инициированная. Теперь — прослушка и слежка. У меня такое ощущение, что с кем-то из топов «АгроИнТеха» они или устанавливают контакт, или уже установили: некоторые действия уж слишком у них грамотно складываются. А может, кто-то из наших просто по глупости сливает информацию. В любом случае мы сейчас плотно занимаемся и нашими кадрами, и Олегом Вениаминовичем. Но и другие версии прорабатываем.

— Я так и предполагал, — Николай посмотрел на хмурящееся с утра небо. — Не очень сильный противник, но с учетом поддержки, которая явно у него есть, иначе он никогда не рискнул бы на нас наехать, кровушки нашей попить может. Что планируем по нейтрализации?

— Вот на эту тему я как раз и хотел посоветоваться, — руководитель службы безопасности слегка приостановился, пропуская вперед идущего сзади прохожего. — Есть ряд предложений.

— Давайте изначально разложим ситуацию системно, — Николай говорил негромко, так чтобы его слышал только идущий рядом собеседник, — представим себя на месте рейдеров, попытаемся уловить их настроение, тогда многие действия станут более понятны. Попробуем?

— Ну что же… Ставлю себя на их место. Стандартный шаг — создать проблемы бизнесу по линии многочисленных проверок. Одновременно — заставить лично понервничать руководителей. А дальше — по ситуации.

— Не слишком высоко вы оцениваете наших противников, Юрий Леонидович?–Хотя, возможно, вы и правы, не стоит и преувеличивать их интеллектуальные способности. Какими будут наши ответные действия?

— Мне кажется, надо пойти их же путем: в первую очередь создать проблемы для их компаний и заставить предводителей понервничать.

— Мм… Логично. А как?

— С проверками будет сложнее — нас сразу сдадут, да их проверками и не взять, лишняя трата времени и сил. Можно сыграть на жадности. Спровоцируем сильно льготную для них серию контрактов по поставке всего и вся, от которых они не смогут отказаться. А когда перейдем их предел платежеспособности, то одновременно потребуем оплаты. Провести ее они не смогут по определению, а мы сразу в суд — аресты имущества и требование банкротства. Только в этом случае нужны будут серьезные финансы, Николай Константинович.

— А если они оперативно перекредитуются?

— Вряд ли, понадеются на авось, не захотят принимать на себя дополнительные обязательства.

— Скорее всего… Финансы ради такого случая изыщем, это я беру на себя.

— Далее — руководители. У каждого человека есть слабые места. Пьянство, дебоши, измены, свидетели, заявления в милицию, скандалы в семье. С каждым фигурантом поработаем индивидуально.

— Не забывайте, что их кто-то крышует. Скорее всего, на уровне прокурора города или какого-нибудь района. А прокуратура с ментами традиционно покрывают друг друга.

— Я адекватно оцениваю ситуацию, Николай Константинович, иллюзий нет. Только есть еще и служба внутренней безопасности, и вышестоящие начальники в Москве, которые тоже люди. Да и для фээсбэшников поглумиться над ментами только в радость.

— Что с Олегом Вениаминовичем делать собираетесь?

— Вот с ним и не знаю, как поступать, внешне он не при делах, чиновника сложно на чем-то поймать — он ни за что не отвечает. Если только вскрыть личные, семейные неурядицы, связи на стороне? Или взятка?

— Почему нет? На войне все средства хороши… Необязательно «или», можно и «и». Пусть, кроме нас, человеку будет еще чем в жизни заняться. Тем более в его биографии и привычках присутствуют все составляющие больших проблем.

— Я просто ждал вашего одобрения.

— Не забывайте про важнейший фактор успеха — информационный фон: запросы депутатов, публикации в прессе. Чиновники и шакалы не любят гласности. Только имейте в виду, что прессу придется использовать центральную, местная не решится идти против региональной администрации.

— Я понял. И вопрос по вашей безопасности хотел бы обсудить. Думаю, целесообразно к вам и Виктору Дмитриевичу приставить на некоторое время по телохранителю.

— Есть угрозы?

— Пока нет. Но от дурного непредвиденного случая, да и лишний свидетель не помешает в случае чего...

— Если считаете целесообразным, то приставляйте.

— Хорошо. И последнее... До какого уровня дожимать будем: припугнем или до капитуляции?

— Юрий Леонидович, — Николай остановился, повернулся к своему сотруднику и сказал: — Помните то важное решение, которое мы все одобрили на совете?

— По нашей гражданской позиции?

— Точно. Мы — лишь частный случай системного уничтожения здоровых сил в России. Первая и важнейшая наша задача — спасти себя. Вторая — в меру возможностей расчистить российское предпринимательское поле от сорняков. Не имеют права на существование псевдоделовые организации, которые живут за счет честных предпринимателей. Не имеют права руководить народом нечистоплотные посредственные чинуши. Поэтому мы должны выполнить принятую на себя миссию и сделать все, что в наших силах. Сможем довести схватку до «чистой» победы, глядишь, и нам когда-то зачтется на последнем суде. Да и оставлять в живых раненого зверя — очень опасно, согласитесь?

— Я понял, задача минимум: компании — банкротим, чиновника — увольняем.

— Задачи реальные и выполнимые, правда? Не забывайте высказывание Бисмарка: «Никогда не воюйте с русскими. На каждую вашу военную хитрость они ответят непредсказуемой глупостью». Так вот, имейте это замечание в виду и по

407

отношению к нашему врагу, и применительно к нашим действиям, — Николай посмотрел на часы. — Не будем терять время. По коням!

16

Таксист попался говорливый. Не останавливаясь рассказывал Николаю историю их частного автопарка с потерявшим управление над бизнесом хозяином — армянином, живущим в Париже, про безнадежную ситуацию в стране, узурпированную псевдодемократами — жуликами, декларировал отрывки из своего романа о таксисте, который издал на собственные деньги буквально шесть месяцев назад, жаловался на столичного мэра и автомобильные пробки, переживал за изменение климата и противную зимнюю московскую слякоть, проклинал коммунистов, уничтоживших генофонд государства российского, завидовал брату, который уже пять лет безбедно живет в Германии, и выдавал еще массу всякой критической и эмоциональной болтовни. Надо отдать должное, вел он машину мастерски, уверенно уворачиваясь от регулярно подрезающих их и резко тормозящих автомобилей.

****

— Что ты сейчас делаешь? — высветился на коммуникаторе вопрос Собеседницы.

— Пытаюсь не слушать лекцию таксиста о безнадежном состоянии России, — Николай обрадовался и вызову Собеседницы, и тому, что может абстрагироваться от потока льющейся с водительского сиденья информации.

— Ты ему веришь?

— *Умом Россию не понять, / Аршином общим не измерить: / У ней особенная стать — / В Россию можно только верить.*

— Тютчев?

— Он самый — Федор Иванович.

— Ты согласен с Федором Ивановичем?

— Сложно не согласиться с поэтом, который к тому же был профессиональным дипломатом и просто умным, проницательным человеком, имеющим возможность сравнивать общества разных стран.

— Да, иметь возможность сравнивать — великое дело. Многое со стороны видится совершенно по-другому. Как считаешь, хорошая жизнь в России когда-нибудь наступит?

— Когда-нибудь наступит…

— Не очень оптимистичный ответ. *…Жаль только — жить в эту пору прекрасную / Уж не придется — ни мне, ни тебе.* Да? Тютчев и Некрасов — два пророка в одном отечестве…

— Пророков в нашем отечестве больше, чем два. Реализаторов здоровых идей России не хватает, полтора столетия прошло, а воз и ныне там…

— Традиционный вопрос: что делать?

— Один из вариантов — любить Россию издалека, предоставив возможность правящей элите засучить рукава и попробовать самой поработать. Тогда она на своей шкуре почувствует, что поддерживающее ее большинство относится не к категории производителей, которую они почти всю методично и изуверски извели, а к категории пассивных потребителей с главным мотивом действий: «Как бы хуже не было».

— Многие так и поступают. А как же быть со стариками, больными и детьми?

— Помогать. Только не клянчить у чинуш подачки, а выстраивать добровольные схемы прямой помощи, обходящей чиновничий «распил».

— Ты так и намерен поступить?

— Умом понимаю, что должен. И чем раньше — тем лучше. А сердцем пока не могу решиться полностью порвать с родиной, не просто это.

— Не просто, согласна. Возможно, придет время, которое расставит все на свои места. Надеюсь, судьба и нам с тобой когда-нибудь предоставит возможность пообщаться не только по интернету.

Мгновенья встречи — эйфория,
Мгновенья расставанья — злость.
Мгновенья счастья и печали…

****

— Ну вот мы и приехали — аэропорт Домодедово, — голос водителя вернул Николая к действительности. — Я вижу, вы хороший человек. Нас таксистов не обманешь, мы людей насквозь, как рентген, просвечиваем. Поэтому хочу подарить вам свою книгу, — и немного стесняясь, он вручил Николаю собственное произведение. — Почитаете в самолете. Я-то сам ужас как боюсь летать, уже сорок восемь лет от роду, а ни разу самолетом и не путешествовал. Мягкой вам посадки!

17

Неторопливо посасывая через трубочку свежевыжатый морковный сок со сливками, Николай лениво перелистывал купленный в киоске аэропорта деловой журнал. Привлекла внимание очередная статья известного экономиста о прогнозах последствий вступления России в ВТО, аргументированно и убедительно описывающая мрачную картину перспектив отечественной экономики, в особенности сельского хозяйства. Рекомендаций академический гуру никаких не давал, но Николаю уже давно на основании собственных размышлений стало очевидно, что бороться на рыночных условиях с крупными зарубежными корпорациями малому и среднему российскому бизнесу будет не под силу. Необходимо либо находить свою уникальную узкую нишу, не интересующую иностранцев, либо готовить свой бизнес к партнерству, либо крайний вариант — вовремя продаваться, если нет желания влачить жалкое существование с предсказуемым фатальным концом. Понятно, что катаклизм произойдет не через год, но, кроме традиционных громких заверений в поддержке, серьезных и реальных действий руководства страны и аграрных ведомств по повышению конкурентоспособности отечественного производителя замечено не было.

Николай делал пометки на полях статьи, отмечая аргументы, подтверждающие различные мнения акционеров «АгроИнТеха».

Виктор Дмитриевич не хотел воспринимать ситуацию серьезно и думать о ней, пока угроза не стала реальной, оправдывая народную примету «гром не грянет, мужик не перекрестится». «Боязнь изменений или осознанное нежелание В. Д.?» — любимая чернильная ручка позволяла исправлять отвратительный почерк Николая, делая написанные слова хоть немного понятными даже для него самого.

Виктор Дмитриевич не спорил с заведомо более аргументированным и многочисленным мнением, но как раз его молчаливая позиция и настораживала Николая.

«Я + М. А.: спасение утопающих — дело рук самих утопающих», — другая поговорка настраивала и Николая, и акционера-инвестора на формирование инновационной инвестиционно привлекательной компании и поиск стратегического инвестора.

— Разрабатываете наполеоновские планы захвата рынка? — знакомый голос банкирши и легкое прикосновение руки к его плечу прервали размышления Николая.

— Как всегда непредсказуемая и ироничная, очаровательнейшая Алена Макаровна! — Николай обрадовался неожиданной, но приятной встрече.

— А я ведь с вами планировала больше никогда даже не здороваться, после того как вы бортанули меня с инвестициями, коварный! — присаживаясь за столик, женщина улыбалась, хоть и пыталась сделать обиженный вид. — На сколько больше кто-то вам дал или пообещал, если не секрет?

— Хотите удивлю? — Николай хитровато прищурился.

— Давайте. В два раза? В три? Нашли наивного нувориша?

Николай не перебивал собеседницу.

— Мне, конечно, безразлично, если боитесь разгласить коммерческую тайну.

— Что вам заказать?

— Откупиться решили? Травяного чаю и горячий шоколад — не успела с утра позавтракать.

Николай подозвал официанта и сделал заказ.

— Отчего ж? Вы предлагали больше.

Пауза удивления повисла в воздухе.

— Поясните?

— Я недавно татуировку себе сделал на плече — бригантину под парусами. Не хочу вас смущать при людях, а то похвастался бы.

— Господи! Длинные волосы, серьга в ухе, а теперь еще и татуировка, — по тону женщины и по тому, как ее взгляд скользнул по плечу Николая, было очевидно, что она не прочь в иной ситуации взглянуть на рисунок на коже. — Серьезный человек, а ведете себя, как...

— Примету морскую знаете?

— Какую? Я не морячка, я финансист.

— Вы предлагали больше. Но... женщину на корабль брать нельзя.

— Вот сейчас вы меня серьезно обижаете! — Алена Макаровна даже сделала попытку встать, но Николай придержал ее за руку.

— Простите за неудачную шутку. Простите Христа ради. *И плавал бриг туда, куда хотел. <...> И юнга вспомнил шкиперский завет: / «Мы джентльмены, если есть удача, / А нет удачи — джентльменов нет!»*

— Про авторство Высоцкого я догадалась. А про остальное, может, поясните все-таки, загадочный вы мой?

— Видите ли... Безусловно, ваше финансовое предложение было несколько лучше конкурирующего. Не намного, но все же меньше вашего предложил наш акционер-инвестор. В компании уже сложилось управленческое равновесие, что очень важно для развития. При появлении любого нового акционера, даже такого уважаемого и серьезного, как вы, — я не иронизирую, поверьте в мое искреннее и глубокое уважение к вам, пришлось бы заново выстраивать отношения. Согласитесь, предсказать, как повлияло бы на динамику развития и на управляемость расширение состава акционеров довольно сложно — невозможно даже. Это объективные риски для бизнеса. Дилемма была проста: определенная демотивация для старого инвестора и новые риски или несколько меньшие инвестиции, но сохранение управляемости и предсказуемости. Я выбрал второе. А теперь казните меня или милуйте! — Николай театрально склонил перед банкиршей голову.

Немного помолчав, Алена Макаровна произнесла:

— Впервые за время нашего знакомства вы взяли меня за руку. Не обращали внимания? При всей внешней открытости общения между вами и собеседником всегда дистанция, причем не просто дистанция, а дистанция громадного размера с неприступной железобетонной стеной, пробить которую за раз невозможно, приходится по сантиметру завоевывать годами.

Николай посерьезнел и не торопился отвечать.

— Дистанция, говорите?.. Возможно... Только почему я должен кого-то сразу близко подпускать к своей душе? Душа — не плечо, татуировкой потом шрам не скроешь.

— Безусловно, — Алена Макаровна высвободила руку, — безусловно. Похоже, на мой рейс объявили посадку. Я принимаю объяснения и милую вас — живите, развивайте бизнес, приносите пользу себе и людям. Только поверьте мне — опытной женщине, не все окружающие хотят сделать вам больно. Среди ваших знакомых, я уверена, много хороших людей, не отталкивайте их.

Николай попытался встать, но Алена Макаровна жестом остановила его:

— Не провожайте меня, мой выход прямо перед нами, так что... — и протянув для прощания руку, повторила: — Помните, мужчина с татуировкой, не все окружающие хотят сделать вам больно... хотя у такого неординарного человека, как вы, обязательно должны быть недоброжелатели. И судя по молчаливому молодому человеку, который сидит позади и не сводит с вас глаз, не все так безоблачно. Берегите себя и не всегда слушайте советы женщин, они тоже иногда ошибаются!

18

При выходе из самолета на трапе, идущий несколько впереди незнакомый мужчина обернулся и обратился к Николаю:

— По какому поводу к нам, Николай Константинович?

Николай удивленно посмотрел на него:

— Мы знакомы?

— Ну, не совсем. Я был в составе одной группы товарищей, но меня вам тогда не представили. Да это и не важно. Надолго к нам? — голос и внешний вид говорящего выдавали в нем или мелкого патологического прихвостня-чиновника, или близкого к чиновничьим кругам приспешника-жулика.

Николай, не отвечая, продолжал спускаться по трапу.

— Надолго к нам? — вкрадчиво-гнусаво повторил вопрос мужчина, пытаясь пристроиться рядом с Николаем, но телохранитель профессионально не давал ему приблизиться.

— Как встречать будете, — резко ответил надоедливому неприятному незнакомцу Николай и быстро направился по летному полю к выходу в город.

— Может быть, нужна какая-нибудь помощь? — вдогонку раздался вопрос, но Николай даже не стал оборачиваться.

Поднимающееся плотное облако табачного дыма и громкий взрыв хохота не оставил никаких сомнений — Виктор Дмитриевич встречал Николая собственной персоной. С довольной улыбкой на лице и в сопровождении невысокого, но крепкого телосложения парня он отделился от толпы корчащихся от смеха мужчин и приблизился к Николаю.

— Задержались чего-то вы там... в Москве? — крепко пожимая руку и продолжая улыбаться, поинтересовался он.

— И вам здравствуйте! Раз уж народ так сильно развеселили, то и мне расскажите, а то я спокойно ехать не смогу, — заулыбался Николай.

— Ну... если хотите, — ответил польщенный вниманием Виктор Дмитриевич. — Идет мужик по полю, траву косит... На груди у него болтается и вещает транзисторный приемник: «Уважаемые жители в хозяйствах Уйского района!.. Вчера вечером в районе села Зюйского приземлилась летающая тарелка... На ней к нам прилетели дружелюбно настроенные гуманоиды... Если вы их встретите, пожалуйста, без резких движений... в простых доходчивых выражениях объясните, кто вы, откуда и чем занимаетесь... — не бойтесь, они не сделают вам ничего плохого. Приметы инопланетян: приземистые, руки до земли, морды красные, глаза выпученные... Пожалуйста, если вы встретите кого-нибудь из них, сообщите в областной центр по проблемам НЛО». Мужик ухмыльнулся в бороду и спокойно косит дальше. Докосил до конца поляны, поворачивает обратно, смотрит... Ба! Сидит!.. Приземистый, руки до земли, рожа красная и глаза на выкате! Мужик, трясущимися губами, бормочет: «Трава...» — и показывает на землю, «коса...» — на косу, «косарь...» — тыкает пальцем в себя, «кошу...» — изображает соответствующий процесс.

414

Инопланетянин ни слова. «Трава... коса... косарь... кошу...» — повторяет мужик. Опять молчание… Мужик тоже замер — не к добру, видать!.. Вдруг инопланетянин оживает и, показывая в сторону леса, говорит: «Лес...» — потом показывает на себя и добавляет: «Лесник... сижу... сру...»

После завершающей фразы Николай так закатился хохотом, что даже согнулся от конвульсий. Виктор Дмитриевич, раскуривая сигарету, широко улыбался, наблюдая за произведенным эффектом. С трудом пытаясь прекратить хохотать, Николай направился вслед за коллегой к автомобилю, периодически по пути вздрагивая от смеха.

Черный внедорожник «ниссан-мурано» еще хранил характерный заводской запах свежей кожи и пластика нового автомобиля, но обшивка потолка над передними сиденьями уже была беспощадно прожжена сигаретами.

— Как приобретение? — Николай похлопал рукой по передней панели автомобиля и вдруг громко рассмеялся.

— Чего вы? — удивленно поинтересовался партнер.

— Анекдот! — не в силах остановить смех ответил Николай.

— А-а-а… — Виктор Дмитриевич резко надавил на педаль газа, и машина буквально прыгнула с места.

— Так, как машина? — вытирая появившиеся слезы, повторил вопрос Николай.

— Не очень. Дури достаточно… Дорогу неплохо держит… Но табачный дым в салон затягивается — супруга ворчит… Низковатый клиренс — порогом уже зацепил в лесу… Да и масляный радиатор трансмиссии прикрыт только от грязи тонким щитком, когда по полю едешь, трава набивается… Не то, короче… не для колхозников… Менять надо!

— Забурел, Виктор Дмитриевич, забурел! — Николай решил подначить партнера. — Еще недавно старый «ниссан-максима» устраивал, а теперь новый «мурано» не впечатляет?

— Ну… дык… к хорошему-то быстро привыкаешь, — заулыбался Виктор Дмитриевич. — Закусим с дороги?

— Закусим, пожалуй. Что у нас сегодня предполагается в меню?

— Кафешку-шашлычную недавно в центре открыли... Нормально?

— Нормально. Шашлыки так шашлыки.

Над входом в старинный отреставрированный деревянный особняк в исторической части города висела небольшого размера табличка «Кафе», выдававшая своей лаконичностью восточную принадлежность хозяев и характеризующая одновременно контингент, который в таких заведениях обычно состоял из вороватых чиновников и средней руки бизнесменов, получающих доступное удовольствие от жизни при появлении первых шальных деньжат.

— Рискуем? — Николай вопросительно посмотрел на сомнительное с виду заведение общественного питания.

— Проверено... нормально все, — щелкнув сигнализацией, уверенной походкой направился в кафе Виктор Дмитриевич.

— Так... нам по порции шашлыков на косточках... помидоров там нарежьте... зелень... сыра жареного на закуску... хачапури — два, ну и вина молдавского по бокалу, — даже не глядя в меню, заказывал Виктор Дмитриевич официантке, — и... шторку в кабинку закройте, — и уже обращаясь к Николаю, добавил: —Удобно... можно отделиться и спокойно поговорить... и шашлыки отличные готовят.

— Простенько, но чистенько, — Николай с интересом осматривал непритязательный дизайн помещения. — Ну как вы тут?

— Нормально, — Виктор Дмитриевич пододвинул к себе пепельницу и закурил. — Наезжают по полной... Но мы держимся...

— Ну и отлично, все будет нормально, мы работаем в этом направлении.

— Да я и не сильно переживаю... Только вот этот... приставили вы ко мне этого ... телУхранителя... таскается за мной повсюду... перед народом неудобно.

— Что поделать, профессионалам надо доверять. Если прикомандировали к нам с вами на какое-то время по человеку, значит придется немного потерпеть.

— Ну дык... понятное дело. Мешается только...

Трель звонка прервала разговор мужчин. Виктор Дмитриевич с кем-то поздоровался и передал свой мобильный Николаю.

— Здравствуйте, Николай Константинович, — раздался в трубке как всегда бодрый голос Юрия Леонидовича. — Слышал, уже успели провести переговоры с вражеской стороной. В прямом смысле — с воздушного корабля на бал?

— С кем? — удивился Николай.

— Ну с недоброжелателями, так назовем их тактично по телефону.

— Это когда?

— Мне наш человек в их стане уже сообщил, что с вами в аэропорту провели разъяснительную беседу и вы обещали подумать.

— Вот засранец! — Николай наконец-то понял источник информации. — Не берите близко к сердцу, один мелкий прощелыга пытался со мной заговорить в течение нескольких секунд на трапе самолета, а теперь, видимо, рассказывает всем о своем геройском поступке. Это даже хорошо, когда информация искаженная, им сложнее будет принимать правильные решения.

За шторкой зазвучали голоса, кто-то на повышенных тонах спорил, шторка, закрывающая кабинку, немного качнулась.

— Минуточку, будьте на связи, — предупредил Юрия Леонидовича Николай и приоткрыл шторку.

Спиной к нему стояли два телохранителя — его и Виктора Дмитриевича, и сдерживали трех мужчин, настойчиво пытающихся прорваться в кабинку.

Одним из незваных гостей была неприметная личность, заговорившая с Николаем на трапе самолета, двое других, судя по отсутствию интеллекта на лицах и характерной одежде черного цвета, представляли собой группу физической поддержки.

— Мы заняли чье-то место? — не выключая мобильного телефона, чтобы разговор мог транслироваться и записываться, раздвинув телохранителей и встав между ними, поинтересовался Николай.

— Поговорить все-таки надо, — визгливым от напряжения голосом пробурчал-неприятный незнакомец.

417

Николай рассмеялся.

— Что я сказал смешного? — не успокаивался мужчина.

— А вот Виктор Дмитриевич давеча анекдот рассказывал, а до меня только дошло, слушайте, как раз в тему. Спит ночью Абрам. Вдруг стук в дверь. Абрам подходит к двери и спрашивает: «Кто там?» В ответ: «Милиция!» «А что надо?» — «Поговорить!» — «А сколько вас?» — «Трое!» — «Ну вот и поговорите!»

Николай замолчал. Оба сопровождающих типа слегка ухмыльнулись.

— Пусть пропустят, поговорить надо, — не унимался навязчивый незнакомец.

— Анекдот внимательно слушали? — голос Николая стал жестким, но тут же мягким тоном он добавил: — Ребята, я голодный с дороги, а говорить со мной голодным — только отношения портить. Судя по вашему напряженному виду, вы тоже не успели толком пообедать. Не будем портить друг другу аппетит в столь замечательный день. Сходите куда-нибудь, покушайте, война войной, как говорят в армии, а обед по расписанию. А поговорить мы еще успеем. Если захотите, конечно.

Не обращая внимания на попытку возражения, Николай вернулся в кабинку, закрыв за собой шторку.

Виктор Дмитриевич нервно курил, делая короткие затяжки.

— Ну что, теперь будут сомнения по поводу целесообразности «таскания» за вами телУхранителя?

Не ответив Николаю, партнер затушил в пепельнице окурок и мелкими глотками, словно обычную воду, выпил бокал вина.

19

— Хорошо в деревне! — Николай смотрел на восходящее солнце и жадно вдыхал свежий «вкусный» воздух, великодушно подаренный человечеству расположенным рядом сосновым лесом.

— Обижаете, — раскуривая сигарету, поправил его Виктор Дмитриевич, — … это город.

— Ну да, не обижайтесь, конечно, город. Только после московского воздуха и московских пробок... «Сравнение и анализ...» — как сказала одна знакомая особа. Чего мы все в рамки упираемся? А не провести ли нам рабочий день на воздухе? Сугробик слегка раскидаем да столик вот тут под деревом поставим, а? — Николай показал рукой на растущую рядом раскидистую липу.

— Народ точно не поймет... за придурков примет... Да и того, замерзнем.

— Еще добавьте, что снег с веток на мониторы ноутбуков падать будет. Вот так, все благие начинания разбиваются о быт, стереотипы и страхи. Прав был Михаил Афанасьевич Булгаков, царствие ему небесное, испортил нас все-таки квартирный вопрос! А знаете, чем похожи Сибирь и Канада, кроме климата, природы и полезных ископаемых? — глядя на проходящую мимо группу татарской молодежи, задумчиво произнес Николай.

— Чем? — поинтересовался Виктор Дмитриевич.

— Смешением наций, народностей и вероисповедований. Спасибо российским царям и коммунистическим лидерам за ссыльных каторжан, разноязыких военнопленных, беглых крестьян и романтиков-геологов. Отдельное спасибо таким, как мы, — пассионариям.

— Кому, кому? — закашлявшись табачным дымом от незнакомого термина, переспросил партнер.

— Пассионариям, то есть людям, обладающим врожденной способностью абсорбировать из внешней среды энергии больше, чем это требуется только для личного и видового самосохранения, и выдавать эту энергию в виде целенаправленной работы по видоизменению окружающего мира. Пассионарии — особи энергоизбыточного, активного общественного типа. Яркий пример — предприниматели, то есть мы с вами. А вот нехорошие люди — стяжатели и паразиты, к примеру, которые сейчас на нас наезжают, являются яркими представителями отряда субпассионариев. Хотя я бы назвал их не субпассионариями, а антипассионариями, как антагонистический прогрессу вид существ людского вида.

— О как!.. Сами придумали?

419

— Да что вы?! Классика опять же — Лев Гумилев «Этногенез и биосфера Земли». Что-то меня сегодня на классиков потянуло… Знаете, за что предпринимателей не любит российская правящая элита? За то, что предприниматели являются разрушителями существующего порочного этноса. Не думаю, что многие из чиновников изучали Гумилева, но нутром своим — попой, как говорит один мой знакомый, они чувствуют исходящую от нас опасность, вот и пытаются всячески извести. И жить без нас не могут — кто их будет кормить? И жить им с нами страшно. Поэтому и стараются держать предпринимателей в полуживом-полумертвом состоянии. Все остальное — пиар для наивных и непосвященных.

Я даже отрывок из книги запомнил, настолько он на меня произвел впечатление. Цитирую: «При поисках фактора, порождающего и разрушающего этносы, надо помнить, что действует он на фоне: Первое — меняющейся географической среды; Второе — эволюционных процессов общественного развития; Третье — исторических перипетий; Четвертое — роста или упадка культуры…»

В нашем обществе, как вы понимаете, на лицо все четыре составляющие фактора, который разрушает существующий бюрократическо-коррупционный этнос. Поэтому эпизодические войны за место под солнцем неизбежны. Вопрос в том, перерастут ли локальные схватки в очередную революцию и отечественную войну?

— Марксисты называли эту ситуацию революционной… — Виктор Дмитриевич оглянулся в поисках урны для затухшего окурка.

— Ты как хочешь это назови, — Николай глубоко вдохнул морозного воздуха. — Ну а нам пора заканчивать разговоры на отвлеченные темы и переходить к делам насущным. С кого начнем?

— Ну раз уж, про этих… как их… анти… — Виктор Дмитриевич с трудом произнес по слогам, — пас-си-о-на-ри-ев говорили, то давайте… с юриста и начнем.

Несмотря на то что в кабинете была открыта форточка, устойчивый табачный запах, с железной хваткой пропитавший каждую молекулу мебели и вещей хозяина, совершенно не собирался сдавать завоеванные своим сигаретным войском позиции каким-то слабым и нерешительным порциям свежего кислорода, который пытался застенчиво просочиться в небольшое оконное отверстие.

Борис, приятный юноша высокого роста, недавно назначенный начальником юридического отдела, присев напротив своего непосредственного руководителя, постукивал авторучкой по листу бумаги и периодически поглядывал то на Виктора Дмитриевича, то на Николая.

— Ну? — Виктор Дмитриевич прервал затянувшуюся паузу. — Че там у нас… с судом… ну… через неделю который?

— Да нормально вроде все, — юрист явно не стремился развивать тему вопроса или просто подражал манере разговора начальника.

Николай внимательно смотрел на юриста.

— Каковы наши шансы на выигрыш? — негромко спросил он.

— Не знаю, — Борис пожал плечами. — Одинаковые примерно.

— То есть нет правых и виноватых? — уточнил Николай.

— Почему? Правы мы. Но у них сильный административный ресурс.

— И?

— Что «и»? — не понял Борис.

— Вот я и уточняю, что «и»? — Николай был внешне спокоен, но серьезен.

Борис снова пожал плечами:

— По закону мы постараемся отстоять свою позицию.

— А не по закону, че может произойти? — не выдержал и вмешался, молчавший до этого момента, Виктор Дмитриевич.

— Да че угодно, на это-то я повлиять не могу, — уже несколько раздраженно ответил юрист, явно не понимая, чего от него хотят эти двое.

Виктор Дмитриевич, затушив в пепельнице с логотипом известного производителя американских тракторов недокуренную сигарету, тут же раскурил новую.

421

Николай встал, подошел к окну и внимательно всмотрелся в заснеженный пейзаж окраины небольшого провинциального сибирского города.

— Вы же руководитель? — повернувшись, задал он новый вопрос.

— Ну... Недавно стал, — несколько упавшим голосом ответил Борис.

— Неважно когда, важен факт. Руководитель — прежде всего управленец. А управленец должен управлять, поэтому его позицию так и обозначили — назвали. Управлять людьми, ситуацией. Вне зависимости от сложности и географического расположения объекта. Давайте уберем из конкретного случая наши с Виктором Дмитриевичем задачи по нейтрализации административного ресурса рейдеров. Не сомневайтесь, мы решаем обозначенную проблему, но деньги против нас уже выставлены, преференции обещаны, поэтому шансы и по данному аспекту примерно равны. Что в итоге перевесит чашу весов Фемиды?

— Что? — не сдержался, обычно способный на длительные паузы Виктор Дмитриевич.

— Точнее сказать, кто? — Николай кивнул в сторону Бориса. — Должен — он.

— Он и... это... того... готовится, — партнер тоже не понимал, куда Николай клонит ход обсуждения.

— Кто судья? — задал неожиданный вопрос Николай.

— Не помню точно имени, могу сходить посмотреть, — Борис начал вставать.

— Не надо никуда идти, сиди, — остановил его Николай. — В нашем случае важно, кто судья: мужчина или женщина?

— Мужик.

— Бэкграунд?

— Что?

— Лет сколько?

— Да не знаю точно... Ну, может...

— Жена, дети, внуки, любовницы?

— Гм, — с улыбкой хмыкнул юноша.

— Каких животных любит? Хобби? Любимая музыка? Места последних отпусков? Порочные привычки, друзья?

— Да откуда я знаю?

— А теперь представь себя на месте судьи, — Николай подошел к Борису и попросил его подняться. — Виктор Дмитриевич, мы ангажируем временно ваше кресло для следственного эксперимента?

Виктор Дмитриевич неохотно поднялся.

— Присядьте пока на мое место, а Борис немного посидит на вашем, — рассадив присутствующих и сев на место юноши, Николай продолжил: — Представьте, Борис, что вы — судья, а мы с Виктором Дмитриевичем — представители ответчика и истца.

— Что чувствует сейчас ваша честь? — Николай чуть приподнялся над стулом и вопросительно наклонил голову.

— Ну… — юрист заулыбался.

— Серьезнее! У нас нет времени, это не прикол, вопрос конкретный: что ты чувствуешь на месте судьи? Постарайся войти в его состояние, почувствуй себя им. Ну?! — жестковатым повышенным тоном прервал Николай шутливый настрой юриста.

— Ну… не знаю я…

— Встань! — приказал Николай. — И садись на свое место, а я займу место судьи.

Николай, слегка развалившись, расположился в кресле Виктора Дмитриевича.

Закрыв глаза и потерев ладонью лоб, произнес глуховатым, не похожим на свой голос, тоном:

— Как они меня все достали! Опять подставили, сволочи поганые, мать их! Обещали, что у колхозников никакой поддержки, промычит что-нибудь правильно-невразумительное на заседании сосунок молодой, потыкает пальцем в бумажки, и можно будет быстро все закончить как надо. А получается… На днях из Верховного суда куратор региональный звонил, вроде про природу и погоду, да мимоходом про «колхозную» тему поинтересовался. Фээсбэшник давеча местный забегал, тоже вроде бы случайно, да про друзей сына разговор завел — наркоманы проклятущие, компания злачная, никак не могу своего переростка оттуда вытащить (!) Не к добру такие совпадения… Да и по материалам дела не все так просто и однозначно, скорее наоборот… Эх, сейчас бы Любашку под белые молодые бочка да на юга, Моцарта у камина под виски и сигару послушать — успокоиться, а я должен бредовые разборки этих новых русских разруливать... И тех и других бы в лагеря, как при Сталине, а там разберутся, кто прав, кто виноват... И не спрыгнешь ведь с процесса — администрация завязана, да и баблос частично получен, на квартиру дочери как раз не хватает... Что делать?! Засудишь по полной программе — точно не простят колхозники, подставят где-нибудь, видать, связи у них в Москве да и в наших «органах» хорошие. Примешь их сторону — башки тогда от местных по-любому не сносить. Или решить ни нашим, ни вашим, чтобы на апелляции с кассацией между собой разбирались без меня? Эх, и так плохо, и так нехорошо... Ладно, послушаю, что говорить их представители будут, глядишь, кто-то сам проколется, и мучиться тогда не придется.

— Так про какие законы и кому ты рассказывать собираешься, Боря? — уже своим обычным тоном, мгновенно преобразившись, поднявшись и нависнув над юристом, задал вопрос Николай. — Тут прежде всего нужно говорить не про «что», а КАК говорить! На каких струнах его души ты играть собираешься? Слушать тебя он будет не столько умом, сколько сердцем, эмоциями и страхом. Что перевесит, таков и будет результат. Осознал?

Борис не поднимал глаз от листа бумаги, нервозно постукивая по столу карандашом:

— Да как?!.. Не смогу я так... Не умею.

— Во-первых, ты будешь не один, мой человек прилетит тебя подстраховать. Во-вторых, у тебя еще неделя — семь дней по двадцать четыре часа. И все эти часы, минуты и секунды ты будешь готовиться к процессу, забыв обо всем на свете.

— Но... я... семья... — что-то попытался сказать юрист.

Николай поднял кверху указательный палец и тихо произнес:

— Тсс... Если ты сейчас произнесешь фразу «работать, чтобы жить, а не жить, чтобы работать», считай, что уволен с той же секунды, как только откроешь рот. Эту порочную фразу, как вредный вирус, какой-то морально прокаженный субъект впрыснул в общество, чтобы оно заболело безразличием и выродилось в безликую массу. И теперь эта инфекция распространяется воздушно-капельным путем, поражая молодые неокрепшие души. Ты видел хоть одну яркую личность, которая бы произнесла эти порочные слова? Нет! Кто так говорит? Посредственности, которые ждут пятницы и субботы, чтобы нажраться, до среды приходить в себя, в четверг настраиваться на пьянку, а в пятницу все повторить заново! Мне безразличны такие люди и их судьбы. Но у нас этот вирус распространяться не будет, это я обещаю, у нас территория здорового образа жизни. Я сам ратую за гармонию личной и общественной жизни, но за гармонию с полной отдачей, с полной ответственностью. Дыши полной грудью, парень! Хочешь в хорошем доме жить, на классной тачке в Тюмень гонять, молодую жену на жаркие острова возить, детям хорошее образование дать? Хочешь? Паши тогда! Люби, уделяй внимание семье, но если требуется — паши от зари до зари, иначе урожая не получишь! Я не для того свою жизнь на тебя сейчас трачу, чтобы ты не проникся моментом и правильными принципами жизни, — Николай выдохнул и присел в свое кресло. — Теперь о процессе. Доставай информацию о судье, где и как можешь, подключай наши службы безопасности. Найми в Тюмени или выпиши из Екатеринбурга тренера по ораторскому мастерству. Репетируй выступление, чтобы оно от зубов отскакивало. И запомни, если судья произнесет фразу Станиславского: «Не верю!» — останешься без премии на весь квартал. Если выиграешь дело — дополнительная квартальная премия и недельный отпуск. Если фифти-фифти — обычный расклад. Не возражаете против такой мотивации, Виктор Дмитриевич?

— Да… че… нормально, — партнер довольно улыбался, глядя на своего растерявшегося подчиненного.

Когда юрист вышел из кабинета, Виктор Дмитриевич уважительно произнес:

— Адвокатом вам надо было стать, Николай Константинович!

— Да где ж столько жизней взять? — немного огорченно ответил Николай. — И адвокатом, и врачом, и музыкантом, и писателем, и фотографом, и священником… А я вот работаю…

— Волшебником! — подхватил коллега.

— Вол-шеб-ни-ком, — словно эхо, нараспев повторил Николай.

20

****

— Как день твой, Мыслитель?

— В трудах, Собеседница, в трудах…

— Мы никогда не говорим о твоих трудах. Тебе не хочется со мной пообщаться на темы твоих занятий?

— Хм… Ты меня озадачила… Не скажу, что не было желания обсудить какие-то дела, поделиться, но…

— Но что?

— Не знаю. Во-первых, не уверен, что это тебе интересно.

— Прерву тебя сразу: во-первых, мне интересно, и даже очень! А во-вторых?

— А во-вторых, мы же не на производственной летучке.

— То есть ты утверждаешь, что мужчина и женщина не могут общаться на деловые темы?

— Могут, если они коллеги.

— А если не коллеги? Например, муж и жена?

— Бывает, но данный случай редок, скорее исключение из правил.

— Ой ли?

— Мы же с тобой говорим о конструктивном обсуждении, а не перемалывании косточек.

— Не буду спорить. А если не муж и жена?

— Мм… Тогда возвращаемся к пункту номер один.

— Тогда и ответ соответственный. ☺

— А в-третьих, я не знаю, на каком уровне понимания деловой терминологии с тобой общаться.

— Ты и меня обидеть не хочешь, и упрощать беседу не интересно, да? А ты общайся как с равной, если что-то мне будет непонятно, я уточню. Хорошо?
Или, в-четвертых, тебе неинтересно чье-либо мнение, в данном случае мое?

— Отчего ж…

— Будь сейчас на моем месте психолог, он попытался бы покопаться в твоем детстве, Мыслитель, где, возможно, есть ответы на многие вопросы твоей неоднозначной и не очень, мягко говоря, открытой личности.

426

— Все мы родом из детства…

— Согласна. Но не стоит драматизировать прошлое. Например, одну мою знакомую в пятнадцатилетнем возрасте насиловали две недели, тем не менее она просто обожает заниматься сексом.

— Интересное сравнение, я над ним подумаю. ☺

— Какие у тебя планы на завтрашний день? Ты сейчас в Москве или?..

— Или. В командировке в Сибири, в одном из своих бизнесов.

— Интересная командировка?

— Интересная, разноплановая.

— Чем завтра планируешь заниматься?

— Будем аудировать систему управления, оценивать эффективность организационной структуры, размышлять над моделями управления.

— Мысли есть?

— Мысли, конечно же, присутствуют. Но что-то не складывается у меня в голове, пазлы идей не соединяются в единое гармоничное целое.

— Может быть, кейсы какие-нибудь умные посмотреть?

— Наукообразные варианты, мне кажется, не совсем будут работать в данном случае. Или совсем не будут. А вот, что будет работать? Чую, нужен другой подход. Но какой?

— Давай отвлечемся, если нужен нестандартный подход, иногда надо отвлечься, чтобы ассоциативные мысли пришли совсем из другой сферы. Кроме работы, что ты сегодня еще делал, где был?

— Дышал с утра свежим морозным не загрязненным вредными выбросами деревенским воздухом.

— Замечательно! А вечером?

— А вечером зашел в местную старинную Успенско-Никольскую церковь. А ты?

— Завидую тебе. А я не отрываюсь от компьютера. Кстати, весь интернет заполнен обсуждением новости об убийстве какого-то вора в законе, чуть ли не главного в России. Не слышал?

— Нет, не до новостей сегодня было.

— А объясни мне, пожалуйста, как построена система управления в церкви? И заодно уж, интереса ради, в преступном мире?

— Ну и вопросики на ночь глядя ты мне задаешь! В церкви... Стоп! В церкви и в криминальном мире? Стоп!! А ведь это две практически зеркальные системы управления!

— Поподробнее, пожалуйста, что ты имеешь в виду? Церковь — это создание Бога. Криминальный мир — вероятно, создание Дьявола.

— Ты абсолютно права! Это полные противоположности — белое и черное. Хотя... ничего неожиданного, ведь Дьявол — это падший ангел, скопировавший для своих адских дел райскую систему управления. Совсем как в бизнесе: уходит кто-то из руководящего состава в новую компанию и пытается воссоздать систему управления предыдущего места работы...

Смотри, сколько общего в структуре управления! Я не настолько силен в знании специфики управления церковью или преступным миром, но то, что бросается в глаза: обе системы официально отделены от государства.

— То есть представляют для государственного управления угрозу?

— В определенном смысле — да, только сейчас речь не об этом, речь о том, что они самоорганизуемые! Вот что ценно в их опыте — самоорганизация и саморазвитие!

И в той и в другой структуре существуют жесткие правила, что можно и что недопустимо. К примеру, недопустимо для священника и вора в законе отрекаться от своего положения или их высшим руководителям иметь семью и имущество.

— Но я слышала, что высокие церковные чины имеют имущество, превосходящее их потребности, а воры в законе рожают детей в браке.

— Верно, правила под давлением жизни меняются, но очень консервативно. И этот факт опять-таки сближает рассматриваемые структуры управления. А вопрос зависимости низших по рангу перед вышестоящими?

— Это есть везде.

— Да, но только не с такими последствиями и не при таких ограничениях и ритуалах. Страх быть «выведенными за штат» одинаков: многие священнослужители и преступники зачастую больше ничего не умеют делать и не приспособлены жить «в миру» по обычным правилам.

— Это правда…

— А кто возглавляет церковь? Патриарх. Что можно прочитать на венках, окаймляющих могилы воров в законе? После сегодняшней новости, о которой ты меня спрашивала, через три дня на кладбище наверняка появится — «Великому патриарху воровского мира». No comments.

— А если глубже посмотреть?

— Глубже? Пожалуйста. Смотри, и ту и другую систему управления можно назвать экспертной. В духовной сфере правит тот, кто имеет личный опыт причастности к Святому Духу. Послушай, как сказал Дионисий Ареопагит* о своем учителе блаженном Иерофее: «Не только учил, но и претерпел Божественное», то есть узнал его не с чужих слов, а на своем личном опыте. А в криминальном мире разве не аналогичная ситуация? Если ты не причастен к преступлениям, не отбывал срок наказания, разве можешь считаться экспертом?

— Логично.

— Вопрос к тебе: как можно описать структуру управления этих двух полярных систем?

— Мм… Сложно…

— А ты постарайся прочувствовать, а не рассуждай логически.

— Ну тогда… У меня возникает ассоциация сетевых структур, точнее, выражаясь сленгом программистов, — облачного типа.

— И у меня аналогичные ассоциации. В церкви реальной власти больше у того, у кого присутствует больше социальных связей, являющихся проявлением бо́льшего духовного авторитета. Не аналогичная ли картина в преступном мире?

— Н-да… Это было всегда?

— Более или менее равномерно в истории человечества. Меняются эпохи, политические режимы, лидеры стран, идеология общества, но вера и преступность были и есть во всех обществах. Обе системы управления обладают огромной устойчивостью и запасом прочности. Вечные антагонисты: добро и зло, божественное и дьявольское. ВЕЧНЫЕ…

— Бр-р... Никогда не задумывалась над такой аналогией, даже как-то не по себе стало. Скажи, если существуют такие устойчивые, испытанные веками системы управления, почему тогда в бизнес-школах придумывают всякие разнообразные новомодные модели и структуры управления?

— Преемственность и мудрость, точнее — их отсутствие. Почему в России капитализм называют диким? Потеряны традиции, вот и мечется вновь появившийся предпринимательский класс, наступая на свои и чужие грабли. А что такое период капитализма в мировой истории? Короткий отрезок времени, за который сложно сформировать что-либо устойчивое собственное, тем более при таком смешении различных культур и вероисповедований, участвующих в процессе, да еще и с разными стартовыми позициями. Если в Гарварде или Стэнфорде станут изучать опыт управления преступного мира или церкви применительно к возможности использования этих моделей в бизнесе, а то еще и начнут пропагандировать этот опыт, то какие диссертации защищать, за что зарплату получать и что скажут другие многочисленные ученые мужи и гордящиеся своей дальновидностью политики, которые отделили государство от церкви и преступного мира и таким образом вычеркнули эти институты из поля изучения с точки зрения управления?

— А ты, Мыслитель, готов применить модели управления церкви и преступного мира в своем бизнесе?!

— ...

— Что молчишь?

— Не скрою, огорошила ты меня своим вопросом! Рассуждая принципиально, как исследователь, я в азарте дискуссии не думал о применении собственных теоретических выкладок на практике.

— До утра у тебя есть еще время подумать. Ты же сам сказал, что в твоем бизнесе общепринятые модели могут не работать. Что тогда ты теряешь? А что можешь приобрести? Выбирай.

— Ты предлагаешь сетевую, облачную структуру управления наложить на мой аграрный бизнес?

— Наложить вряд ли получится. Механически соединить новое и старое — благодарное ли дело?

— Согласен, неблагодарное и абсолютно бесперспективное.

— Скорее всего, придется полностью пересмотреть практически всё — бизнес-процессы, функционалы, полномочия, ответственность, мотивацию, показатели эффективности...

— Да…ночка явно предстоит бессонная… И уже ясно, что не одна, уж слишком вопрос глобален и значим… Собеседница, ты — провокатор!

— Я не провокатор, мой дорогой Мыслитель, а просто Собеседница. Всего лишь ТВОЯ случайная СОБЕСЕДНИЦА…

— Ничего в этом мире не бывает случайного.

— Возможно, возможно…

****

Стрелки висящих на стене пластиковых японских часов, имитирующих старинные деревянные с кукушкой, цепочками с гирьками и маятником показывали половину третьего ночи. На местной радиоволне всеми оттенками человеческого голоса о чем-то радовалась и рыдала скрипка лэутара.

«Такое чувство, что я общался с компетентным деловым человеком, хорошо разбирающимся не только в бизнесе, но и в психологии построения беседы, коучинге, да еще и отлично понимающим меня. Кто она такая и откуда, эта Собеседница? Кто дал ей право манипулировать нашими взаимоотношениями и залазить ко мне в душу?! Она реальность или фантом — моя больная фантазия? Я понемногу начинаю сходить с ума от наших взаимоотношений! Или меня они устраивают?»

Продолжая размышлять об этом, Николай послал лаконичную эсэмэску Виктору Дмитриевичу: «Утром все будем делать по-другому. Совершенно по-другому» — и улыбнулся мысли: «Теперь и он пусть не спит». Не раздеваясь упал на гостиничную кровать и практически мгновенно уснул.

21

Виктор Дмитриевич хмуро курил, глядя в окно. Николай, хорошо зная своего партнера, понял, что за облаком сигаретного дыма скрывается неприятие его предложения. Осознанно или эмоционально — пока непонятно, но очевидное неприятие.

431

Пауза явно затягивалась. Николай не хотел торопить разговор.

— Ну... это... не знаю я, как народ мотивировать-то... в таком случае, — не выдержав своего же затянувшегося молчания, произнес Виктор Дмитриевич.

— Мотивировать — в смысле поощрять и наказывать? Или мотивировать — в смысле управлять?

— А разница? — партнер явно нервничал, хотя и пытался подавить свое раздражение.

— Управлять — это постоянный процесс, а поощрять и наказывать — значит выработать комплекс норм, правил и процедур, — Николай решил немного обострить диалог.

— Не знаю...

— Что пугает, Виктор Дмитриевич?

— Да ниче не пугает... — нервно пожал плечами партнер.

— Ну раз ничего не пугает... Давайте постараемся разложить проблему на составляющие, хорошо? — Николай переставил чашку с чаем с блюдца на стол и отдельно положил чайную ложечку, образовав из предметов вершины виртуального треугольника. — У нас сравнительно простая задача: есть «классическая» (в кавычках) система управления, научно обоснованная, в учебниках и статьях расписанная, так или иначе во всех формальных организациях внедренная. Рабочая она или нет — это уже стоит оценивать в каждом конкретном случае, чаще всего нет, — Николай приподнял и снова поставил на стол блюдце. — Плюс де-факто столетия существует другая эффективная система управления — система управления духовным и преступным миром. И есть мы, кто пока не нашел свою модель, — он поворачивал чайную ложечка то в сторону блюдца, то в сторону чашки. — Мы ощущаем, что наш бизнес никак не вписывается в существующие общепринятые стандарты управления, ведь сама модель совершенно нестандартная, уникальная. И в этом одновременно наша временная уязвимость и ключевое конкурентное преимущество! Да, приходится многие вещи изобретать самостоятельно — трудно, но безумно интересно и благодарно. Я не призываю вас опрометчиво бросаться с головой из крайности в крайность, тем более уходить в «тень», копируя модель организованных преступных групп. Я призываю попытаться смоделировать

432

иную, чем сейчас мы имеем, управленческую систему. Давайте представим идеальную для нас схему, возьмем на вооружение отработанные веками технологии и определим средства и этапы достижения наших целей с учетом рисков и ограничений. Сделаем шаг — осмотримся, скорректируем траекторию. Главное — не останавливаться и не зацикливаться на прошлом и на навязываемых стереотипах.

Зажигательная речь Николая энтузиазма у Виктора Дмитриевича явно не вызвала. Он продолжал упорно молчать, лишь меняя одну за другой дымящиеся сигареты.

— Это... не знаю я... Не пробовал... А раз не пробовал, так и сказать ничего не могу...

— Что сдерживает, чтобы попробовать?

— Ну... вот будет новый директор... пусть и попробует...

Николай открыл дверь в кабинет, распахнул окно и постарался поймать поток свежего воздуха.

— Попробует. Конечно, попробует... Куда он денется?! Только надеяться, что новый человек, не знающий нашей специфики, примет правильные решения — наивно. Мы с вами должны подготовить почву, взрыхлить ее и поставить сеятеля разбрасывать семена. Иначе — потеря времени и неизбежные ошибки. Мы же с вами, Виктор Дмитриевич, не амбиции свои отстаивать собрались, а дело делать. Де-лать де-ло, — отчетливо и по слогам повторил Николай. — Так будем делать дело?

— Да и... делаем его... Чего вы так?.. Как умеем...

— Понятно...

Впервые после начала сотрудничества между партнерами проявилось явное недопонимание и открытое нежелание Виктора Дмитриевича к конструктивному обсуждению.

«Н-да... Есть над чем серьезно задуматься», — констатировал для себя Николай.

22

Низкие тяжелые мрачные тучи не оставили слабому вечернему зимнему солнцу никакого шанса. Снег валил сплошной стеной, издеваясь над неуклюжими попытками снегоуборочных машин очистить взлетную полосу.

«Рейс на Москву задерживается из-за позднего прибытия самолета в связи со сложными метеоусловиями Тюмени. Точное время вылета будет сообщено дополнительно», — ледяным тоном проговорила невидимая дикторша, не внеся никакой ясности. Битком набитый людьми «накопитель» аэропорта отреагировал на информацию очередной волной истерично-жалобных перезвонов по мобильным телефонам.

Ехать в гостиницу было рискованно. Николай пошел в буфет.

— Пятьдесят грамм армянского коньяка, пожалуйста, двойной эспрессо и бутылку минеральной воды «Тюменская».

— Возьмите сразу сто, — предложила буфетчица. — Чтоб в очереди потом не стоять, не скоро вас еще выпустят, судя по погоде.

— Наливайте, — согласился Николай.

— Только спиртное минералкой не запивайте, — посоветовал стоящий в очереди после Николая мужчина с большой сумкой, с такими обычно летают на северные вахты рабочие-нефтяники из южных регионов России. — Говорят, камни в почках откладываются. А так она пользительная очень. Я сам на «Тюменскую» минералку много лет назад подсел, семью и друзей подсадил. Вкус у нее оригинальный, специфический — для большинства непривычный. Но если по вкусу пришлась, ни на какую другую минералку уже вжисть не променяете. Боржоми отдыхает! Теперь вот, как лечу домой, так закупаюсь по полной, — он подергал ручки тяжелой сумки. — Много людей эта целебная водичка на ноги поставила — достоверно известно. А вот спиртное ею лучше не запивать — так говорят.

— Че ты, Вован, туфту гонишь? — возразила заплетающимся голосом подошедшая к буфету большая, под два метра ростом, бесформенная, с очень короткой стрижкой, достаточно молодая женщина, больше похожая на мужчину-штангиста. — Всю жизнь запиваю водяру минералкой и нормально. Паленку не надо халкать, коз-з-зел! — и не требуя ответа, сильно пошатываясь, проследовала в сторону туалета.

— Тоська, повариха наша, — пояснил мужчина. — Готовит не фонтан, но сносно, только за воротник заливает безбожно и на передок слабая, всю вахту перетрахала по несколько раз, ей хоть взвод через себя зараз пропускать — все мало будет. А поди ей откажи, все мозги вышибет, когда пьяная. А трезвой почти и не бывает, из дрожжей гонит сивуху втихушку, благо доступ к продуктам имеет, да и желающих на ее место немного.

Коммуникатор высветил входящий звонок московской помощницы:

— Ваш рейс задерживается, Николай Константинович?

— Судя по всему — да, и непонятно на сколько, — Николай подключил наушники.

— Абсолютно верно, мне в авиакомпании тоже не сообщили никакой конкретной информации. Может быть, поменять билет на завтра?

— Не стоит пока спешить, немного подождем, вдруг что-то прояснится. Если через час ничего не изменится, поменяю. А пока есть немного времени, раз уж вы позвонили, предлагаю заняться генерированием идей, не возражаете?

За соседним столиком известный российский шансонье со своими музыкантами, разгоряченные дешевым пивом и дорогим виски, громко обсуждали, что необходимо женщине: деньги, похоть, семья, дом или что-то иное?

— Или я не прав?.. Ну, скажите мне, прав я или нет?.. Не прав или прав? — бесконечно повторял обритый налысо сильно пьяный популярный певец, поглаживая бедро сидящей рядом в коротенькой юбчонке крашеной блондинки — бэк-вокалистки, и откровенно пялясь в глубокий вырез ее кофточки. Девушка молчала и не сопротивлялась, глупо хлопая длинными искусственными ресницами.

— Подключимся к бурному обсуждению ваших громких соседей? — пошутила Светлана Александровна.

— Чуть позже, если не возражаете. Судя по выставленным на столе напиткам, мы не опоздаем к дискуссии. Тема про женские потребности меня как мужчину, безусловно, волнует, не скрою. Но в данный момент еще больше меня волнует Виктор Дмитриевич. В последнее время нам стало сложно находить общий язык, появилась дистанция, которая со временем только увеличивается. Это плохо. Вопрос не амбиций. От наших взаимоотношений во многом зависит судьба проекта. Н-да… Уезжаю с тяжелым осадком. Что подскажете, ближайший мой соратник? В чем причина? Мне кажется, что-то я упустил… Возможно, недоучел личностные приоритеты партнера?

Помощница молчала, да и Николаю нужен был не столько советчик, сколько внимательный немногословный слушатель. Мысли у него имели тенденцию продуктивно генерироваться, когда он произносил их вслух. Светлана Александровна прекрасно знала эту особенность шефа, поэтому не стремилась высказывать свое мнение.

— Недоучел, однозначно! Не понял я крестьянскую натуру, — продолжил он. — Я по себе примерил, а у человека собственная скорость жизни, свои личные заморочки… Не рассчитал я, слишком высокий мы взяли темп, мне-то он привычный, а вот нормальному человеку, видать, не комфортный. Не прав я, мой просчет. Так и сорваться может человек. И оставлять его в таком состоянии нельзя. Это все равно что без борьбы расписаться в ошибочности нашего партнерства, правда?

— На какую дату вам новый билет забронировать? — поинтересовалась понявшая шефа с полуслова Светлана Александровна.

— Тут дело первостепенной важности, — допивая кофе, ответил Николай. — Как поймем друг друга, так и вылечу, по-иному будет большой ошибкой. Будем на связи. Пошел сдавать билет.

— Вот и непогода кстати оказалась, ничего не бывает в этом мире случайного, — негромко на прощание подметила помощница. — За что Каин убил Авеля?..

23

— О как! — Виктор Дмитриевич искренне удивился, увидев утром в офисе Николая, пьющего чай и просматривающего на лэптопе новости.

— Непогода, — пояснил безразличным тоном Николай.

— И че… до скольки? — поинтересовался партнер. — Вроде разъяснило с утра?

— Да? — удивленно посмотрел в окно Николай. — На Москву ушла метель, читаю вот последние сводки с климатического фронта. Чем в Питере или Нижнем на запасных аэродромах маяться, уж лучше я в офисе посижу. Если не возражаете, конечно?

— Дык… Чего там?.. Какой вопрос…

Николай довольно улыбнулся, не глядя на собеседника.

— Хорошо-то как!

— Чего хорошо? — подозрительно поинтересовался партнер, снимая прозрачную упаковку с пачки сигарет.

— Обожаю состояние неопределенности! А лучше всего — абсолютной неопределенности. Многие ненавидят, а я обожаю.

— Че… хорошего?

— А чего плохого? Вот я бы сейчас в Москве собирался весь из себя не выспавшийся в офис, планы дня по дороге тусовал, за мелочи всякие переживал — после командировки всегда дел завались. А так — отдохнул как человек, сижу спокойно, пью чай и с вами не спеша беседую. Жизнь-то налаживается! Прям, как в анекдоте… Просыпается мужик с жуткого бодуна. Оглядывается вокруг себя — спит на картонке, мебель всю пропил, жена давно ушла, денег нет. Решил: пора вешаться. Походил по комнатам, нашел кусок веревки, ищет, где подцепить. На подоконнике обнаружил недопитую чекушку водки, принял ее для храбрости. Нашел чинарик за батареей. Вышел на балкон, закурил и думает: «А чего ради вешаться? Жизнь-то — налаживается!»

— Ну… ежели с ентой позиции посмотреть…

— А как ни смотри. Бизнес — это по определению состояние полной неопределенности. Когда все ясно — надо чего-то делать, потом результаты анализировать, совпали ли они с прогнозируемыми. Если нет, то почему? Рутина, короче. И за ней часто перспективы теряются, вот что опасно. Да и не факт, что планы верные были намечены. А вот неопределенность — это спокойствие. Полная неопределенность — абсолютное спокойствие. Суета противопоказана. Концентрация. Накопление энергии. Выбор направления удара. Потом вспышка, как у лазера, и любая сталь не выдерживает. Отсюда вывод — страх неопределенности у людей — это сугубо личностная фобия, ибо объективная неопределенность и является в действительности состоянием полной определенности. Согласны?

— Ну… завернули вы, Николай Константинович… тут без литры точно не разобраться.

— А вы куда то торопитесь?

— В смысле?..

— В прямом. До посевной время еще есть. Можно литрой запастись, да про жизнь спокойно побеседовать?

— С утра?!

— А чего? С утра что ли хуже идет или поводов для беседы меньше?

— Да нет… нормально…

— Да. Нет. Нормально. Богат русский язык — выберите правильный ответ! — Николай улыбнулся. — Короче. Берем пиво с рыбой и едем париться к вам баню. Как идея?

— А че и нет? — Виктор Дмитриевич догадливо усмехнулся и затушил сигарету. — Значит… метель, говорите?.. Однако… неисправимый вы идеалист, Николай Константинович.

24

Ксения присела на дорожку в кресло около журнального столика и стала писать записку мужу. Послание получилось лаконичным: «Уезжаю на несколько дней по делам в Канаду. Рассчитываю вернуться 31 декабря. Какие планы на Новый год? Надеюсь, немного скучать все-таки будешь».

Небольшой и уютный международный аэропорт имени Макдональда — Картье в Оттаве встречал прилетающих пассажиров сдержанно и с достоинством, как и подобает по статусу столичному аэропорту солидного государства, но небольшого по размеру города.

Оттавские друзья, с которыми Ксения познакомилась на каком-то из многочисленных деловых конгрессов, были родом из Сибири. Это проявлялось не только в том, что они с громадным удовольствием обтирались зимой снегом и понимали толк в бане, хорошей водке и рыбе, но и в искреннем, ненавязчивом гостеприимстве и хлебосольстве, с которым они всегда встречали Ксению.

— Ну наконец-то, а то я уже вся испереживалась! — Ольга крепко, по-родственному обняла Ксению, прижав ее к своей большой груди, потом взяла чемодан и энергично направилась к эскалатору, ведущему на автомобильную парковку.

— Мишка! Быстро, а то без тебя уедем! — громко крикнула она мужу, покупающему кофе у выхода, и, уже обращаясь к Ксении, добродушно пожаловалась: — Кофе ему захотелось, потерпеть не может!

— Ага! Девчонки все в сборе, народ к разврату готов! — догнав женщин и обхватив сзади за талии Ксению и Ольгу, весело произнес обритый наголо мужчина.

— Медведь, чисто медведь! — игриво проворчала Ольга.

— Чмок тебя в затылок! — не дав повернуться, Михаил сверху поцеловал Ксению в затылок. Выхватил у женщин чемодан с портфелем и возглавил движущуюся процессию. — Итак, сначала легкие закусочки, пока банька растапливается, потом парилка с массажем — тут главное ничего, точнее никого, не перепутать.

Михаил заразительно рассмеялся, подмигнув обеим.

— Опосля баньки примем слегка на грудь — под горяченькое, и отправим отсыпаться гостью с дороги. Завтра католический сочельник — отдохнем, наболтаемся, съездим куда-нибудь, в общем, расслабимся по полной. Возражения, дополнения? — и никому не дав произнести ни слова, констатировал: — Принято единогласно, воздержавшихся и против — нет! Дополнения будут приниматься в процессе поступления предложений и только через винный магазин.

Примерно через полчаса они подъехали к симпатичному дому, расположенному в живописном пригороде Оттавы. Район имел славу «Канадской силиконовой долины» из-за штаб-квартир в местном технопарке офисов крупнейших и известнейших в Канаде и в мире хай-тек-компаний.

Дарлинг, крупный пятилетний отлично выдрессированный хозяйский пес — полукровка с прекрасно развитым костяком и шикарной «львиной» гривой на шее, встретил Ксению, словно они расстались пять минут назад: вильнув пару раз мохнатым хвостом, понюхал ее короткую норковую шубку и лениво развалился на ковре возле камина. Еще в России, незадолго до выезда в Канаду, Михаил с Ольгой по просьбе младшей дочери взяли, точнее вытащили за загривок, из-под припаркованной около гаражного кооператива машины упирающегося маленького щенка песочного цвета. Мать щенка, небольшая злющая сучка дворянского происхождения, прижилась в гаражах, где все ее многочисленное семейство щедро подкармливали владельцы дорогих авто, которые парковались в теплых боксах, расположенных в центре элитного московского района. Так как мать Дарлинга была небольшого роста, то и ее предположительный потомок должен был вырасти достаточно миниатюрным, что всех как раз и устраивало. И вот тут-то вышла ошибка. Во-первых, отцом щенка, как потом выяснилось, был здоровущий и абсолютно безбашенный бездомный кобель-овчарка, что не могло не отразиться на генном уровне, а во-вторых, усиленное питание мясом и костями с базара плюс комплекс качественных витаминов сыграли злую шутку. Маленький пушистый клубочек превратился в большого красивого пса, которого «знатоки»-собаководы из дома однозначно определили как элитного представителя альпийской овчарки.

— Лев, ну точно лев! Можно я с ним утром погуляю? — Ксения просительно смотрела на хозяев. — Пожаалууйстаа!

— Вот такие гости нам нужны, вот таких гостей бы нам побольше и почаще! Ну наконец-то я высплюсь как человек! — Михаил радостно потер ладони и тут же театрально поправился, состроив страдальческое лицо: — Я прямо не знаю… доверить такое хрупкое и ранимое существо, как наш Дарлинг, какой-то малознакомой иностранке… Ну… если только поделишься секретами тайными, какими ветрами тебя занесло в наши края северные, да еще и без мужа?

— Покаюсь, все как есть расскажу, только не лишайте возможности погулять с другом моим четвероногим, уж шибко по нему я соскучилась! — поддержала шутливый тон Ксения. — Да и тайны нет никакой: партнер деловой зазывает меня на переговоры числа двадцать седьмого текущего месяца в края не столь дальние от вас, други мои. Вот и решила припасть к вашему порогу и просить приютить меня, странницу заблудшую, на пару дней. А мужа своего законного оставила на хозяйстве, дом стеречь да подруг моих ублажать.

— Ну что еще можно ожидать от бизнесвумен? — Михаил укоризненно покачал головой. — Все прогрессивное человечество настраивается справлять праздники, а отдельные деловые штрейкбрехеры бизнесом намереваются заниматься. Проповеди читать не буду, но и благословения своего не дам — отдыхать тоже надо! А с обормотом лохматым, который сейчас за нами с ковра подглядывает, погулять, так и быть, разрешу, но только за небольшую мзду.

— За какую такую мзду небольшую? — Ксения специально наигранно удивилась.

— Дашь спровадить себя в края не столь дальние нам на нашей антилопе гну?

— Заметано!

Друзья коснулись кулаками другу друга в знак согласия и засмеялись.

Что-то мягкое, влажное и шершавое коснулось носа Ксении. От неожиданности она вздрогнула, открыла глаза и увидела прямо перед собой черную морду Дарлинга. Заметив, что гостья проснулась, пес наклонил на бок голову и пару раз вильнул хвостом.

— Ты что? — спросонья пробормотала Ксения. Посмотрев на часы, поняла — уже утро. — О господи! Это у тебя, обормот, шесть утра, а у меня-то дома в Сан-Франциско еще ночь!

Пес удивленно повернул голову на другой бок, но не уходил.

— Поняла, поняла! — Ксения глубоко и громко вздохнула и стала подниматься. — Сама напросилась, а ты и согласился сразу, не мог как настоящий джентльмен намекнуть, что спать буду хотеть, темно ведь еще на улице, — одеваясь, укоризненно выговаривала она внимательно наблюдавшему за ней псу.

Выпавший за ночь снег покрыл землю ровным белоснежно-голубоватым ковром, отблескивающим под яркой луной серебристым цветом и отражающим украшенный иллюминацией дом. «У нас в Калифорнии, однако, дома к Рождеству поразнообразнее и побогаче оформляют, — отметила для себя Ксения. — Канадцы как все северные люди более сдержанны в эмоциях».

Ранним праздничным утром до Ксении с собакой на улицу еще никто не выходил, и было интересно идти по нетронутому снегу, лишь изредка отмеченному следами ночных походов зайцев и белок. Отойдя от дома метров на пятьдесят, Ксения завернула на извилистую прогулочную тропу посередине небольшой рощицы, отделяющей две линии домов. Вдруг метрах в десяти-двенадцати перед ними из кустов выпрыгнули два громадных черных волка. Не обращая внимания на Ксению, они несколькими большими прыжками преодолели расстояние вдоль тропинки метров пятьдесят и скрылись за поворотом. Звери были одинакового размера и окраса, словно близнецы, и передвигались абсолютно синхронно, прижавшись друг к другу боками. Ксения и Дарлинг замерли от неожиданности и одновременно от завораживающего зрелища гармоничных движений красивых мощных диких животных. Крупный даже для овчарок Дарлинг по сравнению с волками выглядел небольшим комнатным песиком.

— Что будем делать? — негромко произнесла Ксения, советуясь с собакой. Дарлинг натянул поводок в сторону скрывшихся за поворотом животных, жадно вдыхая утренние запахи. Лунные тени от кустов и деревьев теперь не выглядели дружелюбно.

— А может, это были собаки? Они же черные, а не серые… Хозяин уже ушел вперед, и мы его просто не заметили, — пытаясь себя успокоить, продолжала разговаривать с собакой девушка, продвигаясь за волками, то и дело периодически останавливаясь и всматриваясь в утренние сумерки. Но никаких следов человека на тропинке не было, и лишь громадные отпечатки волчьих лап, свернувших с тропинки в рощицу, подтверждали реальность произошедшего.

Из дома на улицу просачивался запах свежезаваренного кофе. Михаил в фартуке готовил свой фирменный средиземноморский салат из свежих овощей, зелени, орехов, сыра и мурлыкал какую-то мелодию.

— Ну как погуляли? — прекратив резать зелень, поинтересовался он.

— Мы видели волков! Но такое впечатление, что собак Баскервилей. Бр-р! Жуть! — и Ксения эмоционально, сопровождая рассказ движениями тела, поведала друзьям историю утренней прогулки.

— Ну ты и счастливая! — хозяин удивленно слушал рассказ гостьи. — Канадские черные волки — это самый крупный вид волков. Судя по описанию, ты встретила двух братьев. Сколько мы здесь живем, а такого не то что не видели, но даже и не слышали. Хотя если зайцы, олени и другая живность бродит по нашей округе, то и хищники должны быть по определению. Часа в три-четыре ночи такой вой, бывает, стоит, что мурашки по коже бегают — то ли волки, то ли койоты переговариваются. Около нашего дома даже парк называется «Бегущий койот».

— Ну ладно, хоть не съели вас! — переживательно вздохнула Ольга.

— А двоих бы сразу и не съели, — успокоил Михаил, — волки, в отличие от людей, едят только больных и слабых, да и то ровно столько, сколько надо, чтобы насытиться. А тут двое, да еще молодых и красивых — не в правилах волков жевать такую добычу, они же не людоеды.

— Тьфу, тьфу, тьфу! — Ольга сплюнула через левое плечо. — Наговоришь тоже!

— Не плюй в мою сторону, салат никто есть не будет! — Михаил рассмеялся. — Вещевало мне сердце не доверять нашу хрупкую драгоценность, можно сказать, талисман, кусочек живой природы родины этой железной бизнес-леди! Вы еще гадать, поди, начнете, чтобы это явление значило?

— Точно! — Ольга даже хлопнула в ладоши. — Не просто так чудо тебе такое явилось, это определенно знак! Где же порыться, чтобы разгадать? В сонниках явно не найдем, не сон это. Может, в карты погадаем?

— И это верующий человек! — Михаил укоризненно покачал головой. — Эх, душа российская, и в Бога верим, и на картах гадаем.

— Если ты такой правильный, то возьми и расскажи нам, что это за знак!

— Легко! Два близнеца волка — две родственные души. Сильные крупные животные — два сильных партнера.

Движение рядом — общая дорога. Неожиданная встреча — она и есть неожиданная встреча.

— Это что ж получается? — Ольга даже присела от волнения. — Ксюша неожиданно встретит равную себе родственную душу, и с этим партнером они вместе пойдут по дороге жизни? Так у нее же муж есть?

— Как говорите вы — женщины: муж не трамвай, можно и отодвинуть, — съязвил Михаил.

— Ой че творится, — запричитала Ольга. — Сбудется, точно сбудется! У нас же с тобой сбылось!

— А вот с этого момента поподробнее, — наконец вмешалась в разговор Ксения.

— Зашла я в кафе в сочельник погреться, взяла чай, а напротив он сидит, на меня пялится, — Ольга показала рукой на мужа. — Вот и вышли уже из кафе вместе. А в следующий сочельник он в том же кафе мне замуж предложил за него выйти.

— Романтично как! — Ксения представила себе описываемую картинку и тут же почему-то вспомнила, как она в Москве встретилась глазами с Мыслителем. — Ну ладно, наговорите еще, я теперь думать об этом буду. Меня кто-нибудь напоит кофе в этом доме или только предсказаниями кормить будут?!

25

Машина свернула с хайвэя, и мгновенно исчез, растворившись в другом измерении, плотный поток автомобилей, подло забрасывающих лобовое стекло антиобледенительной жидкостью, которой муниципальные службы щедро обработали дорожное полотно. Абсолютно пустая проселочная дорога извивалась и петляла между фермами и одиноко стоящими вдоль нее домами, непонятно зачем и для кого построенными посреди засыпанных сугробами полей и покрытых хвойными лесами высоких холмов и гор. Периодически дорога прорезала горные породы, демонстрируя путешественникам еще полностью неразгаданные геологические эпохи квебекской земли.

— Вот ты рассуди нас, душа незаинтересованная, — Михаил как истинный канадец вел автомобиль одной рукой, держа в другой кружку-термос с кофе. — Никак с супружницей к согласию прийти не можем. Она сейчас не работает, как ты знаешь, нужды особой в том нет. Ребенок из сопливого возраста вышел. Собака тоже уже не щенок. Родители наши недалеко живут, есть с кем отрока с живностью оставить. Говорю ей: «Езжай, мир посмотри, используй шанс!», а она…

— Неуемный ты какой! — перебила его Ольга. — Опять то да потому! Я, значит, по миру кататься буду, а дочку на бабку с дедкой повешу?!

— И чего, они только рады будут!

— Они-то — да, да я — нет! Ребенок без матери расти будет? А муж будет без жены? Тебе вечером в пустой дом возвращаться захочется? — голос у Ольги от волнения стал звонче обычного.

— Ну не вечно же ты будешь отсутствовать?

— Так ты ж меня чуть ли не в круглогодичное путешествие отправляешь! Сбагрить хочешь? — она вполоборота развернулась к мужу, укоризненно глядя на него.

— Не в круглогодичное, а в мироознакомительное. У меня бизнес, ты же знаешь, я не могу его на долго и часто оставлять, мы с тобой пару раз в год можем только вместе выбраться. А без меня ты хоть каждый месяц катайся — слетала куда-нибудь не недельку-другую, вернулась отдохнувшая и свеженькая — впечатлениями поделилась, фотографии показала, дитятке нос вытерла, собаку причесала, меня поцеловала. И снова можешь деньков на десять рвануть за море-океан…

— Все, давай закончим разговор, — Ольга повысила голос.

— Ты за кого меня держишь? Я для чего за тебя замуж выходила и дочку рожала? Чтобы одной быть? Дочь при живой матери сама по себе, а мужик сам по себе? Ты такую семью хочешь?

— Ну нет, конечно, не о том я… — Михаил слегка смутился от напора жены.

— А ты знаешь, как такие отношения, которые ты мне навязываешь, называются? Бытовой проституцией! Понял: про-сти-ту-ци-ей! Да еще и бытовой. Это на порядок ниже, чем на улицах красных фонарей, которые ты меня разглядывать отправляешь. Там хоть честно трахаются за деньги и не прикрываются браком или сожительством. Я от тебя — обормота — сына родить хочу, а ты меня обидеть хочешь? Больше даже слушать тебя не буду!

— А ты, как считаешь? — после некоторого молчания Михаил повернулся к Ксении.

— Я? — Ксения смотрела в окно на горный пейзаж, и мысли ее были далеко за Квебекскими горами. — Ольга права. Если уж создали семью, так и жить надо вместе, видеть друг друга каждый день, ворчать иногда по делу и без, помогать, на работу провожать, с работы встречать, детей в школу водить. Не знаю, как называется проживание за счет законного или гражданского мужа, я не беру в расчет ситуацию, когда дети маленькие, — это святое, и воспитание детей еще та работка, потяжелее любой другой, думаю, будет. А случаи, когда молодые энергичные женщины, необремененные заботами, озадачены только одним — освоением мужского бюджета... Сама я в такой ситуации никогда не была, поэтому мне и судить сложно. А дети зачастую вынуждены жить с бабушкой и дедушкой, потому что в такой схеме нет для них места. Не любовь это, а... спонсорское сожительство, содержание, можно и так определить. Один берет у другого периодически тело, иногда с общением в довесок, как у японских гейш, а взамен откупается деньгами или товарами. Чтобы не стыдно было каждый день в глаза друг другу смотреть, встречаться стараются не часто. И компании раздельные, женщина в свой девичник мужчину не приглашает и домой к родителям на блины не зовет. Да ему и не надо, ведь это уже правила совершенно другой игры, у него своя компания и свои интересы. А вместе так... иногда в ресторан или в кино, клуб сходить могут. Лично мне не близки такие отношения, как их точно назвать не знаю. Возможно, Оля права — это и есть разновидность проституции с приставкой «бытовая». По мне и любовниками быть не так зазорно, там хоть все на любви строится. Я вот сама постоянно в командировках — деваться не куда, работа такая, и муж в командировках — а ничего хорошего из этого в итоге не вышло... Поэтому если есть возможность каждый день быть вместе, так и надо ценить ее, кто его знает, сколько нам отведено...

— Понял, оболтус неразумный? — Ольга дала подзатыльник мужу. — Слушай мудрых женщин! Да за дорогой лучше следи, чем ерунду болтать, не отвлекайся, видишь, какие повороты крутые и из-за сугробов ничегошеньки не разглядеть.

Два с половиной часа пути за разговорами на разные, порой самые неожиданные, темы и за восторженным созерцанием фантастического зимнего пейзажа пролетели незаметно. Дорога резко ушла вверх, и вскоре впереди показался небольшой заснеженный горнолыжный городок-курорт Мон-Тремблан, стилизованный под швейцарский неодеревенский стиль, состоящий исключительно из отелей и шале.

— Не иначе архитектором Санта-Клаус был, со своей сказочной рождественской поздравительной открытки городок скопировал, — негромко и с восхищением произнесла Ольга.

Всего две параллельные улочки пересекали город — одна по краю курорта для автомобилей, вторая — украшенный праздничными гирляндами и новогодними елками бульвар, огибающий отели, рестораны и магазины. Над бульваром неторопливо плыли кабинки канатной дороги, соединяющей автомобильную парковку, расположенную перед въездом в Мон-Тремблан, с двумя другими канатными дорогами, поднимающими с противоположного конца города любителей быстрого спуска и острых ощущений на две величественные горные вершины.

Михаил с Ольгой перенесли вещи Ксении в отель и, взяв с нее слово, что они заберут ее через два дня обратно, уехали в Оттаву.

Гостиничный пентхауз оказался даже приятнее и интереснее, чем в рекламном журнале. Винтовая лестница вела на второй открытый полуэтаж в спальню с громадной королевской кроватью. Спальня нависала над уютным овальным залом с камином, мохнатым ковром, мягкой кожаной мебелью, баром и большим телевизором. Из окна открывался шикарный панорамный вид на бульвар, разноцветные крыши невысоких отелей и горные заснеженные сопки.

До деловой встречи оставалось еще несколько часов, Ксения переоделась и спустилась на первый этаж отеля в бассейн. После долгого неподвижного сидения в машине тело требовало движений и нагрузки, и ничто так не помогало ей снять усталость и почувствовать себя бодро, как сорок-пятьдесят минут плавания. В большом двадцатипятиметровом бассейне, кроме нее, никого не было. Ксения оставила халатик на лежанке, потянулась, разминая мышцы и суставы, почти без брызг нырнула с бортика в зеленовато-голубую воду и проплыла несколько метров под водой. Вынырнув, облегченно выдохнула и мощными гребками стала быстро набирать скорость. В отличие от большинства женщин, предпочитающих плавать брассом, Ксения выбирала кроль — прическу и макияж, конечно, не сохранишь, зато фору можно дать любому плавающему другим стилем. Быть первой, лидером — это было ее естественное состояние, в роли отстающей или догоняющей она себя просто не представляла, тем более не представляла себя в роли крашеной девочки-куколки. Достигнув бортика, обратно поплыла на спине, закрыв глаза. Вода успокаивала и одновременно наполняла тело энергией. Мысленно настраиваясь на предстоящую деловую встречу, Ксения услышала голоса. Мужчина спортивного телосложения и стройная женщина, обнявшись, выбирали лежанки. Потом пара спустилась в бассейн, но не поплыла, а начала целоваться, не обращая на Ксению никакого внимания. «Ну и пусть целуются, — подумала Ксения, — бассейн большой, мешать друг другу не будем», — и, перевернувшись на грудь, энергично поплыла покорять еще один двадцатипятиметровый отрезок. Поравнявшись в очередной раз с парой минут через десять, Ксения поняла, что они уже не просто целуются. Руки женщины обнимали мужчину за шею, голова с закрытыми глазами и полуоткрытым ртом лежала на бортике, ноги обхватывали партнера. «Тьфу ты! — мысленно выругалась Ксения. — Нашли место! И без разницы им, что я тут метры наматываю. Ну как в такой атмосфере можно успокоиться? Еще чужой спермы не хватало наглотаться». Она вылезла из воды и, на ходу обтираясь полотенцем, не глядя на занимающуюся сексом пару, для которой весь остальной мир в этот момент не существовал, вернулась в номер.

Ирландский паб, в котором она должна была встретиться с директором венчурного фонда с берегов туманного Альбиона, находился прямо под окнами ее номера, буквально метрах в десяти от выхода из отеля. Несмотря на сильный мороз, Ксения решила не надевать верхнюю одежду.

— Ксэнийа! — от барной стойки отделился невысокий, рыжей ирландско-английской внешности, немного неуклюжий мужчина лет ближе к шестидесяти в горнолыжном костюме. — Привет! Как ты?

— Только русская женщина может в жуткий мороз прийти на шпильках! — на классическом английском языке, так раздражающем американцев, восхищенно произнес он после лаконичного традиционного ответа Ксении на его приветствие: «Неплохо». В облегающем вечернем платье Ксения выделялась на фоне спортивной одежды и джинсов посетителей заведения. Накинутый на плечи павлопосадский платок не скрывал, а наоборот, подчеркивал изящность фигуры женщины.

— Брюс. Брюс Уилсон, — представился мужчина. — Мне сказали, что вы спортивная дама, поэтому я не придал значения одежде и даже, как видите, постарался выглядеть соответствующе. Как я мог?! Упустил, что русская женщина остается элегантной леди даже среди канадских сугробов в лютый мороз! Приношу извинения за свой вид, в следующий раз обязательно буду в смокинге, где бы мы ни встретились, обещаю, — и он галантно поцеловал Ксении руку.

Официант пригласил их пройти к зарезервированному столику, зажег свечу и тактично несколько отдалился от стола.

— Я не рекомендую выбирать морепродукты, — раскрыв меню, сказал Брюс, — вряд ли вас, искушенную посетительницу сан-францисских ресторанов, можно чем-то здесь удивить. А вот что действительно вкусно, так это местные квебекские стейки! Советую, я вчера продегустировал — мясо нежнейшее.

Мужчина сразу расположил к себе Ксению — умных представителей противоположного пола она определяла с первых слов приветствия, по речи и по глазам.

— К мясу я бы предложил свежие овощи. Не возражаете? Ну и фрукты на десерт? Как вы относитесь к вину из Старого Света? Я хоть и англичанин, но предпочитаю вина наших заклятых соперников — французов. Уникальный климат и высочайшее качество, ставшее мировым стандартом, обусловленное вековым мастерством, которое передается из поколения в поколение, — редкое и удачное сочетание. — За спокойным и уверенным тоном мужчины, благородными манерами и литературной речью уже не было заметно ни мешковатости его фигуры, ни явно великоватого размера спортивной экипировки, скорее всего, купленной тут же и только для того, чтобы соответствовать дресс-коду курортного места, — интеллект невозможно скрыть ни под каким обличьем.

Ксении вдруг захотелось просто довериться решению вызывающего симпатию мужчины и ничего не выбирать самой:

— Пожалуй, я положусь на ваш вкус.

— Ваше доверие обязывает, — без иронии произнес Брюс. Подозвав официанта, он сделал заказ, попросив сразу принести по чашечке горячего двойного эспрессо с лимоном и коньяком.

— Горячий кофе очень кстати! Просто мысли читаете, — Ксения осознала, что это то, чего ей действительно хочется.

— Вы, наверное, гадаете, почему я, явно не спортивного телосложения, выбрал для отдыха горнолыжный курорт? Фанат ли я горнолыжных спусков? Отвечу сразу: на лыжах я не катаюсь вообще, ни на каких. Одежду купил в магазине отеля, чтобы не выделяться и не привлекать к себе назойливого внимания. А место отдыха выбрал по причине относительной уединенности — горы, озера... Природа располагает к сосредоточенности — я книгу сейчас пишу. Да и народ приезжает в такие места обычно компаниями и не сильно надоедает одиноким лицам. Кстати, кардиологи ежегодно проводят здесь свой мировой конгресс. Так и среди них, насколько я наблюдал, никто не катается на лыжах. Мне рассказали русскую поговорку: секс — не повод для знакомства. Если перефразировать: горнолыжный курорт — не повод кататься на лыжах, — Брюс рассмеялся. — Поэтому и вас сюда пригласил познакомиться, ситуация предполагает возможность общения без отвлечения на текущие задачи, не глядя на часы и не слыша шума мегаполиса. Вы ведь со мной хотели обсудить серьезные вопросы? Еще подумал, вдруг вы катаетесь на лыжах, заодно и удовольствие получите.

— В чем-то мы с вами похожи, — улыбнулась Ксения, — я тоже не катаюсь на лыжах. Зато люблю кататься на коньках. Часто друзья меня спрашивают: где в городе, в котором круглый год примерно одна и та же весенняя температура, можно найти открытые катки? Представьте, можно! И очень даже весело все происходит. Катки делают прямо в центре даунтауна зимой, так что у меня есть возможность отвести душу. Народ калифорнийский в массе своей кататься, конечно, практически не умеет, это и объединяет, и располагает к самоиронии.

Я читала в путеводителе, что и на этом курорте заливают каток в нижней части города, так что завтра, скорее всего, уделю время спортивным занятиям. Не зря же нахожусь в культовом месте зимнего отдыха!

— Конечно, конечно. Возможно, и я составлю вам компанию, перенесем атмосферу сан-францисской самоиронии в квебекскую глубинку. Не постесняетесь неуклюжего немолодого англичанина?

Ксения пристально посмотрела на Брюса:

— Простите за прямоту и откровенность, я стесняюсь только глупости мужской, мистер Уилсон. Поэтому возьму вас в компанию с удовольствием.

Кофе с коньяком согрел и расслабил Ксению. Ни традиционный многоголосый шум любителей пива, ни мелькающие на экранах телевизоров ролики с эпизодами спортивных соревнований не отвлекали ее от беседы с располагающим к доверию собеседником.

— Это комплимент, благодарю, — с сильным акцентом, но по-русски произнес мужчина, слегка склонил голову.

— О! Вы знаете русский язык? — удивилась она.

— К сожалению, хуже, чем хотелось бы. Я учил его в университете. Вдобавок моя вторая жена была из России, хотя и булгарка по национальности.

— Болгарка из России?

— Нет, бу́лгарка, — он сделал акцент на «у», — потомок одного из крупнейших народов Евразии, который после революции в Советской России был запрещен. Абсурд! Представляете — запретить народ?! Нет народа — нет проблем. Кровавая история величайшей страны. И кровь все еще льется… Меняются поводы, но последствия остаются — братоубийственные последствия. Страшно.

— Да…

— Мы разошлись около трех лет назад, поэтому практики языка не хватает. Но что это я?.. Вино уже достаточно подышало, я предлагаю тост, — Брюс встал. — За русских женщин! За женщин, которые вызывают и восхищение, и уважение! — выпив до дна, что несвойственно западным мужчинам, присел.

— Отец моей жены часто приезжал к нам в гости, вот кое-чего из русской культуры я и нахватался, — пояснил он.

Ксения звонко рассмеялась:

— Чувствуется, у вас с тестем происходили душевные беседы.

— Да уж, иногда очень душевные, — рассмеялся и Брюс, — как это у русских: ты меня уважаешь?

— И чему еще он вас научил?

— Он открыл для меня современную русскую поэзию. Знаете, Ксения, как ни странно, но мне очень близко творчество вашего барда Владимира Высоцкого. Только послушайте, как проникновенно звучит: *Я скачу, но я скачу иначе — / По камням, по лужам, по росе. / Бег мой назван иноходью — значит: / По-другому, то есть — не как все!* Ксения, это не стихи, это философия, это позиция, это… Вселенная говорит! Такое мог написать только русский! Я даже не знаю, как выразить свое восприятие его творчества, у меня не хватает ни английских слов, ни тем более русских.

— *Чистоту, простоту мы у древних берем, / Саги, сказки — из прошлого тащим — / Потому что добро остается добром — / В прошлом, будущем и настоящем!* — негромко продекларировала Ксения, опершись подбородком на кулак.

— Уау! — Брюс искренне удивился. — Вы тоже знаете и любите творчество Высоцкого? Вы редкая женщина! Моя русская жена не понимала ни его стихов, ни его музыки. А я вот считаю Владимира гением, которого могла родить только русская земля, как и его старших братьев: Пушкина, Лермонтова, Блока, Маяковского… Скажу вам честно, Ксения, такой… категоричности… нет… такой поэзии обнаженных нервов не может произвести на свет никакая другая земля. Вот и вас за что-то Бог наградил русской кровью. Давайте выпьем за вас!

— Брюс, — Ксения придержала его руку с бокалом вина, — послушайте:

О Володе Высоцком я песню придумать хотел,
Но дрожала рука и мотив со стихом не сходился…
Белый аист московский на белое небо взлетел,
Черный аист московский на черную землю спустился.

— Это… кто? Боже, как красиво! — Брюс завороженно смотрел на девушку.

— Это другой русский бард — Булат Окуджава. Написал после смерти Высоцкого.

— Окуджава? Не может быть! Я слышал о нем и даже имел честь видеть. Хотите расскажу смешную историю про наше с ним знакомство?

— Хочу, Брюс, — Ксения уже начала хмелеть, но состояние небольшой потери контроля над собой сегодня ее не пугало. — Только, раз уж мы пили за русских женщин, давайте выпьем и за настоящих мужчин. У них нет национальности — либо мужчина настоящий, либо он… не мужчина, а так, особь противоположного пола. Итак: за мужчин!

Собеседники дружно осушили бокалы.

— А теперь расскажите свою историю, мистер Уилсон, я вся во внимании.

— Однажды, еще в советские времена, я был по делам в Москве, — Брюс подозвал официанта и заказал еще бутылку вина. — Так вот, вечером, после каких-то пустых переговоров, да еще и под присмотром кагэбэшников, я решил пойти в театр. Выбор пал на Театр сатиры, он удобно расположен в центре, и актеры служили в нем замечательные, даже со слабым знанием русского языка можно было получать удовольствие от игры. Но… время тотального советского дефицита, билетов в кассе нет. Стою я около входа в театр и жду перед спектаклем, вдруг кто-то откажется от лишнего билетика. Подходит ко мне человек, немного странноватый и по виду не русский, предлагает купить у него билет. Что-то он мне подозрительным показался, потому что билет предложил не по спекулятивной цене, а по номинальной. Я билет осмотрел со всех сторон и говорю: «Билет куплю, но только пройдем контроль вместе, чтобы ты мне не продал подделку, а после контроля я с тобой рассчитаюсь». А про себя подумал: «Смотри, жулик, не обманешь меня!» Прошли мы вместе контроль, зашел я в зал, а место у меня во втором ряду прямо в центре. Гляжу, на первый и второй ряд знаменитости советской культуры стекаются: актеры, музыканты, дирижеры, поэты. Давали премьеру спектакля, если не ошибаюсь, Иона Друцэ*. И все уважительно здороваются с сидящим рядом со мной «жуликом». Прислушался к их разговорам, а мой «жулик» и оказался Окуджавой! Вот так я скромного интеллигентного человека, известнейшего в СССР барда, принял за матерого спекулянта. Смешно?

— Да, внешность бывает обманчива! — Ксению позабавил рассказ англичанина. — Брюс, а почему ваш фонд не работает с Россией?

Официант налил в бокалы вино из новой бутылки.

Брюс сосредоточенно покрутил бокал, наблюдая, как вино стекает маслянистыми потеками по внутренним стенкам:

— Я изучаю Россию со студенческих времен, и мое представление о ней кардинально менялось несколько раз, в зависимости от того, с какой стороны я ее узнавал. В советские времена трудно было наладить контакт, но если удавалось, то можно было быть уверенным, что все договоренности выполнят. В короткий период горбачевской перестройки я стал идеалистом. Все, что мы делали в то время, нам давалось легко и просто. Потом к власти пришли демократы — это мы так думали, на самом деле на волне чистого искреннего народного энтузиазма всплыла темная пена в виде проходимцев. Ситуация, аналогичная влюбленной парочке: одна сторона идеализировала другую — настоящего демона в обличье ангела. И вот тут как раз и началось: какие-то странные люди, швыряющие налево и направо деньгами, не понятно откуда появлялись с глобальными проектами и, не успев договорить до конца, исчезали в неизвестность. Их место занимали еще более одиозные личности. Потом мы узнавали, что большинства из них уже нет на этом свете, а выжившие становились за короткий период мультимиллионерами, хотя не имели никакого представления о бизнесе и не могли пары слов связать, не то что по-английски, но и даже на вашем прекрасном языке. Весь этот бардак покрывало государство, точнее, государственная чиновничья элита. Зная, кто стоит у власти, и более-менее представляя механизм принятия решений, я не вижу светлого будущего России в ближайшие десятилетия.

— И что, — Ксении стало безрадостно от нарисованной Брюсом картины, — вы поставили крест на ней?

— Отнюдь, — мужчина не торопясь потягивал вино, — просто я для себя сделал вывод: в России работать можно, но обязательно закладывая в проект все существующие риски, риски появления новых рисков, и только при наличии надежного партнера. Я не враг ни себе, ни российским бизнесменам, но и не друг им, не видящий реальности. Мой бизнес не терпит эмоций — я проводник в долине смерти.

— Понятно, — голос девушки звучал грустно, — а я как раз хотела обсудить с вами возможность сотрудничества по российским проектам. Надеялась, что, находясь ближе к Москве, вы лучше нас владеете ситуацией.

— Зачем вам Россия, Ксения? Зов крови? Почему бы не заняться Бразилией, которая ближе к Калифорнии?

— Мы и Бразилией занимаемся тоже. Но и Россию не планируем списывать со счетов раньше времени.

— Это ваша славянская натура вам спокойно жить не дает! — Брюс рассмеялся. — Давайте все-таки выпьем за вашу славянскую загадочную душу.

Сделав несколько глотков, Ксения поняла, что она уже пьяна, но сила воли заставляла ее добиться положительного результата в переговорах — не зря же она приехала сюда.

— Мистер Уилсон! Я прекрасно представляю, что в России работать непросто. Но мне рекомендовали вас как профессионала и человека, хорошо разбирающегося в моей исторической родине. Говорят, что вы лично знакомы с Горбачевым и Ельциным?

— Знаком. Только не знаю, считать ли наше знакомство плюсом или минусом в моем желании работать с Россией? Одно знаю точно: пока не появится достойный российский партнер, ни о каком вложении в эту страну и речи быть не может.

— И как же он появится, если вы не показываетесь в России? — Ксении все труднее становилось формулировать собственные мысли.

— Почему не показываюсь? Пару раз в год я обязательно стараюсь прогуляться по улицам Москвы или Петербурга, повод всегда находится — или конференция, или форум, или кого-нибудь из правительства какого-нибудь необходимо проконсультировать. А партнера можно встретить и за пределами России. Вот, например, недавно в аэропорту Франкфурта у меня состоялись переговоры с интересным российским бизнесменом и очень симпатичным человеком. И проект вызывает интерес, хотя и несколько в необычной сфере — сельском хозяйстве. Уникальность проекта в том, что при первом ознакомлении продуктом являются семена, а если глубже посмотреть, то продукт — интеллектуальная собственность, и не столько даже авторские права на сорта, сколько на модель бизнеса. Очень интересное и неожиданное решение! И самое главное, для меня очевидно, что проблем выйти из такого проекта не составит никакого труда. Если все сложится удачно и мы доберемся до соглашения, чего я очень бы желал, могу и вашему фонду предложить сделать солидарные вложения.

По телевизору крутили рекламный ролик курорта — мужчина-лыжник, стоя на краю горы, писает вниз, а потом срывается и лихо несется по склону, маневрируя между деревьями и прыгая с естественных трамплинов.

— Конечно, — Ксении вдруг захотелось прекратить деловые разговоры, зажечь в номере камин, лечь на мохнатый ковер и поболтать на отвлеченные темы, наблюдая в панорамное окно таунхауза ночную жизнь симпатичного горного городка. — Простите, Брюс, что-то я устала, договорим завтра, хорошо? Не обидитесь? — Ксения с трудом поднялась, голова кружилась.

— Что вы?! — мужчина быстро поднялся и поддержал девушку под руку. — Конечно, конечно! Вас проводить до номера?

— Пожалуй, — Ксения с ужасом поняла, что она сильно пьяна. Дорожная усталость, душная атмосфера паба и излишнее количество вина предательски усиливали взаимное действие на организм.

Брюс предложил ей руку и осторожно, но уверенно повел среди плотно стоящих столиков.

Электронный замок двери никак не хотел открываться.

— Брюс, пожалуйста! — Ксения протянула пластиковый ключ своему проводнику.

Мужчина открыл дверь, включил свет и бережно усадил девушку на диван.

— Зажгите, пожалуйста, камин, если вам не сложно, — ей очень не хотелось оставаться одной.

Сухие поленья взялись быстро, укутав комнату шалью тепла и легким ароматом горящего дерева.

Тепло окончательно разморило Ксению:

— Пожалуй, я переоценила свои силы, мне лучше прилечь. Она попыталась встать, но рука скользила по коже дивана, а ноги предательски не слушались.

Брюс как истинный английский джентльмен, делая вид, что не замечает опьянения девушки, тактично предложил руку и незаметно второй рукой поддержал ее под локоть. Она встала, но непослушные ноги не хотели двигаться. Охнув, Ксения чуть не упала. Мужчина подхватил ее на руки и осторожно понес вверх по лестнице в спальню. Она обхватила его за шею и положила голову на плечо. Несмотря на свою внешнюю неуклюжесть, Брюс довольно легко поднял ее на второй этаж и аккуратно положил на кровать. Неожиданно для себя Ксения не расцепила руки, а благодарно поцеловала мужчину в губы. Он ответил долгим поцелуем. Она закрыла глаза и представила себя лежащей на белом песке около бирюзового океана. Яркое солнце и легкий теплый воздух ласкают ее тело. Недалеко под зонтиком сидит с открытым лэптопом загорелый Мыслитель и задумчиво смотрит на океан.

Брюс взял ее галантно, но уверенно, как и подобает настоящему английскому джентльмену. Джентльмен и в постели должен оставаться джентльменом. Последнее, что запомнилось Ксении, прежде чем она провалилась в глубокий сон, это было приятное ощущение нежных поцелуев на запястьях.

Запах кофе и солнечный свет, отражающийся и усиливающийся от белоснежных горных вершин, разбудили Ксению. На удивление, хотя голова и была немного тяжеловата, но противного ощущения отравления организма алкоголем не наблюдалось.

— Доброе утро, Брюс. Как ты? — поздоровалась Ксения, спускаясь по лестнице.

— Хорошо, — разливая кофе по чашкам и тактично не поворачиваясь, ответил мужчина. — Как ты?

— В целом — неплохо, — ответила она и зашла в ванную. Контрастный душ взбодрил организм, разгоняя по телу кровь и нейтрализуя остатки алкоголя.

Надев махровый гостиничный халат и закрутив волосы в полотенце, Ксения присела напротив пьющего кофе мужчины. Кофеин окончательно вернул ее к действительности.

— У нас ничего не было ночью, мистер Уилсон, — утвердительно произнесла она, спокойно глядя на англичанина.

— Безусловно, — утвердительно и спокойно ответил англичанин, не отводя взгляда.

— Составите мне компанию на конькобежной дорожке?

— Учиться не поздно в любом возрасте.

— Мне будет приятно ваше общество. А потом, если не возражаете, мы продолжим беседу о сотрудничестве. Спасибо за вкусный кофе. Увидимся через час на катке?

Сильный резкий ветер обжег лицо. Ксения подняла шарф, оставив открытой только небольшую щелку для глаз. Снежные пушки, расположенные вдоль горнолыжных трасс, выбрасывали из себя горы снега, тут же разравниваемые ратраками — снегоуплотнительными машинами, шустро и цепко снующими по крутым склонам. Сожаления или переживаний о случившемся ночью не было. До встречи с Брюсом на катке оставалось еще минут пятнадцать. Ксения присела около горящего уличного камина, грея руки и с интересом разглядывая проходящих мимо людей. В памяти всплыл эпизод вечерней беседы о встрече Брюса в немецком аэропорту с каким-то российским бизнесменом, занимающимся уникальным аграрным бизнесом. Неужели Уилсон встречался с Мыслителем? Как мал наш мир! Надо будет уточнить. Или лучше не стоит? Как Бог даст…

26

Друзья уже ждали ее в холле отеля.

— Подруженька, что-то ты не выглядишь отдохнувшей! — несмотря на долгую дорогу, Ольга, как всегда, фонтанировала энергией, словно гейзер. — Отдай-ка Михаилу свою сумку, не бойся, от нас он далеко не убежит — пусть только попробует! Эх, горит на работе молодежь, куда это годится?! — причитала она озабоченно, возглавляя их процессию из гостиницы. — План меняется! Не можем же мы гостью с таким уставшим лицом везти обратно с курорта. Миш, ты помнишь, мы с тобой в скандинавском спа были, недалеко отсюда?

— Конечно, — ответил муж, укладывая вещи в багажник.

— А если помнишь, чего еле двигаешься? — Ольга была решительно настроена на активные действия.

— Понял, уже еду, — цыкнул, но воздержался от ответной резкой реплики супруг.

Заснеженная дорога минут через пятнадцать уперлась в большие, одиноко стоящие сами по себе без забора ворота.

— Все, приехали, — припарковавшись, скомандовал Михаил. — На выход, гражданочки, обратный рейс не ранее позднего вечера и только для хорошо отдохнувших пассажиров. Проверять буду лично!

Свежерасчищенная после многосуточного снегопада тропинка бежала через густой хвойный лес, перепрыгивала деревянным изогнутым мостиком через глубокий, но не широкий овраг и упиралась в небольшой рубленый бревенчатый дом.

— Вам бани или массаж? — приветствовала гостей приятная, с красивыми рыжими длинными волнистыми волосами менеджер.

— И то и другое. И начать желательно с массажа. Это возможно? Ой! — громко и удивленно воскликнула Ольга, показывая рукой на окно, за которым не торопясь шло стадо больших оленей.

— Зима стоит снежная, мы их и подкармливаем, вот они почти и перестали людей бояться, даже пришлось изгородь ставить, а то прямо к бассейнам подходили, того и гляди купаться полезут, — пояснила менеджер.

Красивый самец-олень словно понял, что говорят о них, остановился и пристально посмотрел через окно на людей.

Судя по интонации голоса и женственным движениям, массажист был нетрадиционной ориентации. Ксения закрыла глаза и расслабилась: «Говорят, геи не хуже нас понимают особенности женского организма, что ж, сейчас и проверю».

Нежные, но уверенные движения удивительно мягких рук массажиста неторопливо разминали тело девушки. Ксения почувствовала, как ее внутренняя энергия перераспределяется по организму, перетекает от кончиков пальцев ног до головы и обратно, по дороге просеиваясь через внутреннее невидимое сито, которое заставляло сгустки скукоженной напряженной энергии дробиться на множество живительных чистых энергетических нитей.

Негромкая спокойная музыка и ощущение блаженства усыпили девушку.

— Пора просыпаться, леди, — Ксения не сразу поняла, где она и кто с ней говорит. — Я выйду, а вы спокойно одевайтесь, — массажист заговорщицки улыбнулся, подмигнул и прикрыл за собой дверь.

Друзья ожидали ее в джакузи, негромко переговариваясь и наблюдая за пасущимися в нескольких метрах оленями. Ксения опустилась в горячую бурлящую воду и от удовольствия закрыла глаза.

— Ну как? — первой не выдержала Ольга.

— Дастиш абсолютный фантастиш! — только и смогла промурлыкать она в ответ.

— Чувствую, процесс развивается в нужном направлении, — радостно констатировал Михаил, загребая с бордюра снег и натирая им руки. — Оглашаю план дальнейших действий: сауна средней температуры — отдых на улице в гамаках под пледами и инфракрасным обогревом, горячая сауна — расслабление в комнате релаксации с искусственным водопадом, повторный заход — и приглашаю всех на легкий ужин перед телепортацией в конечный пункт назначения — столицу гостеприимного североамериканского государства, то бишь домой. Возражения, как мною заведено, не принимаются, но к конструктивным предложениям обязуюсь разумно прислушиваться. Заодно оглашаю план на завтра: с утра мне надо ненадолго по делам в городишко недалеко от Оттавы — могу взять вас с собой, посмотрите провинциальную Канаду, а вечером приглашаю на концерт звезды канадского джаза.

Ксения почувствовала на себе чей-то пристальный взгляд. Глаза открывать не хотелось больше по привычке, хотя выспалась прекрасно и чувствовала себя великолепно. Мышцы приятно побаливали: «Интересно, вроде бы массажист едва касался меня, а так глубоко размял все косточки!» Настроение можно было передать одним словом — чудесное!

Она немного приоткрыла один глаз, и тут же рядом радостно запыхтел и начал тыкаться носом в одеяло пес, счастливый от того, что гостья проснулась, и от того, что он первым из семьи-стаи подкараулил признаки ее пробуждения.

— Ох, и хитрый ты, дружище Дарлинг! — Ксении были приятны и его радостное утреннее повизгивание, и мокрый холодный нос, все-таки нашедший лазейку в одеяле и добравшийся до девичьей шеи, и шершавый язык, успевший лизнуть ее в ухо, и еще мокрая шерсть после недавней прогулки под снегопадом. Схватив собаку за гриву, нежно потрепала. Дарлинг, довольный и счастливый, высоко подняв пушистый хвост, с чувством выполненного долга гордо прогарцевал в другую комнату к весело беседующим о чем-то и гремящим посудой хозяевам.

— Ага, не бизнес-мученицу перед собой вижу, а прекрасную воскресшую молодую особу! — Михаил молол в ручной кофемолке кофе и одновременно жарил лук.

— Обожаю жареный лук! Помочь? — Ксении было приятно находиться в искренне гостеприимной семье друзей, она чувствовала себя словно в родном доме. — Перевести бы вас всех с Дарлингом к нам в Сан-Франциско! — вырвалось у нее.

— Лучше уж вы к нам, — улыбнулся хозяин. — Мы нашу ридную Канаду́, — он сделал ударение на последнем слоге, — ни на что не променяем. Торжественно доверяю тебе молоть кофе, раз уж проявила инициативу, которая традиционно наказуема, а я займусь яичницей. С помидорами, зеленью и тертым сыром вас, о прекрасная иноземка, устроит?

— Более чем! Меня устраивает все, что делается с душой, о рыцарь сковородки и кофемолки! — Ксения подхватила веселый тон. — К вам в Кана́ду, — передразнила она Михаила, — я пока иммигрировать не могу, поэтому предлагаю дружить домами!

— Принимается! — Михаил передал Ксении кофемолку и громко крикнул супруге, шумящей феном в ванной:

— Тебе, красавица, пять минут на марафет — и за стол! Ждать никого не буду, у меня тикет-тикет-ай-лю-лю, рашен мужчина — облико пунктуален!

Дорога, как и подавляющее большинство канадских дорог, проложенных по равнинной местности, была идеально прямой, только периодически пересекалась с другими асфальтированными и гравийными дорогами под углом ровно девяносто градусов. Смешанный лес чередовался с заболоченным кустарником и фермерскими полями. На многочисленных конных фермах выгуливались самые разномастные питомцы, но все заботливо одетые в попоны на случай непогоды.

Подъехали к очередному перекрестку на пустынной дороге. Деревянный домик, больше смахивающий на заброшенный сарай с железными решетками на окнах и дверях, обещал выцветшей рекламой горячий кофе и снеки. Рядом — заправка, каким-то чудом сохранившаяся с пятидесятых годов прошлого века, изрядно ржавая, но еще работающая.

— Где мы? — Ксения вышла из автомобиля и оглянулась по сторонам. — В получасе езды от столицы Канады или в середине двадцатого века в малоэтажной Америке?

Михаил закончил заливать бензин.

Открывшаяся дверь домика-сарая снова поставила тот же вопрос: старинная реклама кока-колы... и ни-ко-го. Только вкусный запах свежеиспеченного хлеба. На призывы Ольги показалась молодая симпатичная девушка с вопросом: «Что желаете?»

— Расплатиться за бензин.

— А сколько?

Вопрос всех застал врасплох, они никак не ожидали, что в домике нет ни дистанционных датчиков, ни системы видеонаблюдения. Доверие обязывает? Пошли дружно посмотрели стоимость заправки, рассчитались, заодно купив горячий, только из духовки торт с дикой черникой, который тут же и съели. Вкуусноо!

Еще пятнадцать минут езды и показался Перф, небольшой спокойный симпатичный городок европейской архитектуры, выросший из военного поселения после войны тысяча восемьсот двенадцатого года и пересеченный живописным каналом. Город первой аптеки в Канаде и последней в стране роковой дуэли между друзьями (естественно, из-за женщины), а также музыкальных фестивалей, инноваторов пермакультурного* земледелия и еще множества достопримечательностей и событий, вошедших и не вошедших в Книгу рекордов Гиннесса.

Михаил, как и обещал, быстро закончил свои дела, и компания зашла в ближайшее уютное кафе, с порога попав в атмосферу Северной Европы: дизайн помещения, многочисленные сувениры и характерное меню не давали возможности ошибиться в национальной принадлежности хозяйки. Это была урожденная голландка, пишущая в свободное время детские книжки и продающая их в своем аккуратном камерном заведении. Она обожала далекую историческую родину, которую покинула будучи маленьким ребенком и знала в основном по энциклопедиям и книгам других авторов. Бесплатный чай для путников подкупил окончательно. А новость, что среди чуть более пяти тысяч населения Перфа множество знаменитых политиков, шоуменов и спортсменов, в том числе несколько олимпийских чемпионов и чемпионов мира, заставила Ксению серьезно задуматься о стереотипах возможностей больших и малых городов. В чем их явное отличие — так это в философии бытия, в силе духа местного сообщества, которого так не хватает в суетных мегаполисах. Пророчески звучит девиз города «Спеши медленно, но верно…»

28

Она очень хотела с ним пообщаться, и вечером Мыслитель оказался в интернете. От волнения Ксения на мгновение

463

задержала палец над иконкой «Подключиться инкогнито» и нажала на клавишу ввода.

****

— Мысленно пожелала всем друзьям в пятницу прекрасного выходного дня. Видимо, верно высказывание: «Что посылаешь в мир, то и получаешь обратно».

— И?..

****

Иногда во время переписки они даже не здоровались и не прощались, словно продолжая прерванную беседу не несколько дней или недель назад, а несколько минут или секунд.

****

— И вот, роскошный подарок моих друзей — поход на джазовый концерт! Удобный с хорошей акустикой зал. Удивил слегка показ мультфильмов тридцатых годов, развлекающих ожидающую Дайану Кролл публику. Я, к стыду своему, раньше не была знакома с ее творчеством. А ты?

— О! Я ее давний поклонник.

— Тебе повезло раньше, чем мне. Продолжу делиться впечатлениями. Она была немного простужена, но… энергетику и мастерство невозможно простудить! Естественность, диалог, открытость, драйв, отличная команда. Чего можно еще желать от соприкосновения с Мастером?

— Завидую тебе по-хорошему.

— Да… я сама себе завидую. Черно-белое немое кино и мультфильмы, о которых я говорила, так и сопровождали весь концерт. Необычное решение, правда?

— Интересная находка.

— Умничка она необыкновенная! Накупила ее дисков, теперь буду слушать — получать удовольствие.

****

Ксения нечаянно нажала на иконку «Отключиться», чертыхнулась, но повторно соединяться почему-то не решилась.

29

Какое-то необъяснимое беспокойство разбудило Ксению. Поворочалась, посчитала до ста, прочитала молитву, но сон не возвращался. Накинула халат, походила по дому, постояла возле окна, вглядываясь в ночное небо. Возможно, в эти мгновения в далеких галактиках происходили катастрофические взрывы материи, черные дыры засасывали гигантские звезды, метеоритные дожди бомбардировали планеты, но с Земли этой ночью небо казалось образцом спокойствия и умиротворенности. Созерцание звезд не помогло, тревога осталась. Разогрела молоко, добавила в него, как в детстве делала мама, сливочного масла и меда — чтобы лучше спалось. Попыталась прочувствовать свое состояние: откуда идет импульс волнения? Открыла компьютер и включила мессенджер.

****

— У тебя все хорошо, Мыслитель?
— Ты прямо вовремя, секунду назад освободился и могу спокойно выдохнуть — все закончилось удачно.
— А до того, как было?
— А до того было переживательно.
— Теперь мне все понятно.
— Что понятно? Ты о чем-то хочешь поговорить, Собеседница?
— Не сейчас. Просто хотела узнать, как у тебя дела?
— Спасибо, все замечательно.
— Вот и отлично.

****

— Ну как? — голос Виктора Дмитриевича по телефону выдавал сильное волнение.

— Сейчас выйду из помещения, не отключайтесь, — Николай подождал, пока участники судебного процесса, сопровождаемые заинтересованными и любопытствующими персонами, покинули душный зал заседаний, и последним вышел на улицу. — Все, как в анекдоте, коллега. «Весьма рекомендую вам этого адвоката». — «Вы полагаете, он сможет добиться моего оправдания?» — «Еще как! Недавно меня укусила собака, и я подал иск на хозяина, которого защищал этот адвокат. Представьте, он сумел доказать, что я сам укусил дворнягу».

— То есть?..

— Расшифровываю, где можно начинать смеяться. Борис молод, конечно, но судья не ожидал от него такой прыткости. Да и мой человек качественно подстраховывал. Серьезная подготовка, инсайд и фактор неожиданности были на нашей стороне. Вердикт официально не в нашу пользу, но это для лузеров. А для знатоков — апелляция и кассация с такой формулировкой однозначно будут за нас.

— Супер!.. Жаль, что я не смог в Тюмень выбраться из-за следока местного… специально меня на сегодня вызвал… нехороший человек… Может, тормознете на денек в гостеприимной Сибири?

— Рад бы, да нет возможности. Завтра утром встреча с Михаилом Александровичем — нашим инвестором, успокоить надо обязательно, а к вечеру я уже должен быть в Питере. Сегодня специально на процесс на один день прилетал. К тому же мы только несколько дней назад расстались. Соскучились уже? А после Рождества мы вместе с вами в Канаде планировали быть — будет время пообщаться.

— Жалко, что не увидимся… Вопросик есть… Народ говорит, что у этих… как их? … У суб…па…ссионариев, — с трудом выговорил Виктор Дмитриевич, — проблемы начались.

— Раз народ говорит, значит, начались, — улыбнулся Николай, провожая взглядом симпатичную стройную шатенку, проходящую мимо и кокетливо бросившую на него взгляд. — Да и у сына судьи в прошедшие выходные в ночном клубе неприятность произошла: облаву на наркоту фээсбэшники с федералами проводили, а он в компании наркоторговцев оказался. При нем вроде бы ничего, но в крови и на пальчиках кое-что обнаружили. Выкрутится с папиной помощью, конечно, но московский осадочек и озабоченность родителя останутся. Мелочь, а неприятно.

— И че теперь?

— А теперь, дорогой мой коллега, 1 : 1. Но в нашу пользу.

— Нормалек!

— Рано еще расслабляться, рано. Пока игроки сделали только первые ходы. Выдержка и финансовые резервы будут решать многое, они ключевые на данном этапе. Отсюда вывод: *управляемость и эффективность бизнеса — не теоретическая самоцель, а практическое средство для выживания в современном российском обществе.* Согласны?

— Кто ж спорит?

— Тут и спорить нечего. Работать надо. И не только без выходных, но еще и головой.

— Дык…

— Ладно, побеседуем в другое время в спокойной обстановке, созвонимся позднее, заодно и про свою беседу с местным следоком расскажете. Кстати, вы помните, что в понедельник к вам Александр Анастасович прилетает? Уделите, пожалуйста, максимальное внимание работе с ним. Лучше, чем он, вряд ли кто-то нам поможет справиться с задачей повышения управляемости. Но без вас Александр Анастасович — как без рук. Договорились?

— Да понял я… осознал… не переживайте… Езжайте спокойно в аэропорт.

— А я и не переживаю, Виктор Дмитриевич, я задачу уточняю.

30

Молодой стартапер, сильно волнуясь и от этого беспрерывно запинаясь и заикаясь, пытался уже с третьей попытки продекламировать заученную речь, но никак не мог завершить последнюю фразу.

Ксения повела плечами. Бюстгальтер причинял дискомфорт — странно, это был один из ее самых любимых и удобных.

Парень, заметив движение Ксении, стушевался и замолчал.

— Продолжайте.

— Я... — в очередной раз начал он, но так и не смог закончить фразу.

— Вы пытаетесь заинтересовать меня вашим стартапом, да?

— Да, — только и смог произнести начинающий предприниматель.

— Выбросьте из головы свою составленную по популярным книжкам и выученную наизусть фразу. Вы родили идею, расскажите о ней по-простому, например... как о своем ребенке. У нас с вами есть еще пятнадцать минут. Думаю, нам их лучше провести в конструктивном спокойном обсуждении. Принимается такой сценарий?

— Как о ребенке? — удивленно захлопал глазами парень. — У меня недавно родился ребенок. Мы назвали его Джонатаном. Ой! Я не о том, — и он стушевался еще сильнее.

— Все хорошо, да не волнуйтесь вы так! Я же не кусаюсь, в конце концов! — Ксения уже начала немного нервничать, что было для нее несвойственно, и от этого она еще больше заводилась. — Успокойтесь. И представьте, что будущее вашего стартапа напрямую связано с будущим вашего ребенка. Что, впрочем, недалеко от истины. Как родился ваш бизнес-ребенок? Как делал первые шаги? Как начал говорить?

— Хорошо. Если как о ребенке, — парень сразу сконцентрировался.

— Ну вот, молодец, поехали!

— Интересную параллель ты провела, Босс, — аналитик от бога и немка по крови Дебора, сидя на низком диванчике, легко закинула бесформенно полную ногу на ногу и пригубила кофе из большого бумажного стакана с эмблемой своей любимой сетевой кофейни.

Аттракцион с закидыванием ноги всегда приводил в изумление присутствующих. При таких габаритах, казалось бы, невозможно не только легко закинуть ногу на ногу, но и вообще произвести любое движение, Дебора же не напрягаясь опровергала все законы физики нетвердого тела. Она вообще много что опровергала, гордясь своей неимоверной полнотой и получая от этого какое-то показное животное наслаждение. Ксению по имени Дебора назвала только раз — во время знакомства на собеседовании. Уже прощаясь, она крепко пожала Ксении руку и уверенно произнесла: «До скорой встречи, Босс», хотя результаты собеседования были еще не известны не только ей, но и самой Ксении. Возможно, именно эта уверенность, самостоятельность мышления и отличающий Дебору от основной массы людей оригинальный взгляд на события и явления позволили Ксении выбрать именно ее из почти полутора сотен претендентов на вакансию аналитика.

— За три года, которые я работаю с тобой, ты впервые сравнила стартап с ребенком. Обычно приводишь примеры из медицины или восточной философии. Неожиданно! Ты случайно не решила завести ребенка? — показно-проницательно поинтересовалась Дебора.

— Еще чего! — эмоционально отреагировала Ксения. — Извини, у меня через пять минут конференц-колл с советом директоров. Подготовь мне анализ рынка по этому застенчивому стартаперу к завтрашнему дню. Идея неплохая, мне кажется. Но как при такой скромности он собирается продавать свой продукт? Вот уж точно, как в анекдоте.

— В каком анекдоте? — вставая спросила Дебора.

— Да мне белорусские друзья как-то рассказали. Не знаю, смогу ли смешно перевести на английский, но постараюсь. Очень стеснительный юноша с девушкой сидят на лавочке. Девушке очень хочется, чтобы он ее поцеловал. Она и говорит: «Ой, у меня щечка болит! Поцелуй! Может, пройдет? Он целует: «А теперь не болит?» «Нет, не болит», — подтверждает девушка. Через некоторое время снова: «Ой, у меня шейка болит!» Он целует ее в шейку: «А теперь не болит?» Она: «Нет, не болит». На соседней лавочке сидит старичок. Поворачивается он к парочке и спрашивает: «Молодой человек, а вы от геморроя не лечите?»

Дебора подняла глаза к потолку, сделала вид, что слегка задумалась, и, молча содрогаясь от смеха, плавно поплыла к двери. Уже протискиваясь в дверной проем, оглянулась и выдавила сквозь смех:

— И кто у вас в России такие смешные истории придумывает? Помню, в юности мне дед ваши анекдоты рассказывал, так я по полдня смеялась. Он в плену был, после войны строил ваши сибирские города.

Ксения отключила громкую связь, откинулась на спинку кресла и закрыла глаза. Легкое ощущение тошноты не отпускало с обеда. «Может быть, отравилась чем в китайском ресторане? Что-то самочувствие в последнее время того... Нервозность какая-то необъяснимая... И задержка с месячными... Видимо, переработала, утомилась, надо выходные провести на воздухе, съездить в Напа Вэлли, в Калистогу заехать — восстановиться в горячих геотермальных источниках».

31

Николай помассировал ладонями усталые глаза и зевнул. Двадцать два часа двадцать две минуты. Встал, потянулся, размял затекшие мышцы и позвоночник, несколько раз отжался от пола. Сел в кресло, постарался расслабиться и почувствовал, что устал. Банально устал. Тело стало наливаться противной ломотой и тяжестью. Не зря знатоки говорят, что нельзя скаковых лошадей резко останавливать после забега, — можно потерять коня. Рейдерская атака на семенной бизнес, хоть и была успешно нейтрализована, но забрала много корпоративных ресурсов, а главное, личных сил. План подготовки международного семенного аграрного форума Виктор Дмитриевич провалил, благополучно переложив вину на врагов, хотя Николай понимал, что дело в самом Викторе Дмитриевиче. Задача подготовки испытаний канадских сортов бобовых и зерновых уже этим летом на сибирской земле была фактически провалена опять по той же причине. «Забуксовали... Именно по инновационным направлениям... И забуксовали по вине человеческого фактора... Все объективные ограничения учли, угрозы нейтрализовали, а вот с субъективными параметрами попали... Причем с ключевой фигурой. Попали там, где меньше всего ожидали. И пока с этой фигурой не выстроить полностью согласованное понимание, то и мотивацию остального персонала не настроить эффективно. Командировка в Канаду не то чтобы полностью потеряла смысл, но теперь явно была преждевременной. Правильнее будет сосредоточиться на внутренних задачах и на выпуске клубных облигаций. Н-да… Надо принимать решения. Точнее — надо принимать комплекс согласованных решений. И принимать оперативно. Хотя что тут решать? Все понятно, осталось только скорректировать план и программы развития, но это уже чисто техническая задача».

Николай взглянул на пришедшее после обеда приглашение участвовать в ежегодном собрании Канадской ассоциации по торговле семенами, которое должно состояться осенью следующего года. Отправил короткое электронное письмо-задание помощнице и решительно поднялся — утро вечера мудренее.

Глаза девушки на ресепшен были такие же безнадежно уставшие, как и у Николая.

— Бассейн и бани теперь работают с семи утра и до одиннадцати вечера, вы опоздали. Сходите в тренажерный зал, он открыт круглые сутки. Сегодня, кстати, новый ночной тренер вышел, говорят, хороший специалист.

— А почему на ночь стали закрывать бассейн? — поинтересовался Николай.

— Мы решили, что так будет лучше для посетителей, — заученно и безразлично ответила девушка, обреченно глядя мимо Николая через прозрачную стеклянную стену клуба на быстро проносящуюся мимо ее недооцененной молодости гламурную вывеску «рублевской» жизни в форме респектабельных автомобилей с желанными лоснящимися хозяевами.

— Значит, вы решили за меня, что для меня будет лучше, — меланхолично констатировал он. — Так и живем уже скоро столетие по заявкам трудящихся и токмо для их же блага.

— Что? — не поняла девушка.

— Спасибо, но я лучше утром в бассейн, — Николай с огорчением поднял с пола спортивную сумку. — Моему измученному нарзаном организму прописаны водная среда и баня. Железяки для восстановления энергетики в данном случае не показаны, а где-то даже по ночам и противопоказаны.

Увидев проявившуюся вторую полоску экспресс-теста, Ксения опустилась в ванной прямо на пол. Сомнений быть не могло — она беременна. Судорожно вздохнула, закрыла глаза и прислонилась спиной к двери. Долгожданный ребенок. Но неожиданный и, вероятнее всего, не от мужа. Чувство радости сразу смешалось с чувством тревоги: «Как быть с мужем и работой? С подругой уже не посоветуешься и на нее бизнес не оставишь — теперь она не подруга, а только деловой партнер, да еще и любовница супруга. И Мыслитель уже дважды не отвечал на звонки, хоть бы с ним поговорить, душу облегчить. Или обидела я его в последний разговор своей резкостью? Все в кучу…

К гинекологу записана на прием через два дня. Окей, через пару дней ситуация прояснится окончательно».

Стандартные и простые вопросы гинеколога — «когда?», «с кем?», «какие резус-факторы у нее и у отца ребенка?» — воспринимались Ксенией тяжело. Правду полностью не знала или говорить не хотела, а врать не было никакого желания.

— Переживаете сильно? — поинтересовался врач.

— Как Бог даст, раньше рожали, не зная даже своей группы крови, а не то что резус-фактора партнера…

— То есть? — удивленно поднял на нее глаза доктор.

— Это я так, волнуюсь. Все в руках Господа.

— Может быть, если вы в себе не уверены, то пойти на аборт? Возможность такая еще существует.

— Нет. Однозначно нет, — твердо сказала Ксения. — Буду рожать. Ребеночек ни в чем не виноват. Значит, наше с ним время пришло.

33

Денис Львович с довольным видом пил в холле отеля латте, с кем-то оживленно разговаривая по телефону.

Виктор Дмитриевич молча курил, подливая в стакан свою любимую французскую минеральную воду. Стоящие на столике перед ним три пустые чашки из-под эспрессо свидетельствовали о том, что он пришел на презентацию значительно раньше обозначенного времени.

Не успел Николай сделать от двери-вертушки в сторону коллег несколько шагов, как услышал: «Кого я вижу! Николай Константинович! Сколько лет?!» Знакомый по былым временам «авторитетный» сибирский бизнесмен, а теперь, по слухам, еще и израильский подданный, с которым они не часто пересекались прежде, но всегда держали друг друга в поле зрения, кряхтя поднимался с кресла.

— Сидите, сидите, — приподнял ладонь Николай, оборачиваясь на оклик.

— Сесть мы всегда успеем, — отшутился традиционной фразой определенной категории людей изрядно погрузневший «авторитет», — а уважаемых людей встречаем только стоя! — он обнял Николая и, трижды прикоснувшись своими щеками к его щекам, негромко произнес на ухо: — Каким ветром в наши края, браток?

— И эти края уже тоже ваши? — Николай откровенно разглядывал старого знакомого.

— Ну а как? Конечно! Работаем же!

— Работаете?! Кто-то мне уже что-то подобное рассказывал. С израильским паспортом, с виски и сигарой в холле московского пятизвездочного отеля?

— Э! Что ты придираешься?! Ты знаешь меня много лет, я никогда без дела не сижу, правда? Вот и тебя встретил. Да не рассматривай меня так укоризненно, знаю, знаю — прибавил изрядно в весе, спорт потому что забросил, диабет вот нажил — работа вредная, нервная, сам понимаешь. Как видишь, сигарой и виски стресс снимаю. А ты молодец — держишь форму! Заказать тебе выпить?

— Спасибо, но меня товарищи ждут, — ответил Николай, показывая головой в сторону коллег.

— Подождут немного!

Николай засмеялся:

— Не получится. Презентация у нас через полчаса начинается.

— А! Так это вы у нас сняли конференц-зал? Про какие-то клубные дела рассказывать будете? То-то я смотрю банкиров да журналюг со всей Москвы набежало. Обязательно зайду ненадолго послушаю. А после презентации заглядывай ко мне в апартаменты, выпьем, пообщаемся, вид из окон у меня шикарный — прямо на Москву-реку и на Кремль, не то что здесь в холле — кроме моста, ничего не видно. Вечером девчонок закажем, мне тут из одного элитного модельного агентства красоток подгоняют — загляденье, такие вещи вытворяют! — он причмокнул от удовольствия.

— Не сегодня, хорошо? — Николай посмотрел на часы. — День уже расписан. А на днях, возможно, загляну. Только виски я не люблю, ты же знаешь, заранее хеннесси запасись. А лучше — ты ко мне заезжай.

— Не проблема, в наших закромах и твой коньяк найдется! Вкусы свои ты не меняешь, это правильно.

— И давай без девочек. Разговора при них не получается. Ты же меня не свечки держать приглашаешь? Да и поздравительные рождественские открытки групповой обнаженной радости от тебя потом не буду знать, на какое видное место поставить!

— А! — довольно заулыбался знакомый. — Осторожным ты всегда был, Коля, недоверчивым и остался. Это хорошо, уважаю, не лажаешься. Ладно, обойдемся без телок, есть что обсудить. Я ведь тебя сижу жду.

— Кто бы сомневался, что не случайно кофе спустился попить.

— Не случайно, не случайно. Слышал у тебя в Сибири проблемы?

— Проблем нет, так — проблемки. Кто не работает, только тот в России не имеет проблем, так говорят? А я же всегда созидал, ты ведь знаешь, это мое жизненное кредо.

— Ну и проблемы всегда имел.

— Не всегда, далеко не всегда. Да и решал их. Есть проблема — обязательно найдется и решение. Мозгами только шевелить надо. Вот с тобой мы тоже не в оперном театре познакомились, если помнишь?

— Да помню… Как не помнить?.. Зарулили с утреца мы с пацанами к тебе в кабинет. Охранники твои с испугу чуть не обосрались. А ты молодец, хоть и молодой был, а в одиночку грамотно разрулил ситуацию. Эх, хорошее было время!

— Вот видишь, а теперь спокойно с тобой стоим и разговариваем. И без охраны. Значит, можно проблемы решать?

— Ну… можно, можно… кто говорит, что нельзя…

— Вот и проблему, о которой ты толкуешь, я уже почти решил.

— Не горячишься? Смотри, люди там в этот раз не простые на тебя очень обижены.

— Да и я не с улицы, правда? Ты по своей инициативе заработать хочешь или они тебя в помощники наняли?

— Не хами, Коля.

— Сорри за резкость, — Николай слегка приобнял авторитета и так же негромко и на ухо, как и он в самом начале разговора, произнес: — Ты же знаешь, меня нельзя злить, а твои тюменские ребятишки меня очень сильно разозлили.

— Не мои они.

— Тем более. Тогда не переживай за них и лучше не ввязывайся, мой тебе совет. У тебя вооон сколько дел в Москве!

— Ну, береги себя, — «авторитет» разочарованно обнял Николая и, оставив на столике дымящуюся сигару и недопитый виски, тяжело переваливаясь с ноги на ногу, направился в сторону лифта.

— Что это за дяденька солидный, с которым вы разговаривали… лицо вроде… знакомое? — Виктор Дмитриевич затушил сигарету и убрал свой портфель, освободив для Николая кресло.

— Земляк ваш и старый мой знакомый, случайно столкнулись, он тут в отеле остановился проездом.

— Ясно…

Денис Львович закончил телефонный разговор и радостно сообщил:

— Поздравляю нас, господа, мы всю подписку закрыли досрочно! Так что презентацию можно было и не проводить.

Хорошая новость подняла Николаю настроение после оставившего неприятный осадок разговора с «авторитетным» старым знакомым.

— Будем проводить, обязательно будем! Первый пилотный выпуск в России! И вы хотите лишить народ радости услышать об этом?

— И не забывайте о необходимости поддержания вторичного рынка, — из-за спины раздался голос Александра Анастасовича. — Приветствую, господа! — энергично пожимая всем руки и пододвигая себе кресло от соседнего столика, он продолжил: — Вижу, все в сборе и в добром настроении, и в здравии! Напоминаю, что для бизнеса — это лишь промежуточный, хоть и очень важный этап развития. Цель презентации не только собрать деньги, которые, как оказалось, уже собраны, но и грамотно продвигать себя, управлять информационным пространством. И такой повод у нас для этого замечательный, ничего выдумывать не надо! А после фуршета мы с супругой приглашаем вас к нам домой — отметить. Отказы и отговорки не принимаются, сразу предупреждаю, моя ненаглядная половина такой ужин приготовила — пальчики оближете, лучше любого гламурного кабака!

Все заулыбались.

— Решено! — консультант довольно потер руки. — Вот на этой оптимистической ноте я предлагаю подняться в зал. Нас ждут друзья!

— А разве друзья ждут из-за денег? — поднимаясь по лестнице, поинтересовался Николай.

— А кто… враги, что ли? — вставил реплику Виктор Дмитриевич.

— А разве враги ссужают деньгами? — снова задал вопрос Николай.

— Запутали вы нас, Николай Константинович, давайте перенесем философские дискуссии на ужин, — нетерпеливо произнес Денис Львович.

— Согласен абсолютно, за кружечкой водочки и разберемся, — поддержал его Александр Анастасович. — А сейчас наш выход, господа!

ЧАСТЬ 5

1

Санкт-Петербург встретил сильным порывистым холодным ветром и дождем. Николай поежился. Организм, уже

476

привыкший к московскому изнурительному зною, был не готов принять резкую смену погоды.

Изголодавшийся по беседам с интеллигентными людьми таксист — бывший преподаватель техникума (по откровенному его признанию) — всю дорогу до отеля рассказывал, как буквально за считаные часы до форума были завершены ремонты центральных дорог и фасадов зданий.

— Только фасадов? — задал уточняющий вопрос Николай.

— Только. Даже торцевые стены не покрасили, сами увидите. Показуха. Или разворовали деньги? Эх, Рассея, Рассея — неисправимая потемкинская деревня! — сокрушенно качал головой потомственный питерец. — А погода у нас быстро меняется, — успокоил он напоследок, — завтра уже не будете знать, куда спрятаться от жары.

— Ваше впечатление о форуме? — оптимистично-решительный вид энергичной молодой репортерши из съемочной группы федерального телеканала априори предполагал хвалебно-восхищенный ответ.

Николай повернулся к камере:

— В целом Балтийский международный экономический форум меня не впечатлил.

Репортерша растерялась, не ожидая такого ответа:

— А сегодняшний Мировой зерновой конгресс, проводимый в рамках форума?

— Безусловно, полезное мероприятие. Правда, больше политическое, чем экономическое. К моему персональному сожалению. Поясню. Как вы знаете, первым выступающим был президент России. Причем, несмотря на занятость, он присутствовал в зале на протяжении всего пленарного заседания. Молодец! Чего не скажешь о некоторых руководителях органов власти и государственных бизнес-структур. И речи их очень напоминали отчеты на съездах КПСС, и быстрые исчезновения со сцены «по-английски», не дожидаясь окончания обсуждений на панелях, заставляли россиян, находящихся в зале, краснеть «за Родину» перед иностранцами.

Тележурналистка растерянно смотрела по сторонам.

— Все, спасибо, — торопливо произнесла она и показала оператору, чтобы он выключил камеру.

— Когда можно будет увидеть себя в эфире? — поинтересовался Николай у быстро отходящей от него съемочной группы.

— Мм… Не знаю… не я решаю, — не глядя на него, ответила репортерша, выбирая из делегатов новую «правильную» кандидатуру для интервью.

«Больше чем уверен, что никогда», — подумал Николай.

«Здравствуйте… Тысячу раз прошу прощения! Но позвольте впервые в жизни сделать комплимент мужчине… Я не могу удержаться… У ВАС ПОТРЯСАЮЩИЕ ГЛАЗА!..»

Николай повертел в руках записку — ровный аккуратный женский почерк, поднес бумагу к лицу — легкий запах духов заставил глубоко вдохнуть будоражащий фантазию аромат, смешанный с легким балтийским бризом и от этого еще более возбуждающий. Он обернулся. На вечернем приеме в резиденции губернатора Санкт-Петербурга по случаю завершения Балтийского международного экономического форума было несколько сотен держащих бокалы, знакомящихся, веселящихся, озабоченных и абсолютно равнодушных ко всему происходящему чиновников, придворных проходимцев, деловых людей и просто непонятно «как» и «зачем» оказавшихся здесь мужчин и женщин. «Кто положил под его бокал с вином эту записку, пока он смотрел фейерверк, запускаемый с баржи, отошедшей от причала резиденции на середину Невы? Гадать бессмысленно, потому что угадать не-воз-мож-но. Либо загадка останется навсегда загадкой, либо должна проясниться в ближайшее время», — решил он.

Кубанский казачий хор, привезенный губернатором Краснодарского края в качестве подарка на форум, задорно затянул «Прощание славянки». Изрядно накаченные спиртным и разморенные под летним солнцем делегаты потянулись к сцене. Николай взял бокал и тоже решил подойти поближе, чтобы лучше разглядеть яркие красивые казачьи народные костюмы артистов.

Песня «Распрягайте, хлопцы, коней» на украинском языке не оставила равнодушным никого. Стоящие у сцены представители Краснодарского края стали сбрасывать с себя пиджаки и под зычные призывы «Любо, братцы, любо!» пустились в пляс.

Красивый женский голос позади Николая негромко подпевал хору. Николай оглянулся. Рыжеволосая симпатичная молодая женщина, с несколько большеватым носом, впрочем, совсем ее не портящим, смотрела на него огромными серо-зелеными глазами. И запах свежести точно такой же!

— Вы хорошо поете, — произнес Николай.

— Кира, — протягивая руку, представилась девушка. — Мое первое высшее — семинария, регент хора.

— Николай Константинович, — осторожно сжимая ее ладонь, представился Николай.

— Я знаю, вас представляли на панели по формированию инвестиционной привлекательности. Я сидела в первом ряду, но вы не обратили на меня никакого внимания. И не стоит ничего придумывать и извиняться, участников в зале было много, поэтому немудрено не заметить какую-то ничем не примечательную девушку, — тут же, словно пытаясь оправдаться или оправдать Николая, сказала она.

— Вы правы. И в том, что не заставили меня ничего придумывать, и в том, что со сцены зал видится по-иному. Не правы только в излишне критичной оценке самой себя.

— Да, с высоты все видится по-другому... — не мигая и глядя прямо ему в глаза, произнесла девушка.

— Это вы мне написали записку? — неожиданно даже для самого себя спросил Николай.

— Да, — спокойно, будто ожидая этого вопроса, ответила Кира.

— Спасибо на добром слове. Я даже немного растерялся.

— Вы сейчас слегка покраснели. Редкий мужчина в вашем возрасте еще способен краснеть. Поверьте, от чистого сердца... Ах да... С успешным выступлением!

— Благодарю, — Николай встал рядом с Кирой.

— Как у вас настроение? Я все никак вашу картинку доделать в воображении не могу, так что у меня сумбурное...

— Вы дорисуйте. А я честно отвечу. Эксперимент в таком случае будет «чистым».

— Надеюсь, у меня хватит времени дорисовать…

— А я, знаете ли, очень люблю пение церковного хора. Обычно начинаю рабочий день под запись хора, настраивает на нужный лад. Благо, посчастливилось приобрести диски православных хоров разных стран и городов. Волею случая не так давно удалось побывать на рождественском концерте хора Сретенского монастыря. Впечатлило!

— Как необычно! — Кира, не отрываясь, смотрела на Николая. — К сожалению, любовью к церковным песнопениям похвастаться не могу... Может, раньше — да, сейчас — нет, — лицо девушки погрустнело. — Но искренне рада за вас! Хорошо поют, но громко, правда? — продолжила она, вопросительно приподняв одну бровь. — С кем вы сейчас разговаривали, если не секрет? По виду вроде бы «наш» и «не наш» одновременно.

— Мой старый добрый знакомый по кооперативной эпохе — бывший соотечественник. Доктор наук, очень талантливый математик. Сейчас гражданин Германии, бизнес делает в Южной Африке, благотворительностью занимается в России.

— Как много «бывших» наших ученых и бизнесменов переживают за Россию, думают о ней, помогают кто чем может. И как много наших «сегодняшних» чиновников, которых можно застать только на приветственных обедах да ужинах, как этот, например, как его… который свою речь по бумажке читал. Так кто же наш «бывший», а кто «сегодняшний»?

— Это вопрос или утверждение?

— Это констатация реальности… Вы ведь тоже, скорее всего, из научной среды вышли?

— Есть такой момент в биографии, — улыбнулся Николай.

— Значит, вы думающий человек. И тоже уедете из этой страны? Впрочем, можете не отвечать. Рано или поздно любой нормальный человек начинает понимать, что «ура-патриотизм» является инструментом манипулирования толпой, не более того. Грустно…

Свежий, наполненный влагой Балтики и Невы ветер мгновенно остудил дневную петербуржскую духоту.

— Прохладно? — Николай взглянул на легкое воздушное платье девушки.

— Слегка. Угостите меня шампанским, — неожиданно попросила Кира и слегка вздрогнула. — Думаете, легко мне было заговорить с вами?

Он снял пиджак, накинул ей на плечи:

— Перемещайтесь вон туда, — Николай показал рукой в сторону отдельно стоящей среди деревьев беседки, окруженной газовыми горелками. — Я возьму шампанское и присоединюсь к вам.

Из беседки открывался красивейший вид на Неву и Зимний дворец.

— Как красиво! — Кира завороженно смотрела на воду. — Ах да… спасибо за пиджак, я действительно что-то озябла… Лето на дворе, а я… такая мерзлячка… Хорошо, что весь народ стянулся к сцене, мы можем и музыку слушать, и спокойно беседовать. Правда? — девушка на несколько секунд задумчиво замолчала и продолжила негромко, с паузами, не глядя на Николая: — Я была молодой, когда в меня влюбился батюшка прихода, где я пела в хоре. У него была жена и двое детей в другом городе, но… он… В общем, он оставил семью. И ему пришлось оставить приход — такие в церкви правила. У нас родился сынишка.

Сергей, мужа звали Сергей, связался с бандитами, основал фонд поддержки заключенных… Он был юрист по первому образованию… Шальные деньги портят даже бывших священников. А денег у бандитов было много. Можно еще бокал шампанского? Как-то я быстро выпила… Так вот, — продолжила она, когда Николай принес шампанское. — Баксы, «капуста» — так он называл рубли, дорогие тачки, кабаки, девочки. Не он принес светлое божественное в жизнь заблудших овец, а они отворили темные стороны его души… Связался с театральной актрисой, не помню фамилии, я заставила себя вычеркнуть ее из памяти. Она, кстати, в тот момент тоже была замужем. Губы у нее полнее моих. У меня, говорят, красивые, но слегка узковатые, не в модном выпирающем мейнстриме. Талия чуть тоньше моей… Грудь немного больше… Да и талант артистический. Я специально на ее спектакль ходила, внимательно соперницу изучила. Голубки и не скрывались сильно… Набрали в итоге они денег у своих и моих друзей и сбежали в Америку. Поехали якобы в туристическое любовное путешествие в Сан-Франциско и не вернулись... Он из России по чужим документам выехал — знакомого священника, который уже успел перебраться в США, по своим ему американское посольство визы не давало, подозревало, что останется. По слухам, у них там двое детей родились. Она сувенирный магазин открыла, на питерском фарфоре специализировалась. Знаю от общих знакомых, что какое-то время они жили на Гавайях, затем снова вернулись в Сан-Франциско... Потом вроде бы разошлись, ушел он к очередной пассии. А сейчас... Даже не ведаю, чем он сейчас занимается... Вот такая грустная история любви и разлуки... С тех пор я пою иногда в церковных хорах, но не часто и без прежнего желания, — Кира сморщила носик и тяжело вздохнула. — Зачем я вам все это рассказала? Вы деловой человек, уставший после форума, вам сейчас тусоваться надо, визитки раздавать, контакты устанавливать, интервью опять же, в лучах славы купаться, а не слушать душещипательные истории незнакомой плаксивой женщины. Все понимаю... а сижу и пускаю слезы на ваш пиджак, как последняя дура. И почему свою жизнь вдруг вам выложила? Сама не понимаю... — Кира шмыгнула носом и вытерла салфеткой влажные глаза. — Жарко стало мне, спасибо за внимание, возьмите пиджак, а то я и вправду его слезами залью, ни одна химчистка не восстановит, — девушка попыталась улыбнуться, сняла и передала Николаю пиджак.

— Еще шампанского?

— Пожалуй... И вы не против, если я закурю? — она достала из сумочки пачку сигарет и зажигалку.

— Курите.

— Мне почему-то кажется, что вы не любите, когда женщины курят.

— Не люблю, не буду кривить душой.

— Тогда не буду, — Кира все положила обратно. — Погуляем по набережной?

— Отличная идея, — Николай посмотрел на горелки. — Еще чуть-чуть, и я задымлюсь, жарковато здесь, однако.

— Только тогда мне снова придется просить у вас пиджак, — девушка повеселела. — Вот и повод появился, а то уж очень он мне приглянулся, уютный такой и пахнет вами.

— Вы всегда говорите что думаете?

— Стараюсь. Так живется легче, — она доверчиво взяла Николая под руку, словно доброго знакомого, и они стали не спеша прогуливаться по небольшой набережной резиденции.

— Сто метров вперед и столько же назад... Кажется, я сильно пьяна, голова кружится... Так что картинку про вас сегодня уже не дорисую... Ах да... Раз уж я вас бессовестно вырвала из деловой тусовки, то пригласите меня попить где-нибудь кофе. К тому же здесь уже делать нечего, все, по-моему, еще пьянее, чем я. Знаете, я остановилась у подруги. Квартирка у нее маленькая, на окраине, и кофе в наличии только растворимый, так что... Вы в какой гостинице остановились? Не в «Европе» случайно?

— Угадали.

— Угадала... Когда я вас увидела, мне показалось, что знала вас уже давно... возможно, в прошлой жизни... Очень хорошо знала... Вам женщины не говорили еще, что были знакомы с вами в прошлой жизни?

— Говорили.

— Та-ак! Значит, вы были ловеласом и губителем женских душ?! — Кира остановилась, немного отстранилась от Николая, слегка прищурилась и посмотрела на него. — Да. Без сомнения. Скорее всего, это было именно так. Эффектный сорвиголова в белой рубашке, высоких черных сапогах, с серьгой в ухе, с кортиком и со шпагой! Как же слабое женское сердце могло отказать такому мачо?! — и она еще крепче взяла его под руку, прижалась плечом. — О чем я говорила? Ах да... про кофе. В «Европе» кофе хороший, я точно знаю. Только не в кафе, а в вашем номере, не хочу сегодня вас ни с кем делить. Не откажете мне и в этой жизни? — девушка просительно смотрела на Николая, крепко сжав его ладонь в своих.

Как только Николай закрыл дверь за официантом, который принес в номер кофе, восточные сладости, фрукты и шампанское, неслышно подошедшая сзади Кира резко развернула его к себе лицом и толкнула к стене. Она схватила руками голову Николая и жадно припала губами к его губам. Порывисто вздохнув, девушка слегка отстранилась и стала быстро расстегивать его рубашку, брючный ремень... Встав на колени, не терпящим возражения голосом приказала:

— Не шевелись! Я хочу тебя попробовать.

Николай открыл глаза, Кира смотрела на него снизу вверх хитрым довольным взглядом и, облизывая язычком губы, промурлыкала:

— А ты вкусный!

Красивый грудной, слегка хрипловатый женский голос, поющий восточную песню на английском языке, разбудил Николая. Висящее на стене зеркало отражало сквозь приоткрытую дверь в ванную комнату виднеющиеся из пены женские колени.

Николай потянулся, растер руками лицо, сделал несколько упражнений «на просыпание организма» — как он это называл, прогоняя сон и похмелье, встал с кровати и открыл окно. Влажный теплый воздух мгновенно заполнил комнату. Узкая питерская улочка под окнами была так плотно заставлена машинами, что двум встречным автомобилям едва удавалось разъехаться. Буквально в нескольких десятках метров шумел Невский проспект. С летней террасы отеля раздавались голоса, и даже до четвертого этажа добирался сигаретный дым. Николай взглянул на часы: почти одиннадцать! Однако!

— Ты проснулся? Наконец-то! Засоня! Иди же ко мне! — волнистые рыжие длинные волосы Киры в белой пене выглядели, как распускающиеся весенние цветы. — Иди ко мне! Поцелуй меня! Срочно! — повторила она и протянула к Николаю руки.

Он опустился в воду. Кира после долгого поцелуя крепко обняла его, положила голову на плечо и замерла.

— Мне очень понравилось, как ты брал меня, — через некоторое время томно произнесла она не открывая глаз. — И как укусил потом за холку, — Кира рассмеялась и игриво укусила Николая за плечо. — Это тебе в ответ! Ах да... Я не успела предупредить, что царапаюсь. Больно было?

Девушка снова замолчала. Николаю даже показалось, что она уснула. Он гладил ее руки и бедра, балуясь, создавал на ней из пены разные причудливые фигурки, любуясь совершенными пропорциями и изгибами красивого женского тела — гениального творения всевышнего скульптора.

— Знаешь, что самое печальное для меня в нашей с тобой истории? — не открывая глаз, неожиданно спросила Кира и, не ожидая ответа, продолжила: — А то, что я наконец-то встретила мужчину своей мечты, с которым хотела бы провести всю оставшуюся жизнь. Но это еще половина моей беды. Вторая половина — я не женщина твоей мечты... Это очевидно... А самое плохое, что если раньше я просто придирчиво относилась к каждому своему мужчине, то теперь буду сравнивать их с тобой... И сравнение будет не в их пользу... И от всего этого мне будет еще хуже, чем до вчерашнего вечера...

Знаешь, какой песней я тебя разбудила? Гарем. Ее поет Сара Брайтон. Я лежала здесь в ванне, пока ты спал, и думала, что готова добровольно пойти в твой гарем, чтобы быть с тобой. Правда, если бы мы жили в другом месте и в другое время... А может быть, и в наше время... Кусочек тебя был бы всегда моим... Хочу тебя! — неожиданно сказала она, повернулась к Николаю спиной, плотно прижалась к нему и застонала.

Вода переливалась через их ритмично движущиеся тела, выплескиваясь на пол. Дыхание Киры стало быстрым и прерывистым, она выгнулась, громко закричала и судорожно задрожала. Какое-то время они лежали молча, крепко прижавшись друг к другу.

Не поворачиваясь, Кира капризно заявила:

— Кушать теперь хочу! Заморил бедную девушку голодом! Лежит, молчит, понимаете ли, домогается, а ничего взамен не предлагает! Все самой приходится решать! Закажи, пожалуйста, завтрак в номер, ужасть как с тобой голышом позавтракать хочется. И шампанского! — немного помолчав, с грустью в голосе добавила: — Ах да... Потом я уйду. Возможно, навсегда... По крайней мере в этой жизни. Зато ты никогда теперь из моей реальности не уйдешь... Возможно, у меня получится с третьей попытки, и мы будем вместе в следующей жизни... Пусть простит меня Бог за мой грех, но я благодарна, что вчера Он меня не остановил... А перед тобой я извиняться не буду. Ты, коварный, уже второй раз меня бросаешь! Но почему?! — вырвалось у нее.

2

— Тонет человек в воде, мимо проплывает корабль. Ему кричат: «Вам помочь?» Он в ответ: «Нет, спасибо, Бог поможет». Через некоторое время проплывает другой корабль: «Вам помочь?» Он: «Бог поможет». В итоге утонул, попадает на небо и спрашивает у Бога: «Господи, что же ты меня не спас?» А Бог ему: «Эх ты, недотепа! Я же прислал тебе два корабля!»

— Вы это… к чему рассказали? — Виктор Дмитриевич захрипел в телефонной трубке характерным курительным кашлем.

— Размышления вслух, — Николай включил громкую связь и пересел в кресло. — К теме необходимости проведения осеннего семенного форума и установления партнерства с канадцами. Первый корабль уже проплыл. Возражения и уточнения по этому поводу есть?

— А-а-а… Я думал, про завод.

— Не дает покоя тема завода?

— Дык… Приезжал тут вчера ко мне их… этот… как его… смотрящий, короче, за хозяйством.

— Что-то новое предложил?

— Не-а… все то же самое... кредит впаривают на выкуп завода.

— Встречу с руководством банка предлагал?

— А с кем?! Тему раньше вел Александр Александрович… Его в Москву владельцы банка в свой металлический холдинг забрали… Вице-президентом по международным отношениям… А оставшимся… все фиолетово… как вы говорите…

— Снимаем тему, Виктор Дмитриевич, не тратьте зря свое время, мы же договаривались уже по этому поводу. И кредитная нагрузка лишняя не нужна, а самое главное — не вписывается завод в бизнес-модель, у нас совершенно другая концепция.

— А… раньше вписывался?..

— Вы хотите поговорить на эту тему? — Николай рассмеялся, наблюдая в окно, как несколько рассерженных воробьев гоняют с криками воровку-ворону.

— Ну…

— Раньше вписывался.

— И че?..

Николай   задумался.   Взаимопонимание   с   Виктором Дмитриевичем до сих пор полностью так и не восстановилось — это плохо. Это очень плохо для бизнеса. Усталость от зашедшей в хроническую стадию неразрешенной ситуации вызывала раздражение и злость, прежде всего на самого себя.

— Помните, мы с вами обсуждали стадии роста организации?

— Ну?..

— Основная   ценность   данной   теории   даже   не   в формализации этапов роста, как вы понимаете.

— А в чем?..

— Основная   ценность   заложена   в   самую   ее   суть — организация растет, НЕПРЕРЫВНО и ПОСТОЯННО меняется. Вы не можете заставить только что родившегося ребенка выбрать   свой   жизненный   путь   с   большой   точностью   и вероятностью. Так и с бизнесом. Мы прогнозировали один путь, но рынок поправил нас. Большое счастье и респект всем нам, что вовремя осмотрелись и не уперлись головой в стену этого злополучного завода. Задумавшись, мы осознали, что меньшими деньгами можно достичь лучших результатов.

Короче, перенаправляйте надоедливых ходоков к вашему новому исполнительному руководителю, а мы с вами должны сконцентрироваться на ключевых точках роста. Согласны?

— Кто ж против? — в телефонной трубке было слышно, как собеседник шумно выдохнул табачный дым.

— Что с нашим продвижением в интернет-среде, Виктор Дмитриевич?

Собеседник молчал.

— Мне очень нравится фраза из одного французского фильма: «Мир изменился со времен Народного фронта». Не считаете, коллега?

— Да уж… Чего тут… Согласен… мы меняемся гораздо медленнее… Ничего не понимаю в этой вашей Всемирной паутине… не догоняю… Умом понимаю — вещь хорошая… но не втыкаюсь… Но чувствую — надо… Поэтому пока пользуемся в основном старыми инструментами… Через несколько дней, как помните, участвуем на Алтае в Дне поля…

Тема «Технология возделывания гороха». Территориальный охват: Алтай, Новосибирск, Омск, Казахстан... Аудитория: собственники предприятий, заинтересованные в увеличении объемов производства гороха... Цель: формирование региональной тусовки для расширения качественных продаж семян гороха, то есть товаропроводящей сети...

Тут тоже многое изменилось... Когда-то мы убеждали в необходимости иметь в севообороте горох-предшественник... особенно при ноутиле... Дак вот дошло... Причем, как показала жизнь, альтернативы нет... Предприятия, идущие впереди, вынуждены иметь гороха до двадцати пяти процентов в структуре зерновых... Самое ценное — это их выводы... Культуры-заменители плохо распространены... и тяжелы в технологии... Проблем с продажами товарного гороха никаких — более шестидесяти процентов идет на экспорт... Теперь к нашим «баранам», — было слышно, как Виктор Дмитриевич снимает упаковку с новой пачки сигарет. — Наши перспективные стратегические цели: включить в продуктовую линейку сорта гороха, устойчивые к бурой ржавчине... Наши собственные сорта поражаются сильно... И не только наши... Болезнь возникла несколько лет назад... раньше ее не было... Решим этот вопрос — будет супервсплеск распространения культуры... Такие сорта наверняка есть в Канаде, они давно и серьезно долбят эту тему, возможно, уже существуют и трансгенные формы...

— Как я понимаю, это один из главнейших вопросов нашего с вами визита в Канаду?

— Ну... да...

— Что еще по Дню поля?

— Дополнительно будем толкать нашу пшеницу «Хантыйская» в упаковке... она там на испытаниях — перспективы очень хорошие... Такие дела... Что думаете?..

— Да, мы меняемся медленнее, чем движется прогресс... То, чем легко сегодня оперируют дети, нам порой кажется инопланетной грамотой... Есть такое. В данный исторический момент для нашего поколения вопрос упрощается и обостряется: хотим выжить — необходимо активно осваивать современные технологии. Понимая это, сам учусь много, учусь у экспертов-знакомых, учусь у подчиненных, учусь у детей своих. Наше сильное конкурентное преимущество — опыт. Понимая сие, будем накладывать опыт на интернет-возможности, пока конкурирующая молодежь увлекается внешними яркими формами. Жизнь, Виктор Дмитриевич, — сочетание разумного. Никто не обесценивает традиционные методы — пока они имеют право на жизнь. Просто надо думать, как их усиливать современными инструментами, чтобы и от проверенного не отказываться раньше срока, и перспективы не упускать — не оказаться в хвосте конкуренции.

Такие вот мысли вслух.

— Понятно… доходчиво… — партнер в очередной раз громко вздохнул.

— Вот и хорошо. Увидимся на Дне поля на Алтае и обсудим подробнее? Насколько я знаю, с нами хотят, пользуясь случаем, пообщаться москвичи и питерцы на тему товарных кредитов и партнерства. В пределах Садового кольца нам ну совсем никак невозможно встретиться, надо за тридевять земель лететь! — рассмеялся Николай. — Так что, уважаемый вы мой, беззаботно любоваться уникальными красотами алтайской природы нам явно не придется.

— Дык… на это и не рассчитывалось…

— И последний вопрос…

— Ну…

— Вы регулярно глубоко вздыхаете. Усиливаете эффект табачных ингаляций или задумчивость берет?

— Ак-кх-кх-кх, — раскашлялся от смеха партнер… дык… считайте, как хотите.

3

Николай всматривался из-за тонированного стекла несколько неуместно пафосного «инфинити», встретившего его в пришедшем в упадок, как и вся Россия, сибирском городе, в отреставрированные старинные дома исторического центра Барнаула. Таким образом он пытался «разбудить» в себе генетическую память по линии отца, свои алтайские корни. Обилие лавочек, ларьков и магазинов подтверждало, что купеческая жилка административного центра Алтайского края жива.

— Как с промышленностью дела? — поинтересовался он у ведущего машину не в меру говорливого встречающего — соучредителя и заместителя директора местной аграрной торговой компании.

— Да какое там?! Торгуем чем ни попадя, китаезы все заполонили своим барахлом, а наши заводы в полной заднице!

— А кто и на что ж тогда покупает, если все продают?

— Да хер его знает! — бизнесмен свои реплики перемежал регулярной руганью то на плохую дорогу, то на водителей с купленными правами, то на идиотов-пешеходов, то на козлов-гаишников, постоянно оборачиваясь к сидящему на заднем сиденье Николаю за поддержкой своего негодования. — А че так интересно-то? Не мы одни, вся Россия в жопе!

— Да так… У меня прабабушку на вашем железнодорожном вокзале красноармеец пристрелил в революцию, поэтому и неравнодушен я к вашей земле…

— Да вы что?! Свалить пыталась с белыми или проездом шмонали-раскулачивали?

— Не знаю и вряд ли уже узнаю… Вроде местная она была. И к продразверстке прикрепленная. Официальная версия — неосторожное обращение с оружием. Бабушка моя как-то говорила, что ее мать панически боялась оружия, один вояка-хохмач из люмпенов, зная это, решил ее попугать, а ружье оказалось заряженным…

— Да… Грустная история… Так значит, мы с вами земляки? А я чую, хоть вы из Москвы, а на москвича совсем не похожи, свой вроде по повадкам — сибиряк! Уррроды! — без всякой паузы снова ругнулся он, резко крутанув руль. — Я месяц назад на такой же яме колесо себе вырвал. Приехали! — уже спокойнее произнес он, затормозив сразу после большой ямы на проезжей части. — Гостиница старая, но отремонтированная, и в самом центре — одну ночь нормально переспать. Коллега ваш днем на паровозе приехал, номера у вас рядом. Завтра переселим вас в элитный санаторий. А напротив — суши-ресторан, мой компаньон с москвичом открыли, так что если проголодаетесь… Располагайтесь, отдыхайте с дороги, а утром я за вами заеду. Это ж надо, земляк из Москвы приехал!

4

Чем дальше двигались от Барнаула в сторону Горного Алтая, тем пейзаж становился живописнее. Ландшафт с заснеженными вершинами постепенно начал замещать более пологие и округлые холмы, покрытые высокими густыми травами и хвойными перелесками. Спрятавшиеся в ложбинах сонные естественные и рукотворные небольшие озера не желали делиться накопленной влагой с бегущими невдалеке и выбравшими бешеный темп жизни шумными горными реками. Хаотично разбросанные самого разного размера осколки скал, забытые второпях отступающим ледниковым периодом, напоминали передвигающимся по извилистой дороге в новеньком немецком микроавтобусе участникам Дня поля о временности человеческого бытия.

Традиционные аграрные технологии не представляли для Николая особого интереса, и он, походив для приличия около часа между опытными делянками и энтузиастами-учеными, незаметно вернулся к дежурному микроавтобусу и попросил отвести его в снятый для участников Дня поля пятизвездочный санаторий «Звезда Алтая».

Мост через Катунь представлял собой качающуюся над горной расщелиной навесную любительскую конструкцию, рассчитанную на проезд только одного автомобиля. Бравые ребята в спортивных штанах с лампасами а-ля адидас фром Чайна контролировали с двух берегов очередность платного проезда.

— Ну как вам? — задал Николаю вопрос водитель, когда они медленно доехали до середины моста по скрипящим и болтающимся доскам.

— Местный аттракцион не для слабонервных?

— Ага! — довольно ответил водитель. — А кто не рискует, тому в объезд колесить ого-го-го!

Новенький частный санаторий, построенный на двух островах посредине горной реки в лучших традициях советских партийных релаксационных центров, встретил Николая полным отсутствием людей и гипсовыми фигурами в стиле тридцатых

— пятидесятых годов на прогулочных дорожках. Два капитальных моста соединяли острова друг с другом и с берегом. Шлагбаум на въезде и лазурные воды красавицы Катуни охраняли со всех сторон частное владение от диких туристов и праздных местных отдыхающих.

— Эй! — негромкий, но неожиданный в полной тишине окрик заставил Николая оглянуться. За деревянным столом в тени раскидистого дерева сидел и курил сигару побритый налысо пожилой мужчина кавказской внешности.

— Вы мне?

— Канэшно вам. Присаживайтесь ко мне, пожалуйста. Я — Месроп, — крепкое рукопожатие выдавало спортивное прошлое. — Вы из сельскохозяйственной делегации? Из Москвы?

— Оттуда, вестимо, — Николай с удовольствием присел в теньке.

— Виски?

— Не любитель.

— А что тогда?

— Настаиваете?

— Вы первый заехавший из делегации, а по закону гостеприимства я должен как хозяин вас встретить хлебом-солью... и что тогда вместо виски?

— Тогда хеннесси.

— Вот это другое дело! — обрадовался новый знакомый и набрал кого-то по мобильному: «Мне виски, гостю хеннесси, пару стаканов свежего апельсинового сока и... армянский тан с огурцом и укропом». У меня вкуснейшая домашняя кавказская кухня, ре-ко-мен-дую! — добавил он, обращаясь уже к Николаю.

Небо быстро затягивалось тяжелыми тучами. Летняя жара мгновенно сменилась грозовой духотой. За хребтами Алтайских гор грозно сверкали молнии.

— Я сам с Кавказа, — неторопливо продолжал хозяин санатория. — На Алтае уже давно. Раньше со всего Союза сюда народ съезжался. Место соединения культур... Я тут человеком

492

с большой буквы стал, вкус жизни, можно сказать, почувствовал… От акцента только никак не могу избавиться. Сможешь продать мое хозяйство? — незаметно перейдя на «ты», задал он неожиданный вопрос.

— Не понял? — удивился Николай.

— Сердце что-то нехорошее чует. Губернатор у нас сменился. Мы со старым душа в душу жили. Новые обычно такого не прощают. Не за себя боюсь, сын у меня горячий, они его вмиг отстрелят, если не договоримся. Мне все это хозяйство обошлось в сто миллионов баксов. Даже географические границы пришлось изменить, чтобы острова принадлежали краю, а не области — он засмеялся. — Документы, конечно, есть не на все затраты, сам понимаешь… Одного песка Катунь знаешь сколько унесла? На пару лимонов точно! Кроме санатория, в горах еще форелевое хозяйство, автопарк новый, общежитие для обслуживающего персонала, кое-какая земля в собственности, заводы по упаковке круп и розливу минеральной воды, еще разное по мелочи. Продаю все вместе. Знаешь, какие люди ко мне из Москвы отдыхать прилетают? Даже фамилии называть не буду! Десять процентов от продажи твои — это честно, правда.

С неба раздался оглушительный грохот и стеной хлынул ливень.

— Надо собираться домой, потом договорим. Располагайтесь, отдыхайте, сходите на процедуры — у нас даже солевая комната имеется. А завтра обещаю хорошую погоду, — снова перейдя на «вы» и взяв чемодан Николая, энергичной походкой Месроп направился в сторону парадного крыльца.

5

Уставшие после хождения под палящим солнцем по полям и насквозь промокшие под проливным дождем участники Дня поля, быстро поужинав, разошлись отдыхать по номерам. Николай сидел под тентом на террасе ресторана и потягивал коньяк, наблюдая, как две стихии — гордой горной реки и падающей с неба воды — в бурлящей схватке пытаются доказать друг другу правоту в споре о первичности происхождения.

— Не возражаете? — мужской голос вернул Николая к действительности. — Одному сидеть как-то…

— Присаживайтесь, — Николай жестом указал на стул.

— Альберт, — представился мужчина. — Семью отправил отдыхать в Германию, а сам каждый год езжу на Алтай, мужские дела восстанавливаю. *Я не щадил крестца, и мой дракон опал, / Ночной порой он в яшмовую залу не попал, / Пей пантовый настой — родник жемчужных струй, / Пока не выскочит кошачий дьявол «чуй»!* — театрально жестикулируя, продекламировал он. — Китайцы знают толк в народной медицине! Не зря на свадьбу ценнейшим и дорогим подарком жениху считались панты и кровь марала. А вы тоже лечитесь?

— Я по делам.

— Понятно, понятно. По-любому рекомендую подлечиться, раз уж здесь оказались. Недалеко отсюда мараловая ферма, я каждый день туда езжу, могу и вас прихватить.

— Спасибо, если время позволит — с удовольствием.

— Что пьете?

— Коньяк.

— Момент! — мужчина встал. — Я сейчас вернусь.

Через несколько минут он вернулся с тяжелым ящиком в руках. Стол быстро оказался заставлен бутылками с водкой. Двух бутылок одной формы и одного названия не было.

— Это, так сказать, рекламный материал. Выбирайте любую!

— Спасибо еще раз, — Николай с интересом разглядывал водочное разнообразие. — Откуда такое богатство?

— Я владелец и по совместительству директор водочного завода. Мы даже в Швейцарию продукцию поставляем. Пока, правда, только в одну Швейцарию, — поправился мужчина. — И на Украину тоже, — добавил он. — С чего начнем?

За соседним столиком отмечали какое-то событие несколько молодых парней спортивного телосложения с характерными короткими стрижками. Один из них встал, подошел к столику Николая и, оглядев водочный ряд, уважительно произнес:

— Ну вы и сильны, мужики!

— Это вам от нашего стола, — Альберт протянул ему одну бутылку.

— Благодарствуйте! — парень явно не ожидал такого подарка. — Вы того, может, к нам за столик?

— В следующий раз.

— Ну ладно, — парень с довольным видом вернулся к товарищам, победно держа в поднятой руке трофей.

— Так с чего начнем? — Альберт снова обратился к Николаю.

— Не обижайтесь, я продолжу коньяком, не люблю мешать.

— Жаль. Знал бы, раньше пошел ужинать. Я один тоже не буду. Но завтра, обещайте, что займемся дегустацией моей продукции?

— Обещать не буду, наступит день — решим, — рассмеялся Николай.

— Тогда поехали прямо сейчас на дискотеку?

— И в этом деле я сегодня не составлю вам компанию. Ко мне сейчас люди подойдут на переговоры.

— Эх-х, — Альберт сложил водку в ящик и разочарованно попрощался: — Ну, не буду мешать, я тогда на дискотеку сгоняю, чего зря время холостое терять, надо проверить, как лечение идет. До завтра!

Виктор Дмитриевич столкнулся в дверях с Альбертом и придержал дверь, пока водочный магнат протискивался со своим богатством.

— Вечер добрый, — поздоровался он с Николаем и кивнул головой в сторону ушедшего Альберта: — Серьезные мужчины с солидными запасами тут у вас ходят.

— Двойной эспрессо и бутылку минеральной воды без газа, — заказал он молодой, но располневшей, видимо после родов, официантке с неимоверно длинными и густыми ресницами. — И … это… сигареты… какие у вас есть?.. Мальборо есть? — увидев растерянные глаза девушки, вздохнул и добавил: — Ладно, любые давайте.

— Как вы? — развернулся он к Николаю, доставая из кармана зажигалку.

— Великолепно! Красотища-то какая, вы только посмотрите по сторонам!

А вы как?

— Уманьдякался я по полной! Не до красоты вашей!.. А ресницы у девахи просто нереальные!

— Нереальные, потому что искусственные.

— Да ну?! А как же их к глазам-то приклеивают?

— Не силен я в этой технологии, Виктор Дмитриевич, не силен. Честно сказать, сам только недавно слегка просветился по поводу искусственных частей тела женщины.

— О-пач-ки!.. Так и попасть недолго!

— На то все и рассчитано, уважаемый. Ужинать будете?

— Не-а, нас в поле покормили… Я только кофе… Вышел вам сказать, что москвичи… того… к полям не привыкшие… ну те, что с нами пообщаться хотят… просили перенести беседу на завтра… сегодня они совсем в ауте… никакие.

— Не проблема. Может, и к лучшему, погода настраивает на лирическое настроение, о делах совсем говорить не хочется.

Виктор Дмитриевич залпом выпил кофе, взял сигареты и воду.

— Дык… это… я тогда тоже пойду?.. Чего-то глаза слипаются прямо… Ну… утром увидимся.

Порывы ветра резко усилились, периодически обдавая мельчайшими речными брызгами сидящих на террасе.

Коммуникатор, явно не желая пасть жертвой алтайских влажных угроз, нервно заерзал на столе.

****

— Разбудила?

— Еще нет.

— Соскучился по мне?

— «Буря мглою небо кроет…»

— Ваша «…ветхая лачужка и печальна и темна»? Уходишь от ответа?

— Заходи, расскажу.

— Куда забежать?

— Приблизительные координаты совсем не ветхой лачужки, приютившей меня сегодня: Алтай, остров посредине Катуни, терраса ресторана при санатории.

— Н-да… с удовольствием бы, но думаю, в ближайшие полчаса у меня не получится. Привет, Мыслитель, тебе!

— Привет, Собеседница, и тебе!

— И что, правда — буря?

— Типа того, как выражаются современные потомки Эллочки-людоедки.

— Наблюдаешь?

— Любуюсь…

— Понимаю… Отдыхать приехал?

— Задаешь нескромные вопросы?

— Ты все еще мне удивляешься? Можешь не отвечать. Ты после Питера какой-то не такой немного стал…

— И что женское сердце по этому поводу вещает?

— Не хочу даже думать на эту тему. Ты свободный мужчина и… не я тебе судья — это уж точно.

— А чего тогда завелась?

— Да не завелась я! Подруга накрутила эмоциями, мы с ней сейчас кофе пили, она рассказывала, как познакомилась недавно с мужчиной. До сих пор в себя прийти не может. А теперь и я с ней за компанию.

— А ты поделись со мной, может, и успокоишься.

— С тобой? Нашими женскими переживаниями?

— А с кем, как не с мужчиной, делиться женскими переживаниями?

— М-мм…

— Что, слабо́?

— Ладно, попробую. Познакомились они на кинофестивале в Торонто. Она привлекательна, он чертовски привлекателен. Взгляды их встретились и… вот она — любовь! После бурной ночи в отеле она поинтересовалась семейным положением. Конечно же, он заявил, что одинок. Далее — по нарастающей: романтические свидания в Париже, обмен интимными эсэмэсками, цветы у порога… Влюбилась она по полной программе! Уже начала строить планы счастливой совместной жизни. Только через три месяца бурного романа случайно выяснилось, что одинок он весьма условно — в душе, а фактически женат уже много лет, имеет нескольких детей и не собирается разводиться. Вот такая грустная история обманутых женских надежд.

— Так что тебя так зацепило? Что она поинтересовалась его семейным положением после ночи в отеле, а не до? Или то, что он вместо «здрасьте» не изложил детально свою биографию?

— Сама не знаю… А… да ладно!

— Что?

— Ничего.

— Не договариваешь ты что-то… Кстати, ты ни разу не поинтересовалась, женат ли я?

— И? Женат ли ты?

— Одинок. Но фактически женат. И имею двух очаровательных дочек, которых очень люблю.

— Понятно, женат.

— А мне понятно, что нет.

— Тогда мне не понятно.

— Я двоеженец, такой диагноз был поставлен моей женой. Я был женат на ней и одновременно на своем бизнесе. А супруга как славянская женщина не захотела терпеть конкуренции.

— И?

— Теперь у нее старинный симпатичный домик в спокойной Чехии. Свой бизнес — картинная галерея русских художников. И новый бойфренд из Германии, с которым она вроде бы счастлива… Дочки живут с ней. Развод оформить юридически, правда, не успели, все руки не доходят. Да и не горит пока… Разговорился я что-то, разоткровенничался под коньячок… Лучше бы не по интернету, а глядя в твои глаза, с бокальчиком вина в летний вечер да на террасе какого-нибудь сан-францисского кафе пофилософствовать. С тобой очень интересно беседовать!

— Почему именно сан-францисского?

— Не знаю, как-то непроизвольно выскочило.

— Интересно, что непроизвольно… А я бы согласилась пообщаться с тобой даже во время грозы на Алтае и под коньяк. Можно и не на террасе.

— В чем наша проблема, что нам мешает?

— …

— Молчишь?

— Прости, мне надо идти. Мы обязательно увидимся.

— И помолчим? ☺

— И помолчим. Иногда молчание красноречивее слов… Отдыхай. И скучай, пожалуйста, по мне — мне это ОЧЕНЬ необходимо…

****

6

«Не продать за сто миллионов долларов. Однозначно не продать. Природа замечательная, конечно, есть возможность построить еще один корпус санатория на втором острове, но больше двадцати миллионов за санаторий с островом никто не даст, а профильного инвестора другие активы интересовать не будут, скорее — отпугивать. Непрофильного же инвестора на столь разношерстные активы не найти. Надо проводить реструктуризацию, дробить бизнес по функциональному признаку и продавать частями. Но это не наш профиль деятельности, отвлекаться от основного направления даже за солидные деньги — абсолютно неправильно, больше потеряем, чем заработаем».

Николай гулял по территории между многочисленными статуями под обещанным хозяином санатория ярким утренним солнцем и размышлял о стоимости конкретного бизнеса в частности и о принципах формирования стоимости бизнеса для инвесторов вообще.

«Обычный предприниматель, ориентированный только на прибыль, хватается за любую возможность заработать. Под эту возможность прихватываются новые и новые активы — не обеспеченные ни финансовыми, ни управленческими ресурсами. Это объяснимо или, по крайней мере, понятно. По мере увеличения количества активов начинается хаотичная перетасовка персонала, структуры управления, финансов, материальных ценностей — систему управления никто не готовил к такой модели и динамике роста. Собственник, в гордыне своего величия колосса на глиняных ногах, бесконтрольно изымает для себя, своих родных и приближенных всего столько и в той форме, сколько пожелается: деньги, мебель, автомобили, квартиры, снегоходы, самолеты, туристические круизы… Наступает момент, когда возникший хаос неизбежно гасит управляемость и прозрачность даже для самого собственника. А выйти из привычного состояния «это все равно все мое» он не готов. Бизнес начинает пожирать сам себя. Для изменения ситуации уже необходимо не дополнительное финансирование как «одна большая желтая таблетка» от массы болезней, необходимо хирургическое вмешательство. Наступает время резать по живому — если есть банальное желание выжить. Или, предвидя подобный ход событий, собственнику необходимо было сознательно выстраивать бизнес так, чтобы в любой момент любой актив представлял собой самостоятельную ценность, был инвестиционно привлекателен и после быстрой упаковки в яркую обертку мог быть легко продан.

Но где найти столько умных и прозорливых собственников? А к чужому опыту и мнению редко кто готов прислушиваться».

— День добрый, уважаемый! — словно подслушав его мысли, сзади раздался голос Месропа. — Ну, как, продашь мой бизнес, а?

— Добрый! Дробить его надо, целиком не реально найти покупателя.

— Э-э-э, дорогой! Некогда мне делить, я же десять процентов тебе обещаю. Подумай, а? Завтра заеду, коньяка твой любимый попьем, поговорим? Я руководитель местного банк привезу, который нам кредиты дает, с ним потолкуем. Мне сейчас ехать надо, к новому губернатору на прием вызывают. Продавать все срочно надо, очень срочно... Отдыхай пока, я тебе машину дам, покатайся, хозяйство мое посмотри. Постарайся, а?

Теплый и густо наполненный запахами трав воздух был практически неподвижен. Катунь взволнованно сплетничала со своими каменистыми берегами, снова и снова возбужденно обсуждая свою вчерашнюю борьбу с незваным гостем-ураганом. Темно-бурый беркут, отблескивая в лучах заходящего солнца рыжевато-золотистыми перьями на шее и голове, низко скользил над расположенным рядом островом, внимательно высматривая зазевавшуюся жертву.

Виктор Дмитриевич, как обычно, молча курил. Приятная женщина лет пятидесяти что-то увлеченно ему рассказывала, делая паузы и внимательно оценивая реакцию собеседника.

— Николай Константинович! — доброжелательно улыбаясь, поднялась она навстречу Николаю. — А я вот вашему коллеге объясняю про возможности нашей компании, рекламирую, так сказать, себя. Мы не сговариваясь вышли с Виктором Дмитриевичем пораньше, ну и пользуясь случаем…

— Вот и замечательно! — Николаю было приятно общение с Серафимой Дамиановной. Их редкие и короткие встречи оставляли только позитивные воспоминания. — Если не помешаю, продолжайте, пожалуйста.

— Самый сильный наш филиал в Ростове. Игорь — директор филиала — несколько позже присоединится к нашей беседе. Что так загадочно улыбнулись, Николай Константинович?

— Недавно прочитал, что самые красивые женщины России именно в Ростове. Вы, кстати, где родились? Случайно не в Ростове?

— Угадали, — женщина смутилась.

— Казачка?

— Казачка! — с легким вызовом ответила Серафима Дамиановна. — Так на чем я остановилась? — она замялась. — Смутили вы меня, Николай Константинович!

Все трое рассмеялись.

— Раз я смутил, так мне и исправлять ситуацию, — Николай не отводил взгляда от хищной птицы, резко спикировавшей вниз за добычей. — Ваша развитая филиальная сеть по России и в Белоруссии, безусловно, очень интересна для нас с точки зрения расширения географии и объемов продаж. Это самый банальный вариант сотрудничества между нашими организациями. И мы готовы с вами делиться дистрибьюторской комиссией. Возможно, с этого и стоит начать, чтобы внимательнее присмотреться друг к другу? Однако для нас, не скрою, серьезный интерес представляют ваши возможности по поставке элитных импортных удобрений и средств защиты растений. Мы сами, как вы знаете, не занимаемся непосредственно выращиванием семян. Наша задача — дать возможность крестьянам гарантированно заработать за сезон, продавая им на льготных условиях семена, консультируя по вопросам выращивания, снабжая номенклатурой вашей продуктовой линейки и скупая кондиционный урожай по фиксированным ценам. Крестьянин заранее знает, сколько он за сезон заработает, не имея никаких проблем со сбытом урожая и скачками цен. У нас гарантированные объемы, и зарабатываем мы за счет агроконсалтинга, фьючерсов и прочих нюансов нашего ноу-хау. Но можем зарабатывать и больше, помогая фермерам со снабжением топливом, удобрениями и средствами защиты. Для этого нам нужны надежные поставщики-партнеры, понимающие нашу бизнес-модель и доверяющие нашим экспертным возможностям. Риски, скажу, даже ниже, чем если бы вы продавали напрямую крестьянам вашу продукцию с отсрочкой оплаты после реализации урожая. Мы минимизируем своей бизнес-моделью ваши риски и считаем справедливым получать за это агентское вознаграждение.

Мы платим вам за ваши возможности, вы платите нам за наши возможности, каждая из сторон получает выгоду от сотрудничества.

— Прямо так сладко, что хоть сейчас соглашайся на ваши условия! — недоверчиво покачала головой Серафима Дамиановна.

— Редкий случай совпадения желаемого и действительного, — Николай пододвинул свой стул поближе к казачке. — Не призываю, упаси Боже, принимать мои слова на веру — это не самый лучший вариант в бизнесе. На обратном пути в Москву предлагаю на пару дней заехать в наше хозяйство: познакомим с коллективом и фермерами-контрагентами, ознакомим с нашими показателями эффективности, пощупаете-потрогаете руками, а по возвращении в столицу изложите выводы своему совету директоров. Позовете — и мы выступим перед членами вашего совета. Правда, Виктор Дмитриевич?

— Н-н-н…

— Вот видите, мы с коллегой единодушны в своем предложении.

— Слишком сладко, — недоверчиво повторила Серафима Дамиановна. — Когда мы работаем напрямую с покупателями, то при отсрочке платежа берем залоговые обязательства. Какие могут быть обеспечения с вашей стороны?

— Ну... — что-то хотел сказать, но не договорил Виктор Дмитриевич.

— И что вы с фермера берете, поделитесь секретом? — усмехнулся Николай. — Земля в аренде. Техника чаще всего либо антикварная со свалки, либо в лизинге. В доме — малые дети, ни один суд жилье продать не даст. Остаются чашки, ложки да табуретки? И как, спится спокойно при таком внушительном залоге?

— Преувеличиваете!

— Отнюдь. Если было бы по-другому, то все банки не были бы в безнадежно просроченных кредитах от сельхозпроизводителей. Или я не прав, Виктор Дмитриевич?

— Правы! — выпалил коллега.

— Так что вы предлагаете? Свои личные залоги?

— Ну вот, сразу желание перейти на личности... Гораздо ценнее иное — мы создали эффективно работающую семенную аутсорсинговую бизнес-машину по производству прибыли. И предлагаем вам ее совместное использование.

Посмотрите на фондовый рынок — наши долговые обязательства настолько ликвидны, что банки их уже берут в качестве залога. Заметьте, эти долговые обязательства обеспечены в основном только нашей технологией зарабатывания. Неужели вы думаете, что все банкиры кретины?

— Ну-у... — попыталась возразить урожденная ростовчанка.

— Какой чудесный вечер! — Николай вздохнул полной грудью. — Виктор Дмитриевич, а может нам сменить место расположения головного офиса из Сибири на Алтай? Дышится уж очень здесь легко! Не все банкиры кретины, а мы не жулики, — продолжил Николай. — Прокатимся на пару дней на юга — на юг Западной Сибири? А я вам обещаю интереснейшую экскурсию в старинную столицу Сибири — Тобольск. Не пожалеете! Уговорил?

— Да вы, Николай Константинович, кого угодно уговорите! — рассмеялась Серафима Дамиановна. — Сейчас созвонюсь со своими московскими коллегами, если нет срочных дел, то приму ваше предложение. Только при условии экскурсионной программы!

Николай вышел из номера и дошел до середины моста, соединяющего острова. Подсвеченное разноцветными прожекторами здание санатория выглядело вычурно ярко на фоне ночного неба и откровенно дисгармонировало псевдо-советской помпезной архитектурой с совершенными в своей естественности линиями окружающих гор. Девственная природа второго острова тревожно спала в ожидании неизбежных будущих рукотворных перемен. Николай лег на мост и, глядя на звездное небо, незаметно для себя уснул.

7

— Этого не может быть! — Серафима Дамиановна мелкими глотками выпила водку. — Ух, густая она какая, как кисель! И не чувствуется спирта совсем!

— Водка хорошая и заморожена правильно, — Николай пододвинул к женщине соус. — Только выпивать надо залпом.

— Это что?

— Макало. Соус такой специфический к строганине. Попробуйте. Можете брать строганину руками, макайте в соус и… облизывайтесь от удовольствия!

— Вкусно!

— Еще по одной! — Николай, не дожидаясь официанта, разлил по стопкам водку. — За Север!

— Ух! — Серафима Дамиановна выдохнула.

— Не частите, а то… девушка не привыкшая, — Виктор Дмитриевич вступился за московскую гостью.

— Это вы за казачку переживаете? — Николай подзадорил коллегу.

— И впрямь, давайте не так часто, — вступилась в свою очередь она за Виктора Дмитриевича.

— Он тут как-то так меня укатал… не помню, как до кровати в его квартире добрался, — пожаловался Виктор Дмитриевич на Николая. — Северное сияние! Северное сияние!

— Что это? — заинтересовалась Серафима Дамиановна.

— Пусть сам расскажет — геолог бывший… Опасно с ним за столом связываться!

— Ничего особенного, — сделал невинный вид Николай. — Я спросил Виктора Дмитриевича, что он пить будет под строганину: водку, «Бурого медведя», «Белого медведя» или «Северное сияние»? Он выбрал последнее.

— Ну не томите!

— А вы закусывайте, закусывайте, сейчас все расскажу, таить не буду. Я просто не предполагал, что сибиряк не знает, что такое «Северное сияние». Ну и приготовил его для дорогого гостя, у меня все комплектующие для строганины всегда дома в холодильнике и в баре в наличии.

— Ага! — возмущенно вмешался Виктор Дмитриевич. — Дыхание перехватило, думал — умру. Спирт с шампанским, представляете?!

— Спирт с шампанским?!

— Да, — невозмутимо ответил Николай. — Это же всем известно. С непривычки, конечно, «втыривает», зато…

— А что такое эти… «медведи» из себя тогда представляют?

— «Белый медведь» — это водка с шампанским, более мягкий вариант «Северного сияния». «Бурый медведь» — коньяк с шампанским.

— И это можно пить?! — Серафима Дамиановна даже привстала от удивления.

— Просто так — конечно нет, — рассмеялся Николай. — Только под строганину! А что такое строганина, ответьте мне? Например, из нельмы? Это же вкус поцелуя любимой женщины! А под поцелуй любимой женщины уксус выпьешь — не заметишь! Муксуна копченого, кстати, я обязательно вам с собой в Москву дам, такого деликатеса там практически не достать. Да вы макайте, макайте рыбу в макало. Я бы, конечно, сам макало по-другому приготовил, но в чужой ресторан со своим макалом, как говорится, не ходят.

— И как вы бы приготовили?

— В принципе ингредиенты у всех рецептов почти одинаковые: томатная паста, мелко нарезанный или давленый чеснок, соль, молотый перец — я использую только красный, и уксус. Отдельные личности еще майонез для смягчения вкуса добавляют.

— И в каких пропорциях?

— Э-э-э… как бы это сказать… — Николай выдержал театральную паузу. — Точных соотношений никогда не знал, прищурю глаз и сыплю. И ни разу не получилось невкусно!

— После «Северного сияния» можно гвозди глотать, ничего не почувствуешь, — съязвил Виктор Дмитриевич.

— А вы льдом не увлекайтесь — и все будет в ажуре!

— А... при чем тут лед?

— А вы не знали? — Николай сделал серьезный вид. — Ученые провели опыты с алкоголем. Оказалось, что водка со льдом вредит почкам, ром со льдом вредит печени, джин со льдом вредит сердцу, виски со льдом вредит мозгу. Вывод: этот чертов лед невероятно вреден! Шутка! Анекдот!

Вся компания дружно рассмеялась.

— Что-то мы увлеклись кулинарной темой! Еще по одной — и обсудим дела, а то я перебил уважаемую Серафиму Дамиановну на половине фразы. Так чего не может быть?

— Не может быть, что перед вами нет безнадежной задолженности. У всех есть, а у вас нет?

— Отчего же не может быть? Не забывайте, что у меня в группе компаний работает инвестиционно-финансовая структура, по сути — частный банк, private bank с русским акцентом. Мы на своем и на чужом опыте такую технологию отработали, что она теперь тоже стала нашим ноу-хау, были предложения от серьезных структур продать ее, даже выкрасть пытались. Когда чужие деньги раздаешь — не всегда сильно за возврат переживаешь, а мы своими деньгами оперируем, поэтому и страхуемся многократно и, главное, технологично. Так крепко фермеров к груди прижимаем на весь период производственного цикла, что вырваться из наших объятий можно только выполнив перед нами в полном объеме все обязательства.

— Поздравляю искренне! Впервые встречаю такую результативность.

— Поздравления принимаются. И как люди не жадные и прозорливые, свой успех мы предлагаем разделить и вам.

— Продадите нам свое ноу-хау? Или подарите?

— Н-да... Чую казацкую хватку! Ноу-хау мы пока не продаем, и уж не дарим точно, мы предлагаем ваш товар продвигать на нашем рынке. Вам не надо тратиться на создание инфраструктуры, людей нанимать, партнеров искать. Ваш товар плюс наша технология — выгодно всем. Согласны?

— Напираете прямо! После всего того, что я видела, да. Если дадите слово не поить меня всякими «сияниями» и «медведями»?

— Клятвенно обещаю, честное пионерское!

— Доложу нашему совету директоров, окончательное «добро» они должны дать. Думаю, согласятся, если что — приглашу вас со строганиной на обсуждение, сомневающиеся сами сдадутся!

— Мы завсегда готовы, правда, Виктор Дмитриевич?

— Да уж-ж… — с довольным видом подтвердил партнер.

8

— Не узнаете? — кто-то тронул Николая за рукав. Он оглянулся. Тюменская «шестерка» из стаи рейдеров нервно шмыгал носом и переминался с ноги на ногу. — Поговорить хочу.

Николай освободил руку и пошел дальше. Мужчина обогнал его и преградил дорогу.

— Вы не можете не поговорить со мной! — глаза его лихорадочно блестели, одно плечо подергивалось. — Вы… вы разрушили мою жизнь! У меня долги и у меня нет работы! От меня ушла жена! Вы обязаны взять меня на работу!

Метрах в трех от них за стеклянной стеной ресторана, облокотившись на барную стойку, пила кофе и курила молодая хозяйка заведения. Запах свежезаваренного напитка и дорогих сигарет проникал сквозь слегка приоткрытую дверь. Ранним утром в холле бизнес-центра было еще пустынно, и женщина с интересом наблюдала за мужчинами.

— Вы не имеете права так распоряжаться моей судьбой! Я знаю, это ваши люди разрушили мою жизнь! — возбужденно продолжал говорить тюменец. — Но ничего! Я не помню зла! Я буду верно служить! Я верный! Вы не пожалеете! Я не предам! Я верный! Вот увидите! Я столько про них про всех знаю, я все расскажу! Мы их сотрем в порошок. Они вышвырнули меня, как… как ненужную вещь! Они еще пожалеют!

— Проблемы? — охранник бизнес-центра подошел к Николаю.

— Проводите, пожалуйста, гражданина. Я не знаю его, видимо, он меня с кем-то перепутал. Или больной, дергается весь что-то, бормочет. Может быть, скорую помощь вызвать?

— Постойте! Вы не имеете права! — «шестерка» схватил Николая за рукав рубашки и попытался оттолкнуть охранника, крепко взявшего его под локоть. — Вы… ты еще пожалеешь! У меня знаешь какие связи?! — ткань рубашки не выдержала, и рукав оторвался.

— Жаль рубашку, — Николай внимательно посмотрел на свою руку и спокойно произнес: — Я прощаю тебя.

— А я тебя нет! — истерично раздалось в ответ.

— Это уже твои проблемы, — безразлично произнес Николай и зашел в лифт.

— Что с вами, Николай Константинович? — озабоченно спросила Светлана Александровна, глядя на странный внешний вид всегда опрятно одетого шефа.

— А что?

Помощница замялась:

— По-моему, у вас одного рукава не хватает.

— Правда? — Николай с деланым удивлением посмотрел на себя в зеркало. — А-а-а! Вы знаете, теперь мода такая, тренд сезона в Париже. И татуировку на плече видно. А то хожу в рубашке, зачем тогда тату делал, спрашивается? Как считаете?

— Я считаю, что приготовлю ваш любимый итальянский кофе с коньяком и лимоном, а пока вы наслаждаетесь напитком и смотрите прессу, вернусь в течение получаса с рубашкой традиционного московского тренда с двумя рукавами — рядом с нами на углу бутик работает круглосуточно.

— Вот он — человеческий консерватизм! — пошутил Николай и добавил серьезно: — Я очень буду вам благодарен, Светлана Александровна.

— Не стоит, Николай Константинович, когда еще выпадет возможность с утра по бутику побродить, пошопинговать, — перевела разговор в шутку помощница.

Николай включил компьютер и открыл пришедшее предыдущим вечером послание от Виктора Дмитриевича с заголовком «Просто заморочить голову...».

Содержание письма было лаконичным, начиналось с прописной буквы и не имело знаков препинания, что выдавало волнение партнера: «покритикуйте... С уважением В. Д.».

Перечитав пару раз прилагаемый файл «Блоки-функции», Николай задумчиво прошелся по кабинету. Серьезных возражений к документу не было, если не считать главного — формулировки и цифры не все были привязаны к основным перспективам развития бизнеса и явно не были согласованы между собой, не ощущалось целостности в подходе.

Он сел за стол и начал набирать ответное письмо.

****

Здравствуйте, уважаемый Виктор Дмитриевич!

У меня много лет назад появился первый автомобиль, не новый, ему еще до моего приобретения было восемнадцать лет. Как-то пришлось ехать по делам в другой город за двести с лишним километров (заключать контракт), и я решил подстраховаться, сменить какую-то деталь. Отвез автомобиль в ремонтную мастерскую. Деталь к вечеру поменяли, и рано утром я выехал из города. Вижу, бензина почти нет, подъезжаю к заправке, пытаюсь заправиться, а бензин в бензобак не льется, выплескивается. В общем, притащили на тросе обратно в ремонтную мастерскую. Сам начальник — владелец мастерской — всю машину перебрал. Оказалось, что ремонтник, меняя деталь, передавил случайно какой-то топливный шланг. Извинился передо мной владелец и дал совет: когда сдаете машину в ремонт, уточняйте сразу конечную цель. Если поменять деталь — поменяем и только. Могут быть накладочки, за всем не уследишь, если что —потом поправим. Если же надо, чтобы машина доехала до определенного конечного пункта, то так и скажите сразу, мы всю машину проверим до и после ремонта, а вот что менять или не менять в данный момент от конечной задачи будет зависеть...

P.S. В другой город в тот день я, естественно, уже не добрался, контракт сорвался и замена детали оказалась

509

бессмысленной на данный момент тратой времени и денег. Зато урок получил.

С уважением, Н. К.

****

Буквально через полчаса пришел ответ.

****

Здравствуйте Николай Константинович.
Благодарю. Не дурак, понял. ☺
«Хорошо бы на заре прогуляться вдоль шоссе, хорошо, да только не… не по правой стороне...» — из правил дорожного движения.

Ну да, намерения-то благие, как всегда. На самом деле не просто, видимо, заниматься оперативкой, тактикой и одновременно строить стратегию.

За последние годы многие производственники обращались за советами по своему бизнесу, и многим я их давал, люди были довольны. Недавно одному очень знакомому, когда вник в его проблемы (а проблемы не маленькие), посоветовал купить удочку и заняться серьезно рыбалкой. Видели бы вы его харю в это время! Самое смешное, ему этого больше всего сейчас не хватает.

Со стороны оно, конечно, виднее, без вариантов и бесспорно. По сути, я хочу отработать основные регламентированные бизнес-процессы. Вопросы стратегические — мне вроде и понятны в целом, а многим — ежики в тумане. Вариантов — веер. Надо как-то причесывать. Многие позиции за это время прояснились. Но четкой линии у всего персонала пока нет. Наверное, моя вина, много думал, мало времени коллективу уделял.

Эта «пауза», я думаю, пошла мне на пользу. Много перевзвешано, многое осмыслено и проверено. Мне кажется, что появилась база, какие-то фундаменты для продвижения вперед. Проба пера — это именно проба пера. Конечного варианта модели бизнеса в моей голове как не было, так пока и нет, и бизнес-процессами ее не создать — понимаю. Очередная попытка была снизу через функционал.

Считаю, пора выдвигаться на боевые позиции для взятия стратегической вершины — «бизнес на продажу». Цель за это время только утвердилась.

С уважением В. Д.

****

9

Прохладные пустынные московские дворики с аккуратными клумбами и небольшими детскими площадками чередовались с плотно и хаотично заставленными «железными конями» душными узкими переулками и улочками. Нервного ворчания закупоренного сплошной автомобильной пробкой Арбата совсем не было слышно. Увидев издалека канадский флаг на воротах посольства, Николай посмотрел на часы: воистину в последнее время метро становится самым надежным транспортным средством, если есть необходимость прибыть куда-то вовремя.

— Вы нас ставите в сложное положение, — начала разговор с небольшим акцентом сотрудница посольства — спортивного телосложения молодая женщина с крашеными черными волосами и одетая в черный брючный костюм, подчеркивающий стройность фигуры. — Выдавать деловую визу после подачи документов на вид на жительство не принято. Причину, думаю, не стоит подробно объяснять: оказавшись на территории нашей страны, появляется соблазн дождаться иммиграционного решения, не возвращаясь на родину.

Мы тщательно изучили ваш кейс и только в качестве исключения пригласили на собеседование. Хочу сразу предупредить, вы прямо сейчас можете отказаться от деловой поездки. В этом случае в вашем иммиграционном кейсе ничего не изменится. Если же мы посчитаем нецелесообразным выдать вам деловую визу, то данный факт будет зафиксирован в кейсе и может повлиять и на иммиграционное решение, и на дальнейшие запросы на получение иных категорий виз.

— Видите ли, бизнес есть бизнес. Для нас упускать такой шанс было бы неправильным решением, — ответил Николай, посмотрев на камеру видеонаблюдения. — Я понимаю ваши сомнения. Полная информация обо мне у вас есть — ничего кардинально нового добавить не могу. О целесообразности поездки я подробно изложил в сопроводительном письме. Могу добавить лишь, что для развития канадо-российских деловых отношений проведение аграрного семенного форума в Канаде является знаковым, именно поэтому нас так активно поддерживает Канадская ассоциация делового сотрудничества со странами СНГ и канадские партнеры.

— Безусловно. Мы ознакомились с их доводами. Но нас интересуют персональные гарантии вашего возвращения

— Мм… — Николай задумался. — Если я сейчас напишу заявление, что в случае моего невозвращения в Россию я прошу аннулировать мое заявление о предоставлении вида на жительство, этого будет достаточно?

— Серьезный аргумент, и мы обязательно его примем. Можете предложить что-то еще?

— Дополнительно готов положить депозит на счет посольства, компенсирующий затраты канадского государства на мою принудительную депортацию.

— У вас есть враги в России?

Николай не ожидал такого вопроса.

— Сложно предположить, что, занимаясь бизнесом в России, возможно избежать данной участи.

— Нам пришло письмо из Сибири, что вы являетесь лидером преступного сообщества. Это соответствует действительности?

— Если вы задаете такой вопрос, то наверняка сделали запрос в правоохранительные органы и получили отрицательный или нейтральный ответ, — Николай почувствовал, что не столько от самого ответа, сколько от его реакции на заданный вопрос будет зависеть решение о выдаче деловой визы, а может быть, и о предоставлении вида на жительство. — Если предположить, что мое занятие сельским хозяйством и желание организовать в Канаде аграрный форум является лишь прикрытием каких-то нелегальных операций, то это уж слишком сложный и закрученный сюжет даже для суперагента ноль-ноль-семь. Гораздо проще и эффективнее, как мне кажется, было бы прикрываться торговлей, строительством или ресторанным бизнесом, где всегда можно скрыть преступный наличный оборот и трансграничные финансовые операции.

— Отмыть преступные деньги? Вы об этом сейчас говорите?

— Вы все прекрасно понимаете, — спокойно ответил Николай. — Заниматься снабжением нищих крестьян семенами и объяснять им несколько месяцев, как получить хороший урожай… Не самый эффективный способ финансирования мафии, вы не находите?

Сотрудница посольства внимательно смотрела на Николая.

— Заявления будет достаточно. За визой можете подойти в отдел выдачи виз прямо сейчас.

— Один вопрос, пользуясь случаем? — закончив писать заявление и поднявшись, спросил Николай.

— Да?

— На какой стадии мое иммиграционное прошение?

— На стадии рассмотрения, — усмехнулась женщина. — Чувствуется хватка делового человека, шанса не упускаете! Мы уведомим вас, когда придет время. До свидания. И успехов! И… да… — уже вдогонку Николаю посоветовала она, — будьте внимательнее при наборе персонала.

10

— И французскую минеральную воду без газа, — Виктор Дмитриевич разглядывал в паспорте канадскую визу. — И за этот штампик… нас… точнее, вас, столько мурыжили? — спросил он у Николая, когда от них отошел с трудом воспринимающий окружающую действительность официант, явно после бессонной бурной ночи.

— За этот штампик, открывающий для нашего с вами бизнеса новое конкурентное преимущество. Один звонок, хорошо? — Николай достал мобильный телефон.

— Светлана Александровна, со службой безопасности никак не могу связаться.

— Юрий Леонидович со своими ребятами сегодня на стрельбах, предупреждал, что возможны временные перебои со связью, поэтому сам отзванивается каждые полчаса. Вот как раз идет от него звонок!

— Переключите на меня, пожалуйста.

— Переключаю.

— Как результаты, враги все повержены, Юрий Леонидович?

— У них нет шансов, Николай Константинович. Какие-то проблемы?

— У нас в «АгроИнТехе» завелась «крыса».

— Понял, прямо сейчас начнем работу, а завтра утром я сам вылечу в Сибирь.

— Отлично! Вечером увидимся в офисе. Успешно отстреляться!

— Ну вот, — обратился к Виктору Дмитриевичу Николай, — завтра вам будет в самолете веселее, полетите домой в теплой компании.

— Это какая… такая «крыса»? — глаза у партнера стали испуганные.

— Мерзкая и вредная. А главное — мешающая нам жить. Травить и убивать мы ее не будем, не переживайте, не тот масштаб, чтобы грех на душу брать, поймаем и отпустим на все четыре стороны. Но на прощание прививку от вредных наклонностей сделаем. Век бизнесу жить — век с коллективом каждый день работать! Судьба такая руководителей, наша с вами судьба, уважаемый.

— Откуда… Вы это… вдруг… взяли про «крысу»?

— Как вы выразились, «мурыжила» меня в легком стиле садомазо с утра одна элегантная привлекательная женщина, вот и натолкнула на мысль эту, спасибо ей. Вечером в офисе с начальником службы безопасности обсудим ситуацию, а пока давайте о наших делах побеседуем. Визы получены, необходимо форсировать подготовку форума. Раздел, посвященный форуму на сайте компании, надо будет еще, кроме английского, на французский язык перевести — едем в гости в Канаду, а в их «доме» устав двуязычный считается правилом хорошего тона.

Внимание Николая привлекла архитектура стоящей напротив ресторана церкви.

— Виктор Дмитриевич! Я регулярно захожу на сайт нашей компании, какой-то он не очень активный, не живой какой-то. Есть объективная причина? Я тут недавно на одной конференции авторитетное мнение услышал, что в ближайшие годы бизнес, который присутствует в онлайне, будет расти примерно в полтора раза быстрее, чем у тех, кто в интернете не представлен. Как считаете?

Виктор Дмитриевич сделал глубокую затяжку:

— Ну… наверное, в общем можно согласиться… хотя в нашем случае сегодня преимущество этого инструмента достаточно спорно… во всяком случае я пока не вижу отчетливо… Сегодня явно работают адресные рассылки… и статьи в специализированных журналах… Ну это тоже, можно сказать, вилами по воде… поскольку до конца не можем выйти на мотивацию покупателя… Прям, как у Есенина: *С того и мучаюсь, что не пойму — / Куда несет нас рок событий.*

Николай наблюдал в окно, как возле отделения банка инкассаторы небрежно выгружают из машины мешки с деньгами, почти не глядя по сторонам. Мелькнула мысль: «Если бы я был представителем преступного сообщества, как о том донесено канадскому посольству, то организовать ограбление таких толстопузых и беспечных охранников не составило бы для меня особого труда».

Он перевел взгляд на коллегу:

— Один инструмент не заменяет другого, а дополняет, Виктор Дмитриевич. Можно пахать и на лошадях (и многие крестьяне сегодня успешно пользуются этим методом), можно на советско-российской технике, можно на современных зарубежных комплексах. Можно и совмещать, а подчас и целесообразно. Так и с интернетом. Можно его не использовать и положиться на то, что каждый продавец компании с учетом множества временных зон нашей необъятной страны всегда находится на рабочем месте, он или она всегда в хорошем здоровье, настроении и отчетливо может донести все преимущества продукта до клиента, каким-то путем (интересно каким?) вышедшего на отдел продаж. А можно выложить единую тщательно проработанную информацию для всеобщего публичного пользования, активно «давить» на «личные струнки» через социальные сети, а задачей продавцов будет уже донести до клиента заключительные «ударные» аргументы с учетом индивидуальных запросов покупателя. Не говорю уже о том, что специалист по продажам может уйти из компании со своей базой данных, а сайт с собой не унесешь.

— Ну-у…

— Виктор Дмитриевич, помните об очень важном стимуле продаж — мнении «соседа»? Кто о нем и как расскажет покупателю по телефону или в письме? А на сайте можно увидеть и в письменной форме, и в художественной (фото, видео). Я уже не говорю про банальную финансовую экономию: в этом году посеяли опытную делянку в одной климатической зоне, результат сфотографировали, описали, сняли на видео, следующий год можно посвятить другой климатической зоне, сохранив для клиентов визуальную информацию по их региону. Таким образом формируется бесценная информационная база данных. Кроме того, и для вас польза. Успеете ли вы как первое лицо бизнеса везде и на всех стадиях роста урожая побывать лично, для его оценки? А фото и видео восполнят данный пробел. Экономия командировочных, зарплаты, расширение географии, ускорение динамики развития, повышение узнаваемости и цитируемости. Вряд ли кто-то сейчас в поисках информации роется в журналах — все используют интернет.

— Дык…

— Важнейший управленческий аспект: объективная обратная связь для вас как для руководителя — критическое условие для принятия решений. Кто составляет аналитику и на основании чего? Как интерпретируется беспристрастная статистика сайта и интернета: кто, из каких регионов ищет именно такие или иные сорта и культуры, кто на какие страницы сайта заходит, куда переходит, через какое время уходит (сразу вопрос для всех — почему?), сколько посетителей вышли на контакт, сколько перешли к активным действиям, то есть купили? Не эти ли данные могут быть подспорьем для руководителя при оценке продукта компании и принципов его продвижения?

Я еще очень много могу привести доводов «за» интернет-продвижение компании в целом и продукта в частности, мы их неоднократно обсуждали, не стоит повторяться. Как писал Есенин: *Вы помните, / Вы всё, конечно, помните…*

Сайт может быть простой интернет-визиткой (и даже в этом случае будет польза), а может быть серьезным инструментом продаж, управления и развития бизнеса. Именно такой сайт нами создан. Теперь вопрос: используются ли существующие интернет-возможности для развития нашего семенного бизнеса? Дорогой мой Виктор Дмитриевич, даже когда импортный посевной комплекс не используется, он ржавеет. А в это время вместо одного спортивного коня приходится кормить стадо уставших старых рабочих лошадей.

Виктор Дмитриевич долго молчал.

— Да я совсем не против интернет-ресурса... даже наоборот... Просто небольшой анализ продаж сезона показал такие результаты... Понятно, что сегодня трудно делать выводы... у нас по большому счету еще конь не валялся, — он снова надолго замолчал. — Может мне того... уйти... со своими старыми методами?.. А то... торможу я че-то. Как у Лермонтова, в «Мцыри»: *Бежал я долго — где, куда? / Не знаю! Ни одна звезда / Не озаряла трудный путь...*

— Тогда молитвой безрассудной

Я долго богу докучал

И вдруг услышал голос чудный.

«Чего ты просишь?» — он вещал. —

Ты жить устал? — но я ль виновен;

Смири страстей своих порыв,

Будь, как другие, хладнокровен,

Будь, как другие, терпелив.

Он же — Михаил Юрьевич. К сожалению, из незавершенного «Когда надежде недоступный...»

— Вот за что я вас уважаю, Николай Константинович, так это за то, что с вами... поговорить можно по-человечески... Останемся друзьями?..

— Расстаться мы всегда успеем, Виктор Дмитриевич, — Николай уже не надеялся увидеть кофе и подал знак откровенно засыпающему за стойкой официанту, чтобы тот принес счет. — Не дождетесь! Так вы любите говорить? Поехали в офис, там кофе попьем, работы много, жалко драгоценное время из-за непрофессионалов терять. А пока сонный официант несет счет, я вот что откровенно скажу... По-человечески вы мне симпатичны. И я уважаю вас как профессионала. Сможем ли обойтись без вас? Сможем — бизнес уже запущен и ориентиры развития понятны. Начни мы наше сотрудничество несколько раньше, я бы и не стал вас уговаривать, договорились бы о компенсации и разошлись. Я персонально даже выиграл бы от нашего расставания — моя доля в бизнесе бы увеличилась…

— И че?

— И что? — Николай с интересом рассматривал не характерную для конца восемнадцатого века архитектуру храма. — Не типично…

— Что не типично? — не понял реплики Николая Виктор Дмитриевич.

— Не типичная архитектура храма для времени своего строительства. Извините, отвлекся. Пригласив вас в бизнес, я принял определенную ответственность за вас. Это мои персональные этические заморочки, как иронизирует наш HR-директор. Скорее всего, сегодняшнее взаимное недопонимание вина не кого-то одного, а нас обоих. Как в семье: при ее распаде никогда не бывает одного виноватого… У нас с вами общий бизнес, если хотите, одна деловая семья, брак по расчету… И мы скоро добровольно и мирно разойдемся — разовьем проект и выйдем из него. А пока мы вместе, нам необходимо научиться жить друг с другом, искать компромиссы, аргументированно убеждать, доказывать фактами и действиями, ломать свое эго, принимая чужую точку зрения, что означает: ДО-ВЕ-РЯТЬ… Видимо, мы еще не полностью доверяем друг другу… Будем учиться? Если для дела потребуется убрать эмоции — уберем, ничего личного — только бизнес. Согласны?

Виктор Дмитриевич сосредоточенно затушил сигарету:

— Ну… это… поехали в офис.

11

Ребенок зашевелился, подгоняя остановившуюся Ксению толканием ручек и ножек.

— Не буянь! — негромко сказала она ему и нежно погладила свой большой живот. — Уже скоро ты увидишь тот же мир, что вижу я, мы будем вместе познавать его. В этом прекрасном и ярком мире, дорогой мой малыш, много несправедливости, очень много… Будет у тебя и радость, будет обязательно и горе.

И то и другое я бы хотела научить тебя воспринимать с благодарностью: не познаешь горя, не оценишь и радости...

Я бы очень хотела научить тебя мыслить самостоятельно, но не забывать о накопленной человеческой мудрости. Это очень непросто, ты себе даже не представляешь, как непросто быть самодостаточным и одновременно чутко прислушиваться к чьему-либо мнению... Я бы хотела помочь тебе научиться разбираться в людях. Неимоверно много непростительных ошибок мы совершаем в жизни, принимая одних людей за других, вернее, пытаясь себя убедить в собственных иллюзиях, в том, чего на самом деле нет и никогда не было. Я слишком поздно научилась распознавать истинную человеческую сущность и грешна перед самым родным мне человеком — перед тобой. Ты не скоро узнаешь, кто твой настоящий отец, если вообще узнаешь когда-либо. Жить полной грудью и не растерять себя. Постараешься? Пока я жива, буду говорить тебе правду, какой бы она ни была. Кто еще, любя тебя, найдет в себе силы не льстить тебе? Если тебя незаслуженно оговорят, никогда не оправдывайся. Верящий в тебя не поверит, а не верящие... не опускайся до их уровня, встав рядом с ними, ты сам рискуешь оказаться подобным им.

Люби дело своей жизни и отдавайся ему полностью. Ибо рано или поздно спросится с тебя: как использовал ты таланты свои?

Цени и береги близких тебе людей — они самые беззащитные. Обидеть их — все равно что обидеть маленького ребенка.

Когда у тебя будут заканчиваться силы, я подставлю тебе свое плечо. Когда я уйду навсегда, хочу, чтобы память обо мне придавала тебе силы в непростые моменты жизни.

Помни и гордись своим происхождением. Человек, не помнящий своего рода, похож на одинокое уродливое карликовое дерево, растущее посреди пустыни. Человек, стесняющийся своего рода, ущербен и никогда не сможет стать по-настоящему свободным и счастливым.

Учись слушать и слышать. Мы совершаем в жизни трагические ошибки, не научившись распознавать по шепоту самые громкие желания!

Всегда и вопреки всему верь в себя! Если все вокруг, даже самые близкие люди, возможно, и я, засомневаются в твоих идеях или силах, что это значит? Ничего не значит! Главное — самому быть уверенным в себе и в своем успехе.

Постарайся запомнить мои первые пожелания, хорошо? Постарайся, обязательно постарайся, любовь моя!

Я посижу отдохну, а ты будь хорошим мальчиком, не хулигань!

Ксения присела на скамейку. Легкий холодновато-горький аромат растущих в парке эвкалиптов то ослабевал, то, возвращаясь, подобно полету бумеранга, усиливался. На газоне лежала и целовалась молодая парочка лет восемнадцати. Девушка-азиатка перебирала руками длинные светлые волнистые волосы европейского вида юноши. Он негромко напевал ей из раннего Стинга: Oh, can't you see / You belong to me?

Ксения посмотрела на часы, достала коммуникатор, включила мессенджер и добавила в диалог Мыслителя.

****

— Кто вдыхал запах любви твоей юности, Мужчина?

****

Палец Ксении завис над кнопкой «Отправить», она посмотрела на свой живот, глубоко вздохнула и удалила запись.

Не успела она убрать коммуникатор в сумку, как он завибрировал. Ксения взглянула на экран, и легкое волнение охватило ее.

— Привет! Как дела? Слышал от твоих коллег, что готовишься стать мамой? Когда мне планировать приобретать подарки к бейби шауэр*? — раздался в трубке хорошо знакомый голос Брюса.

— Дорогой друг! Твой звонок — лучший для меня подарок, других и не надо! Как ты?

— Бизнес, бизнес и еще раз бизнес! И немного для души. Чувствую, на безоблачном небосклоне мировой экономики понемногу начинают сгущаться тучки — уж очень все вокруг сладко. Слишком солнечно и безветренно. Как говорят на твоей исторической родине — бесплатного сыра в мышеловке не бывает. Поэтому, пока все пьют виски с радости, я решил немного потрудиться, чтобы быть спокойным и веселым, когда все будут пить виски с горя.

— Ты мудрый инвестор, Брюс. Спасибо тебе за намек, я теперь тоже буду осторожнее относиться к долгосрочным проектам и планам.

— Не за что, мой дорогой друг, не за что… Ксения, прости за вторжение в личную сферу, но твое сегодняшнее положение как-то связано со мной?

— Брюс! Мы договаривались с тобой никогда не возвращаться к прошлому.

— Да или нет?

— Не вижу причин нарушать нашу договоренность. Между нами ничего никогда не было!

— Душа русской женщины подобна Вселенной — разгадать невозможно, но потеряться в ней можно легко и навсегда.

— Уверяю тебя, Брюс, все значительно проще.

— Окей, не буду спорить на тему, в которой явно некомпетентен. Я собираюсь в ближайшее время в Сан-Франциско, договорились с Генри из Alcatraz Venture Capital Group обсудить планы по совместным европейским инвестициям. Договоренности с твоим фондом по нашему сотрудничеству в Европе остаются в силе?

— Безусловно, у нас не было поводов пересматривать инвестиционную и партнерскую стратегии.

— Олрайт. Тогда увидимся?

— По делам?

— Эй, бизнес-леди! Чем вызвано такое недоверие? Разумеется, по делам!

— Звони, когда прилетишь.

— Береги себя, Ксения. Будем на связи.

Ребенок замер, перестав на время телефонного разговора беспокоить Ксению.

— Что, подслушиваешь? — с улыбкой спросила она у него и снова с нежностью погладила живот.

12

Члены совета по развитию дружно громко смеялись, когда Николай зашел в зал. Виктор Дмитриевич с довольным видом поднялся с председательского кресла.

— Сидите, сидите! — Николай остановил его. — Ваша была инициатива посоветоваться — вам и вести заседание. А я к коллегам присоединюсь. Опять, поди, народ над вашим анекдотом смеялся?

— Дык…

— Понятно-понятно, жаль, что опоздал, надеюсь, и мне потом расскажете?

Светлана Александровна подошла к флипчарту:

— Господа! На повестке продолжение обсуждения важного вопроса: сезонность в семенном бизнесе и как с ней бороться. Председательствовать будет Виктор Дмитриевич, ему и делегируются все полномочия по модерации. Я буду помогать фиксировать мысли и выводы на флипчарте. Вам слово, Виктор Дмитриевич.

— Ну… мы ж предлагали запчастями заняться… Клиент вроде тот же… Оборотка небольшая нужна… Раскритиковали меня тогда… Не знаю больше…

— Вопрос можно? Мы ранее обсуждали фьючерсные продажи под будущий урожай и скупку после посевной остатков семян у фермеров с целью доработки и формирования кондиционных партий. Можно поинтересоваться результатами?

— Александр Анастасович первым поднял руку.

— Поинтересоваться… можно, — отшутился Виктор Дмитриевич. — Нормально.

— А подробнее?

— Ну… работает в общем… Процентов примерно на двадцать — двадцать пять… думаю, в итоге… по каждой позиции удастся по сезону поднять летние продажи… Только того… Денег шибко летом до урожая ни у кого нет… поэтому уперлись… больше не поднять.

Светлана Александровна накидала на флипчарте диаграмму сезонности продаж с поправками.

— Спасибо. Можно ли считать, что другие инструменты исчерпаны?

— Мы тут... дробленку думаем продавать, — семеновод собственноручно поставил на флипчарте букву «Д». — Оборудование старое есть у одного фермера... Старенькое, но рабочее... Готов с нами поделиться.

— Кто сбытом будет заниматься и как это направление усиливает основное? Человека или группу специалистов выделять надо?

— Есть человечек из отдела продаж... готов взяться.

— Как показывает практика, если новое направление с другой категорией клиентов серьезно не интегрировать в бизнес или не выстраивать как самостоятельную бизнес-структуру, то геморроя, извините, будет много, а прибыли мало, — с сомнением произнес бизнес-консультант. — Как с организационной точки зрения видится направление «Дробленка»? Исходным материалом являются семенные отходы, насколько я понимаю, а покупатели — частники?

— Ну...

— А что сегодня с отходами производства происходит? — Светлана Александровна красивым почерком зафиксировала на флипчарте «Отходы — дробленка».

— Фуражом скидываем, — Виктор Дмитриевич пожал плечами.

— Но у фуража тоже существует сезонность продаж? — уточнила помощница Николая.

— Ну... естественно...

— Вы предлагаете отходы на корма животным перерабатывать, я правильно поняла? Для курей и поросят личных подворий, которые круглый год есть хотят? А желающие купить будут, конкурентов много в округе?

— А че нет?.. Будут покупать... куда денутся... У частников всегда проблемы с комбикормами... да и качество в районе хреновое.

— Сложно их делать? — вступил в разговор Александр Анастасович.

— Да че сложного?.. Нет.

— Фиксируем принципиальную возможность?

— Нет проблем... проработаем детальнее.

— Экспортные возможности? — задал вопрос Николай и сам ответил: — Перспективно, уже формируем направление, но полноценную отдачу сможем реально получить только через несколько месяцев.

— Розницу рассматриваем? — Игорь Олегович подошел к флипчарту. — Уточняю, пищевую розницу. Опять-таки из семенных отходов ее реально формировать?

— Реально… Только с торговлей связываться… Были у меня магазины в начале девяностых — такая головная боль! — сибиряк поморщился от воспоминаний.

— А если не самим торговать, а просто паковать или консервировать по заказу существующих брендов?

— То есть?

— Представьте, я какая-нибудь иногородняя фирма: московская, питерская или новосибирская, например, с условным названием «Российский горошек», с раскрученным федеральным брендом. Чем мне заниматься логистикой в ваш регион, не легче ли заказать производство продукта из гороха под моим брендом на месте и сбывать по своим каналам? Заодно и объемы продаж увеличиваются. А?

— Мм… — Виктор Дмитриевич с сомнением пожал плечами. — Это того… сорта подбирать надо…

— И сложно?

— Че сложного?.. Заранее надо только.

— А мне идея принципиально нравится! — Николай рядом со словом «Розница» на флипчарте нарисовал плюс. Заказчиков можно и на оборудование реально раскрутить на компенсационной основе, и на авансирование посевной — что в принципе пересекается с нашей аутсорсинговой моделью. Проработаем?

— Еще предложения? — Светлана Александровна обвела взглядом коллег.

— Сувениры делать из гороха! — неожиданно предложил Юрий Леонидович.

— О как! — удивился семеновод.

— Почему нет? — Светлана Александровна зафиксировала на флипчарте «Сувениры». — Безработных женщин и художников много, разработать образцы, технологию — и пусть на дому занимаются. Заодно через сувениры можно свой бренд продвигать — интересный маркетинговый ход!

— Дык... ну... это... может хватит идей? — взмолился Виктор Дмитриевич. — Нам и эти проработать недели... две-три по-любому надо.

— Тогда что, коллеги, встречаемся через три недели и уточняем расклад? — Николай подвел итог. — Судя по всему, в этот сезон мы вряд ли какую-то из схем сумеем полноценно реализовать, а вот заложить основу для следующего летнего сезона вполне реально и необходимо.

Прошу немного вашего внимания, — он поднял руку. — Хочу еще раз остановиться на нашей стратегической задаче: развив бизнес, мы должны достойно из него выйти. Давайте в очередной раз зададим себе вопрос: что будет желать купить у нас инвестор? Набор морально устаревших тракторов со складом запчастей, которые ему придется либо продавать за бесценок, либо просто выкидывать за ветхостью и ненужностью? Земельный банк, составленный из сотней участков непонятных форм собственности? Право на наши семена, проигрывающие западным аналогам по заболеваемости? Нет, уверяю вас, смотрите на мир трезво и не стройте иллюзий. Инвестор захочет купить у нас деловое ноу-хау с эффективной системой управления, четко описанными бизнес-процессами и функциональными обязанностями, с нашей устойчивой клиентской базой, с профессиональной и мотивированной командой. Ему будут интересны обоснованные перспективы нашего развития и доля рынка, на которую он сможет с минимальными усилиями наложить собственную продуктовую линейку и интересы, опередив своих западных коллег-конкурентов.

Предлагая любые варианты, я прошу вас помнить о конечной цели и соотносить ее с принимаемыми оперативными управленческими решениями. Мы должны отдавать себе отчет, что решением задачи, которую мы сегодня пытались проработать, нам придется скорее всего пожертвовать — вряд ли она будет представлять значимый интерес для инвестора, поэтому встанет выбор: либо отказаться от сопутствующего бизнеса, ликвидировав его, либо быстро продать местным бизнесменам. Учтем данный аргумент при голосовании?

— Чем дальше в лес, тем... — начал говорить Виктор Дмитриевич.

— Тем своя рубашка ближе к телу. Так говорят у нас в Москве, — закончил фразу Александр Анастасович, и все снова дружно рассмеялись.

13

— Считаете, времечко еще не пришло? — Михаил Александрович размахнулся клюшкой и ударил по маленькому мячику.

Николай внимательно наблюдал за траекторией полета. В паре метров несколько человек азиатской внешности, скорее всего корейцев, что-то эмоционально обсуждали.

— Не понимаю, как можно на поле ходить толпой за одним игроком и еще советы ему давать. Вот уж, действительно, нация коллективистов! Я приезжаю играть в гольф, чтобы уединиться, расслабиться и подумать. Если бы меня сопровождала толпа зевак и советчиков, я бы сошел с ума.

— Я не мешаю? — с улыбкой поинтересовался Николай.

— Вы?! Дорогой вы мой! Если бы я не был в этом уверен, ни за что не пригласил бы вас составить мне компанию в столь ранний час. По вашему же определению, я для вас друг и враг одновременно. Я, кстати, часто размышляю над этим определением наших взаимоотношений. Цели партнерства во многом разные, но мы вынуждены быть вместе. Я все правильно понимаю?

Что-то я сегодня явно не в форме, мячик отправил вообще куда-то в лес по грибы... Пойдемте лучше погуляем по набережной, количество шумных игроков превышает разумную для моего душевного комфорта цифру, поэтому просто отдохнем на природе и пообщаемся. Не возражаете? Вот и океюшки... Ваш российско-канадский сабантуй с поеданием лобстеров начнется еще через час-полтора, мы успеем обсудить наши дела.

Кстати, моя супруга обожает канадских лобстеров, они из холодных вод, поэтому поменьше размером и менее жирные, так ей кажется. А я люблю европейских — побольше и понежнее. Н-да… Отвлекся на кулинарные изыски, вот что значит не позавтракать!

Канадский посол, кстати, обещал быть, насколько я информирован. Рад бы составить вам компанию, но супруга жаждет шопинга перед вечерним концертом. Женщине, знаете ли, всегда нечего надеть! — он передал клюшки своему водителю и переобулся. — С этой атрибутикой одни проблемы! Пришлось в Париж лететь, всю экипировку покупать. И почему в нашей стране все так дорого и все как-то через?.. Брюзжу! Старческое брюзжание, знаете ли…

— Кокетничаете, Михаил Александрович! — Николай с удовольствием вдыхал полной грудью утренний загородный густой хвойный воздух.

Небольшой канал, созданный, судя по начинающим разрушаться бетонным стенам, в далекие застойные советские времена, пересекал элитный подмосковный поселок из деревянных домов, расположенный на общей территории с гольф-клубом, придавая живописной местности особый шарм деревянными мостиками и фонтаном. Несмотря на раннее по столичным меркам утро, теннисные корты почти все были заняты стройными молодыми женщинами и погрузневшими не очень молодыми мужчинами. И только волейбольная песчаная площадка еще пустовала. На краю поселка, на большой поляне, недалеко от поля для гольфа и автомобильной гостевой парковки сотрудники и волонтеры Канадской ассоциации делового сотрудничества со странами СНГ заканчивали приготовление к ежегодному фестивалю лобстеров. В просторном шатре музыканты настраивали аппаратуру, повара в белых колпаках колдовали около дымящихся мангалов и костров.

— Итак, на чем я остановился? Э... Считаете, время привлечения стратегического инвестора еще не пришло? — Михаил Александрович облокотился на перила мостика, глядя в сторону виднеющейся в утренней дымке Москвы.

— А что подсказывает ваша интуиция? — Николай всматривался в воду. Сквозь мутноватый после проливных дождей поток можно было рассмотреть лишь густые бурые водоросли.

— Полностью доверяюсь вам, Николай Константинович, полностью. Чувствую, что движемся в правильном направлении, но естественное волнение за сохранность инвестиций присутствует, не скрою.

— Волнение за сохранность или за приумножение?

— Поймали на слове! И за то и за другое. Правы, мой догадливый друг, правы…

— Как показывает нам история, из феодального строя можно перепрыгнуть сразу в социализм, но логичнее и оптимальнее для общества все же пройти стадию капитализма.

— Это вы к чему?

— В чем-то наша ситуация аналогична: можно усилить работу по поиску стратегического инвестора с желанием поскорее выйти из проекта, но выгоднее сначала войти в альянс с венчурными капиталистами и пройти свой «капиталистический» этап развития. Естественно, путь более продолжительный, но и более выгодный по финальным результатам. Так что вас смущает?

— Уж очень рынок для нас благоприятный, боюсь изменится ситуация. С годами становишься осторожнее, знаете ли…

— Не буду спорить, справедливые по своей объективности аргументы.

Солнце начало припекать. Молодая нянечка-украинка, судя по произношению, никак не могла совладать с непослушным капризным малышом лет четырех-пяти, прорывающимся сквозь ее неумелое заграждение к воде и категорически отказывающимся надевать спасательный жилет. Она пыталась вытащить ребенка на песчаный берег, но он изворачивался и снова с победным криком кидался в воду.

Мужчины присели на скамейку.

Николай прикрыл ладонью глаза от яркого солнца:

— В наших ближайших планах проведение аграрного семенного форума в Канаде совместно с их торговой семенной ассоциацией. Надеюсь, форум и нам даст шанс присмотреться к потенциальным стратегическим инвесторам, и им к нам. Бог даст, зимой-весной привлечем венчурные инвестиции — мы уже созрели к их приему и теперь можем говорить с акулами капитализма на равных. И если все пойдет по плану, через год-полтора реально выйти на предметный разговор со стратегом. Все шаги и действия, как вы понимаете, практически унифицированные, их в любом случае необходимо пройти. Без прозрачности, публичной кредитной истории, правильного корпоративного управления, четко обозначенной социальной ответственности не сунешься ни к серьезному стратегу, ни на солидную биржу. Это и имидж, и деловая репутация, и цена вопроса в итоге.

— Вы гудвилл* имеете ввиду?

— Несколько шире, но можно определить и так. Не секрет, что мы выстраиваем «облачный» бизнес. Стоимость наших материальных активов должна быть минимальной. Это один из ключевых показателей эффективности данной модели бизнеса. Наша уникальность базируется не на материальных ценностях и земельном банке, а на клиентской базе, интеллектуальной собственности, ноу-хау в технологиях управления и, повторюсь, деловой репутации.

— Отечественная биржа принимает любых эмитентов, судя по истории. И тех единицы!

— Мы же говорим сейчас о солидных биржах? По вашему мнению, успеваем ли мы с нашей «дорожной картой» до ухудшения макроэкономической ситуации?

— Мм... До вхождения России в ВТО реально, думаю, успеваем. Хоть и грозятся наши горе-правители решить данный вопрос за несколько месяцев до очередного Нового года, но конца многолетнему процессу пока не видно. А нам до ВТО желательно успеть, — Михаил Александрович перебирал в руке вместо четок два блестящих с ямками мячика для гольфа.

— Соглашусь.

— А вот все остальное мало предсказуемо...

— Вы про?..

— Про экономические кризисы всякие, революции, войны и другие форс-мажорные обстоятельства. Полтора-два года у нас есть в запасе. Больше — не уверен. Успеем уложиться?

— Постараемся.

— Вы уж постарайтесь, Николай Константинович, не оставьте мою семью без пенсионного обеспечения.

— Э! И снова кокетничаете! Но не в моих правилах считать чужие деньги. Поделюсь главным. Не знаю, успокоит это вас или наоборот. Семенной проект —не рядовой для меня. В его развитие заложены во многом инновационные принципы. Я говорю не только об аграрных технологиях, но прежде всего об управлении. Провалить проект — значит обесценить опыт и деловые подходы, которые сформированы и выстраданы всей моей предыдущей жизнью.

— Вы меня пугаете, уважаемый Николай Константинович.

— Отчего же? Вы же хотели откровенности? Уберем эмоциональную окраску моего признания. Переводя на понятный всем инвесторам деловой язык, я хотел сказать, что мы максимально рационально развиваем проект, постоянно мониторя и анализируя информацию и корректируя наши действия. При этом конечная цель остается неизменной — создание инвестиционно привлекательного бизнеса, поиск стратегического инвестора либо инвесторов и выход из проекта в прогнозируемые сроки. Цели не пересматриваются. Повторюсь, корректируются лишь инструменты их достижения. И если в других моих бизнесах во многом превалировали несколько односторонние подходы — либо я строил бизнес исключительно для получения прибыли, либо для получения морального удовлетворения, то в семенном проекте поставлена триединая задача: *бизнес должен быть привлекательным для инвесторов и акционеров, для сотрудников и для клиентов.* Внешне простая задача, но, поверьте мне, весьма сложная в реализации. Для ее решения сконцентрированы лучшие ресурсы из того, что я имею, и из того, что можно привлечь. Не сильно напугал?

— Получается, я участник эксперимента?

— Зато не участник лотереи.

— Вот это уже успокаивает. Умеете вы находить ключик к людям! Вижу, начинает стекаться народ на ваш деловой пикник, — Михаил Александрович показал на паркующиеся около шатра посольские автомобили и подъехавший автобус. Не смею тогда больше задерживать, у нас с вами еще будет возможность побеседовать, а вот шанс пообщаться с канадцами упускать никак нецелесообразно.

14

Сергей был то ли в командировке, то ли в очередном романтическом путешествии — он уже давно не уточнял цели своего регулярного отсутствия, не обращая никакого внимания на беременность жены, когда вечером в субботу Ксения почувствовала, что начала рожать. Несмотря на выходной день и на свой день рождения, повитуха — мидуйаф, как называют редких представительниц этой благородной и почти забытой профессии в Северной Америке, Дэтти М приехала из своего загородного дома примерно через час. Видавшая виды старенькая «мазда» с громким дребезжанием и скрипом тормозов припарковалась перед гаражом. Яркая цыганская юбка и желтая кофта выдавали в черноволосой смуглой красивой американке слегка за пятьдесят южные украинские, а возможно, и цыганские корни.

Перетащив из машины в спальню кейсы с медицинским инструментом и аппаратурой для оказания неотложной помощи, она быстро осмотрела Ксению и спокойно уселась в кресло напротив.

— Будем рожать в воде или нет?

— Не-ет, — почему-то вырвалось у Ксении, хотя она готовилась к родам в воде.

— Окей, — не стала с ней спорить повитуха. — Постарайся успокоиться и расслабиться. Это твои первые роды, поэтому они, скорее всего, будут продолжаться несколько часов, экономь силы.

— Постара-аюсь, — выдавила из себя Ксения, совершенно не представляя, как можно в такой момент экономить силы. Однако присутствие рядом внешне абсолютно спокойной, даже непривычно меланхоличной мидуйаф, с которой она успела подружиться за время беременности, подействовало не только успокаивающе, но, как показалось Ксении, даже обезболивающе.

Схватки постепенно усиливались и повторялись чаще. Дэтти М, почти не останавливаясь, о чем-то разговаривала с Ксенией, периодически осматривала, гладила по голове, обнимала за плечи. Такое ненавязчивое сопереживание и внимание успокаивали роженицу. И когда впоследствии кто-то из коллег-женщин поинтересовался, какие ощущения и впечатления от родов дома, а не в больнице при наличии множества врачей и медсестер, Ксения не задумываясь ответила: «Вдвоем рожать значительно легче!».

— Хей, какой красавец! — слегка встряхнув появившегося на свет малыша, отчего он недовольно сморщился и закричал, радостно произнесла повитуха и передала сына матери.

Ксения внимательно посмотрела на дитя, и ощущение безраздельной любви к нему заполнило все ее тело и душу.

— Здравствуй, Коленька! — произнесла она и поцеловала сыночка в лобик.

— Поздравляю! — Дэтти М достала из сумки бутылку кагора. — Где тут у вас можно взять штопор и бокалы? Мне на день рождения один русский подарил молдавское вино, освященное в православном храме, сейчас мы с тобой его продегустируем.

— А можно?

— Немного даже полезно для восстановления сил. А потом я взвешу и измерю нового жителя Земли — запротоколируем его право на жизнь. Сколько сейчас времени? — она поискала глазами часы.

— Начало восьмого, — показала на стоящие рядом на прикроватной тумбочке часы-будильник Ксения.

— Выходной день — воскресенье, а ты так рано появился на свет, поспать нам не дал! —добродушно погрозила малышу пальцем повитуха.

— Кто рано встает, тому бог дает! В России так говорят, — улыбнулась Ксения.

— Дай бог, чтобы малыш был здоров и счастлив! Кто-нибудь подскажет мне, где найти штопор и бокалы?

15

Покупателей в торговом центре, расположенном в историческом четырехэтажном здании практически рядом с канадским парламентом, оказалось немного.

— Че-то… народу почти совсем нету? — оглядываясь по сторонам, разочарованно произнес Виктор Дмитриевич.

— Время-то дневное, трудится народ.

— А-а-а…

— Может, и нам потрудиться, потратить шопинговое время с пользой для дела? — предложил Николай.

— То есть?

— Вы обратили внимание, что мы сейчас прошли с вами по двум магазинам? Между ними даже нет контроля.

— По двум?.. Че-то не понял я… Думал, все один такой длинный.

— Два. На стенах названия написаны.

— Че я… на стены в магазине смотреть буду?.. А товар-то… почти одинаковый…

— По номенклатуре товара они фактически идентичны, вы правы. А вот система управления у них разная. Классический пример из кейса западной бизнес-школы в реальном выражении. Только предлагаю не теоретизировать, а попытаться оценить результаты на уровне ощущений обычных клиентов. Не против?

— Давайте… Куда деваться в колхозе без нагана?.. То бишь без вас в чужой стране…

— Выбирая себе туалетную воду и подарки семье, постарайтесь понять, а потом объяснить, почему вы их взяли именно в том месте, где возьмете.

— Дык… тут вроде… все одинаково… без разницы.

— И это замечательно в нашем случае. Внешне — как один магазин, большинство покупателей даже не замечают, что пересекают невидимую границу. А вот выбор делают либо-либо. Пройдемся еще раз?

Виктор Дмитриевич не торопясь разглядывал стенды с товарами, снова пройдя оба магазина. Потом, вернувшись к месту начала разговора, быстро выбрал туалетную воду и подарки.

— И? — задал вопрос Николай, когда они вышли из торгового центра и устроились в простеньком, но уютном кафе напротив.

— Что за страна такая — Канада?.. И курить-то нигде в помещениях нельзя! — разочарованно сказал Виктор

Дмитриевич, после того как Николай заказал ему канадское пиво, себе бокал канадского вина и сырную тарелку.

— Не отвлекайтесь! Только что же курили, пока мы шли по улице.

— Дык... то мы шли... а теперь сидим... Привычка, батенька...

— Наступит время, и в России запретят курить в кафе и ресторанах. Что делать будете?

— Когда это еще наступит... — усмехнулся Виктор Дмитриевич. — К тому времени... я уже сам курить брошу... Ладно... к «нашим баранам»... Да... фиг его знает... Вроде все одинаково... Туды-сюды прошли... А купить захотелось там, где мы разговаривали с вами.

— Почему?

— Как-то удобнее... что ли... И кассы как-то... И тетка-продавщица... Не знаю, короче... захотелось именно там, где взял... Ну... а теперь вы колитесь!.. Обосновывайте научно... Щас... курну только быстро на улице... Ага?

Виктор Дмитриевич сделал в небольшом дворике напротив кафе несколько быстрых затяжек и с довольным видом уселся напротив Николая.

— И Виннету начал свой рассказ?

— Н-да... — Николай разочарованно вздохнул, причмокнув. — Вино местное... В общем — не конкурент винам из региона Бордо, да и сыры явно не из Нормандии.

— А че вы хотите?.. Вино в Канаде делают по современным промышленным технологиям — металлические емкости... в них аромата дуба не наберешься... да и солнышка все-таки маловато для винограда... А сыры — у них же только из пастеризованного молока разрешается... вот вам и скромные вкусовые качества... Европе-то ума хватило не запрещать делать из сырого молока, поэтому и сыр вкусный получается.

— Жаль, — Николай отодвинул бокал.

— Ледяное вино у них неплохое... Лучше немецкого... А остальные... И пиво, кстати, тоже не фонтан... Короче, за вкусовыми изысками надо ехать в Европу... Вернемся к нашей теме?

— Безусловно. Если без умных слов и одной фразой, то в том магазине, где вы купили подарки, внедрена современная технология управления, аналогичная той, что мы с вами разрабатываем. А в другом — нет. Все.

— Эко вы... Прям, как у Антона Павловича Чехова: «О простых вещах нужно говорить просто». И все?

— И все. Только чтобы добиться внешне простого результата, пришлось попотеть не пару недель, как часто обещают консультационные фирмы, а несколько лет. Заодно уволить несколько десятков тысяч непонятливых. Вариантов у нового руководителя просто не было — в начале девяностых эта торговая компания была, как вы любите говорить, в полной заднице.

Виктор Дмитриевич засмеялся:

— Смело!

— Будешь смелым, когда ежегодные убытки по три с лишним миллиарда долларов.

— Серьезно?! И че потом?

— А потом уже через семь лет после старта новой жизни их назвали самой инновационной компанией, торгующей товарами в розницу. В чем изюминка, секрет? *Ориентация на обратную связь с потребителем и обучение — два основных принципа новой системы управления. Концентрация сил и средств на целевых сегментах потребительского рынка и маркетинговых кампаниях. К тому же им удалось создать новую корпоративную культуру в своем бизнесе.* А это, поверьте мне, редко кому не только в большом, а даже и в малом бизнесе удается.

— Сильно! Продавцов-то работает у них поди... сотни тысяч человек по всему миру... Не то что у нас!.. М-м... Нереально...

— Реально при большом желании и настойчивости. Хоть и очень непросто, согласен. И своих сотрудников, кстати, они стали называть не продавцами, а партнерами. Чуете разницу?

— Чую... что катится тазик в мой огород!

— А вот от побочных, непрофильных бизнесов они решительно избавились. Не пример ли для нашей с вами затянувшейся дискуссии о дополнительных бизнесах, якобы позволяющих оптимизировать финансовые циклы и минимизировать кассовые разрывы?

— Это вы запчасти к тракторам имеете в виду?

— Их, горемычных.

— Понятно… А че у них… с этим… с интернетом?

— А вот с интернетом у них как раз все нормально.

— Ясненько-понятненько.

— Раз ясненько-понятненько, освежим впечатления? Причины покупки уточним?

— Курнуть бы для ясности мысли… Да ладно… В ценах фиг разберешься, по залу бегать сравнивать я не буду… А вот товар… лично для меня поинтереснее… И разложен удобнее… Продавщица… партнер то есть… ненавязчива… но внимательна… Кассы не на выходе, а по залу… Мелочи?.. Может, и мелочи, но баблос именно у них оставил… Н-да… Убедили, получается, мелочами.

— Получается так. А если теперь вернуться к нашим семенным «баранам»?

— Думать надо!..

— Думать будем?

— Бум, бум!.. Куды из колеи-то деваться? — Виктор Дмитриевич хитровато заулыбался. — Сбегаю я все-таки… перекурю енто дело… Ага? А вы пока… того… Ихнее вино допивайте!

16

В половине пятого утра раздался телефонный звонок:

— Не спите? — после короткого молчания приглушенным голосом произнес Виктор Дмитриевич.

— Традиционно нет, — ответил Николай, проснувшись уже полчаса назад и успевший побриться и принять душ.

— Говорил… пиво надо было вчера пить больше… Верный способ — протестирован во время поездки в Штаты… По кофе тогда?

— А с удовольствием!

— Тыды в холле… через пять минут?

— Договорились!

В канадском популярном сетевом кафе фастфуда — непримиримом конкуренте американского практически аналогичного «старшего брата», расположенном прямо напротив отеля, несмотря на раннее утро, было многолюдно и шумно.

— Ну, мы-то… понятно… А че им-то не спится?! — Виктор Дмитриевич с интересом оглядывался по сторонам. — Блин! — он внимательно и долго смотрел на высветившийся телефонный номер на зазвеневшем мобильнике, прежде чем открыл его крышку. — Здоро́во!.. Подожди минуту! Я того… выйду поговорить… наши звонят… со временем у них непонятки полные, а мы по-любому уже не спим, — пояснил он негромко Николаю и, захватив сигареты и зажигалку, вышел на улицу.

Вошедшие в кафе и присевшие за соседний столик двое мужчин начали громко беседовать по-русски, периодически вставляя в разговор нецензурные слова, будучи уверенными, что в столь ранний час, да еще в сугубо канадском кафе, русскоязычных посетителей, кроме них, быть не может.

Тот, который выглядел чуть моложе, сделал собеседнику комплимент:

— Десять лет, десять гребаных лет мы не виделись! А ты все такой же, как будто вчера расстались!

Мужчина довольно засмеялся:

— Ты слышал, наверное, что у нас в Сан-Франциско всегда одно время года. Организм просто теряется во времени, все зеленеет и зеленеет.

— Пока мхом не покроется?

Оба громко захохотали, тот, что постарше, подавился кофе и закашлялся. Второй со всей силы начал колотить его по спине. Сквозь кашель подавившийся пытался произнести:

— Ты… кх-х-х… не так… кх-х-х… сильно… ее… твою мать … кх-х-х!

Лежащий на столе коммуникатор Николая завибрировал и засветилась иконка мессенджера. «Пять утра, а наши телефонные линии раскалены, как в Кремле!» — удивился Николай и включил девайс.

****

— Не спишь еще?

— Не сплю УЖЕ. ☺

— О! Ты взял привычку спать днем, Мыслитель?

— Я просто еще не адаптировался спокойно засыпать вечером и вовремя просыпаться утром, Собеседница, находясь в другом часовом поясе. Посему сижу ну очень ранним утром в кафешке под названием «Тим Хортонс», наблюдая, как за окном в свете фонарей падает редкий крупный снег, и ожидая коллегу, беседующего по телефону на улице с подчиненными. И делаю я это все, чтобы выпить американо, который я не люблю, как ты знаешь, но в это время все заведения с эспрессо еще закрыты.

— Ты в Канаде?!

— Как ты угадала?!

— Дедукция, Мыслитель. Либо надо быть в Канаде, чтобы сидеть в их культовом «Тим Хортонс», либо надо быть истинным канадцем, чтобы в другой стране сидеть в «Тим Хортонс». Ты не канадец, остается первый вариант.

— Логично.

— И находишься ты, скорее всего, на восточном побережье? На западном, насколько мне известно, несколько иные приоритеты по ресторанным предложениям.

— И снова права, Догадливая! Я пока на восточном побережье, в Оттаве, но перелетаю завтра в Виннипег. С тобой опасно общаться, ты из мимолетных фраз можешь делать серьезные выводы.

— Не бойся меня, Путешественник. Бойся дураков и… много кого еще. А лучше — никого не бойся! Да ты и не боишься никого, насколько я могу судить о тебе. Заочно, правда…

— Нет людей, которые ничего в жизни не боятся.

— Соглашусь. С добрым утром тогда!

— И тебе доброго!

— Удивительно.

— Что удивительно?

— Я вчера была в храме. Слушая Херувимскую песнь, вдруг ощутила, что ты где-то… И ты в Канаде! Удивительно!

— Ты просто провидица!

— Я просто очень сильно чувствую тебя, твои перемещения, твое настроение. Не скажу, что мне проще жить от сего факта, но что есть, то есть.

— А ты УЖЕ не спишь или ЕЩЕ не спишь?

— Про-во-ка-тор! ☺ Я в последнее время вообще мало сплю.

— Так что тебя так тревожит, Неуловимая? Или кто-то не дает? ;)

— Я сделаю вид, что не слышала твоих вопросов. Скажи, Многоопытный, трудно быть родителем?

— Неожиданная смена темы. Хороший вопросик ранним утром невыспавшемуся мужчине! Вопрос из ряда философских...

— И очень предметных.

— Абсолютно... М-м-м... Если бы ты задала мне такой вопрос много лет назад или даже некоторое время назад, мой ответ был бы совершенно иным, чем сегодня.

— Мне интересны все твои ответы из разных кусочков жизни.

— Я всегда хотел иметь детей. Просто хотел, и все. Когда они родились, то можно ли считать сложностью не спать по ночам или ходить по врачам? Глядя из сегодняшнего дня — нет. Сложно ли потом было давать им возможность жить в хороших условиях или устраивать в элитные школы? И снова — нет.

— Все так легко?

— Ну и вопрос ты задала! Я хочу постараться ответить на него по-другому. Не сложно быть родителем, плывя по течению жизни, как все... Переживательно, трудно порой, но не сложно... Знаешь, о чем я сейчас задумался?

— Поделись.

— Когда мужчина завоевывает женщину, он стремится быть привлекательным, согласна?

— Закон природы.

— Когда бизнес привлекает инвестора, он стремится быть привлекательным, правда?

— Закон бизнеса!

— Почему родители редко задумываются о своей привлекательности для детей? С самого момента их зачатия и появления на свет и до своего ухода в иной мир?

— Та-ак! А теперь поподробнее, пожалуйста, мне жутко интересен ход твоих мыслей!

— Мы, родители, думаем формальными категориями: родить, умыть, одеть, накормить, выучить, уберечь... А ведь дети, как и любые живые существа в природе, учатся жизни,

539

копируя родителей и подражая им. Они могут сканировать привычки и механически их повторять, а могут понять и принять идеологию родителей. Мы можем их завалить в детстве благами и взамен требовать ответной благодарности в нашей старости. Но требовать — не значит получить.

— К чему ты клонишь?

— К весьма простому, но неожиданному для меня самого выводу! Каждый родитель подспудно хочет внимания своего ребенка, особенно в старости, правда?

— Наверное.

— Маленькому ребенку интересно с родителями играть. В школьном возрасте — заниматься спортом или путешествовать. А вот потом… Чаще всего с родителями становится неинтересно. Окружающая среда навязывает ребенку стандартные обезличенные или ложные ценности, зачастую противоречащие и отвергающие ценности его родителей, семьи. Пропасть непонимания между детьми и родителями с каждым днем и годом расширяется. Появляется новая музыка, которую не принимает старшее поколение. Современные софты и девайсы, которыми с легкостью манипулирует молодежь, кажутся старикам непостижимой инопланетной грамотой. Ребенок, вместо того чтобы помогать теряющим силы родителям, требует от них все новых и новых жертв во имя сформированных им единственно правильных и не терпящих даже обсуждения, а фактически сугубо эгоистических целей…

— Как быть, Мудрейший?

— Продвинутые бизнес-лидеры прекрасно осознают, что они ВСЕГДА должны быть привлекательны для ВСЕХ: для своих инвесторов, для своих сотрудников и для своих клиентов.

— Три кита привлекательности, на которых основывается деловой успех?

— Ты поняла все правильно. Для меня эта триединая составляющая является аксиомой в бизнесе. Однако для ее достижения надо потратить много сил.

— Соглашусь, без пахоты результата не бывает.

— Вот-вот. Разве гаммы для музыканта не осознанная пахота? Тогда почему мы считаем, что в личной жизни все должно складываться само по себе? Разве мы не должны быть ВСЕГДА и для ВСЕХ значимых нам людей желанны? Для наших родителей, для наших семейных половинок, для наших детей? Сколько ни кричи: «Я самый умный, я самый лучший!» — все равно никто не воспримет. *Воспринимаются лишь действия, успех, пример.* Если я, будучи когда-то молодым стройным остроумным блондином, стану толстым, лысым, неопрятным, брюзжащим противным старикашкой-затворником, захочет ли продолжать жить со мной эрудированная избранница, следящая за собой, занимающаяся спортом и активно интересующаяся жизнью?

— Э-э-э…

— Вот! Редкие, особо сознательные дети «оплачивают» родителям долг своего рождения добровольно и с искренней благодарностью. Просто осознавая свой сыновий или дочерний долг или помня об одной из десяти заповедей, данных Господом Моисею. Помнишь заповедь о родителях?

— Приблизительно…

— «Почитай отца своего и матерь свою, чтобы тебе хорошо было и чтобы ты долго жил на земле».

— Чтобы тебе хорошо было и чтобы ты долго жил на земле… Как сказано! Какая прямая зависимость! Жаль, что подавляющее большинство детей не считают свои долги и не задумываются о заповедях. Неинтересно, нет мотивации. Что же делать родителям, как создать мотивацию у детей?

— Понимать и осознавать родителям, что КАЖДОЕ МГНОВЕНИЕ ЖИЗНИ они должны быть привлекательны для детей. Каждое общение должно восторженно обогащать ребенка, вызывать уважением перед своим предком, заставлять удивляться и стимулировать к новой встрече. Тогда все остальные вопросы: уровень жизни, элитность школы, регион проживания, мнения друзей, любые навязываемые извне ценности станут вторичны. Не важно, кем станет и где будет жить ребенок, он всегда будет думать и заботиться о родителях, потому что это станет элементом его сущности, частью его мироздания, его потребностью.

— Для этого родитель должен быть самодостаточной и всегда современной личностью…

— Это пахота, Собеседница?

— Это осознанная пахота, Мыслитель…

— Зато какое великолепное наступит состояние души, доставляющее радость и удовлетворение!

— Уточни, пожалуйста. По твоей теории, каждый человек во всех своих социальных ролях и лицах должен быть неизменно привлекателен?

— Если есть желание строить жизнь осознанно, а не прогибаться вслед за случайными событиями.

— А как же эмоции, Учитель?!

— Разве одно мешает другому или заменяет его? Наоборот! Только с удовольствием и только с улыбкой! Улыбайся губами, улыбайся мимикой, улыбайся каждой клеточкой тела! И только тогда ты достигнешь полной гармонии. С улыбкой жить, с улыбкой работать, с улыбкой любить, с улыбкой прощать и с улыбкой прощаться.

— С улыбкой прощаться?.. С улыбкой на лице и в душе… Замечательно! Я говорю тебе: «До свидания!» — и улыбаюсь. ☺

— До нашего неизбежного свидания! ☺

****

17

— Как рано мог он лицемерить,
Таить надежду, ревновать,
Разуверять, заставить верить,
Казаться мрачным, изнывать,
Являться гордым и послушным,
Внимательным иль равнодушным!
Как томно был он молчалив,
Как пламенно красноречив.

Руководитель небольшого алтайского крестьянско-фермерского хозяйства уже несколько минут с выражением наизусть декламировал «Евгения Онегина» Пушкина.

— Какая память! Какой артистизм! — завороженно произнесла Серафима Дамиановна, сидящая на гала-ужине аграрного семенного форума за столом вместе с Николаем. — Талант-самородок, ему на сцене выступать надо!

Виктор Дмитриевич, окрыленный успехом форума и всеобщим вниманием, с довольным видом объяснял в курительной части холла переводчице нюансы рассказываемого им анекдота. Наконец, когда ей удалось донести до вежливо слушающих канадцев юмористический смысл мини-рассказа, раздался оглушительный хохот.

— Поздравляю с успехом, Николай! — Том Нельсон присел рядом на освободившееся место Виктора Дмитриевича.

— Спасибо, Том! Впереди еще второй заключительный день, расслабляться пока рано. Рад, что ты смог вырваться и приехал. Как ты?

— И я рад, дружище, — Том попросил у подошедшего официанта колы. — Я? Как в русской сказке про... не помню точно про что, но вначале что-то про козу, а в итоге про сгоревший дом.

— Судя по твоему невеселому тону, что-то и с «козой», и с «домом»?

— Ты представляешь, наши хваленые американские авиалинии потеряли мой багаж! Вернее, не потеряли, а забыли отправить моим рейсом. Обещают доставить только завтра к вечеру. А я рано утром уже снова через Америку лечу в Россию. Бардак!

— Бардак! С «козой» понятно. Не приятно, но решаемо. А с «домом» что?

— Не поверишь, Николай, ко всякому я уже привык, много лет работая в России, — Том отпил колы. — А тут «прилетело» от своих. Несколько часов назад меня по телефону известили, что я фактически уже не президент Канадской ассоциации делового сотрудничества со странами СНГ.

— О как! — Николай искренне удивился. — Как такое может быть? Годовое собрание следующим летом, только оно правомочно тебя снять.

— Так-то так... — Том потер побритую налысо голову. — Ты же знаешь, есть формальности, а есть реальности... Представители нашего основного донора — рыболовная компания, поддерживаемая одним активным членом Национального совета, обзвонили всех директоров, пока я летел, и убедили большинство в необходимости моего смещения. Или замены, не знаю точно их формулировки. Так что вылетел из России президентом, а приземлился в Канаде...

— Классика рейдерского жанра! — Николай сочувственно положил руку на плечо Тому. — Такая суета неспроста... За всем стоит чей-то шкурный интерес. И кого они пропихивают в руководители?

— Моего теневого заместителя, представителя донора.

— Бойся ближайшего...

— Что ты сказал?

— Недавно мне дали совет: «Опасайся второго!» Актуальный совет на все времена и территории, однако. Будешь бороться?

— Не решил пока, — Том допил колу и жестом подозвал официанта. — Есть вопросы... Для начала надо успокоиться. Или лучше напиться? — он грустно рассмеялся. — Ты же знаешь, как много сил я вложил в развитие ассоциации, и если нашлось столько... недоброжелателей, то хочу ли я быть частью этого неблагодарного зоопарка? Так, по-моему, говорят в России? Да и бизнес надо подтягивать, а то с общественной нагрузкой слегка подзапустил свои прямые обязанности. Ты не переживай! — Том встал. — На твоем бизнесе изменения никак не скажутся.

— Я подумаю, — серьезно ответил Николай и тоже встал. — Напиваться по этому поводу не буду — иначе в России можно просто спиться, а вот проанализировать серьезно придется. Сказать, что мне всегда был малосимпатичен твой «теневой зам», — ничего не сказать. Думаю, тебе было заметно мое отношение к нему. От него веет темнотой и ограниченностью, что рано или поздно выливается в какую-нибудь подлость. А теперь он вообще для меня перестал существовать как персона и деловой партнер. Строить же бизнес без человеческого контакта — результат обречен на провал. Посему я спокойно все взвешу и приму решение, оставаться ли нам в ассоциации. Надеюсь, на наших личных отношениях мое решение никак не скажется?

— Что ты?! Конечно нет! Форум проходит классно, еще раз поздравляю! — Том протянул руку, чтобы попрощаться. — Надеюсь, и завершающий день пройдет великолепно! Пойду отдохну немного, рано утром вылет.

— Береги себя! — Николай крепко пожал руку. — Когда дело выходит за рамки предсказуемого, то не стоит забывать и о собственной безопасности.

— Что ты?! — Том пожал плечами. — Мы же цивилизованные люди! — он попытался изобразить улыбку и быстрым шагом вышел из зала.

Перед сном Николай проверил почту и увидел письмо от Тома членам ассоциации, в котором тот благодарил всех за оказанное доверие быть президентом и заверял, что приложит все силы в отведенный ему уставом срок, чтобы быть полезным ассоциации.

«Решил бороться», — понял Николай, мысленно пожелал товарищу удачи и практически мгновенно уснул, утомленный насыщенным событиями и эмоциями дня.

18

— Сделал дело, гляди на водопад смело? — Николай присел рядом с Виктором Дмитриевичем.

— Ага!.. — довольный и расслабленный партнер с интересом разглядывал из окна автобуса мелькающие пригороды Торонто. — Сколько ехать-то будем?

— Еще около часа — и на месте.

— Курить бум останавливаться?

— Уважаемый!

— Понял!.. Не дурак… дурак бы не понял, — по всему было видно, что настроение у коллеги после форума отличное, и даже отсутствие остановок до Ниагарского водопада не в силах его испортить.

Небольшие однотипные городки малоэтажной Канады чередовались похожими как две капли воды торговыми площадями и промышленными зонами. На берегах довольно крупных рек и гигантских озер располагались какие-то производства и лежали «холмы» то ли их продукции, то ли добытой горной породы для перевозки по воде.

— Че-то… сплошной урбанизм… — покачал головой Виктор Дмитриевич.

У Николая завибрировал коммуникатор. Поздоровавшись, Светлана Александровна глухо произнесла:

— Том…

— Что с ним? — Николай пытался справиться с волнением.

— Прилетел из Канады, вышел на балкон своей квартиры, оперся о перила, они надломились и... семнадцатый этаж... А внизу еще и строительные леса...

Ошеломленный известием, Николай молчал.

— Он же только купил квартиру в новом доме, ремонт заканчивал, как такое могло произойти?!

— Будут разбираться... Я знаю по копиям в переписке, что вы в курсе последних событий по ассоциации, и посчитала нужным сразу вас поставить в известность. Тем более что вы симпатизировали друг другу...

— Спасибо, — чуть слышно произнес Николай, выключил коммуникатор и, закрыв глаза, откинулся на спинку сиденья.

Тонны ниагарской воды с глухим грозным урчанием ежесекундно низвергались с высоты нескольких десятков метров, поднимая еще на сотни метров вверх облако мельчайших брызг, рождающее из себя не свойственную для морозного сезона радугу. Гул вибраций пронизывал не только воздух, но и ощущался через землю. Обледеневшие ограждения и берега реки придавали пейзажу сходство с воображаемым в детстве царством Снежной королевы.

Гид Марина — эмигрантка из Белоруссии и полька по крови — с длинными светло-песочными волнистыми волосами, покрытыми серебристой ажурной шалью застывших мельчайших капелек воды, громко рассказывала, пытаясь перекричать шум водопада и многоязычие туристов, индейскую легенду о трагической любви красивой девушки к богу грома, а Николай видел в туманном облаке, словно в зеркале времени, выходящего из конференц-зала навстречу своей судьбе Тома.

19

Стеклянная раздвижная дверь бизнес-центра отделяла сонную хмурость московского зимнего утра от искусственно подсвеченной и круглосуточно вынужденно бодрой атмосферы делового мира.

— Доброе утро! Что у нас по плану, Светлана Александровна?

— Доброе утро! По оперативному или стратегическому?

Николай внимательно посмотрел на свою помощницу:

— Мысли читаете?

— На самом деле, все не так сложно. Во-первых, мужчины очень громко думают. А во-вторых, мы с вами работаем уже не один день. И если для вас объектом внимания является бизнес, в котором лучше, чем вы, никто не разбирается, то для меня объектом внимания являетесь вы как руководитель бизнеса и мой непосредственный начальник. Поэтому разбираться в вас — моя профессиональная обязанность.

— Иногда мне кажется, что вы лучше меня самого понимаете меня…

— Спасибо. Надеюсь, что не доставляю вам дискомфорта.

— Нисколько. И за это отдельная признательность.

Николай проследовал в кабинет, снял пальто и подошел к книжному шкафу. Модель фрегата с мальтийскими крестами на парусах — подарок и память о практически мгновенно угасшей от рака партнерше по одному из бизнесов — стояла несколько иначе, чем обычно. Он точно помнил, что вчера, в понедельник, когда он уходил с работы поздним вечером, фрегат стоял на шкафу параллельно стене. А сегодня он был повернут носом в сторону стола Николая.

«Странно, уборщица пыль со шкафов протирает обычно только по субботам, во время генеральной уборки. Надо службу безопасности попросить проверить кабинет, возможно, кто-то чужой здесь был. Или… или это знак? Если знак, то чего? Пришло время поменять курс, перейти к следующему этапу развития? Что за бред? — Николай прервал свои мысли. — Я стал верить в какие-то знаки в виде переставленных предметов?».

Он прошелся по кабинету. Слегка побаливала поясница после излишне интенсивной утренней тренировки. Пока загружался компьютер, еще раз внимательно посмотрел на фрегат, открыл план стратегического развития и запустил программу «Сбалансированная система показателей». Проверил выполнение показателей и сопоставил с планом-графиком. Встал и снова прошелся по кабинету, разминая спину. Вывод очевиден — пришло время привлечения в проект венчурных инвестиций.

Николай набрал номер Виктора Дмитриевича и включил громкую связь. После долгих гудков и продолжительного молчания в трубке раздалось:

— Да, Николай Константинович?

— У вас нет на примете говорящей лягушки?

— Чего?! Вы о чем? — по голосу было понятно, что партнер растерялся от неожиданного вопроса.

— Я просто уточняю, нет ли у вас на примете говорящей лягушки?

— Не-а… А че… надо?..

— Жаль. Решили бы проблему, — Николай старался говорить серьезным тоном, хотя самого душил смех. — Тогда придется заняться поиском венчурного инвестора.

— А-а-а… Шутка?

— Анекдот.

— Поделитесь?

— В вашу базу данных — всегда! Идет предприниматель, грустит и размышляет, что бизнес растет, банковские кредиты дорогие, где деньги на развитие найти… Вдруг видит под ногами лягушку, поднимает ее, а она ему человеческим голосом говорит: «Не делай мне ничего плохого, а лучше поцелуй меня. Я венчурная капиталистка, дам тебе много денег». Предприниматель посмотрел на нее, положил в карман и дальше идет. Лягушка ему из кармана: «Чего же ты меня не целуешь, я в тебя инвестиции вложу?» Предприниматель: «А на фига мне инвестиции, когда у меня есть говорящая лягушка?»

— А-кх-кх-ха, — Виктор Дмитриевич закашлялся то ли от смеха, то ли от табачного дыма. — Намек понят… коль лягушки нет, то это… Будем искать венчурного инвестора?

— Заметьте, это не я сказал!

— Стрелки переводите? Не есть хо-ро-шо!

— Ладно, с меня деловой обед в ресторане.

— Принимается, — голос партнера стал серьезным. — Когда?

— Сильно тянуть не стоит. Но и рвать график не следует. Что у вас с ближайшими днями?

Было слышно, как Виктор Дмитриевич перелистывает ежедневник.

— Если... это... в пятницу с утра прилечу — нормалек?

— Меня устраивает. Уточню по времени с Михаилом Александровичем, и определимся окончательно.

— Кого брать-то с собой?

— Только мысли. Предполагается сугубо акционерный междусобойчик.

— Ну... этого добра навалом!.. И че... снова акции делить будем? Можа продать их все оптом, чтоб не мучаться?

— Да вроде не мучаемся, а удовольствие получаем. По крайней мере, я. И про новую дележку поразмышляем. И озадачимся вопросами поднятия их цены.

— Оба-на!.. Я как раз в интернете утром анекдот про акции читал... Алаверды рассказать на прощание?

— Давайте, — Николай посмотрел на часы, переживая, что может не успеть застать второго акционера до каких-либо его переговоров или совещания.

— Я коротенько, — словно перехватив по телефону взгляд Николая, успокоил Виктор Дмитриевич. — Умер финансист... перед воротами в рай Ангел ему говорит: «Не могу я тебя в рай пустить, сам понимаешь, какие времена, денег у всех завались — как у дураков махорки, влиятельных связей тоже, в общем... все места заняты, придется в ад тебе перемещаться». Финансист не сдается: «Дай хоть ночь переночевать, а потом увидишь... освобожу тебе добрую половину рая». Согласился Ангел. Запустил его в рай, а там банкиры, инвесторы, чиновники, олигархи, прочие мажоры и гламуры как сыр в масле катаются... Посидел, подумал финансист и говорит: «Господа, я только что с Земли. Пока мимо ада летел, краем глаза успел подметить, что в нем котировки акций Норильского никеля в два раза дешевле, Газпром по демпинговым ценам сливают, а ВТБ вообще за ценную бумагу не признают, даже к листингу не допустили... Послушали его обитатели рая, через полчаса один собрал чемоданы... пойду проверю, говорит... Через час еще пятеро... К концу дня рай опустел...

На следующий день приходит Ангел и говорит финансисту: «Спасибо, что избавил меня от них, сил терпеть уже не было, оставайся в раю, заслужил». Проходит неделя, сидит финансист грустит... Ангел интересуется, в чем дело-то. А финансист ему: «Да вот сижу... грущу... а с Земли инсайдерские слухи доходят, что в аду акции дешевле, чем на рынке... надо бы проверить...»

— Смешно? — не услышав одобрительной реакции Николая, не удержался Виктор Дмитриевич.

— Жизненно, — улыбнулся Николай.

— Дык... че не смеетесь тогда?

— Про жизнь думаю.

— А... ну тыгда ладно... Не буду отвлекать.

— Внимательнейшим образом слушаю? — голос у Михаила Александровича был хоть и несколько сонный, но дружелюбный.

— Чувствую, разбудил. Мои извинения.

— Не страшненько, вы же не знали, что я в Вене. Да я уже и сам проснулся, лежу медитирую, уговариваю себя встать, йогой заняться. Я, знаете ли, решил с вас пример взять — начать вести здоровый образ жизни, в Москве даже на уроки йоги стал ходить.

— Похвально! И как успехи, душа с телом приходят в гармонию?

— У меня, знаете ли, такой учитель, вернее — учительница с Украины двадцати семи лет от роду с ошеломительной фигурой, такие позы принимает, что душа с телом просто готовы взорваться, глядя на нее.

— Непростой случай, — Николай рассмеялся.

— Вам смешно! — партнер сделал вид, что обиделся. — А у меня в ее присутствии вместо релакса сердце в два раза быстрее биться начинает, и все мышцы напрягаются. Надо прекращать себя мучить, вытащу лучше с Тибета какого-нибудь старикашку лысого. Ну, ладненько, хватит обо мне, вы явно по делам звоните, какие-то проблемы?

— Отнюдь. Просто появилось желание провести внеочередное акционерное собрание.

— Тема?

— Венчурные инвестиции. По всем параметрам выводы сходятся, пришло их время.

— Чудненько, чудненько! Я завтра возвращаюсь в Москву. Сам собирался вам звонить, тоже есть тема для обсуждения. В пятницу удобно?

— Сегодня день, когда все окружающие читают мои мысли.

— Эх, дорогой мой коллега, работа у нас — инвесторов — такая, зазеваешься, не уловишь — пиши пропало, обостренное чувство восприятия действительности вырабатывается. Значит, в пятницу? Давайте у меня в офисе соберемся, по пятницам обычно спокойно, да и я из Австрии чего-нибудь вкусненького местного захвачу, угощу, чтобы идеи лучше генерировались. Договорились?

— Принимается!

— Вот и океюшки!

Поток одинаково серых из-за грязи автомобилей нервно дергался, периодически ускоряясь, а затем по непонятным причинам резко замедляясь. Антиблокировочная система регулярно трещала, натужно пытаясь удерживать автомобиль при торможении от юза по снежной скользкой каше. Щетки не успевали сбрасывать мокрый тяжелый липкий снег, в очередной раз издевательски показывающий коммунальным службам, кто в городе хозяин. Гастарбайтеры в желтых светоотражающих жилетках даже не делали попыток убирать тротуары, а лишь разбрасывали килограммами и кучами, как нерадивые неумелые сеятели, песчано-соляную смесь из ведер, нисколько не обращая внимания на ворчащих и матерящихся по этому поводу пешеходов.

Десяти метров по стоянке от машины до крыльца офиса хватило, чтобы ботинки Николая впитали соль, предательски выступившую белой окантовкой на обуви.

— Э-эх… Ладушки, ладушки… Но… Впрочем… Ладушки, понял… Оформите все бумаги сегодня, обязательно соответствующим образом, кредитный комитет назначать будем на понедельник, — из открытой двери кабинета слышался голос Михаила Александровича. — Проходите, проходите, — не прерывая разговора по мобильному телефону, он показался в дверях, приветственно махая рукой снимающему в приемной пальто Николаю. — Виктор Дмитриевич недавно звонил, уже на подъезде, будет с минуты на минуту. Я все, заканчиваю, — он что-то негромко сказал в телефонную трубку и выключил мобильник. — Уф! Не успел вернуться, как текучка навалилась. И ведь справлялись как-то без меня?! Никто не хочет брать на себя ответственность! Или не готов? — посетовал он.

— Или хозяин стремится все контролировать? — поддержал тему Николай.

— Есть такой грешок, присутствует. А как без этого? В России, чай, живем, а не в какой-нибудь там ответственной Австрии.

— А что в Австрии другие люди?

— Видимо, другие. Или мы другие? Четыре дня меня всего не было, а умудрились уже одной дальневосточной геологоразведочной экспедиции пообещать сегодня кредит выдать. Менеджер к ним на место выезжал, из аэропорта доложил мне только что по телефону. Вы как раз зашли, когда я с ним разговаривал. Изученное им видится так: набор выработавшего свой ресурс оборудования без понимания, сколько еще оно реально и с какими рисками и издержками прослужит. Коллектив, правда, квалифицированный — это плюс... Формирование доходной части компании не базируется на сколь-нибудь долгосрочно гарантированном портфеле заказов... Разрыв в кассовом плане... Беда в налоговом планировании... Сомнительная первичка... Архаика в службе финансового директора... Отсутствие бюджетирования и управленческого учета... Фактическое отсутствие корпоративного управления и дивидендной политики... И самое главное: кроме латания дыр, на что нужны деньги? Где то, что мы называем инвестиционной стратегией? Кредитный комитет еще заключения не видел, а их представитель сегодня уже в Москву за деньгами прилетел. Как можно было огульно обещать, людей перед выходными срывать? В понедельник серьезный разбор полетов предстоит. А вы говорите... — он огорченно махнул рукой.

В коридоре раздался характерный хриплый кашель курильщика, и на пороге появился Виктор Дмитриевич.

— Здрасьте всем! — он крепко пожал мужчинам руки. — Ну и снежище у вас тут, за Уралом! Чудом приземлились… Ну как в приличной обуви по Москве ходить, а?.. — с огорчением произнес он, глядя на свои промокшие насквозь ботинки. — Только купил… хендмейд… на кожаной подошве… вот, отходит уже… Теперь выбрасывать придется? — стряхнув на пол снег с шапки и полушубка, оглянулся и спросил: — Кофейком угостите?

— И не только! Еще и завтраком накормим, дадим отдохнуть немного после перелета, а потом к делам приступим, — Михаил Александрович жестом пригласил партнеров в свой небольшой кабинет, больше похожий на переговорную комнату.

Длинный пустой стол занимал бóльшую часть кабинета и стоял ровно посередине, оставляя посетителям и хозяину возможность передвижения лишь по узкому периметру пространства вдоль двух огромных окон, выходящих на золоченые купола храма Христа Спасителя. Старинная механическая печатная машинка «Ундервуд» и арифмометр «Феликс» должны были символизировать солидность профессии инвестиционного банкира, но смотрелись сиротливо на фоне современной минималистической стандартной офисной мебели. Было очевидно, что хозяин кабинета не злоупотребляет присутствием в служебных стенах. Словно угадав Николая, Михаил Александрович вскользь заметил:

— Я, знаете ли, не часто использую личный кабинет, все больше приходится в офисах моих фирм или в командировках время проводить, возвращаюсь сюда обычно только для переговоров.

Пока мужчины устраивались за столом, секретарша быстро расставила тарелки с закусками и разлила по чашкам кофе.

Михаил Александрович достал из бара ликер «Моцарт»:

— С утреца немного для тонуса?

— Нет… я тут со своим, — Виктор Дмитриевич достал из портфеля заменитель сахара и шприц с инсулином. — Сахарный диабет, — пояснил он удивленным коллегам и отработанным движением поставил себе инъекцию, — перед едой требуется уколоть.

— А вы? — Михаил Александрович обратился к Николаю.

— Не откажусь, пожалуй.

— Вот и ладушки! Не зря же я его из Австрии вез? Кофе, кстати, тоже австрийской обжарки. Ну как? — он внимательно смотрел на реакцию пригубившего кофе с ликером Николая.

— Очень неплохо!

— Ну вот и чудненько! — Михаил Александрович облегченно вздохнул. — Угощайтесь, угощайтесь!

— Это... Я курну быстренько... у окна? — задал свой традиционный вопрос Виктор Дмитриевич после завтрака. — На улице... ешкин кот... слякоть...

— Если Николай Константинович не возражает? — Михаил Александрович вопросительно посмотрел на Николая.

— Куда ж деваться? У него и так ботинки промокли, не хватало, чтобы еще заболел наш гуру-эксперт в Москве в самый ответственный момент.

Виктор Дмитриевич открыл окно и, сделав несколько глубоких затяжек, с довольным видом устроился в кресле.

— Теперь готов к восприятию информации.

— Я инициировал нашу встречу, поэтому готов взять бремя ведения нашего совещания, если не возражаете, — Николай сделал паузу и посмотрел на каждого из своих партнеров.

Мужчины кивнули.

— Вопрос один, который я коротко вам предварительно озвучил: привлечение в капитал нашего бизнеса венчурных инвестиций. Прежде чем я подробно изложу свою позицию, хотел бы дать возможность высказаться Михаилу Александровичу, у него тоже было какое-то предложение для обсуждения. Я прав?

Хозяин кабинета достал из футляра складные очки, надел их, тут же снял, протер салфеткой и аккуратно положил перед собой. Волнение выдавала легкая дрожь в руках.

— Коллеги, — он откашлялся и начал говорить: — Возможно, даже скорее всего, не вовремя я... Вы знаете, я пытался начать строительство нового завода в Подмосковье, но... Стоимость площадок просто фантастическая. Не говоря уже о том, что все более-менее приемлемые варианты без коммуникаций. Добавьте получение разрешений с соответствующими благодарственными издержками... Короче, в пятерочку зеленых лимонов не уложиться...

Виктор Дмитриевич, покачивая ногой, вставил реплику:

— Знакомо… Напаритесь по полной… Слушайте анекдот в тему. Идет тендер на строительство здания… Участвуют турки, немцы и русские. Турки предлагают: построим здание за миллион евро. Немцы: за два миллиона. Вопрос тендерной комиссии: «Почему за два? Турки за один готовы!» Немцы: «У нас же немецкое качество, немецкие технологии!» Русские подумали: «Мы построим это здание за… три миллиона евро». Комиссия: «Почему за три?!» Русские: «Арифметика простая — один миллион нам, один вам, один туркам!»

— Практически в точку, коллега, — Михаил Александрович усмехнулся. — Так вот, — он снова сделал паузу, — мне в Австрии предложили купить аналогичный завод, уже готовый и с оборудованием всего за два миллиона евро.

— И че? — не выдержал Виктор Дмитриевич. — Брать надо!

— Соблазн велик. Кроме экономии денег, в довесок получаю клеймо на будущей продукции «Сделано в Австрии», что, сами понимаете, дорогого стоит.

— Что смущает? — вступил в разговор Николай.

— Кассовый разрыв. Платить надо единоразово, и оферта действует только до новогодних праздников. Времени осталось всего ничего. И конец года наложился, с ресурсами традиционная проблема.

— И? — Николай насторожился.

— И… вот, — Михаил Александрович тяжело вздохнул, — готов уступить свою долю в семенном бизнесе. На разумных для всех сторон условиях.

От неожиданного поворота разговора все молчали.

— Поймите меня, — продолжил он, не глядя на партнеров. — Готовлю семью к переезду в Австрию, сознаюсь вам. У России нет перспективы спокойной жизни, определенно. Дочка и внучка уже давно там. И тут вариант с заводом — не имею права перед семьей упускать такой шанс. Остальные мои активы все с обременением, не успеть реализовать за короткий период.

— Это твердое решение? — спросил Николай.

— Да. Поверьте, не легко оно мне далось.

— Оба-на! — вырвалось у Виктора Дмитриевича.

— Н-да, неожиданно, — Николай подошел к окну. Перезвон церковных колоколов прорывался сквозь гулкие шумы Волхонки. Хмурые тяжелые тучи и густой снег совершенно скрыли стены храма Христа Спасителя, подвесив в воздухе его золоченые купола. — У вас есть предложения?

— Я подумал, что было бы некорректно предлагать вместо себя кого-либо вам незнакомого.

— Да, пожалуй, — Николай вернулся за стол. — Вы прекрасно понимаете, что при всем дружеском отношении к вам персонально гарантировать я ничего не могу. Формально первоочередное право выкупа вашей доли принадлежит нам с Виктором Дмитриевичем в сроки, определенные уставом. Но у нас нет желания да и возможности.

— Я понимаю, — Михаил Александрович снова зачем-то надел и опять сразу же снял очки. — Но как партнер прошу вас, очень прошу вас постараться успеть решить вопрос в ближайшие дни.

— Гарантировать ничего невозможно, — повторил Николай. — Подставлять бизнес мы не имеем права, но постараемся найти какой-то вариант… Хорошо, — он встал, — обсуждение моего вопроса теряет всяческий смысл. Не будем тратить еще и время. Мы с Виктором Дмитриевичем отправляемся в наш офис и… будем держать связь.

— Не обижайтесь, — пожимая на прощание руку, виновато произнес Михаил Александрович. — Я уже не так молод и… в какой-то момент сдают нервы, начинаешь бояться опоздать на последний уплывающий из страны корабль, история нас учит, чем это заканчивается. Вы должны меня понять.

— Сколько лет прошло, сколько правителей сменилось, а как расстреляли совесть нации, так и катимся вниз… Лучших своих людей продолжают упорно выталкивать наши правители… С кем новую жизнь они строить собираются? На что надеются? Воистину, русская рулетка, — негромко, больше самому себе произнес Николай, завел автомобиль и процитировал:

— Уходили мы из Крыма

Среди дыма и огня;

Я с кормы все время мимо

В своего стрелял коня.

А он плыл, изнемогая,

За высокою кормой,

Все не веря, все не зная,

Что прощается со мной.

Сколько раз одной могилы

Ожидали мы в бою.

Конь все плыл, теряя силы,

Веря в преданность мою.

Мой денщик стрелял не мимо —

Покраснела чуть вода...

Уходящий берег Крыма

Я запомнил навсегда.

— Это кто?.. Черт!.. — Виктор Дмитриевич никак не мог пристегнуть ремень безопасности.

— Николай Туроверов.

— Не слышал...

— Немудрено. Белогвардейских офицеров не издавали в Советском Союзе. Смотрели фильм «Служили два товарища» с Высоцким?

— А как же!

— Из этой же серии.

— Курну в форточку?

— Нет, — резко нажав на педаль газа, ответил Николай.

— Чего?! — Виктор Дмитриевич не ожидал отрицательного ответа.

— Нет, — твердо повторил Николай.

Виктор Дмитриевич обиженно замолчал. Едва миновали бульвары и выехали на Пречистенку, он повернулся к Николаю:

— Вы того... когда покупателя искать будете... и на мой пакет акций ищите... Тяжело мне... — уже не глядя на Николая, продолжил партнер. — Разные мы с вами очень... Вы все равно рано или поздно... свалите из страны... Не жалуете вы власть нашу... А мне оставаться... Отец у меня партийным боссом был, трудягой... какого поискать... Ничего плохого про советскую власть я сказать не могу... Да и не вижу я себя на чужбине... Поэт этот... как его... ну которого процитировали?..

— Туроверов.

— Ага... По стихам видно, тосковал шибко по родине мужик... Не смогу я так... Мне че попроще... Рыбалку да работу... Думал я много... Не мое все это... стратегии... финансы... Сколько дадите за пакет, столько и возьму, спорить не буду.

Николай молча вел машину.

— Так че?

— Как вы любите говорить: колхоз — дело добровольное?

— Ну...

— Ваш пакет переоформим на меня. Денег пока никаких не получите. Когда выйдем из проекта, рассчитаюсь с вами по справедливости.

— Дык?..

— Хотите сами попытаться реализовать акции? — прервал собеседника Николай, не глядя на него. — Не советую. Дать вам сделать это я не позволю. И торговаться не буду. Сколько потом посчитаю по совести, столько и заплачу.

Виктор Дмитриевич достал пачку сигарет, повертел в руке и засунул обратно в карман.

— Захотите уволиться раньше, не получите ничего, — продолжил Николай. — Выбирайте прямо сейчас, времени сомневаться и торговаться больше не дам.

Партнер посмотрел на решительное выражение лица Николая и вздохнув, сказал:

— Да как скажете... Так, значит, так... Уф! — в сердцах вырвалось у него, когда подъехали к офису. — Вы того... поднимайтесь... А я на улице постою... перекурить енто дело надо...

20

Уведомление о необходимости срочно явиться за получением посылки на таможенный склад аэропорта застало в восемь утра Ксению врасплох. Дежурный офицер по телефону что-то пробурчал неразборчивое с жутким китайским акцентом, из чего можно было догадаться, что за задержку получения будут начисляться дополнительные страховые взносы и вообще, ОН, наверное, кушать хочет. Кто хочет с утра кушать в аэропорту и причем тут она, Ксения так и не смогла понять, но положила сына в автомобильное детское кресло и, с сожалением взглянув на часы, выехала из гаража. Не успела повернуть на дорогу, как, по закону подлости, зазвонил мобильник. Довольный голос московской подруги Маринки бодренько пожелал доброго утра, поздравил с наступающим Рождеством и уже более осторожно поинтересовался:

— Ну, как ОН?

— Кто? — не поняла Ксения.

— Ну ОН — мой подарок?

* * *

С Мариной Ксения познакомилась в интернете в специализированной социальной сети по вязанию. Ксения изучала эту сеть на предмет инвестирования в нее, Маринка же была активной участницей форумов. Она сама пряла нить из собачьей шерсти и вязала самые разнообразные изделия для своей семьи и на продажу. Мягкую длинную белую шерсть ей регулярно «поставляли» два собственных кобеля-блондина белой швейцарской овчарки. Третья собака Марины — девочка-брюнетка старонемецкая овчарка, вносила свой посильный вклад шерстью трех цветов: черного, серого и кофе с молоком. Многочисленные знакомые собаководы обменивали на пряжу или готовые изделия шерсть своих питомцев, самых разных оттенков.

Дружная симпатичная семья энергичной и неутомимой Маринки состояла из нее, мужа, двух дочек и трех немаленьких собак редких пород. Жили они в ближнем Подмосковье в трехкомнатной квартире, куда Маринка как-то лихо доставила Ксению на своем большом черном внедорожнике, подобрав ее на конечной станции метро. На вопрос Ксении, где она так виртуозно научилась водить автомобиль, Маринка улыбаясь ответила:

— Я, считай, в машине родилась, мама у меня таксистом работала.

Три внимательных оценивающих взгляда остановили гостью на пороге.

— Свой! — скомандовала из-за спины Марина, и собаки не торопясь направились на кухню, развалились на полу, заняв почти все свободное пространство. — Сейчас чайка-кофейка с дороги, а потом уж и поболтаем, — хлопотала хозяйка, переступая через невозмутимо лежащих овчарок.

Ксения присела за стол. «Брюнетка», внимательно наблюдающая за незнакомкой, встала, подошла и положила голову ей на колени.

— Уф! Признала! — Марина пододвинула чашку с кофе ближе к Ксении. — А то я переживала, как они к тебе отнесутся. Мои собаки — это лакмусовые бумажки, если человек плохой, то игнорируют его по полной. И я стараюсь с такими людьми дел не иметь. А тебя признали с порога. Они ауру видят. Значит, ты хороший человек! — весело добавила она с заметным облегчением.

С тех пор девушки перезванивались, переписывались, а когда Ксения посещала Москву, старались обязательно встретиться.

* * *

— Так это ты посылку отправила? — Ксения включила громкую связь.

— А кто еще? — удивленно ответила подруга. — Так ты уже получила?

— Нет еще. Только поехала забирать.

— А чего тянула столько времени?

— Подруга! У нас сейчас восемь двадцать утра. И ровно пятнадцать минут назад меня уведомили о приятной неожиданности. Ничего, что я УЖЕ еду с грудным ребенком в сторону аэропорта?

— А-а-а! Раз ты за рулем, тогда позже перезвоню. А то я ведь переживаю, ОН же кушать хочет.

Связь отключилась, оставив от разговора больше вопросов, чем ответов.

Офицер на складе, взглянув на водительское удостоверение Ксении, попросил расписаться в нескольких местах таможенной декларации, заплатить немаленькую таможенную пошлину (это что ж за подарок такой дорогущий за свой счет!) и показал в направлении одиноко стоящей в стороне на стеллаже большой пластиковой клетки.

—Забирайте!

560

Сквозь боковое окошечко клетки на Ксению из темноты смотрели два испуганных зеленовато-коричневых щенячьих глаза. Ксения открыла клетку. Белоснежное пушистое существо сидело в углу и категорически отказывалось выходить. «Ну, подруга, ты даешь! — мысленно вырвалось у Ксении. — Был у меня один ребенок, а теперь стало два! И оба неожиданно. Почти многодетная мать. И почти одиночка. Все к одному, если катит, так катит!»

Попросив офицера помочь загрузить в машину клетку, она в одной руке со щенком, а в другой с сыном вышла со склада.

Так неожиданно под Рождество в судьбе Ксении появилось преданное и любящее четвероногое сердце.

Марина перезвонила только на следующий день:

— Привет, Ксюшенька! — раздался в телефонной трубке виноватый голос.

— Да покормила я его, покормила, не переживай! Нашла в клетке твою подробную инструкцию, как кормить и как воспитывать.

— Ну, скажи, ты рада? Правда? Это сынок моего Рея. Верно, симпатяшка? Скажи уже что-нибудь! — не давая ответить, щебетала Маринка.

— Эх, Маринка-Маринка! И чего я с ним делать буду? У меня ребенчишка совсем маленький, а тут еще один такой же появился.

— А этот не совсем маленький, ему ровно пять месяцев вчера исполнилось. Правда, символично? Пять месяцев в православное Рождество! Я специально его держала для тебя, чтобы он немного подрос. Он такой сла-аадкий, такой ла-аапушка! А глазки какие умные, ты видишь?

— А чего себе не оставила?

— Дак у меня ж и так три! А этого я специально для тебя бере́гла. И имя красивое подобрала — Руссмен Шерлок Холмс.

— Руссмен понятно — русский мужчина. А почему Шерлок Холмс?

— Он очень искать любит, прирожденная ищейка!

— Значит, звать буду Руссом, Руссиком.

— Вот и Россию тебе именем напоминать будет, — пыталась подсластить подарок Марина.

— Спасибо, дорогая, Россию и так забыть невозможно при всем желании, — Ксения посмотрела на сопящий под столом рождественский пушистый подарок. — И как я с этим презентом справляться буду, когда он вырастет?

— Ты же видела, как моя младшая дочка, которой пять лет, с тремя моими бугаями гуляет? Мы всем табором каждый год на юга купаться ездим, и в Германию гоняли уже дважды. Он еще и защитником тебе и сыну будет! Воспитывай правильно — и никаких проблем!

— Проблема уже появилась в моем доме — Сергей не в восторге.

— Не подходит к нему?

— Они друг к другу не подходят демонстративно.

— Вот этого я и боялась больше всего! — расстроенно произнесла подруга. — Мужики! Ревность!

— А ты, помнится, говорила, что собаки хороших и плохих людей чувствуют, ауру видят?

— Э-э-э, — замялась Марина, — может, временно, просто притираются друг к другу?

— Понятно, обижать не хочешь, подруженька.

— Ну…

— Ладно, не оправдывайся, это уж точно не твоя вина. Не отправлять же тебе барбоса обратно, пацана точно удар сердечный от перелета хватит, будем растить вместе.

— Ура! — Маринка восторженно закричала. — Я так и знала, я чувствовала, что вы рождены друг для друга. Не поверишь, когда Руссика увидела, сразу о тебе подумала, вот честное слово! Увидишь, все будет просто супер! Ну ладно, я рада за вас, а мы побежали, сегодня в парке соревнования собачьих упряжек, мы участвуем, пожелай нам удачи! — довольная и счастливая Маринка так звонко чмокнула в трубку, что Ксения непроизвольно отдернула мобильник от уха.

21

Даже сквозь закрытую дверь кабинета были слышны возбужденные голоса, о чем-то жарко спорящие на повышенных тонах. От этого секретарь чувствовала себя неуютно и пыталась то предложить Николаю вторую чашечку кофе, то сделать громче звук радиоприемника. Наконец раскрасневшиеся мужчина и женщина выскочили в приемную и, ни на кого не глядя и не прощаясь, хлопнули дверью.

Алена Макаровна громко позвала, не выходя из кабинета:

— Николай Константинович, заходите, дорогой, не стесняйтесь, дайте мне буквально пару минут бумагу дописать. Уж простите, пожалуйста, за бурные семейные сцены, — подавая руку, приподнялась с кресла хозяйка кабинета. — Пишу свое мнение для совета директоров. Племянник мужа со своей благоверной довели руководимое ими и аффилированное с нами туристическое агентство до банкротства. Еще и названия у нашего банка с ними совпадают — не здо́рово это… А вместо покаяния и деловых предложений еще и ультиматум ставят, условия выдвигают, горе-предприниматели… И послать бы их надо, да и на нашей репутации скажется, и в семье мужа напряжение начнется. Ох уж эти переплетения делового и семейного… Скажете, нельзя путать одно с другим? — сама себе задала она вопрос и тут же ответила: — Не соглашусь. Я мужа своей племянницы несколько лет назад в частную нефтетрейдовую компанию фактически курьером пристроила, так он уже до вице-президента вырос, просто честно работает парень… Человек человеку рознь… Ну ладно… Что привело ко мне, недоступный вы для меня человек?

— Отчего ж недоступный? — попытался развеять напряженную ауру кабинета Николай. — Ревнивого мужа боитесь?

— С мужем я разберусь, не один год вместе, разное проходили… Вас боюсь. Понять до конца не могу, вот и опасаюсь.

— Теперь и не знаю, стоит ли начинать разговор, — Николай посмотрел на стоящую на столе фотографию эрдельтерьера. — Не видел раньше. Ваш питомец?

— Моя девочка. Умерла недавно, рак желудка… Дом сразу опустел. И без собаки не могу, и храбрости не хватает новую взять. Раньше надо было, чтобы потеря одной не так сильно чувствовалась. Хотя… тогда бы вторая скучала… Они, к сожалению, уходят быстрее людей. Сердца наши быстрее завоевывают и уходят быстрее… Такая вот закономерность…

Так с чем пожаловали? Давайте о делах, а то я сейчас расклеюсь...

— Бизнес — часть нашей жизни, и не маленькая, — Николай понизил голос и поймал взгляд женщины. — Выбор партнера — это не менее сложно и ответственно, чем выбор спутника в личной жизни. Мы с вами знакомы давно и уже можем в определенной степени составить представление друг о друге.

— Уж не предложение ли вы мне делать собираетесь? — перебила его Алена Макаровна. — Муж в молодости был со мной проще, хоть и знал меня меньше вашего, просто спросил утром после первой нашей ночи на третий месяц знакомства: «Ну че, поженимся?». Точнее, это я его навела на такую мысль, перепугалась, что больше не захочет меня видеть.

— Вы же его не так боялись, как меня?

— Его не боялась, верно, он проще и управляемее. Ситуации испугалась. Мне хоть и двадцать с небольшим было, и до него у меня были мужчины, но все как-то неудачно... То они оставляли меня, то я экспериментировала... С одним даже прожили год как муж с женой, да мне рубашки гладить не понравилось. Вот я и боялась, что ситуация повторится... Испугалась, что старой девой останусь...

— Если настороженно ко мне относитесь, что заставляет вас со мной общаться?

— Утро откровений? — усмехнулась банкирша. — Да мне просто в кайф с вами беседовать!

Николай не нашелся, что ответить, и развел руками.

— Вот-вот, — собеседница покачала головой. — Давайте ближе к делу, если не возражаете.

— Я вам говорил, что мы запустили процесс активного привлечения венчурных инвесторов?

— Нет, мы давненько с вами не пересекались. Хотя если я правильно помню, по плану развития у вас как раз наступает венчурный этап? Но мы не занимаемся венчурным инвестированием, сорри. Теперь еще и туристическое агентство придется санировать. Уж извините.

— Это вы меня извините, что не очень четко выразил свою мысль, Алена Макаровна. Сомнений и иллюзий, что группа вашего банка не занимается венчурным финансированием не было и нет. Просто впереди Новый год и Рождество. Я пришел к вам персонально. Друзьям приятно на праздники дарить подарки. Вам первой предлагаю выбор презента.

— Интригуете… А подробнее?

— Через несколько месяцев капитализация нашего семенного бизнеса резко подскочит — скажется эффект венчурных вложений. А там и стратегический инвестор уже не за горами, согласны?

— Возможно. Хотите на позитивных ожиданиях свой пакет акций мне продать?

— Разве я похож на Деда Мороза?

Собеседники рассмеялись.

— Размер уставного капитала мы менять не планируем, как и формально состав акционеров. Неправильно это, когда перед приходом новых инвесторов тусовка акционерного капитала начинается. Деньги не любят суеты — уж вы-то хорошо понимаете, правда? Да и при акционерном структурировании мы изначально заложили возможность смены акционеров без внесения изменений в уставные документы на территории России. Просто у одного нашего акционера форс-мажор, и он готов срочно уступить свою долю в виде компании, которая является акционером нашего акционера, — разъяснил суть предложения Николай.

— Акционером вашего акционера, — повторила Алена Макаровна и удивленно подняла брови. — Но вы обладаете первоочередным правом выкупа?

— Безусловно.

— Тогда что же вы себе отказываете в такой радости? Нет денег? Мы дадим вам кредит под залог пакета акций, не переживайте, мы тоже любим делать серьезным людям подарки.

— Спасибо за доверие. Только я не переживаю. У нас закрытое акционерное общество, а не индивидуальное частное предприятие. И не только формально, но и по сути. Акционеры нам нужны не только ради денег, уважаемый вице-президент уважаемого банковского холдинга. Мы ценим, холим и привлекаем исключительно умных акционеров — это наше твердое убеждение и руководство к действиям. Интеллект и связи порой стоят дороже денег.

— Это комплимент мне?

— Безусловно.

— Какой пакет и за сколько предлагаете персонально мне, если я правильно поняла всю прелюдию? И почему именно мне?

— Частично я уже ответил на ваш второй вопрос.

В кабинет заглянула испуганная секретарша:

— Там эти, ну… «туристы» обратно вернулись, к вам прорываются.

— Не пускать! — жестко отреагировала банкирша. — Я не могу тратить время на пустую болтовню, пусть изложат свои предложения в письменном виде. Я все сказала, закройте дверь! — повысив голос, добавила она замешкавшейся секретарше.

— Чашечку кофе бы, а? Или не вовремя? — Николай вопросительно взглянул на Алену Макаровну.

— Нормальному человеку всегда вовремя и с превеликим удовольствием, — передавая по телефону распоряжение секретарше, ответила хозяйка кабинета.

— Я не предлагаю пакет, — с благодарностью кивнув, продолжил Николай. — Я могу рекомендовать вам и продавцу провести переговоры, познакомить вас. И если сделка устроит обе стороны, приложить максимальные усилия для ее скорейшей формализации.

— Что взамен хотите? Я люблю ясность и обговаривать все «на берегу». В Деда Мороза в детстве я верила до тех пор, пока не почувствовала, что от него — мерзавца — нещадно разит алкоголем.

Николай рассмеялся.

— Знакомая ситуация.

— Так сколько? Процент от сделки или от прироста капитала?

— Чем отличаются женщины от мужчин, так это определенностью, — Николай поднес к носу чашечку с горячим эспрессо и глубоко втянул воздух. — Замечательный запах!

— И все-таки?

— Я хоть и не пьяный, но и не Дед Мороз. И тоже предпочитаю определенность. С вас денег брать не буду, инсайдом я не торгую — этические принципы не позволяют. Но за выгодную сделку надо платить. Это справедливо. Можете самостоятельно выбрать форму и адресата для меценатской помощи: какой-нибудь дом ребенка или больницу? Сколько определите, столько и помогите. И праздник ожиданий уже на носу, и оператор процесса — Дед Мороз — пока еще трезвый.

Алена Макаровна достала калькулятор и начала что-то быстро считать. Оторвав взгляд от счетной машинки, спросила:

— Когда я могу увидеть продавца?

— Он ждет вас. Я предполагал, что вы не станете откладывать принятие решения.

— Ну вы и… огурец! — только и смогла вымолвить собеседница. — И с таким мужчиной мне придется работать?! Ладно, поехали. Лучше с умным потерять, чем с дураком заработать. Ведь так вы когда-то мне сказали? Боже, помоги мне в новом деле! — перекрестилась она на стоящие в книжном шкафу иконы.

22

****

— Запах ванили! Я никогда не могла представить, что собаки могут пахнуть ванилью! Представляешь, Мыслитель, лежащее около моих ног небольшое белое пушистое чудо с запахом ванили и недоверчивыми глазками? Я обожаю запахи! Мир окутан и пропитан ими. Иногда мне кажется, что я даже твой запах на расстоянии чувствую. Ты должен вкусно пахнуть!

— Каким парфюмом, Собеседница?

— Не парфюмом, а естественным запахом своего тела, который постоянно меняется! Когда ты возбужден — он один, когда устал — совершенно другой, когда хочешь женщину — третий, в момент, когда любишь ее, — четвертый, когда ты в храме — пятый, когда в концертном зале слушаешь музыку — шестой… У одного и того же человека запах в разные мгновения разный. Вот что ты сейчас делаешь? Расскажи мне, и я постараюсь представить твой запах…

— Лежу дома в длинном синем шелковом расшитом самурайском халате, пью красное сухое итальянское вино, слушаю музыку в исполнении румына Замфира.

— Мне кажется… я чувствую… смешение чувств… смешение желаний… смешение энергетик прошедшего активного дня и спокойного вечера…

567

— Поделись?

— Нет уж, ощущение тебя теперь только мое... Так вот, представляешь, у меня сладкий щенок в прямом смысле!

— Зубы заговариваешь?! Может, ты его просто мылом вкусным искупала?

— Сэр! Обижаете! Мыло было органическое, без запаха и красителей. И две недели уже прошло после принятия ванны, даже французские духи столько не держатся. Это его родной и очень удивительный запах. Мне пока Русська еще полностью не доверяет, лежит, издалека глазками своими умными сканирует. Вроде и подходит, и слушается, но абсолютного доверия еще нет. Он вообще необычный пес, очень открытый, чувствительный. Наверное, поэтому ранимый и недоверчивый. Дитя природы, в которой чувствует себя абсолютно комфортно и очень настороженно относится к людям. И при всем при этом пахнет ванилью!

— Теперь уже мне кажется, что я ощутил его запах... А сейчас я постараюсь почувствовать и тебя, Собеседница.

— Эй! Мы так не договаривались! Я не выспавшаяся и слегка уставшая. Тогда пока-пока, до следующей связи!

****

23

Незапланированная встреча со сборной делегацией представителей скандинавских венчурных фондов внесла коррективы в планы выходных дней. Намеченное двухдневное выездное заседание совета по развитию в подмосковном санатории отменять никак было нельзя. Коллеги, выехавшие туда в пятницу после обеда, настроились на напряженную работу.

Только у Николая вместо совмещения продуктивной работы и отдыха на природе получился цейтнот — вторая половина пятницы прошла в напряженных переговорах, московских пробках, все более и более раздражающих вампиризмом времени, пустых ресторанных посиделках с неожиданно заехавшими в Москву из Питера командировочными варягами скандинавского происхождения — совсем не дураками выпить на халяву за счет принимающей стороны, чтобы потом что-то лопотать до трех утра на смеси английского и своих родных языков. И чем хуже обе стороны владели английским, тем чаще поднимались стаканы с водкой и бокалы с пивом — взаимопонимание на какое то время улучшалось, но только на уровне спиртного, женщин и политики.

Улучив момент, когда уже почти никто не контролировал ситуацию, Николай галантно поцеловал изящную ручку единственной женщине в делегации — Айну — и откланялся. По интересному совпадению ее имя переводилось как «единственная». Айну-Единственная была единственной женщиной в делегации и к тому же очень хорошенькой и весьма сексуальной, несмотря на свои очевидные сорок с небольшим. Бывают женщины красивые. А бывают женщины, от которых веет сексуальностью. И не важно, что идут они по противоположной стороне улицы, одетые зимой в шубу до пола, но пульс и дыхание у мужчин в радиусе видимости резко учащаются. Несмотря на северную внешнюю сдержанность и скромность одежды, вокруг Айну просто витала аура сексуальности. Пьяные мужики, раздувая похотливые ноздри, всячески пытались пристроиться к ней, но она откровенно смотрела в сторону Николая, с которым только они вдвоем за столом пили красное вино.

— Сорри, дела! — озабоченно произнес Николай и театрально развел руками в ответ на ее немой вопрос. Какие дела могли быть у него в три утра, он не уточнил, но вести Айну в отель на пару часов с непонятными перспективами продолжения знакомства ему что-то совсем не хотелось. «Стареешь, братишка? Или осторожничаешь?» — задал он себе по этому поводу вопросы, на которые сам же и ответил: «Мудрею, брат».

Полтора часа сна, контрастный душ, немного йоги, крепкий кофе, проверка электронной почты — и Николай выехал на еще не успевшей остыть машине в санаторий. Автомобиль уверенно держал дорогу, лишь иногда чуть дергаясь и скрепя абээской на плохо убранных от снега и льда скользких участках дороги.

Накрывшись пушистыми белыми одеялами, вековые ели дремали крепким предрассветным сном, навевая опасную сладкую дрему проезжающим мимо водителям. Николай приоткрыл окно, впустил немного свежего воздуха и поставил диск Deep Purple.

Солнце сонно и нехотя поднималось над деревьями. Медленное пробуждение зимней природы было по-особенному завораживающим. Николай достал фотоаппарат и стал снимать восход.

— Пашешь, пашешь тут сутками за копейки, а эти новые русские с жиру бесятся. В ГУЛАГе бы ему восходы фотографировать, морда бандитская! — услышал он негромкое, обращенное явно к нему злобное ворчание идущей с ночной смены еще достаточно молодой, но выглядевшей по-люмпенски безобразно и значительно старше своих лет, работницы санатория.

Николай посмотрел на часы: до начала заседания совета по развитию оставалось сорок две минуты — как раз успеет устроиться в номере и позавтракать.

Александр Анастасович что-то сосредоточенно писал в блокноте, не обращая ни на кого внимания, только периодически поднимая и поворачивая голову и глаза в верхний правый угол зала, словно в том месте висела какая-то невидимая для всех остальных подсказка.

Светлана Александровна, стараясь его не отвлекать, поставила рядом чашку с чаем и блюдце с пахлавой.

Члены совета по развитию, негромко переговариваясь, просматривали лежащие перед каждым креслом материалы для заседания.

Николай энергично вошел в зал, всем приветственно кивнул и присел рядом с бизнес-консультантом.

— Ну как? Акулы венчурного бизнеса северных территорий не замучили вас? — не поднимая головы, поинтересовался Александр Анастасович.

— Буду надеяться, что они запомнили наше гостеприимство, — негромко ответил Николай.

— Понятно, значит жрали на халяву водку и истекали слюнями по нашим женщинам.

— Примерно адекватная оценка итогов.

— И послать нельзя, и толку от массовки всегда немного… Ладно, если не возражаете, хватит о прошлом. Я готов, можем начинать планировать будущее.

— Конечно, давайте стартовать, все в сборе.

Консультант встал:

— Господа! Коллеги! Я немного волнуюсь, поэтому заранее прошу прощения за некоторые возможные шероховатости. Волнуюсь я не столько за роль моего председательства на нашем выездном заседании совета по развитию, сколько за результаты планируемой двухдневной работы. От того, насколько мы вместе и каждый в отдельности сможем проникнуться пониманием нового витка нашего развития, будет во многом зависеть реализуемость поставленной акционерами конечной задачи. Мне бы очень хотелось, чтобы мы за эти два дня, проведенные в гостеприимном санатории красивейшего Подмосковья, не только проработали «дорожную карту» по привлечению в капитал семенного бизнеса венчурных инвестиций, но и постарались скорректировать наши представления об операционных задачах и бизнес-процессах именно с точки зрения инвестора, что весьма полезно уже само по себе. Инвестор — это реакция рынка, обратная для нас связь: правильным ли путем мы развиваемся, грамотно ли формируем нашу инвестиционную привлекательность? Предлагаю ввести ролевой элемент в нашу работу: я буду одновременно играть роли модератора и представителя венчурного фонда, а все вы — свои функциональные роли. Принимается?

— Попробуем, для этого и собрались, — за всех ответил Игорь Олегович.

— Отлично, — продолжил консультант. — Мы уже обговаривали, но еще раз хочу озвучить примерный стандартный план реализации работ продолжительностью три — шесть месяцев. Первым шагом формируем справку о бизнесе и предоставляем ее потенциальным инвесторам. Очень важно отметить, что справка должна быть максимально сфокусирована на описании компании как привлекательного актива и интересной инвестиционной возможности: перспективы отрасли, конкурентоспособность, уникальность и тому подобное. Справка не должна содержать информацию о ценовых параметрах нашего предложения, но может включать предположения по существенным условиям сделки: размер пакета, условия выхода или не выхода собственников, направления расходования привлекаемых средств и так далее. Параллельно уточняем сформированный к сегодняшнему дню список потенциально заинтересованных инвесторов, направляем им справку и ждем обратной связи.

Мы должны понимать, что эта работа по времени не должна занять более одного месяца. А с учетом частичной готовности документации и перечня потенциальных инвесторов желательно уложиться в пару недель. По опыту моих предыдущих проектов, от двух недель до месяца уйдет на уточнение и обоснование ценовой позиции владельцев по сделке. Наша позиция должна быть максимально аргументирована. Поэтому еще раз фиксируем бизнес-модель компании. Шлифуем описание основных бизнес-процессов с указанием их ключевых характеристик. Параллельно корректируем финансовую модель компании и определяем ценовые ориентиры сделки.

Отмечу, что весьма важной составляющей эффективности являются коммуникации. За коммуникативный блок отвечает Светлана Александровна, поэтому я спокоен.

— Благодарю, — помощница Николая встала. — Как вы знаете, мы закупили и интегрировали в нашу систему управления бизнесом новое программное обеспечение по управлению взаимоотношениями с инвесторами. Обучение вы все и специалисты соответствующих служб прошли. Если в процессе работы появятся дополнительные вопросы, не стесняйтесь, задавайте. Прошу прощения за это отступление.

— Спасибо, это важное отступление, — консультант обвел взглядом присутствующих и продолжил: — Опять-таки от пары недель до месяца традиционно уходит на формирование развернутой презентации и инвестиционного предложения. В этот момент в форме активного диалога с акционерами и менеджментом еще раз тестируем ключевые факторы инвестиционной привлекательности компании. Соответственно, направляем презентацию потенциальным инвесторам и начинаем переговорный процесс.

— Уф-ф, — произнес кто-то негромко.

— Да уж, рубеж… — Александр Анастасович потер ладонью лоб и сделал какую-то пометку в своих записях. — Очень важным является поддержание динамики активной фазы переговорного процесса с потенциальными инвесторами. Содержание этапа задается конкретным переговорным процессом и, как правило, включает предоставление дополнительной информации, ответы на вопросы, обоснование ценовых и прочих параметров сделки, согласование основных ее условий, например взаимных обязательств покупателя и продавца, и тому подобное. Сколько времени займет данный этап? Тут уже продолжительность зависит не только от нас, но будем стремиться уложиться в месяц. Как только определились с инвестором, готовим и подписываем документы, исполняем сделку. По времени — ориентировочно месяц?

В зале засмеялись.

— Очень важным моментом, с моей точки зрения, в период активной переговорной фазы для нас является дополнительная публичность.
Необходимо интенсифицировать комплекс мероприятий по публикации интервью, статей, выступлению руководителей по телевидению.

— Поняла, — руководитель дирекции маркетинга кивнула.

Светлана Александровна подняла руку:

— Хочу уточнить, презентационную информацию формируем на русском и английском языках?

— Безусловно! Руководители многих инвестиционных фондов в России экспаты, да и окончательные решения чаще всего принимаются в головных зарубежных офисах, где с русским языком, сами понимаете… Сделаю глоток чая, не возражаете?.. Еще вопросы, предложения?

— Правильно ли я понимаю, что не все присутствующие в зале и не на всех этапах будут задействованы? — задал очередной вопрос Игорь Олегович.

— Конечно, это очевидно из озвученных задач. Приятно, что служба персонала столь активна сегодня.

— А как же?! Нам необходимо думать и над мотивацией процесса, и над корректировкой мотивационных программ в целом, ибо, насколько я понимаю, мы переходим на качественно новый уровень, этап развития, да еще и с новыми акционерами. А новая метла неизбежно… что-то по-новому в любом случае выметет…

— Безусловно, вы абсолютно правы. И спасибо, что задали очень важный и своевременный вопрос. Нельзя на волне изменений вносить неопределенность ни в карьерный рост персонала, ни в его мотивационные стимулы. Наоборот, необходимо искать и обязательно внедрять позитив в организационные изменения… Очень тонкие вопросы… — консультант снова сделал пометки в записях.

— Теперь мне понятно, почему мы в полном составе здесь собрались.

— Не возражаете, если я на все материалы и предложения буду смотреть более придирчиво с точки зрения безопасности? — Юрий Леонидович поднялся с кресла. — Придание публичности всегда сопровождается привлечением внимания, что вполне естественно. В нашей стране внимание не всегда имеет доброжелательный оттенок. Я не говорю о налоговой инспекции, я имею в виду рейдеров и шантажистов. Поэтому, с точки зрения безопасности, я прошу, чтобы все действия, материалы, газетные публикации, даже переписка с потенциальными инвесторами обязательно проходила через службу безопасности с обязательным нашим визированием. Мы никогда не можем быть полностью уверенными, кто фактически стоит за выразившими интерес к нам компаниями, даже иностранной юрисдикции. И это тот самый случай, когда каждое слово или действие может быть использовано против нас. Очень прошу понимания и поддержки. Перед заседанием я внимательно проанализировал немногочисленные российские примеры привлечения иностранных венчурных инвестиций. Не ошибусь, если примерно в одной трети случаев, а то и больше, даже при поверхностном анализе, инвестиции имели российское происхождение, а следовательно, делались и управлялись в интересах российских бизнесменов или чиновников. Другими словами, цели реальных инвесторов не всегда совпадали с декларируемыми принципами представляющих их интересы инвестиционных фондов. Мутация рейдерства на международном уровне.

Не буду голословен. Вчера Николай Константинович встречался со скандинавскими инвесторами. Среди пяти представленных в делегации фондов как минимум два однозначно сформированы на российские деньги, и еще один, «АА Скандинавия», процентов на девяносто наш, если тоже не на сто. И возглавляет его бессменно... — Юрий Леонидович достал записную книжку, надев очки, нашел нужную информацию и с трудом прочитал: — Айну Рунгердсдоттир. Женщина, кстати, на фотографии выглядит весьма привлекательно, но персональная информация по ней весьма скудная. Хотя, судя по отзывам компетентных экспертов, редкой дерзости и хватки акула, сто очков форы любому мужику даст, не один лакомый актив уже на ее счету. Любимое выражение: «Ничего личного, только бизнес!» За ее спиной стоит наш российский крупнейший частный банковский холдинг с серьезнейшими лоббистскими возможностями в окружении президента страны. Нужны еще аргументы? Так что не расслабляемся, хорошо?

— Ай да Айну, ай да секси герл, ай да сукина дочь! — непроизвольно вырвалось у Николая.

— Вы что-то сказали? — повернулась к нему Светлана Александровна.

— Поддерживаю целиком и полностью руководителя нашей службы безопасности, — Николай встал, чтобы видеть всех своих коллег, — не время расслабляться, время быть вдвойне осмотрительнее. Исполнение буду контролировать лично. Виктор Дмитриевич, ваши вопросы и пожелания? — обратился он к непривычно молчаливому коллеге.

— Да че... понятно, что делать че-то надо... Нет вопросов... Это... перекуры... когда будут?

— Своевременный вопрос. Регламент таков: сегодня и завтра работаем до четырех часов дня с часовым перерывом на обед. Короткие перекуры через полтора часа или в индивидуальном порядке, если уж совсем невмоготу. До и после работы — отдыхайте, расслабляйтесь, лечитесь, уделяйте время себе, любимым и детям. Мы с вами попали в заезд «Мать и дитя», надеюсь, что и от санатория, и от многочисленных мам к нам не будет претензий.

— Это вы в каком смысле — от мам? — довольно заулыбался Игорь Олегович.

— В любом, — Николай погрозил пальцем женатому уже трижды кадровику. — Главное, чтобы без претензий, договорились? Что ж, надеюсь, принципиально всем все понятно, не будем тратить драгоценное время, за работу!

24

Офис затих, но рабочие места еще хранили энергетику телефонных переговоров, электронных переписок, аналитических записок и ушедших сотрудников. Идеально чистые столы спокойно готовились к заслуженному ночному отдыху. В оазисах беспорядка разбросанные бумаги, степлеры, карандаши, губные помады и зажигалки беспомощно взывали к своим более прибранным и удачливым собратьям. Из серверной комнаты доносилось еле слышной гудение — мощные серверы не знали покоя, с презрением напоминая всему офисному неодушевленному сообществу, что в глобальном деловом мире нет места даже для секундной расслабленности.

Николай медленно прогуливался по рабочему залу, улавливая знаки и отголоски прошедшего дня.

— Не засиживайтесь долго, Николай Константинович, — попрощалась Светлана Александровна, показывая глазами на висящий на стене ряд часов с мировым временем.

— Это у нас уже вечер, а в Сан-Франциско еще только утро, — улыбнулся Николай.

— Никаких возражений, одни пожелания, — устало улыбнулась в ответ помощница и, поправив очень идущий ей оренбургский пуховый платок, вызвала лифт.

Свежий морозный воздух проветренного кабинета приятно бодрил.

Николай открыл на компьютере и перечитал письмо-размышление, пришедшее от Виктора Дмитриевича еще днем.

****

Здравствуйте Николай Константинович.

После вашего загородного мозгового штурма собрал дома топов — донести идею. До сих пор вопрос был один — «жизни и смерти» (как мне казалось, мы еще в этой стадии роста), и в это время, поверьте... не до плясок на лужку. И че-то плохо мечталось про светлое будущее. Период такой, когда надо брать и кидать, брать и кидать. Философия очень простая.

В самолете размышлял над вашим рассказом за обедом, как вы в молодости работали в золотопоисковой геологической партии на Камчатке, рыли со списанными с кораблей за пьянки моряками-бичами шурфы. Никто вас ничему не учил, дали кайло, лопату — и вперед с утра и до темноты в одиночку среди тундры и леса. Оплата сдельная, че не понятно: бери и кидай, бери и кидай. Фора у вас была — молодой, спортивный, полный сил. Бичам-аборигенам за пятьдесят, «измученные нарзаном и чифирем». Только к вечеру результаты у бичей были в полтора-два раза выше ваших, хотя вы и не филонили, понятно — зарабатывать приехали. Позже с вами они (думаю, зауважав, иначе не проболтались бы) поделились секретами мастерства. Оказалось, кидать можно по-разному: правильно и эффективно кидать — целая наука. М-да... Квалификация. Снимаю шляпу... Да, наверное, так и есть. Век живи — век учись…

Возвращаясь к нашим баранам. А ребятам-то, оказывается, жуть как интересно наше будущее, участвовать в нем хотят… Че-то, знать, я не догнал по дороге, не услышал вовремя вас и их… Пытаюсь сейчас понять. Одни вас раньше поняли, другие — позже, а третьи — никогда. Всему свое время, видимо. Только жалко его.

У меня в плане партнерства никаких принципиальных разногласий не было, угнетала финансовая зависимость. Хотелось выйти из этого состояния, и дальше с открытым забралом. А так, че щеки-то дуть? Поэтому и сорвался с акциями на эмоциях… А ведь я раньше никогда ни с кем не договаривался. Во всяком случае не могу припомнить такого, и зацепиться даже не за что. Налицо отсутствие опыта. Значит, надо учиться слушать. Печально. Борьба с самим собой — не самое приятное занятие. Это самое трудное. Это и есть самая большая моя проблема. Два еврея — три мнения, а у русских и четыре легко. Не хорошо, не плохо, факт просто.

После крахов моих предыдущих бизнесов я винил всех, кто окружал меня, мне было очень плохо от этого. А рядом много людей подогревали эту мысль. Пока, сидя как-то с удочкой, я внутренне не понял, что сам же это все сделал. Не они, а я виноват. Только тогда я смог хоть как-то начать действовать. Виновата была МОЯ философия. Да, не просто, да, проблемы в семье и тому подобное. Полный окружающий негатив и по полной программе. Непросто... Но это Я. По-другому? Если честно — не комфортно было, наверное. Я просто делал, как считал нужным, и все. А возможностей выхода из кризисов всегда была масса.

«Дороги, которые мы выбираем».

«Начни с себя».

За выхи попробую сформулироваться. Тут на самом деле архиважно и на самом деле это — точка, черта, за которой либо кошмары, либо радость и счастье. Цель — результаты, радость от дела. Я только что это понял, внутренне как-то. На самом деле вы говорили именно об этом всегда. Я вас просто не слышал...

Здесь, конечно, нужно, чтобы посетила Муза. Мне кажется, она рядом...

Как на душе лежит...

С глубоким уважением В. Д.

****

Николай в задумчивости перебирал лестовку — православные четки, и смотрел в окно. Падающий густой снег белой непроницаемой стеной отделил кабинет от звуков и огней города, заперев хозяина наедине со своими мыслями.

«Никак не предполагал, когда начинал семенной проект с Виктором Дмитриевичем, что не сможем вместе как партнеры дойти до цели. Что помешало, что не было учтено? Мало были знакомы, не придавали значения некоторым чертам характера, не всегда слышали друг друга? Но и с другими партнерами такое случалось, однако удавалось вовремя понять взаимные проблемы и желания, подстроиться, перестроиться. Почему не получилось именно в этот раз, когда больше всего хотелось? — Николай посмотрел на лестовку. — Одна из греховных страстей

— гордыня? Моя или его? Сам же всегда говорю, что в семье одного виноватого не бывает. В деловом партнерстве аналогично. Получается, на его гордыню у меня не нашлось возможности или умения помочь... С другой стороны, учитель приходит, когда ученик готов. Восточная мудрость. У каждого из нас свой ПУТЬ. Не получается перепрыгивать через ступеньки эволюции. Каждому овощу свое время — так, по-моему, любит выражаться Виктор Дмитриевич... Значит, в этот раз что-то у нас с ним не совпало, не сложились пазлы, не время снимать урожай... Ладно, хватит рефлексировать, надо делать выводы и двигаться дальше».

Николай закрыл почтовую программу и увидел мигающий сигнал мессенджера. Чаще всего в позднее время приходили сообщения от Собеседницы. Прежде чем прочитать, решил заварить себе чая. Взгляд остановился на коробочке с крапивой. Залив кипятком в кружке пакетик, удобно устроился в кресле и открыл сообщение.

****

Мир столь восхитителен, что я не перестаю ему удивляться! Всегда считала себя совой. И не просто совой, а совой из отряда кошачьих, которые готовы спать по три четверти суток. Будучи неисправимой девочкой, я обожаю персиковые цвета в спальне, прохладные простыни, теплые мягкие одеяла. И тишину...

У меня была подруга, такая же сова, как и я. Но она ВСЮ свою активность с готовностью и удовольствием переносила на ночь: и встречи деловые, и разборки-истерики со своими мужчинами, и прощальные письма с излиянием обид, и горькие слезы по прошлому, и ресторанные посиделки, и деловые телефонные переговоры в постели. Иногда так себя накручивала, что утром не могла вспомнить, был у нее секс ночью или нет. ☺

Для меня же ночь почти всегда была временем... доверия, временем бесед, хороших фильмов, умных книг.

День же для меня был временем... охоты. Помнишь как у Киплинга в «Книге Джунглей»? Я ощущала себя Багирой, жмурящейся и мурлыкающей в тени спальни. Расслабленно проскользнув сквозь тяжелые шторы сразу в яркий день, минуя утро, и дождавшись «добычи», желала себе «Удачной охоты!», мгновенно распрямлялась, словно пружина, и радовалась каждой своей победе, жадно облизывая с губ кровь очередной жертвы.

И вот в моей жизни появились два детеныша — человеческий и собачий. Не стоит объяснять, почему ночь превратилась для меня исключительно во время отдыха. Я стала открывать шторы, когда уличные фонари еще не успевали отключить. Я выходила на улицу прогулять собаку и видела восход солнца! Что может быть на свете прекраснее встающего солнца и просыпающегося мира?! Я влюбилась в эти мгновения, я уже просто не могу без них жить! Как можно пропустить первый лучик, он такой ласковый и нежный, как улыбка маленького ребенка?! Он убежит и уже никогда не вернется! К обеду лучик вырастет и сольется со своими собратьями в единый могучий энергетический поток, навсегда потеряв индивидуальность и невинность…

Не только утро, но и день для меня приобрел совершенно другое значение. Светлое время суток наполнилось другой сущностью: не охотой, а созиданием. Мне стали не нужны жертвы, я жажду соратников! Я отрицаю кровь и восхищаюсь мудростью и благоразумием.

Я верю, что эволюционирую в правильном направлении от ночной первобытной женщины-охотницы к просветленной женщине-личности будущего.

«Как же книги, фильмы, разговоры?» — спросишь ты. Отвечу. Времени для всего перечисленного стало даже больше, а главное — оно стало насыщеннее и острее чувствоваться. Я не только не потеряла суточный период «доверия», я подарила себе его во всех сверкающих оттенках!

Не знаю, почему мне захотелось с тобой поделиться своим откровением… Ты познал волшебную силу пробуждающегося дня задолго до моего открытия…

С пожеланием тебе светлых утренних мгновений, вновь обращенная,

Жаворонок-Собеседница.

****

Николай дважды перечитал сообщение. День откровений… Крапивный чай в кружке остыл… или хорошо заварился?

25

Александр Анастасович довольно потер руки:

— Что ж, коллеги, поздравляться, конечно, еще рано, но из трех фондов два взяли время на размышление, а третий — «МэпКэн», похоже, заинтересовался, хотя и виду не подает, но у меня нюх на такие дела, ответственно вам заявляю!

— Они… как… в нашем деле рубят или так? — не выспавшийся после раннего перелета из Сибири в Москву Виктор Дмитриевич был хмур и нервно крутил в руках пачку сигарет.

— Что значит не рубят? — с обидой в голосе отреагировал консультант. — Тычинки с пестиками, конечно, под микроскопом не разглядывают, но в сельском хозяйстве проекты у них были. Два, если не ошибаюсь. И оба успешные. И вообще, неужели вы думаете, что мы бы стали обращаться в фонды, которые не продекларировали намерения инвестировать в аграрный сектор? Мы же не зеленые какие-нибудь стартаперы, которые думают, что умнее всех и если бумажки в сто фондов за два дня раскидать, то, по статистике, на третий день кто-нибудь да и заинтересуется.

— Да хрен его знает, че они там пишут… Чернила-то все стерпят… Сами говорили… за ними… фиг знает кто может стоять… Еще и тетку эту… с севера… в пример приводили, которую наши банкиры-беспредельщики крышуют.

— Ну знаете ли! — Александр Анастасович даже не нашелся, что ответить, и только посмотрел на Николая, прося поддержки.

— Я понимаю обеспокоенность Виктора Дмитриевича, — Николай встал и, обойдя семеновода, положил ему сзади руки на плечи. — Никому из нас не хочется пустить волка в огород. Фонд женщины-акулы, которую вы вспомнили, мы, естественно, вычеркнули из списка потенциальных партнеров одним из первых. Не стоит беспокоиться, коллега, вы — профессионал в семеноводстве, Александр Анастасович — профессионал в работе с инвесторами. Профессионалы должны доверять другу, без доверия не может быть прогресса. Итак, наши дальнейшие действия?

Консультант благодарно кивнул:

— В течение недели нам вышлют вопросы, на которые мы должны будем дать максимально развернутые ответы. Постараемся сделать предельно быстро, хотя, сам понимаете, вероятность пересмотра каких-то параметров есть. Здесь для нас очень важна коммуникационная оперативность между нашими офисами и сотрудниками.

— Обеспечим. Правда, Виктор Дмитриевич? — Николай приоткрыл окно. Свежий зимний воздух ворвался в комнату, пытаясь разогнать усталость и нервозность.

— …

— После нашего ответного послания предстоит встреча инвестиционного директора фонда с акционерами и… думаю, Виктору Дмитриевичу тоже необходимо будет присутствовать.

— Зачем?.. — настроение семеновода не улучшалось, несмотря на три выпитых чашки кофе с бутербродами и два перекура менее чем за час разговора. — Я не генеральный… и не акционер…

— Не время капризам! — Александр Анастасович повысил голос.

— Давайте спокойно обсудим целесообразность, — Николай встал со своего места и присел в кресло между коллегами. — Формально, безусловно, Виктор Дмитриевич не генеральный директор компании. Хотя, будучи членом совета директоров и куратором проекта, несет персональную ответственность за развитие семенного бизнеса. Опять-таки формально, он не акционер. Что не отменяет наших с ним договорных отношений по участию в развитии бизнеса со всеми вытекающими мотивационными стимулами.

Венчурные фонды — народ сугубо прагматичный. Их интересуют не только и не столько формальности, сколько фактические аспекты бизнеса, и чем мы будем честнее и прозрачнее в этом плане с самого начала, тем больше у нас шансов на успех. Не их задача ломать управленческую структуру бизнеса, если она эффективна. Не их проблемы мои персональные взаимоотношения с бывшим акционером, акции которого я выкупил, если вся процедура была произведена добровольно, легально и не несет юридических последствий для третьих лиц. В этом смысле у нас все сделано правильно.

Участие Виктора Дмитриевича не только желательно во время переговоров, но и обязательно. Он как один из лидеров нашего бизнеса должен играть ключевую роль в освещении профессиональных вопросов. Если я правильно понял, Виктор Дмитриевич и не отказывается от участия в переговорном процессе?

— Какие проблемы?.. — семеновод пожал плечами. — Это… определить надо, че от меня требуется… а че мимо…

— Так я… — консультант нетерпеливо попытался вставить реплику, но Николай придержал его жестом руки.

— Для этого мы сегодня и собрались. Несколько часов нам придется плотно поработать — вечером у Виктора Дмитриевича обратный самолет, поэтому есть предложение: чтобы нас никто не отвлекал, а поехали-ка ко мне домой? А чего? Заедем по дороге на базар, купим карпа свежего, я вам такого карпа с овощами в фольге в духовке сварганю — пальчики оближете! По бокальчику вина для активизации мозговой деятельности. Да и Виктору Дмитриевичу сподручнее выходить на балкон с перекуром. Устроим мальчишник? Принимается?

— Ну…

— Значит, принимается! Собираемся.

Выходя из кабинета, он попросил Светлану Александровну проконтролировать подачу служебного автомобиля вечером для доставки Виктора Дмитриевича в аэропорт и передать коллегам, которые должны участвовать в совещании, чтобы они ехали к нему домой.

Николай в фартуке уверенно разделывал рыбу.

— Вы поваром… случаем… не подрабатывали? — настроение у Виктора Дмитриевича заметно улучшилось.

Николай сполоснул руки и сделал глоток вина.

— Есть предложение?

— Не-а… так… поинтересовался, — долил пива в свой бокал Виктор Дмитриевич.

Николай поставил противень в духовку.

— Коллеги, предлагаю немного пообщаться, пока рыба готовится. Какие вводные озвучите, Александр Анастасович?

Консультант достал блокнот:

— Обычно на первом переговорном раунде фонды хотят услышать уверенные ответы на достаточно типичный перечень вопросов. Генеральный директор или один из акционеров должен изложить текущую ситуацию в компании. Стандартно — производственный, финансовый и остальные аспекты. Тезисно, но аргументированно необходимо будет изложить планы развития на ближайшие три — пять лет. Еще раз уточню, очень важно не просто декларировать, а обосновать, за счет чего предполагается достичь планируемых целей. Кого делегируем на роль выступающего, генерального из Ялуторовска или Виктора Дмитриевича?

Николай щелкнул пальцами и покачал головой.

— Первое впечатление — очень важное.

— Тогда кого?

— Хороший вопрос... А если шире посмотреть? Кроме цифр и выкладок, инвестор будет оценивать способность нашей команды достичь декларируемых результатов, да?

— Безусловно. Поэтому мы и распределим вопросы по нашим представителям.

— Мало.

— Что мало? — не понял Александр Анастасович.

— Мало показать каждого из членов команды, мы должны продемонстрировать слаженную командную работу — именно это хочет увидеть инвестор.

— Это как?

— Как в хоре, один начинает, второй подхватывает, третий развивает. А вместе — стройное многоголосие. Начну я, если не возражаете. Подхватит генеральный из Ялуторовска — должность у него такая. Виктор Дмитриевич сделает акцент на продуктовой линейке и технологиях. Ялуторовчанин продолжит, а я завершу.

— Оба-на! — Виктор Дмитриевич развеселился. — Прям... как у Чайковского!

— Сможем? — недоверчиво спросил консультант.

— Придется репетировать, пока не добьемся нужной слаженности. Если задачу поставим — будем выполнять, — собственный экспромт Николаю понравился.

— Объяснение, сколько и на какие цели необходимо средств, поручим финансовому директору? — осторожно поинтересовался Александр Анастасович.

— А че нет? — неожиданно вмешался в разговор молчащий Виктор Дмитриевич. — Сам нас цифрами изводит… пусть сам и отдувается!

Присутствующие взглянули на Николая.

— Разумно, — поддержал он семеновода. — Что еще инвесторы захотят от нас услышать?

— Пожалуй, ключевое заявление, что акционеры компании готовы через оговоренный период, к примеру через два-четыре года, к солидарной продаже компании, — консультант закрыл блокнот.

— Легче легкого! — Николай заглянул в окно духовки. — Убедительнее Алены Макаровны по данному вопросу никто не выступит, вот ей и дадим слово. Ну и мое подтверждающее: «Да уж-ж!»

Все засмеялись.

— Если за основу принимается… — Николай надел кухонные рукавицы и вытащил противень. — Ах, какие запахи! Закусим, чем бог послал, и продолжим, — он оглянулся: коллеги с довольным видом стояли за его спиной с тарелками в руках. — Вижу, уговаривать не придется. Надеюсь, моя стряпня вам понравится.

26

Ксения закрыла спящего Николашеньку одеялом и нежно погладила по спинке. Погрозив пальцем Руссику, чтобы не шалил, быстро приняла душ и мгновенно уснула.

Снилось ей, что она в вечернем платье сидит рядом с Мыслителем на берегу океана. Они молчат и смотрят на лунный след на поверхности воды. Веет ночной прохладой. Он заботливо накрывает ее пледом, она благодарно прячет свою ладонь в его руке, и чувство полнейшего спокойствия и беспричинной радости овладевает ею…

Сиделка традиционно опоздала на двадцать минут.

— Простите Христа ради, — виновато оправдывалась бывший доцент по мировой литературе одного из питерских университетов, так и не нашедшая для себя достойной работы в Америке после счастливого выигрыша грин-карты и иммиграции, разрушившей ее семью: инфантильный муж-программист категорически отказался изучать английский и покидать родину.

Ксения молча кивнула и посмотрела на часы — до встречи с ее старым деловым знакомым Генри, партнером Alcatraz Venture Capital Group, отвечающим в фонде за развивающиеся рынки, оставалось сорок минут, вполне еще можно успеть.

— Хай! Хау а ю? — Генри как истинный деловой американец, исповедующий религию даунтаунов «Время — деньги!», никогда не злоупотреблял искренней заинтересованностью и сопереживанием к иным персонам, кроме своей собственной. Поэтому на его стандартное приветствие можно было и не отвечать, вряд ли бы он это заметил или придал значение.

Ксения крепко обняла его и спросила на ухо томным голосом:

— Тебе правда интересно, как прошла моя ночь?

Генри растерянно отстранил девушку:

— О господи! Никогда не ожидаешь, что выкинут эти русские! Если бы я тебя не знал много лет, я бы бог знает что подумал!

Ксения рассмеялась:

— Тогда зачем спрашиваешь?

— Что спрашиваешь? — искренне не понял он вопроса.

— Всё, проехали, — Ксении было интересно видеть потерявшего предсказуемый ход событий инвестиционного банкира. — Давай о делах.

— Окей, — Генри почувствовал себя привычно комфортно и вальяжно развалился в кресле. — Есть тема. Наши европейские партнеры предложили интересный проект для инвестирования. Проект из России.

Ксения из вежливости попробовала принесенный секретаршей остывший невкусный американо из дешевых и жутко пережаренных зерен кофе и деликатно отставила в сторону бумажный стакан с напитком.

— Что молчишь? Тебе не интересно? — банкир, не спрашивая разрешения гостьи, начал раскуривать сигару.

— Я пока еще не услышала конкретики.

— Окей. Начнем с лидера. Я знаком с этим парнем из России: немногословен, умен, уверен в себе и... резковат. В шаблон «нового русского» не вписывается, хотя по справке наших аналитиков — далеко не бедный человек. Пьет разумно, стараясь не терять контроль над ситуацией. Не буду врать, не очень у нас с ним получилось поладить при первом знакомстве... Да, — он наконец-то раскурил сигару, — проект в сельском хозяйстве. Развитие проекта мы регулярно мониторим. Отрасль не близкая нам, но сегмент рынка и бизнес-модель перспективные — парень придумал и внедрил интересный инновационный подход в семеноводстве.

Сердце у Ксении забилось быстрее.

— Как зовут парня?

— Ни-кье-ла, — подглядев в лежащих перед ним бумагах и коверкая имя, произнес Генри. — Или как правильно будет по-русски?

— Ни-ко-лай, — медленно и четко проговорила Ксения.

— Ни-кьео-лай, — попытался повторить банкир. — Вы не знакомы?

— Нет... пожалуй, — после короткого замешательства ответила она.

— Не важно, я познакомлю при случае, если захочешь, он бывает в Штатах. Так вот. В его проект вкладываются скандинавы — нормальные ребята, опытные, можно доверять. Загвоздка в том, что своих ресурсов у них не хватает и лимиты на проекты ограниченные. Поэтому под сделку они подтягивают англичанина Брюса Уилсона. Помнишь его?

Ксения глубоко вздохнула.

— Забавная ситуация...

— Это почему? — не понял Генри. — Стандартный ход.

— Да это я так... о своем, — взяла себя в руки Ксения. — Не обращай внимания, слегка не выспалась — ребенок.

— О да! Я слышал, ты родила, поздравляю! И как назвала: девочка или мальчик?

— Сын. Николай.

— Уау! Тоже Никьеолай, какое совпадение!

— Н-да, совпадение... — Ксении нестерпимо захотелось закурить и выпить. Она достала из сумочки сигареты и произнесла: — Генри, раньше ты всегда предлагал мне выпить?

— О боже! — поднял руки банкир. — Я сдаюсь сегодня перед твоей непредсказуемостью. У меня только виски. Кстати, почему ты не возьмешь домработницу?

— Хорошо, виски так виски, только немного. Видишь ли, мой друг... если молодая здоровая женщина не может поддерживать порядок в своем доме самостоятельно и без посторонней помощи, то это значит только одно — она уже не молодая и не энергичная. А старые и немощные дамы мужчинам не нужны. Говоря нашим инвестиционным сленгом, мужчина, когда женится, инвестирует в молодость и красоту. А через несколько лет получает раздутый силикон и множество ничем не аргументированных дополнительных расходов. Или двойной подбородок и тройной живот. Что в таких случаях делает инвестор? Ответ устраивает?

Банкир разлил по бокалам американский виски и обмакнул в него кончик сигары, которую все это время держал зубами:

— Старик Черчилль идею подкинул. Чирс! Ты самокритична до циничности.

Не отвечая на тост и реплику, Ксения выпила виски и закурила.

— Так что решил Брюс?

— Ты же его знаешь, он очень осторожен, этот венчурный волк. В целом он «за». Только тоже успел раскидать свои деньги. По этой причине и предлагает нам войти в его долю.

— И?

— Я не против, но инвестиционный комитет желает разделить риски с более опытным, чем мы, экспертом по России, вот я и подумал о тебе. Если твой фонд войдет в наш пул, мы рискнем. Что скажешь?

Ксения курила и не отвечала.

— Хочешь подумать? Могу дать более подробную информацию о проекте и парне.

— Давай, — она кивнула головой. — Этот парень — Николай — будет знать обо всех участниках пула?

— Не думаю. Вряд ли Брюс будет скандинавам озвучивать, что инвестирует не только свои деньги. Нам тоже без разницы — лишь бы с гарантией заработать.

— Если ты Брюсу доверяешь, зачем меня пригласил?

— Видишь ли... Брюс — европеец. И живет далеко — через океан. Конечно, он признанный эксперт по России. Ребята-скандинавы туда уже много лет удачно инвестируют, это факт и большой плюс. Но перестраховаться никогда не вредно. Ты меня понимаешь? Ну как, согласна?

— Мы обсудим с коллегами, — Ксения встала. — Если ответ будет положительным, я бы не хотела лишней огласки нашего участия в пуле, даже для Брюса. Тайны нет, но и лишней рекламы не надо. Мы концентрируемся на технологических стартапах, и сельское хозяйство не совсем вписывается в нашу инвестиционную стратегию. Спасибо за приглашение и виски.

— Нет проблем, — банкир тоже поднялся. — Брюс ждет от меня ответа до конца недели.

— Я отвечу тебе до этого срока. Хорошего дня! — Ксения протянула для прощания руку.

Генри обошел стол и слегка приобнял девушку.

— Может, поужинаем вместе и обсудим детали? Знаю место с фантастическими стейками, такого нежнейшего мяса нигде в мире нет — прямо с фермы теплым доставляют в течение нескольких часов после забоя! Разве что в Бостоне есть аналогичное шикарное мясное заведение. В твоей России во всех ресторанах размораживают не самое лучшее наше американское и такое же австралийское мясо. Оно несколько месяцев в холодильнике пролежало. А твои соотечественники едят и еще причмокивают! Как можно наслаждаться старым замороженным мясом, да еще по космическим ценам?!

— Забудь! — Ксения смотрела прямо в наглые масляные глаза банкира.

— Понял, понял! — рассмеялся Генри и, уже не обращая внимания на гостью, стал набирать на мобильнике чей-то номер.

27

Петри, высокий худой блондин, директор по инвестициям венчурного фонда «МэпКэн», два года назад сменивший родной спокойный Стокгольм на беспокойную Москву ради острых ощущений и в надежде быстрого карьерного роста, пытался впихнуть свои длинные ноги в узкое пространство между авиационными креслами.

— О нет! — пробормотал он, когда стюардесса попросила выключить электронные приборы, и, весь изгибаясь, полез в карман брюк за телефоном. — Народу в самолете как селедок в бочке! — продолжал ворчать Петри с сильным акцентом, но на довольно приличном русском. — В Тюмени улицы медом что ли намазаны?

В этот момент один из пассажиров попытался затолкать пальто в полностью забитое сумками и вещами отделение над головой шведа, из-за чего большой пластиковый пакет с детскими игрушками, принадлежащий сидящей через проход соседке, упал прямо на Петри. Швед что-то эмоционально произнес на родном языке, отстегнул ремни безопасности и принялся вместе с виновником и соседкой собирать яркие изделия китайского производства.

Старенький «боинг» пробил висящий над столицей смог и, на секунду зажмурившись от солнца, сильно затрясся и задребезжал в хмурых снежных российских тучах своим уставшим от десятилетий нещадной эксплуатации на разных континентах телом. Дверка отделения для ручной клади открылась и на голову Петри снова высыпались игрушки, но теперь еще и вперемешку с одеждой.

— Ноу! — только и смог сказать он и закрыл глаза.

Два пластиковых стаканчика с красным вином немного подняли настроение инвестиционного банкира, и он повернулся к Николаю, читающему книгу своего родственника-писателя:

— Интересно?

— Мне — да. Правда, я предвзятый читатель, книга основана на реальных событиях бурных девяностых, участником которых был и я. Любопытно угадывать в одном из героев себя. Некоторые сюжеты и моменты уж очень совпадают с персонально прочувствованными и прожитыми. Впрочем, как и многое из его книг. И от этого как-то... непростое иногда душевное состояние. Понимаю, почему родные и хорошие знакомые писателей часто не читают их произведения...

— Н-да, понимаю, — Петри достал блокнот и записал название книги. — Куплю в Москве, когда вернусь, обязательно прочитаю, — пояснил он. — Без истории понять реалии невозможно.

Поспав немного после завтрака и слегка заскучав от однообразного гула моторов и спящих вокруг пассажиров, Петри снова обратился к Николаю:

— Могу немного отвлечь по делам?

— Безусловно.

— Надеюсь, что результаты поездки будут позитивными и мой личный аудит вашего бизнеса только укрепит наше желание инвестировать в вас.

Николай закрыл книгу.

— Петри, хочу тебе задать важный вопрос, пока мы вдвоем.

— Конечно!

— Объем инвестирования мы просим достаточно большой для вашего фонда. Насколько мне известно, ваши лимиты не предусматривают такого объема финансирования?

— Э-э-э... Отчасти так.

— Тогда зачем мы ведем переговоры, если сделка не может состояться? Меньший объем нам не интересен, и мы не согласимся на ваши лимиты.

— Видишь ли, Николай, — Петри пригладил волосы, — в правилах всегда бывают исключения. Не скрою, наш головной офис весьма консервативен, и лимиты инвестирования в страны СНГ достаточно скромные. Но именно в головном офисе кто-то из совета активно ратует за сделку и занимается структуризацией под нее финансовых ресурсов. Это хороший знак. Я впервые за время работы в фонде наблюдаю такую инициативу в отношении российского проекта.

— Спасибо. Тогда откровенность за откровенность. А не могут ли быть источником повышенной активности вашего головного офиса некие наши отечественные предприниматели, готовые инкогнито предоставить для сделки необходимые деньги?

— Что ж... Обоснованное беспокойство. Могу заверить, этические принципы ведения бизнеса не позволят нашему руководству допустить конфликта интересов.

— Конфликт интересов — понятие весьма относительное, Петри. Если, к примеру, владельцы банковского или нефтяного бизнеса вкладываются в сельское хозяйство, то присутствует ли конфликт интересов?

— Э-э-э... Вероятно, нет.

— Или к примеру, вы инвестируете в Швецию, Финляндию, то есть в страны происхождения своих корпоративных финансовых доноров?

— Инвестируем.

— Конфликт интересов не присутствует?

— Безусловно, нет.

— А теперь постарайся понять меня правильно. Специфика России на данном историческом этапе развития состоит в том, что благое финансирование бизнеса инвесторами из других отраслей и регионов потенциально может быть опасно либо для бизнеса, либо для существующих акционеров.

— Почему Николай?

— Дорогой Петри, постичь все нюансы ведения бизнеса в России за столь короткий срок, что ты находишься в нашей стране, невозможно. Для этого надо хорошо знать историю, понимать групповые интересы московской и региональных элит... Почитаешь побольше литературы, — Николай поднял книгу, — начнешь понимать. Не все внешне благие намерения имеют в своих корнях благие мотивы. «Ад вымощен добрыми намерениями» — так говорят англичане?

— Или хотели как лучше, а получилось как всегда. Очень мне выражения вашего Черномырдина нравятся! — Петри засмеялся.

— Наш генератор крылатых выражений... Как ты думаешь, какой вывод для себя сделали акционеры нашего семенного бизнеса?

— Очень интересно!

— В списке акционеров и в структуре финансов венчурной сделки категорически не должно быть российских денег. Ни прямо, ни опосредованно.

— Но...

— Позволь, я продолжу. Золотое правило «Доверяй, но проверяй» будет в наших отношениях паритетно, только при таких условиях мы пойдем на сделку. Мы открываем перед вами всю информацию, даже конфиденциальную.

— Но мы же подписали NDA*, вы можете быть спокойны! — перебил Николая обычно тактичный Петри.

Николай немного помолчал.

— Пойми, дело не в соглашении. Если бы мы хотели привлечь российские деньги, поверь, у нас не было бы проблем. Мы должны быть полностью уверены, что российские деньги через вас к нам не придут. Когда ты будешь писать отчет о своем аудите и рекомендации для совета фонда, отметь наше обязательное условие: мы должны видеть всю цепочку происхождения инвестиций. И уже для вашего спокойствия готовы подписать еще одно дополнительное NDA для защиты вашей конфиденциальной информации.

Петри молчал.

Капитан авиалайнера по громкой связи на русском и английском языках уведомил, что самолет начал снижение и погода в Тюмени хорошая.

— Вот и договорились, — так и не дождавшись ответа, Николай открыл книгу и продолжил чтение.

28

— У меня почти нет больше вопросов, — после двух дней интенсивной работы по десять часов и бурных вечерних, переходящих в ночные застолий больная голова у Петри требовала только одного — уединения, спокойствия и отдыха.

— Это... в баньку сегодня... ко мне приглашаю, — Виктор Дмитриевич с довольным видом докуривал очередную сигарету.

— А может...

— Нет, Петри, — Николай жестом остановил шведа, — возражения не принимаются. Во-первых, организм перед вылетом необходимо прочистить, а лучше бани средства для выведения шлаков не найдешь. Во-вторых, быть в Сибири и не попариться, это все равно что... ну не знаю... как свадьба без брачной ночи. Сегодня попаримся, завтра выспимся, днем спокойно встретимся с вице-губернатором области, а вечером вылетим в Москву.

Петри обреченно опустил голову.

— Виктор Дмитриевич, еще раз уточните, пожалуйста, о продукте и регионах его возможного продвижения, а то я с первого раза не до конца все понял.

Семеновод зевнул, почесал голову, открыл ящик стола, достал и распечатал пачку сигарет.

— Когда после распада Советского Союза не стало ОПХ…

— Кого?

— Ну… опытно-производственных хозяйств… Все колхозники вынуждены были брать семена… где придется… Не от хорошей жизни каждый стал искать семена в разных концах страны… или даже в других странах… и не понятно у кого.

— А колхозники — это кто? — оторвался от записей Петри.

— Это так мой уважаемый партнер по старинке называет всех наших клиентов — сельскохозяйственных производителей, — уточнил Николай.

Виктор Дмитриевич глухо закашлялся.

— Мы предоставляем уникальную возможность напрямую встретиться с оригинаторами — авторами сортов, познакомиться с учеными-исследователями… задать интересующие вопросы.

— С этим более-менее понятно. Теперь об аутсорсинге, пожалуйста?

— Наши партнеры — контрагенты выращивают у себя оригинальные семена нашей компании… ну… чтобы в конечном итоге вырастить хороший урожай… и использовать его для улучшения севооборота… Наша задача — реализовать полученные семена… и вести наблюдения за выращиванием и созреванием урожая… с научной точки зрения… Научные сотрудники нашей компании регулярно выезжают к партнерам… для контроля качества посевов, ведут прополку на опытных полях, консультируют, — Виктор Дмитриевич снова хрипло закашлял. — Колхозники искренне заинтересованы в том, чтобы повысить доходность своих предприятий… поднять экономику… А в полеводстве успех в первую очередь определяет качественный семенной материал…

— Получается, вы больше на науке сконцентрированы?

— Сфера нашей деятельности — это не совсем наука: основная цель — прикладная, — уточнил Виктор Дмитриевич. — Сегодня проблем с выведением сортов нет... Их на рынке достаточно, но не все они пригодны для производства... Нужно апробировать в разных климатических зонах... в разных регионах, чтобы производитель не нес лишние затраты, прыгая с сорта на сорт. Мы предлагаем уже проверенные сорта... Есть и ограничения: наши возможности того... не бескрайние, поэтому суть совместной работы в том, чтобы добиться наилучших показателей... К примеру, в прошлом году мы передали государственной комиссии на сортоиспытание... несколько сортов из нашей продуктовой линейки, а в этом году уже продавали семена этих сортов производителям, хотя их еще не районировали... Как только они будут районированы, на рынке появится новый семенной материал в необходимом количестве... Я говорил, но повторюсь... от получения новых оригинальных сортов до их районирования... проходит два-три года.

— Да, длинный производственный цикл объективен, его необходимо учитывать и при обновлении продуктовой линейки, и при выстраивании маркетинговой политики. Мм... Вы так и поступаете?

— А как... по-другому?

— Какие-то существуют отличительные свойства ваших культур?

— Э-э-э... Помните, какими засушливыми были прошлые года?.. За летние периоды почти не выпадало осадков... Этот год совершенно не похож на предыдущий: осадков выпало столько, что они... в несколько раз превышают норму... А полеводам нужен сорт, который дал бы урожай в любой год, при любых климатических особенностях... Мы предлагаем именно такие. Например, наши сорта гороха отличаются высокой урожайностью, высокой устойчивостью к болезням и полеганию... более засухоустойчивы, чем их «коллеги»... Что еще?.. Они усатые...

— Еще какие-то значимые сортовые особенности существуют?

— Конечно… Сортовыми особенностями наших горохов являются неосыпаемость горошин за счет срастания плодоножки с рубчиком, то есть… когда зерно так крепко прикреплено к створкам боба, что… при раскрытии оно не осыпается.

— Интересно!

— Дык! Устойчивость к полеганию… дает возможность прямого комбайнирования… Это прямая экономика… Посевы предлагаемой нами пшеницы, предшественником которой являлся наш же горох… отличаются устойчивостью к полеганию и урожайностью.

— Замечательное добавление!

— Ага, — довольно улыбнулся Виктор Дмитриевич. — Чем больше колхозник тратит сил на технологию возделывания, тем острее встает вопрос качества семян… Тем более что он бьет по экономике, сводя окупаемость всех новшеств на нет… Покупая оригинальные семена, что покупают хозяйства? Правильно — доходность! То есть сельхозпредприятия сами смогут производить суперэлиту и элиту, тем самым закрывая собственные потребности и рынка, который все больше требует семян этих репродукций… Однако в России по существу… нет промышленной технологии производства оригинальных семян… Если поедете по нашей родине, то поймете, что не случайно за российским зерном на мировом рынке устойчиво закрепился имидж некачественного, а значит дешевого продукта… Факт.

— И?

— Именно поэтому наша компания пытается сконцентрироваться на решении вопросов качества и промышленной технологии… Наши селекционеры-исследователи начали с производства своих сортов гороха, от сортовых прополок дошли до технологии подготовки семян с использованием фотосепаратора* и ручного контроля под ультрафиолетовыми лучами… Сегодня проведена независимая экспертиза семенного фонда нашей компании, которая показала отличные результаты.

— Ваши клиенты часто покупают семена для обеспечения кормовой базы своего животноводческого производства. Но есть же на рынке и много других продуктов-заменителей? — Петри пытливо смотрел на семеновода.

— Почему мы концентрируемся на горохе, а не на самой богатой по содержанию белка сое?.. Можно выращивать люпин, бобы, рапс или нут, к примеру... По составу к соевому белку ближе всего белок гороха... При этом горох более урожайный... Плюс, в отличие от сои, горох не содержит растительного масла... Наши сорта могут быть использованы на зерно и зеленую массу в качестве зеленого корма, сена, сенажа, комбикормов... При этом посев может быть как в чистом виде, так и в смеси со злаковыми.

— Регионы продаж уточните еще раз, пожалуйста?

— Да почти вся Россия... Белоруссия, Казахстан...

— М-м-м... Наверное, достаточно. Я и перечисленное не быстро переварю. Если будут вопросы, я вам напишу дополнительно, хорошо?

— Ну... пишите.

— И еще. Нам потребуются экспертные заключения по поводу культур вашей продуктовой линейки. Вы нам сможете рекомендовать зарубежных экспертов? Все экспертизы мы будем проводить за свой счет, так что по поводу финансов не волнуйтесь.

— А че?.. Порекомендуем, запросто... Нам скрывать нечего... Тем более на халяву, самим даже будет интересно, — Виктор Дмитриевич затушил сигарету. — Теперь в баньку?.. И анекдот на посошок... ага?

— Я запишу! — Петри снова открыл блокнот. — Я по анекдотам русский язык и русскую культуру изучаю.

— Ну тогда и про иностранный язык заодно. В общем, того... Один новый русский собирается поехать в первый раз в Америку... Сидит в бане с друганами перед поездкой, пиво пьют с водярой, темы разные трут... Он их и спрашивает: «А как я там с этими американцами базарить буду? Языка-то английского не знаю...» Друганы и говорят: «Слушай, там главное, говорить тихо и медленно, не орать, то есть на кипеж не переходить. Они тогда во все врубятся». Прилетает он в Нью-Йорк, берет тачку в аэропорту и едет в отель... Спрашивает таксиста медленно и полушепотом: «Дол-го ли е-хать?» Таксист, русский конечно, ему так же полушепотом: «Да нет, не о-чень, ес-ли в проб-ку не по-па-дем». «А ведь братва не гнала, во все врубаюсь», — думает новый русский и опять спрашивает: «А ты здеш-ний?» «Не-а», — говорит таксист. «А от-ку-да?» — «Из Ба-ла-ши-хи я». Новый русский чешет бритый затылок и говорит: «Ну, мы вааще! Если ты из Балашихи, а я из Люберец, то какого же хера мы тут по-англицки базарим?!»

Петри на пару секунд задумался и затрясся от хохота.

29

Как обычно, примерно в пять утра Русська начал приводить себя в порядок. Он громко чмокал и пыхтел, тщательно вылизывая шерсть. Потом встал и поскуливая попытался добраться своим теплым шершавым языком до лица любимой хозяйки.

Ксения проснулась. Счастливые щенячьи глаза с белыми длинными ресницами не мигая смотрели на нее.

— Встаю, встаю!

Русська радостно завертелся, стуча хвостом по кровати и прикроватной тумбочке, повизгивая и облизывая свою любимицу.

Николашка немного поворчал во сне и снова сладко уснул в коляске, едва они вышли на улицу.

«Что делать, как поступить?» — ответ Генри нужно было дать сегодня. Несколько дней Ксения пыталась принять и одновременно оттягивала принятие решения по инвестированию в проект Николая. Совет ее фонда дал положительное заключение, но окончательное «да» оставалось за ней.

Сан-Франциско еще не проснулся. Крепко спал, улыбаясь своим снам, и Николашенька. Ксения отпустила с поводка Русську и улеглась на траву в парке. Поежившись от утренней прохлады, тут же встала. «Надо быть проще! Мой фонд заработает на семенном бизнесе Николая деньги?» — начала она в очередной раз задавать себе вопросы. «Вероятность весьма высокая. Если бы лидером бизнеса был не Николай, вошла бы я в сделку? Однозначно! Тогда давай, родная, не будем путать личное и бизнес. Как руководитель ты не имеешь права упускать выгодный вариант. Тем более что Николай — всего лишь твой виртуальный герой или просто флирт? И не факт, что при личной встрече все иллюзии не исчезнут».

Ксения достала мобильный телефон и отправила Генри лаконичную эсэмэску: «Мы примем участие в сделке».

На душе сразу стало легче. Ксения достала мячик и начала играть с похожим на белого пушистого медвежонка щенком.

Вернувшись домой, накормила проснувшегося сына и собаку. Решение об инвестировании принято, но для полного спокойствия не хватало какой-то последней убедительной капли. Ксения заварила кофе и включила мессенджер. Николай ответил сразу.

****

— Гуд ивнинг, Мыслитель!
— Буна сэра, Собеседница!
— Это на каком языке?
— На молдавском.
— Красиво…
— Мне тоже очень нравится.
— А как будет «с добрым утром»?
— Буна диминеяца!
— Спасибо?
— Мулцюмеск.
— Мулцюмеск. ☺
— Изучаешь молдавский язык?
— Планирую.
— Неожиданно. Отчего именно язык столь небольшой страны?
— Один из виноградников на пенсии планирую купить в Молдове.
— Ах вот ты какой! На сколько шагов вперед планируешь?
— По-разному бывает…
— Нескромный вопрос: на чем заработать планируешь для столь дорогих покупок?
— Так работаю же! ☺

— Содержательно. Не хочешь делиться? У тебя же было и есть несколько бизнесов?

— Кто тебе сказал?

— Так, по косвенным признакам…

— Хитрая ты! Я мог бы вообще ничего тебе не говорить, раз ты себя скрываешь.

— Не обижайся. Вдруг я старая сморщенная зловредная старуха и единственная моя радость в жизни — это общение с тобой? А увидишь меня и не захочешь больше общаться.

— Хороша старушка с секретным мессенджером. Я тут у коллег поспрашивал, никто о такой системе и не слышал.

— И не услышат. Я случайный пользователь. Автор — талантище! К большому сожалению, разбился, катаясь на снегоходе. Так что… А что за бизнес такой, дающий тебе возможность покупать виноградники? И почему именно виноградники?

— К земле потянуло. К естеству. К основе нашего бытия. Ты права, бизнесов у меня было и есть несколько. С недавнего времени меня стали представлять на встречах с добавлением титула «серийный предприниматель». Меня этот термин слегка веселит и где-то даже льстит — раз есть в жизненном багаже серия успешных бизнесов и возможности, и желание делать новый бизнес, значит, я профессиональный предприниматель. А профессионал в любой деятельности — уважаемое мною качество.

— Полностью солидарна с твоей оценкой профессионализма.

— Я никогда не был пай-мальчиком в бизнесе да и в личной жизни тоже. И всегда старался не переносить профессиональные пристрастия в свою личную жизнь — это было моим неписаным правилом. Частичная деформация произошла несколько лет назад, когда меня стали приглашать собственники сторонних бизнесов в советы директоров — появилось больше возможностей учиться на чужих ошибках.

Совершенно по-иному я стал относиться к окружающему миру, когда не так давно начал развивать свой новый бизнес-проект. Жизнь начала меняться с мелочей —появились визитки из переработанной бумаги, без крайней надобности перестали распечатываться деловые документы и тому подобное. Дальше больше. Для партнеров и инвесторов обязательным условием стало быть искренними и в делах, и в своей социальной ответственности — от кое-кого пришлось отказаться... Мой старый добрый знакомый, руководитель крупной международной торговой компании, как-то мне написал при обсуждении вопросов привлекательности этого последнего бизнес-проекта: «Ты просто заражаешь окружающих своим ви́дением перспективы!» Со временем я осознал, что развиваемый мною проект серьезно изменил мой подход к ведению бизнеса. Еще интереснее оказалось то, что появилась внутренняя личностная потребность изменения оценки окружающей действительности, привычек, отношений с близкими людьми и случайными знакомыми, понимания своей миссии на Земле...

Я привык, что волен изменять развиваемые проекты по своему усмотрению, а оказалось, последний проект меняет меня. Я перерождаюсь в евангелиста иного, чем прежде, подхода к ведению бизнеса и образа жизни.

— Как интересно… Расскажешь мне подробнее?

— Когда откроешь свое личико… ☺

— Ух ты какой! Ну и ладно! Оставляю тебя с твоим детищем. Вот такие мы женщины капризные и обидчивые! А еще коварные и ревнивые!

****

Ксения выключила мессенджер.

«И с чего я вдруг ляпнула последнюю фразу? Я ревную Николая к его делу? Дожилась! Деловая замужняя женщина, сделавшая ребенка на стороне, ревнует незнакомого мужчину к его бизнесу! Надо что-то делать с собой, дорогая», — она взглянула на часы. Сиделка, как обычно, опаздывала на традиционные двадцать минут.

На душе стало абсолютно спокойно, Ксения получила последнее подтверждение своего правильного решения.

Зазвонил мобильник. Сонным голосом Генри пробормотал:

— Хай! Как дела? Так все окей, работаем?

— Разве я дала неоднозначный ответ?

— У меня глаза от пива опухли, не открываются, засиделся вчера в баре с одним немцем-инвестором.

— Работаем Генри, однозначно.

30

Через прозрачные стеклянные стены переговорной комнаты было видно, как секретарша готовит кофе, прижимая плечом к уху мобильник и эмоционально с кем-то беседуя. Узкая короткая юбка не позволяла ей наклоняться, поэтому она то и дело приседала, и со стороны сцена выглядела как цирковой трюк: высокие каблуки, ограниченные движения, прижатый плечом телефон, три чашки на блюдцах в руках и онлайн-дискуссия с неизвестным собеседником.

Петри отключил два висящих на стене больших экрана видеоконференции и как истинный скандинав, не проявляя никаких эмоций, мельком заметил:

— Обсуждение с головным офисом прошло очень хорошо, я свое руководство знаю, можно даже не перезванивать, — он аккуратно разложил на столе бумаги. — Терм-шит* в том варианте, господа, который я вам высылал.

Алена Макаровна достала из портфеля свой экземпляр документа, надела очки и принялась скрупулезно сверять версии предварительного соглашения.

Петри терпеливо ждал, изредка бросая взгляд на женщину.

Николай быстро просмотрел основные положения документа, удостоверившись, что версии совпадают. Подняв руку, он привлек внимание инвестиционного банкира:

— Мы договаривались, что вы нас ознакомите с перечнем участвующих в сделке инвестиционных институтов, а также с персонами их руководителей.

— Да, конечно, вот список, — он передал фирменную папочку своего фонда с вложенными в нее листами с описанием участников сделки и биографиями топ-менеджеров.

Просматривая страницы, Николай улыбался и покачивал головой:

— Знакомые все лица… А это кто? — он удивленно поднял глаза.

— Вы о ком? — Петри напряженно приподнялся с кресла.

— Русская фамилия и имя — Ксения? И фонд высокотехнологичный? Какое они к нам имеют отношение? Мы же договаривались, что русских денег в инвестициях не должно быть!

Банкир глубоко вздохнул:

— Я предлагаю не горячиться. Я все сейчас объясню.

Алена Макаровна сняла очки:

— Да уж, пожалуйста.

— Мы можем вас заверить со всей ответственностью, что в данном фонде нет российских денег. Руководит им, действительно, русская по происхождению леди, но она уже очень давно живет в США, известный инвестиционный банкир и вдобавок признанный эксперт по России. Видите ли, вы запросили большую сумму инвестиций, поэтому нам пришлось привлекать в сделку партнеров, условием некоторых из них было присутствие данного фонда и его руководителя — как эксперта. Фонд весьма серьезный с очень уважаемыми американскими инвесторами, поверьте мне. Вся информация на их сайте открыта, поэтому вы можете удостовериться сами.

Николай внимательно изучал биографию Ксении.

— Петри! При всем уважении к вашим заверениям мы вынуждены будем взять время на проверку этого фонда. По остальным фигурантам возражений нет. Терм-шит я предлагаю подписать, но внести дополнительное условие, что если мы будем не удовлетворены результатами экспертизы, то сделка аннулируется.

Петри огорченно молчал.

— Я присоединяюсь к мнению партнера, — Алена Макаровна отодвинула от себя документ.

— Окей. Сейчас мы откорректируем документ с учетом вашей поправки, — было заметно, что решение для банкира дается непросто. — У нас не принято вносить изменения в документы после их утверждения в головном офисе, но я уверен, что у вас не будет причин расторгать сделку, поэтому готов всю ответственность принять на себя. Буквально пять минут, хорошо? А вы пока спокойно пейте кофе, — Петри собрал чистовые версии терм-шита и быстро вышел из переговорной.

— Смазливая мордашка! — Алена Макаровна внимательно разглядывала фото Ксении. — Молодая да ранняя, видать.

Будем надеяться, что симпатичная головка у нее на месте, а не через постель должность заработала.

— У вас такое предвзятое отношение только к женщинам или к мужчинам тоже? — с улыбкой поинтересовался Николай.

— Ко всем абсолютно! — без тени сомнения в голосе ответила партнерша. — Я и о вас, когда первый раз увидела, тоже подумала, либо спите, уж сорри за откровенность, с дочкой бывшего члена Политбюро ЦК КПСС, либо ваш дедушка — лауреат Ленинской премии по ядерной физике.

— Однако! — удивился он.

— А как? — молодой, успешный, уверенный в себе. Это я уже потом увидела ваши стальные глаза делового хирурга. Бр-р! А издалека — прямо яркий представитель отечественной элиты. Вот только не надо меня убеждать, что ваша бабушка была крестьянка!

— Хоть это и сущая правда, но не буду, не буду, — Николай приподнял чашечку с кофе. — За успех!.. Кстати, ваш муж ведь депутат Государственной думы и бывший заместитель министра в правительстве?

— Не надо грязных намеков! — партнерша погрозила пальцем. — Я с мужем познакомилась, когда он был никем и звали его никак. Еще неизвестно, кто из нас кого сделал!

— Вот уж в этом факте у меня сомнений никаких нет! — рассмеялся Николай.

— Вижу, настроение у вас улучшилось, — Петри вошел в переговорную комнату и передал каждому по экземпляру исправленных документов. — Подписываем?

— Ну, с богом! — Алена Макаровна посмотрела на Николая. — Дайте мне, пожалуйста, вашу знаменитую счастливую перьевую авторучку.

31

— Генри, ты все-таки мерзавец! — Ксения даже не сделала попытки встать, когда он вошел в ее кабинет.

— Сдаюсь! Только не надо истерик! — посетитель поднял руки в знак капитуляции.

— Что ты мне обещал? Что мои данные и данные моего фонда не будут фигурировать напрямую в сделке по российскому семенному бизнесу?!

— Спокойно, спокойно! — банкир без спроса сел на диванчик, закинул ногу на ногу и с интересом разглядывал хозяйку кабинета. — Я тебя раньше такой никогда не видел! Что произошло? Брюс мне сказал, что условием русских было раскрытие всей цепочки финансирования. Формально мы не фигурируем в сделке, но и тайны никакой нет. Ну, поизучали они тебя и меня неделю, успокоились и подписали документы. Ты, кстати, деньги мне уже отправила?

— Сегодня с утра ушли.

— Супер! Теперь мы с тобой партнеры! Кстати, после наших совместных инвестиций «АгроИнТех» знаешь сколько будет стоить? Примерно сто миллионов долларов. Не много, конечно, по нашим меркам, но по меркам России весьма немало. А главное — большой потенциал роста. Ты согласна?

— Ты заехал только узнать об отправке денег?

— Откровенно — да. И пригласить тебя в бар в пятницу отметить событие, ведь теперь мы с тобой партнеры-инвесторы-фермеры. Занимательно звучит, правда?

— Сказала бы я тебе, как это звучит по-русски, да ты все равно не сможешь повторить, — Ксения немного оттаяла. — Ладно, я согласна на пятницу, только не в бар, а в ресторан. И не в китайский, а в приличный, чтобы я могла одеть вечернее платье.

— О-о-о! — Генри от удивления встал. — Откровенно говоря, не ожидал, что согласишься. Ты мне скажешь все-таки, что с тобой происходит в последнее время, тебя так материнство изменило?

— Взрослею, мой друг, — Ксения тоже встала. — Если повестка твоего визита исчерпана, увидимся в пятницу. Извини, у меня заседание инвестиционного комитета. Да, и не забудь за мной заехать, у русских не принято, чтобы женщина сама добиралась до ресторана без кавалера.

— Ноу проблем, — Генри так и не смог выстроить с этой женщиной привычные для себя отношения с противоположным полом, поэтому периодически не знал, как реагировать.

— И еще… — Ксения подошла к двери, — продолжения вечера не будет, поэтому не строй далеко идущих планов — у нас чисто деловой повод для праздника.

ЧАСТЬ 6

1

****

— Как выходные прошли, Мыслитель?

— Суббота была днем духовного обогащения.

— Однако! Громкое и многообещающее заявление!

— Да! Мое добровольное обогащение произошло в музее современного искусства на выставке «Блюдо Камасутры». Сразу заинтриговало объявление администрации: «Уважаемые посетители, просмотр выставки „Блюдо Камасутры“ не рекомендуется лицам, не достигшим шестнадцати лет, и лицам с неуравновешенной психикой». А для того чтобы духовное обогащение произошло правильно, анонс в частности предупредил: «Нескончаемое разнообразие эротического опыта приводит к нескончаемому разнообразию визуальных представлений о прочувствованном. Показанная в проекте Kamasutra dish гирлянда наслаждений не ставит своей целью возбудить заскучавшего развратника, предлагая свежие перверсии ярких экспериментаторов. Прочувствуйте разницу между восприятием секса как сенсорно-физического опыта и секса как транслятора культурной и социальной информации». Так как поводов пощекотать нервы у меня в жизни и без выставки предостаточно и с категорией «заскучавших развратников» отождествлять себя не очень хочется, то оставалось одно — принять «культурную и социальную информацию». Информацию о трансформации современного мира искусства я и получил.

— Поделишься?

— Конечно! Передаю ощущения с места событий: ряд людей, претендующих на роль творцов, создали большие, объемные форматы выражения своих бурных эротических эмоций и фантазий. Созидателям, я на это надеюсь, явно более шестнадцати лет, поэтому вторая часть объявления администрации обращена определенно к ним.

Профессиональные пиарщики и организаторы, озабоченные служебными достижениями и дороговизной московского бытия, монетизировали этот продукт.

А ряд «ценителей духовного обогащения выходного дня», и я в том числе, материально поддержали данную экспозицию, или, выражаясь современными средствами передачи культурной и социальной информации, меня развели как лоха последнего. Хотя, справедливости ради, стоит отметить пару интересных фотографий танцовщицы и видеозапись обнаженного танцовщика танго на стене коридора.

— Так был все-таки и позитив!

— Во всем надо стараться найти что-то позитивное… И еще. Ося Бендер как талантливейший экспериментатор и живописец просто обогнал свою эпоху. Его нетленный шедевр «Сеятель» был бы, несомненно, социально-эротическим лицом выставки! ☺

— Ты меня развеселил! Надеюсь, воскресенье тебя тоже порадовало?

— Бассейн, бани, книги, прогулки по парку — просто замечательно!

— Значит, к рабочей неделе готов?

— Всегда готов!

— Тогда можно вопрос не про отдых?

— А про что еще можно рассуждать с женщиной в воскресный вечер? ☺

— Про многое. Например, про политику, экономику… Случайно увидела рейтинги эмитента Российской Федерации, которые опубликовало одно из международных агентств. В сообщении агентства, кроме всего прочего, было отмечено, что слабыми моментами для присвоения суверенных рейтингов России являются невысокое качество управления, недостатки в области институциональной среды, коррупция, недостатки делового климата, сдерживающие инвестиции, диверсификацию и рост, а также зависимость от цен на сырьевые товары (и, как следствие, от глобальной экономики) и высокая и относительно волатильная инфляция. Ты согласен с оценкой?

— Женщина. В выходной день. Случайно увидела рейтинги стран, и они ее заинтересовали. Решила подискутировать с мужчиной. Такое бывает?

— Я тебе намекала, что уже старая перечница, которую интересуют исключительно глобальные мировые проблемы. ☺

— Ну-ну... ☺ Сложно спорить об оценке. Акценты бы некоторые усилил.

— Например?

— Если о недостатках в области институциональной среды и коррупции хотя бы говорят постоянно, то на другие ключевые аспекты, например невысокое качество управления, никто не обращает внимания. Неужели столь велико заблуждение, что данный аспект менее значим? Или заблуждение, что управляемость может улучшаться самостоятельно? Или причина заблуждения глубже — в тотальном управленческом непрофессионализме элиты, порожденном порочным навязанным стереотипом, что все решает «административный ресурс» через «ручное управление»?

— Ты хочешь сказать, что пока управляемость российского государства и бизнеса будет на том уровне, как сегодня, пока деловой климат не будет осознанно формироваться через качественное управление, России и мечтать нечего о высоких рейтингах и притоке масштабных венчурных и иных капиталов?

— Старушка лихо рассуждает о венчурных инвестициях. ☺

— Не придирайся к словам!

— А есть иной вариант развития событий? Мне приходится часто общаться с руководителями зарубежного бизнеса и венчурных фондов в частности.

— Так-так, поподробнее, пожалуйста.

— Как правило, слышу вопросы и аргументы в защиту осторожного отношения к России: слишком низок уровень управленческой квалификации у руководителей, слишком велики риски корпоративного управления.

— Оценку считаешь верной?

— Абсолютно!

— И по отношению к твоему бизнесу тоже? Что и когда необходимо делать, чтобы эти вопросы не возникали? И что должно произойти, чтобы пришло понимание значимости этих факторов для будущего России?

— «...Я знаю, от чего погибнет Россия. Она погибнет от дилетантов».

Это не я сказал. Это сказал митрополит Волоколамский и Юрьевский Питирим (Нечаев). Но я абсолютно согласен с мнением авторитетного и просвященного епископа.

— Интересно, что мнение священника и предпринимателя совпадают.

— Совпадают мнения трезво мыслящих людей.

— Так что про твой бизнес? Ты сотрудничаешь с иностранными инвесторами? Удачно?

— С инвесторами сотрудничаю, в том числе и с иностранными. Для меня нет разницы в принципах сотрудничества с российским или иностранным инвестором. Мнение обо мне надо спрашивать не у меня, но мне кажется, что сотрудничаю успешно, потому что стараюсь относиться к партнерству ответственно. Управляемости в своем бизнесе я стараюсь уделять решающее значение. Сильная профессиональная команда — фундамент успеха. Хотя и здесь необходима постоянная серьезная работа по выстраиванию и повышению управляемости. Абсолютной управляемости не существует, всегда есть что совершенствовать и к чему стремиться.

— Ты меня успокоил.

— Ты так сильно переживала за страну или за мой бизнес?

— Будет больше таких бизнесов, как твой, будет будущее и у страны. Спасибо за интересную и полезную беседу!

— Обращайся! ☺

— Обязательно, даже не сомневайся!

— Это угроза? ☺

— Это теперь факт моей реальности.

— Загадками говоришь...

— «Ибо нет ничего тайного, что не сделалось бы явным, ни сокровенного, что не сделалось бы известным и не обнаружилось бы» — Евангелие от Луки.

****

Русська ходил вокруг Ксении и поскуливал. Выспавшийся, выгулянный и накормленный, он требовал к себе внимания — ему хотелось играть.

Ксения отключила мессенджер и задумалась об управляемости в своем фонде и о главной проблеме, которую она никак не могла разрешить из-за переплетения личных и деловых интересов, — бывшей подруге и нынешней любовнице мужа.

2

— Лимончика дать? — поинтересовался Виктор Дмитриевич у Петри.

— Зачем? — с удивлением оглядывая пустой стол, спросил скандинав.

— Дык... Лицо у вас... слишком довольное, — рассмеялся семеновод.

— Это анекдот?

— Да нет... просто выражение такое.

— Как на наш язык или на английский перевести «да нет»? Или что такое «дык»? Я никогда не смогу до конца понять русский язык! — немного расстроенно произнес Петри.

— А вы почаще к нам... мы научим, — настроение у ялуторовчанина было отличное.

— Где же столько здоровья взять с вашим сибирским гостеприимством?!

— Тренироваться надо!

— Боюсь, что тогда я здоровье окончательно загублю.

Николай оторвался от изучения аналитической записки:

— Восемь с половиной процентов рынка семян гороха России через два года — это реально?

— Нормально, — Виктор Дмитриевич открыл на компьютере файл с детальной расшифровкой динамики роста производства и реализации семян. — С чего начинали? С нуля практически... Сегодня че?.. Питомники по ряду сортов мы монополизировали... Несколько селекционеров эксклюзив с нами подписали... Канадские семена испытываем — результаты хорошие показывают...

— Какую долю рынка на данный момент держим? — Петри заглянул через плечо Виктора Дмитриевич в экран компьютера.

— Да фактически уже больше четырех процентов... Если по официозу ориентироваться — ближе к пяти... Если по реалиям с учетом серого рынка — около четырех.

— Отлично! — Петри записывал цифры. — Финансов хватает?

— Ну... — Виктор Дмитриевич задумался, — неплохо бы еще, лишних не бывает.

— Эй, коллега, не горячитесь! — Николай вмешался в диалог. — Денег у компании достаточно, бюджет сбалансирован. Как нельзя перелюбить всех женщин и выпить всю водку, так и нельзя перекупить все питомники в России, Виктор Дмитриевич, мы уже много раз обсуждали с вами финансовую политику. Лимит по банковским кредитам не выбран. С осени новый транш облигаций выпускаем. По франчайзингу неплохо работаем. Так что денег вполне достаточно. А вот эффективность продаж можно и нужно увеличивать, над минимизацией затрат подумать. А двадцать пять миллионов долларов, которые от Петри поступили, уже все рационально распределили?

— Не от меня лично, а от моего фонда, — поправил инвестиционный банкир.

— Дык... Денег... по-любому много не бывает, — улыбался семеновод.

— Бывает, еще как бывает, — зная партнера, Николай понял его провокационный настрой.

— А на обратную дорогу?

— На какую дорогу? — не понял Петри.

По лицу Виктора Дмитриевича было видно, что у него настроение просто поговорить.

— «Рабинович, зачем вам столько денег? Мы же идем к коммунизму!» — «А на обратный путь?»

Он засмеялся первым, за ним Петри.

— Знаю, знаю, — Николай только слегка улыбнулся. — Обратной дороги, в отличие от господина Рабиновича, у нас нет. Поэтому и лишние деньги нам не нужны. Правда, Петри?

— Да, наверное, — скандинав чувствовал по тону, что разговор принимает шутливую форму, но не мог быть до конца в этом уверен, и ощущал легкий дискомфорт.

— Петри, если по чесноку, не пожалели, что за каждый процент акций заплатили по миллиону долларов?

— По чему? — Петри окончательно растерялся от непонимания сленга.

— По чесноку, так выражается Виктор Дмитриевич. Переводя на русский литературный язык — «честно».

— Честно? — Петри посерьезнел. — Мы же, как говорят русские, — он заглянул в свой блокнот, — не с бухты-барахты, — и с довольным видом посмотрел на партнеров, — решение принимали. Что значит — реально оценивали перспективы выхода из проекта. У себя на родине мы и к семилетнему сроку относимся совершенно спокойно. В России стремимся уложиться в три-четыре года. В вашем случае, говоря по чесноку, — Петри очень нравилось применять фразеологизмы, особенно вновь узнанные, — кое-кто из нашего совета, особенно ратовавший за сделку с вами, уверял в момент принятия решения, что можно и в течение года-двух совершить удачный выход. То есть определенные варианты существуют.

— Это... а наварить сколько планируете... поди, процентов сто? — не удержался Виктор Дмитриевич.

— Э-э-э... желательно двести-триста.

— Ни фига себе! Мы тут горбатимся...

— Колхоз — дело добровольное, — процитировав семеновода, рассмеялся Петри.

— Твое личное мнение? — Николай обратился к скандинаву.

— Э-э-э... Даже четыре процента федерального рынка одной культуры — это отличный результат. Пять процентов — превосходный. Восемь с половиной — фантастика! Я верю в проект и в то, что мы сможем хорошо на нем заработать.

— Ну-ну... — Виктор Дмитриевич от чего-то погрустнел.

— Не переживайте, друг, — Николай похлопал коллегу по плечу, — я не кидаю партнеров, наши с вами договоренности, хоть и устные, остаются в силе.

3

Голова болела всю ночь. Николай намазал вьетнамской «Звездочкой» виски и выпил таблетку. «Погода что ли меняется? — подумал он. — Или буря магнитная? В любом случае, дорогой, гулять на свежем воздухе больше надо!»

Подержал в руках ключ от машины и положил на стол: «Поеду на метро — и время сэкономлю, и меньше воздух выхлопами бензина загрязню, да и к народу поближе надо быть чаще».

Основная масса наемных тружеников столицы еще только просыпалась. В ярко раскрашенном вагоне метро было свободно. Николай с интересом разглядывал развешенные на освобожденной от сидений стене копии картин мастеров эпохи Возрождения в натуральную величину. Пройдя вдоль демонстрационной стены вагона — новой инициативы московских властей и московского метрополитена по воспитанию художественного вкуса москвичей и гостей города, развернулся. На сиденье, положив морду со шрамами — следами былых яростных сражений — на передние лапы и не обращая ни на кого внимания, крепко спал большой бездомный серый пес.

— Надо же, — сказала стоящая рядом молодая девушка, показывая на пса, — почти каждое утро его вижу, отсыпается бедолага в подземке. В обычных вагонах ни разу его встречала, а в художественных — регулярно. Может, он в прошлой жизни художником был? Интересно, а кем я в следующей жизни стану? — она достала из сумочки книгу, надела наушники и забыв о реальности погрузилась в чтение.

Поднявшись в офис, Николай открыл на компьютере и начал перечитывать пришедшие вчера после обеда электронные письма от Виктора Дмитриевича. Тема последнего письма смотрелась интригующе: «Меня покупают ☺».

****

Еще раз здравствуйте Николай Константинович.

Тут на медне у нас на семинаре был итальяшка один — директор по чему-то там ихней фирмешки. Предложил мне пять лямов баксов за мою долю в «АгроИнТехе». Плюс по три штуки

613

мне зарплату — типа пенсию по жизни, и возможность беззаботно заниматься огородом и рыбалкой. Я, естественно, попытался выспросить, зачем ему. Говорит, нравится ему наш «АгроИнТех».

Занятно, конечно. Мои впечатления: 1. Он пришел подготовленный. 2. Идея не его. 3. Готов на десять — пятнадцать. 4. Недооценивает, в виду незнания сегодняшней ситуации. 5. Хочет диверсифицироваться через выход на наш рынок.

Шлю координаты чудика, пробейте, че там и зачем.

С уважением В. Д.

****

Несколько удивившись полученной информации, Николай набросал ответ и попросил помощницу пригласить руководителя службы безопасности.

****

Доброе утро, Виктор Дмитриевич!

Взяли время на размышление? Шутка! А ведь заманчиво — и озерцо прикупить можно, и машинку обновить, и душа с нервными клетками от обязательств разнообразных и многочисленных отдохнет, да и пенсия вполне приличная… Нонче в непростое время и в Москве о такой зарплате мечтают. И пункт два не стоит недооценивать: сколько можно не только работать, но и за будущее бороться? ☺

С почтением, Н. К.

****

Ответное послание пришло буквально через пять минут, пока Николай просматривал пришедшие за ночь сообщения.

****

Здравствуйте Николай Константинович.

Да, типа взял. Мне больше хочется понять, если честно, что так манит, и его мотивацию. Видимо, что-то все ж правильно делаем. Что именно? Это очень важно. В целом для мирских утех предложение не очень плохое ☺, да и пенсию от нашего государства не дождешься.

С уважением В. Д.

****

— К вам Юрий Леонидович, как просили, — по внутренней связи предупредила Светлана Александровна.

Руководитель службы безопасности присел в кресло напротив и помассировал виски.

— Голова болит? — поинтересовался Николай.

— Погода, видимо… По какому вопросу пригласили?

— Нужна подробная аналитическая записка об одной итальянской компании: история, текущее положение, перспективы, акционеры, топы, продукты, клиенты... В общем — чем полнее, тем лучше.

— Наши конкуренты?

— Пока просто проявляют интерес. Заходят, правда, с тыла. Поэтому и нужно понять их стратегию поведения и конечные цели. Сколько потребуется времени?

— Если на основе наших и открытых источников — около недели. Если подключать европейских коллег — минимум две, а то и три.

— Подключайте, мы должны о них знать все.

4

Сильный ветер не давал Николашеньке спокойно спать, он то и дело морщил носик и недовольно ворочался.

Русська, наоборот, обожал ветер. Каждый его порыв он приветствовал высоко поднятым хвостом и игривым гарцеванием вокруг коляски и Ксении.

Сергей сидел на диване и нервно курил. Увидев входящую в дом жену с ребенком и собакой, затушил сигарету и налил себе виски. С момента, когда он узнал о беременности супруги, они почти не общались. К мальчику и щенку он никогда не подходил, лишь с раздражением закрывал дверь в спальню, если Коленька плакал или покрикивал на Русса, если тот начинал шалить.

Ксения положила ребенка в кроватку и присела напротив мужа.

— Что так громко переживаешь, если встречаешь наступающий день с алкоголем?

— Ты знаешь, что Лена больна?

— Конечно. Бог даст — поправится.

— Ей удалили почку.

— Рядовая операция для современной медицины.

— Да, но могут быть осложнения.

— Риски минимальные, насколько я смогла изучить тему.

— Твоя компания должна ей помочь материально, операция стоит дорого.

— Корпоративная страховка полностью покрывает операцию, так что не переживай за нее. Что еще?

Сергей добавил виски.

— Ты должна ее морально поддержать!

— Мы поддерживаем всех своих сотрудников.

— Ты меня прекрасно поняла, — он повысил тон. — Вы подруги…

— Мы были подругами, — перебила его Ксения, — теперь мы просто коллеги.

— Она очень переживает вашу ссору.

— Переживает до, во время или после траханья с тобой? Или без меня вам скучно в постели, не хватает остроты ощущений?

— Не надо, прошу тебя! — Сергей махнул рукой, словно отмахнулся от факта интимной близости.

— Мы не ссорились, ты прекрасно знаешь. Просто мы перестали быть подругами.

— Вот именно от этого она и переживает! А врач предупредил, что переживать ей сейчас нельзя. Ты обязательно должна навестить ее в больнице! Обязательно! Дай мне слово!

Ксения потрепала по мягкой длинной шерсти лежащего у ее ног и настороженно наблюдавшего за мужчиной Русса.

— Дай мне слово! — настойчиво повторил Сергей.

— Я подумаю, но обещать ничего не буду.

Массивная деревянная дверь с трудом откликнулась на женские усилия. В храме никого не было. Ксения положила пожертвования, взяла свечи, подошла к иконе Божьей Матери и начала молиться.

— Желаете исповедоваться? — раздался сбоку негромкий мужской голос.

Она оглянулась. Перед алтарем стоял настоятель храма.

— Мне кажется, вас мучит какой-то вопрос.

— Мучит, батюшка, — Ксения замолчала. — Не знаю, как поступить…

— Пойдемте выпьем чая и поговорим. Есть у вас время?

В уютном небольшом кафе, расположенном недалеко от храма, сидело несколько молодых людей с лэптопами. Картину вечернего рождественского старинного европейского города, нарисованную на одной из стен, дополняли стилизованные под камень ступеньки к бьющему из чаши небольшому фонтану, расположенному под выступающей рельефной мордой льва. На двух других стенах висели на продажу пейзажи какого-то художника.

Батюшка взял для себя и для Ксении чай и присел на диван. Красный — очень советско-среднеазиатский ковер под ногами, хоть и дисгармонировал с европейским пейзажем, но придавал общественному заведению уютную домашнюю атмосферу.

Ксения сделала глоток, и вдруг слезы полились из нее. Она рыдала и не могла остановиться.

Батюшка погладил ее по голове:

— Выплачь свои проблемы, доченька!

Молодые посетители кафе с удивлением и, не зная, как реагировать, смотрели на девушку. Владелец кафе, на вид ливанец, подошел к их столику:

— У вас все хорошо? — с очень сильным акцентом, но по-русски поинтересовался он.

— Да, — кое-как смогла произнести Ксения, утирая салфеткой слезы.

Ливанец отошел и вернулся с двумя блюдцами с пахлавой.

— Вот, закусите, чем бог послал, — он присел рядом. — Я тоже христианин. У нас в Ливане очень неспокойно. Дом мой

617

разбомбили, вся семья погибла, пока я на базаре был... Не мог я больше со своей болью там жить... Друг у меня русский был. Уехал я с ним на его родину в Приднестровье. Потом в Фалештах жил — такой небольшой городок на севере Молдовы. Очень мне местная православная церковь в тот период помогла... А как грин-карт выиграл, сюда перебрался. Женился недавно, — он показал на стоящую за барной стойкой невысокую полноватую филиппинку, — вдвоем жить легче...

Услышав последние слова ливанца, Ксения еще сильнее разрыдалась.

Ливанец смутился:

— Простите, что вмешался... услышал русскую речь. Русские часто ко мне заходят, особенно в выходные, после службы в храме. И я иногда у вас бываю. Благословите, батюшка, — он склонил голову, поцеловал священнику руку и вернулся за стойку.

Кое-как успокоившись, Ксения начала рассказывать о своей семейной жизни, историю появления на свет сына, о болезни подруги.

Батюшка пил чай и не перебивал.

— Как мне поступить, как жить мне дальше? — спросила она с надрывом в голосе.

Священник отрешенно смотрел в окно. Потом медленно повернулся к девушке:

— Жить так, чтобы совесть твоя была чиста перед Богом, — немного помолчав, добавил: — И не держи ни на кого зла. Мужа твоего и подругу уже и так Господь наказал. Иди с миром! И сына покрести! Не тяни! Обязательно покрести, слышишь? — уже вдогонку уходящей Ксении произнес он.

Бледная и осунувшаяся Лена лежала под капельницей. Рядом на стуле, поглаживая ее ладонь, сидел Сергей. Оба обескураженно замолчали, увидев входящую в палату Ксению.

— Привет, подруга! — Ксения положила на столик цветы. — Как ты? — она села напротив на свободную кровать.

— Нормально, — слабым голосом ответила Лена.

— Операция прошла хорошо, — добавил Сергей, — от анестезии сейчас отходит.

— Решила вот заглянуть, проведать, — спокойствие Ксении давалось тяжело. — Вот и хорошо, что операция прошла удачно. Какие прогнозы, что врачи говорят?

— Обнадеживают, — опять за подругу ответил муж.

— А-а-а, — Ксения утвердительно покачала головой, — значит, все будет хорошо.

В палате повисло неловкое молчание.

— Лена, Сергей! — Ксения от волнения закашляла. — Неправильно это.

— Что? — Сергей напряженно смотрел на жену.

— Как мы живем. Неправильно все это, — повторила Ксения. — Я долго думала и приняла решение, — она поправила волосы, — мы разводимся с тобой, Сережа.

— Не время, — пытался перебить ее муж, но Ксения продолжила: — Жизнь слишком коротка... Короче, живите вместе открыто, любите друг друга. Так будет честнее, — на душе у нее сразу стало легко. — Я постараюсь до выписки Лены из больницы выехать из дома.

— Ксюша? — всхлипнув, негромко произнесла подруга.

— Заберу только личные вещи и свои книги. Ну и сына с собакой, естественно, они вам все равно не нужны, — она усмехнулась. — Дом и все вещи ваши — пользуйтесь на здоровье и на счастье, — Ксения встала. — Ну вот и все. Теперь мы просто старые знакомые и коллеги по работе. Да! — она показала пальцем на мужа. — Дом мы покупали на паритетных условиях, и банку я платила половину ипотеки, поэтому, сорри, мою долю тебе придется вернуть. А вот о ребенке можешь не беспокоиться, алименты с тебя брать не собираюсь — это мой и только мой ребенок. Надеюсь, что в нашу с ним жизнь ты вмешиваться не будешь. Я дам задание адвокатам, чтобы подготовили документы.

Ксения подошла к бывшей лучшей подруге, окинула ее с ног до головы сожалеющим взглядом и, не слушая что-то говорящего мужа, вышла из палаты.

5

— О-опачки! — Виктор Дмитриевич закончил читать объемную аналитическую записку службы безопасности по итальянской семенной компании.

— Впечатлило? — поинтересовался Николай.

— Дык… Мы ж с ними… как близнецы-братья?!

— Во многом — да. Они только раньше нас на пару десятков лет экспериментировать с аутсорсингом начали. На нем и поднялись серьезно. Да и попроще им в чем-то — в их стране сильны кооперативные традиции.

— А вот продолжение развития у нас разное, — высказал свое мнение Александр Анастасович, — мы идем на региональное тиражирование нашей модели, а итальянцы полезли в основные фонды — землю, дорабатывающие мощности, хранилища, собственную логистику. Я считаю нашу стратегию более оправданной и перспективной.

— А мы им тогда зачем? — задал вопрос консультанту Виктор Дмитриевич.

— Зачем? А затем же, зачем и они нам — ВТО стучится в двери к нам.

— Торопятся рынок застолбить?

— Конечно. И разумно очень. Пока шведы опасаются, немцы системно разворачиваются, а канадцы неторопливо принимают решения, итальянцы хотят успеть осмотреться, оценить рынок изнутри, разработать стратегию и… как только ленточку перережут, у них появится два-три года форы во время конвульсий нашего сельского хозяйства, чтобы успеть откусить лакомый кусок рынка семенного пирога.

— И мы для них просто находка, — добавил Николай. — Им понятна наша бизнес-модель, интеграция займет минимум времени и ресурсов.

— Че они сразу… не приехали по-человечески? — Виктор Дмитриевич зевнул, встал и потянулся.

— Рисковать не хотят. Надеялись прикупить у вас небольшой пакет акций да разобраться, что к чему.

— Эх, жаль… озерцо пролетело, — театрально вздохнул семеновод.

— Маленькое пролетело, а большое в ожидании, — успокоил партнера Николай.

— Что делать будем? — задумчиво почесал бороду Александр Анастасович.

— А как у вас в консультационной компании обстоят дела с международными деловыми путешествиями? — поинтересовался у него Николай.

— Нормально. Девчонки хорошо работают. Через неделю группу с Дальнего Востока в Израиль отправляем, молочному животноводству учиться.

— А че... ближе коровы не доятся? — съязвил Виктор Дмитриевич.

— Может, и доятся, — ответил консультант, — только был конкретный заказ на Израиль, мы и подготовили тур.

— А как в Италии дела в семеноводстве обстоят? — переспросил Николай. — Что-то давно мы в Италии не бывали...

— Намек? — Виктор Дмитриевич снова уселся в кресло. — А че?.. Прокатимся!

— Два-три семеноводческих хозяйства передовых посмотрим. Заодно и к интересующимся нами товарищам заглянем. Как бы случайно. Никаких обязательств, «мы тут просто проезжали мимо». Исключительно для расширения кругозора. Тур организует независимая консалтинговая компания, которая специализируется на таких визитах. Правдоподобно, а?

— Алаверды?.. Они к нам, а мы к ним?.. Супер! Это... а вы знаете, почему итальянцы не едят шашлык?

— Почему? — искренне удивился Александр Анастасович.

— А вы пробовали... спагетти на шампуры нанизывать?! — Виктор Дмитриевич рассмеялся, довольный своей шуткой.

Светлана Александровна зашла в кабинет и положила перед Николаем почтовый конверт.

— Спасибо, я взгляну чуть позже, — Николай отодвинул письмо.

— Мне кажется, письмо имеет отношение к теме сегодняшнего совещания, — помощница вскрыла конверт и вынула письмо. — К нам в гости собирается приехать делегация итальянской семенной компании Sole Sementi s.p.a. (SS). Просят согласовать даты визита.

— Опаньки! — Виктор Дмитриевич даже вскочил с кресла. — Дык... это ж они... мать их!

— Да уж... — Александр Анастасович тоже поднялся. — Какие сроки предлагают?

— Через два месяца, — просматривая письмо, ответила Светлана Александровна.

— Что хотят? — консультант подошел и заглянул в письмо через плечо помощницы Николая.

— Общая фраза — сотрудничать. Если нам принципиально интересно — готовы позвонить и объяснить подробнее.

— Екнулась турпоездка!.. Не видать нам их пива и пиццы! — Виктор Дмитриевич возбужденно закурил.

— Торопятся, — задумчиво произнес Николай.

— Дык... горячие итальянские парни! — Виктор Дмитриевич, не докурив одной сигареты, начал раскуривать другую. — Тьфу ты! — покачал он головой, глядя уже на две горящие сигареты. — Кто-то по куреву страдает — примета такая. А может, они того... мафиози какие?

— Вы же только читали нашу аналитическую записку, — с обидой в голосе отреагировал Юрий Леонидович.

— А-а-а!.. Точно!.. Се-е-мен Семенович! — хлопнул себя ладонью по лбу семеновод.

— Что ж, а вот мы горячиться не будем, не гоже северянам копировать южан, — Николай взял у помощницы письмо и начал читать. — Ответим письмом на письмо — пусть звонят, а там посмотрим.

Николай налил бокал итальянского розового игристого вина, лег в ванну с хвойным экстрактом и открыл наугад страницу одной из своих любимых книг «Двенадцать стульев». Отпил вина и прочитал первую попавшуюся на глаза фразу: «Лед тронулся, господа присяжные заседатели!» Обволакивающее тепло воды постепенно расслабляло натруженные и уставшие за день мышцы. Засыпающее сознание успело зафиксировать мысль «Командовать парадом буду я!» и отключилось, давая возможность организму восстановиться для следующего напряженного, но желанного дня.

6

Аэроэкспресс резко дернулся. Промышленные зоны с перемежающимися современными деловыми центрами демонстрировали покидающим столицу пассажирам эклектичность современного московского архитектурного принципа «точечной» застройки. Самолет до Томска, где уже почти год успешно работала пилотная партнерская региональная модель «АгроИнТеха», улетал почти в полночь. Впереди были чуть более получаса до аэропорта, два с лишним часа до вылета, несколько часов полета и три дня работы.

Петри молчал, и определить по его невозмутимому виду, о чем он думает, было невозможно. После того как его инвестиционный фонд стал акционером семенного бизнеса, он часто наведывался к Николаю. Сперва — чтобы глубже вникнуть в специфику, но позже их отношения переросли в дружеские. Со временем Николай увидел в скандинаве не только инвестиционного банкира — профессионала высокого уровня, но и интеллигентного, широко эрудированного человека, с которым было интересно обсуждать самые разнообразные темы — начиная с «зеленой» тенденции в экономике и заканчивая философско-теологическими дискуссиями. Ко всему прочему Петри за несколько лет пребывания в России искренне полюбил эту страну, яростно доказывая скептически настроенным собеседникам-россиянам, что нельзя за пеной хамства и коррупции не ценить глубокую духовность Руси — единственной и последней надежды западной цивилизации на возрождение истинных общечеловеческих ценностей. Приняв в России православие, Петри старался не пропускать ни одной воскресной службы в храме, а отпуск проводил исключительно в паломнических поездках по духовным центрам России, Украины и Белоруссии.

— Что смущает в интересе итальянцев? — Николай решился прервать размышления Петри.

— Э… Наш фонд смущает одно, меня лично — иное.

— Обсудим? Попробуем начать с официальной версии?

— Попробуем… Очень быстро после нашего входа в проект проявился интерес стратегического инвестора. Очень быстро, — повторил он. — Мы еще фактически даже не начали серьезно готовить компанию к продаже. Отсюда и риски возможной недооценки бизнеса и потенциальных последующих претензий.

— Разве мы получили официальное предложение? Во время телефонных переговоров итальянцы лишь призрачно намекнули на интерес к приобретению бизнеса. Впереди — их визит, который может скорректировать рисуемую нами картину или кардинально поменять интерес.

— Понятно, все понятно... За четверть века работы фонда еще не было столь стремительного развития событий, это настораживает. Мы ведь не будем торопиться, правда, Николай?

— Честное пионерское, — Николай улыбнулся.

Петри купил воду и пару газет в передвижном кафе-тележке и принялся просматривать деловое издание.

— Петри? — Николай потрогал партнера за руку. — Мне кажется, ты забыл упомянуть о персональной тревоге?

— Э-э-э... Не думаю, что моя тревога имеет право быть принятой во внимание.

— Обижаешь. А как же доверие и договоренность о максимальной открытости?

— Понимаешь, Николай, — Петри старательно подбирал русские слова, — мне не совсем понятна твоя позиция по продаже бизнеса исключительно зарубежным покупателям. А как же патриотизм? Ведь сегодня и в России можно найти достойных и порядочных инвесторов. Не правильнее ли было оставить бизнес соотечественникам?

— Хороший вопрос, — Николай не спешил отвечать. — Спасибо, что задал. Хочешь честный ответ?

— Конечно, — Петри закрыл газету.

— Представь, что ты заработал на проекте, например нашем, очень большие деньги. Десятки или даже сотни миллионов долларов. Подумал хорошенько вечером в баре и построил в России православный храм. Представил?

— Представил.

— Но храм — лишь здание, которое необходимо наполнить духовностью, жизнью, передать в руки достойного настоятеля, способного использовать бетонно-кирпичную конструкцию на пользу пастве. И вот к тебе приходит делегация местной епархии. Точнее, приезжает на «майбахе» располневший молодой священник с килограммовым золотым крестом на пузе и легким запахом перегара. И даже не специально к тебе, а проездом куда-то — на заднем сиденье ведомого им престижного авто сидит и курит в окно представитель гламурной молодежи с накрашеной силиконовой девчонкой в короткой юбке.

— Николай!

— А что? Нереальная картина? Только честно?

— Ну, по одной персоне нельзя судить обо всех...

— Соглашусь. Я и не сужу. Просто ты увидел их и задумался. А задумавшись, пошел вечером в храм молиться и просить у Бога совета. Пошел бы?

— Пошел бы.

— Прекрасно. Утром стук в дверь. На пороге стоит в истертых башмаках (он же пешком к тебе пришел) тоже молодой священник, худощавый, правда, и с обычным крестиком. Но с таким же точно предложением передать храм. Только в ведение российского подворья зарубежной православной церкви, например Иерусалимского патриархата. Теперь проводим сравнительный анализ. Обе церкви представляют православие. Отторжения по этой причине ни к одному из вариантов нет?

— Нет.

— Храм — не чемодан, правда? В руки не возьмешь и за рубеж не вывезешь. Согласен?

— Согласен.

— Твой выбор?

— Э-э-э...

— Облегчу задачу, дорогой Петри. В России нет сегодня достойных управленцев — евангелистов семенного бизнеса. К сожалению, ни в министерстве сельского хозяйства, ни вообще в стране нет понимания важности семенной темы. Отсюда интерес к теме по остаточному принципу со всеми вытекающими последствиями. Ты бы хотел, чтобы построенный тобою храм был через несколько лет перепрофилирован в ночной клуб? Мне продолжать?

Скандинав молчал.

— Я могу...

— Не стоит, Николай, — Петри сделал несколько глотков воды. — Я понял тебя. Осуждать точно не могу, да и не вправе. Я постараюсь понять, окей?

— Окей, окей — тяжело вздохнул Николай. — Не думай, что мне просто далось такое решение или что это всего лишь прихоть. Я не хочу узнать через несколько лет, что плоды моих трудов оказались либо исключительно предметом залога в банке, либо отмывочной площадкой для государственных субсидий.

— Столь категорично?

— Я буду рад ошибиться, Петри. Спасибо тебе.

— За что?

— Что выслушал. За то, что не осуждаешь. Хоть и задачи с твоим фондом у нас разные — фонду надо хорошо на нас заработать, а нам и заработать, и в хорошие руки дело передать, но все-таки на данном этапе мы вместе. Вы — наш худший друг и лучший враг одновременно. И в этом ваша ценность для нас.

— Что ты имеешь в виду? — Петри недоуменно посмотрел на Николая.

— В самолете обсудим. Если раньше не уснем, — усмехнулся Николай. — Собирай вещи, подъезжаем.

Электричка замедлила ход, впереди показалось стеклянное здание аэропорта.

7

Петри тер виски и что-то бормотал на своем языке.

— Как ты, друг? — Николай с сочувствием смотрел на больного скандинава.

— Николай! Как я мог?! Как я мог?! — повторял Петри.

— Бывает, — Николай похлопал товарища по плечу. — Ночь не спали, сразу включились в работу, организм устал, немного водки и… результат.

— Почему ты меня не остановил?

— Как можно было остановить героя вечера?! В честь кого ансамбль играл? Кто со сцены песни пел и любви всей своей жизни их посвящал? А как нежно ты ее за ручку держал и беспрерывно пальчики целовал!

— Боже! Как мне стыдно! Что теперь делать? Ты уже видел Юлию?

— Столкнулся утром в коридоре отеля, когда она от тебя уходила.

— О-о-о! Ты лучше знаешь русских женщин, посоветуй, друг! — Петри с надеждой смотрел на Николая.

— Посоветовать... Тебе в себя прийти прежде всего надо. Это самая главная задача на текущий момент. Девушку ты, конечно, перед своим коллективом и коллективом заказчика выставил в... интересном виде. Ладно бы рядовым сотрудником была, так ведь директор по персоналу консультационной компании, которая сопровождает наших партнеров.

— О май гот! — снова забормотал инвестиционный банкир.

— Так! Давай сначала тебя приведем в товарный вид, а уж потом о последствиях вашего разгульного поведения думать будем.

— И ты меня осуждаешь!

— Ни в коем разе! На, выпей таблетку аспирина. И в душ! Срочно под контрастный душ минут на десять-пятнадцать минимум. Потом спускайся в кафе, я пока девочкам закажу реабилитационный завтрак. Время пошло, через час мы должны быть в офисе и выглядеть как огурчики!

— Как кто? — Петри сморщился от головной боли.

— Как Санты-Клаусы перед Рождеством — устраивает?

— О нет! — Петри даже схватился рукой за горло.

— Надо, Петри, надо! — Николай пододвинул рюмку с водкой ближе к товарищу. — Не пьянства ради, а токмо здоровья для!

Выпив водки, сидели несколько секунд молча, ощущая, как живительная влага проникает в организм и проясняет сознание. Закусили нарезанными свежими овощами с фетой.

— Уж извини, ухи в кафе отеля не оказалось, будем есть помидорный супчик-пюре — тоже очень полезно.

— Не могу!

— Надо, Петри, надо, — настойчиво повторил Николай. Дождавшись, когда скандинав поел и допил кофе, предложил:

— А вот теперь можем обсудить щекотливую ситуацию. Если хочешь, конечно.

— Друг, — Петри сжал запястье Николая. — Мне стыдно, мне очень стыдно. Прости!

— Бывает, не ты первый... Любой мужик хорошо тебя поймет — сложно устоять перед красивой и умной женщиной. Прошу только об одном: твое утреннее состояние вины перед всеми не должно заставить тебя делать необдуманные поступки. Юлия — прекрасная девушка. Но она не ребенок и тоже несет ответственность. Силой ты ее в номер не тащил — сама пошла.

— Да, но…

— И вы почти не знакомы: что такое пару часов в офисе и три часа в ресторане? Да что мне тебя учить, взрослого раскрепощенного европейца?!

— Дело не в сексе... Хотя и в сексе она прекрасна! Я ее увидел и меня обожгло внутри — моя мечта, моя фемина!

— Знаю, слышал, ты ей вчера со сцены в любви раз пять признавался.

— О-о-о! Что я еще говорил?

— Ничего особенного. Просто предлагал стать твоей женой.

— А-а-а! Как я мог так ее опозорить!

— Отнюдь! Все женщины ресторана глядели на нее с нескрываемой завистью, дорогой забугорный товарищ, — Николай освободил свою руку. — Вариант раз — списать все на пьянку или просто по-английски исчезнуть. Хочешь — отправлю тебя прямо сегодня в Москву? Вариант два — увидеться вечером с Юлией. Может, она замужем и все само собой рассосется? Вариант три — у тебя есть еще двое суток, чтобы разобраться в своих чувствах, лучше узнать друг друга и сходить в кино на последний сеанс, — Николая немного забавляла трагическая серьезность товарища.

— Спасибо, друг! — Петри пожал руку Николая и встал. — Мы можем по дороге в офис заехать в церковь? Они работают с утра?

— Легко — службы рано начинаются.

— Спасибо! — снова поблагодарил скандинав. — Мне очень надо в церковь, Николай, пожалуйста.

8

Виктор Дмитриевич, приехавший в Томск из Ялуторовска на поезде и остановившийся у своего университетского товарища, выглядел с утра, как обычно, свежим, и лишь беспрерывно дымящиеся сигареты выдавали количество выпитого вечером и ночью спиртного. Он деловито ходил по офису партнеров в сопровождении местного главного агронома, осматривая образцы семян, обсуждая результаты опытных посевов и рассыпая во все стороны анекдоты на все случаи жизни.

— Ну… наконец-то! — приветствовал семеновод приехавших из гостиницы коллег. — Еще пятнадцать минут… и мы уехали бы без вас!.. Как вы? — посмотрев на осунувшегося Петри, спросил он и сам же констатировал с улыбкой: — Понят-но! Народная примета. Если выпил хорошо — значит утром плохо! Если утром хорошо — значит выпил плохо!

Громко рассмеявшись, Виктор Дмитриевич продолжил обсуждать с начальником производственного отдела нормы затрат горюче-смазочных материалов.

— Как ни крути, а по десять тысяч зеленых на гектар выходит… — подытожил он. — Уменьшить или увеличить можно? Легко!

Местный руководитель откровенно пытался понять суть уж очень лаконично высказанного тезиса.

— Виктор Дмитриевич пытается объяснить вам экономическую модель «затраты — выпуск», разработанную вашим бывшим соотечественником экономистом Василием Леонтьевым. Проще говоря, необходимо оценивать затраты на топливо в стоимости произведенной продукции. Оперируя сравнительными данными, можно управлять факторами эффективности производства, — пояснил Петри.

Разъяснения скандинава еще больше озадачили томича.

— Короче, — снова перехватил инициативу Виктор Дмитриевич, — тратишь больше десяти тысяч на гектар — херово работаешь… или экономику не считаешь… Тратишь меньше — лучше… но не всегда… Надо найти золотую середину. Я у американосов подглядел — точно работает! Непонятно?

Ознакомительная поездка по разбросанному в пределах области хозяйству партнеров заняла целый день. Петри тяжело переносил переезды в автомобиле, приходя в себя лишь на свежем воздухе во время остановок и во время обеда.

— Ну что я могу сказать, — начал свою речь руководитель партнерского семеноводческого хозяйства после возвращения в офис. — Не просто конечно. Мозги по-другому разворачиваются. Раньше мы чем были озадачены? Земельный банк приращивали, технику обновляли. Элеватор вот купить пытались. Богу спасибо, что не удалось, — он посмотрел на висящую на стене большую старинную икону. — Закредитовались под самое не могу, — томич характерным жестом в районе горла продемонстрировал степень закредитованности. — А главная проблема была в продажах: плохой год — плохо продавалось, хороший год — снова плохо продавалось. Заколдованный круг! Теперь, спасибо вам, мы сняли основной тормоз развития. Наша задача: не нарушать технологию, получить качественный продукт, передать его вам и получить деньги. Все! Первый год вздохнули спокойно — четко знаем, какой минимум с гарантией заработаем. Кредиторку начали постепенно расшивать. Да я хоть спать стал по-человечески, а то раньше трех утра никак заснуть не мог, мысли мучали… Короче, наше вам крестьянское спасибо! — он поклонился и каждому гостю персонально пожал руку.

9

Заканчивая экскурсию по городу, средних лет мужчина-экскурсовод оживленно жестикулировал, ведя за собой по Воскресенской горе увлеченного историей сибирского купеческо-университетского города Николая, безразличного к архитектуре Виктора Дмитриевича и озабоченного личной проблемой Петри. Панораму современных и старинных зданий, улиц и парков Томска, хорошо обозреваемую со смотровой площадки, увлеченный экскурсовод комментировал историями из жизни в городе ссыльного прадеда Александра Пушкина — Ганнибала. Рассказывал о негативных впечатлениях о городе писателя Чехова по пути на Сахалин, о других известнейших людях советской эпохи и о том, что каждый третий житель Томска — студент. Последнее утверждение убедило Николая, что у старинного города есть будущее.

— На сим я откланяюсь, а вы можете погулять по горе, еще раз взглянуть на памятный камень, зайти в Музей истории города или в Воскресенскую церковь, напомню, построенную в редком архитектурном стиле сибирского барокко, — попрощался экскурсовод.

Виктор Дмитриевич присел на скамейку и достал сигареты.

— Перекур, однако, а то я сдохну! Анекдот, кстати, рассказать?

— О да! — Петри оживился.

— Ага… Короче… Идет группа туристов. Новичок думает: «Сейчас сдохну!» Опытный турист думает: «Сейчас дойду до камня и сдохну!» Инструктор идет и думает: «Сейчас дойду до поворота за камнем… и если кто-нибудь из этих придурков не сдохнет, то сдохну я!»

Виктор Дмитриевич закашлялся от смеха и табачного дыма.

— Так вы че… еще раз решили до памятной глыбы дойти? — спросил он у коллег.

Николай с Петри подошли к месту основания Томска.

Петри потрогал глыбу железняка:

— Кто бы мог подумать, что в этом далеком сибирском городе я встречу свою судьбу? Предок Пушкина жил в этом месте и, возможно, предок моих детей и внуков тоже будет отсюда…

Николай не торопил с расспросами товарища, зная, что вчера вечером он встречался с Юлией и вернулся в гостиницу уже когда светало — на ресепшен утром ему по секрету настучали.

— Почему ты не спросишь меня, что я решил? — повернувшись к Николаю, задал вопрос скандинав.

— Ну и что ты решил?

— Юля не замужем.

— Обнадеживает.

— Но у нее есть, точнее был, бойфренд.

— Так был же, не страшно.

— И сейчас вроде есть. Только он в тюрьме. Как это вы говорите, он известный местный авторитетный… бизнесмен.

— Н-да… Этот факт осложняет ситуацию. Когда выйдет?

— Если отсидит весь срок, то очень нескоро. Если удастся «порешать» вопросы, то года через два.

— Попал ты, Петри, просто снайперски попал... Самое главное — как Юля-то к тебе относится?

— Мы любим друг друга! — взволнованно произнес Петри. — Но если ее бойфренд о нас узнает, то убьет обоих, так она сказала, — огорченно добавил скандинав.

— А узнает он про вас уже в ближайшие дни, если не часы, а то и уже знает, — трагическим голосом резюмировал Николай.

— И придется мне заканчивать проект с другим инвестиционным директором, чего очень бы не хотелось — я уже привык к тебе, друг русского народа.

— Так быстро? Ты шутишь?!

— Хотел бы я, чтобы все закончилось шуткой. Бурный роман иностранца с публичной презентацией в ресторане сложно утаить в небольшом провинциальном городе...

— Я не знаю, как поступают у вас в таких случаях! — скандинав помолчал. — Мы решили съездить на рождественские каникулы ко мне домой, познакомиться с родителями, получить их благословение и, вернувшись в Россию, обвенчаться.

— В Томске?

— Конечно, здесь живут ее родители и все родственники. Сегодня вечером я иду с ними знакомиться и просить Юлиной руки. В вашей культуре так полагается?

— Мм... Горячий ты, однако, сын викингов и норманнов! — Николай пытался сформулировать мысль, чтобы она была понятна иностранцу. — Конечно, неплохо было бы уточнить информацию о Юлином бойфренде: насколько он серьезный человек? Стоит ли лезть на рожон?

— Что уточнять? Разве не понятно?

— А что тебе понятно, Петри?

— Ну... бандит же он...

Николай усмехнулся:

— Клеймо широкого трактования. Когда государство расписывается в своей беспомощности, как защищать себя? Или как деньги зарабатывать, когда кучка прохвостов обманом приватизировала всю страну, пользуясь доверием людей, а тебя выкинула на улицу? Первая ситуация, к примеру. Когда чиновник вынуждает тебя тащиться к нему на ковер и вымогает деньги или общественные деньги пилит по своим карманам — он честный государев человек или бандит?

— Наверное, бандит.

— Не наверное, а точно. Вторая ситуация. Эпоха перестройки. Большинство мужиков — рабочих и инженеров — оказались на улице без средств к существованию. Женщинам надо кормить семью, себя, учиться, лечиться, просто выглядеть хорошо. О христианской морали, уничтоженной в ГУЛАГах, еще не вспомнили. И бизнесмен открывает публичный дом. Но не просто публичный дом, а приличный публичный дом: без принуждения, с врачами, психологами, охраной, водителями. К каждой женщине-труженице отношение самое трепетное и, повторюсь, без всяческого насилия. Этот бизнесмен бандит? Сутенер? Или предприниматель, дающий шанс женщине и ее близким выжить?

— Не знаю, Николай, не знаю, сложно все очень для меня… Продавать женщин…

— Продавать? А когда восемнадцатилетнюю девчонку берут секретарем за сто долларов в месяц с условием, что, кроме основной работы, чмо-руководитель будет трахать ее в кабинете столько, сколько ему захочется, — как это назвать? И потом та же девчонка приходит в публичный дом, где за час секса под присмотром охраны ей платят пятьдесят баксов налом да еще лечат бесплатно… Что для нее лучше в состоянии безысходности — бесплатное насилие на работе или безопасный секс за деньги?

— Ты хочешь сказать, что проституция — это хорошо, внешне приличный человек может быть бандитом в душе, а заклейменный системой «авторитет» приличным и порядочным человеком?

— Я призываю не ставить клише, разделять мотивы и действия в разных жизненных ситуациях и в разные исторические моменты. Все люди грешны… Меня, к примеру, возьми… Ты ни разу не задумывался, как я вставал на ноги?

— Ты пугаешь меня, друг!

— Шутка, не бойся! — Николай подмигнул товарищу.

— Теперь задумаюсь… Считаешь, Юлин бойфренд может быть хорошим человеком?

— Я его не знаю, поэтому судить заочно не могу да и не хочу. Какой из меня судья? Со своими бы грехами разобраться... Вот и предложил тебе узнать о нем подробнее. Если ты не в состоянии получить информацию, может быть, вам стоит подстраховаться и лучше в Москве свадьбу сыграть?

— Я предлагал, но старенькая бабушка и дорогие перелеты...

— Иногда это обходится дешевле, чем похороны...

— Не надо так шутить!

— Извини, черный юмор. А дальше, как жизнь планируете? Был у меня товарищ — чех, так он в схожей с твоей ситуации решил не испытывать судьбу, забрал суженую и уехал из России на родину.

— Не знаю пока... Возможно, из-за бойфренда и нам придется уехать. Будет жаль, — Петри грустно вздохнул, — я очень полюбил вашу страну и вас, таких странных и непохожих на нас — европейцев — людей. Но что делать... Пока, Николай, для меня самого много непонятного, очень много... Я знаю одно, что очень люблю Юлю, а она меня!

— Взаимность чувств обнадеживает, — Николай ободряюще похлопал товарища по плечу. — Плохо, что у вас в фонде нет серьезной службы безопасности... Присутствовать в стране, где правит закон силы без надлежащей защиты?.. Я бы в российский филиал вашей структуры свои деньги не вложил, уж прости за откровенность.

10

Самолет болтало нещадно. Он громко трещал всем своим старым корпусом, резко дергался из стороны в сторону, неожиданно проваливался в воздушные ямы, натужно гудел, снова и снова забираясь на заданную высоту. Наконец, мерный гул моторов и уверения командира воздушного судна, что грозовой фронт пройден, немного успокоили побледневших от страха пассажиров.

Николай расстегнул ремень безопасности, потянулся и размял затекшие от почти часового неподвижного сидения мышцы.

Петри открыл свой потрепанный блокнот «на все случаи жизни», как он сам его называл, долго с любовью смотрел на фотографию, лежащую между исписанными и изрисованными различными схемами страницами. На ней Юлия выглядывала из-за вековой сибирской сосны и улыбалась. Снимок был сделан в яркий солнечный летний день на высоком живописном берегу реки Томи в Лагерном саду. Петри глубоко вздохнул и поцеловал изображение любимой женщины. Выпив предложенное стюардессой вино, он заметно повеселел.

— Ты знаешь, — обратился Петри к Николаю, — мне очень понравилась схема регионального тиражирования вашей... то есть уже нашей аутсорсинговой модели.

Николай фиксировал в лэптопе анализ результатов командировки и ответил товарищу не сразу. Закончив печатать предложение, повернулся к скандинаву:

— Это еще пока далеко не конечная модель — лишь самое начало, зарождение. То, что мы увидели, — работа партнерской компании, которых у нас достаточно много. Но от других они отличаются тем, что хотят и целенаправленно перестраивают свою деятельность именно в направлении создания бизнеса, встраивающегося в нашу концепцию. Когда мы будем уверены, что они окончательно приняли нашу модель, то либо купим их, либо зафиксируем отношения на принципах франчайзинга. Такая договоренность присутствует.

— Что мешает сделать это прямо сейчас? Зачем откладывать?

— Мешает их ментальность. Необходимо добровольно расстаться со своей гордостью — земельным банком, с неимоверным трудом приобретенной техникой, с закромами хлебоприемного предприятия, где пекутся свежие ароматные булочки, перестроить мотивацию, переучить кадры... А что такое для крестьянина расстаться с землей? Ре-во-лю-ция! За одно мгновение не получится. Это нам, горожанам-бизнесменам, просто. А для человека земли ох как сложно!

— Получается, крестьянская ментальность — объективный тормоз нашего развития?

— Получается.

— Мы в силах изменить ситуацию?

— Массово — нет. Да и не требуется. А вот точечно — можем. Ментальность — и наше ограничение, и одновременно инструмент мотивации при продвижении.

— Не понимаю тебя, — огорченно произнес Петри.

— Какой значимый фактор для принятия решения крестьянином, как считаешь?

— М-м-м… Деньги?

— Ноу. Не угадал. Мнение соседа! На каких машинах нас возили по полям?

— На «тойотах-лэнд-крузерах»…

— А когда мы были с тобой в Казахстане?

— На «лэнд-крузерах»…

— А какая сейчас служебная машина у Виктора Дмитриевича?

— «Лэнд-крузер»…

— Улавливаешь закономерность? Если у успешного соседа фермера есть «тойота-лэнд-крузер», то и я как уважающий себя крестьянин должен иметь такую же. «Продай последние штаны, а после бани выпей обязательно!» — Суворов с Петром Первым не просто так совет давали. Сопричастность! Сопричастность к успеху в значимой для себя социальной среде. А теперь спроецируем ситуацию на пару лет вперед. Когда-то в прошлом неимоверно озабоченные, как и все российские крестьяне, а теперь спокойные, с умеренной долговой нагрузкой томичи пересядут с «крузака» на внедорожный «лексус», на котором будут разъезжать по окрестным Дням поля и которым неизбежно похвастаются на какой-нибудь ежегодной зерновой конференции.

— И?

— И? И лучшую рекламу нам сложно придумать. Не надо будет никого уговаривать, очередь из желающих купить нашу семенную франшизу выстроится до Ялуторовска от Алма-Аты через Урал. Поверь мне! Именно такой способ продвижения семян мы успешно применяем. Чего только мы не испробовали за прошедшие три года?! А вот мнение соседа оказалось самый действенным рыночным мотиватором! В том числе и внутри компании для нашего персонала. Сегодня работать у нас престижно. О зарплате речи никто не заводит — она достойная, и далеко не главный мотиватор. Жить в Ялуторовске и работать в «АгроИнТехе» — мечта успешного жителя «лучшего города Земли»!

— Как интересно! — Петри конспектировал за Николаем. — Очень неожиданно! Если бы нам в магистратуре задали такой кейс, точно никто бы не угадал. Николай! Я при работе с тобой открываю для себя не только другую Россию, но и другой бизнес!

— А еще и личную жизнь успеваешь устроить! Надо будет намекнуть вашему головному офису, что не зарплату тебе платить надо, а еще и брать с тебя плату за такие возможности, — засмеялся и поднял пластиковый стакан с вином Николай. — За твое семейное счастье, Петри! И за наш успех!

11

Стоянка у англиканской церкви была забита автомобилями. Ксения притормозила, пытаясь найти место для парковки. Идущая навстречу женщина махнула рукой в сторону дороги, показывая, что другого варианта припарковаться уже нет.

Мощные аккорды органа уведомляли, что концерт начался. Купив на входе билет, свободное место удалось найти только на боковой скамейке. «Кто бы мог подумать, что концерт начнется вовремя?» — Ксения посмотрела на часы, которые бесстрастно укоряли ее за опоздание на десять минут. — Ах да, не американцы. Хор немецкой комьюнити из столицы Канады, а немцы — народ пунктуальный!»

Высокое сводчатое пространство церкви обеспечивало хорошую акустику. Лишь свисающая с потолка над сценой лампада, единственная небольшая икона на боковой стене да невысокий крест на пьедестале сбоку от сцены указывали на основное духовно-культовое предназначение зала.

Хор основную часть программы пел на немецком языке. Зрители, в большинстве своем с немецкими корнями, довольно дружно подпевали, подглядывая слова песен в программах. То ли из-за того, что не могла понять смысл песен, то ли из-за того, что не настроилась на концерт, Ксении никак не удавалось абстрагироваться от рабочих мыслей и просто получать удовольствие от музыки.

Сегодня утром радостный Генри сообщил по телефону, что, по его конфиденциальным сведениям, бизнесом «АгроИнТеха» серьезно интересуются итальянцы, и есть шанс, что скоро состоится удачный выход из проекта. Если догадки подтвердятся, то русский проект будет самым успешным за все время деятельности фонда Генри. «И фонда Ксении?» — как бы мимоходом поинтересовался он. Весь день Ксения думала: радоваться или огорчаться новости?

Наступила очередь сольных партий. Тучный солист пел ужасно! А вот молодая меццо-сопрано была великолепна! Таким голосом можно украсить практически любой оперный театр.

«Быстрый выход из проекта сулит фонду хорошие показатели. Инвесторы и акционеры будут довольны! Но возможность знать больше о жизни Николая пропадет. Одна хорошая новость, одна — неизвестно какая...»

Квартет солистов сорвал громкие и продолжительные аплодисменты.

«Может, и хорошо, что пропадет? Меньше буду знать — спокойнее буду жить?»

Хор перегруппировался, встав в несколько рядов на краю сцены перед зрителями. Три флейтистки красиво «плели ажурное кружево» вокруг старонемецких мелодий.

«Сама себя обманываю... Какая же я дура! Нельзя смешивать чувства и работу! А я смешала, еще и переживаю... Сама виновата!»

Аккомпаниатор на фортепиано сдержанно раскланялась и, несмотря на продолжающие аплодисменты, снова села за инструмент. Ксения взглянула в программку, где значилось, что аккомпаниатор — Галина Булкина из России, город Ялуторовск. «Надо же, какое случайное совпадение... Или не случайное?» — задумалась Ксения.

Дирижер повернулась к залу лицом, взмахнула несколько раз руками, и зал дружно затянул традиционную английскую песню. Ксения попыталась присоединиться к общему настрою и негромко запела.

«Еще неизвестно, чем закончится история с итальянцами. Чего переживать раньше времени? Чего вообще переживать?! Смешно! Словно школьница!»

Орган короткими переливами придал торжественность окончанию концерта. Ведущий пригласил зрителей на небольшой фуршет в нижний зал для торжеств.

Аккомпаниатор со стаканом сока и пирожным одиноко стояла у окна.

— Галина? — Ксения заговорила по-русски.

— Да? — по-русски удивленно ответила женщина.

— Ксения! — представилась Ксения и протянула руку.

— Очень приятно!

— Спасибо за концерт, я получила громадное удовольствие! Не ожидала, что в Оттаве существует столь профессиональный немецкий хор. Вы тоже немка?

— Угадали.

— А как вы в Сибири оказались?

— По каким только поводам моих предков не высылали на север, — уклончиво ответила Галина.

Ксения поняла, что вторглась в личное пространство, и попыталась перевести разговор:

— Один мой знакомый, он сельским хозяйством занимается, недавно ездил в командировку в Россию и был в Ялуторовске. Вы же из этого города? Он там с очень интересными людьми встречался — Николаем Константиновичем, Виктором Дмитриевичем и еще с кем-то.

— Николаев везде много... — явно не стремилась поддержать разговор Галина. — Виктор Дмитриевич? Да, известная личность в наших краях, семеновод, насколько мне помнится. Бизнесменом одно время стать пытался, но что-то неудачно... Вы извините, мне нужно идти, помочь нашим разбирать партитуру.

«Не очень-то коммуникабельная сибирячка», — сделала вывод Ксения. — Зато на фортепиано играет хорошо!» И взяв несколько виноградинок, вышла из церкви.

12

Юрий Леонидович положил перед Николаем график передвижения итальянцев по России.

— Вот. Приключения итальянцев в России, — пошутил он.

— Непростые ребята, — изучая таблицу с номерами авиарейсов, названиями гостиниц и координатами визави по переговорам, задумчиво произнес Николай. — Как удалось добыть столь детальную конфиденциальную информацию?

— Работаем! — снова неопределенно отшутился руководитель службы безопасности.

— Ясно, ясно — секреты мастерства. Значит, сперва они посещают Белгородскую область и общаются с…

— С очень крупными землевладельцами из среды московской политической элиты, — продолжил Юрий Леонидович.

— Потом Ялуторовск — мы то есть… И завершают свое турне в Алтайском крае…

— С придворной местным властям аграрной полугосударственной корпорацией.

— Н-да… Мы не единственные в списке их потенциальных интересов.

— Переживаете?

— Отнюдь. В инвестиционной привлекательности нашего бизнеса у меня никаких сомнений нет, — Николай встал, прошелся по кабинету и продолжил: — Мы формируем привлекательность осознанно и целенаправленно с момента возникновения самой идеи о создании бизнеса. Результат виден по нашим вексельным и облигационным программам, по частным и венчурным инвестициям — проблем с привлечением финансирования нет. Вопрос достойного стратегического инвестора — лишь вопрос совпадения интересов и времени… Что ж, тем интереснее становится ситуация. А давайте соберем совет по развитию да пошевелим мозгами?

— Вам видней, — как всегда сдержанно отреагировал Юрий Леонидович.

— Вот и замечательно. Одна голова хорошо, а много умных — лучше.

Николай вызвал по селектору Светлану Александровну:

— Как у членов совета загруженность на следующий вторник? Уточните, пожалуйста, и назначайте заседание. Юрий Леонидович введет вас подробнее в тему встречи.

Виктор Дмитриевич прилетел в Москву ночным рейсом, выспался, поэтому все члены совета по развитию до начала заседания успели вдоволь наслушаться свежих анекдотов и от души насмеяться. Пришедший позже других Николай застал только последнюю историю.

— Короче… Главбух проверяет авансовый отчет сотрудника… по командировке. «Что это за космическая сумма?» — «Счет за отель». — «А кто вас уполномочил покупать гостиницу?!»

Увидев входящего в зал Николая, улыбающиеся члены совета расселись по креслам.

— Что будем делать, дорогие товарищи-коллеги? — открыл заседание Николай. — Каждого из вас с темой размышлений Юрий Леонидович предварительно ознакомил. Какие мысли, предложения?

— Встретим и проводим… как полагается… усе будет хокэй! — показал характерный жест выпивки и хитровато подмигнул Виктор Дмитриевич. — Можем и того… баньку там… шуры-муры… массажисток… Ну и это… чтоб всё путем…

— Виктор Дмитриевич!.. — укоризненно покачала головой Светлана Александровна.

— А че? — засмущался семеновод. — Токмо же ради дела!

— Думаете, на Белгородщине и на Алтае водки меньше или девчонки хуже? — Александр Анастасович был серьезен.

— Дык… тогда как?

— Думать надо, вот и собрались вместе мозгами шевелить.

— Давайте их того… в Тобольск свозим… Косторез… этот… как его… произведет впечатление — сто пудов!

— Идея хорошая, Тобольск никого не оставляет равнодушным, особенно иностранцев. А какие мысли по основной теме?

— По основной теме и стоит подумать серьезно, — вступил в разговор Николай. — Предлагаю сравнить нас с основными конкурентами. Оценим плюсы и минусы нашего шанса в борьбе за потенциального стратегического инвестора.

Светлана Александровна взяла маркеры и подошла к флипчарту:

— Чем сильны белгородцы?

— Земли в собственности немерено… и денег как грязи — бюджет столичный сливают, — Виктор Дмитриевич посерьезнел.

— А алтайцы?

— Почти то же самое… только денег меньше… Азия зато рядом… и порты.

— А у белгородцев — Турция и Ближний Восток. И порты тоже недалеко, — добавил консультант.

— У нас ни земли, ни портов… И транспортное экспортное плечо… такое, что… всю прибыль съедает. Засада… блин! — с досадой констатировал Виктор Дмитриевич.

— Зато до Казахстана всего двести километров, — успокоил сибиряка Александр Анастасович.

— Есть такое…

— Что-то заскучали? — Николай поднялся и встал рядом с помощницей. — Так хорошо начали утро с анекдотов и… Что случилось? Давайте встряхнемся, поиграем в ролевые игры! Не возражаете? Александр Анастасович! Вы будете руководителем итальянской компании, который делает доклад после возвращения из России перед своим советом директоров. Какие аргументы и выводы вы должны будете озвучить, чтобы совет принял решение стать нашим стратегическим инвестором?

— Фото с девчонками в бане! — рассмеялся Виктор Дмитриевич.

Светлана Александровна снова укоризненно покачала головой.

— А че?.. Железно сработает!

— Вряд ли итальянцев воодушевит брать на незнакомом рынке почти триста тысяч гектаров земли с громадной и громоздкой инфраструктурой, — поднялся с кресла Александр Анастасович. — Затраты на освоение и вложения в основные фонды слишком велики — могут подорвать материнский бизнес. Да и цена за бизнес, скорее всего, будет космическая, даже для них неподъемная. Модели бизнеса совершенно разные.

Европейский фондовый рынок, вероятно, отреагирует падением их акций — для инвесторов новость негативная. При всей внешней сладости вариант практически непроходной по совокупности затрат. Согласны?

Члены совета одобрительно закивали.

— Алтай… Земельный банк большой, но в разы меньше, чем в центральной части России. Даже при поверхностном анализе станет понятно, что бизнес живет исключительно за счет прямых и скрытых субсидий бюджета. Может, кто-то натолкнет итальянцев на эту мысль? — консультант хитровато заулыбался. — Рыночных продаж практически нет. Административную поддержку убрать — бизнес схлопнется достаточно быстро. Он не выстроен абсолютно — классическая современная российская придворная «постирочно-отмывочная» компания. За что платить и что покупать? Реальная оценка?

— Только надо соответствующие установки для аудита подсказать, — вставил реплику Юрий Леонидович.

— Зафиксируем, — Светлана Александровна сделала пометки на флипчарте.

— Теперь «АгроИнТех»… Модель бизнеса понятная — они сами примерно с аналогичной начинали. Это большой плюс. Затраты на рыночные вхождения оптимальные — фактически только за бизнес и замещение незначительных объемов оборотки. Компания выраженно клиентоориентированная, динамика развития — впечатляющая, перспективы расширения — неограниченные, интеграция с материнским бизнесом должна пройти практически безболезненно в силу похожих принципов построения. Что-то я упустил? — Александр Анастасович вопросительно оглядел зал.

В зал вошла заместитель главного бухгалтера, что-то быстро сказала своей руководительнице. Главбух подошла к Николаю и негромко передала поступившую информацию.

— Коллеги, — выслушав подчиненную, обратился он к членам совета. — У нас комплексная налоговая проверка. Внеплановая. И неожиданная — пусть они так думают. Заседание нам придется прервать, многие из вас задействованы в процессе, напоминать, кто и что должен делать, нет необходимости. Поэтому предлагаю следующее. Два конкурента в соревновании за стратегического инвестора нам известны — спасибо отдельное и огромное нашей службе безопасности. Александра Анастасовича назначаю руководителем проекта по подготовке к визиту итальянцев с максимальными полномочиями. Необходим глубокий анализ соперников, выработка аргументов и мероприятий для нашей победы. На проведение анализа и подготовку плана даю время до пятницы. Понимаю, что очень жесткий график, да еще и налоговики внимание отвлекать будут, но иных вариантов нет. В субботу встречаемся в полном составе и продолжаем обсуждение, этот день для всех вас будет рабочим, воскресенье — возможно, тоже, поэтому заранее планируйте семейные дела. Вопросы есть?

— Мне улетать... или как? — Виктор Дмитриевич уже стоял около выхода, держа в руках зажигалку и сигарету.

— Я попрошу вас остаться, — ответил Александр Анастасович.

Виктор Дмитриевич вопросительно посмотрел на Николая.

— Как сказал руководитель проекта, так и должно быть — он отвечает за результат, — Николай собрал бумаги и включил коммуникатор. — Еще вопросы? Вопросов нет. Всем спасибо. За работу!

13

****

— Почти неделя пролетела, Мыслитель, как мы с тобой общались в последний раз. Ты скучал по мне? Можешь не отвечать, даже лучше, если не ответишь. Если вспоминал — уже хорошо. Привет тебе! Ты уже дома или отмечаешь конец рабочей недели с друзьями или коллегами в пабе? Или флиртуешь с очаровательной незнакомкой в клубе? А может, смотришь в глаза любимой женщине в полумраке со свечами? Какие планы на выходные?

— О-го-го сколько вариантов! Здравствуй-здравствуй, женщина-загадка! Или ты мужчина? ☺

— Как ты можешь?!

— Шучу! Имею право, раз не знаю, с кем общаюсь.

— Намек понят, и как тактичная леди я сделаю вид, что ничего не слышала. И все-таки?

— Мой трудовой день еще продолжается, а прошедшая рабочая неделя, судя по всему, плавно перетечет в наступающую.

— Чего так?

— Дела разные…

— Хочешь помечтать?

— Давай попробуем!

— Представь себе, что ты закончил какой-то важный, значимый для себя проект. Например, тот, ради которого ты променял выходные на работу. Чем дальше займешься?

— О-о-о… У меня несколько существующих проектов, завершится один, продолжатся другие.

— И ничего в жизни не поменяется?

— Странные вопросы ты задаешь, неожиданные… Безусловно, поменяется. Ответ устраивает?

— Женщине свойственна неожиданность. Такой короткий ответ?

— Что ты хочешь услышать?

— Не знаю… Возможно, хочу узнать, изменишься ли ты сам, твоя судьба по окончании проекта?

— Давай, Собеседница, встретимся на следующие выходные, через неделю, пообедаем, и я тебе все расскажу?

— Я… буду занята… Расскажи сейчас!

— Как с тобой спорить? Ты же просто отключишься неожиданно и спорить будет просто не с кем… Сложно передать короткими фразами… Последний мой проект сильно изменил меня и продолжает менять.

— Даже так! В чем, если не секрет?

— Открываю потаенные закоулки моей души знакомой незнакомке… Очень во многом. Прежде всего в понимании моей миссии в этой жизни, в гармонизации моих убеждений и действий. Пафосно звучит, сильно заумно?

— Отчего же? А разве жизни бывают разные? Бывает «эта» и «другая»?

— Не знаю... Когда человек умирает, говорят: «Отошел к Господу». Если отошел, а не ушел, значит не умер? А если не умер, то просто переместился в другую реальность, в другую жизнь?

— Интересные и вечные вопросы... Верующее и неверующее в Бога человечество давно определилось в них, но каждый заново для себя ищет ответы. Вернемся к тебе. Чем займешься после окончания проекта, как жить планируешь?

— Надеюсь, жить буду ☺. Знаешь, когда я начинал последний свой проект, было желание выстроить его на совершенно иных принципах развития, чем обычно: более целенаправленно, более осознанно что ли.

— А как ты раньше бизнесы строил?

— Более эмоционально. Более ситуативно. Более соглашательски по многим «неудобным» факторам — в чем-то уступил немного я, за это не трогают меня. Например, оплатили дочке налогового инспектора обучение в институте, в ответ доброжелательное отношение к моему бизнесу во время проверок. И вроде дело хорошее сделал — ребенку помог, и от проблемы себя избавил. А по сути, сей факт банальной взяткой называется, если оценивать откровенно.

— Самокритично. Надеюсь, с повинной в милицию не пойдешь? А то и их рассмешишь и кто потом со мной беседовать будет? И все?

— Отчего же... Еще дела вел более процессно — четких установок на завершение проектов в голове никогда не держал. Тебя не пугают мои откровения?

— Отнюдь, мне очень интересно! А в последнем проекте?

— Последний проект... Я в него стараюсь вложить свою душу и нереализованные желания. Точнее — свое ви́дение того, как я хотел бы жить. Понятно, что бизнес лишь часть моей жизни, но во многом именно он определяет мои личные приоритеты и привычки. Все очень взаимосвязано.

— Получается?

— Хм... Наивно надеялся, что получится восемьдесят процентов из задуманного. По факту — примерно половина. В чем-то переоценил себя. Были потери, о которых не предполагал, — не всем оказался интересен и нужен мой другой мир, даже близким людям... Не все мои взгляды нашли одобрение и возможность для реализации по причине состояния общества вокруг меня — не думал, что получу столь серьезное сопротивление. Главный урок, который я усвоил: делая даже небольшие уступки своим прихотям и изъянам общества, получаешь в ответ одобрение и возможность лукавить перед самим собой, одобрение своим личным порокам.

— Малое рождает большое?

— Малое рождает большое…

— Интересно… Как повторное появление на свет. И как тебе живется с заново открытыми глазами?

— По-другому. По-другому, чем раньше.

— Не тяжело одному менять мир?

— Так перед Господом мы рано или поздно предстанем не коллективно, а индивидуально, ответ на смертном одре придется держать только за себя. Когда лежишь в гробу, своего окружения не видать — боковые стенки мешают ☺, только небо над тобой, только одна дорога — к Богу.

— Как непросто…

— Наоборот. Как раз все очень просто.

— Это *теперь* и для *тебя* просто. А мне еще надо многое постараться понять. Особенно актуально про взаимосвязь деловой и личной сторон жизни.

— Хочешь пример из жизни?

— Хочу!

— Для развития бизнесу часто необходимы инвестиции. К примеру, владелец бизнеса приглашает в партнерство частных инвесторов. У основателя бизнеса много мотивов и причин для развития своего дела: деньги, самоутверждение и куча других. У инвесторов чаще всего только один — максимально заработать при минимальных рисках. И волею судьбы они оказываются вместе. Кто такой инвестор для основателя дела?

— И кто же? Партнер?

— Партнер — слишком расплывчатое понятие. Не буду мучить: худший друг — лучший враг.

— Расшифруешь?

— Конечно! Худший друг потому, что рано или поздно их пути обязательно должны разойтись, и дружбе придет неизбежный конец. А лучший враг потому, что никто, кроме инвестора, не будет подвергать конструктивной и позитивной критике развитие бизнеса ради того, чтобы он был здоровее и эффективнее.

— Интересная теория, я ее обязательно запомню. А как данный пример с личной жизнью связан?

— Вот тут-то и начинается самое интересное! Когда я понял и принял для себя аксиому взаимоотношений «владелец — инвестор», я неожиданно посмотрел на себя с другой стороны. И меня осенило! Господь или судьба — для неверующих, является для меня и для любого человека самым настоящим частным инвестором! В меня инвестированы тело, разум и душа. Инвестированы в надежде увидеть на выходе из проекта какие-то значимые для Вечности ценности и результаты. Получить ожидаемые ценности и результаты невозможно без осознанно выстроенной миссии своей жизни, без четкого ви́дения своего будущего, без плана действий, без каких-то линий перехода из старого мятущегося состояния к гармоничному будущему, без конкретных шагов-проектов по изменению самого себя.

— Вот это да, глубоко копнул!

— Улавливаешь аналогию?

— Улавливаю ли я аналогию развития бизнеса и развития самого себя как личности? Сходство очевидно!

— Вот и ответ на твой сегодняшний вопрос: как я дальше жить планирую, поменяюсь ли персонально я и скажутся ли эти изменения на моем бизнесе? Ответ определенный в осознании и принятии закономерности: я начал строить *другой* бизнес, и *другой* бизнес начал менять меня. Теперь я стараюсь изменить себя сам, и через изменение меня как личности неизбежно произойдет изменение окружающей меня действительности, в том числе и моих бизнесов, и моих партнеров. Спираль развития. Где и над какими проектами я буду работать? С какими партнерами? Пока сложно загадывать. Но то, что изменения будут, я не сомневаюсь ни на секунду. И я к ним стараюсь подготовиться. Уф! Все, хватит обо мне! В очередной раз раскрутила ты меня на откровенность… Может, лучше по бокалу вина? Кстати, а какой ты видишь свою жизнь?

****

Экран мессенджера погас.

14

— Наверное, я не буду присутствовать во время визита итальянцев в Ялуторовск, — Николай включил громкую связь и, сложив руки у себя за головой, откинулся на спинку кресла. — Нецелесообразно, мне кажется.

— Почему?! — через небольшую паузу прозвучал из телефонной трубки недоуменный голос Виктора Дмитриевича. — Вы это... чего... на меня взвалить все хотите?

— А разве своя ноша тянет? — пошутил Николай.

— Дык по-разному... Конец моей карьере, чувствую...

— У итальянцев же акционеры не приехали? Да и президент воздержался — разумная позиция для первого ознакомительного визита, чтобы ненужный ажиотаж не нагонять. Будем учиться у иностранцев дела вести. Стратегию и тактику переговоров мы детально проработали. Сценарий отрепетировали. Подготовились основательно. Все хорошо.

— Так-то... Э-э-э... Не забыть бы че... Чтоб как в анекдоте не получилось... Знаете?

— Рассказывайте уж! Как вам отказать?!

Виктор Дмитриевич тяжело вздохнул:

— Карьера военного писаря окончилась после того, как в сочетании слов «Верховный главнокомандующий» он пропустил букву «л».

— Да не переживайте так сильно! Александр Анастасович будет с вами. Юрий Леонидович подстрахует. И ваши ребята — команда серьезная. Чего толпой носиться — напугаем только.

— На всякий случай... если потребуется...

— Виктор Дмитриевич! Мы же взрослые люди. Я не капризом руководствуюсь. Встреча с акционерами, представителем которых я являюсь, — это уже заявка на отношения. Уверен, что прилетающая делегация не имеет таких полномочий. Они должны объехать все варианты, запомнить, проанализировать и добросовестно передать информацию в штаб-квартиру. Не стоит бежать впереди паровоза. Мы с Аленой Макаровной должны выполнять роль резерва главнокомандующего, — Николай засмеялся, вспомнив только что услышанный анекдот. — Наступит и наше время. Но бремя первого удара вы должны принять на себя. Успокоил?

— Не-а...

— Ну хоть убедил?

— Ну-у...

— Уже хорошо.

— А Петри?

— Хороший вопрос. Что предлагаете?

— Дык... Пусть случайно как бы... совпадет... Он типа... к нам по своим делам приехал... Ну и... того...

— Рояль в кустах?

— Типа того...

— Мы с Петри завтра едем осматривать подмосковные владения его знакомого. Я поговорю с ним, и созвонимся. Договорились?

— Вы... это... постарайтесь, ага?

15

Новенький черный японский внедорожник «посигналил» фарами, увидев подъезжающего к стоянке Николая.

Еще не проснувшийся от долгого ночного телефонного разговора со своей сибирской избранницей Петри представил молодого мужчину за рулем: «Алексей, сын моих хороших московских знакомых».

Высокий загорелый молодой человек в бейсболке крепко пожал руку Николаю и заученно произнес:

— Привет! Как дела? Предлагаю перед дорогой выпить по чашечке кофе. Принимается?

— Да! Очень кстати! — Петри оживился.

— Может, чтобы время не терять, возьмем кофе в дорогу? — предложил Николай.

— Отличная идея! — Алексей энергично вывернул на Пятницкую улицу. — Я на выезде из города знаю замечательное небольшое кафе, там и отоваримся. Постараемся выскочить в область, пока трафик не начался.

— За рубежом жили? — поинтересовался у него Николай.

— А как вы догадались?

— «Приветкакдела», «трафик», бейсболка...

— В Австралии. Почти десять лет. Родители последние классы школы отправили доучиваться в Мельбурн. Потом

650

университет, магистратура по финансовому анализу фондовых рынков... Фак ю! — не сдержался он, едва увернувшись от подрезавшей его маршрутки.

— Может, нам с Юлей в Австралию поехать? — меланхолично пробормотал Петри.

— Петри! Проснись! — Николай потрепал по плечу сидящего впереди товарища. — Ты нам еще здесь нужен. В крайнем случае обеспечим тебе круглосуточную защиту.

— Спасибо, друг! — прочувствованно произнес скандинав.

Притормозив у неказистого крыльца небольшого кафе, расположенного на первом этаже старого девятиэтажного панельного дома, Алексей вернулся минут через десять с тремя стаканчиками кофе.

— Хороший кофе! — попробовав, не скрыл удивления Николай.

— Вид у кафе не очень презентабельный, соглашусь. Зато очень честный и имеющий вкус владелец, и на продуктах качественных не экономит — рекомендую. Этой дорогой всегда из города выезжаю. Как-то, прямо, как Петри сейчас, кофе захотелось просто нестерпимо — с друзьями в клубе тусили до четырех утра. Случайно и остановился, — пояснил он.

Узкое шоссе было недавно отремонтировано. Автомобиль успокаивающе покачивался по новенькому ровному асфальту. Петри допил кофе и тут же уснул.

— Так что же заставило на родину вернуться? — продолжил разговор Николай.

— Получил гражданство.

— А родители? Не захотели к вам присоединиться?

— Нет. Они там ни разу и не были.

— Интересно, ребенка отправили, а сами не были?

— Так получилось...

— Традиционный вопрос: и как для молодого россиянина Австралия?

— Нормально. Хорошее образование, признаваемое во всем мире. Теплый океан. Спокойные люди. Правда, через год начинаешь ощущать, что солнце всходит не с той стороны. Организм на другие ориентиры магнитных полюсов перестраивается — колбасит слегка и на родину хочется. Да и жарко очень. Я лично по снегу скучал. Не по горному, а по обычному, чтобы просто шел снег…

— Не жалеете, что столько лет были вдали от друзей, родных?

— Скучал. Зато теперь с австралийским паспортом никаких проблем с путешествиями по миру — визы не нужны. Да и мало ли что тут в России?.. Билет на самолет взял и… Австралийский паспорт — моя гарантия свободы. Я по-настоящему ощущаю сейчас себя человеком мира — дорогого стоит… Вот за это родителям громадное спасибо!

— А бизнес решили попрактиковать в России добровольно?

— Родители подарили мне два колхоза, в которые мы сейчас едем, дали эту машину в придачу и… — Алексей резко притормозил, пропуская втискивающуюся между ним и впереди идущим грузовиком легковушку.

Петри от резкого торможения на мгновение открыл глаза, но тут же снова уснул.

— Теперь с колхозами что-то делать надо. Вот Петри и предложил с вами познакомиться. Посмотрите, посоветуйте. Пока едем, расскажите, пожалуйста, о своей франшизе.

— Франшиза — достаточно условное название для нашего продукта. Это не типичная схема, — Николай с интересом рассматривал мелькающие за окнами автомобиля поселки и небольшие города. — Мы продаем не только бизнес-модель, технологии, обучаем персонал, снабжаем исходным материалом — семенами по льготным ценам, консультируем в процессе производства. Мы принимаем на себя обязательства по выкупу выращенной качественной продукции по фиксированным ценам или привязанным их к каким-то индексам.

— Уау! Форвардный контракт — инструменты цивилизованного рынка в сельском хозяйстве? Интересно! Что остается за нами?

— По большому счету — приобретение франшизы, исходного материала и следование технологии.

— В чем наша выгода?

— В том, что вы снимаете с себя массу головных болей по выстраиванию эффективного бизнеса и имеете заранее понимаемую прибыль.

— А если мы решим самостоятельно реализовывать продукцию?

— Пожалуйста. Если частично, сверх того, что должны поставить нам, — ваше право. Если хотите полностью взять реализацию на себя — тогда цена исходного материала для вас будет рыночная. С пониманием, что при такой схеме все риски по спросу на продукцию и колебанию цен вы принимаете на себя. У нас очень гибкая система, с каждым партнером мы обговариваем условия индивидуально и каждый год обязательно пересматриваем.

— Интересно… — повторил Алексей. — С кем-то вы уже работаете по такой схеме?

— В центральном регионе России пока нет, а вот в Сибири, на Алтае и в Казахстане — да.

— И как?

— Мы вам дадим координаты владельцев и руководителей хозяйств, напрямую поинтересуйтесь, чтобы объективное мнение получить.

— Обязательно!

Километров через семьдесят от Москвы свернули с трассы налево и остановились около небольшого рынка.

— Я сейчас, — Алексей вернулся с тремя парами резиновых сапог и, бросая их в багажник, пояснил: — Спецодежда.

Извилистая разбитая дорога по направлению к виднеющемуся впереди городу шла вдоль белокаменных массивных высоких стен большого старинного мужского православного монастыря. Петри поворочался от тряски и проснулся.

— Святые места у нас, народ даже из-за границы приезжает, — показывая на монастырь, комментировал местные достопримечательности Алексей.

Миновав небольшой городок буквально минут за десять, выехали на гравийную дорогу.

— Я сначала покажу вам одно наше уникальное явление, — Алексей свернул на боковую жутко разбитую грузовиками грунтовую дорогу.

— Ой! — Петри со страхом схватился руками за приборную панель и подлокотник.

Глухо урча, буксуя и переваливаясь с боку на бок, дизельный внедорожник медленно, но уверенно пробирался по глубокой, еще не просохшей от ночного ливня колее.

— Уважуха машине, не ожидал, — прокомментировал возможности автомобиля Николай.

Вскоре выехали на холм и остановились.

— Надевайте сапоги, — скомандовал Алексей и, переодевшись, пошел в сторону одиноко растущего на вершине большого развесистого дуба. — Вот, —указал он подошедшим Петри и Николаю на бьющий в паре метров от дерева источник. — По преданию, это святой источник. Обладает целебными свойствами. Земля вокруг вся нам принадлежит. Вон там речушка небольшая протекает. Я хочу рядом поставить гостиницу для паломников с рестораном. Ну и сервиса, конечно, добавить: бани, открытый бассейн, зимой — снегоходы, охота...

— Мы с Юлей будем твоими первыми гостями, — Петри зачерпнул руками воду из источника и омыл лицо. Николай сделал то же самое.

— Ну а теперь — производственная программа, — Алексей направился в сторону автомобиля.

Продемонстрировав мастерство вождения и завидные внедорожные качества азиатского автопрома, остановились метрах в пятидесяти от небольшого полуразвалившегося деревянного домика.

— Штаб-квартира агрохолдинга, название которому еще не придумали, — весело пояснил землевладелец. — Все здания местные жители уже давно на запчасти разобрали, сохранилась только эта бывшая кухня коровника. Раньше в колхозе было больше тысячи коров. Остались их гордые потомки, — за изгородью по колено в навозе понуро стояли не больше сорока истощенных животных. — Дороги до офиса нет, уж извините, пройдемте пешком.

Перепрыгнув через глубокую канаву, подошли к дому.

— Чаво свет у машины не выключили, сядет аккумулятор-то? — обратился к ним один из двух сидящих на завалинке и курящих мужиков.

— Не сядет, автоматически отключится, — очищая палкой грязь с сапог, ответил Алексей.

— На каком бензине работает? — спросил второй мужик.

— Дизель.

— Врешь! А чаво движок не трещал тогда?

Не ответив, Алексей открыл дверь и пригласил гостей войти. В маленькой комнатке, размером примерно три на четыре метра, за столом, накрытым протертой до дыр клеенкой, сидел мужчина пенсионных лет в кепке и очень коротко стриженая и выкрашенная в яркий алый цвет полная женщина неопределенного возраста.

— Председатель объединенных колхозов и главный бухгалтер, — не называя имен, представил их Алексей. — Ну, расскажите гостям, какими мы обладаем активами и пассивами.

— Че вокруг видите, тем и обладаем, — закуривая, недоброжелательно произнес мужчина, не поздоровавшись и не предложив гостям присесть. — Еще уазик, на котором езжу.

— Какой штат в фирме, сколько постоянного и временного персонала работает? — задал вопрос Петри.

— Мы и есть весь штат. Еще сторож и пастух — он же дояр, на крыльце курят, встретили их, поди.

— А с доходами что?

— Одну флягу молока в неделю в город на приемный пункт отвозим — вот и все доходы, — вступила в разговор женщина.

— Живете-то как тогда? — не удержался Николай. — Судя по земле, раньше овощеводством занимались.

— Занимались, — затушил недокуренную сигарету председатель. — И хлеб сеяли. А как страну развалили, так все и у нас развалилось. Народ разбежался, в деревне несколько домов осталось, старики в основном…

— Бензин же для уазика на что-то покупаете? Зарплату четырем человекам платите. На один бидон молока в неделю не пошикуешь.

— Зарплата у нас небольшая, председатель получает две с половиной тысячи рублей, я — две, сторож с пастухом по восемьсот.

— Еще даем московскому ипподрому сено у нас косить, чтоб на электричество и налоги немного наскрести, — добавил председатель.

— М-м-м… — пытался сформулировать вопрос Петри.

— У меня нет больше вопросов, спасибо, — Николай кивнул хозяевам головой и вышел на улицу.

— Была мысль стадо до двухсот голов довести, молоковоз купить… Народ можно из соседних деревень вахтовками возить. Если потребуется, соседние колхозы прикупим, — вышел следом Алексей.

— В России молочный бизнес рентабелен при стаде более чем тысяча голов, — глядя на несчастных животных сказал Николай. — Иначе просто потеряете время и деньги.

— Петри мне примерно то же самое объяснил. И предложил купить вашу франшизу. А что вы посоветуете? Только объективно, пожалуйста!

— Возвращаться в Австралию, — полушутливо-полусерьезно ответил Николай. — Продолжайте совершенствоваться в анализе развивающихся рынков — со знанием русского языка будете весьма востребованы. А если останетесь здесь, то лучше покупайте наши франшизу. Для вас, без опыта работы в сельском хозяйстве и в России, к тому же живущему в Москве, вряд ли может быть лучший вариант. Терять здесь нечего, — он показал рукой на коров. — Из чувства милосердия я бы их просто усыпил, на мясокомбинат в таком состоянии не примут, а откормить, сомневаюсь, что удастся… Или лучше людям раздайте, монастырю пожертвуйте, авось кому-то из буренок повезет, любовь к жизни возьмет верх.

— И все?!

— Пока все. А когда опыта наберетесь, обратите внимание на органическое направление — ваши земли уже больше десяти лет химикатами не обрабатывались, идеальные условия для «зеленого» земледелия. Москва и Питер недалеко, в этих платежеспособных мегаполисах однозначно будет устойчиво растущий рынок сбыта для экопродукции.

16

Петри с удовольствием собирался в командировку в Ялуторовск, предвкушая встречу с любимой, которая взяла внеплановый отпуск и во время его пребывания на сибирской земле обещала разделить с ним все тяготы служебных дел.

Гостиничный люкс с большой кроватью и абонементом в спа-салон забронировала предусмотрительная Светлана Александровна. Юлин скорый фирменный поезд должен был прибыть в Тюмень на три с половиной часа раньше самолета Петри, и девушка обещала встречать возлюбленного в аэропорту, чтобы вместе поехать в отель.

— О нет! — Петри взялся за голову. — На каком основании?! — схватил он в сердцах за руку проходящую мимо стюардессу.

— Нам необходимо высадить двоих по производственным причинам.

— Какие могут быть причины, когда сто пятьдесят человек летят из Москвы в Тюмень, а двух человек надо забросить в Новосибирск, на тысячу с лишним километров дальше? Мы пролетим не одно, а почти два расстояния!

— Но мы с вас не берем платы за двойной тариф, — невозмутимо парировала сотрудница одной из лучших по каким-то рейтингам российской авиакомпании С7. — В Новосибирске расположен наш головной офис, и два наших топ-менеджера летят туда не по своим личным делам, а по служебным, поэтому нечего возмущаться, товарищ, — она недовольно выдернула руку. — Если у вас есть претензии, соберите пакет документов и подайте в суд. А если не прекратите скандалить на борту, мы будем вынуждены после приземления вызвать милицию!

— Почему не предупредили до взлета, а только сейчас?

— А вы хотели устроить истерику в аэропорту и задержать рейс?

— Но меня будет встречать любимая, — поняв всю безвыходность ситуации, слабо пытался последним аргументом убедить стюардессу Петри, как будто от нее зависело решение.

— Ничего страшного, если любит — дождется, — ледяным тоном поставила точку в диалоге представительница частного авиационного бизнеса и пошла дальше по проходу.

«Боже мой! Боже мой! — бормотал скандинав, в печали покачивая головой из стороны в сторону. — Рассказывал мне Николай аналогичную историю про себя и эту авиакомпанию, но я только посмеялся. Урок мне! Теперь остается смеяться над собой. Бедная Юлечка! Больше суток в поезде, и долгие часы ожидания в аэропорту… Она даже не знает названия нашего отеля. Обратный билет я обязательно поменяю. Пусть потеряю деньги, но проголосую за такой сервис „ногами“. И друзьям

657

всем обязательно напишу — объявим международный бойкот беспределу!» — строил коварные планы мщения влюбленный мужчина.

Юля мирно спала на сиденьях на втором этаже аэропорта. Петри встал на колени и нежно погладил девушку по голове.

— Ой! — вздрогнула она и открыла глаза. — Любимый! — крепко обняла и замерла.

— Любимая! — Петри целовал ее лицо. — Прости! Прости меня!

— Что ты? Что ты? — в ответ повторяла она. — У тебя все хорошо? Я так за тебя переживала! Лучше бы ты поехал поездом!

— Да, ты права. Поехали скорее в отель, я по дороге все расскажу.

17

Шумные итальянцы заполнили собой все пространство офиса. Громкие голоса раздавались отовсюду — из приемной, коридора, каждого кабинета, кухни и даже туалета.

— Блин!.. Дурдом какой-то!.. — Виктор Дмитриевич затушил в пепельнице сигарету. — Такое чувство, что их не пять человек, а… сто пятьдесят пять!

— Экспрессивная горячая нация, — невозмутимо констатировал Петри.

— Э-эт я уже допер…

— Потерпите еще пару часов, пообедаем и увезу их на вокзал.

— Скорее бы уж… Ну как… нормальное впечатление у них?.. Как думаете?

— Похоже, сложилось позитивное впечатление. Вы молодец, хорошо презентовали бизнес! Особенно про серый рынок, мнение соседа, риски связываться с государством и владения землей — задумаются теперь. И директор неплохо экономику аутсорсинга изложил. Даже я в очередной раз с удовольствием послушал.

— Дык… — семеновод довольно заулыбался, — только че-то переводчик… тупил?

— Термины специфические. Да и анекдоты ваши перевести не так просто. Я как-то пытался, чтобы отправить своим знакомым на родину, и понял, что несмешно. По-русски смешно, а вот с переводом... Ну как объяснить, где надо смеяться над фразой: «Сегодня повесился очередной переводчик Виктора Степановича Черномырдина»? Никто никогда не поймет.

— А вы-то того... уже понимаете?

— Не сразу и не все пока. Но что-то уже понимаю. Мне так кажется.

— Женитесь на нашей — тогда поймете, что такое... настоящее счастье!

— Да?

— Да... но будет уже поздно... — рассмеялся Виктор Дмитриевич. — Шутка... кенгуру!

— Кто? — не понял Петри.

— Запишите в свой блокнот, вечером узнаете, — открывая форточку, пояснил сибиряк.

18

Николай повертел в руках пакет с обратным адресом канадского посольства в Москве. Усталость брала свое. Активная переписка и перезвоны с итальянцами в последнюю неделю не позволяли вырваться с работы раньше одиннадцати-двенадцати часов вечера. Бросил письмо на стол, посмотрел на себя в зеркало: «Н-да... мешки под глазами... Срочно в душ и спать! Все остальное утром».

Организм проснулся, как обычно, в начале шестого утра, и сколько ни уговаривал себя Николай еще поспать, сон категорически отказывался возвращаться. Открыл шторы и окно. Шум никогда не засыпающей и поэтому никогда не просыпающейся Москвы мгновенно ворвался в гостиную. «Раньше человека по утрам будило пение птиц, теперь — гул моторов и автомобильных покрышек. Нормальным такой расклад не назовешь», — констатировал он состояние цивилизации, включил музыкальный комплекс, поставил диск с песнопениями в исполнении хора Сретенского монастыря и начал утреннюю разминку.

«Пора остановиться, пока не загнал себя и народ. Вечером всех выгоню с работы ровно в шесть и сам пойду в бассейн. Как говорила моя бабушка, царствие ей небесное, что твое, то и будет твоим, — нечего переживать. Если итальянцы — наш вариант, то никуда не денутся, а здоровье потом ни за какие деньги не купишь».

Закончив получасовую разминку, облился ледяной водой, фыркнул от удовольствия и включил «Планету образования» на телеканале «Евролайф». Ведущая программы пакистанской внешности на неплохом английском, заглушаемом русским переводом, рассказывала о бразильском инновационном опыте начального образования, которое внедряет в стране энтузиаст-женщина, закончившая престижный американский университет и вернувшаяся на родину. Новый подход к образованию позволяет детям из малообеспеченных семей добиваться высоких результатов в учебе, что открывает им и их семьям дверь из нищеты в достойную жизнь. «Какая умница! Больше бы таких людей на земле, — он достал ручную кофемолку и стал молоть кофе. — А я? Что полезного и важного для детей делаю в жизни я?» Поставил турку с кофе на плиту и задумался: «Деньги. Пока делюсь только деньгами или вещами. Мало. А возможно, и не совсем даже верно. Деньги приходят и уходят, а дети каждую секунду живут один на один со взрослым миром. Не рыбой надо делиться, а учить ловить рыбу… А когда с моей занятостью? Со своими детьми и то вижусь редко. Отговорка, брат, не ври сам себе…»

Кофе чуть не сбежал, в последнее мгновение Николай успел поднять турку над комфоркой.

«Справедливая критика принимается, буду серьезно задумываться. Не бизнесом единым жить должен я, однозначно. Проехали мы этот этап моей биографии. Может, центр по развитию навыков и талантов детей открыть? Заодно и своих дочурок к работе привлеку».

Приготовив завтрак, распечатал полученный вчера конверт. Лаконичное послание на бланке канадского посольства в вежливой форме приглашало господина Николая Константиновича пройти медицинское обследование в любом из аккредитованных посольством медицинских центров в течение трех месяцев. В случае отказа пройти обследование, о чем просят уведомить, процесс получения вида на жительство становится невозможным.

«Та-ак, на следующей недели и приступим», — Николай допил кофе и в хорошем настроении от полученного уведомления и от правильных утренних мыслей поехал в офис.

Во вторник к восьми утра Николай уже стоял перед дверью уполномоченного врача. На удивление, очереди не было.

— Так-с, раздевайтесь, — произнес доктор, заполняя карточку и глядя на посольскую анкету. — Значит, в Канаду на ПМЖ собрались?

Николай молча раздевался.

— Так на ПМЖ собрались? — переспросил врач.

— Если я отвечу «нет», вы удивитесь?

— А что, нет?

— Ответ очевиден — в анкете все указано. Зачем вопрос? Может, перейдем к обследованию?

Сделав обиженный вид, доктор начал осматривать Николая.

— Кем вы раньше работали?

— Последние десять лет, о которых я обязан подробно рассказать посольству, я работаю в должности «сам себе хозяин».

— Не работаете? — не понял врач.

— Я предприниматель, — пояснил Николай.

— А что за бизнес? — настойчиво продолжал задавать вопросы медик.

— Давайте расставим акценты. Вас интересуют направления деятельности или имел ли я вредные условия производства? Живу в Москве, вредные производства не развиваю и на них никогда не работал.

— Судимости были?

Николай усмехнулся:

— Нет.

— Почему вы так негативно реагируете на мои вопросы? — раздраженно спросил врач.

— Потому что у меня складывается двоякое ощущение: я на медицинском обследовании или на скрытом допросе? Если

661

первое — задавайте вопросы прямо. Если второе — имею право отвечать так, как считаю нужным. Первое или второе?

— Анализы сдадите во втором кабинете, мы их отправим в Лондон, — подавая направления, холодным тоном произнес доктор. — Результаты обследования будут напрямую направлены в посольство. Ко мне есть вопросы?

— Я здоров?

— «Сам себе хозяин» столько лет, да с таким хорошим здоровьем и на свободе? — язвительно ответил вопросом на вопрос врач.

— А я чту уголовный кодекс, — подмигнул Николай и пошел сдавать анализы.

19

Коленька с Руссиком уснули. Ксения разожгла камин и легла на пушистый ковер. Дрова уютно потрескивали, постепенно вытесняя теплом из гостиной прохладу и сырость прибрежного вечера. Новый дом и Ксения еще привыкали, притирались друг к другу. Коленька не заметил ни смены жилья, ни отсутствия Сергея. Русська тщательно обнюхал каждый сантиметр новой норы своей «стаи» и, не найдя никаких угроз, определил для себя любимые места отдыха: около камина и под деревянным обеденным столом — имитация персональной норки в большой общественной норе.

Ксения открыла компьютер и набрала в поисковике фразу «Как прясть из собачьей шерсти», достала подаренную русскими друзьями прялку и пакет с шерстью Русса, попыталась спрясть пряжу. Пальцы не слушались, нить выходила то тонкая, то толстая, то вообще рвалась.

«Как-то же наши бабки и прабабки пряли?! Терпи и учись. Не боги горшки обжигают! — уговаривала она себя, но терпение закончилось довольно быстро. — Ладно, для первого раза достаточно. Будем считать, что начало положено».

Заварив травяной чай, взглянула на разбросанные по ковру труды рук своих: «Могла ли я подумать еще пару лет назад, что буду жить одна, без Сергея, с сыном и собакой, да еще и начну заниматься рукоделием? Ни-ког-да! Никогда не говори ни-ког-да...»

Сев на ковер, включила мессенджер и набрала Николая. Беседы с ним поддерживали ее, укрепляя уверенность в себе, в принимаемых решениях. И не важно, что не обсуждались конкретные темы ее личной жизни, просто после каждого разговора приходило ощущение спокойствия.

Николай не отвечал. Ксения легла на спину, закрыла глаза и, разморенная жаром камина, мгновенно провалилась в глубокий сон. В очередной раз ей снился один и тот же навязчивый сон-мечта, как она в вечернем платье сидит рядом с Мыслителем на берегу океана. Они молчат и смотрят на лунный след на поверхности воды. Веет ночной прохладой. Он заботливо накрывает ее пледом, она благодарно прячет свою ладонь в его руке, и чувство полнейшего спокойствия и беспричинной радости овладевает ею…

20

— Что?! — Николай резко затормозил.

Сзади мгновенно раздались недовольные сигналы. Съехал на обочину и включил аварийную сигнализацию. Откуда ни возьмись рядом вырос милицейский автомобиль, и в окно постучал милиционер с висящим на груди автоматом:

— Предъявите документы, пожалуйста!

— Пожалуйста, — опустив стекло и не выходя из автомобиля, Николай протянул документы.

— Та-ак, — сверяя фото с Николаем, задумчиво произнес милиционер. — Уважаемый товарищ… Николай Константинович… Вы создали аварийную ситуацию на дороге и дополнительно остановились там, где это запрещено.

Николай согласно кивал.

— Что будем делать?

— Не знаю, — Николай безразлично пожал плечами.

— Вы пьяны?

— Я абсолютно трезв.

— Так что будем делать? — оглядываясь повторил вопрос милиционер, явно напрашиваясь на «правильный» ответ.

— Что полагается по закону, то и делайте.

— Наверное, вам придется проехать с нами на медицинское освидетельствование.

— В какое отделение? — громко спросил Николай.

— В т..три..ое, — невнятно ответил страж порядка.

— Почетче, пожалуйста, я не услышал, — и повернувшись лицом к микрофону громкой связи сказал: «Светлана Александровна! Я не буду выключать громкую связь, включите запись разговора и вызовите срочно нашего адвоката. Пусть подъезжает в отделение милиции, которое сейчас более четко произнесет... — он посмотрел на погоны милиционера и добавил: — Товарищ старший лейтенант?..»

Милиционер ничего не ответил и отступил на шаг назад от автомобиля.

Николай опустил стекло до упора и обратился к старшему лейтенанту:

— Мне только что сообщила помощница, что умер мой товарищ и партнер, понимаете? И я абсолютно трезв. Хотите — штрафуйте, хотите — поедем на экспертизу. Только результат известен заранее, плюс в течение получаса подъедет мой адвокат, а без него я ничего не буду подписывать. Оцените ваши усилия и последствия — и принимайте решение.

Милиционер напряженно-вопросительно обменялся взглядами с сидящим в машине напарником и вернул Николаю документы.

— Надеюсь, трех минут вам хватит, чтобы успокоиться и уехать с обочины, это правительственная трасса, — не прощаясь и не желая счастливого пути сел в служебный автомобиль, и через пару мгновений дорожный патруль затерялся в потоке.

— Спасибо, Светлана Александровна, можно выключить запись и дайте отбой адвокату, ситуация разрешилась, — Николай закрыл стекло машины. — Когда и как это произошло?

— В пятницу после обеда, как обычно, Виктор Дмитриевич с друзьями поехал на рыбалку километров за триста от Ялуторовска. Пожарили шашлыки из жирной свинины и выпили холодного пива. Видимо, хорошо выпили. Вы же знаете, он вина не пил, а пиво любил. К ночи прихватило селезенку — это по словам жены, которая сейчас звонила, результатов вскрытия еще нет. На следующий день стало хуже, но возвращаться не захотел. В воскресенье боли усилились. Мобильная связь в тех местах не берет. Пока доехал до дома, вызвали скорую — приехал какой-то мальчик, уколол болеутоляющее. В общем, сегодня ночью Виктора Дмитриевича не стало…

Николай стучал пальцами по рулю.

— Чаще всего смерть приходит неожиданно и не вовремя… Совсем не вовремя… Светлана Александровна, дорогая, возьмите, пожалуйста, решение всех организационных вопросов относительно похорон на себя. Свяжитесь с коллегами из «АгроИнТеха». Закажите авиабилеты и гостиницу для всех, кто должен или хочет ехать прощаться… Э-эх… — печально вздохнул. — Да, естественно, отмените мои встречи и… минут через тридцать-сорок я буду.

В офисе было непривычно тихо — новость о смерти Виктора Дмитриевича разнеслась мгновенно. Николай сел за свой рабочий стол и открыл на компьютере последнее письмо от него, полученное в пятницу утром.

****

Здравствуйте Н. К.

Для итальяшек пакет отшлифовали. В понедельник с утра взгляну свежим взглядом и вышлем. Будут еще какие задания? Собрались бы как-то к нам на рыбалку, а? Заодно по маленькой на удачу пропустим? Анекдот хотите для поднятия настроения?

В час ночи на кухне… супруга чистит… тую скользкую холодную рыбину и раздраженно высказывает своему мужику-рыбаку: «По-человечески тебя прошу, на рыбалке ПЕЙ ВОДКУ!»

С крестьянским приветом В. Д.

ПС Губит людей не пиво! ☺

****

Игорь Олегович постучался в открытую дверь кабинета:

— Не помешаю?

— Не помешаете, — Николай оторвался от тягостных мыслей.

— Я по поводу семьи Виктора Дмитриевича пришел. Что будем делать?

Николай задумчиво вертел в руке карандаш:

— А что делать? Похороны и памятник возьмем на себя, естественно. Материальную помощь окажите, как полагается. Его зарплату перечисляйте семье.

— Да, хорошо, с этим понятно все. А если продадим «АгроИнТех», кто семью поддерживать будет, он же к нашему основному холдингу никакого отношения не имел? А иностранцы уж точно не захотят принимать на себя лишние обязательства.

— Тогда наступит время моих проблем. Вернее — обязательств, — поправился Николай. — Моих персональных перед его семьей.

21

«Джорджио Юстэчайо Персико», — медленно вслух проговорил Николай, запоминая произношение имени и фамилии прилетевшего на переговоры президента Sole Sementi s.p.a.

С минуты на минуту итальянцы должны были подъехать в офис. Светлана Александровна все утро внешне была, как обычно, абсолютно спокойна, хотя все хлопоты по встрече делегации лежали в основном на ней.

— Чай, кофе? — словно читая его мысли, поинтересовалась она, заглянув в кабинет.

— Дождусь гостей.

Петри и Алена Макаровна в знак солидарности закивали.

— Хорошо. Они уже в десяти — пятнадцати минутах от офиса, водитель только что звонил.

— Как они?

— Долетели удачно. С паспортным контролем и багажом проблем не было. Метрополь впечатлил. Повозила их немного по вечерней Москве. Поужинали плотно, хоть и на ночь, аппетит хороший. Так что бытовых проблем никаких.

— А настроение у Джорджио?

— По внешности и повадкам — итальянец-итальянец. Чувствуется, что умный. О делах не говорил.

— А по косвенным признакам?

— Настрой, судя по всему, решительный. Но… мне показалось, явно что-то обдумывает, определяется — пару раз наши бумаги во время ужина доставал.

Вот, кстати, они подъехали, извините, — услышав итальянскую речь, пошла встречать гостей помощница.

Элегантный невысокий жгучий брюнет лет сорока пяти — сорока восьми буквально ворвался в кабинет. Широко улыбаясь, обнял Николая. Чуть отклонившись назад и держа левой рукой Николая за плечо, правой Джорджио крепко сжал в рукопожатии его ладонь. Если бы присутствующие при этой сцене сотрудники офиса и коллеги итальянца не знали, что мужчины встречаются впервые, могло сложиться впечатление долгожданной встречи добрых друзей после длительной разлуки.

— Gucci Pour Homme? — не отпуская Николая, задал неожиданный вопрос Джорджио.

Николай согласно кивнул.

— Обожаю этот запах! — воскликнул итальянец и, показав на свои волосы, экспрессивно добавил: — Я тоже им пользуюсь! Слышал, скоро его перестанут выпускать. Как такое может быть?! О! Прошу прощения за мою вольность! — он элегантно поцеловал руку Алены Макаровны и обменялся крепким рукопожатием с присутствующими мужчинами.

— Присаживайтесь, пожалуйста, — Светлана Александровна показала гостям на стоящие вокруг журнального столика кресла. — Чай, кофе?

— Кофе! — дружно ответили итальянцы.

— А где… Виктор — ваш эксперт по семенам со своими знаменитыми анекдотами? — после того как обе стороны были представлены друг другу, недоуменно поинтересовался Джорджио, заглянув в список участников переговоров.

— Он… умер, — Николай тяжело вздохнул. — Подготовил для вас все документы и… несчастный случай на рыбалке.

— Мне так жаль! — итальянец встал и приобнял Николая.

На лице Джорджио отразилось непритворное огорчение.

— Спасибо за сочувствие, и мы хорошо понимаем причину вашего расстройства, — Алена Макаровна не стала делать вид, что никто не заметил изменения настроения гостя. — Будь на вашем месте, у меня бы тоже изменилось настроение. Отсутствие ключевой фигуры, разбирающейся в специфике бизнеса, — ощутимая потеря для любого дела.

— Отличный кофе! — попробовав и причмокнув, похвалил напиток итальянец.

— Заслуга Светланы Александровны, — отдал должное коллеге Александр Анастасович.

— О! Она великолепна! Мы вчера были просто окутаны ее заботой!

Не привыкшему к бурному выражению эмоций человеку могло показаться, что еще мгновение, и представитель итальянского народа сделает помощнице предложение руки и сердца.

— Позволю себе вернуться к значению в бизнесе нашего умершего партнера, — дав выплеснуться эмоциям Джорджио, продолжил Николай. — В стратегическом и операционном управлении в последнее время он участвовал как один из совещательных голосов. Его голос был очень важен для нас, мы внимательно прислушивались к нему, но он был одним из членов нашей большой команды. Семенной бизнес мы постарались выстроить так, чтобы потеря любой из ключевых фигур не приводила к катастрофическим последствиям для дела.

Итальянец заинтересованно оглядывал россиян.

— Как вы решаете такую сложную в любой стране задачу?

— Во многом — классически, через постановку корпоративного управления, внедрения различных технологий управления, культивирование принципов саморазвития. По функционалу — через подбор и подготовку кадров, резерва в том числе. Обучающаяся организация — это уже реальность нашей компании, — с гордостью ответил бизнес-консультант.

— Получается?

— Вместо ответа могу просто предложить оценить динамику развития бизнеса.

— Динамика впечатляющая! Я внимательно изучил все документы. В нашей компании мы шли к таким результатам в два раза дольше!

— Спасибо за признание! Мы тоже находимся под впечатлением от успехов вашей компании. Мне только очень жаль, что о вашем опыте мы узнали поздно. Если бы познакомились раньше, уверен, смогли бы избежать многих ошибок на своем пути, — сделал ответный комплимент Николай.

— О да! Вы рассуждаете как мудрый и дальновидный руководитель!

— Еще чуть-чуть и придется вами восхищаться как великим и лучезарным «Чух-Че», — наклонившись к Николаю, негромко и с улыбкой прокомментировал Александр Анастасович.

— Эту реплику можно не переводить, — обратился Николай к переводчице. — Поясните, что мой коллега напомнил мне о необходимости не забыть за беседой об обеде. Дорогие гости еще не проголодались? Есть предложение перенести продолжение беседы в уютное кафе «Лермонтов».

— Вы хозяева, мы подчиняемся! — руководитель Sole Sementi s.p.a. согласно закивал головой и показал в знак одобрения большой палец.

В ожидании закусок и вина Алена Макаровна рассказывала о виднеющихся из окон кафе зданиях, улицах и Пушкинской площади.

— Я читал о вашем Макдоналдсе. Говорят, он стал окном в капитализм для людей в России во времена перестройки, это правда? — поинтересовался Джорджио.

— Так же, как и джинсы, пепси-кола…

— А еще я читал, что это самый большой Макдоналдс в Европе, и в первый день работы ресторан обслужил тридцать тысяч посетителей. Фантастика! Молодцы канадцы, что не побоялись первыми выйти на ваш рынок!

— Канадцы? Разве не американцы? — удивился Петри.

— Конечно канадцы. А вы не знали? Обставили они янки, — итальянец засмеялся. — Зато наша итальянская пицца, как мне вчера объяснили, стала вашим национальным блюдом. А вот мы затянули, недооценили ваш рынок, — без паузы перешел Джорджио к деловой теме.

— Все в ваших силах. За взаимные успехи! За здоровье! — поднял бокал с вином Николай.

— Салют! — поддержал тост итальянец, и все присутствующие подняли бокалы.

Джорджио с интересом рассматривал исторический интерьер кафе. Попробовав горячее, закрыл глаза и отклонился назад:

— Фан-тас-ти-ко! Я обожаю Москву! Я обожаю Россию! Николай, мы оба понимаем, что оценивая ваш бизнес, наша компания выразила интерес к его приобретению, — он галантно с благодарностью кивнул официанту, подлившему вино в бокал. — Насколько я понимаю из нашей с вами переписки и телефонных разговоров, принципиальное решение вами принято?

— И так и не совсем. М-м-м… Боже, как вкусно! — Николай попробовал десерт из чернослива. — Во рту тает! Я бизнесмен. Моя деловая философия весьма проста: бизнес должен быть инвестиционно привлекателен с момента возникновения идеи и до бесконечности своего существования.

— Всегда? — удивленно переспросил Джорджио.

— Абсолютно всегда. И как минимум для трех категорий субъектов: инвесторов, команды и клиентов. Желательно, чтобы еще и для страны, в которой он развивается, но это уже из области неуправляемых рисков, практически форс-мажор.

— Белиссимо! — итальянец попробовал фирменный десерт. — Считайте, что у вас получилось.

— Благодарю. И как бизнесмен я всегда готов к продаже бизнеса. При условии адекватности цены.

— Это ваша личная позиция?

— Да, это моя персональная позиция. Но в нашем семенном бизнесе — это согласованная позиция всех акционеров. Правда, коллеги?

— Да, да, — дружно подтвердили Алена Макаровна и Петри.

— Вопрос только в цене? — Джорджио попросил официанта повторить кофе.

— Не только, — Николай посмотрел на Александра Анастасовича. — Коллега, что для нас, кроме цены, еще актуально?

— Обязательства перед коллективом, — мгновенно отреагировал консультант. — Минимальный мораторий на изменение штатного расписания на год и, естественно, гарантия занятости на тот же срок.

—Э-э-э… Непростой вопрос! — итальянец задумался.

—Безусловно. Мы не торопим с ответом.

— Вы не торопитесь продавать? — улыбнулся Джорджио.

— Я же в начале нашей беседы обозначил кредо — бизнес развивается в любом случае. Появление стратегического инвестора — лишь фактор времени.

Переводчик посмотрел на часы:

— Прошу прощения, у нас сегодня еще две встречи: в Торгово-промышленной палате России и в Итало-Российской ассоциации делового развития. Так как моя обязанность следить за графиком визита, можем ли мы продолжить обсуждение завтра с утра?

— В девять в нашем офисе. Устроит?

Переводчик посоветовался с Джорджио:

— Устроит. Нас устроит любой вариант до обеда. После обеда мы должны быть в министерстве сельского хозяйства и в ассоциации агропроизводителей. График очень плотный. Джорджио хочет максимально изучить условия бизнеса в России.

— Разумно, — Николай поднялся и протянул для прощания руку. — Мне очень приятно наше знакомство. Надеюсь, оно выльется в ожидаемые каждой стороной результаты.

22

Петри и Алена Макаровна периодически бросали тревожные взгляды на часы, которые показывали девять сорок, а итальянцев в офисе не было, и мобильный телефон переводчика не отвечал.

— Я уточнила у метрдотеля — из «Метрополя» они выехали примерно в половине девятого, — пояснила Светлана Александровна.

— Если через двадцать минут их не будет, мне придется уехать, сегодня как назло много дел в банке, — Алена Макаровна стояла у окна и слушала церковный колокольный перезвон.

— Я тоже, пожалуй, поеду, — Петри допил уже третью чашку кофе и все равно, не удержавшись, зевнул.

Настроение у всех стало пасмурным: хорошее начало переговоров и полная неопределенность через сутки…

671

Проводив партнеров, Николай открыл компьютер. Писем ни от кого не было. Новости федеральных СМИ тоже не отличались от вчерашних, можно даже и не читать — сплошной негатив. Уже собирался закрыть лэптоп, как замигал знакомый значок мессенджера.

****

— Знаешь, Мыслитель, о чем я размышляю? — без предисловий и приветствий возник на экране вопрос от Собеседницы. И не ожидая ответа Николая, появилось продолжение: — О разных реальностях бытия в жизни человечества и индивидуума.

— А здрасьте?

— Плохое настроение? Могу перезвонить позже. Хочешь? Привет тебе! ☺

— Привет! Я неожиданно абсолютно свободен и открыт для беседы.

— Замечательно! Тогда продолжу. Ведь говорят, сколько людей, столько и мнений. А почему? Все очень просто! Да потому что у каждого индивидуума свой мир, своя реальность, правда? Более того. Этот индивидуальный мир может меняться. Или осознанно, или под воздействием каких-либо обстоятельств. Возьмем какой-нибудь пример из истории современной России. Был человек известной фигурой в деловом мире, богатейшей фигурой. А его раз… да и закрыли в тюрьме по каким-то причинам. И появляется у бывшего бизнесмена возможность обдумать свою жизнь, определиться с ценностями… Выйдет этот человек на волю через много лет уже совсем другим, с совершенно иной своей реальностью. Он и обидчику по-своему благодарен, что дал ему эту возможность — изменить свою реальность. А окружающие, в том числе и обидчик, будут видеть в нем просто постаревшего кумира или обозлившегося врага. Эффект миража — старой персоналии уже нет, а все ее видят, точнее — хотят видеть. Потому что у персоналии изменилась реальность, а у большинства окружающих — нет. Конфликт реальностей?

Или я, например. Моя реальность двухлетней давности и моя сегодняшняя реальность — два абсолютно разных мира: и по ценностям, и по окружению, и по образу жизни. Какая-то преемственность, безусловно, существует, но в целом…

— В чем вопрос?

— Вопроса нет, мой Терпеливый Слушатель. Есть размышления из серии ночного созерцания звездного неба. Если на относительно маленьком участке поверхности нашей планеты столько разных миров, ну прямо как планет и галактик во Вселенной, которые в свою очередь могут меняться со временем, то как строить устойчивое общество? Или более приземленно: как строить свое дело и выстраивать свою личную жизнь?

Возьмем совершенно жизненную ситуацию: рядом живут наркоторговец, молодой талантливый инженер, священник, семья пьяниц с одаренным ребенком-художником, ну и еще кто-то… Реальность каждого кардинально не совпадает с реальностью соседа. Как в галактике: Солнце раскаленное, на Земле жизнь, Луна холодная и пустынная…

— И все-таки все планеты друг к другу притягиваются и находятся в галактическом равновесии?

— Притягиваются и отталкиваются одновременно…

— Если все притянутся друг к другу и сольются, то произойдет гигантский взрыв и катастрофическое изменение реальности.

— Значит, люди тоже никогда не смогут найти между собой общего языка? Ибо состояние массового слияния чревато непредсказуемыми последствиями… Как страшная сила толпы, когда свои могут затоптать своих же. Получается, разные реальности — это благо для человечества?

— Получается. Не зря же Бог не дал достроить людям Вавилонскую башню?

— Получается, не зря… А возможно ли управлять реальностями? Ну хотя бы своим персональным миром? В одном из наших разговоров ты упомянул, что стараешься строить жизнь не так, как раньше, — более осознанно. Получается, ты сознательно выбираешь путь изменения собственной реальности?

— Выбор я сделал сознательно. Но выбор — лишь мотивация к движению. Стараюсь не сбиваться с пути. Однако получается примерно половина из того, что я хочу.

— Не «только», а целая ПОЛОВИНА! Это очень много! Ибо миры вокруг тебя в большинстве случаев не меняются или меняются разнонаправленно. Сопоставимо с изменением траектории полета планеты. Легко ли ее поменять? Для любого серьезного устойчивого изменения необходима колоссальная энергия. Ей необходимо либо подчиниться, если она появляется помимо твоей воли, либо сгенерировать самостоятельно. Ты осознанно генерируешь критическую массу энергии для изменений. Легко ли тебе? Только ты знаешь… Наверное, не просто… Меняя свою траекторию, ты неизбежно влияешь на траектории полетов других миров. А ведь галактика реальностей, как мы сейчас выяснили, потому и относительно устойчива, что консервативна и разобщена…

— Орбита моей реальности пересеклась с твоей?

— Пересеклась…

— И что-то поменялось в твоем мире? Шучу, можешь не отвечать.

— Отчего же? Поменялось. Очень сильно. И я не шучу. Случайность породила устойчивые изменения… И знаешь, чего я боюсь?

— Чего? Моей новой реальности?

— Твоей новой реальности я рада, она мне понятна, и я ее принимаю. Но через какой-то период и она может измениться. И в этом случае наши реальности имеют шанс снова рассоединиться…

****

В приемной послышалась возбужденная итальянская речь.

****

— Мне очень жаль, моя Загадочная Собеседница, что нас прерывают на самом интересном моменте обсуждения, но текущая реальность такова, что требует моего непосредственного участия.

— Удачи в траектории движения, Меняющийся Мыслитель!

****

— Бонджорно! — не увидев в кабинете никого, кроме Николая, Джорджио сильно огорчился. — Как же так?

Николай сдержанно поздоровался.

— Вчера вечером позвонили из ассоциации агропроизводителей, — извиняющимся тоном продолжил итальянец, — и попросили быть у них с утра, после обеда их руководитель куда-то уезжает, у него поменялись планы. Я рассчитывал, что мы не задержимся надолго, но…

Николай молчал.

— А где коллеги? — осторожно поинтересовался Джорджио.

— Коллеги — деловые люди, у всех достаточно жесткое расписание, поэтому они вынуждены были уехать.

— Они вернуться?

— Сегодня уже нет, — Николай посмотрел на часы. — И мне, к сожалению, уже через полчаса необходимо будет покинуть вас — с Дальнего Востока прилетают руководители двух компаний на переговоры по партнерству.

Джорджио рассерженно обратился к переводчику:

— Вы же мне говорили, что ничего страшного, если мы задержимся ненадолго, в Москве к этому привыкли.

Переводчик только пожал плечами.

— А если нам увидеться вечером за ужином? — итальянец с надеждой смотрел на Николая.

— Мне очень жаль, Джорджио, но, как я сказал, вторая половина дня вся уже распланирована. С Дальнего Востока лететь в Москву дольше и дороже, чем из Европы. И в нашем бизнесе мы привыкли держать слово перед клиентами. Ты же хорошо понимаешь, что любой бизнес держится только на клиентах.

— Когда мы сможем продолжить переговоры?

Николай взглянул в ежедневник, позвонил партнерам:

— Завтра за завтраком, у вас в отеле в восемь утра в ресторане «Метрополь» устроит?

— О да!

Переводчик что-то пытался объяснить Джорджио на итальянском языке по графику завтрашнего дня, но итальянец, яростно жестикулируя, скороговоркой произнес в ответ длинную тираду на повышенных тонах.

— Мы готовы продолжить переговоры завтра с утра, — коротко выразил суть продолжительной речи южанина переводчик.

— Вот и чудесно! — Николай взял портфель. — Если никуда не торопитесь, располагайтесь в моем кабинете, отдохните, а я уже должен идти. Оставляю вас на попечение Светланы Александровны. Арриведерла!

23

— Мне, пожалуйста, овсяную кашу на воде и свежевыжатый апельсиновый сок, — Алена Макаровна старалась не изменять своим привычкам нигде и никогда. — Шведский стол не для меня, — пояснила она партнерам и гостям. — И бокал шампанского, пожалуйста, — добавила официанту.

Джорджио с нескрываемым восторгом осматривал настенную живопись, долго не мог оторвать взгляда от красивейшего стеклянного купола.

— Нравится? — поинтересовалась у итальянца банкирша.

— О да!

— Этим великолепием Серебряного века российской культуры мы обязаны русскому предпринимателю и меценату Савве Мамонтову, — она сделала рукой круговой жест. — Теперь представьте, что в этом зале играл на фортепиано Майкл Джексон, восхищался кухней убежденный вегетарианец Бернард Шоу, свод усиливал высокий бас неповторимого Федора Шаляпина… Известных всему миру композиторов, художников, музыкантов, инженеров, политиков, бизнесменов, королей и президентов разных стран здесь побывало во много раз больше, чем количество номеров в отеле.

— Великолепно! — только и смог произнести обычно словоохотливый Джорджио. — Пожалуй, я тоже выпью шампанского.

Петри солидарно закивал головой.

— Тогда и мы с Петри вас поддержим. Принесите сразу бутылку, — обратился к официанту Николай.

— Я еще раз приношу свои извинения за вчерашнее опоздание, — поднял бокал Джорджио. — Пусть вчерашнее недоразумение останется единственным в наших отношениях. Завтрак — за мой счет!

— Вы — наш гость. К тому же именно я предложил начать день с совместного завтрака, — попытался возразить Николай.

Джорджио поднял обе руки:

— Нет! Даже не хочу слышать! Не возражайте! — и снова взял наполненный официантом бокал. — Я восхищаюсь вашим господином Ма-мо… — итальянец пытался вспомнить фамилию мецената.

— Мамонтовым, — помогла Алена Макаровна. — К сожалению, интриги разорили предпринимателя… Он трудился ради процветания России, но…

— Не учел политическую ситуацию?

— Он был прежде всего меценат, а уже потом бизнесмен… Плюс интриги чиновников и жадных банкиров… Как говорят у нас в России, если ты не занимаешься политикой, то политика займется тобой.

— А вы занимаетесь политикой? — Джорджио обратился к Николаю.

— Хороший вопрос! — Николай слегка отпил шампанского. — В России очень сильна взаимосвязь и взаимозависимость цепочки «бизнес — политика — власть», как и во всем мире. Но мы сейчас говорим предметно. Нет, мы не занимаемся политикой — это наше выстраданное решение, — Николай сделал акцент на слове «выстраданное». — Когда-то мы думали и действовали иначе. Жизнь жестко скорректировала наши иллюзии. Сейчас стараемся максимально уходить от рисков «сотрудничества» с власть предержащими.

— Как, если не секрет?

— Делюсь секретами за еду, — Николай рассмеялся. — Прежде всего, риски национализации или рейдерского захвата угрожают бизнесам, которые потенциально могут влиять на экономико-политическую ситуацию как в стране, так и в отдельно взятом регионе. Кроме всего прочего, они являются лакомыми кусками для паразитирующих чинолюмпенов.

— Как перевести последнее слово? — спросил переводчик.

— Как подвид присосавшихся к власти паразитов, — пояснил Николай, но понял, что появились трудности перевода, и решил проиллюстрировать примером. — Предположим, довело какое-то предприятие в отдельном регионе свой земельный банк, к примеру, до ста тысяч гектаров. И выращивает на собственной земле овощи и хлеб.

— Что плохого? — спросил Джорджио.

— Благородное, замечательное дело. Все хорошо. Особенно то, что товарная масса одного производителя начинает доминировать на элеваторах, складах и в магазинах. Простой человек, покупая булку хлеба или килограмм картошки, не думает о производителе, он по привычке хвалит или ругает власть. Опустилась на рубль цена хлеба перед выборами — слава чиновникам и правящей партии! Поднялась — демонстрации и бунт.

— Ого!

— Конечно. Россия — страна крайностей и утерянных добровольных традиций социальной ответственности. Улавливаете, какие факторы в ценообразовании начинают превалировать? Отнюдь не экономические. Интересы бизнеса как основополагающей составляющей экономики региона и благосостояния жителей для чиновников в данном случае глубоко вторичны. Либо слуги народа — чинуши — «кошмарят» бизнес ради политической выгоды своей глубоко порочной по управленческой сути вертикали власти, либо, прикрывая персональный шкурный интерес, «кошмарят» простых людей ради собственного кармана — электричество, газ, ЖКХ и другие монополизированные ими сферы экономики.

Джорджио глубоко задумался и что-то пару раз переспросил у переводчика.

— Думаю, Джорджио, вам прежде всего интересно, как мы уходим из зоны риска? — продолжил Николай. — Аутсорсинг! Краеугольный камень концепции нашего бизнеса! У нас нет земельного банка со всеми инфраструктурными социальными отягощающими дополнениями и региональными политическими рисками. Мы не зависим от государственных дотаций. Наши партнеры — совершенно самостоятельные относительно небольшие компании, разбросаны по всей территории России и ближнего зарубежья. Мы очень мягко регулируем цены в нашем сегменте и в основном не за счет их поднятия, а за счет повышения эффективности бизнеса. Иногда даже снижаем цены, стимулируя спрос. Не в ущерб чистой прибыли, конечно. К тому же стоимость нашего продукта критически не влияет на цену зерна — еще один плюс выбранной продуктовой линейки, мы застрахованы от конъюнктурных скачков или биржевых колебаний. Все гениально просто на первый взгляд.

— А на второй?

— А вторая степень защиты предполагает обязательное влияние на принятие политических решений.

— Но вы же убеждали меня, что не участвуете в политике?! — воскликнул Джорджио.

— Не участвуем, — улыбнулся Николай, — но оказываем определенное влияние на политическую ситуацию. Чувствуете разницу?

— Нет! — честно признался итальянец.

— Поверьте мне пока на слово, — Николай допил шампанское. — Как-нибудь мы с вами выберем время и подробно разберем технологию влияния на политику без прямого участия в ней.

— Си, серто, — Джорджио жестом показал официанту, чтобы тот принес вторую бутылку шампанского. — Некоторые моменты пока сложны для моего восприятия, но со временем я постараюсь разобраться, – он снова поднял наполненный бокал и продолжил: — Я хочу произнести не тост. Я делаю вам, друзья, официальное предложение. Вчера после обеда разговаривал с нашим советом директоров, и они окончательно подтвердили мои полномочия вести с вами переговоры о покупке ста процентов акций вашей семенной компании.

— Чирс! — не удержался обычно флегматичный Петри и первым выпил шампанское.

Алена Макаровна сделала глоток искрящегося в свете люстр в хрустальном бокале напитка и спокойным голосом задала вопрос:

— Во сколько вы оцениваете бизнес?

— За вашу компанию мы готовы заплатить… — Джорджио выдержал эффектную паузу, — двести пятьдесят миллионов долларов! — торжественно закончил он предложение и поднял бокал.

Акционеры «АгроИнТеха» молчали.

— Вас не устраивает? — встревоженно спросил итальянец.

— Независимые эксперты из «большой четверки» оценивают потенциал нашего бизнеса в триста пятьдесят — триста восемьдесят миллионов долларов, — ответил за всех Николай.

— Я предлагаю вам наличными в течение месяца после подписания контракта двести пятьдесят миллионов долларов! — возбужденно повторил предложение Джорджио, сделав акцент на размере суммы.

Петри поочередно смотрел то на Николая, то на реакцию Алены Макаровны.

— Я думаю, мы можем начать аргументированное обсуждение цены, отталкиваясь от мнения независимых оценщиков, — спокойно и твердо произнес Николай.

Алена Макаровна согласно кивнула.

— Боже, Боже! — итальянец качал головой. — Вы понимаете, от чего отказываетесь? У меня нет полномочий говорить о повышении цены! Нам нужен выход на ваш рынок, и мне придется купить кого-то из ваших более сговорчивых конкурентов.

— О нет! — непроизвольно вырвалось у Петри.

— Да! — твердо подтвердил возможный ход течения событий Джорджио.

— Я хочу извиниться, — Алена Макаровна посмотрела на часы и встала. — Мне, право, очень не хочется оставлять вас, мужчины, одних, но дела... Дорогой Джорджио! — она протянула итальянцу на прощание руку. — Я очарована вами! Искренне! Завтрак с шампанским был просто великолепен! Как только будете готовы к дальнейшему обсуждению на наших условиях, я сразу же присоединюсь. Надумаете приехать в нашу страну просто как турист — милости просим, обеспечим культурную программу! — и, кивнув партнерам, вышла из зала.

Мужчины молчали.

— Я не могу... у меня нет прав предложить другую цену, — удрученно произнес Джорджио.

— Что ж, — Николай тоже посмотрел на часы, — я помню, что у вас сегодня еще много дел. Спасибо за завтрак! За нами — обед! — он крепко пожал руку погрустневшему итальянцу. — Уверен, еще увидимся!

— Что вы с Аленой Макаровной наделали?! — едва выйдя из ресторана почти крикнул расстроенный Петри. Когда он волновался или нервничал, то начинал говорить с сильным акцентом. — Вы сорвали хорошую сделку! Цена не фантастическая, но вполне приемлемая, хорошая для России, я бы даже сказал.

— Мы же продаем бизнес не россиянам, — открывая автомобиль, спокойно заметил Николай.

— Да какая разница!

— Разница Петри в сто миллионов долларов. Не на чуть-чуть. И наш запрос обоснован, ты прекрасно осведомлен. Обманывать никого мы не собираемся, но и цену себе знаем. Сколько месяцев назад ваш фонд вошел в наш бизнес? А на сколько лет вы рассчитывали? Ощущаешь разницу? Для ваших инвестиций выход за столь короткий срок, безусловно, отличнейший вариант. Для меня — основателя бизнеса, сделка оставляет желать лучшего. Как опытный банкир Алена Макаровна полностью разделяет мою позицию, насколько ты заметил. Поверь мне, итальянцы у нас первые, но далеко не последние. Через месяц ожидается французская делегация. Завтра соберем совет по развитию, разберем ситуацию. Заседание, Петри, продолжается!

— Что продолжается? — не понял скандинав.

— Садись в машину, по дороге просвещу про классику советской литературы, — усмехнулся Николай.

24

«Ксения приоткрыла глаза и сладко потянулась. Подушка еще хранила тепло и запах Николая. Она нежно погладила ее, понюхала и только потом поднялась. По дороге в ванную остановилась около большого зеркала. „Он никогда не говорил мне, что я красивая, — рассматривая свое обнаженное стройное молодое тело подумала она. — Такое чувство, что он меня не видит...“ Нестерпимо захотелось почувствовать любимого мужчину. Неслышно ступая босыми ногами, Ксения вошла в кабинет. Николай сидел за столом спиной к ней и работал на компьютере. Почувствовав ее дыхание, повернулся. Она прижала его голову к своей груди и замерла.

— Тук-тук, тук-тук, тук-тук. Я слышу, как бьется твое сердечко, — шепотом произнес он.

— Оно признается тебе в любви. Оно хочет тебя. Оно твое, — шепотом ответила Ксения.

Николай начал целовать ее шею, грудь, живот... Его руки гладили ее спину, бедра…

— О-ох… — вырвалось у нее. Сознание туманилось, внизу живота стало горячо. Она встала на колени, развязала пояс халата Николая, целуя его грудь и опускаясь губами все ниже и ниже…

— О-о-о, — застонал мужчина.

Ксения откинула голову, посмотрела призывным взглядом на Николая, резко повернулась к нему спиной и уперлась локтями в пол...»

«Не-ет!» — не вовремя зазвеневший мобильный телефон прервал сон и вернул Ксению к действительности. «Не-ет, пожалуйста…» — с мольбой в голосе повторила она. Ненадолго замолчав, телефон упорно зазвонил снова. Ксения включила ночник и нажала кнопку ответа. Русська соскочил со своей подстилки около кровати и, хлопая спросонья большими белыми ресницами, недоуменно смотрел на хозяйку. Николашенька недовольно заворчал и, сладко зачмокав, повернулся на другой бок.

— Ты представляешь себе! — раздался в трубке возбужденный голос Генри. — Они отшили итальянцев! Я отказываюсь понимать русских! Ты что-нибудь понимаешь?!

— Генри, тише! — Ксения взглянула на часы, которые показывали половину первого ночи. — Ты знаешь сколько сейчас времени?!

— Еще рано! Ах да, у тебя же куча детей… Прости! Но я не мог удержаться! — уже чуть спокойнее произнес партнер. — Как ты себе это представляешь?! Им предложили двести пятьдесят миллионов кешем. Двести пятьдесят миллионов баксов кешем! — повторил он. — Мечта, а не выход из проекта! И что теперь? Сколько придется снова ждать? Я в трансе!

— Спокойнее, парень! — Ксения намеренно постаралась придать голосу бравурность, но приятное ноющее ощущение в животе никак не давало перестроиться на деловой лад. — Откуда информация? И поподробнее, пожалуйста.

— Из Европы, естественно. Мы все огорчены: и Брюс, и «МэпКэн»… Итальянцы приехали на сделку, но ваши упертые русские не согласились на предложенную цену. Не стали торговаться и даже не поинтересовались нашим мнением. Самонадеянные дикари!

— Может, и к лучшему. Войдя в бизнес, мы должны доверять мнению партнеров. Тем более, как ты меня сам убеждал, они опытные бизнесмены. Почему-то мне кажется, что они знают то, чего не знаем мы, и отдают отчет в своих действиях.

— Почему ты так уверенно и спокойно рассуждаешь? Ты тоже что-то знаешь?

— Генри! — укоризненно ответила Ксения. — Твой неурочный ночной звонок — не повод для оскорбительных подозрений.

— О, прости!

— Прощаю на первый раз. Выпей успокоительного и ложись спать.

— Спать? Ты что?! Я уже не усну, даже если съем упаковку снотворного! Сейчас забурюсь в какой-нибудь клуб и напьюсь до чертиков.

— Хорошее решение. Только предупреждаю, в пьяном виде ни в коем случае не звони мне. И ночью тоже больше не беспокой по пустякам. Договорились?

— Окей! Скажи мне, русская женщина, что-нибудь обнадеживающее на последок.

— Будь уверен, Генри, что ты хорошо заработаешь на сделке с семенным бизнесом. И доверяй больше приличным людям — иногда это даже выгодно.

— Окей! Не хочешь выпить?

— Бай, Генри! — Ксения отключила телефон.

Сон прошел окончательно. Она накинула халат, зажгла в гостиной камин и налила в бокал немного испанского кагора. Сонный Руссик, качая опущенной головой, как маленький ослик, проковылял из спальни вслед за хозяйкой и, громко вздохнув, шумно устроился у ног. Немного почмокав и поурчав, закрыл глаза и тихо засопел.

«Значит, дорогой мой Мыслитель, мы еще какое-то время будем вынужденно вместе. Это хорошая новость, за которую стоит выпить даже ночью», — пригубила сладко-терпкое вино Ксения.

25

— Да не расстраивайтесь вы так, Петри! Не вижу никакой катастрофы, — абсолютно спокойным тоном произнес Юрий Леонидович. — Интерес к бизнесу объективно нарастает — вот и французы должны со дня на день подъехать. Канадцы упорно грозятся навестить. Все хорошо. Надо просто простимулировать процесс, вот и все.

— А как? — скандинав сильно переживал прерывание переговоров с итальянцами.

— Элементарно, — вступил в обсуждение Александр Анастасович. — Для начала спокойно дождемся визита французов.

— Визит, скорее всего, будет пока чисто ознакомительным, — парировал Петри.

— Не страшно. Итальянцы тоже не сразу с деньгами приехали. В любом случае — информационный повод. Главное — как его правильно использовать? Постараемся грамотно. Базар большой — есть с кем торговаться. Особенно, если есть за что. А у нас есть. Был бы жив Виктор Дмитриевич, царствие ему небесное, он бы рассказал вам пару анекдотов для поднятия настроения.

— Выше нос, Петри! — снова вступил в разговор Юрий Леонидович. — Больше оптимизма! Все, что ни делается, делается к лучшему!

— Неубедительно, — пытался оправдать свое мрачное настроение скандинав.

— Еще как убедительно! Мы только ввязались в бой, а вы требуете уже окончательной и бесповоротной победы. Дайте возможность хотя бы резервы на передовую вывести.

— Я не служил в армии, как вы, — уже менее нервно огрызнулся Петри.

— Тогда просто доверьтесь. Мы с Николаем Константиновичем и не такие ситуации разруливали.

— Почему вы молчите? — обратился скандинав к Николаю. — У вас есть план?

— Присутствуют кое-какие мысли, — Николай подошел к флипчарту и взял фломастер. — Прошу внимания. Отбросим эмоции и займемся делом.

26

— Подожди меня пару минут, милый, я забыла кое-что посмотреть в Duty Free, — Аннета нежно потрепала Джорджио по щеке. — Закажи мне пока бокал красного вина.

Джорджио поцеловал руку жены и жестом подозвал официанта:

— Карту вин, пожалуйста.

— Что это? — недоуменно спросил он у растерянного молодого официанта, переворачивая заламинированный лист с перечнем алкоголя. — Всего пять видов красного вина и ни одного итальянского?!

— Вы в пабе аэропорта Мюнхена, сэр, — на плохом английском вмешался в разговор турецкой внешности бармен с коротким ирокезом, сцементированным гелем и намертво залитым лаком. — Наши гости в основном предпочитают пиво. Немецкие вина тоже весьма неплохи, рекомендую!

— О! Только не учите меня разбираться в винах! — Джорджио экспрессивно взмахнул руками. — Хорошо, два бокала лучшего красного вина. Если будет дерьмо, я верну их вам! И сделайте звук у телевизора погромче, я ничего не слышу из-за шума вашей шейкер-машины.

В программе деловых новостей из Лондона ведущий-аналитик рассуждал об осторожной международной экспансии английского бизнеса, сравнивая его с более агрессивными германскими и французскими конкурентами. Иллюстрацией был сюжет, рассказывающий о визите руководителей французских семеноводческих компаний в Россию. На экране появился улыбающийся Николай, приветствующий в

685

ялуторовском офисе зарубежных гостей и рассказывающий о грандиозных перспективах возможного сотрудничества в области семеноводства между Францией и странами СНГ. Прощаясь с телезрителями, ведущий отметил, что по итогам визита французов в Россию подписан ряд предварительных соглашений о сотрудничестве и английским аграрным компаниям теперь придется серьезно потрудиться, чтобы не потерять перспективный растущий рынок Восточной Европы.

— Джорджио! Джорджио! Что случилось? — пыталась обратить на себя внимание застывшего в размышлениях мужа вернувшаяся из магазина Аннета.

— А-а-а! Я ведь предупреждал их! Я предупреждал их, что мы можем упустить возможность из-за нашей жадности! Тупые старикашки! — Джорджио грязно выругался.

— На кого ты так зол? — не могла понять, о чем идет речь супруга.

— На совет директоров, на кого же еще?! — воскликнул огорченный мужчина. — Они связали мне руки, не дали возможности торговаться с русскими, а теперь еще и французы дорогу переходят! Дорогая! — он взял жену за руку. — Ты лети дальше без меня, мне необходимо срочно вернуться на один день в Милан. Я должен немедленно заставить этих недалеких трусов изменить решение!

— Ты мне больше не муж! — выдернула руку Аннета. — Сколько раз ты меня уже обманывал, сколько?! Какая же я дура! Предупреждала меня мама, что я выхожу замуж за человека, который не умеет держать слово! — она схватила сумочку и выбежала из паба.

— Я прилечу к тебе максимум через два дня, любимая! — крикнул вслед Джорджио.

— Можешь не прилетать, я прекрасно отдохну и без тебя! На свете не перевелись еще настоящие мужчины! — неожиданно появилась в дверях разгневанная супруга и тут же снова исчезла.

27

— Джорджио Юстэчайо Персико. С переводчиком, — после паузы уточнила Светлана Александровна по внутренней связи, произнеся фразу таким успокаивающе-безэмоциональным тоном, которым могла говорить только она, когда происходило что-то весьма важное.

— Я сейчас на совещании с акционерами, попросите Джорджио перезвонить через час, — Николай подмигнул внимательно изучающим прогнозную аналитическую записку по «АгроИнТеху» Петри и Алене Макаровне.

— Джорджио, собственной персоной, — отключив селектор, пояснил он партнерам. — Видать, созрели наши итальянцы.

— Конкуренты спать спокойно не дают? — повеселела Алена Макаровна.

— Наш головной офис смотрел по английскому телевидению репортаж о визите в Ялуторовск французов. Впечатлены! После такого не уснешь, — Петри оторвался от изучения бумаг.

— Повестка нашей встречи несколько меняется, точнее — расширяется, господа акционеры, — Николай встал и прошелся по кабинету, разминая плечи и шею. — Давайте обсудим нашу переговорную позицию — Джорджио просто так звонить не станет. Что думаешь, Петри?

— Э-э-э… — инвестиционный банкир задумался. — У меня противоречивые мысли. Предыдущая цена наш фонд вполне устраивала… Вероятнее всего, теперь итальянцы готовы предложить несколько бо́льшую цену. Я очень беспокоюсь, чтобы мы не заигрались… Французы задумались, но конкретного предложения пока не сделали. Канадцы продолжают грозиться приехать, но они такие неторопливые, в делах еще медленнее нас, скандинавов. Вовремя выйти из проекта — большое искусство и большое мужество. Никто и никогда не знает точной справедливой цены. Да, порой досадно, когда капитализация проданной компании продолжает активно расти… Но бывает и обратная ситуация, когда бизнес… Как это говорят у вас?.. Схло-пы-ва-ется после ухода основателей, — он пожал плечами.

— Ваше мнение, Алена Макаровна? — Николай присел на край письменного стола.

— Я остаюсь на своих позициях, — банкирша встала и, обойдя стол, села на место Николая. — С вашего позволения?

Хочу прочувствовать ситуацию с председательского места, — пояснила она. — Я не вижу объективных причин менять наше прошлое решение. Ситуация в компании и на рынке только улучшилась.

— Я опять в меньшинстве? — расстроился Петри.

— Что внутренние голоса вам говорят? — Николай отошел к окну.

— Итальянцы готовы серьезно подвинуться, — Алена Макаровна с интересом осматривала кабинет из кресла его хозяина. — Сомнений нет никаких.

— Им нельзя потерять лицо, — Петри отложил бумаги, открыл свой легендарный блокнот и начал искать заметки по прошедшим переговорам. — Итальянцы весьма чувствительный народ. Я представляю, каких мучений Джорджио стоило позвонить. Если не кардинально в цене, то в условиях оплаты нужно обязательно предложить им более мягкие, комфортные варианты. Иначе никакие объективные аргументы не заставят их подписать соглашение.

— Соглашусь с вами обоими… — Николай пересел в освободившееся кресло банкирши за журнальный столик. — Джорджио просто так звонить не станет. Какие козыри у него в руках? Ну что ж, придется ориентироваться по ходу.

— Часа еще не прошло, — уведомила Светлана Александровна, — но Джорджио снова звонит.

— Соединяйте, — Николай включил громкую связь.

— Зд-здриа-с-т-уи, — пытался с подсказками переводчика поздороваться на русском языке итальянец.

— Бонджорно, Джорджио! — приветствовал Николай.

— Бонджорно! Бонджорно! — повторили вслед Алена Макаровна и Петри.

— Акционеры «АгроИнТеха» на громкой связи, — пояснил Николай. — Я могу ее оставить или ты хотел поговорить тет-а-тет?

— Буонасэра, друзья! — радостно приветствовал присутствующих итальянец. — Я рад всех вас одновременно слышать! Мои друзья в восторге от рассказов о вашем приеме, и теперь все хотят приехать в Россию! Примете делегацию?

Может, вам организовать туристическое бюро, вся Италия будет у вас в гостях — гарантирую!

— Ох, Джорджио, — не удержала тяжелого вздоха Алена Макаровна. — У меня уже есть возле банка одно туристическое бюро, и с тем не знаем, что делать... Прилетайте лучше к нам напрямую, без посредников!

— Вы приглашаете?

— Лично я — да.

— А муж ревновать не будет?

— Он ревнует меня и к Николаю, и к Петри. Теперь пусть поревнует и к вам — только на пользу! А ваша жена ревнивая? — кокетливо рассмеялась банкирша.

— О сигнора! Она уже почти бросила меня из-за вашей компании! Согласилась восстановить наш союз только под обещание взять ее в Москву и показать Санкт-Петербург, который она еще со школы мечтает увидеть!

— Сибирь есть желание посетить? — поинтересовался Петри.

— Нон! — воскликнул Джорджио. — Сибири она боится! Итальянцы уверены, что Сибирь — это холодный и ужасный край света.

— Зато там живут замечательные люди! — с нежностью в голосе произнес скандинав.

Николай с Аленой Макаровной понимающе переглянулись.

— Нам подготовить для вас увлекательное путешествие или еще будет повод поговорить по делам? — как бы между прочим поинтересовался Николай.

— Мы бы хотели продолжить диалог по «АгроИнТеху». Вы не против? — осторожно поинтересовался Джорджио.

— Появился свежий взгляд на наше сотрудничество? — не удержалась Алена Макаровна.

— Разумные люди при желании всегда могут найти компромисс, — уклонился от прямого ответа итальянец. — Мы с супругой планировали через две недели прилететь в Россию. Вас устраивает время?

— Одну минуту, взгляну в ежедневник, — Николай открыл лэптоп. — Да, вполне. А как у вас со временем? — обратился он к партнерам.

Оба согласно закивали.

— Хорошо, Джорджио, будем тебя ждать. До встречи! И успокой супругу, отправим вас в Санкт-Петербург в лучшем виде.

— Арриведэрчи! — воодушевленным голосом попрощался итальянец.

— Торопятся итальянцы, — Алена Макаровна пересела на свое обычное место. — Это хорошо, сговорчивее будут.

— Я только прошу не горячиться! — взмолился Петри. — Давайте взвешенно и спокойно подойдем к переговорам.

— Не переживайте, мой друг, — Николай похлопал по плечу инвестиционного банкира. — Обещаю, мы будем максимально терпеливы и корректны. И ты нам, надеюсь, поможешь.

28

— Что ты наделал?! — Ксения упала в кресло. — Что ты наделал... — еле слышно повторила она.

— Я поставлю вам другой мессенджер, пожалуйста, не переживайте, — испуганный индус-айтишник не мог понять причины паники начальницы и очень смешно быстро моргал глазами. — Ваш был какой-то... раритетный, я такого никогда не видел. И памяти он много занимал. Зачем программа, если она не функциональна?

— Что бы ты понимал в функциональности, Раджив... — Ксения прикусила палец, пытаясь себя успокоить, чтобы не раскричаться на подчиненного и не выгнать сгоряча молодого перспективного сотрудника с работы.

— Я сначала хотел обновить системные файлы, — оправдывался айтишник, — а потом решил, что целесообразнее переинсталлировать операционную систему. Я не думал, что ваш мессенджер не состыкуется с новой. Это не страшно, — индус попытался придать бодрость голосу, — дайте мне носитель с исходником или скажите, где вы его скачивали, и я все восстановлю.

Ксения молчала и не отрывая глаз смотрела на незнакомый дизайн картинки экрана лежащего перед ней лэптопа, сдерживая себя, чтобы не запустить им в Раджива.

— Вы мне дадите дискету или диск? — уже осторожнее повторил просьбу айтишник.

— Что же вы за люди такие, технари?! Все у вас измеряется функциональностью и целесообразностью. Инсталлировать новую операционку можете, а поинтересоваться и спросить разрешения ума не хватает, — Ксения тяжело вздохнула. — Единственный носитель этого мессенджера лежит в гробу в Сибири. Тебе дать точные координаты?

Индус испуганно смотрел на начальницу.

— Уйди с глаз моих, — чувствуя, что еще чуть-чуть и она расплачется, только и смогла произнести Ксения.

— Вот порвалась ниточка, связывающая меня с Мыслителем, — делилась Ксения своим горем с Божьей Матерью, стоя перед иконой в пустом храме. — Поможи мне, Пресвятая Богородица, — трижды произнесла она и перекрестилась.

Выходя из церкви, повернулась около дверей — со всех сторон с икон на нее смотрели ободряющие лики святых.

29

— Теперь ты не сможешь мне отказать! — гладко выбритый Генри с победным загадочным видом вальяжно и, как всегда, без спроса развалился в кресле в кабинете Ксении.

— Настоящая женщина в любой ситуации способна отказать мужчине, — возразила Ксения.

— О да! Не сомневаюсь! Особенно русская женщина, которая и «ламборджини» на ходу остановит, и в горящий супермаркет войдет, — пошутил гость. — Русские примерно так говорят?

— Почти, — не стала углубляться в детали поговорки Ксения. — Так что ты такой довольный, дорогой мой фанат богатства и роскоши?

— Я только что был на конференц-колле с Брюсом и руководством фонда «МэпКэн». Надеюсь, не забыла, что твой фонд инвестировал в русскую семенную компанию и являлся опосредованным акционером?

— Почему являлся? Не темни, Генри, выкладывай! — Ксения начала догадываться о причине радости инвестиционного банкира.

— Этот русский парень — Николай, ну ты помнишь, я тебе о нем рассказывал и справку давал, развел итальянцев по полной программе! Ай молодец! Гений! Супер! Отличная работа! Я никогда в нем не сомневался!

— И даже когда звонил мне ночью, а потом напился так, что два дня на работе не показывался? — напомнила Ксения.

— О женщины! Ничего не забывают, что между ними и мужчиной происходит ночью, — съязвил инвестиционный банкир.

— И днем тоже, — добавила хозяйка кабинета. — А теперь подробнее, если можно.

— У тебя есть виски?

— Конечно. Ты же знаешь, специально для тебя держу.

— Ты мне льстишь. Тогда со льдом, пожалуйста. За это надо выпить! Мы удачно вышли из русского проекта!

Ксения налила Генри виски и добавила принесенный секретаршей лед.

Глотнув виски, он откинул назад голову, закрыл глаза и блаженно замер.

— Ты случайно не уснул? — поинтересовалась Ксения.

— Заработать за короткий срок с таким коэффициентом доходности — фантастика! — не открывая глаз, уточнил банкир. — Жаль, что мы инвестировали небольшую сумму, — резко выпрямился и посмотрел на часы. — О Гаж! У меня же совещание инвестиционного комитета начинается через десять минут! Встречаемся, моя дорогая, в восемь вечера в русском ресторане, и я все подробно расскажу! Именно в русском, мы должны отметить событие с водкой и цыганами, — и не дожидаясь согласия стремительно вышел, почти выбежал, из кабинета.

«Значит — все», — подумала Ксения, налила себе немного виски и выпила. Напиток сразу дал о себе знать. «Уф-ф! — мотнула она головой. — Сивуха, ничем от самогона не отличается! Ну все так все, значит пришло время».

Убрала бутылку и подошла к окну.

«Остается узнать детали и порадоваться за всех нас». В груди защемило так, будто порвалась еще одна тоненькая невидимая ниточка, соединяющая ее с Николаем. Такое ощущение иногда бывает в самом конце осени, когда все листья опали и вот-вот пойдет первый обновляющий жизнь снег.

Ксения вызвала секретаршу:

— У меня важные переговоры, я уезжаю по делам и буду только завтра. Меня не беспокоить. Все понятно?

— Окей, — безразлично ответила американка и понимающе посмотрела на два пустых стакана.

— Ты ослепительна! — Генри не мог скрыть восхищения при виде одетой в вечернее платье Ксении. — У меня вылетело из головы, что я хотел тебе рассказать.

— Не ври! Мне кажется, что ты, даже когда кончаешь, не забываешь о деньгах, — Ксении было приятно неподдельное восхищение мужчины.

— Цинично, но абсолютная правда, — громко рассмеялся американец. — Когда-нибудь я выпью бутылку виски, наберусь смелости и спрошу тебя, в какую сумму ты оцениваешь ночь с тобой.

— У тебя не хватит денег.

— Я займу!

— Попробуй! — немного приподняв бровь и глядя прямо в глаза бизнесмена, ответила она. — Разорю!

— Я вырвался из офиса чуть раньше и сделал заказ на свой вкус, не возражаешь? — показывая на богато сервированный стол, перевел он тему разговора. — От водки не откажешься? Ужин за мой счет.

Не глядя на стол, Ксения кивнула.

— Предлагаю тост, — Генри поднял запотевшую рюмку. — За наше успешное сотрудничество! Чирс!

Ксения одним глотком выпила водку. На удивление холодный напиток пился легко, слегка обжигая горло.

— Какую отвлекающую комбинацию русские провернули с французами! Даже я поверил, что они всерьез отказались от итальянцев, — без перехода начал рассказывать банкир. — Не пережали, но дожали макаронников просто ювелирно. Не став торговаться во время первых переговоров, вышли на конкурентов, грамотно пропиарились, еще повысили стоимость компании, потом чуть снизили, до трехсот тридцати четырех миллионов долларов, и уступили в схеме платежей. Гениальная шахматная комбинация! Мат и шах одновременно! Кейс года по психологии бизнеса!

— Неужели все прошло так легко и просто? — Ксения старалась выглядеть максимально безразличной.

— Конечно нет! Переговоры длились три дня. На второй день итальянец психанул и уже собирался улетать обратно, но представитель в совете директоров от «МэпКэна»... э-э-э... кажется, Петри, фамилию не помню, провел с ним несколько часов — успокоил и разъяснил большинство вопросов.

— Плохой и хороший полицейский?

— Точно! Как я сам не догадался?! Еще один плюс парням!

Официант наполнил рюмки, и Генри сразу снова выпил.

— Понимают русские в алкоголе, — выдохнув произнес он. — Официант! Еще водки!

— Водка без пива — деньги на ветер, говорят знатоки у меня на родине, — пошутила Ксения.

— И крепкого русского пива! — добавил заказ официанту Генри.

— Что ж, я рада, что ты не обманулся в ожиданиях, — как можно более нейтральным тоном произнесла Ксения. — Вот только с пивом ты погорячился, могу прогнозировать тяжелые последствия.

— Посмотрим! — браво сказал американец. — Не такие коктейли выдерживали! Ну а ты рада, что инвестиции оправдались?

— Да, директора нашего фонда выразили удовлетворение.

— Как официально! — Генри жестом попросил официанта наполнить рюмки. — А ты лично?

— Я присоединяюсь к мнению членов совета, — ушла она от прямого ответа. — Да, кстати, мне от лица совета поручено выразить тебе благодарность за приглашение в пул инвесторов. Надеюсь, сможем сделать ответное предложение вашему фонду.

— И тебе спасибо за сопровождение, за советы. Без тебя я бы не получил одобрения участвовать в сделке.

— Вот и обменялись любезностями, — улыбнулась Ксения. — Так что ты говорил о схеме платежей?

694

— В принципе для нас с тобой эта деталь не имеет значения. Незначительная часть выкупной суммы будет проплачена позже при отсутствии претензий к проданной компании со стороны третьих лиц. Николай оговорку принял к своей персональной доле, так что мы с тобой получим наши деньги в полном объеме и в течение двух месяцев. Остальное — его проблемы.

— Он настоящий джентльмен.

«Лоли, пхабай прэчинава, / Хоп-хоп-хоп! / Епаш тукэ, епаш мангэ, / Хоп-хоп-хоп!» — пританцовывая с бубном у микрофона, грудным голосом проникновенно пела старинную молдавскую цыганскую песню черноволосая и черноглазая красивая гитана. Скрипач — старик с пышной седой бородой — заставлял смеяться и рыдать свой инструмент, соревнуясь с голосом певицы и не оставляя слушателям никакого шанса быть равнодушными.

— Еще немного и я начну ревновать его к тебе, — внимательно всматриваясь в лицо женщины, заметил Генри. — Кстати, вы ведь с ним так и не познакомились?

— Не было повода… или возможностей…

— Скоро будет повод и возможность, — банкир не отрывал начинающего пьянеть взгляда от глубокого декольте Ксении. — У нас в фонде есть традиция ежегодно отмечать удачные инвестиции и выходы из проектов. Приглашаю тебя устно, чуть позже получишь официальное приглашение. Придешь?

— Обязательно.

— Я уже передал приглашение и Николаю.

Ксения почувствовала, как заколотилось ее сердце. Кровь прилила к лицу.

— Что он ответил?

— Все хорошо? Ты покраснела?

— Жарко. Водка, — Ксения натужно улыбнулась. — Не обращай внимания, — она ладонью, как веером, стала себя обмахивать. — Так что он ответил?

— Пока ничего. Сообщить, когда узнаю?

— Сообщи, — теперь уже Ксения первой выпила рюмку до дна.

Кто-то похлопал по носу. Голова трещала. Глаза отказывались открываться. Собравшись с силами, Генри немного приоткрыл один глаз. Держась ручонками за край дивана и неуверенно покачиваясь на ножках, на него внимательно смотрел голубоглазый малыш. Рядом, глухо урча и не мигая, стоял ростом с мальчика белый волк и смотрел прямо в открытый с таким трудом глаз Генри.

— А! — вскрикнул мужчина и попытался подняться, но головная режущая боль не позволила ему.

Волк оскалился.

— Руссик, ноу! — послышался голос Ксении. — Добрались-таки! — она присела на диван и посадила сына на колени, а собаку уложила около ног. — Как ты?

— Гуд, — кое-как смог выдавить из себя мужчина.

— Иди в душ, я пока кофе приготовлю. Халат в ванной, — усмехнулась молодая женщина.

Одетый в женский халат, нетвердой походкой Генри вышел из ванной и дрожащими руками взял чашку кофе.

— Между нами что-то было? — не поднимая глаз спросил он.

— Если бы между нами что-то было, то тебя бы здесь уже не было, — рассмеялась Ксения.

— Еще хуже! — пробормотал американец. — В ресторане заплатил-то хоть я?

— Ты в конце вечера не способен был даже рюмку держать!

— Позор, позор! — жмурясь и потирая рукой лоб, бормотал Генри. — А как я здесь оказался?

— Ты предпочел бы остаться под столом в ресторане или на улице около его дверей?

— Спасибо тебе, — только и смог вымолвить он.

— Попьем кофе, оденешь мой спортивный костюм и я вызову такси.

— Почему твой спортивный костюм?

— А твой парадный, уж извини, в пакете на улице возле входной двери. Требует либо серьезной химчистки, либо быть просто выкинутым.

— Окей! — голова Генри предательски закружилась.

— Ты побледнел! — Ксения взяла у него чашку. — Господи! Ну куда тебя в таком виде одного отправлять?! Давай ложись, поспи еще пару часов. Проснешься — ухой накормлю, а тогда уже домой отправлю, герой-любовник!

Коктейль, коктейль! — рассмеялась хозяйка дома.

30

Выезд на Рублевку оказался перекрыт гаишным автомобилем.

«Не успел проскочить буквально три машины! — с огорчением стукнул рукой по рулю Николай. — Теперь придется не меньше получаса стоять ждать, пока правитель всея Руси на мерседесовской карете пронесется».

Николай достал из портфеля утреннюю почту. Среди толстых деловых журналов скромно лежало письмо канадского посольства, приглашающее на собеседование. Сверился с ежедневником: «Отлично! Как раз успею из Ялуторовска вернуться. И раз пригласили, то и к здоровью, судя по всему, претензий нет».

В сопровождении громких сирен на высокой скорости проскочил черный кортеж. Милицейский автомобиль открыл выезд на шоссе.

Николай взглянул на часы: «На совет по развитию еще успеваю, а вот домой перед вечерним вылетом в Сибирь уже, видимо, нет. Прямо из офиса придется ехать в аэропорт — больше шансов выиграть в русскую рулетку, чем избежать московских пробок».

Несколько командировочных — мужчин в костюмах и галстуках — сосредоточенно завтракали в утреннем тюменском полумраке практически пустого ресторана отеля. В дверях показался водитель «АгроИнТеха», издалека поздоровался кивком головы и вернулся ждать в припаркованный около входа служебный внедорожник. Николай допил кофе, закрыл лэптоп, взял пакет с подарками для семьи Виктора Дмитриевича, кофе для водителя и вышел из гостиницы.

— Сначала заедем домой к Виктору Дмитриевичу, а потом в офис, — передавая кофе шоферу, уточнил он планы передвижения.

— Спасибо! Как скажете.

Водитель сделал пару глотков и плавно вывернул на пустынную улицу еще не проснувшейся столицы — то ли нефтяного края, то ли окрестных деревень, если судить по подогреваемым из Москвы суверенным амбициям северных нефтегазовых округов когда-то единой Тюменской области.

— По объездной поедем или по центру? — поинтересовался Николай.

— По центру, постараемся до пробок проскочить.

Миниатюрная светловолосая вдова Виктора Дмитриевича хлопотала около плиты, причитая, что не успела закончить печь блины, и в очередной раз благодаря за подарки. И чем больше пытался ее успокоить Николай, тем больше она переживала.

Сын семеновода, худощавый в мать и молчаливый в отца молодой человек, сидел за столом и нервно хрустел костяшками пальцев.

— Не поторопились продавать компанию? — наконец решился спросить он.

Не желая ранить резким ответом на нетактичный вопрос вдову Виктора Дмитриевича, Николай тщательно подбирал слова:

— Видишь ли... Рано или поздно, а точнее — непредсказуемо для нас когда, Россия войдет во Всемирную торговую организацию. Мировой старт для вхождения на наш рынок будет означать, что начнется массовое соревнование за клиента.

— Вот и нормально... есть возможность торговаться.

— Не всегда так бывает... А если сценарий разовьется в обратную сторону? Ажиотаж и самонадеянность крупных иностранных игроков рынка могут затмить их разум и расчет. Во время гонки некогда задумываться над стратегией. Да и наш рынок обязательно сузится. Сегодня, например, конкуренции фактически нет, и доля рынка у нас большая, а значит, и стоимость бизнеса. Доля рынка сузится, и стоимости компании тоже. Адекватных платежеспособных клиентов на бескрайних просторах нашей родины по пальцам пересчитать... Не все так однозначно...

— Это... А наша доля?

— Твоей доли в бизнесе никогда не было, — не удержался Николай.

Вдова застыла у плиты с тарелкой дымящихся блинов, боясь повернуться.

— Свою долю Виктор Дмитриевич продал мне уже давно, — добавил он.

— А деньги… не получил?.. — с характерными отцовскими паузами проговорил сын.

— Вот как раз этот вопрос я и приехал с вами предварительно обсудить. Начнем с главного — с семьи. Я попросил бы вас определиться, сколько денег семье необходимо ежемесячно, чтобы ни в чем себе не отказывать.

— Дак это… Деньги отдайте, и… мы сами определимся, — хмуро произнес сын.

— Я продолжу, с вашего позволения, — пробуя блины с домашним клубничным вареньем произнес Николай. — Вкусно-то как! Раз нет терпения выслушать меня до конца, объясню сначала общие принципы финансирования. Для вашей семью я создаю «подушку безопасности» — траст, который будет работать с консервативными и наименее рискованными финансовыми инструментами в максимально защищенной юридической зоне — Швейцарии или Люксембурге, юристы сейчас уточняют условия. Из этого траста каждый месяц уважаемая хозяйка дома — супруга Виктора Дмитриевича, царствие ему небесное, персонально будет получать столько, сколько необходимо для достойной жизни, лечения и отдыха семьи. Дополнительно будет в разумном объеме профинансировано твое личное фермерское хозяйство — подготовь, пожалуйста, бизнес-план.

— Ну… лучше просто деньги отдайте.

— Кто ими будет распоряжаться? — задал вопрос Николай.

Вдова застенчиво пожала плечами.

— Я! — принял за всю семью решение сын.

— Вот и я о том же. Соблазн больших денег — великое искушение, которому сложно противостоять, поверь мне. Зла от богатства порой бывает больше, чем добра. Особенно молодому человеку, не прошедшему школу самостоятельной жизни. Быть при отце — одно, — Николай сделал ударение на предлоге «при». — Быть главой семьи, заботясь о матери и младшем брате, — совсем другое, это право необходимо доказать делами. Поэтому и создаю траст, уж прости за откровенность. Я не пожелаю плохого семье моего партнера. Спасибо огромное за чай и угощение! — он поклонился вдове. — Условие принятия решения о схеме управления деньгами за пакет акций на мое усмотрение было оговорено с Виктором Дмитриевичем. Я пришлю к вам из Москвы несколько позже свою помощницу Светлану Александровну. Вы уже знакомы с ней. Она поможет определиться с деталями, хорошо?

— От тебя жду бизнес-план, — Николай протянул для прощания руку сыну партнера. — Если поменяются мои координаты, я сообщу. Светлана Александровна будет с вашей семьей на постоянной связи. Через пару дней перед отъездом еще забегу.

31

«Билетная касса» посольства Канады на самодеятельное представление «Другая жизнь», — с легкой иронией и непривычным волнением размышлял Николай, оглядывая небольшой зал с несколькими застекленными окошечками, как в билетных кассах кинотеатров. Только в отличие от кассы кинотеатра желающие приобретали билеты не на просмотр захватывающих сюжетов чужой приукрашенной жизни, а на право быть в одном лице сценаристом, режиссером и актером реалити-шоу «Моя новая жизнь в Канаде». Несколько разновозрастных конкурсантов кастинга сидели на стульях напротив окошек, регулярно поглядывая на круглые настенные часы. До старта заключительного этапа отбора — десяти утра, оставалось две минуты.

Из боковой двери вышла сотрудница посольства и торжественно уведомила, что претенденты будут по очереди вызываться на собеседование к окошкам, а при наличии у сотрудников серьезных вопросов собеседование может быть перенесено в отдельный кабинет, и если у кого-то изменилось желание выехать на постоянное место жительства в Канаду, то еще не поздно покинуть здание посольства.

Взглянув на небольшой отрывной листок, зачитала узбекскую фамилию. Женщина в яркой национальной одежде встала и упавшим голосом еле слышно произнесла:

— Это я.

— Пройдемте со мной в кабинет, — сотрудница посольства открыла одну из двух дополнительных дверей в зале.

Тревожные взгляды всех присутствующих были прикованы к трагической сцене.

— Повторяю! Николай Константинович! — громко донеслось из небольших акустических колонок. — Первое окно!

Николай вздрогнул от неожиданности и подошел к крайнему окну.

Приятная женщина славянской внешности лет пятидесяти пяти, с добрыми глазами внимательно сравнила фотографию на зарубежном паспорте с Николаем и на чистейшем русском языке предупредила:

— Я буду разговаривать с вами по-английски, постарайтесь максимально полно излагать свои мысли, — и уже на английском языке спросила: — Как вы видите свою жизнь в Канаде и в каком городе?

— Скорее всего, я сделаю выбор либо в пользу Оттавы, либо Ванкувера, — по-английски начал отвечать Николай. — Оттава мне импонирует компактностью и одновременно близостью к двум мегаполисам — Монреалю и Торонто. Ванкувер привлекает динамизмом жизни и… океанскими просторами.

— Любите рыбалку?

— Люблю рыбу и морепродукты, — рассмеялся Николай. — По роду деятельности планирую заняться инвестиционным бизнесом.

— Как независимый инвестиционный и страховой агент?

— Как инвестор-ангел, — уточнил он. — Возможно, через какое-то время получится наладить сотрудничество с венчурными фондами, сейчас сложно загадывать, на месте придется уточнять. Или войду в интерим-управление какого-нибудь стартапа.

— Хорошо, — рассматривая кейс Николая, произнесла офицер посольства. — А бизнес-консалтингом не думали заняться? У вас богатый опыт предпринимательской деятельности.

— Предметно не думал, — честно ответил Николай. — Но мысль интересная.

— Хорошо, — повторила женщина. — У нас нет больше к вам вопросов. После трех часов дня можете получить паспорт с визой в окне выдачи документов. Для въезда в Канаду предоставляется три месяца, потом временная виза автоматически аннулируется. Все постоянные документы получите по новому месту жительства. Удачи! — добавила она по-русски и закрыла светозащитные жалюзи на окне.

Николай взглянул на часы: собеседование длилось четыре с половиной минуты. Легкое волнение сменилось уже забытым ощущением радостного ожидания обновления.

Выйдя из посольства, он включил коммуникатор — звонков и сообщений ни от кого не было. «Собеседница уже давно молчит, куда-то пропала... Закончился наш роман откровенных душевных разговоров? Закончился так же неожиданно, как и начался?» — с грустью подумал он и направился в сторону Старого Арбата.

32

Яркий голубоватый свет экрана компьютера, освещающий полумрак комнаты, постепенно терял ночную магическую притягательность перед усиливающимся вечно молодым и более сильным конкурентом — восходящим небесным светилом.

Алена Макаровна допила очередную чашку кофе и усталыми глазами взглянула на часы: первые минуты пятого. Ложиться спать не было никакого смысла. Да и просто опасно — она еще не собиралась в дорогу, а уже через три часа должна была подойти служебная машина, а еще через шесть — без нее легко мог улететь самолет в Прагу. Как обычно, перед командировкой ей никогда не удавалось выспаться и спокойно собраться. «Почему в России мы не можем жить спокойно и размеренно? — риторический вопрос после утомительной ночной работы не требовал ответа. Вернее, он был очевиден. — Потому что мы живем в России. А может, плюнуть на все и всех и переехать в Чехию? Свежая идея! — от неожиданной мысли сон сразу прошел. — А что? Вот Михаил Александрович, спасибо его желанию срочно переселиться в Австрию, не остановился даже перед продажей мне пакета акций „АгроИнТеха". А ведь знал же, опытный матерый волчара, что если потерпит буквально несколько месяцев, заработает гораздо больше. Гораздо! Значит, зарубежное спокойствие стоит дороже десятков миллионов долларов, которые достались мне как новогодний подарок, потому что я просто не успела испугаться? Или компенсация в пятьсот с лишним процентов годовых за то, что не успела поумнеть? Николай уезжает в Канаду. Уж от кого, а от него не ожидала… А может быть, наоборот, логичный поступок умной и самодостаточной личности? Пока сложно для моего восприятия… Сформировать одну из лучших управленческих команд, создать из ничего серьезный эффективный бизнес, наработать колоссальный опыт и… уехать в неизвестность и неопределенность другого общества, другой культуры? Ничем иным, кроме как желанием начать новую жизнь, я объяснить себе это не могу…»

Алена Макаровна достала сигареты, прикрыла плотнее дверь, открыла форточку и закурила. «Знала бы я его несколько меньше, списала бы на кризис среднего возраста. Вернусь, надо будет поговорить с ним на эту тему подробнее, какие-то пазлы в картинке его образа у меня не складываются... Что-то в нашем государстве не так, если единичный крупный зарубежный бизнес приходит, а талантливый отечественный предприниматель массово уходит из страны. Иностранцы примчались, сняли сливки и сбежали доживать свой век на исторической родине. А чьи потомки Русь строить будут? Мы стремительно перерождаемся в сырьевую а-ля африканскую колонию с ущербной и преступной по отношению к своему народу имперской психологией. Ненавидим весь мир и гнобим себя, отыгрываясь за импотентность евнухов от власти. Несправедливо и страшно… Как говорил Виктор Дмитриевич, царствие ему небесное, не ту страну назвали Гондурасом, не ту… — банкирша поежилась и плотнее запахнула халатик. — Я была не бедной девушкой, а теперь после продажи «АгроИнТеха» стала богаче своего мужа и его партнеров по бизнесу. Богатое приданое, да почти все не дома, а на счетах в Чехии… Уже давно не невеста, и в России живу, а деньги и

703

часть бизнеса на Западе… Чем я отличаюсь от других? Боюсь признаться себе и сделать решительный шаг? Так и буду изображать честную россиянку, а по ночам считать свои заморские богатства? — кофейный аппарат фыркнул, уведомив хозяйку о готовности бодрящего двойного эспрессо. — Фу-уух, утомилась я, — она громко выдохнула».

Часы показывали почти пять. Алена Макаровна устало поднялась. — Решено, после всех дел неделю отдохну в Карловых Варах, приведу себя в порядок».

Контрастный душ постепенно разгонял переживательные мысли, возвращая деловой леди свойственную энергичность и решительность.

33

Петри любовался красивым в эротических переживаниях лицом любимой женщины. Он смотрел на свою единственную любовь, и счастье быть рядом с ней не шло ни в какое сравнение с любыми самыми острыми сексуальными ощущениями. Юля вскрикнула, губы задрожали, выгнулась назад всем телом, несколько раз вздрогнула, судорожно впилась ногтями в тело мужчины, упала ему на грудь и замерла. Петри гладил голову и спину девушки, вдыхая неповторимый аромат получившей сексуальное наслаждение женственности.

— Я бяка… я тебя снова покорябала, — шепотом сказала она и спросила: — Ты не кончил? Прости…

По тихому равномерному дыханию Петри понял, что Юля уснула прямо на нем, мгновенно отключилась, не выпуская его из себя и даже не успев услышать ответа. Петри обнял свою спящую любовь и задумался об их дальнейшей совместной судьбе. «Руководство фонда довольно результатами моей работы. Сделка с „АгроИнТехом" превзошла все самые смелые ожидания: фантастическое увеличение инвестиционных вложений почти в три с половиной раза примерно за год! В благодарность предложен пост первого заместителя руководителя российского офиса с новым и весьма привлекательным компенсационным пакетом. Предложение — мечта!»

Только настоящая мечта, полностью доверившись ему, сейчас спала на его груди, и ради ее счастья Петри готов пожертвовать и карьерой, и деньгами, и даже дорогой ему Россией. Письмо от бывшего бойфренда Юли, уже достаточно скоро выходящего на свободу, благодаря усилиям адвокатов и магии больших денег, не оставляло никакой надежды на спокойную жизнь. На родину Петри почему-то не тянуло. На заданный якобы невзначай вопрос: «Может, рвануть в Австралию?» — Юля молча согласно кивнула, но в ее глазах он не увидел восторга. Как вскоре он случайно узнал, врачи не рекомендовали ей жаркий климат. Да и до томских родственников, которых она любит до безумия, лететь придется не одни сутки. «Что делать, куда податься?»

Петри взглянул на часы. В освещенной уличными фонарями спальне электронный будильник, стоящий рядом с факсом, подмигивал красным светом: начало пятого утра. Факс Петри поставил специально, чтобы не вскакивать среди ночи и не бежать в кабинет, если нетерпеливые партнеры с другого континента, не обращая внимания на разницу во времени, пришлют свои послания. Но это было до появления в его судьбе и доме Юлии. Теперь факс надо обязательно перенести. Впервые войдя в комнату и увидев черный серьезных размеров аппарат, она пошутила: «Спишь в обнимку с работой?» Н-да... Точнее, жил до Юли в обнимку с работой и эпизодическим присутствием на кровати меняющихся женских тел.

Хотелось пить и выпить, но потревожить сон девушки Петри не решался. Посмотрел в окно: «Светает... А что если предложение Николая приехать к нему в Канаду и занять пост инвестиционного директора в стартапе считать не шуткой, а официальным приглашением? Вот взять и полностью поменять предсказуемую престижную жизнь инвестиционного банкира на риски нового бизнеса. Страшно? Чего боюсь? Если жизнь моя в руках Господа, то грешно неверием своим тяготиться... А если не верю, то как же я могу считать себя православным христианином? Бог любит смелых! Завтра, вернее, уже сегодня поеду к Николаю, чтобы обсудить с ним возможность совместной работы. Помоги нам, Матерь Божья!» — Петри мысленно трижды перекрестил себя и спящую любимую женщину.

34

— Утречко доброе, Николай Константинович! — знакомый вальяжный баритон Михаила Александровича обрадовал Николая. — Не отвлекаю от дел срочных и важных?

— Очень рад, дорогой мой Михаил Александрович! Какими судьбами, да еще в столь ранний европейский час?

— Мы же с вами жаворонки, не забыли еще привычки старого инвестора?

— Как же можно забыть дорогого партнера?!

— Вот и чудненько, чудненько... Так не отвлекаю?

— Я пью кофе в аэропорту и в течение получаса абсолютно свободен. А вам-то что не спится?

— Мысли, понимаете ли, не дают... Ностальгия... Вот вспомнил, как мы с вами по России летали да вели задушевные разговоры в ресторанах разных за бутылочкой водочки. Вот и подумал: дай позвоню, авось не забыл меня еще мой старый «боевой» товарищ.

— Приятно, что считаете товарищем, для меня ваше отношение дорогого стоит, — искренне ответил Николай.

— Видел давеча по телевизору, как французы в гости в «АгроИнТех» нагрянули. Продолжение следует?

— Прежде них к нам итальянцы нагрянули. Вот с ними и получилось продолжение.

— Неужели вышли из проекта?!

— Вышли, — Николай не смог удержаться от улыбки.

Сидящая напротив Николая молодая эффектная женщина с ярким макияжем и двумя маленькими детьми восприняла улыбку на свой счет и кокетливо улыбнулась в ответ.

— И по какой цене? — не удержавшись спросил Михаил Александрович.

— Угадайте! — с бывшим партнером Николай мог позволить себе фамильярность.

— Э-э-э... Семь с половиной. Нет! Восемь ярдов.

— Не угадали.

— Неужели восемь с половиной?

— Не буду мучить. Ровно десять миллиардов рублей.

— Десять ярдов?! — раздался в трубке почти крик. — Не может быть! Десять ярдов! С ума сойти! Поздравляю, дружище!

— Со скромно склоненной головой принимаю заслуженные поздравления.

Николай еле заметно подмигнул периодически бросающей на него заигрывающие взгляды женщине, к которой пришел, очевидно, муж с пачкой газет. Он сосредоточенно перелистывал их и пил темное пиво.

— Значит, я не дотерпел всего ничего? — с явным сожалением произнес Михаил Александрович.

— Получается так.

В диалоге возникла пауза.

— Расстроились? — решился первым прервать молчание Николай.

— Слегка… Даже не расстройство, понимаете ли, а легкая грусть. Так все сложилось в тот момент… Беспокойство какое-то за семью совпало со временем принимать решение об иммиграции. Плюс редкий для меня кассовый разрыв. Сорвался… Да, сорвался. Нисколько не сомневался в вас, но… не это все главное. Могу сказать откровенно, чего испугался?

— Буду признателен, Михаил Александрович.

— Вы знаете, что я весьма прагматичный человек… И поначалу с интересом наблюдал, насколько вы расчетливо строили бизнес. Расчетливо — не совсем точное описание… Вот видите, даже не могу подобрать термин! Расчетливо — не в смысле арифметики в тоннах продукции, рублях прибыли, процентах рентабельности, а расчетливо в выстраивании процесса развития бизнеса. Вот катится фигурист по льду — завораживающе красиво, правда? Но чтобы создать красоту танца, рассчитаны и отработаны малейшие движения, траектория, последовательность… Вот что я имею в виду. Не очень понятно излагаю? Постараюсь еще пояснить. Вы настолько расчетливо формировали процесс развития семенного бизнеса, продумывая и отрабатывая каждый этап, каждое управленческое решение, как гениальный тренер по фигурному катанию готовит олимпийского чемпиона.

— Спасибо огромное за комплимент!

— Не за что. Уж мне-то точно не за что.

— И вы испугались моего подхода?

— Отнюдь... Интерес сменился настороженностью, уж слишком бизнес развивался по вашему сценарию. Испугала ваша непоколебимая уверенность в правоте выбора принципов развития.

— Разве мы постоянно не совещались? Разве совет по развитию был формальностью?

— В том-то и дело, что нет. Вы вовлекли всех, включая и меня, не только в процесс принятия решений, но и в процесс их реализации. Коллективный разум и энергетика — великая созидающая сила! Но вся могучая сила направленного развития «АгроИнТеха» генерировалась фактически вами, как свет лазера лазерным аппаратом. Лазерный луч может созидать, а может и разрушать. Последнего я и испугался. А что если бизнес на сумасшедшей скорости движется не в сторону райских садов, а в сторону пропасти, как единодушно принимаемые в советские времена решения КПСС на съездах? Я убежденный агностик и материалист. И даже бывший член коммунистической партии. Но сейчас готов подписаться под каждой буквой примера из Библии про хождение по воде апостола Петра... Вы звали нас идти за вами и не бояться, ибо истинно верили в успех. И я пошел. Но в какой-то момент усомнился и... сбросил акции. Маловерный, я усомнился... Еще и Виктора Дмитриевича спровоцировал.

— С Виктором Дмитриевичем другая история. Мне кажется, его переживания и отказ от владения акциями можно объяснить ущемленным самолюбием. Просто ваши с ним решения совпали по времени.

— О мертвых плохо не говорят, но он тоже усомнился. Еще и гордыня. Да, гордыня...

— Кто из нас без слабостей? Не переживайте!

— Что ж, я не жалею о недополученных миллионах, итак на вас хорошо заработал, почти в два с половиной раза от вложенных инвестиций. Помните, как в нашей тусовке говорят: «Деньги, полученные раньше, — бо́льшие деньги»? И был обеспеченным человеком, и сейчас есть на что спокойно встретить старость. Регулярно получаю дивиденды — заводик мой австрийский стабильно работает без моего участия, что в России представить невозможно. Кое-какие активы пока еще из России кормят, но надо избавляться — без моего присутствия, чувствую, привороваывать начинают, а у меня все меньше и меньше желания разборки наводить… Привыкаешь к человеческой жизни, понимаете ли…

— Понимаю.

— Это вы пока умом понимаете. А вот поживете годик-другой в спокойном обществе — сердцем понимать начнете.

Идущая к барной стойке кокетка, на секунду остановилась возле Николая и, незаметно положив ему на стол свою визитку, почти шепотом произнесла:

— Позвоните, когда вернетесь в Москву.

— Кстати, если не секрет, куда направляетесь? — в трубке по характерному шарканью стало слышно, как Михаил Александрович куда-то идет, а потом раздался звук включенной кофемолки. — Тоже кофейку захотелось.

— Не секрет, в Сан-Франциско на ежегодное мероприятие инвестиционного фонда Alcatraz Venture Capital Group.

— Сотрудничество намечается? Приношу извинения. Остановите меня, если задаю некорректные вопросы, просто по общению с вами соскучился.

— Никакой тайны нет, они были в пуле наших инвесторов.

— О! Однако я много пропустил!

— У них такая традиция: раз в год праздновать успешные выходы из проектов с приглашением виновников радости. Я не смог отказаться.

— Помню, помню, что к приморским городам вы неравнодушны. Еще раз поздравляю! Хорошо вам и с пользой провести время! Кстати, какие задумки по новым проектам?

— А почему вы считаете, что они должны быть? — задал Николай провокационный вопрос.

— Уж простите меня, старика, мне кажется, я слишком хорошо вас знаю, Николай Константинович. У вас их не может не быть.

— Правы. Но определенности пока нет. Есть желание составить партнерство?

— С вами — всегда! Только не в России.

— Буду иметь в виду. А где, например?

— На Германию я не рассчитываю… Да хоть и в Сан-Франциско, почему нет?

— А если в Ванкувере?

709

— Отличный город! Был в Канаде. Правда, много лет назад. Самые приятные воспоминания!

— Уже теплее…

— Вы серьезно про Канаду?

— Более чем.

— Интригуете! Обратно возвращаетесь через Германию?

— Да, традиционно через Франкфурт.

— А что если я встречу вас, несколько дней покатаю по Германии и по Австрии: горные озера, горячие источники, живое пивко? Заодно дела деловые обсудим? Соглашайтесь!

— Заманчиво. Умеете вы уговаривать, Михаил Александрович!

Николай прислушался к голосу невидимой дикторши, объявляющей на русском и английском языках посадку на его рейс.

— Вас призывают?

— Меня.

— Не буду задерживать. Так я могу надеяться на встречу на обратном пути?

— Договорились.

— Вот и ладушки. Мягкой посадки и до встречи!

Николай посмотрел на оставленную игривой мамашей визитную карточку: владелица спа-салона «Все семь удовольствий». Достал ручку и приписал на визитке: «Позвони через две недели». Подозвал обслуживающего его молодого официанта, положил в книжечку расчета деньги, визитную карточку бизнес-вумен и, весело напевая «…кто людям помогает, тот тратит время зря» — песенку из детского мультфильма, направился к выходу на посадку.

35

— Мир тесен! Не помешаю? — Николай с подносом стоял около одного из нескольких маленьких круглых столиков с читающим за ним местную деловую газету Брюсом.

— Николай? — удивился Брюс, отложил газету, снял очки, приподнялся со стула и крепко пожал руку. — В столь раннее утро вы уже не в постели? Какими судьбами оказались не в ресторане отеля, а в этой маленькой семейной булочной? Я думал, что по утрам не спится только старикам. Как дела?

— Отлично! Так можно? — повторил Николай, показывая глазами на столик. — Как ваши дела?

— О да, конечно! — Брюс сдвинул газеты на край. — Все хорошо, спасибо.

— Радоваться каждый день восходу солнца — это роскошь, данная человечеству и мне, как одному из избранных смертных. А завтракать в отеле — преступление против путешествующей личности, — Николай поставил на стол большую чашку с красным чаем, тарелку с круасаном, йогурт и мед. — Истинную культуру народа можно ощутить только на улицах, в маленьких булочных и в...

— Туалетах! — рассмеявшись, закончил фразу Брюс.

— Абсолютно точно!

— Насколько я осведомлен, наши номера находятся почти рядом. Генри всегда размещает гостей на одном этаже. Наверное, чтобы удобнее было разносить тела по номерам после застолья, — он засмеялся. — Я знал, что вы прилетели вчера вечером, но не стал тревожить с дороги. Надеюсь, полет прошел хорошо?

— Перелет — да, встреча таможенников — нет. Меня приняли за крупного мафиози со всеми вытекающими последствиями — пафосно-бесцеремонным обыском и допросом в отдельной комнате. Выбор, правда, предложили традиционный: либо сразу в американскую тюрьму, либо возвращаться обратно в Россию. Ничего оригинального, о чем стоило бы задуматься.

— И вы выбрали первое, не правда ли?

— Если мы с вами беседуем в сан-францисской булочной, то...

— Не сомневался. Хоть мы и не столь близко знакомы, но я сужу о человеке по делам его... А дело, судя по «АгроИнТеху», вы делаете хорошо. Даже очень.

— Благодарю.

— Вам признательность за отменные результаты. А с таможенниками — бывает, бывает... Все, кто не похож на среднестатистического американца, вызывают у них подозрение. А ваш вид, прошу прощения за откровенность, с длинными волосами и серьгой в ухе не совпадает с тиражируемым глянцевыми журналами типажом руководителя крупного бизнеса. Разве что эпатажный сэр Брэнсон... Да вы кушайте, не отвлекайтесь на меня. Я только что закончил завтракать. Правда, в отличие от вас я съел яичницу с сосисками.

Спокойная и доверительная манера ведения диалога гуру венчурного бизнеса была настолько комфортна, что создавала атмосферу беседы добрых старых приятелей.

— Петри не с вами прилетел? — как бы мимоходом поинтересовался Брюс.

— Петри вылетел чуть раньше на свою родину и должен часа в три-четыре после обеда прилететь.

— А ваша партнер по бизнесу?

— У Алены Макаровны, к сожалению, срочные дела в Европе.

— Надеюсь, Петри к банкету успеет. Вы не начали курить? — банкир задал неожиданный вопрос.

— Зато не отказался от вина и женщин, — отшутился Николай.

— А я вот изредка балуюсь... И сегодня не отказался бы... Вы знакомы со всеми участниками сделки?

— Почти.

— Кого обошло счастье знакомства с вами?

— Единственного представителя женского пола. Биографию и резюме я, конечно, читал, а вот лично не было повода познакомиться.

— Не желаете по бокалу вина? — глаза у Брюса стали слегка печальные.

— С удовольствием!

— Ценю! — Брюс встал и подошел к кассирше. Перекинувшись с ней парой слов, вернулся с двумя бокалами красного вина. — Домашнее калифорнийское. Простенькое, но на другое ранним утром в булочной не стоит рассчитывать. Чирс! — поднял бокал и сделал несколько глотков.

— А вы, значит, со всеми знакомы, — уточнил Николай, отпив вина.

— Я? Да... со всеми... — банкир задумчиво смотрел на постепенно оживающую улицу.

— И со всеми вместе уже работали до нашего проекта?

— Не со всеми…

Видя по непонятной причине неожиданно опечалившегося Брюса, Николай решил больше не задавать вопросов.

— Только с единственной участницей женского пола раньше не работал, — вдруг произнес банкир. — Хотя имел возможность и счастье познакомиться. Да…

Николай тактично молчал.

— Ксения отличный специалист и менеджер. В венчурной тусовке, как говорит молодое поколение, ее заслуженно уважают. Не просто, скажу я вам, в таком молодом возрасте заработать авторитет среди акул инвестиционного бизнеса. К тому же редкой красоты женщина… И внутренней, и внешней. Впрочем, последнее к делу не относится, но… Она русская, вы знаете?

— Да.

— Ах да… Вы же читали резюме… Замечательная девушка, — со вздохом констатировал Брюс. — Многие мужчины от нее без ума. Появилась и очередная жертва из наших рядов — Генри влюбился, чего не скрывает ни от кого. Ваш проект, кстати, виновник этого. Они стали чаще общаться и…

— Служебный роман?

— Безответное чувство, насколько я в курсе.

— Ее сердце занято другим?

— Кто знает?...

— И кто?

— Только не я…

— Вы заинтриговали меня, Брюс. Еще по бокалу вина?

— Спасибо, достаточно, нам с вами еще вечером предстоит хорошо выпить. Что-то с утра я разговорился, вино, наверное... Так что смотрите по поводу Ксении, будьте готовы не увлечься ею, я вас заранее предупредил!

— Предупрежден — значит вооружен. Поговорка такая есть, — с улыбкой пояснил Николай.

— Да-да… Хватит с утра о женщинах, давайте поговорим о делах, раз уж встретились.

— Оба с утра куда-то вышли, но я им сразу же передам, как только они вернуться, — портье взял у Ксении три пакета, — а господин Петри… — он безуспешно пытался выговорить скандинавскую фамилию, прищуренно вглядываясь в экран компьютера, — когда появится, мы ему обязательно вручим при регистрации, не переживайте. Что-то еще, леди?

Ксения вышла из отеля. Непривычное для раннего сан-францисского утра яркое солнце заставило зажмуриться. Надев солнцезащитные очки, она посмотрела по сторонам: ни Брюса, ни Николая нигде не было видно. Сев в машину, еще раз оглянулась, но взглянув на часы, заторопилась к стилисту.

— Вот она! — Брюс показал рукой на садящуюся в машину женщину. — Ксения!

— К сожалению, не успел разглядеть, — всматриваясь в отъезжающий от отеля автомобиль, пожал плечами Николай.

— Странно, что я ее заметил, — удивленно произнес инвестиционный банкир. — С моим-то зрением и увидеть за метров… семьдесят? Столько примерно от нашей булочной до отеля?

Николай оценил расстояние до расположенного через перекресток отеля:

— Да, примерно столько.

— Интересно, зачем она приходила?

— Вернемся в отель — узнаем.

— Прошу прощения, — Брюс достал мобильный телефон и набрал номер. — Ксения? Дорогая, как ты?.. Хорошо, хорошо… А мы с Николаем завтракаем в булочной прямо напротив отеля, и я увидел тебя в окно… Не поверишь, случайно столкнулись!.. Вы ведь лично не знакомы еще? Присоединишься к нам?.. Жаль! Торопишься к Генри? Нет? Только вечером на ужине?.. На ресепшен приглашения от вашего фонда на винный тур по Калифорнии? Окей! До встречи. Береги себя!

— На чем я остановился? — обратился к Николаю заметно повеселевший Брюс.

«Ого! Не иначе как и ты в нее влюблен… — подумал Николай, глядя в мгновенно помолодевшие глаза собеседника. — Просто роковая женщина какая-то… »

36

Петри задремал, едва микроавтобус отъехал пару кварталов от отеля — сказался длинный перелет из Европы и переживания последних дней. Скандинавские родственники хоть и не подали виду, но когда Петри принял православие, стали относиться к нему заметно более сдержанно, чем раньше. Новость о скорой женитьбе на русской женщине и вынужденном переезде в другую страну только увеличила пропасть отчуждения. Лишь живущий уже несколько десятилетий во Франции родной брат отца с восторгом воспринял известие о бракосочетании в экзотической для него Сибири и обещал обязательно прилететь на торжество.

Взволнованный Брюс с кем-то переписывался по мобильному телефону.

Николай поправил бабочку и отряхнул с фрака пушинку. Многолетняя привычка ежедневно носить деловой костюм или фрак в последние годы сменилась возможностью позволить себе более свободную форму одежды, поэтому вечерний дресс-код слегка сковывал его.

Растущие вдоль дорог, прямо из залитой бетоном земли, пальмы не сильно оживляли серовато-лаконичный урбанистический пейзаж прибрежных улиц даунтауна Сан-Франциско. Пальма — столб — пальма — столб — пальма — столб... Чередующееся мелькание из окна автомобиля изредка оживлялось небольшими газонами с одинокими лиственными деревьями.

Выехав за город и немного попетляв по серпантину между горами и океаном, микроавтобус вскоре остановился возле ресторана, почти касающегося террасой набегающих холодных океанических волн. Ближе всех сидящий к выходу Петри вздрогнул и проснулся от щелчка открывающейся двери.

— Уау! — не удержался он, увидев расстеленную красную дорожку от автомобиля до входа в ресторан. — Я чувствую себя, как на венчурном «Оскаре»!

— Могут себе капиталисты позволить за наши непосильным трудом заработанные деньги, — выходя следом за ним из машины, пошутил Николай.

— Просто дети! К чему такой пафос? — добавил свою реплику вступивший последним на дорожку Брюс. — Кстати, мы опоздали почти на сорок минут.

— Это моя вина, — покачал головой Петри.

— Выше нос, гордый сын скандинавского народа! — ободряюще похлопал его по плечу Николай. — Запомни, именинники не опаздывают, именинники задерживаются.

«Времена года» Чайковского негромкими звуками фортепиано встречали входящих в ресторан гостей. Мужчины во фраках и женщины в вечерних платьях оживленно общаясь мигрировали по залу, периодически прерывая беседы во время представления вновь прибывших участников торжества. Генри с двумя пожилыми партнерами-основателями своего инвестиционного фонда лично встречал гостей у входа, приветствуя и с юмором представляя их.

— Господа! Поднимем бокалы за «АгроИнТех» из России! — громко произнес Генри в микрофон. — Победители в номинации «Сделка года». А мы уже начали переживать, не перехватили ли наших дорогих в прямом смысле гостей по дороге конкуренты или мафия?

Улыбающийся Брюс приветственно кивал многочисленным знакомым.

Петри несколько засмущался, оказавшись в центре внимания, — на таком представительном мероприятии он присутствовал впервые.

Николай взял бокал с красным вином у подошедшего официанта и осмотрелся: кроме нескольких лиц, он почти ни с кем не был знаком.

— Наслышаны! — на русском языке обратился подошедший к Николаю с бокалом шампанского полный, среднего роста, с водянистыми глазами и мясистыми губами лысеющий мужчина в очках и мятом дешевом костюме блеклого серо-черного цвета.

— Поздравляю вас от лица России, Америки и Русско-калифорнийской торгово-промышленной палаты! Э-э-э... имею честь представиться: президент Эдик Массарский, — он достал из кармана пачку замусоленных визиток, покопавшись вытащил одну и протянул Николаю.

— Николай Константинович, — представился Николай. — Эдик — это Эдуард?

— Да, в Советском Союзе меня звали Эдуард, я из Питера. Начинал трудовой путь барменом, да-а… Но не мог смириться с коммунистическим режимом и эмигрировал.

— Валютные операции?

— Э-э-э, — замялся Эдик, — не без этого.

— Так Эдик или Эдуард?

— В Штатах, знаете ли, Николай… людям удобнее произносить Эдик.

— Жаль.

— Чего жаль? — не понял собеседник и сразу немного растерялся.

— Жаль сокращению. Эдуард — красивое имя. А я вот все никак не могу привыкнуть к американизированному обращению только по имени, тем более сокращенному. Мне кажется, что называть по имени-отчеству, значит выражать уважение к неповторимости каждого человека, его предкам, передавшим право продолжения рода. Человек без отчества, что дерево без корней. Я даже студентов-стажеров называю по имени-отчеству и получаю от такого обращения удовольствие. Руковожу я своими бизнесами уже очень давно, лет этак с… двадцати семи — двадцати восьми, наверное. И меня всегда звали по имени-отчеству. Добрая привычка, которую не хочется менять.

— Э-э-э, у каждого народа свои привычки. В Америке, знаете ли, мидл нэйм — отчество по-вашему, не обязательно является именем отца, а может быть совершенно абстрактным, на усмотрение родителей. Или его вообще может не быть. В принципе ничего плохого в этом нет. Не правда ли? — Эдик внимательно смотрел на Николая, пытаясь предугадать его реакцию.

— Хорошего тоже. На мой взгляд, — уточнил Николай. — Общаясь со мной, вы лишний раз напоминаете мне об отце. Напоминание об отце располагает к определенной ответственности к жизни и поступкам. А будь я Николай… к примеру, Рисующий, то не знаю, какие ассоциации у меня возникали бы.

— Ассоциации, что ваши родители хотели, чтобы вы рисовали, были художником.

— Вот и я об этом же. Часто судьба смеется над нами. Одно из качеств, которым меня полностью обделил Бог, — я абсолютно не умею рисовать, хотя мой отец был наделен талантом в этом искусстве. В семье хранятся его детские альбомы с изображением людей, животных. Великолепные работы! А теперь представьте, что каждый здоровающийся со мной будет напоминать мне, что в чем-то природа на мне отдохнула! И какие ассоциации могут возникать у меня?

— Ну… кх-х, — кашлянул Эдик, — вы знаете, Николай, э-э-э, простите, Николай Константинович, — быстро поправился он и, сменив неудобную тему, доверительно продолжил: — Ваш проект — знаковый для России и российско-американских отношений. Да, да, знаковый! Все привыкли к сотрудничеству, знаете ли, э-э-э, честно сказать, либо угнать сюда деньги и вложить в недвижимость, либо, э-э-э, продать в Россию что-нибудь ненужное. А вы не побоялись взяться за инновационное решение непростой, знаете ли, э-э-э, международной проблемы.

— Какой проблемы? — теперь уже не понял собеседника Николай.

— Ну… вашей…

— Какой моей? — этот человек, не вызывающий симпатий, уже начал раздражать Николая.

— Вы же семена выращиваете? — осторожно уточнил Эдик. — Эксперименты над ними проводите? Вы знаете, — уже более уверенно продолжил он, — нам надо провести в Сан-Франциско под эгидой нашей палаты российско-американскую международную конференцию. Соберите российскую делегацию и…

— Нет, — перебил Николай.

— Что нет?

— Мы не выращиваем семена и не проводим над ними эксперименты.

— А что же вы делаете? — окончательно растерялся бывший ленинградский бармен — валютный спекулянт.

— Лично я выращиваю инвестиционно привлекательные бизнесы. Вы хотите поговорить на эту тему?

— Э-э-э, — замялся Эдик, — предлагаете устроить международную конференцию по инвестициям?

— Предлагаю выпить и закусить, — наклонившись к уху собеседника, негромко сказал Николай, подмигнул ему и направился в сторону столов.

Генри, окруженный несколькими людьми в центре зала, громко комментировал проблемную ситуацию с какой-то корейской фармацевтической компанией, в которую его фонд вложился много лет назад.

Петри, встретив двух своих соотечественников, внимательно слушал их диалог на родном языке.

Брюс стоял в дальнем углу спиной к Николаю и беседовал с какой-то женщиной.

Николай краем глаза уловил ее внимательный взгляд из-за плеча Брюса и, поискав свободное место, присоединился к столику Петри.

— Я с вами, если не возражаете, — Эдик пристроил свою тарелку рядом с тарелкой Николая. — Знаете ли, я мало с кем здесь знаком.

— Хватит закусывать! — раздался из-за спины веселый голос Генри. — Бери бокал, пойдем, я буду тебя с народом знакомить, — и, взяв Николая под руку, повел его через зал.

— Брюс! Ты неисправимый собственник! Представь же наконец бывших партнеров друг другу, — бесцеремонно перебил речь Брюса Генри.

Брюс повернулся:

— Генри, я как раз собирался это сделать. Знакомьтесь: Николай.

— Ксения, — не дав договорить собеседнику, протянула Николаю руку молодая стройная женщина с красивыми длинными волосами соломенного цвета.

— Вы прекрасны, как молодое дерево сакуры! — Николай не удержался от комплимента и поцеловал протянутую руку.

— Ты сегодня превзошла себя! — не отрывая взгляда от глубокого декольте, завороженно произнес Генри. — Твои зеленые глаза и темный янтарь в сочетании с бирюзовым цветом платья — просто фантастика! Я сражен! Ты видишь, что все мужчины зала смотрят только на тебя?! Что ты со всеми нами делаешь?!

Ксения слегка зарделась:

— Прекрати, Генри, ты меня смущаешь!

— Окей, окей! Болтайте дальше, не будем вам мешать, — и снова, взяв Николая под руку, повел его к бурно беседующей о чем-то группе мужчин.

— Вам удалось хотя бы немного закусить?

Николай обернулся. Немного наклонив на бок голову, на него вопросительно смотрела Ксения.

— Пока нет, — пожал плечами Николай.

— Пока? Вы пришли уже более часа назад! Я буду вашим официантом и одновременно телохранителем, не возражаете?

— Генри, я краду у тебя гостя, ты плохой хозяин!

— Смотри, я буду подглядывать и ревновать, —погрозил он в ответ пальцем.

Познакомившись с Ксенией, Николай никак не мог отделаться от ощущения, что он уже где-то видел эти зеленые, большие, но немного раскосые глаза. Зрительная память его никогда не подводила, но задать самой эффектной женщине вечера банальный вопрос, который мог быть истолкован неоднозначно: «Мы с вами где-то встречались?» — он не решался.

— Итак, закуски и горячее прямо перед вами, — Ксения шла чуть впереди Николая. Он невольно залюбовался ее фигурой. Высокий разрез платья при движении приоткрывал стройные ноги. — Концентрируйтесь, пожалуйста, на столах, а не на моих ногах, — не оборачиваясь, сделал она замечание.

Николай покраснел.

— Вы очень громко думаете! И ничего на накладываете в тарелку. Все очень просто! — Ксения повернулась. — Я взялась вас накормить, а вы меня подводите, — уже мягче добавила она.

— Простите, — Николай ощущал какую-то несвойственную ему скованность в присутствии девушки. — Вы составите мне компанию?

— Я побуду с вами и, конечно, выпью вина за успех. И за… наше знакомство, — добавила она.

— Прошу прощения, что мы с Генри бесцеремонно прервали ваш разговор с Брюсом.

— Ерунда! Во-первых, мы ни о чем серьезном не говорили. А во-вторых, прервали не вы, а Генри, на которого я по аналогичным поводам уже давно не обижаюсь.

— Значит, вы были одним из наших инвесторов? — чтобы скрыть свое смущение, перевел разговор на деловую тему Николай.

— Получается так.

— В инвестиционной декларации вашего фонда ведь нет направления «сельское хозяйство»?

— Зато есть направление «инновационное развитие».

— И тем не менее. Как высказался на одном международном форуме кто-то из российского правительства: «Хочешь потерять деньги, вложи их в сельское хозяйство». И все-таки вы рискнули? Что определило выбор, если не секрет?

Ксения поискала глазами официанта.

— Инициатором был Генри, как вы понимаете. Убедил, красноречивый, — она немного грустно улыбнулась.

— И легкая грусть проявилась на ее лице, — прокомментировал Николай.

— Отнюдь, это я о своем, о девичьем. Для Генри и для меня авторитетом является Брюс. Фактически нашему сотрудничеству в итоге мы обязаны ему. Доверились и не разочаровались.

— Что ж, приятно, когда ожидания оправдываются.

— Да, приятно… А у вас всегда оправдываются ожидания?

— М-м-м… Обширный очень вопрос.

— Забавно.

— Что забавно?

— Забавно наблюдать, как вы о чем-то усиленно размышляете. Возможно о том, отчего я такая неприлично прилипчивая? — Ксения рассмеялась. — Схватила вас, выдернула из умных бесед, делаю замечания, пристаю с нескромными вопросами… А вы все терпите и о чем-то думаете. О чем?

— Не сочтите за банальность, но о том, что я уже когда-то видел ваши глаза, — решился сказать Николай. — Пытаюсь вспомнить: где и когда? И манера разговора знакомая очень…

721

— Уверены?

— Абсолютно. И чем больше мы с вами разговариваем, тем сильнее ощущение… Дежавю?

— Возможно… — Ксения посерьезнела.

— Над чем это вы смеетесь? — неожиданно появился рядом Генри. — Устал от скучных бесед, побуду с вами.

— Может быть, стоит всем участникам проекта собраться вместе? — предложил Николай.

— О да, гениальная идея! Будьте здесь, я сейчас всех соберу! — Генри исчез так же мгновенно, как и появился.

— Фигаро здесь, Фигаро там, — глядя на уже возвращающегося Генри в окружении Брюса, Петри и официанта со спиртным, — прокомментировала Ксения.

— Ну что же, поднимем еще раз бокалы за наше успешное сотрудничество! Чирс! — Генри выпил бокал до дна и сразу взял у официанта еще один.

— Не частишь? — поинтересовалась Ксения.

— Ты меня знаешь, я всегда держу ситуацию под контролем, — браво ответил Генри.

— Знаю-знаю, герой, — подмигнула она хозяину вечера. Генри стушевался, но быстро взял себя в руки.

— Семейные тайны? — задал вопрос Брюс, наблюдая за диалогом Генри и Ксении.

— Это навсегда останется нашей маленькой тайной, правда, Генри? — улыбнулась Ксения.

Брюс пристально посмотрел на американца.

— Дорогой Петри, — продолжила она, — я возьму на себя смелость высказать общее мнение — выразить огромную благодарность соинвесторов проекта. Принять на себя основную часть непосредственной работы с бизнесом в России стоит немалых сил и смелости. И мы все признательны за твой самоотверженный труд. Насколько я знаю, именно ты был на «передовой» и непосредственно принимал участие в работе совета директоров «АгроИнТеха», в переговорах со стратегическим инвестором.

Петри счастливо раскланялся.

— А еще мы признательны, — продолжила Ксения, — что ваш фонд сумел найти убедительные аргументы собрать нас, столь разных людей, представляющих разные по специализации фонды с разных континентов в одну команду. За тебя и твой фонд!

Когда все выпили, она спросила Петри:

— Расскажи, пожалуйста, как тебе работалось в России с Николаем?

— М-м-м, — Петри задумался.

— Теперь можно сказать всю правду, — подбодрил бывшего партнера Николай.

— Не скрою, мне было сложно, — наконец произнес Петри. — Николай как-то очень точно сформулировал наши непростые с ним отношения… Мы были лучшими врагами и одновременно худшими друзьями… И при всем этом я обрел замечательного товарища, который всегда выручал меня в трудные минуты. Спасибо тебе! — Петри расчувствовался и обнял Николая.

— Спасибо и тебе, Петри, за твое терпение, за понимание, за помощь, за мудрость. За тебя, дорогой! — Николай поднял бокал.

— Так вы были друзьями или врагами? — не понял Генри.

— Генри, ты меня порой удивляешь, — покачал головой Брюс. — Это наша как инвесторов доля. Профессиональная судьба, если можно так выразиться.

Ксения с интересом наблюдала за дискуссией мужчин.

— Видимо, я мало выпил, что не понимаю, — американец громко рассмеялся и похлопал Петри по плечу. — Зато у меня есть на примете перспективный проект в сельском хозяйстве. Один университетский стартап занимается генно-модифицированными культурами. Выход из проекта понятен — ключевые игроки этого рынка не допустят конкуренции и скупят его однозначно. Информация проверенная — у меня есть знакомый в совете директоров одной из крупнейших компаний, — он заговорщицки подмигнул и обвел взглядом коллег. — Команда у нас сформировавшаяся. Обсудим?

— На меня не рассчитывайте, на ближайшее время у нас все ресурсы распределены, — Ксения поставила бокал. — Я оставлю вас ненадолго, господа.

— К сожалению, я тоже не смогу составить компанию, другие планы, — любуясь выходящей из зала Ксенией, извинился Николай и перехватил внимательный взгляд Брюса.

— Очаровательная женщина, не правда ли? Смотрите, Николай, не влюбитесь, я вас предупреждал! — англичанин весь вечер был необычно задумчив. — Еще и Генри вызовет вас на дуэль.

— Да! — подтвердил Генри, тоже внимательно провожая взглядом Ксению.

— Пойду проветрюсь, с вашего позволения, — кивнув мужчинам, Николай вышел на верхнюю террасу ресторана.

После душного помещения легкий океанский бриз приятно освежал. Николай снял бабочку, положил ее в карман, расстегнул воротник рубашки и глубоко вдохнул свежий морской воздух. Заходящее солнце коснулось воды и рассыпалось множеством искрящихся лучиков по ее поверхности, прощально моргнув напоследок выступающей из воды метрах в ста от берега статуе печальной женщины. Очертания стоящих на рейдах кораблей становились все темнее. Николай облокотился на поручень террасы. Из воды показалась голова морского котика — любопытные глазки смотрели на одиноко стоящего человека.

«Вот я и завершил задуманное. Я молодец? — размышлял Николай, не отрывая взгляда от заходящего солнца. — Молодец! Интересно, что причина радости у всех участников проекта разная. Партнеры-инвесторы радуются, что хорошо заработали. Петри — что еще и любовь свою нашел. А я радуюсь, что смог повернуть течение своей судьбы в другое русло, в русло большей внутренней свободы и самоуважения, оценки результатов не только по количеству полученных материальных ценностей, но и с точки зрения средств их достижения, в русло почти полной независимости от воли людей, не представляющих для меня авторитета, в русло гармонии с моим внутренним миром, с моими ценностями... Стал ли я другим за этот период? Кардинально, конечно, не изменился, но... Крупицы моего другого «я» прежде всего и ценны для меня... Не растерять бы их... Цикл моего развития: от себя — к бизнесу, от бизнеса — к себе. Каждый человек через что-то каким-то образом познает окружающий мир, подстраивается под него или меняет себя, а уже через собственные изменения меняет окружающий мир. Я — пока через бизнес. Пока он мое начало, аванс, проба пера судьбы.

Наверное, все основное, самое трудное, но и самое интересное у меня еще впереди…»

— Я позволила себе взять для вас вино, — раздался сзади женский голос, — и нагло нарушаю идиллию созерцания захода солнца. Простите.

Николай оглянулся. Ксения стояла с двумя бокалами почти вплотную к нему. Еле уловимые аромат духов и запах женского тела чуть не заставили Николая непроизвольно прикоснуться к ней. В последнее мгновение он отдернул руку и взял бокал.

— Благодарю.

Ксения уловила еле заметный жест и улыбнулась краешком губ.

— Красиво, правда? — она встала рядом с Николаем и тоже посмотрела в сторону смеркающегося горизонта.

— Завораживает… — легкое касание ее плеча, и в груди Николая возникло уже давно забытое тревожно-волнующее ощущение.

— Завораживает… — негромко повторила девушка. — И пугает...

— Что пугает?

— Пугает памятник трагической любви, — Ксения показала в сторону белеющей на фоне темного горизонта статуи. — Каждый раз, когда ее вижу, мне становится не по себе… Напоминание людям о том, как хрупка любовь, как тяжело ее найти и как легко разрушить… Укор и предостережение…

Николай посмотрел на статую.

— Ужасной тоской веет от нее.

— Тоской по любимому… Без него мир перестал для нее существовать. Потому и страшно… Это были сложные годы? — немного помолчав, задала вопрос.

— Непростые… Но очень интересные.

— Поделитесь выводами?

— Помните, Петри упомянул, что мы были с ним лучшими врагами и худшими друзьями одновременно?

— Вы согласны?

— Конечно, абсолютно идеальная модель взаимоотношений бизнесмена и инвестора. Но сейчас я подумал о себе, о том, как важно в жизни быть самому себе лучшим врагом и одновременно худшим другом.

— Раздвоение личности, борьба двух начал? Каждый человек — инвестор в строительство собственной судьбы?

— Именно. Если Бог или природа для неверующих наделила нас столькими ресурсами — интеллектуальными, духовными, физическими, то кто-то из них должен и спросить: «А что на выходе, уважаемый получатель инвестиций?».

— Страшный суд?

— Ежедневный самосуд. Верующие люди стремятся проживать каждый день, как последний. А вдруг он действительно последний, и придется держать ответ?

— Ежедневная отдача на инвестиции, операционная доходность личности?

— Получается так.

— Опять параллели между религией, бизнесом и эволюцией человека?

— Почему опять? — Николай удивленно посмотрел на собеседницу.

— Прибой нам что-то шепчет, — негромко произнесла Ксения. — Наверное, делится своими тайнами, рассказывает о дальних сторонах, о чьих-то судьбах, об увиденной любви, о свидетельстве потерь… Я видела тебя, когда ты прилетал в Сан-Франциско. Ты шел по улице, а я проезжала мимо на машине… — после долгого молчания продолжила она таким же ровным тихим голосом, каким только что рассуждала о прибое. Неожиданно для самой себя она перешла на «ты».

— Получается, что мы уже давно знакомы? — удивился Николай.

— Давно…

— Постой! — Николай повернулся к Ксении. — Как ты могла меня заметить на улице, когда в мой прошлый прилет для знакомства с фондом Генри нас не представили друг другу? Случайно не ты чуть не переехала меня на перекрестке? — пошутил он.

— К сожалению, не я, иначе мы познакомились бы немного раньше, — с улыбкой ответила она. — А что-то необычное, непредсказуемое произошло в твоей жизни в последнее время? Может быть, ты еще что-то приобрел или… потерял?

Первое, что пришло ему в голову, было общение с загадочной Собеседницей.

— Я не только про проект, — уточнила Ксения. — Хотя прости... без спроса начинаю залезать в твою душу... — она легко дотронулась своим бокалом до бокала Николая. — Я же предупреждала, что приставучая, прости, можешь не отвечать, болтаю какие-то глупости.

Ксения выпила вино и поставила пустой бокал на поручень. На сердце Николая стало щемяще-грустно, он вспомнил свои разговоры с Собеседницей и ему нестерпимо захотелось, чтобы она позвонила ему прямо сейчас и, как часто бывало, не поздоровавшись озадачила какой-нибудь неожиданной темой. Он взглянул на коммуникатор.

— Ждешь от кого-то звонка?

— Прости, непроизвольно получилось.

— Ничего... Молчишь? Ничего, что я перешла на «ты»?

— Уже поздно возражать, — рассмеялся Николай. — Еще вина?

— Пожалуй.

Николай вернулся в зал за вином. Разгоряченные спиртным и собственной элитарной значимостью самцы, не стесняясь бросали откровенные взгляды на немногочисленных представительниц прекрасного пола, которые в ответ игриво кокетничали, купаясь в океане похотливого мужского внимания.

— Не бывает некрасивых женщин, бывает мало выпитой водки, не правда ли? Ведь так говорят русские? — подошел Петри к Николаю. — Прости, Юля пишет, соскучилась! — доставая из кармана зазвеневший мобильный телефон, извинился он.

Николай взял вино и закрыл за собой дверь, отделив душный зал, напыщенность и мнимое всесилие горстки финансистов от истинной красоты и фундаментальности природы. На фоне вечернего заката стройная фигура Ксении смотрелась особенно эффектно. Он шел и любовался гармонией хрупкого женского тела и могучего спокойного океана.

Почувствовав его взгляд, Ксения обернулась:

— Я рада, что ты вернулся.

Искренность, с которой девушка произнесла эту фразу, застала его врасплох. Опять что-то очень похожее на то, без чего он нестерпимо скучает, было и в построении предложений, и в манере ведения диалога новой знакомой. Николай даже тряхнул головой, чтобы избавиться от навязчивых ассоциаций.

— Впрочем, иногда даже нет необходимости находиться рядом, и слова не нужны, чтобы понимать, чувствовать и быть нужными друг другу. Правда, Мыслитель? — Ксения смотрела на Николая своими большими зелеными глазами.

От неожиданности его рука, подающая бокал, замерла. Множество мыслей и сопоставлений мгновенно пронеслись в голове.

Ксения снова повернулась в сторону океана.

— Собеседница?! — только и смог выговорить обескураженный Николай.

— Пойдем на нижнюю террасу, там уютнее, — она взяла его за руку и повела вниз по деревянной лестнице, почерневшей от океанических брызг.

Поднимающаяся луна освещала сидящих рядом на берегу океана мужчину и женщину в вечерних нарядах. Они молчат и смотрят на лунный след на поверхности воды. Веет ночной прохладой. Он заботливо накрывает ее пледом, она благодарно прячет свою ладонь в его руке, и чувство полнейшего спокойствия и беспричинной радости овладевает ею…

Продолжение, возможно, следует…

ГЛОССАРИЙ

Я взял на себя смелость снабдить роман кратким глоссарием, который объясняет содержание некоторых узкоспециальных или редко применяемых терминов, упомянутых в тексте. Глоссарий ни в коей мере не претендует на максимальную точность. Объяснение фундаментальных понятий не являлось моей задачей. Для меня было важно, чтобы каждый, кому это необходимо, мог получить небольшой дополнительный комментарий к непонятному термину, не отвлекаясь от основного сюжета. При составлении глоссария были использованы следующие источники информации:

• Википедия — свободная энциклопедия [Электрон. ресурс]. URL: http://wikipedia.org

• Академик — словари и энциклопедии [Электрон. ресурс]. URL: http://dic.academic.ru/

• Глоссарий наиболее часто используемых терминов, определений и наименований в сфере венчурного инвестирования [Электрон. ресурс]. URL: https://www.facebook.com/rusventure/app_473563792705855

• Бизнес-словарь [Электрон. ресурс]. URL: http://www.businessvoc.ru/

• Горная энциклопедия [Электрон. ресурс]. URL: http://www.mining-enc.ru

Бенефициар, бенефициарий, выгодоприобретатель (фр. benefice — прибыль, польза) — физическое или юридическое лицо, которому предназначен денежный платеж, получатель денег.

Бейби шауэр (англ. Baby shower) — американский обычай устраивать вечеринку для будущей матери и будущего ребенка.

Бизнес-ангел, инвестор-ангел (англ. business angel, informal investor, angel investor) — частный инвестор, вкладывающий деньги в инновационные проекты (стартапы) на этапе создания предприятия в обмен на возврат вложений и долю в капитале (обычно блокирующий пакет, а не контрольный).

«Ангелы», как правило, вкладывают свои собственные средства в отличие от венчурных капиталистов, которые управляют деньгами третьих лиц, объединенных в венчурные фонды. Бизнес-ангелы образуют сети, или группы, чтобы совместно участвовать в поиске объектов инвестиций и иметь возможность для объединения капиталов.

Билл Гейтс (англ. Bill Gates, полное имя Уи́льям Ге́нри Гейтс III, англ. William Henry Gates III; 28 октября 1955, Сиэтл) — американский предприниматель и общественный деятель, филантроп, один из создателей (совместно с Полом Алленом) и крупнейший акционер Microsoft. До июня 2008 года являлся руководителем компании, после ухода с поста остался в должности ее неисполнительного председателя совета директоров.

Венчурный фонд (англ. venture — рискованное предприятие) — инвестиционный фонд, ориентированный на работу с инновационными предприятиями и проектами (стартапами). Венчурные фонды осуществляют инвестиции в ценные бумаги или доли предприятий с высокой или относительно высокой степенью риска в ожидании чрезвычайно большой прибыли. Как правило, 70–80 % проектов не приносят отдачи, но прибыль от оставшихся 20–30 % окупает все убытки.

Голубые фишки (англ. Blue chips) — акции или ценные бумаги наиболее крупных, ликвидных и надежных компаний со стабильными показателями получаемых доходов и выплачиваемых дивидендов.

Гудвилл (англ. Goodwill) — нематериальные / неосязаемые активы (intangible assets), обычно выражающиеся в превышении стоимости бизнеса над стоимостью его материальных / осязаемых активов (tangible assets). Это превышение в значительной мере связано с фактом более высоких доходов бизнеса, чем прибыль, которую можно получить в результате инвестирования суммы, равной стоимости только материальных / осязаемых активов. Гудвилл — актив, который продается вместе с фирмой и в таком качестве иногда отражается в ее счетах. Однако, в соответствии с Законом о компании 1981 года, компании с ограниченной ответственностью, которые приобрели таким образом неосязаемые активы, должны списать их с балансовых счетов в течение периода, не превышающего срок их экономической полезности.

Дионисий Ареопагит (греч. Διονύσιος ο Αρεοπαγίτης) — афинский мыслитель, христианский святой. Согласно церковному преданию, ученик апостола Павла и первый епископ г. Афины. В 95 г. послан апостолом Климентом во главе миссии на проповедь в Галлию, где и погиб ок. 96 г.

Его именем подписаны сочинения, которые стали публично известны в V в. В XVI в. их подвергли жесткой критике. Несмотря на это, сочинения оказали огромное влияние на дальнейшую христианскую философию. Единого мнения об их авторстве и точной дате создания нет. В науке эти тексты известны как ареопагитики.

Договор о неразглашении (англ. Non-disclosure agreement, NDA) — юридический договор, заключенный двумя сторонами с целью взаимного обмена материалами, знаниями или другой информацией с ограничением к ней доступа третьим лицам.

«Долина смерти» — *в теории венчурного инвестирования* начальный период в жизни компании, когда ее развитие требует все новых финансовых ресурсов при отсутствии собственного положительного денежного потока, поскольку продажи не стартовали.

Ион Друцэ (рум. Ion Druţă, Ива́н Пантеле́евич Дру́ца; род. 03.09.1928, с. Городище, Сорокский уезд, Бессарабия) — молдавский писатель и драматург.

Инвестиционная лестница — метафорическое представление жизненного цикла венчурного проекта от появления идеи до «выхода» из него.

Инвестор — лицо или организация, в том числе компания, государство и т. д.,

совершающее связанные с риском вложения капитала, направленные на последующее получение прибыли (инвестиции). Если тот или иной проект будет убыточным, то капитал будет утрачен полностью или частично.

Интерим-менеджмент — это оперативное практическое решение бизнес-проблем путем привлечения опытных высококлассных руководителей высшего звена на короткий срок (*определение британской Ассоциации временных управляющих* Interim Management Association).

Камеральные работы (от позднелат. camera — комната, англ. work done in office or laboratory, cameral work) — всесторонняя научная обработка и обобщение материалов, собранных в процессе полевых топографических, геологических и других специальных исследований какой-либо территории или каких-либо геологических объектов. В процессе камеральных работ составляют сводные отчеты и графические, табличные и текстовые документы, отражающие результаты.

Киднепинг (англ. kidnap — похищать) — умышленное похищение людей, преимущественно детей, с целью получения выкупа.

Клубные облигации — своеобразный промежуточный финансовый инструмент между синдицированным кредитом и классическими облигациями.
Выпуск клубных облигаций обеспечивает комфортное финансирование эмитента и предлагает инвесторам финансовый продукт с понимаемыми ограниченными рисками и доходностью, обычно превышающей аналогичный классический продукт.

Ключевые показатели эффективности (англ. Key Performance Indicators, KPI) — показатели деятельности подразделения (предприятия), которые помогают организации в достижении стратегических и тактических (операционных) целей. Использование ключевых показателей эффективности дает организации возможность оценить не только свое состояние, но и реализацию стратегии.

Коммуникатор (англ. communicator, PDA phone) — карманный персональный компьютер, дополненный функциональностью мобильного телефона.

Лэптоп (англ. laptop, lap — колени сидящего человека, top — верх) — в широком смысле термин применяется как к ноутбукам, так и к нетбукам, смартбукам. К ноутбукам обычно относят лэптопы, выполненные в раскладном форм-факторе.

Оферта (лат. offero — предлагаю) — предложение о заключении сделки, в котором изложены существенные условия договора, адресованное определенному лицу, ограниченному или неограниченному кругу лиц. Если получатель (адресат) принимает оферту (выражает согласие, акцептует ее), это означает заключение между сторонами предложенного договора на указанных в оферте условиях.

«Пермакультура» (англ. permaculture, permanent agriculture — «Перманентное сельское хозяйство») — подход к проектированию окружающего человека пространства, а также система ведения сельского хозяйства, основанные на взаимосвязях, наблюдаемых в естественных экосистемах.

Сбалансированная система показателей, **ССП** (англ. BSC) — концепция переноса и декомпозиции стратегических целей для планирования операционной деятельности и контроль их достижения, механизм взаимосвязи стратегических замыслов и решений с ежедневными задачами, способ направить деятельность всей компании на их достижение.

Синдицированный кредит (англ. syndicated loan) — кредит, предоставляемый заемщику по меньшей мере двумя кредиторами (синдикатом кредиторов), участвующими в данной сделке в определенных долях, как правило, в рамках единого кредитного соглашения.

Стадии развития стартапов, **СРС** — наиболее часто упоминается сокращенная классификация СРС, согласно которой стартап проходит в своем развитии пять стадий: посевную (seed stage), запуска (startup stage), роста (growth stage), расширения (expansion stage) и «выхода» (exit stage).

Стартап, **стартап-компания** (англ. start-up — запускать) — компания с короткой историей операционной деятельности.

Стив Джобс (англ. Steve Jobs, полное имя Стúвен Пол Джобс, англ. Steven Paul Jobs; 24 февраля 1955 — 5 октября 2011) — американский предприниматель, получивший широкое признание в качестве пионера эры IT-технологий. Один из основателей, председатель совета директоров и CEO корпорации Apple.

Терм-шит (англ. term sheet) — соглашение об основных условиях, то есть предварительное соглашение. Не имеет юридической силы, используется для первоначального определения обязательств сторон в договоре об инвестировании в виде перечня условий.

Траст, **доверительная собственность** (англ. trust) — *в общем праве* система отношений, при которой имущество, первоначально принадлежащее учредителю, передается в распоряжение доверительного собственника (управляющего или попечителя), но доход с него получают выгодоприобретатели (бенефициары). Учредитель (может одновременно быть и выгодоприобретателем и / или управляющим) в рамках специального соглашения передает принадлежащие ему ценности под контроль попечителя, который обязан совершать с ними операции, приносящие выгодоприобретателям максимальную прибыль или соответствующие другим инструкциям учредителя.

Фандрайзинг, фандрейзинг (англ. Fundraising) — процесс привлечения денежных средств и иных ресурсов (человеческих, материальных, информационных и т. д.), которые организация не может обеспечить самостоятельно и которые являются необходимыми для реализации определенного проекта или деятельности в целом.

Флипчарт — магнитно-маркерная доска с креплением для листа или блока бумаги, переворачиваемой по принципу блокнота. Используется для проведения лекций, семинаров и прочих подобных мероприятий.

Фотосепаратор, цветосортировщик — оборудование, позволяющее осуществлять сортировку любого сыпучего материала, основываясь на таком физическом свойстве тела, как цвет.

«Четыре азиатских тигра» (англ. Four Asian Tigers) — неофициальное название экономик Южной Кореи, Сингапура, Гонконга и Тайваня, демонстрировавших очень высокие темпы развития с начала 60-х до финансового кризиса 90-х гг. XX в.

Экспат (англ. expat — вне родины) — иностранный работник или сотрудник предприятия, работающий за границей, сленговое название.

EBIT и операционная прибыль (англ. Operating income) — прибыль хозяйствующего субъекта от основной (обычной) деятельности, равная разности между нетто-выручкой и расходами по обычной деятельности (последние включают прямые и операционные расходы) или между валовой прибылью и операционными затратами. Операционная прибыль фактически эквивалентна прибыли от продаж по терминологии, используемой в форме 2 «Отчет о финансовых результатах по РСБУ».

Часто операционную прибыль отождествляют с аналогичным, но, вообще говоря, несколько иным показателем — *прибылью до уплаты процентов и налогов* (англ. EBIT — Earnings Before Interest and Taxes). Несмотря на одинаковую природу показателей (операционная прибыль также является прибылью до налогообложения и уплаты процентов), разница заключается в том, что в показателе EBIT фактически также участвуют доходы и расходы, не связанные с обычной (операционной) деятельностью, — неоперационная прибыль. По отчетности РСБУ, показатель EBIT можно рассчитать как «Прибыль (убыток) до налогообложения» (код строки 2300) + «Проценты к уплате» (код строки 2330). Если прочих доходов и расходов у организации нет, то *операционная прибыль* эквивалентна показателю *EBIT*.

Elevator Pitch (презентация для лифта, речь для лифта) — короткий рассказ о концепции продукта, проекта или сервиса. Термин отражает ограниченность во времени — длина презентации должна быть такой, чтобы она могла быть полностью рассказана за время поездки на лифте, то есть около тридцати секунд, или 100–150 слов.

HR-служба (англ. Human Resource — человеческие ресурсы) — кадровая служба предприятия; совокупность специализированных структурных подразделений в сфере управления предприятием вместе с занятыми в них должностными лицами (руководителями, специалистами и техническими исполнителями), призванных управлять персоналом в рамках избранной кадровой политики.

IP-адрес (англ. Internet Protocol Address) — уникальный сетевой адрес узла в компьютерной сети, построенной по протоколу IP.

NDA. *См.* Договор о неразглашении.

No-Till (ноутил, система нулевой обработки почвы) — современная система земледелия, при которой почва не обрабатывается, а ее поверхность укрывается специально измельченными остатками растений — мульчей. Поскольку верхний слой почвы не рыхлится, такая система земледелия предотвращает водную и ветровую эрозию почвы, а также лучше сохраняет воду.

PR (англ. Public Relations, сокр. PR — пи-ар) — связи с общественностью, отношения с общественностью, общественные связи, общественное взаимодействие. Технологии создания и внедрения при общественно-экономических и политических системах конкуренции образа объекта (идеи, товара, услуги, персоналии, организации —

фирмы, бренда) в ценностный ряд социальной группы с целью закрепления этого образа как идеального и необходимого в жизни. *В широком смысле* — управление общественным мнением, выстраивание взаимоотношений общества и государственных органов или коммерческих структур, в том числе для объективного осмысления социальных, политических или экономических процессов.

СОДЕРЖАНИЕ

Часть 1 4

Часть 2 17

Часть 3 203

Часть 4 343

Часть 5 476

Часть 6 606

Глоссарий.. 729